Der Hochzeitskelch

Für Hanna gab
"es keine Grenzen"

Susanna

EDITION-TZ.DE

Ich widme diesen Roman meinem Mann!

Ohne Dich, Lebling, hätte dieses Buch nicht das Licht der Welt erblickt!

Susanna Kallenberg

Der Hochzeitskelch

Roman

EDITION-TZ.DE

Die Handlung und alle Personen sind völlig frei erfunden;
Ähnlichkeiten wären rein zufällig.

Bibliografische Information der Deutschen Nationalbibliothek: Die Deutsche Nationalbibliothek verzeichnet diese Publikation in der Deutschen Nationalbibliografie; detaillierte bibliografische Daten sind im Internet über http://dnb.dnb.de abrufbar.

Titelabbildung: Kiddusch-Becher
Hersteller: Röttger Herfurth, Frankfurt am Main, 1750-1760.
Foto: Jüdisches Museum Frankfurt CC BY-SA 4.0

Der Hochzeitskelch / Originalausgabe
2023 Susanna Kallenberg

Layout & Druck: TZ-Verlag & Print GmbH, 64380 Roßdorf

Druck: TZ-VERLAG & PRINT GMBH | TZ-VERLAG.DE
klimaneutral
Unternehmen
natureOffice.com | JMY-BSC-423071
PAPIER AUS NACHHALTIGER FORSTWIRTSCHAFT TZ-PRINT.DE

© EDITION-TZ.DE
AGENTUR | DRUCK | VERLAG

Tel. 06154 / 81125
E-Mail: service@tz-verlag.de
www.edition-tz.de

ISBN: 978-3-96031-014-3

Die Beerdigung

„Luise war eine wunderbare Frau. Und dabei so bescheiden," sagt ihre Nachbarin und schiebt sich ein Stück Streuselkuchen in den Mund. „Sie dachte immer nur an andere! Nie an sich selbst!" Die schwarz gekleidete Trauergesellschaft sitzt beim Beerdigungskaffe zusammen und erzählt sich Geschichten aus vergangenen Zeiten.

Wie sich das für eine gute Beerdigung gehört, spielt dabei die Verstorbene Luise Becker die Hauptrolle. Der Pfarrer hat in seiner Beerdigungsrede noch einmal an ihr Leben erinnert und nun tauschen alle kleinen Anekdoten aus. Sie ist 1910 geboren und vor vier Tagen im hohen Alter von 94 Jahren gestorben. Heute Mittag um zwei Uhr haben sie sie auf dem Friedhof von Engelstal mit allem, was dazugehört, zu Grabe getragen, wie man das eben mit einer macht, die ihr ganzes Leben hier verbracht hat. Es war eine traditionelle Beerdigung mit einem schönen Gottesdienst in der Kirche und den passenden Trauerreden auf dem Friedhof. Der Pfarrer hat wunderbar gepredigt, der Predigttext war angemessen und bei den Liedern, die sie sich selbst vor ihrem Tod ausgesucht hatte, haben alle aus voller Kehle mitgesungen. Nun sitzen die zusammen, die im Ort schon immer das Sagen hatten, aus dem Winzerverein, dem Gemeinderat und dem Kirchenvorstand. Die Vorsitzende vom Landfrauenverein und Frauenhilfe ist zusammen mit den Beisitzerinnen und der Kassenprüferin gekommen. Sabine Becker, die Enkelin der Verstorbenen, lässt ihren Blick über die vertrauten Gesichter schweifen. Ihre Oma war ein alteingesessenes Mitglied dieser Dorfgemeinschaft, eine dieser Frauen, deren Anwesenheit selbstverständlich war, ohne die nichts funktionierte. Ihr Mann war lange Bürgermeister in Engelstal gewesen, aber ohne sie hätte er das sicher nicht geschafft. Das ist allen klar, die beim Beerdigungskaffee zusammensitzen. Sabine hört mit einem Ohr den Gesprächen zu, während sie höflich von Tisch zu Tisch geht, um die Trauergäste zu begrüßen. „Fleißig sind die Beckers ja schon immer gewesen.“ Ein paar von den Alten wissen sogar noch, wie das ganz am Anfang war. „Mit ihren eigenen Händen haben sie sich dieses Weingut aufgebaut“, berichtet Paul Döndorf, selbst einer von den Großen unter den Engelstaler Winzern. „Ja, die Luise, die konnte die Sachen gut zusammenhalten. Horst hätte keine bessere kriegen können als sie!“ Nun ist sie gestorben, die Oma Luise. Der Pfarrer hat von einem gesegneten Leben gesprochen. Das, was die Trauergäste beim Beerdigungskaffee im Gemeindehaus erzählen, scheint es zu bestätigen. Sabine muss unwillkürlich schmunzeln. Warum sollte Oma Luises Beerdigungskaffee anders sein als andere? Stück für Stück verschwinden Streusel- und Kranzkuchen, Schluck für Schluck der Kaffee mit der Dosenmilch. Die kauenden Münder leeren Kuchenplatten und Thermoskannen, die Stimmen, die am Anfang noch dem Anlass angemessen ruhig und leise waren, werden mit der Zeit immer lauter, hier und da ist sogar ein Lachen zu hören. Natürlich wagt sich keiner etwas Schlechtes über Oma Luise zu sagen. Denn über Tote lästert man nicht, jedenfalls nicht laut und schon gar nicht bei einer Beerdigung. Später vielleicht, wenn die Familie nicht mehr zuhört. Oma Luise war ein starker Charakter. Da bleibt das nicht aus. Sabine spürt aber auch, wie sich gerade unter den Alten eine wehmütige Melancholie breit macht. Schließlich war sie eine der letzten ihrer Generation, in der die Welt noch in Ordnung war. Mit ihr verschwinden viele Erinnerungen von früher. So vieles wusste sie noch, weil sie doch die Ehefrau des Bürgermeisters war. Der jetzige Bürgermeister nickt. „Die Luise hat eine gute Ehe geführt, in guten wie in schlechten Tagen, bis ihr Mann vor 10 Jahren verstorben ist. So was gibt es heute gar nicht mehr!" brummt er. Man munkelt, dass seine Frau regelmäßig allein nach Mallorca fährt, weil er so wenig Zeit für sie hat. „Sie hat schon mit achtzehn geheiratet und es nie bereut. Nun wird sie endlich wieder mit ihrem Horst vereint sein, " ergänzt Sabines Bruder Andreas laut. Familie ist wichtig für ihn. Sabine schüttelt den Kopf, anders als ihr Bruder sieht sie die Welt nicht nur durch eine rosarote Brille. Das Leben ihrer Großeltern war mit zwei Weltkriegen bestimmt nicht einfach. Wer weiß, was Oma Luise zu den Geschichten gesagt hätte, die an den Tischen ausgetauscht werden. Ein trauriges Lächeln huscht über Sabines Lippen, als sie sich die Züge ihrer Oma in Erinnerung zu rufen versucht. Die kleinen Spitzen, mit denen sie und ihre beiden Freundinnen alles und jeden im Dorf bedacht hatten, werden ihr fehlen. Sie waren ein Relikt aus einer anderen Zeit, ihre Oma Luise und deren beste Freundinnen Elisabeth Weihrich und Helene Heinrich. Doch Elisabeth ist vor einigen Monaten ebenfalls gestorben und Helene, so hatte heute ein Beerdigungsgast berichtet, sei inzwischen so dement, dass sie nicht mehr zuhause versorgt werden könne. „Lieber mit klarem Kopf abtreten, als ewig dahinvegetieren!" lässt sich nun Onkel Berti wichtigtuerisch vernehmen. Luises Sohn ist das einzige ihrer Kinder, das studiert hat. Medizin! Geschieden und kurz vor dem Ruhestand, teilt er seine Zeit zwischen seinen beiden Hobbys auf: Golf und Wagner. Sabine wechselt einen kurzen Blick mit Onkel Bertis Tochter Sophie. Diese verdreht die Augen und blinzelt ihrer Cousine Sabine zu, die sich ein Lächeln nur mit Mühe verkneifen kann. Onkel Berti war Oma Luises ganzer Stolz, die Mutter und Großmutter, die mit großer Weisheit und Verständnis ihre Familie umsorgte, war blind, wenn es um die Fehler ihres einzigen Sohnes ging und so benahm er sich auch. Aber sollte man nicht jedem einem Achillesverse zugestehen? Sabine dreht den Kopf um, und betrachtet die Tische erneut, seltsam losgelöst. Gerade jetzt fehlt ihr Oma besonders, bei solchen Anlässen hielt sie trotz des hohen Alters die Fäden in der Hand. Sie konnte jeden Streit schlichten und hielt für jede Situation eine Lebensweisheit bereit. Wer würde das Loch, dass ihr Tod gerissen hatte, jetzt schließen? Ja, es gab nicht wenige im Ort, die neidisch auf die Familienidylle der Beckers gestarrt hatten. Ein gut gehendes Weingut von angenehmer Größe und eine Familie, in der die Generationen zusammenhielten und eine Nachbarschaft, die sie respektierte. Kaum einer hatte gewusst, wieviel Mühe es Oma Luise gekostet hatte, diese Fassade aufrecht zu erhalten. Wer würde das nun übernehmen?

Sabine lächelt ihren Neffen zu, die von der Urgroßmutter schwärmen: „Weißt Du noch, wie wir unsere Spielsachen zuhause vergessen hatten und sie dann vom Dachboden diese besondere Kiste herausgeholt hat? Tolle alte Blechautos mit Aufziehschlüsseln, alles echte Sammlerstücke von vor dem Krieg. Du warst doch auch dabei? Nur mitnehmen durften wir sie nicht!“ Einer der Teenager lacht laut auf. Die Mutter dieses Teenagers pflegt ihre eigenen Erinnerungen „Ich kann mich noch gut erinnern, wie sie sich über unsere kurzen Röcke aufgeregt hat! Dabei ist das nach heutigen Maßstäben gar nichts. Wir mussten lange Hosen tragen und unsere Röcke in den Schultaschen verstecken.“ Auch sie schaut zu Sabine hinüber. „Sabine lächelt versonnen ihrer alten Schulfreundin und Schwägerin Patty zu und nickt. Ihr Blick schweift zu ihrer Mutter Anni hinüber, die wie immer etwas abseits sitzt. Sie trägt ein bunt gemustertes Batik-Kleid, das sie bestimmt in einem Öko-Laden erstanden hat. Ein farbiges Statement, über das die Älteren im Dorf reden werden. Denn Anni ist das schwarze Schaf der Familie. Nun steht sie auf und wechselt ihren Sitzplatz. Zu Sabines Erstaunen geht sie zu ihrem Bruder hinüber. Sie setzt sich neben ihn und beginnt mit überraschender Intensität auf ihn einzureden. Ihr Nachbar wendet sich ihr deutlich unangenehm berührt zu. Sabine weiß, Onkel Berti und Anni sprechen eigentlich schon seit Jahren nicht mehr miteinander. Dass Anni nun von sich aus Kontakt aufgenommen hat, ist ungewöhnlich. „Es geschehen echt Zeichen und Wunder," hört sie nun Patty neben sich sagen. Erstaunt dreht sie sich zu ihr um. Auch Patty hat die beiden beobachtet. Die zuckt mit den Schultern. „Naja, es war schließlich Anni, die den Kontakt nach einem großen furiosen Streit abgebrochen hat." Sabine zieht die Brauen angesichts dieser Formulierung hoch. „Echt, du hättest sie erleben sollen. Diese Szene war bühnenreif. Bertis Ehefrau ist daraufhin Türen knallend und mit quietschenden Reifen abgefahren. Wenn ich Anni gewesen wäre, ich hätte Bertis Frau noch ganz andere Sachen an den Kopf geworfen!" Sie schmunzelt. „Vielleicht fällt es Anni ja jetzt leichter, weil Berti geschieden ist." Sabine betrachtet ihre Mutter zweifelnd. Das Gespräch wirkt auf sie nicht versöhnlich.

Irgendwann gehen die Ehrengäste, der Pfarrer und der CDU-Bürgermeister. Sabine atmet auf. Auch die Vorsitzende des Landfrauenvereins und ihr Gatte, der Vorsitzende des Winzervereins, verabschieden sich. Als letzte, wie immer, macht sich die Kassiererin der Frauenhilfe auf den Weg. Selbst schon Mitte 80 fällt ihr das Gehen schwer. Das hindert sie jedoch nicht daran, ein Paket Streusel- und Kranzkuchen mitzunehmen, „weil das so Tradition ist." Nun muss Onkel Berti ganz schnell zurück nach Düsseldorf, er ist unheimlich unter Zeitdruck. Sabine hört, wie Anni leise spöttisch murmelt: „Als ob da jemand auf dich warten würde!"

Sie verkneift sich einen Kommentar.

Anni erhebt sich langsam. „Sabine, pack bitte den restlichen Streuselkuchen ein und rechne nochmal die Kaffeekannen nach, damit wir nicht zu viel bezahlen müssen. Du weißt, die vom „Grünen Baum“ versuchen überall Geld rauszuholen.“ Ihrer Stimme ist anzuhören, dass sie genervt ist. Sie hat sich bei diesem Beerdigungskaffee deutlich nicht wohlgefühlt. Nach einem Moment der Stille lässt sie mit ihrem nächsten Satz gekonnt eine Bombe platzen. „Wer hat Lust, sich nochmal das Trauerhaus anzuschauen, bevor es unter den Hammer kommt?“ Sabine seufzt, ihr Bruder Andreas schließt sich ihr an. Wer mit Anni lebt, ist Drama gewöhnt. Der Vorhang des Beckerschen Theaters hebt sich in regelmäßigen Abständen. Das Problem ist nur, dass es immer ganz überraschend kommt und es bisher nur eine gab, die dieses Theater und seine Hauptdarstellerin Anni im Griff hatte. Das war Oma Luise. Doch die hat nun zum letzten Mal Regie geführt. Wer wird ihre Rolle übernehmen? Wer wird nun Anni im Zaum halten und die Beckerschen Geheimnisse hüten?

Auseinandersetzungen um das Erbe

Sabine packt den Streuselkuchen ein und bezahlt die Kaffeekannen, dann folgt sie den anderen ins Trauerhaus. Das alte Haus, in dem Luise mit ihrem Mann Horst gewohnt hat, und das dieser einst von seinem Vater erbte, steht mitten im Dorfzentrum. Es ist Teil eines Weingutes, das inzwischen von seinem Enkel Andreas bearbeitet wird. Andreas hat sich hinter dem alten Haus einen Bungalow gebaut, um so gleichzeitig genügend Distanz und Kontrolle über seinen Arbeitsplatz zu haben. Zum alten Haupthaus gehört die Halle, in der die Maschinen und das Flaschenlager untergebracht sind. Zusammen mit der alten Scheune bilden sie einen mit Weinlaub bewachsenen Hof. In der Scheune haben Andreas und seine Frau Patty vor einigen Jahren eine gemütliche Probierstube eingerichtet und letztes Jahr ist dann auch noch eine Straußwirtschaft dazugekommen. Die Weinkeller ziehen sich unter dem alten Haus und der Scheune entlang. So kann man von außen die eigentlichen Ausmaße des Weingutes nur erahnen. Sabine fährt mit ihrem Mini durch das alte Tor in den Hof und parkt neben dem dreckigen Volvo ihres Bruders Andreas und dem blitzsauberen Mercedes A-Klasse ihrer Cousine Sophie. Wieder einmal fällt ihr der Gegensatz zwischen dem alten Haus und der neuen Halle auf. Wo das alte Haus Patina verströmt, macht der Rest einen professionellen gepflegten Eindruck. Ein typisches rheinhessisches Weingut mit Geschichte eben. Man muss schon genau hingucken, um die Schäden am Haus zu sehen. An den Stufen zur Eingangstreppe ist ein Stück abgebrochen und durch das Loch im Vordach hat der Regen Wasserspuren hinterlassen. Sabine weiß, dass es innen noch schlimmer ist. Das alte Haus hat dringend neue Tapeten und einen neuen Fußboden nötig. Die Feuchtigkeit, die sich vom Weinkeller die Wände hochfrisst, zeigt sich in den Schimmelspuren. Der Sand unter dem Estrich bekommt nicht die nötige Luft zum Atmen und das hinterlässt einen ganz besonderen Geruch, der in den letzten Jahren immer stärker geworden ist. Trotzdem hat sie nie ein Haus betreten, das sauberer war als das ihrer Oma Luise. Hier konnte man vom Boden essen und der Geruch der Putzmittel hat jahrelang den vom Weinkeller aufsteigenden überdeckt.

Luise Becker hat sich schon vor dem Tod ihres Mannes gegen jede Renovierung gewehrt. Keine neuen Tapeten, kein neuer Boden. Nicht einmal das Bad durfte in den ersten Stock eingebaut werden, kein Krankenbett das alte Ehebett ersetzen, obwohl das mit einer Menge Beschwerlichkeiten verbunden war. Am Ende mussten sie ein Krankenbett ins Wohnzimmer schieben, weil Opa Horst den Weg vom Schlafzimmer im ersten Stock in das angebaute Bad im Erdgeschoß nicht mehr schaffte. Keiner konnte sich den Starrsinn der alten Frau erklären. Luise, die im hohen Alter noch flexibel genug war, um sich das Skypen beibringen zu lassen, damit sie mit ihrem Urenkel in Australien Kontakt halten konnte, brachte es nicht fertig, über eine begehbare Dusche zu diskutieren. Im Hineingehen schüttelt ihre Enkeltochter nochmals innerlich den Kopf. Ihre Großmutter war für sie der wichtigste Mensch in ihrem Leben gewesen, doch erst nach ihrem Tod bemerkt sie, wie wenig sie eigentlich über sie weiß. Beim Beerdigungsgespräch mit dem Pfarrer hatten sie dagesessen und versucht, dem Pfarrer von ihrem Leben zu erzählen. Aber mehr als die Eckdaten und ein paar Anekdoten waren dabei nicht herausgekommen. Das eigentliche Wesen ihrer Oma Luise hatten sie nicht einfangen können. Und das hatte sie fast noch trauriger gemacht als ihr Tod, der angesichts ihrer Krankheit und ihres hohen Alters zu erwarten gewesen war.

Sabine betritt das Wohnzimmer. Dort sitzen alle, wo sie immer sitzen, verteilt auf dem ausgesessenen Ledersofa und den mit Blümchenstoff bezogenen Sesseln. Sie schaut sich um und die anderen wenden sich ihr zu, jedes Gespräch erstirbt. „Ich könnte ein paar Flaschen Wein holen," bietet sich Andreas an und schaut auffordernd in die Runde „Patty hat außerdem eine Platte mit belegten Broten in der Küche bereitgestellt. Schließlich kann kein Mann von Streuselkuchen überleben." Er streichelt sich über seinen Bauch. Cousine Sophie, die neben ihm auf dem Sofa sitzt, kichert. Seine Mutter Anni verdreht die Augen. Sie mag ihre effektive Schwiegertochter nicht. „Ich hoffe, Patty hat daran gedacht, dass ich laktoseintolerant bin!" sagt sie deshalb in wichtigtuerischem Ton. Patti, die eigentlich Patrizia heißt, und kein Verständnis für ihre hypochondrische Schwiegermutter hat, erwidert daraufhin höflich. „Andreas hat extra Käsebrote vorgeschlagen, weil Menschen mit einer Laktose-Allergie Käse essen dürfen, außerdem gibt es welche mit Margarine." Sabine sind die Auseinandersetzungen zwischen ihrer Mutter und Patty peinlich. Die Male, die sie sich für ihre Mutter geschämt hat, kann sie gar nicht mehr zählen und bei Omas Beerdigung hätte sie gerne darauf verzichtet. Nun tut sie das, was sie immer tut, sie glättet die Wogen. „Danke für das Angebot Andreas! Ich nehme gerne ein Glas Wein und auch ein Käsebrot. Wer will noch eins?" Wie immer hebt Anni trotz ihrer Allergien zuerst den Finger. Patty verdreht erwartungsgemäß die Augen. Sabine zwinkert ihr zu und winkt dann mit der Hand Richtung Küche. Doch Anni will ihre Tochter so einfach nicht gehen lassen. Sie ist auf dem Kriegspfad und alle sollen es wissen.

„Was ich nach dem Beerdigungskaffee gesagt habe, war kein Spaß." Sie holt tief Luft! „Ich möchte das Haus verkaufen!" Nach einer kurzen dramatischen Pause, in der sie einen nach dem anderen angeblitzt hat, fährt sie wütend fort. „Ich will mein Erbe. Mit Berti habe ich schon gesprochen, er verzichtet. Deshalb gehört jetzt alles mir!" Es ist still, eine ungewöhnliche Stille in einer Familie, in der sonst immer einer etwas zu sagen hat. „Es ist mir egal, was ihr denkt. Ihr könnt das Haus verkaufen oder mich auszahlen. Was ihr macht, ist mir im Prinzip egal. Ich will nur haben, was mir zusteht und das so schnell wie möglich." „Aber, aber ..." Andreas stottert. Anni schaut ihn wütend an: „Das Leben ist zu kurz, um es in einem alten verschimmelten Haus zu verschwenden. Ich will endlich das genießen, was mir noch bleibt." Ihre Augen glänzen. Es ist ein Glänzen, das Sabine nur zu vertraut ist, Anni hat schon immer nahe am Wasser gebaut. „Wegen Mutter musste ich so lange auf mein wahres Leben verzichten, jetzt will ich endlich frei sein und machen, was ich will. Jawohl, jetzt werde ich endlich tun, was ich will und keiner von euch wird mich daran hindern." Wiederholt Anni noch einmal zur Bekräftigung.

Erstaunt starren alle sie an. Wenn das Haus verkauft wird, ist die Hälfte des Weingutes weg, ein guter Teil des Kellers liegt schließlich direkt unter dem Haus, die Büros sind im Erdgeschoss untergebracht, der Stall und damit die Probierstube schließt Wand an Wand an das Haupthaus an. Keiner ist bisher auf die Idee gekommen, das Herzstück des Weingutes zu verkaufen. Überhaupt hat bisher noch niemand über die Verteilung des Erbes nachgedacht. Die Spannung im Zimmer ist mit Händen zu greifen. Andreas macht den Mund auf und wieder zu. Er weiß ganz deutlich nicht, was er sagen soll. Sabine schüttelt den Kopf. Wieder einmal hat sie das Gefühl, in einer Parallelwelt zu gefangen zu sein. Was heißt hier zurückgesteckt? Anni hat sich in den letzten Jahren nicht um ihre Mutter gekümmert. Eigentlich war es immer andersherum gewesen. Und dann, als Oma Luise im

Bett lag, hatte sie sie nicht einmal besucht. Vor Jahren ist sie schon in eine kleine Wohnung in Mainz umgezogen. Der Kontakt war am Ende fast vollständig abgebrochen. Nur Sabine und Andreas waren zum Schluss für ihre Oma da gewesen und natürlich Patty, die ihr das Essen brachte und mit der Sozialstation verhandelte. Anni dagegen hatte die mangelnden Besuche mit ihrer psychisch-labilen Verfassung und den vielen Allergien begründet und die Besuche bei der bettlägerigen Mutter immer wieder vor sich hergeschoben. Dabei hatte Oma Luise so sehr auf einen Besuch ihrer Tochter gewartet.

„Wie stellst Du Dir das vor, Mutter?“, fragt Andreas nun. Die Großmutter hatte ihm auf dem Sterbebett versprochen, dass er sich keine Sorgen machen müsse, dass alles zusammenbleibe, so wie Opa Horst das gewollt habe. Für Anni wird es auch etwas geben, hatte sie ihm versichert. „Aber du bekommst alles, was du brauchst!“ Gestern Abend hatte Andreas Sabine noch davon erzählt. Er war bisher davon ausgegangen, dass alles so sein würde, wie das hier in Engelstal üblich ist. Vermögen gegen Pflege. Die Kinder und Enkel, die zuhause bleiben, bekommen das Weingut und wer auszieht, bekommt ein vielversprechendes Stück Acker mit der Aussicht auf Erschließung, vielleicht noch einen Weinberg und eine regelmäßige Pacht jedes Jahr, schließlich brauchen die, die gehen, nicht mehr, wenn sie nicht gerade in ein anderes Weingut einheiraten. „Wir können das Haus nicht verkaufen, das Weingut und das Haus gehören doch zusammen.“ sagt er nun trotzig und beschwörend zu seiner Mutter. „Das weißt du doch! Oma Luise hat das so gewollt und sie hat mir das auch versprochen. Alles bleibt zusammen, zum Wohl des Weinguts!“ „Nun, das kann sie ja versprochen haben,“ antwortet Anni. „Aber schriftlich festgehalten hat sie es nicht. Es gibt kein Testament. Weder sie noch Horst haben daran gedacht. Und so werden Berti und ich uns hier unser Erbe aufteilen und weil Berti nichts will, kann ich alles bekommen. Und wenn Du dieses furchtbare alte Haus so toll findest, dann musst Du mich eben auszahlen! Doch ich rate Dir, warte nicht zu lange damit, sonst suche ich selbst einen Käufer. Es gibt genug Leute, die diese alten Kästen romantisch finden und so nahe an Mainz gutes Geld bezahlen." Andreas ist fassungslos, dass ausgerechnet seine Mutter Anni die Tradition so einfach mit Füßen tritt, will er nicht wahrhaben. Sabine sind die Streitereien aus ihrer Kindheit vertraut. Sie weiß auch, wenn Anni erst mal so richtig loslegt, ist sie nicht mehr zu bremsen. „Ich will endlich auch mal reisen und mir etwas gönnen. Ein Leben lang hat Luise das verhindert, und euer Vater Hermann hat nur an sich selbst gedacht. Der ist lieber allein losgezogen und hat mich im Stich gelassen! Immer stand ich in der zweiten Reihe! Wegen dir musste ich alles aufgeben," sie dreht sich zu Andreas herum. "Wegen dir und diesem Weingut musste ich alles aufgeben! Jetzt wird es endlich mal um mich gehen!" Andreas starrt sie sprachlos an. Sabine ahnt hinter der Wut eine ganz eigene Trauer, die keiner von ihnen wirklich verstehen kann. Weder Sie noch Andreas haben je viel Zeit mit Anni verbracht. Denn ihre Mutter ist von Krankenhaus zu Krankenhaus und von Kur zu Kur gereist. Wäre da nicht Oma Luise gewesen, dann wüsste sie nicht, was aus ihnen geworden wäre. Ihr Vater hat sich scheiden lassen, da war Sabine noch ein Baby gewesen. Er hatte sie tatsächlich alle im Stich gelassen. Wieder vermischen sich Dankbarkeit und Trauer für die Großmutter in Sabines Gefühlen. Denn es war Luise gewesen, die die notwendige Normalität in das Leben ihrer beiden Enkel gebracht hatte, wo die psychischen Schwierigkeiten ihrer Tochter alles zu zerstören drohten. Würde es Anni am Ende nun doch noch gelingen, alles zu zerstören? Das Weingut, das Andreas mehr bedeutete als alles andere? „Lass uns später darüber reden“, versucht Andreas die Mutter zu beruhigen. Doch Sabine weiß aus Erfahrung, wenn ihre Mutter erst einmal einen Entschluss gefasst hat, dann ist sie wie ein Panzer, der nicht von seinem Kurs abzubringen ist. „Oma hätte das nicht gewollt!“ versucht es Sabine jetzt. „Ach Oma“, sagt Anni, aufgeregt und verbiestert. „Soll ich dir mal was über deine ach so geliebte Oma sagen. Das war eine Hexe! Jawohl, eine Hexe war das! Ich weiß Sachen von Deiner Oma, die glaubst Du nicht! Sachen, wenn die der Pfarrer heute gewusst hätte ...“ Die Tränen sind längst aus ihren Augen verschwunden, an ihre Stelle ist ein boshaftes Glitzern getreten. Wütend schnaufend holt sie tief Luft. Eine bronzene Uhr auf der Anrichte tickt laut. Dann wird Annis Stimme plötzlich bedrohlich leise. „Wir werden ja sehen, wie das hier alles weitergeht!“, um nach einer kleinen Pause hinzuzufügen: „Wie gesagt: vielleicht könnt ihr mich ja doch auszahlen, soviel verlange ich gar nicht.“

Anschließend schaut sie zu Patty hinüber und dann, als sei ein Schalter umgelegt worden, fragt sie: „Hattest Du nicht etwas über Käsebrote gesagt? Ich komme mit dir in die Küche, Sabine, dann geht es schneller! Wo bleibt der Wein Andreas?“ Andreas schaut sie wütend an. Er versucht immer noch ihre Drohungen zu verkraften. Nun zuckt er hilflos mit den Schultern und stapft Richtung Küche davon, schließlich gibt es da immer noch den Kellerabgang, durch den man schneller in den Weinkeller kommt.

Sabine folgt Anni in die Küche. „Du wunderst dich wohl, was in mich gefahren ist!“ hört Sabine Annis Stimme hinter sich, als sie in der Küche nach Gläsern und Tellern sucht. Sie dreht sich nicht um, sie weiß, dies ist eine rhetorische Frage. Ihre Mutter erwartet keine Antworten. Sie möchte etwas erzählen. „Ich habe jemanden kennengelernt! Wir möchten heiraten und dann reisen. Er hat Geld, richtig viel Geld und ich will nicht mit leeren Taschen zu ihm gehen. Außerdem will ich eine schöne Hochzeit. Nicht so wie damals mit Hermann, das war ja nichts Echtes, da war ich nicht mit dem Herzen dabei. Und danach möchte ich auf Weltreise auf einem Kreuzfahrtschiff. Mutter hat das nie verstanden. Dass es auch noch etwas anderes gibt als Engelstal. Aber jetzt, wo sie tot ist, kann ich endlich raus aus dieser Enge. Jetzt kann sie mir nichts mehr verbieten. Keiner kann mich jetzt aufhalten, auch Andreas und Du nicht. Das musst du doch verstehen. Du bist schließlich auch gegangen." Sie schaut die Tochter verständnisheischend an. „Ich muss nur noch das Haus verkaufen und einen Schlussstrich ziehen. Das ist wichtig für mich. Kannst du das Andreas nicht begreiflich machen? Auf dich hat er schon immer gehört."

Zum ersten Mal begreift Sabine, da spricht nicht die übliche Hysterie aus ihrer Mutter, sondern ein Mann. Ein Fremder hat ihr einen Floh ins Ohr gesetzt. Das ist neu. Das muss man tatsächlich ernst nehmen. Denn nun haben sie es nicht mehr mit einer psychisch labilen Frau zu tun, die ihre Meinung je nach Stimmungslage ändern kann, sondern mit zwei Personen, von denen einer eine unbekannte Variable ist. Ganz deutlich will da jemand an ihr Familienvermögen, dem die Familientraditionen und das Weingut völlig egal sind und der die leicht zu beeinflussende Anni einfach instrumentalisieren kann.

Einen Moment legt Sabine ihrer Mutter den Arm um die Schulter. „Ich freue mich für dich. Echt! Aber heute ist das alles ein bisschen viel für mich! Omas Beerdigung, deine Hochzeit! Vielleicht können wir uns bei mir in Frankfurt treffen und dann in Ruhe miteinander reden!" Langsam löst sie sich wieder und dreht sich der Küchenanrichte zu. „Ich habe jetzt Osterferien, da habe ich viel frei!" Vorsichtig legt sie die Käsebrote auf eine Platte und packt den Rest Streuselkuchen aus. Und weil sie den Druck spürt, unter dem Anni steht, dreht sie sich noch einmal zu ihr um fügt lächelnd hinzu: „Vielleicht sogar morgen schon!" Anni winkt ab. „Alles zu seiner Zeit würde Luise sagen. Ich komme gerne mit Dan bei dir vorbei, aber nicht gerade morgen. Wie haben ein ziemlich volles Programm." Ihr hungriger Blick fällt auf die Käsebrote. Anni folgt Sabine mit der Platte mit belegten Broten ins Wohnzimmer. „Ich wäre dir dankbar, wenn du den anderen erst einmal nichts von Dan erzählst. Das möchte ich lieber selbst machen."

Als sie dann bei einem Glas Wein zusammensitzen, fängt Anni wieder an, „Ihr müsst auf jeden Fall Luises Sachen packen. Ihre Kleider beim Roten Kreuz oder bei der Kirchengemeinde abgeben, die sind doch noch gut. Und die Möbel kann man sicher im Internet verkaufen. Außer ihr wollt sie behalten. Mir ist das egal. Nur raus müssen sie halt. Da ist die bronzene Uhr, die ist sicher was wert. Und dann die Perlenkette und der Goldring, den sie immer getragen hat. Den Erlös könnt ihr haben, wenn ihr sie verkauft. Den Rest können wir ja einem Entrümpler überlassen." Sabine geht das alles zu schnell. Annis Eile ist ungesund. Auch hat Anni ganz deutlich die Rechnung ohne ihre Enkel und die Enkelin ihres Bruders gemacht. „Das geht doch nicht, Oma Anni," ruft Jens und die Großnichte Jacky ergänzt „Uroma Luise hatte wertvolles Spielzeug und Bücher und viele andere Sachen, die verticken wir im Netz. Auf Ebay!"

Zum Glück ist Onkel Berti nicht da, denkt Sabine, der mag zwar selbstgerecht sein, aber dieser Ausverkauf der Familiengeschichte durch seine Enkelin würde ihn sicherlich schockieren.

„Lasst uns doch einen Termin vereinbaren, an dem wir

uns zum Ausräumen treffen“, schlägt sie nun den anderen vor. Von einem Entrümpler hält sie nicht viel. „Jeder bringt etwas zu essen mit und dann können wir eine richtige Ausräumparty daraus machen.“ Ihr könnt ja auch kommen, schlägt sie ihrer Cousine Sophie vor. Die ist sofort begeistert: „Klar kommen wir und Pizza ist doch auch okay!“ Sophies Augen blitzen seit langem wieder einmal unternehmungslustig: „Das wird wieder wie früher, wenn ich euch besucht habe!“ Und weil Sophie und Jacky extra zur Beerdigung aus Düsseldorf angereist sind und sich im örtlichen Gasthaus zum Grünen Baum ein Zimmer genommen haben, verabreden sich alle für den nächsten Tag. Nur Anni hat keine Lust: „Macht das mal ohne mich, die alten Sachen könnt ihr alle behalten. Ich will das alte Zeug nicht mehr sehen.“

Es ist schon nach zwölf, als Sabine und Andreas Anni in einem Taxi nach Hause schicken. Mit einem Glas Wein setzen sie sich an den Küchentisch. „Der ist dir dieses Jahr wirklich gut gelungen,“ sagt Sabine. Andreas lächelt einen Moment zufrieden. Er ist stolz auf seine Arbeit, ein Weinkünstler eben. Doch dann wechselt er das Thema. Im Laufe des Abends hat Anni auch ihm von ihren Heiratsplänen erzählt. „Ein Heiratsschwindler?“ fragt er nun Sabine. „Ich weiß es nicht! Es kann genauso gut sein, dass sie einen Witwer gefunden hat, der wie sie einen schönen Lebensabend verbringen will. Du darfst nicht vergessen, dass sie fast 70 ist. Auf jeden Fall hat er keine emotionalen Bindungen an dieses Haus und das Weingut.“ Einen Moment zögert sie. „Wie stehen deine Chancen auf einen Kredit? Eventuell könnte ich Dir etwas leihen oder bürgen.“ Er schüttelt den Kopf, „wir haben erst vor kurzem einen Kredit für die neue Abfüllanlage aufgenommen. Einen so großen zusätzlichen Kredit können wir nicht stemmen.“ Sabine setzt an: „Ich könnte …“ Andreas schüttelt den Kopf.

„Okay, dann versuchen wir erst einmal herauszubekommen, wen sie heiraten möchte und packen unseren ganzen Charme aus. Vielleicht kann man mit ihrem neuen Partner ganz vernünftig reden." Seufzend erhebt sie sich, langsam breitet sich ein Grinsen auf ihrem Gesicht aus. „Inzwischen räumen wir Omas Haus aus. Wer weiß, was wir finden und verzocken können!"

Das verunglückte Golfturnier

Ludwig hasst es, wenn er mit seinem Vater über den Kronberger Golfplatz spazieren muss. Eigentlich ist dies einer der schönsten Golfplätze der Welt, aber Ludwig wurde er schon als Kind verleidet. Denn ausgerechnet hier pflegt sein Vater seine Vater-Sohn-Gespräche mit ihm zu führen. Vorzugsweise früh am Morgen vor dem Frühstück. „Ich bin froh, dass du dich entschieden hast, wieder mit mir zu reden!" packt Ludwig den Stier bei den Hörnern. Sein Vater brummt und greift nach einem Golfschläger. Nach dem Schlag ziehen die beiden weiter. „Ich habe lange darüber nachgedacht, ob ich es tun soll," antwortet der dann, „schließlich hast du dich nie bei mir entschuldigt." Sprachlos folgt Ludwig den energischen Schritten des Vaters. Hat Georg Friedrich noch nicht begriffen, wer sich hier bei wem entschuldigen muss? Instinktiv möchte er sich verteidigen, in ihm kocht die alt vertraute Wut hoch, doch er hält sich zurück. Etwas in ihm sagt, er wird so nichts erreichen. Der Vater wird ihm nicht zuhören, wenn er in die Rolle des trotzigen Sohnes zurückfällt. Es gilt Ruhe und Souveränität zu bewahren. Schließlich hat er, Ludwig, alle Trümpfe in der Hand. Und so beschließt er, dass er nun das Tempo des Spaziergangs bestimmen wird, den dynamischen Schritt des Vaters zügelnd, indem er ihn vorausmarschieren lässt. Und siehe da, zum ersten Mal passt der Vater sich dem 10 Zentimeter größeren Sohn an. „Ich habe mich entschlossen, mit dir zu reden, weil es an der Zeit ist, dass du zurückkommst, Ludwig. Es mag sein, dass Du an der Universität erfolgreich bist, aber hier gibt es ein Familienunternehmen zu führen. Seit mehreren Generationen, Ludwig! Das kann man doch nicht ignorieren! Es ist deine Pflicht, das zu tun!" Nun schnauft Georg

Friedrich. Er beugt sich vor, um den Abstand zwischen Ball und Loch in Augenschein zu nehmen.

Ludwig betrachtet den Mann, zu dem er als Kind aufgeschaut und den er als junger Mann regelrecht gehasst hat. „Du hast es nie verstanden. Genauso wie ich lange Zeit nicht begriffen habe, dass du das gar nicht verstehen kannst. Dieses Unternehmen war der moralische Untergang unserer Familie. Jeder, der sie bisher geleitet hat, hat sich an ihr die Hände schmutzig gemacht. Im dritten Reich hat Großvater mit den Nazis kollaboriert, und auf dein Konto gehen so viele Umweltsünden, von der Kinderarbeit und den Arbeitsbedingungen in den Billiglohnländern will ich lieber nicht reden." Sein Vater holt Luft. Doch Ludwig bringt ihn mit einer Handbewegung zum Schweigen. „Ja, ich habe die Greenwashing-Aktionen meines Schwagers durchaus wahrgenommen. Aber ganz ehrlich, da muss viel mehr passieren, bis ich daran glaube, dass sich in der Fromme-MW wirklich etwas ändert. Ich habe noch kein einziges Wort der Entschuldigung gehört. Die Forderungen ehemaliger Zwangsarbeiter werden einfach so abgebügelt." Ludwig holt Luft. „Glaubst du wirklich, ich wollte in diesen Alt-Herren-Verein einsteigen, in dem Frauen nur als Sekretärinnen willkommen sind, und man über Schwule noch immer hinter vorgehaltener Hand flüstert?" Ludwig weist mit seiner Hand auf den Golfplatz und dann auf seinen Vater. „Sollte ich mal einen Sohn haben, dann werden meine Vater-Sohn-Gespräche nicht auf einem Golf-Platz vor dem Frühstück stattfinden, sondern beim Abendessen, bei einer guten Flasche Rotwein." Georg Friedrich räuspert sich: „Wie oft habe ich es dir schon erklärt, dein Vater musste das tun, um die Firma zu retten. Und wenn es unsere Firma nicht gegeben hätte, wenn wir uns nicht so behauptet hätten, ginge es uns allen heute nicht so gut, wie es uns jetzt geht. Wir sind das Rückgrat der deutschen Wirtschaft und der deutschen Gesellschaft. Menschen wie dein Großvater, der sich in der Nachkriegszeit darum bemüht hat, dass die Wirtschaft wieder in Gang kam, oder wie deine Mutter und ihre Familie, pommerscher Adel, die sich als Flüchtlinge damals nach Deutschland durchgekämpft haben. Sie haben den Wiederaufbau vorangetrieben. Ohne uns wäre Deutschland heute nicht da, wo es ist. Die Bankenstadt Frankfurt mit all ihrem Luxus, die gäbe es gar nicht. Du könntest nicht deiner sogenannten Forschung an der Uni frönen. Und da fängst du immer wieder mit den alten Geschichten an. Das ist vorbei, wir haben für unsere Schuld bezahlt, endlich bezahlt." Der nächste Schlag über das Grün ist ein zorniger weiter Schlag, der Ball segelt zwischen die Sträucher. Ludwig lächelt schadenfroh, während Georg Friedrich wütend auf die Suche geht. „Deine ständigen Forderungen machen mich krank. Mal sind es die polnischen Zwangsarbeiter, dann wieder die Juden? Schau sie dir doch an, deine Juden, die haben sich doch wieder gut erholt. Ohne uns gäbe es den Staat Israel gar nicht und das jüdische Bankgeschäft floriert doch wieder. Du bist ein Ewiggestriger mit deinen Forderungen nach Entschuldigungen. Die will heute keiner mehr hören, das ist alles vorbei. Endgültig vorbei! Hörst du!" Ludwig weiß, was jetzt kommt. So oder ähnlich haben sie dieses Gespräch schon mehrfach geführt. Eigentlich könnte er auf Durchzug schalten und einfach nicht mehr hinhören, und trotzdem tut er sich das immer wieder an und immer wieder versucht er, mit seinem Vater zu diskutieren und gerät jedes Mal in dieselben Sackgassen. Jetzt, denkt Ludwig, kommt gleich die Vertreibung. „Bei deiner Mutter hat sich auch keiner entschuldigt, als man sie damals vertrieben hat und was glaubst du, was sie gelitten hat und was wir in Pommern verloren haben an Gütern und Land!" Ludwig kennt diese

Litaneien, von seiner Mutter hat er sie noch nie gehört. Doch immer dann, wenn sich sein Vater schuldig fühlt, dreht er den Spieß um. Das macht er bei kleinen und großen Konflikten gleichermaßen. Ludwig hat gelernt, damit umzugehen. Er provoziert den Vater regelmäßig mit vielsagendem Schweigen und Schulterzucken. „Für mich ist die Vergangenheit nicht vorbei, solange es keine offizielle Entschuldigung gibt, keine Zahlungen an die Betroffenen, die den Fromme-MW wirklich wehtun und solange du und dein ganzer Aufsichtsrat inklusive Adam nichts aus der Vergangenheit lernt." Eine Patt-Situation, wie so oft in den letzten Jahren. Doch dieses Mal ist etwas anders. Georg Friedrich dreht seinem Sohn nicht beleidigt den Rücken zu, er verlegt sich stattdessen aufs Bitten: „Du musst zurückkommen Ludwig, ich bin krank, ich kann nicht mehr. Mutter hat dir vielleicht von meinem Herzinfarkt erzählt, ich will nicht, dass Adam den Vorsitz übernimmt. Er ist nicht mein Sohn, du bist mein Sohn, mein einziger Sohn. Das muss doch etwas bedeuten. Ich will meine Angelegenheiten regeln, bevor ich sterbe." Nun muss Ludwig innerlich schmunzeln. Seine Schwester hat ihn gewarnt, dass das kommen wird. Sein Vater hatte tatsächlich vor einiger Zeit einen leichten Herzinfarkt. Seitdem, so hat sie ihm berichtet, ist er auf dem Gesundheitstrip. Im Keller wurde ein Fitnessstudio eingerichtet. Die Köchin musste an einem Fortbildungskurs in gesunder Ernährung teilnehmen und morgens gibt es Frischkornmüsli. Die Zigarren hat er weggegeben und Cognac und Whiskey werden nur noch an Gäste ausgeschenkt. Georg Friedrich holt zum nächsten Schlag aus und mitten im Schwung kann sich Ludwig ein „solange du dich noch so bewegen kannst, hast du noch viel Zeit, du alter Hypochonder!" nicht verkneifen. Sein Vater blitzt ihn wütend an, er hat den Schlag nach links verzogen. „Also gut, du Besserwisser, selbst wenn du nicht in die Firma einsteigen willst, solltest du wenigstens langsam an eine Familie denken. Das ist doch kein Leben, da in dieser kleinen Wohnung im Westend. Der Vater von Ilsa hat mich neulich gefragt, ob du schwul bist, weil er dich mit diesem schwulen Schauspieler zusammen gesehen hat. Aber das bist du doch nicht, oder?" Nun sind die buschigen Augenbrauen ängstlich-drohend nach oben gezogen. Ludwigs Augen sprühen Funken: „Du kannst dem Herrn Krüger gerne ausrichten, „dieser schwule Schauspieler" hat hundert Mal mehr Sex-Appeal und Unterhaltungswert als seine Tochter Ilsa das jemals haben wird. Und dabei bin ich nicht schwul!" Zum Schluss hat der Vater es doch noch geschafft, den Sohn auf die Palme zu bringen: „Weißt du, ich bin jetzt fast vierzig und meine Frauen, die suche ich mir inzwischen selbst aus. Ob und mit wem ich wann Kinder bekommen möchte, entscheide ich. Und eines weiß ich jetzt schon mit Sicherheit, weder wirst du sie in deine Finger kriegen, noch werden sie in deinem Aufsichtsrat sitzen. So und jetzt geh ich und frühstücke erst einmal richtig und ohne Frischkornmüsli." Wütend stapft Ludwig zurück nachhause. Auf dem Heimweg ärgert er sich, so wie jedes Mal, wenn er vom Golfplatz zurückkommt und das trotz seiner guten Vorsätze. Er weiß doch, wie diese Gespräche ausgehen. Am Ende läuft es immer auf eine zukünftige Ehefrau und Kinder hinaus und meistens muss die arme Ilsa Krüger herhalten. Wahrscheinlich ist bei ihr mal wieder eine Beziehung in die Brüche gegangen und Vater riecht Morgenluft. Er hätte sich gleich denken können, dass der Geburtstag seiner Mutter nur ein Vorwand war. Sie hatten kaum miteinander reden können. Gestern Abend war die große Party und heute Morgen die Verabredung zum Golf. Ludwig betritt das alte Haus aus dem 19. Jahrhundert und geht in den Frühstückraum. Seine Mutter sitzt mit der Zeitung am Frühstückstisch. „Hallo Liebling, wie war das Spiel?" fragt sie und streckt ihm die frischgeschminkte Wange entgegen. Er haucht einen Kuss in die Luft, um das Kunstwerk nicht zu zerstören. „Danke, wie immer!" antwortet er. „Du kannst ihm nicht zum Vorwurf machen, dass er es versucht! Du bist sein einziger Sohn!" weist sie ihn auf das Offensichtliche hin. „Er hat einen perfekt funktionierenden Schwiegersohn und eine Tochter, die angepasster nicht sein könnte. Wozu braucht er mich? Das ist unfair gegenüber Adam und Katharina. Er ist ein manipulierender alter Teufel, der nur möchte, dass alle nach seiner Pfeife tanzen." Seine Mutter versucht ihn wie immer zu besänftigen: „Er liebt dich, er kann es nur nicht zeigen." Ludwig schüttelt den Kopf: „Nein, er liebt nicht mich. Er liebt sich selbst, die Firma und die Traditionen und dieses Leben hier und alles, wofür es steht. Wir, du, ich, Katharina und Adam, wir alle sind austauschbar in seiner Welt. Solange wir funktionieren, ist alles gut, doch wenn wir die Dinge aus dem Gleichgewicht bringen, dann droht er mit Liebesentzug." Ludwigs Mutter schüttelt den Kopf „Ich verstehe dich nicht, Ludwig, du hast doch alles bekommen, alles hier gehört eines Tages dir. Wir haben dir jeden Wunsch von den Augen abgelesen. Wenn ich da an meine Kindheit denke, so wie bei dir, war es bei mir nie und trotzdem warst du nie zufrieden. Du hast immer protestiert, bist gegen die sogenannten Konventionen Sturm gelaufen, wolltest auf alles verzichten. Du weißt gar nicht, was es bedeutet, plötzlich nichts mehr zu besitzen, zu hungern und von der Willkür anderer abhängig zu sein. Ich bin froh, dass ich deinem Vater damals gefallen habe. Dass er mich geheiratet hat. Ich hätte es in dieser kleinen Mietwohnung nach dem Krieg nicht ausgehalten. Ich konnte noch nie sparen."

Es ist das erste Mal, dass Ludwig seine Mutter über den

Krieg reden hört. Heute fährt auch sie deutlich schwere Geschütze auf. Normalerweise redet Charlotte, geborene von der Osten, selten über sich und ihren Mann und schon gar nicht über Gefühle. Sie ist die perfekte Ehefrau. Immer gepflegt, immer gut gekleidet, sich ihres Standes bewusst und immer an der Seite ihres Gatten. Sie ordnet sein Heim und achtet auf die gesellschaftliche Stellung der Familie Fromme. Herzlichkeit oder Intimitäten hat Ludwig zwischen seinen Eltern noch nie erlebt. Aber in ihren Zielen sind sich die beiden so einig, dass selbst die eine oder andere Affäre, die sich sein Vater ab und zu leistet, diese Beziehung nicht zerstören kann. Dafür fordert sie dann einen Preis. Auch das weiß Ludwig. Die Solidarität einer Ehefrau wie Charlotte ist teuer und sie weiß, dass sie ihren Preis wert ist.

Heute Morgen begreift Ludwig zum ersten Mal warum. Charlotte weiß, dass ihr Schicksal auch ein ganz anderes hätte sein können. Sie hat ihre Freiheit verkauft, damals, als sie nach dem Krieg als Flüchtling mit leeren Händen den Industriellensohn Georg Friedrich Fromme geheiratet hat. Ob sie ein anderes selbstbestimmteres Leben geführt hätte, wenn diese Flüchtlingserfahrung nicht gewesen wäre? Ludwig bezweifelt es. Glaubt sein Vater wirklich, dass er eines Tages eine ähnliche Wahl treffen wird? Er spürt, wie der Ärger wieder in ihm hochsteigt und schüttelt sich innerlich. Es wird Zeit, dass er seine Tasche packt und wieder in seine Frankfurter Wohnung zurückkehrt. „Vielen Dank für Croissant und Kaffee! Gut, dass es in diesem Haus auch noch etwas anderes als Frischkornmüsli gibt.“ Ein Lächeln zupft an den Mundwinkeln seiner Mutter. Den Humor hat er immerhin von ihr geerbt. „Ich muss jetzt leider los. Auf mich warten noch einige Seminararbeiten und dann habe ich heute Abend noch ein Doktorandenkolloquium. An der Uni gehen die Ferien erst nächste Woche los. Also grüß den alten Ziegenbock von mir, wenn er seine 18 Löcher fertig gespielt hat und falls, du dich traust kannst Du ihm ausrichten, sollte er es schaffen, eine offizielle Entschuldigung und Entschädigung an alle Zwangsarbeiter der Fromme-MW zu organisieren, lade ich ihn auch zu meiner Hochzeit ein. Die Braut muss ich mir zwar noch suchen, aber er wird wahrscheinlich mehr Zeit brauchen als ich." „Ach, Ludwig!" Die Mutter erhebt sich vom Frühstückstisch und folgt ihrem ungehorsamen Sohn in den Flur. Vorsichtig küsst sie ihn auf die Wange rechts und links und dann nochmal rechts, wie eine gute Freundin es tut und hüllt ihn in eine Wolke Chanel no 5. Dann hebt sie warnend den Zeigefinger. „Glaub nur nicht, dass jeder Professor mit einem alten Jaguar durch die Gegend fahren kann, mein Sohn. Denk daran, wer dir das alles ermöglicht." Ludwig macht eine wegwerfende Handbewegung und steigt in das Auto, das er sich selbst verdient hat. Dann biegt er nach links ab, vorbei am Pförtnerhäuschen des Schlosshotels und von dort aus auf die Taunushöhenstraße. Er wird noch einen kleinen Abstecher über den Feldberg machen. Heute ist ihm danach, um sich die Wolken aus dem Kopf zu vertreiben.

Die Schatzsuche

Wer jeden Morgen um sieben Uhr raus muss, hasst den Wecker am Samstag. Sabine ist da keine Ausnahme. Schon in ihrer Schulzeit kam sie morgens nur mit Mühe aus dem Bett. Jede Minute, die sie länger unter der Bettdecke kuscheln kann, ist ein Genuss. Auch heute noch kann nur ein guter Cappuccino sie herauslocken. Das hat sie sich aus den Tagen ihrer Kindheit bewahrt. Damals, als Oma Luise ihr und Andreas morgens immer einen heißen Kakao gemacht hat. Sabine streckt sich und streicht sich dann prüfend über den Bauch, ihre tägliche Gewichtskontrolle, seit sie die Waage aus ihrem Leben verbannt hat. Ist da eine Rolle dazugekommen? Das sieht nicht so aus. Käsebrot und Streuselkuchen haben glücklicherweise nicht angeschlagen. Sie schlägt die Decke zur Seite und krabbelt aus dem Bett. Dann schlüpft sie in Unterwäsche, Jeans, Sweatshirt und Sneakers, die Dusche wird bis heute Abend warten müssen. Jetzt ist der Schnellwaschgang angesagt.

Mit gezieltem Schritt geht es zur italienischen Espressomaschine. Einer der Luxusartikel, die sie sich zum Einzug geleistet hat. Die Maschine zischt, während die Temperatur des Wassers steigt und der Duft der frisch gemahlenen Kaffeebohnen den Raum erfüllt. Sabine holt ihre Lieblingskaffeetasse mit dem Fischmosaik heraus und stellt sie unter den Ausguss der Espressomaschine. Dann drückt sie auf den Knopf. Sie öffnet die Kühlschranktür und greift nach der Milchflasche. Und wie so oft fällt ihr Blick auf die Prozentzahl 3,8 % Vollmilch. Als sie die 30 überschritten hat, hat sie die Magermilch zusammen mit dem Terror der Waage aufgegeben. Seitdem genießt sie das Vollfett-Leben genauso wie den Blick auf die Milchflasche am Morgen. Ein Stück

Freiheit, das sie nie wieder hergeben wird. Sorgfältig gießt sie die Milch in die Tasse und stellt sie unter den Milchschäumer, dann dreht sie den Zeiger nach rechts. Während der Wasserdampf die Milch erhitzt und aufschäumt, fällt ihr Blick aus dem Fenster. Er schweift über den Balkon des gegenüberliegenden Hauses. Die Stadt erwacht an diesem Samstag erst langsam zum Leben. Das Café unten an der Straßenecke ist noch geschlossen. Doch die ersten Jogger sind schon unterwegs und der eine oder andere Familienvater eilt mit der Brötchentüte vom Kiosk zum Familienfrühstück nachhause. Ein junger Mann schraubt gegenüber in der Einfahrt an seinem Fahrrad herum, das Werkzeug neben sich auf dem Boden ausgebreitet. Hier und da ist sogar ein leerer Parkplatz zu sehen. Es ist ein typischer Samstagmorgen im Westend.

Sabine zieht ihren Kaffeebecher unter der Maschine hervor und geht um die kleine Küchenbar herum in den Wohnraum. Sie öffnete die Tür zu ihrem Balkon und tritt an das schmiedeeiserne Geländer. Wie erwartet geht keine Minute später die Tür zum Nachbarbalkon auf. Lächelnd grüßt sie ihren Nachbar Ludwig Fromme, der jeden Morgen um diese Zeit ebenfalls einige Minuten auf seinem Balkon verbringt, seine erste Zigarette in der Hand.

Ludwig Fromme oder besser Professor Dr. Ludwig Fromme ist eine schillernde Gestalt. Ihre Vermieterin Hanna Mendelsohn hat sie schon beim Einzug vorgewarnt. Der Professor für neuere Geschichte liebt einen ausschweifenden Lebensstil. Partys bis zum frühen Morgen sind keine Seltenheit. Bei ihm geben sich Intellektuelle und Künstler die Klinke in die Hand und nicht nur sie pflegen einen auffälligen Kleiderstil. Auch Ludwig scheint die Mode der zwanziger Jahre zu lieben. Tagsüber trifft man ihn des Öfteren in Kleidungsstücken an, die an die Zeit erinnern, mit der er sich auch beruflich beschäftigt. Sabine vermutet, dass der Zweimeter-Mann sich seine Kleidung nähen lässt. Auch heute Morgen auf dem Balkon glänzt er wieder in einem seidenen Morgenmantel im Paisley-Muster. Die leichte Andeutung eines Bauches steht dem ansonsten sportlichen dunkelhaarigen Mann Ende dreißig gut. Sie offenbart neben seiner Neugier seine zweitgrößte Schwäche, nämlich seine Liebe zu leckerem Essen und gutem Wein.

„Na was treibt dich denn an einem Samstagmorgen schon so früh auf den Balkon!“ ruft er lachend herüber. Sie lacht unwillkürlich zurück: „Eine Schatzsuche!“ Und dann erzählt sie ihm, wie es auf der Beerdigung gewesen ist und dass sie zusammen mit ihrem Bruder das Haus ihrer Großmutter ausräumen muss. Mit Ludwig kann man sich gut unterhalten. Er hat eine Art, selbst in den alltäglichsten Kleinigkeiten noch etwas Besonderes zu erkennen. So zum Beispiel als sie vom Eifer ihrer Nichten und Neffen berichtet, die auf reiche Beute im Internet hoffen. Ludwig lacht. „Ich bin ein großer Fan der „Antikshow“ im englischen Fernsehen, du kannst dir nicht vorstellen, was die Besucher da an Fundstücken aus Omas Keller mitbringen. Die sind manchmal Tausende und sogar Zehntausend wert und sehen nach nichts aus. Solltest Du was Schönes finden, biete ich Dir gerne meine Hilfe an.“ Er wackelt mit seinen Augenbrauen. „Ich würde sogar selbst mit dir nach England zur Antikshow fahren. Da wollte ich schon immer mal hin.“ Sabine findet die Vorstellung absurd. „Mal sehen! Ich melde mich, wenn es so weit ist.“ Als sie sich umdreht, um in ihre Wohnung zurückzugehen, ruft er ihr hinterher: „Vergiss mich nicht!“ und „Wir sehen uns morgen früh!“ Sie lacht und dreht sich nochmal um. Dann winkt sie wie jeden Morgen.

Ludwig grinst. Diese Sabine Becker ist erst vor kurzem nebenan eingezogen. Eine angenehme Überraschung nach der alten Klavierlehrerin, die sich immer über seine Partys beschwert hat. Als Hanna ihm erzählt hat, dass eine neue Mieterin einzieht, haben sie zusammen eine Flasche Champagner geköpft. „Total nett und hübsch ist die!“ hat die listige Hanna verraten und er hat gelacht, weil Hanna es sich zur Lebensaufgabe gemacht hat, ihn zu verkuppeln. Aber diese neue Mieterin ist wirklich nett. Nicht besonders elegant und auch nicht raffiniert, irgendwie geradeheraus und echt, mit beiden Beinen mitten im Leben. Klein und zierlich, aber man sieht ihr an, dass Diät nicht ihre Sache ist. Das lockige rote Haar ist meistens zu einem unkomplizierten Pferdeschwanz zurückgebunden, so, als wolle sie ihre Zeit nicht mit komplizierten Frisuren verschwenden. „Ein hübsches Lächeln, das einen Mann richtig einwickeln kann!“ So hatte sein Freund Marco es neulich ausgedrückt. Aber eine klassische Schönheit ist sie nicht und das gewisse Etwas, das Ludwigs Frauen sonst haben, hat sie auch nicht. Dafür flirtet sie auch nicht auf Teufel komm raus und zeigt auch sonst kein Interesse, sich den Industriellensohn „zu angeln“. Eine echt nette Abwechslung. Er hat sie neulich zu einer seiner Partys eingeladen und zwischen all den bunten Vögeln war sie der Vogel, der am meisten auffiel. Dabei hat sie es trotzdem geschafft, sich anzupassen. Am Ende waren viele seiner Freunde inklusive seinem Freund Marco begeistert von dieser neuen Nachbarin. Zufrieden grinsend drückt Ludwig die Zigarette aus, die er sich gerade erst angezündet hat. Eigentlich hat er schon vor langem mit dem Rauchen aufgehört, aber die kleinen Wortwechsel am Morgen machen ihm Spaß und irgendwie braucht er ja einen Grund, um allmorgendlich auf den Balkon hinauszugehen.

Sabine greift unterdessen nach ihrer Tasche und den Autoschlüsseln. Eigentlich wollte sie sich heute mit Zug und Fahrrad auf den Weg zu machen, denn die Wettervorhersage hat einen schönen Tag versprochen. Außerdem haben gestern die Osterferien begonnen. Aber dann hat sie sich doch überlegt, dass der Mini für den Fall praktischer ist, wenn sie ein paar Erinnerungsstücke mitnehmen möchte, und so hechtet sie jetzt zu dem Parkplatz, den sie sich vor ein paar Tagen einige hundert Meter weiter ergattert hat. Heute Nacht hat es glücklicherweise nicht geregnet. Die Morgenluft ist deshalb auch nicht mehr so kalt wie in den letzten Wochen. Sabine genießt die kurze Fahrt durch das Westend zum Hauptbahnhof. Selten fahren so wenig Autos auf der großen Ausfahrtsstraße Richtung A66 wie an einem Samstagmorgen um diese Uhrzeit. Vorbei an der Henkel-Trocken-Werbung in Wiesbaden, dann über die Schiersteiner Brücke, den Blinker setzt sie schon in Ingelheim-West. Dann genießt sie den Weg über die Dörfer nach Engelstal, so wie sie es am liebsten mag. Da kommen Heimatgefühle auf. Was sie wohl finden werden? Das Haus eines Menschen auszuräumen, bedeutet auch in dessen Privatsphäre vorzudringen. In vielem war ihre Oma sehr privat und eigen. Sie erinnert sich daran, wie sie nach Opas Tod gemeinsam nach dessen Testament und nach der Lebensversicherung gesucht hatten, weil Luise wegen ihres grauen Stars nicht mehr so gut sehen konnte. Aber als sie den großen Eichenschrank öffnen wollte, war ihre Oma richtig wütend geworden. Niemand durfte den Schrank berühren. Nur sie wusste, wo der Schlüssel war, und sie gab ihn nicht aus der Hand. Damals hatten sich alle darüber lustig gemacht und dieses Verhalten als das einer senil werdenden Frau abgetan. Alle wussten, dass die Großeltern keine Schätze zu verbergen hatten. Nun wird sie diesen Schrank, den ihre Oma wie einen Augapfel gehütet hat, öffnen, und die scheinbaren Schätze und das, was ihrer Oma so peinlich gewesen war, ans Tageslicht befördern.

Irgendwie ist es gut, dass ihre Oma das alles nicht mehr erleben muss, denkt Sabine, es hätte sie unendlich gekränkt, zu erfahren, wie die Zeit über ihr Leben mit all seinen Werten und Tugenden hinweg gegangen ist. Gerade noch rechtzeitig erwacht Sabine aus ihren Tagträumereien, um an dem neuen Kreisel abzubiegen. Den Weg zum Weingut kennt das Auto von allein.

Patty hat wie immer an alles gedacht und schon eine Kanne Kaffee gekocht. Auch die Croissants und die Kürbiskernbrötchen für ein zweites Frühstück stehen bereit. „Du bist ein Goldschatz, Patty!" Sabine greift nach einem Croissant. Patty lächelt. „Andreas und die Kinder sind schon drüben. Sie warten noch auf Sophie und Jacky. Sophies Mann wird natürlich nicht dazukommen, dazu ist er zu wichtig." Sie malt Anführungszeichen in die Luft. Und Sabine und Patty lächeln sich an. Wie die nette Sophie so einen selbstverliebten arroganten Kerl heiraten konnte, ist ein Geheimnis, das bisher noch keiner lösen konnte. „Na ja, du kennst ja Sophie. Wie ein Pfadfinder: Immer bereit. Die Frau hat einfach zu viel Zeit. Sie hat Andreas gestern Abend tatsächlich aus dem Grünen Baum noch eine Liste gemailt, in die wir alles eintragen sollen, was wir finden, damit man nachher, wenn es verkauft wird, aufschreiben kann, wieviel Geld es eingebracht hat." Sabine schaut sie verblüfft an; „das ist nicht dein Ernst." „Doch, sie hat sogar Kontakt zu einem Gutachter aufgenommen, für den Fall, dass Oma Luise wertvolle Gemälde oder Schmuck besitzt. So hätte man von Anfang einen besseren Überblick!"

Sabine schüttelt den Kopf: „Was geht das die denn an?" Patty weist auf das offensichtliche hin: „Ihr Vater hat einen Erbanspruch!" Sabine wehrt ab. „Da würde ich mir keine Sorgen machen, Geld hat Sophie noch nie etwas bedeutet. Ich glaube, das geht es mehr ums Prinzip." Patty nickt. „Ich geh mal ins Haus, du kannst sie ja zu uns hinüberschicken! ruft Sabine ihr noch hinterher.

Als Sabine das Haus betritt, überkommt sie ein beklemmendes Gefühl. In der Stille klingt das Öffnen von Schubladen im oberen Stockwerk und das Lachen der Kinder im Keller besonders laut. Erst jetzt wird ihr das ganze Ausmaß dieser Aktion klar. Das ist das Haus, in dem sie ihre Kindheit verbracht hat. Hier hat ihre Oma wie eine Generalin alles beherrscht. Wenn man durch die Hintertür die Küche betrat, dann stand sie da in ihrer Küchenschürze, um jeden Besucher zu empfangen. Niemand kam zur Vordertür herein. Immer nur hintenherum. Jetzt ist die Küche leer. Eigentlich ist sie das schon, seit Oma Luise nicht mehr aufstehen konnte, aber hören konnte man sie immer noch, wenn man das Haus betrat. Jetzt ist da gar nichts mehr. Das Haus hat seine Seele verloren. Zum Schluss wird es nun noch geplündert. Dann ist alles zu Ende. Irgendwie kann sie sich des Gedankens nicht erwehren, dass das hier ein letzter Schritt ist, sie weiß nur nicht, wohin. Warum nur hat sich ihre Oma so vehement gegen jede Renovierung und jeden Umbau gewehrt? Warum wollte sie nicht, dass man in ihre Kisten und Schränke hineinguckte. Auch sie musste doch wissen, dass sie irgendwann sterben würde, dass sie irgendwann die Kontrolle aus der Hand geben musste.

„Andreas, wo bist du?“ ruft sie, um das beklemmende Gefühl abzuschütteln. „Hier oben, im Schlafzimmer.“ kommt es zurück „Ich dachte, dass wir mit den Kleidern anfangen. Das ist das Einfachste. Die geben wir am besten alle ans Rote Kreuz oder an die Diakonie. Die können das gut für Flüchtlinge und Obdachlose gebrauchen. Ich glaube, das wäre auch ganz in Omas Sinn, meinst Du nicht?“ Während er noch redet, ist sie die schmale Treppe in den ersten Stock hochgestiegen. Es ist eine steile Treppe, mit dem Treppenlifter an der Seite. Sabine lächelt wehmütig und streicht mit der Hand über die Sitzfläche. Andreas sieht auf: „Was denkst Du?“ „Ja, das ist eine gute Idee! Ihre Sachen sind von guter Qualität. Nicht besonders modisch, aber auch nicht altmodisch. Es gibt auch unter den Flüchtlingen ältere Frauen.“ Rasch greift sie nach einem Plastiksack und öffnet ihn, dann faltet sie vorsichtig die Kleidung, die ihr Bruder rücksichtslos aus dem Schrank herausgeworfen hat, und legt sie in den Sack. Beide arbeiten schweigend. Von unten sind Geräusche zu hören. „Wie erfolgreich sind denn deine Söhne!“ fragt Sabine, „haben sie den großen Schatz schon gehoben?“ „Keine Ahnung!“ Andreas zuckt mit den Schultern. „Sie sind auf jeden Fall geschickter mit dem Computer. Sie sammeln gerade alles in einer großen Kiste und wollen dann im Internet gucken, was es wert sein könnte. Es gibt da so eine Website, wo man die Sachen versteigern kann. Ebay heißt die. Sachen zu verkaufen und kaufen, das ist das neueste Hobby von meinem Ältesten. Frag mich nicht, wie er das macht. Aber neulich hat er tatsächlich ein altes Weinfass für 500 € verscheuert. Das sollte eigentlich auf den Müll. Aber er sammelt Geld für sein neues Moped und für mich ist das sowieso alles ein Buch mit sieben Siegeln.“ Eine wegwerfende Handbewegung zeigt, was er von den Internetaktivitäten seines Sohnes hält. Sabine grinst über die Klagen ihres Bruders, die ihr nur allzu vertraut sind. Die Kiste mit den sagenhaften Autos ist noch nicht aufgetaucht, sonst wäre das Geschrei im Keller größer.

„Wir bringen die Plastiksäcke am besten nachher in den Hof! Ich fahre sie dann am Montag zur Diakonie in Bad Kreuznach,“ unterbricht Andreas ihre Gedanken, während er sich weiter durch den Kleiderschrank wühlt. Danach kommen der Schuhschrank und dann die Halstücher, Handschuhe und Hüte. Oma hat tatsächlich ihre Hüte aus der Nachkriegszeit aufgehoben. Sabine kann es nicht fassen. Vorsichtig nimmt sie einen Hut in die Hand und streicht darüber. „Kannst du dich daran erinnern, sie in diesem Hut gesehen zu haben?" Andreas verneint: Ich kann mir aber auch nicht vorstellen, dass den irgendjemand anziehen möchte." „Die sind bestimmt etwas wert." fällt ihm seine Cousine Sophie ins Wort, die gerade eben zur Tür hereinkommt. Ihre Jeans sitzt tadellos, ihre Figur entspricht dem BMI und das Makeup ist dem Anlass angemessen. Ihre Tochter Jacky ist mit ihren 12 Jahren das genaue Ebenbild ihrer Mutter. Sophie greift nach einer Plastiktüte und verpackt einen der auf dem Bett liegenden Hüte sorgfältig. „Geh doch runter zu den anderen!" sagt Sabine zu dem Mädchen, das so dünn ist, dass es schon an Magersucht grenzt. „Darf ich Mama?" Jaqueline schaut begeistert zu Sophie hinüber, die nun damit beschäftigt ist, eine Liste aus der Handtasche zu kramen. Abwesend nickend sucht sie nun nach einem Stift, um mit dem Eintragen zu beginnen. Zuerst die Hüte, dann das Bettzeug und schließlich die Tischwäsche. „Andreas, kannst Du die Tischdecken für das Weingut gebrauchen?" fragt Sabine. Zweimal im Jahr öffnet das Weingut seine Türen und wird zur Straußwirtschaft. Seitdem der Stall umgebaut wurde, ist das ein weiterer sehr erfolgreicher Arbeitszweig. Im letzten Jahr hat Patty damit begonnen, jeden Tisch mit einer eigenen Tischdecke und extra Geschirr einzudecken. Sie hat der Straußwirtschaft damit einen ganz besonderen Charakter verliehen. Andreas nickt. „Wenn es Dir nichts ausmacht." Sabine lehnt verblüfft ab, „natürlich macht es mir nichts aus, was soll ich denn mit den Tischdecken anfangen." „Das gehört natürlich alles auf die Liste ..." meldet sich nun Sophie zu Wort, weiter kommt sie nicht, denn Sabine hat sich zu ihr umgedreht und blitzt sie nun ärgerlich an. „Sophie, ich glaube, du verstehst nicht, warum wir hier sind. Es geht nicht um Listen und auch nicht um das Erbe. Es geht hier vor allem um das Familien-Weingut, das Du so gerne mit deinen Freunden besuchst und das Pleite geht, wenn es uns nicht gelingt, unsere Mutter auszuzahlen. Da sollten ein paar Tischdecken nicht ins Gewicht fallen."

Einen Moment schluckt Sophie, dann nickt sie und legte den Stift aus der Hand. Verlegen schaut sie zur Seite. Sie ist weder gierig noch dumm, das weiß Sabine, sie organisiert nur gerne und möchte ernst genommen werden. Am wohlsten und sichersten fühlt sich die ehemalige Bankkauffrau eben, wenn sie die Welt in eine Tabelle eintragen kann. „Entschuldige!" sagt sie leise und schon tut es Sabine leid und sie legt den Arm um Sophie. „Ist doch okay, ich bin nur ein bisschen angespannt, weil so viel auf dem Spiel steht." Sophie ist nicht nachtragend: „Ich doch auch!" sagt sie. „Und ich gehöre doch auch hierher! Mir ist das Weingut doch auch wichtig. Ich habe hier meine schönsten Kindheitsstunden verbracht."

Der Tag schreitet voran und während sich die Kinder im Keller vorwärts wühlen, versuchen es die Erwachsenen im Obergeschoß. Ab und zu hört man von unten begeisterte Rufe, dann wieder enttäuschtes Murmeln, während sich Sabine, Andreas und Sophie systematisch von Zimmer zu Zimmer vorwärtsarbeiten. Als Andreas vor der Tür die Säcke in den Weinbergs-Bus einlädt, unterhalten sich Sabine und Sophie. So ganz in Ruhe haben sie das schon lange nicht mehr getan. Dabei haben sich die beiden Cousinen früher fast alles anvertraut. Doch in letzter Zeit erzählt Sophie nicht mehr viel. Seit sie geheiratet hat und nicht mehr arbeitet, sind die Gespräche sehr einseitig geworden. Alles dreht sich um Mann, Haus und Kind und jeder zweite Satz fängt mit den drei Worten „Norbert sagt oder Norbert denkt oder Norbert will" an. Heute fällt Sabine auf, dass etwas nicht stimmt. Sophie ist niedergedrückt und unsicher. Sie ist mehrfach zusammengezuckt, wenn sie einen schweren Gegenstand heben wollte. „Kann es sein, dass Du verletzt bist?“ fragt Sabine. Sophie schaut zur Seite. „Ach es ist nichts. „Ich habe mich an dem Abend von Omas Beerdigungsgespräch zuhause am Türrahmen gestoßen und mir zwei Rippen gebrochen. Du weißt doch noch, es war ziemlich spät und ich wollte noch schnell das Abendessen machen und da bin ich … ausgerutscht und gestürzt.“ „Gestürzt oder gestoßen!“ Sabine betrachtet Sophie prüfend. Instinktiv erkennt sie, dass da etwas nicht stimmt. In Sophies Augen stehen Tränen. Doch Andreas Schritte auf der Treppe unterbrechen das Gespräch. „Kommt zum Mittagessen! Patty hat uns ein leckeres Picknick in die Küche gebracht!“ Sophie schluckt und Sabine verspricht: „Lass uns später reden!“

Es ist schon Nachmittag, als sie sich an den Eichenschrank im Wohnzimmer wagen. Alle müssen lange suchen, bis Sabine endlich den Schlüssel zwischen einer Menge Papiere in der Schublade des Küchentischs findet. Gespannt starren die Erwachsenen nun auf die Schranktür, während sie den Schlüssel umdreht. Wie zu erwarten, liegt dort die Korrespondenz mit der Bank. Akribisch eingelochte Kontoauszüge der letzten 50 Jahre, die Versicherungspolicen, entwertete Sparbücher, Luises Pass und der ihres Mannes, das Stammbuch, und Auszüge aus dem Grundbuch, die sich irgendjemand einmal in Ruhe anschauen müsste. Mehrere Hundert Deutsche Mark, die sie wohl nicht mehr umgetauscht hat und ein paar tausend Euros und dann auch noch einige echte Goldmünzen aus der Zeit, als alle glaubten, dass es nur eine sichere Anlageform gäbe. Daneben steht auch die kleine Kassette, die Sabine als Omas Schmuckkästchen vertraut ist. Da ist der Ring, von dem ihre Mutter gesprochen hat und die Perlenkette und Omas und Opas Eheringe. Oma hat ihren Ring irgendwann mal nach einem Armbruch abgelegt. Sabine glaubt nicht, dass ihre Großmutter wirklich große Werte besessen hat, sie weiß nicht, woher das Geld hätte kommen sollen. Reichtum in Form von Bargeld oder Schmuck hatte es in dieser Familie nie gegeben. Gewinne waren direkt in das Weingut zurückgeflossen, in den Kauf von Weinbergen und Geräten. Aber der Ring im Schmuckkästchen ist wirklich süß. „Ich würde mal auf Art-Deco tippen, dreißiger Jahre!" hört sie Sophie hinter sich. „Die Steine sind nicht viel wert, noch im Übergangsschliff. Aber das Design ist schön, Weißgold und Brillanten. Ich kann es mir gar nicht an Omas Fingern vorstellen. Irgendwie zu ausgefallen für eine Bauersfrau. Das hat sie vielleicht nach dem Krieg gegen Nahrungsmittel eingetauscht." Sabine lächelt und weist auf einen Stapel Papiere hin. „Sophie! Das wäre mal eine Aufgabe für Dich! Du könntest nachgucken, wieviel Barvermögen unsere Großmutter hier gelagert hat und ob es besondere Versicherungen gibt, die nun fällig werden," Sabine wendet sich zu ihrer Cousine um, die auch kurze Zeit in einem Versicherungsunternehmen gearbeitet hat.

Erleichtert, dass ihre Kompetenz endlich erkannt und gewürdigt wird, folgt Sophie Sabine zum Schrank und nimmt den betreffenden Papierstapel heraus, sie setzt ihn auf dem Schreibtisch ab und blättert ihn prüfend durch, bevor sie damit beginnt, ihn zu nummerieren. Sabine lächelt in sich hinein. „Was wollt ihr eigentlich mit den Möbeln machen?" fragt Sabine nun zu Andreas hinüber. Dessen Antwort kommt spontan: „Einige Teile können wir im Weingut gebrauchen. Andere wie die Küche kann man direkt auf den Sperrmüll werfen und den Eichenschrank hier, den können die Jungs mal im Internet verkaufen." Sophie, die aus den Tischdecken vom Vormittag gelernt hat, bietet nun an, dass sie alles, was verkauft werden soll, auf der Tabelle festhalten kann. Was im Weingut bleiben soll, sollte nicht auf die Liste. „Die Möbel würde ich nicht zu billig verkaufen," sagt sie dann, da sind einige wirklich schöne Jugendstilstücke dabei. Der Wohnzimmerschrank hier gehört dazu. Dafür kannst Du heute eine Menge Geld bekommen." Andreas runzelt die Stirn. „Patty und ich denken darüber nach, für unsere Kunden ein paar Zimmer herzurichten. So eine Art Pension. Ferien auf dem Weingut. Da könnten wir einige Möbelstücke aus dem ersten Stock gut gebrauchen. Naja, und den Rest halt für die Straußwirtschaft und das Probierzimmer." Sophie nickt eifrig, sie hat sich von den Versicherungsunterlagen abgewandt und schreibt wieder an einer anderen Liste. Sabine seufzt. „Ich glaube, dass das Ehebett hierbleibt, würde sie freuen. Dieses alte Ehebett war ihr so wichtig, da durfte keiner dran rühren! Ich glaube, Opa Horst und Oma Luise haben wirklich aneinandergehangen. So viele Jahrzehnte zusammen. Da gibt man so ein Ehebett nicht einfach so her." „Ach, das war schon ein Tick mit dem Bett!" Andreas macht eine wegwerfende Handbewegung. „Ich weiß nicht, wie oft ich in diesem Bett geschlafen oder besser gesagt nicht geschlafen habe, als ich noch klein war. Ich musste immer um halb acht ins Bett, und das war im Sommer ziemlich früh. Und wenn ich dann nicht einschlafen wollte, dann legte sie mich in ihr Bett, besonders dann, wenn es Anni nicht gut ging. Egal ob ich noch hellwach war oder schon müde, und so lag ich dann in diesem Bett im Halbdunkel, in dem die Bettwäsche nach Veilchen roch und wartete darauf, dass etwas Lustiges passieren würde." Einen Moment hielt er sinnend inne „Ob die Kiste noch immer unter ihrem Bett ist?" Sagt er dann. „Welche Kiste?" Sabine hat plötzlich ein seltsames Gefühl im Magen. „Nun, da war immer eine Kiste mit einem Schloss. Ich habe mal versucht, das Schloss mit Omas

Haarnadel zu öffnen, hat natürlich nicht funktioniert. Es ist halt doch nicht so einfach wie im Fernsehen. Aber diese Kiste hat mich eine ganze Zeitlang nicht losgelassen. Ich habe mir immer vorgestellt, dass sie voller Goldmünzen ist." Andreas steht auf: „Ich gehe mal gucken. Vielleicht ist sie noch da!" Die anderen schauen sich an. Eine Schatzkiste? Das gesuchte Kinderspielzeug? Ein Schmuckkästchen? Eine Schuhschachtel? Kurze Zeit später kommt Andreas mit einer Holzkiste zurück. Die Kiste ist nicht besonders groß. Vielleicht so groß wie ein Leitzordner und doppelt so tief, aus dunklem Holz mit Metallbeschlägen. Sie sieht ziemlich alt aus und ein bisschen barock. Da sie so lange unter dem Bett gestanden hat, ist sie voller Staub. Sabine holt ein Handtuch aus der Küche und entfernt vorsichtig den Staub. „Das ist Ebenholz!" lässt sich Andreas beeindruckt vom Sofa vernehmen, „und die Beschläge sind bestimmt aus Eisen." „Geschwärzte Eiche!" Widerspricht Sophie. Das Fernstudium in Kunstgeschichte an der Uni Hagen macht sich bemerkbar. „Eindeutig Historismus!" Antiquitäten sind nun mal ihr Hobby, nun hat sie endlich Oberwasser. „Hier ist der Schlüssel," Sie hat sich wieder in den Schrank hinein gebeugt und fördert einen kleinen kupferfarbenen verzierten Schlüssel zutage, der dort in der Ablage einer marmornen Schreibtischmontur lag.

Andreas greift nach dem Schlüssel und steckt ihn eifrig ins Schloss. Alle halten den Atem an. Tatsächlich, er passt. Vorsichtig dreht Andreas den Schlüssel um. Es dauert ein bisschen, bis der Schlüssel sich drehen lässt, aber dann ist das Schloss offen. Aufgeregt beugen Sabine und Sophie sich über Andreas, während dieser den Deckel aufklappt. Der Inhalt ist mit einem Tuch aus schwerer alter Seide abgedeckt. Als er das Tuch vorsichtig wegzieht, taucht nach und nach ein goldener Kelch auf dunkelblauem Samt auf. Einen

Moment halten alle die Luft an. Wie wunderschön!“ flüstert Sabine, während Andreas den Kelch vorsichtig aus seinem Samtbett heraushebt und in die Nachmittagssonne hält. Die Strahlen spielen auf den Gravuren, als hätte der Kelch einen eigenen Heiligenschein. Sabine nimmt ihn mit beiden Händen vorsichtig entgegen, sie streicht über die Tierfiguren, die sich vom Fuß des Kelches über den Hals bis nach oben hinaufziehen. Plötzlich reden alle gleichzeitig, jeder will den Kelch sehen und ihn berühren: Zeig mal her! Ist das echtes Gold? Wie alt mag der wohl sein? Sophie, die den Kelch von Sabine übernommen hat, schaut sich aufmerksam die verschiedenen Symbole an. „Ganz unten, das ist ein Löwe; und hier oben auf der Kuppa ist deutlich eine Krone eingraviert.“ Eifrig fragt Andreas: „Meinst Du, das hat mal einem Adeligem gehört? Ich habe mir sagen lassen, dass alles, was irgendwie mit Adel zu tun hat, gleich doppelt so viel wert ist.“ Sabine kann die Kasse in Andreas Kopf förmlich klingeln hören. Doch der Blick, den Sophie ihr zuwirft, zeigt, dass sie dasselbe denkt wie Sabine und sie spricht es auch aus: „Nein, das hier ist ein jüdischer Kelch. Alle Symbole weisen darauf hin.“ Nun ist Andreas sauer. „Woher willst Du das denn wissen, du mit deinem bisschen Fernstudium in Kunstgeschichte. Du hast wohl auch die Juden studiert, oder was? Das steht nirgendswo drauf, dass er jüdisch ist.“ Er nimmt Sophie den Kelch wütend aus der Hand, denn er sieht seine Felle davonschwimmen. „Kein einziges hebräisches Zeichen. Da kann doch von jüdisch keine Rede sein.“ Sabine weist mit dem Kinn auf Sophie. „Sie hat recht, Andreas! Hebräische Buchstaben und ein Judenstern sind nicht die einzige Form, wie man einen jüdischen Ritualgegenstand erkennen kann. Mir ist auch aufgefallen, dass es hier viele Symbole gibt, die für eine jüdische Herkunft sprechen.“ Andreas will nicht lockerlassen. „Aber das ist doch völlig absurd. Woher sollten unsere Großeltern einen jüdischen Goldkelch haben?" „Oma Luise hat ihn versteckt. Was glaubst du, weshalb sie das getan hat." Sabine schaut ihn eindringlich an. „Bis ans Ende ihres Lebens, durfte niemand ihr Bett verrücken, niemand diesen Schrank untersuchen und nun, wo wir es tun, fördern wir einen jüdischen Goldkelch zutage? Also das finde ich nicht absurd, sondern irgendwie sogar logisch." „Sie werden ihn im Krieg gegen Essen eingetauscht haben." sagt Andreas mit einer wegwerfenden Handbewegung. „Damals haben viele Kunst gegen Nahrung getauscht." Man kann ihm ansehen, was er denkt. Für ihn ist dieser Kelch ein wichtiger Schritt vorwärts auf dem Weg zur Rettung des Weinguts. „Warum hat sie dann so ein Geheimnis daraus gemacht?" fragt Sophie. Sie hat sich den Kelch zurückerobert und dreht ihn vorsichtig im Licht hin und her. „Die Holzkiste ist vielleicht aus dem Historismus, aber der Kelch ist weitaus älter. Da bin ich ganz sicher. So etwas tauscht man nicht einfach so mal eben gegen einen Laib Brot oder ein Stück Fleisch. Oma hat das gewusst, sonst hätte sie ihn nicht jahrelang versteckt." Andreas schaut sie wütend an: „Oma war manchmal ein bisschen komisch mit ihren Sachen." Sophie schaut zu Sabine hinüber: „Hast du den Löwen gesehen?" fragt sie. Die nickt und weist dann auf die wunderschöne Tierdarstellung auf dem Kelch: „Der ist ganz eindeutig jüdisch: Der Löwe Juda. Die anderen Tierdarstellungen auch." Sophie räuspert sich: „Das hier ist Raubkunst." Andreas ist ärgerlich: „Nun hör aber mal auf, Sabine. Unsere Oma und Raubkunst? Wie soll sie denn da drangekommen sein, hier in Engelstal, am Ende der Welt? Also ehrlich? Hier gab es doch kaum Juden? Und selbst wenn? Wen kümmert das nach so vielen Jahren noch? Dieser Kelch ist eine Menge wert. Wir finden sowieso nicht heraus, wem der einmal gehört hat und wie sie an den gekommen ist. Wir sollten ihn schätzen lassen und dann verkaufen. Stellt Euch vor, wenn der Kelch aus echtem Gold ist und dann auch noch eine Antiquität, was wir im Kunsthandel erzielen können. Okay, er ist jüdisch, aber auch dafür gibt es bestimmt Sammler. Dann kann Anni einpacken!"

Sabine ärgert sich über ihren Bruder, seine Geldgier stößt sie ab. Natürlich weiß sie, dass er viel stärker unter Druck steht als sie, zugleich wird ihr aber auch wieder einmal bewusst, wie weit sie sich in den letzten Jahren voneinander entfernt haben. Der Gedanke, dass ihre Großeltern sich im Dritten Reich an Juden bereichert haben könnten, macht ihr Angst, für ihn ist das Geschichte und längst abgehakt. Es berührt ihn nicht mehr. „Lasst uns erst einmal herausbekommen, ob der Kelch echt ist.", schlägt sie schließlich vor, sie will dieses Stück nicht einfach so ihrem Bruder überlassen, instinktiv spürt sie, dass das nicht richtig ist. „Vielleicht sieht er nur wertvoll aus und Oma Luise hat sich tatsächlich bei einem Tausch hinters Licht führen lassen. Wir würden uns ziemlich blamieren, wenn wir damit zu einem Auktionshaus gingen, ohne genau zu wissen, was wir da vor uns haben." Mit rationalen Argumenten konnte sie ihren Bruder schon immer überzeugen. Er nickt, sie hat natürlich recht, auch er lässt sich nicht gerne übers Ohr hauen. Außerdem hasst er nichts mehr, als sich zu blamieren. Sabine packt den Kelch vorsichtig in sein samtenes Bett zurück. Dann schließt sie den Deckel und dreht den Schlüssel um. „Wenn ihr nichts dagegen habt, nehme ich die Kiste mit nach Frankfurt. Mein Nachbar Ludwig Fromme ist Professor für neuere Geschichte. Der kennt sich mit so etwas aus und selbst wenn er nicht Bescheid weiß, so kennt er die richtigen Leute. Dem werde ich den Kelch zeigen. „Und wenn dein Nachbar uns verrät?" Andreas schaut sie besorgt an. Doch Sabine schüttelt den Kopf. „Nun, wenn es kein jüdischer Kelch ist, musst du dir keine Sorgen machen und für den Fall, dass doch, so haben wir sowieso keine andere Wahl, als den Gegenstand als Raubkunst zu melden. Weil wir uns sonst strafbar machen. Ludwig kann uns auch dabei helfen." Sie zuckt mit den Schultern. Dann lächelt sie. „Ich glaube, der mag mich. Der flirtet jeden Morgen auf dem Balkon mit mir und er hat eine Schwäche für deinen Wein." Andreas zögert einen Moment, doch dann gibt er nach. Der kritische Moment ist vorbei. Er ist bereit, die Verantwortung an seine Schwester abzugeben, so wie immer, wenn es schwierig wird. Sophie zögert noch: „Ich kann ja auch mal nachschauen." Normalerweise ist schließlich sie diejenige, die am meisten über Kunstgeschichte Bescheid weiß. Diese Expertenrolle gibt sie nicht gerne ab, andererseits hat sie im Moment zuhause mit ihrem Mann genug zu tun. „Ich lasse den Kelch erst mal raus aus der Liste, bis wir mehr darüber wissen! Und wir können uns ja nochmal kurzschließen." Sie nickt Sabine zu. Sabine tut ihr den Gefallen und nickt zurück. „Tante Anni erzählen wir am besten erst einmal nichts." Da sind sich alle einig! So wie Anni nach der Beerdigung reagiert hat, ist das wirklich das Beste. Um die anderen nochmal zu beruhigen wiederholt Sabine zum Abschluss: „Auf Ludwig kann man sich wirklich verlassen. Er liebt solche Geschichten und er ist wirklich ein Experte, wenn ihr wollt, könnt ihr ihn sogar googeln: Professor Dr. Ludwig Fromme.

Danach hat keiner mehr so richtig Lust weiterzumachen und so verabschieden sich alle ziemlich schnell. Sophie muss nach Düsseldorf zu Norbert zurück. „Ruf mich an und lass uns reden!" sagt Sabine, als alle im Hof zum Abschied zusammenstehen und beugt sich zu der schon im Auto sitzenden Sophie. In deren Augen ist der gehetzte Ausdruck von heute Morgen zurückgekehrt. Sie nickt: „Ich gucke mal, du weißt, ich habe wenig Zeit. Norbert möchte gerne zu Ostern in die Berge fahren. Da können wir leider nicht hierherkommen. Freunde haben da ein Haus." Nachdem Sophies Mercedes vom Hof gefahren ist, legt Sabine ihrem Bruder den Arm um die Schultern. „Was meinst du, Andreas? Ich denke, das mit dem Kelch bleibt am besten erst einmal unter uns," schlägt sie ihm vor „Dann muss sich Patty auch keine Sorgen machen. Du weißt doch, dass sie sich auch so schon viel zu viele Gedanken macht." Als Andreas nickt, fährt sie vorsichtig fort. „Und lass dich nicht von Anni provozieren." Empört bläst Andreas die Backen auf. „Also ich fange ganz bestimmt nicht an! Du weißt doch selbst wie sie ist!" Sabine nickt, ja gerade, weil sie weiß, wie das mit Anni und ihrem Sohn immer ist und dass zum Streiten zwei gehören. Sie seufzt. „Ich bezweifele, dass Annis Forderung legal ist. Oma und Opa haben sicher irgendwo ein Testament hinterlassen. Luise war immer so sorgfältig. Glaub mir, es gibt einen Ausweg und wir werden ihn finden." Andreas entzieht sich seiner Schwester. Er nickt. „Dieser goldene Becher war auf jeden Fall schon mal ein gutes Zeichen. Hast Du nicht Lust, noch ein bisschen da zu bleiben und den Fund mit mir zu feiern?" Seine Schwester ist müde, sie seufzt: „Ich bin jetzt k.o. und freue mich nur noch auf mein Bett. Und dir rate ich auch, heute Abend nicht in den grünen Baum zu gehen, sonst rutscht dir noch etwas heraus, was du morgen bereust." Andreas lacht und legt die Hand an die unsichtbare Mütze: „Jawohl Frau Lehrerin." Sabine droht ihm mit dem Finger, dann setzt sie sich in ihren Mini, das Kästchen sicher auf dem Beifahrersitz verstaut, macht auch sie sich auf den Heimweg. Im Auto denkt sie darüber nach, wie sie ihren Nachbarn Ludwig dazu bringen kann, mehr über das Kästchen herauszubekommen: Du, wir haben da tatsächlich einen Schatz gefunden, willst du ihn dir mal angucken? Wollen wir mal unseren Cappuccino und die Zigarette zusammen ...? Ich habe da was für die Antikshow? Als sie an der Messe um die Ecke biegt, beschließt sie, dass sie sich morgen erst einmal einen stressfreien Tag gönnen wird, denn morgen ist schließlich Sonntag. Um das Kästchen kann sie sich auch noch am Montag kümmern. Am Montag ist schulfrei. Endlich Osterferien.

Tobi

Den Sonntag hat Sabine erst vor kurzem für sich wieder entdeckt. Zu schätzen hat sie ihn jedoch schon ihrer Kindheit gelernt - von ihrer Oma Luise, die hat immer darauf geachtet, dass der Sonntag für die ganze Familie ein besonderer Tag war. Am Sonntag durfte Sabine die schönen Kleider anziehen, die sonst immer im Schrank bleiben mussten. Im Weingut blieben an diesem Tag alle Maschinen stehen. Der Opa ging sonntags immer in die Kirche, das war selbstverständlich, schließlich war er Kirchenvorsteher. Die Oma war für die langen gemeinsamen Mittagessen mit Suppe und Braten und Pudding zuständig. Danach leisteten sie sich, wenn Wetter und Jahreszeit es zuließen, einen Spaziergang in den Binger Wald. Am Nachmittag kamen die Nachbarn zu Kaffee und Kuchen, manchmal war sogar Onkel Philipp dabei, der Knecht, der bei ihnen im Weingut arbeitete, solange Sabine denken konnte. Irgendwie endete alles für die Erwachsenen in der blauen Stunde mit einem schönen Glas Wein und belegten Broten. Da waren die Sommer, wenn Onkel Otto und Tante Elisabeth bei ihnen im Hof saßen und die Winter, wenn sich alles um den alten Kachelofen im guten Wohnzimmer versammelte. Mit der Kindheit war sie diesen Sonntagen entwachsen und erst seit ihrem Umzug nach Frankfurt und dem anstrengenden Schulunterricht war wie selbstverständlich der vertraute Rhythmus zurückgekommen. Dazu gehört seit etwa einem Jahr der Sonntagsgottesdienst in der alten Nikolaikirche auf dem Römerberg. Ihr gefällt der wunderschöne Raum der kleinen Kirche mit den roten Sandsteinwänden. Manchmal lässt sie sich von den Orgelklängen berauschen, dann schließt sie die Augen und lässt sich treiben. An anderen Sonntagen bleibt ihr Blick an den bunten Fenstern hängen, während ihre Gedanken auf Wanderschaft gehen. Der Predigt folgt sie nur selten. Wenn die Lieder ihr vertraut sind, dann singt sie mit, sonst erfreut sie sich an der Melodie und den Worten. Beim Vaterunser spätestens taucht sie immer aus den Tiefen ihrer Gedanken auf. Dieses Gebet mit allen anderen zu sprechen, ist für sie wie ein Nachhausekommen. Einen Moment lässt sie sich in die altvertrauten Worte fallen, dann ist es vorbei. Die Gemeinde stimmt ein in ein Lied. Irgendwann läuten die Glocken das Ende ein.

Als sie heute aus der Nikolai-Kirche zurückkommt, steht das Nachbarmädchen vor ihrer Tür und weint. Sabine kann kein Wort aus der kleinen Naime herausbekommen. Sie schließt die Tür auf und zieht die 12-jährige mit sich in ihre Wohnung. Naime ist oft bei ihr zu Gast. Das Kind kommt aus der unter ihr wohnenden türkischstämmigen Familie. Sie ist eine ihrer Schülerinnen. Von Anfang an hat sich Sabine gut mit den Eltern verstanden. Der Vater ist Arzt, die Mutter eine Kollegin. Sabine war schon des Öfteren bei Fatima und Ahmed eingeladen und sie ist gerne dort. Die Welt könnte für Fatima und Ahmed so schön sein, gäbe es da nicht die Großmutter Meriam, die ebenfalls in der Wohnung wohnt. Sie lebt zwar schon seit mehreren Jahrzehnten in Deutschland, spricht aber noch immer schlecht Deutsch. In Ostanatolien geboren, ist sie nie wirklich in Deutschland angekommen und macht ihrer Schwiegertochter Fatima mit ihren überzogenen Ansprüchen regelmäßig das Leben schwer. Naime trägt die kulturellen Zusammenstöße normalerweise mit Fassung, doch heute ist das sonst so fröhliche Mädchen traurig. „Ich hasse meinen Papa und meine Mama und meine Oma. Ich will nie mehr nachhause! Kann ich bei Dir bleiben?“ Große Augen schauen Sabine an. Der wird mulmig. Sie kennt Naime inzwischen gut genug, um zu wissen, dass die Kleine dazu neigt, zu dramatisieren. Aber was ist, wenn man sie zu etwas gezwungen hat, was sie nicht möchte? Sie ist jetzt im kritischen Alter, kommt bald in die Pubertät! Vielleicht will ihr Vater, dass sie Kopftuch trägt! Oder noch Schlimmeres! Der ist doch Muslim. Bisher waren sie nicht besonders fromm, aber bei der eigenen Tochter weiß man doch nie? Vorsichtig fragt sie nach: „Was ist denn passiert?" „Ich will den Hund behalten! Aber sie sagen, dass ich das nicht darf! Papa sagt, ich bin noch zu klein und Mama, dass er zu viel Arbeit macht und Oma behauptet, dass Hunde unreine Tiere sind. Dabei ist er sauber und er ist auch ganz klein und er macht überhaupt keine Arbeit!" Mit diesem Sturzbach an Worten zieht sie ein kleines Bündel Hund unter ihrer Jacke hervor. Der Welpe ist klitzeklein und schaut ängstlich zu ihr hoch. „Wo hast Du den denn her?" fragt Sabine und jetzt kennt Naime kein Halten mehr. „Auf der Straße war ein armer Mann, der brauchte unbedingt Geld. Er hat ihn mir verkauft. Zum Sonderpreis." Naime stottert ein wenig. Doch dann berichtet sie, wie ihr schon vor einigen Tagen ein Obdachloser im Park neben der Schule aufgefallen ist. „Der saß da ganz allein und er war so hungrig. Da habe ich ihm mein Börek gegeben." Sie strahlt Sabine durch die Tränen an. „Das habe ich sowieso nicht gemocht. Das war Börek mit Spinat!" Und dann hätten sie sich unterhalten und er hat ihr erzählt, dass sein Hund Junge gekriegt hat und dass er jetzt nicht weiß, was er mit denen machen soll und dass er die wahrscheinlich verkaufen wird und ob sie einen haben möchte und dass das eine super Gelegenheit. „Er hat gesagt, dass ich einen Welpen für 50 Euro bekomme, weil ich so nett zu ihm war. Sonst kosten die 500 € und mehr! Wir haben uns dann für heute Morgen verabredet und ich habe mein Zuckerfestgeld zusammengekratzt und bin hingegangen. Meine Oma sagt immer, man soll sein Zuckerfestgeld nur für einen guten Zweck ausgeben. Aber das war doch ein guter Zweck. Der arme Mann hat etwas zu essen und mein Hundebaby ein Zuhause." Nun ist es um Naimes Fassung geschehen. Die Tränen fließen erneut von einem lauten Schluchzen begleitet. „Und jetzt ist er mir und ich gebe ihn nie wieder her!" Zu dem Schluchzen hat sich jetzt auch noch ein Schluckauf gesellt. Sabine betrachtet den jungen Hund, der in Naimes Hand fast erdrückt wird. Vorsichtig löst sie das Hundebaby aus dem liebevollen Würgegriff. Der Welpe ist noch klein. Sie vermutet, dass er kaum 7 oder 8 Wochen alt ist. „Naime, das ist ein Hundebaby! Kannst Du sehen, dass dein Hundebaby traurig ist und Angst hat? Wenn Du es liebhast, musst Du es zu seiner Mama zurückbringen. Denk doch nur, wie traurig seine Mama sein muss" versucht sie das aufgeregte Kind zu beruhigen.

Naime schaut erschrocken auf den kleinen Welpen, der sie mit großen Augen anschaut. „Aber ich liebe ihn doch!" Naime presst sich die Hände auf ihr Herz. „Dann musst Du Deine Liebe beweisen." Sabine hat das Hundebaby vorsichtig auf ihren Arm genommen und der kleine Welpe kuschelt sich sofort in ihre Armbeuge, als gehöre er dort hin. „Komm!" Sabine winkt ihr zu: Wir suchen den Mann, dem Du den Hund abgekauft hast und bringen das Baby zu seiner Mama zurück. Ich helfe Dir!" Naime zweifelt noch ein bisschen. „Vielleicht kannst du den Hund ja ab und zu einmal ausführen, wenn du dem Mann im Park weiter dein Börek vorbeibringst, lockt Sabine. Naime zögert noch, aber das Argument mit dem Hundebaby und seiner Mama hat sie überzeugt. „Das ist wie bei Nemo, oder?" Wie viele andere Kinder hat auch sie den Zeichentrick-Film „Findet Nemo" gesehen und das Schicksal des kleinen Fisches und seines Vaters hat sie tief beeindruckt. Sabine nickt vorsichtig, sie hat zwar den Film nicht gesehen, aber die vielen Fische auf den Schulmäppchen und Ranzen sind auch ihr aufgefallen.

Naimes Eltern sind wie immer dankbar, dass sich Sabine um ihre willensstarke Tochter kümmert. „Wenn es dich nicht gäbe", sagt Fatima und Sabine schämt sich ein bisschen, dass sie wirklich einen Moment lang geglaubt hat, Fatima und ihr Mann Ahmed könnten ihrer zwölfjährigen Tochter das Kopftuch aufgezwungen haben. Schließlich kennt sie ihre Nachbarn gut genug. Die langen Abende auf dem Balkon bei Tee und Wein müssten sie eigentlich gelehrt haben, dass bei den Cakirs Toleranz keine Leerformel ist. Als Naime und Sabine zur Schule kommen, ist dort von dem Obdachlosen weit und breit keine Spur. Auch die anderen Plätze, an denen Sabine früher schon mal Obdachlose gesehen hat, sind leer. Sabine und Naime schleppen den kleinen Welpen sogar bis auf die Zeil und an die Konstablerwache, wo einige Punks und Obdachlose mit ihren Hunden zusammensitzen. Einer scheint zu wissen, wer Naime das Hündchen verkauft hat. „Ach", sagt der betrunkene älterer Mann, der eingepackt in viele Kleiderschichten, kaum zu erkennen ist. „das ist eine Masche von den Rumänen." Und dann zu Naime gewandt: „Da bist du der Hundemafia aufgesessen! Alles Zigeuner! Sage ich Dir! Die kommen hierher und nehmen uns die Schlafplätze weg und keiner tut was dagegen! Und wenn man sich beschwert, dann klappen die das Messer aus und du bist mausetot. Ja so ist das!" Er nickt düster. „Und alles wegen der EU, weil jetzt plötzlich die Grenzen offen sind. Früher war das alles anders! Ja früher, da gab es hier noch keine Ausländer, da herrschte hier noch Zucht und Ordnung. Und dann diese Türken, denen geht es besser als uns!" Sabine zieht Naime hinter sich her. Sie will nicht, dass das kleine Mädchen hört, wie der Betrunkene sich immer mehr in Rage redet. „Zurückschicken sollte man die alle miteinander und wer nicht geht, vergasen! Jawohl vergasen! Das hat doch schon mal geklappt!“ Sabine läuft nun schneller. „Hej warte, ich bin nicht so schnell!“, ruft Naime, die fast gestolpert wäre. Eine junge Frau, der man das Schlafen auf der Straße und den Drogenmissbrauch ansieht, ist ihnen gefolgt. „Was der Alte da gesagt hat, stimmt nicht. Ich kenne den Jack. Seine Hündin hat Junge bekommen, echt süß und er liebt sie wirklich über alles. Aber was soll er denn mit den Welpen anfangen. Mal ganz ehrlich, er kann ja kaum für sich und seinen Hund aufkommen. Deshalb hat er sie verkauft und dann hat er sich aus dem Staub gemacht, weil er nicht wusste, ob alle Tiere gesund sind.“ „Wohl eher, weil er kleine Mädchen übers Ohr gehauen hat“, brummt Sabine. „Ihr könnt den Hund ja im Tierheim abgeben!“ antwortet die junge Frau. „Das machen die meisten. So ein Kleiner findet bestimmt schnell ein neues Zuhause.“ Sie hält die Hand auf. „Hast du nicht mal nen Fünfer für mich!“ Sabine seufzt, sie greift in ihr Portemonnaie und gibt der jungen Frau 2 Euro und eine Karte. Hier ist eine Organisation. Die kümmert sich um Drogenabhängige. Vielleicht willst Du es mit einem anderen Leben versuchen. Da ist eine Adresse, die geben dir eine echte Chance.“ Dann dreht sie sich zu Naime um, die nicht aufhören kann zu weinen. „Ich bin an allem schuld. Ich habe ihn von seiner Mama weggenommen und jetzt muss er ins Tierheim und er ist doch noch so klein“, der Rest ist nicht mehr zu verstehen, weil sich das Weinen wieder in ein lautes Schluchzen verwandelt hat.

Sabine schaut den kleinen Kerl an und seufzt. Der kleine Kerl schaut sie an, dann knabbert er voller Inbrunst an ihrem Daumen. Er hat ein braun schwarz-weiß geflecktes Fell, dass nach allen Seiten absteht und ganz weich ist. Die Ohren sind schwarz und mittelgroß, die Nase ein schwarzer Knopf, große braune Augen schauen aus dem Fell heraus, und ein kleiner Schwanz wedelt aufmunternd zwischen ihren Armen, während er sich hin und her windet. Blitzschnell setzt sie ihn auf der Wiese an der Taunusanlage ab. ab, damit er sein Geschäft erledigen kann. So ängstlich scheint der kleine Mann gar nicht zu sein! „Ich denke, wir nehmen ihn erst mal mit nachhause und morgen gehe ich mit ihm zum Tierarzt. Zum Glück haben wir jetzt Ferien!“ Naimes Lippen verziehen sich zu einem Lächeln. Schon jetzt ist die Ahnung zukünftiger Schönheit im Gesicht des Kindes zu sehen, das aus feuchtglänzenden Augen zu ihr aufschaut. „Ich könnte den Hund mit Dir teilen!“ schlägt sie großzügig vor. „Er könnte bei Dir wohnen und ich würde mit ihm spielen!“ Als diese Bemerkung bei Sabine nicht die nötige Begeisterung weckt, verlegt sich Naime aufs Bitten. Ihre dunklen Augen leuchten nun mit denen des Welpen um die Wette. „Ich gehe auch jeden Tag mit ihm spazieren! Ehrenwort. Du hast gar nicht viel Arbeit. Er braucht nur ein Bett bei Dir in der Küche. Um alles andere kümmere ich mich! Bitte, bitte, bitte! Du darfst auch den Namen aussuchen!“

Jetzt schauen vier hoffnungsvolle Augen zu ihr auf und Sabine erinnert sich, wie sie sich selbst als Kind immer einen Hund gewünscht hat. Warum eigentlich nicht? Außerdem gegen diese Charmeoffensive hat sie sowieso keine Chance. Sie lacht. Wer hätte gedacht, dass sie heute noch zu einem Hund kommen würde? „Er ist wirklich süß und auch ziemlich klein. Na, hoffentlich bleibt das so.“ Langsam betrachtet sie den Welpen noch einmal genau von allen Seiten. „Den Namen darfst Du aussuchen“, wiederholt Naime auffordernd und weil Sonntag ist und Sabine auch Religionslehrerin ist, und weil sie mal gehört hat, dass in einem Hundenamen immer ein I vorkommen muss, nennt sie den Hund nach dem einzigen Buch in der Bibel, in dem ein Hund vorkommt: Tobi.

Die Schatzkiste

Es ist Montagmorgen und Ludwig hat dieses Mal länger als sonst hinter der Balkontür auf Sabine gewartet. Schließlich sind Schulferien. Er selbst hat schon gefrühstückt, als sich endlich die Tür am benachbarten Balkon öffnet. Laut gähnend erscheint seine Nachbarin mit ihrer Cappuccinotasse in der einen und einem Welpen in der anderen Hand. Sie setzt den kleinen Hund auf das von ihr dort in einem Kasten angelegte Blumenbeet und sagt: „Versuch mal dein Morgengeschäft hier oben!" Der kleine Kerl schnüffelt interessiert an den Tulpen, die sich der frühmorgendlichen Sonne entgegenrecken. Ludwig Fromme grinst und fragt über das eiserne Balkongitter gelehnt: „Wie heißt denn dieser neue Mann in deinem Leben?". Der neue Mann bellt mit einem kaum als Bellen erkennbaren Quietschen. Sie lacht und hebt das kleine Wollknäuel hoch, dass unten ganz nass ist. „Naime hat mich gestern zur Hundemutter gemacht und der Kleine hat mich die ganze Nacht auf Trab gehalten." Dann erzählt sie Ludwig von Naimes Einkauf und ihrer Odyssee durch Frankfurts Fußgängerzonen auf der Suche nach dem Mann, der Naime den kleinen Welpen aufgeschwatzt hat. Auch von Naimes schwieriger Lage berichtet sie, die volle Wohnung, die berufstätigen Eltern und eine Oma, die als konservative Muslima keine Hunde mag.

„Fatima hat mich vor Dankbarkeit regelrecht erdrückt, weil ich mich bereit erklärt habe, den Kleinen zu übernehmen. Jetzt bekomme ich ein Leben lang Börek auf Wunsch." Ludwig grinst „Naime bekommt irgendwie immer alles, was sie will. Ein kluges Mädchen." Sabine weist auf den Welpen. „Und so bin ich auf den Hund gekommen, zum ersten Mal in meinem Leben." Sie macht ein hilfloses Gesicht „Katzen, ja Katzen haben wir auf unserem Bauernhof immer gehabt und Hühner und Gänse auch, aber Hunde nie. Die mochte mein Opa nicht!" „In meiner Familie gab es immer Hunde!" schmunzelt Ludwig. „Jagdhunde und so richtig große Wachhunde. Ich kenne mich da richtig gut aus." Was er ihr nicht erzählt, ist, dass diese Hunde von edlem Geblüt waren, hochgezüchtet. Er hat sie nie gemocht, geschweige denn mit ihnen gespielt. Doch wenn er ihr das sagen würde, dann müsste er von seiner Familie erzählen und das scheint ihm für einen Cappuccino-Balkon-Flirt ein bisschen zu intim. „Ich könnte Dir ein bisschen zur Hand gehen!" schlägt er halb im Spaß vor, während er seine nicht gerauchte Zigarette gekonnt am Aschenbecher abstreift. „Als Erziehungsberater und Patenonkel dieser Neuerwerbung sozusagen." Und dann schwindelt er mit treuherzigem Augenaufschlag: „Manchmal vermisse ich unsere Hunde!" Er deutet auf seinen samtenen Morgenrock! „Soll ich mich anziehen und mal rüberkommen!" Sabine nickt. Doch Ludwig hat ihre Antwort gar nicht erst abgewartet, er ist schon in seiner Wohnung verschwunden.

Sabine grinst und schaut Tobi an: „Na, du kleines Waisenkind. Sieht so aus als könnten wir uns gegenseitig behilflich sein. Was meinst du?" Der kleine Schwanz wedelt erwartungsvoll, dann drückt das Hundekind seine Schnauze gegen ihren Arm. Ganz deutlich hat der kleine Kerl Hunger.

Mit einem zappelnden Tobi auf dem Arm tritt Sabine durch die Terassentür. Dann nimmt sie den improvisierten Hundekorb, den sie gestern Abend aus einem kaputten Einkaufskorb und einem Kissen gebaut hat, trägt das ganze ins Bad und begibt sich unter die Dusche. Denn die Erfahrung hat sie schon gemacht, Tobi will nicht gerne allein sein. Als Ludwig an der Tür klingelt, ist sie bereit. „Was frisst so ein Welpe?" empfängt sie Ludwig an der Tür. „Ich habe ihm

Haferschleim gekocht. Aber den mochte er nicht." Ludwig lacht: „Die Tierindustrie ist auf alles eingestellt, vom Welpenfutter bis zu den Windeln und Zahnbürsten. Außerdem empfehle ich einen Besuch beim Tierarzt, da bekommt er einen Pass und die notwendigen Impfungen und zusätzlich erfährst Du, zu welcher Rasse er gehört. Das ist wichtig, damit Du weißt, wie groß er wird. Außerdem würde ich mit ihm zur Hundeschule gehen, der kleine Kerl sieht wie ein Schlitzohr aus, und bevor du dich versiehst, bestimmt er über dein Leben und nicht andersherum" „Halt, halt, halt, Du überforderst mich!" Sabine ist beunruhigt. „Tobi ist doch nur ein Hund und ein ziemlich kleiner noch dazu." Sie schaut ihn beunruhigt an. „Katzen sind deutlich einfacher!" Ludwig kniet sich neben Tobis Korb und hält dem Welpen seine große Hand entgegen, der schnuppert vorsichtig und stößt dann mit seinem kleinen Köpfchen gegen Ludwigs Finger. Ganz vorsichtig streichelt Ludwig den kleinen Kerl, zuerst mit einem, dann mit zwei Fingern und schließlich mit der ganzen Hand. Irgendwann kriecht der aus seinem Korb und krabbelt auf Ludwigs Schoß. Der kleine Tobi und der große Ludwig haben Freundschaft geschlossen. „Man merkt, dass Du Dich mit Hunden auskennst!" Sagt Sabine. Sie dreht sich um, und verschwindet hinter dem Küchentresen, und Ludwig kratzt den zarten kleinen Welpenbauch. Das war leichter als gedacht, denkt sie und greift nach der Kiste, jetzt muss ich ihn nur noch dazu bringen, dass er mir bei dem Kelch hilft. „Wie magst Du deinen Cappuccino?" fragt sie ins Wohnzimmer. Ludwig zieht seinen Pullover aus Tobis Maul und ruft, „mach ihn so, wie du ihn immer machst." Und leise zu Tobi „Also, mein Kleiner, wenn du und ich Freunde werden wollen, dann müssen wir uns auf einige Regeln einigen und die erste lautet, meine Klamotten gehören mir!" Sabine tritt mit Cappuccino und Kiste ins

Wohnzimmer und fragt: „Na, wie gehts, habt ihr euch schon angefreundet?“ Ludwig strahlt sie an: „Ich habe dir doch gesagt, ich kenne mich aus. Ich bin ein echter Hundeflüsterer. Der Kleine hat Hunger. Kannst Du ihm ein bisschen Reis kochen? Reis geht immer.“ Sabine nickt und steuert wieder auf die Küchentheke zu. Nachdem der Reise aufgesetzt ist, kehrt sie zu Ludwig und Tobi zurück. Ludwig weist mit dem Kinn auf die Kiste, die sie zusammen mit seinem Cappuccino hereingebracht hat. „Was ist denn das da?“

„Ach das!“ Sabine strahlt ihn an. „Das habe ich ja in der Aufregung über den Hund fast vergessen!“ Sie hofft, ihre Stimme klingt natürlich. „Wir haben am Samstag bei der Haushaltsauflösung meiner Oma eine seltsame Kiste gefunden und, um ehrlich zu sein, wir wissen nicht, wie wir sie einschätzen sollen.“ Sie stellt die Kiste auf den Tisch, holt den Schlüssel aus ihrer Handtasche. „Die Kiste ist nicht aufregend!“ sagt sie, „Aber der Inhalt, der hat es in sich. Und da dachte ich: Warum fragst du nicht einfach mal einen Experten.“ Bedeutungsvoll zieht sie die Brauen hoch und zwinkert ihm zu. „Meinst du, du könntest dir das mal anschauen, als Experte sozusagen?“ Ludwig lächelt geschmeichelt, er betrachtet die Kiste. Typisch Historismus, nichts Besonderes, da hat sie schon recht. Aber gut gemacht und damals bestimmt teuer. Er nimmt den Schlüssel aus ihrer Hand entgegen, schließt auf und klappt den Deckel hoch, das dunkle schwere Seidentuch ist etwas zur Seite gerutscht und an einer Seite blitzt etwas Goldenes hervor. Er zieht das Tuch zur Seite. Vor ihm liegt der schönste goldene Kelch, den er jemals gesehen hat. Seine Hände streichen über diesen güldenen Schatz auf dunkelblauem Samt. Langsam nimmt er ihn heraus. Kisten wie diese hat er schon öfter in der Hand gehabt. Sie haben meist mehr als ein Fach und so streichen seine Finger suchend über die Samteinlage und finden schnell den Mechanismus, der die oberste Schublade löst. Ludwig klappt die Schublade hoch und ein zweites Fach kommt zum Vorschein. Ludwigs Stimme entfährt ein begeistertes „Ahh!“ In der unteren Schublade liegen nebeneinander ein jüdischer Hochzeitsring und eine Besamimdose. Sabine schluckt, nun weiß auch sie als Religionslehrerin eindeutig, womit sie es hier zu tun hat. Der Ring hat einen kleinen Aufbau. Ein kleiner Tempel erhebt sich über der Ringschiene. Auch wenn er ein bisschen stumpf geworden ist, so besteht doch kein Zweifel, das hellblaue Dach und die Hände, die das Gebäude rechts und links festhalten, sind aus Gold und Emaille und deutlich echt und alt. Auch die Besamimdose, die eigentlich eher ein aus Golddraht gearbeiteter Turm ist, ist wunderschön. Juwelen und Emaille-Bilder verzieren den Turm. Auf der Spitze weht eine kleine Fahne. Ludwig kann es nicht fassen: „Woher hat deine Großmutter dieses jüdische Hochzeitsset? Sabine zuckt hilflos die Schultern und antwortet dann zögernd: „Meine Großmutter hat die Kiste ein Leben lang versteckt! Niemand durfte das Bett im Schlafzimmer verschieben, niemand den Schrank im Wohnzimmer öffnen! Wir haben die Sachen erst am Samstag zufällig gefunden.“

Dem immer gut gelaunten Ludwig ist das Lachen vergangen. „Das, was du hier hast, ist sehr wertvoll! In dieser Kombination glaube ich, ist es außerdem sehr selten. Kelch, Ring und Dose, ein richtiges Set. Auch das Alter kann ich nur schätzen, vielleicht 17. Jahrhundert, da bin ich mir aber echt nicht sicher. Zumal jedes Teil für sich steht. Mir hat mal jemand vom Fritz-Bauer-Institut etwas Vergleichbares gezeigt. Aber nicht in dieser Qualität. Echt faszinierend.“ Er räuspert sich. „Der eigentliche Wert liegt nicht im Material, sondern in seiner Seltenheit. Das hier ist ein Stück einmalige Kunstgeschichte, vor allem in dieser Kombination und natürlich auch von hoher religiöser Bedeutung ..." Die Begeisterung Ludwigs verklingt mitten im Satz, wie ein weißer Elefant steht ein Wort im Raum und Sabine spricht es schließlich aus. „Glaubst du, das hier ist Raubkunst?" fragt sie. Ludwig zuckt die Schultern. „Die Frage kann ich dir nicht beantworten. Du kennst deine Großeltern besser als ich. Ich weiß nur, jüdische Familien haben sich von solchen Sets nicht einfach so getrennt. Die wurden von Generation zu Generation weitergegeben und sehr geschätzt." Sabine zögert, „Ich wage mich kaum nach dem Wert zu fragen. Trotzdem, was kann man für so ein Hochzeitsset auf dem Markt bekommen? Was denkst du?" Ludwig lächelt gezwungen. Sie fürchtet, dass sie nun in seiner Wertschätzung massiv gefallen ist. „Wenn du den Materialwert rechnest, dann liegst Du vielleicht bei 50.000. Das ist jedoch nur eine grobe Schätzung. Es kann auch mehr sein. Ich weiß nicht, wieviel die Steine wert sind. Wahrscheinlich ist es mehr. Aber wenn Du den Sammlerwert rechnest, ist es bestimmt eine halbe Million, wenn das reicht. Jüdische Sammler sind auf der Suche nach diesen alten Stücken. Schließlich gibt es nicht mehr so viele. Und dann ein ganzes Set ... So viel ist während der Schoah verloren gegangen. Solche Gegenstände sind Symbole einer Kultur und Religion, die beinahe vernichtet worden wäre. Nur an solche Sammler kommt ihr nicht einfach so ran!"

Sabine denkt an ihren Bruder und das Weingut und sie beschließt Ludwig die ganze Geschichte zu erzählen. Hier kann sie nur gewinnen, wenn sie mit offenen Karten spielt, das fühlt sie deutlich. „Meinem Bruder steht das Wasser bis zum Hals. Nach dem Tod unserer Großmutter hat meine Mutter beschlossen, dass sie so schnell wie möglich an ihr Erbe möchte, und zwar in bar. Und dieses Erbe ist leider ein zentraler Bestandteil des Weingutes, unser altes Haus." Sabine versucht nun zu erklären wie Haus, Keller und Scheune zusammengehören und dass ihr Bruder seine Mutter im Moment einfach nicht auszahlen kann. Ludwig versteht: „Und nun habt ihr im wahrsten Sinne des Wortes einen Schatz und damit einen Ausweg gefunden. Und wenn ihr ihn an einen Hehler verkauft, dann könnt ihr nicht nur deine Mutter auslösen, sondern habt vielleicht sogar noch Geld übrig!“ Sabine schluckt, ihre Hände gleiten über den alten Kelch, zu ihren Füßen wimmert Tobi. Der kleine Welpe hat entweder Hunger oder ein gutes Gespür für die Spannung im Raum oder einen guten Geruchssinn, denn in diesem Moment verbreitet sich ein unangenehmer Geruch nach Verbranntem im Raum. Sabine springt hektisch auf. „Hilfe, der Reis brennt an!“ Ludwig schaut ihr hinterher. Instinktiv möchte er nach den Gegenständen greifen und damit zur Tür hinausrennen und sie dieser ignoranten Winzersfamilie wegnehmen. In ihm formt sich ein lautloser Schrei ob des Unrechts, das hier so offensichtlich begangen worden ist. Da liegen drei Gegenstände, die eine Geschichte erzählen wollen und er ahnt, dass es eine traurige Geschichte ist. Dieser Kelch, der Ring und die Dose haben Jahrhunderte überstanden und wenn sie an den Falschen geraten, werden sie im schlimmsten Fall einfach nur eingeschmolzen. Ludwig ballt seine Hände zu Fäusten, ob der eigenen Hilflosigkeit. Da kommt Sabine aus der Küche zurück. „Du musst uns für ziemlich skrupellos und dumm halten!“ sagt sie ruhig. So als hätte er seine Gedanken laut ausgesprochen. „Meine Cousine Sophie und ich sind uns durchaus bewusst, welche Tragweite ein solcher Fund hat. Wir waren uns über den Wert nicht einig, doch uns ist klar, dass wir unseren Fund nicht einfach so für uns behalten können, wenn er wirklich echt ist.“ Sie sieht, wie sich die verkrampften Fäuste öffnen: „Nein, du musst hier keine Rettungsaktion starten, wir wollen diese alten Kunststücke nicht einschmelzen. Wenn dem so wäre, dann wäre ich nicht zu dir gekommen. Wir wollen deinen Rat, Ludwig!“ Ludwig spürt, wie sich seine Atmung verlangsamt. Sein ganzer Körper entkrampft sich. Ihm fällt nicht nur ein Stein vom Herzen, sondern eine ganze Wagenladung. Hier muss er nicht kämpfen. Vor ihm steht eine Gleichgesinnte. Das ist ein gutes Gefühl! „Kann man herausbekommen, wem das einmal gehört hat? Ich meine, was damals wirklich geschah. Ist es möglich, den Kelch wieder zurückzugeben?“ Verblüfft schaut er auf. Sabines Worte überraschen ihn. So hat er über solche Fundstücke noch nie nachgedacht. „Natürlich wäre ein Verkauf für Andreas die einfachste Lösung, aber Sophie und ich denken, dass es vielleicht eine viel bessere Möglichkeit gibt, wenn wir die ganze Geschichte kennen.“ Tobi bellt, er hat Hunger, das ganze Gerede um jüdische Ritualgegenstände ist ihm egal. Ludwig lacht erleichtert, „Gib dem kleinen Mann mal was zu essen, sonst lässt der uns keine Ruhe! Und ich denke mal darüber nach, was sich da machen lässt.“

Ja, denkt er dann, das kann er wohl tun, das kann er mit seinem Gewissen vereinbaren. Er kann versuchen, herauszufinden, wem dieses Hochzeitsset gehörte, und vielleicht gibt es Familienangehörige, denen man es zurückgeben kann. Dann wäre das Set gerettet und vielleicht könnte man so auch ein weiteres Stück Vergangenheit ans Tageslicht befördern, ein weiteres Stück Wahrheit auf der großen deutschen Landkarte. Sabine mag noch ahnungslos sein, aber was er gesehen hat, sagt ihm, dass sie sich ziemlich warm anziehen muss, wenn die Wahrheit ans Licht kommt. Kein Jude hat solche Schätze einfach so abgegeben, und kein Deutscher kam während des 3.Reiches einfach so an solche Sachen ran. Er wird sie nicht vorwarnen, sonst überlegt sie es sich vielleicht nochmal anders und das will er auf gar keinen Fall.

„Hast Du eine Idee, wie wir anfangen können?" unterbricht Sabine seine Gedanken. Tobi hat seine Reisschüssel mit großem Eifer und rasendem Tempo geleert. „Ja, ich denke schon!" Wir haben schon zwei, wenn nicht sogar drei Ansatzpunkte. Das eine sind die Gegenstände selbst und das andere der Fundort, und außerdem können wir auch eine grobe Zeitspanne angeben, in der es in den Besitz eurer Familie gekommen sein muss. Mit diesen drei Ansatzpunkten kann man schon mal arbeiten. Wenn du erlaubst, würde ich allerdings gerne noch ein paar Spezialisten hinzuziehen. Ich bin zwar Professor für neuere Geschichte, und die Nazizeit ist mein Fachgebiet, aber Judaistik ist nicht mehr als ein Steckenpferd von mir. Da gibt es Leute, die sich mit Judaica wirklich gut auskennen, auch kunstgeschichtlich. Hier in Frankfurt haben wir da echte Koryphäen auf dem Gebiet und ich bin gut vernetzt! Ganz ehrlich, du und deine Familie, ihr seid zu dem richtigen Mann gekommen." Das sonnige Lächeln ist in Ludwigs Gesicht zurückgekehrt, er weist mit einem Finger auf sich selbst. „Zu mir!" und dann voller Eifer „Das wird ein spannender Frühling," zärtlich nimmt er noch einmal die einzelnen Gegenstände in die Hand, Becher, Ring und Dose. Vorsichtig streicht er über jeden einzelnen Gegenstand. „Ich bin immer wieder erstaunt, was Menschen mit ihren Händen vollbringen. Wie solche Gegenstände ihren Weg über Jahrhunderte hinweg aus den edelsten Goldschmiede-Manufakturen Europas in ein kleines rheinhessisches Dorf finden konnten. Hier liegen Kunstwerke, die durch die Hände vieler Menschen gegangen sind. Solche wundervollen Schmuckstücke aus Gold und Silber, und Rubine, Smaragde und Saphire und dieses wunderschöne blaue emaillierte Dach des Ringes." Sabine lächelt über die Absurdität des Bildes vor ihren Augen. Ein zwei Meter Mann auf einem Ikea-Sofa, auf dessen Bauch es sich ein Miniwelpe gemütlich gemacht hat, der gerade voller Begeisterung seinen Pullover anknabbert, vor ihm Antiquitäten aus Gold und Juwelen. „Stell dir mal so eine jüdische Hochzeit im 18.Jahrhundert vor," sagt er träumerisch. „Da stehen Braut und Bräutigam unter der Chuppa und trinken aus diesem Kelch, bevor er ihr den wunderschönen Ring an den Finger steckt. Und beide wissen, mit diesem Becher und dieser Dose werden sie nun jeden Freitagabend den Schabbat begrüßen, bis auch ihr Sohn unter der Chuppa stehen wird. Welch eine Symbolik in einem solchen Becher steckt. Das ist materialisierte Weltgeschichte. Das kann man nicht einfach so verhökern." Auf seinem Bauch wackelt der kleine Hundeschwanz. „Ich fürchte, jetzt musst du schnell mit ihm auf den Balkon!" sagt Ludwig übergangslos. Sabine schnappt sich Tobi und öffnet die Balkontür, während Ludwig gedankenverloren das Funkeln der Steine des Besamimturmes im Sonnenlicht betrachtet.

Beim Tierarzt

Ludwigs Freundin Ilsa ist Tierärztin und hat tatsächlich noch einen Termin für Tobi frei und so kann der kleine Mann untersucht, geimpft und registriert werden. Eigentlich ist Ludwig nicht unbedingt auf ein Treffen mit Ilsa erpicht. Das Vater-Sohn-Gespräch auf dem Golfplatz klingt ihm noch in seinen Ohren. Auf der anderen Seite ist das eine gute Gelegenheit, um Ilsa ein klares Signal zu geben, dass er für eine zukünftige Eheschließung nicht zur Verfügung steht, egal, was sein Vater dem befreundeten Geschäftspartner weismachen will. Ilsa lächelt ihr herzliches Willkommen. Sie ist wie immer perfekt von den Haarspitzen ihres gepflegten Bobs bis zu den eleganten Prada-Pumps geschminkt, modisch und schlank. Wie Ilsa ihr Aussehen und ihren Beruf unter einen Hut bringt, ist ihm ein Rätsel. Sie empfängt ihn mit dem obligatorischen Küsschen rechts und links und dem dritten für besonders gute Freunde und drückt ihn zum Schluss nochmal extra fest. Er revanchiert sich, indem er den Arm um Sabines Taille legt und sie als eine besonders gute Freundin und Tobi als sein Patenkind vorstellt. Er merkt sofort, dass ihr das den notwendigen Dämpfer versetzt hat. Jetzt muss er nicht mehr viel sagen, Zeichen sprechen mehr als Worte. Nach ihrem Tierarztbesuch werden die Drähte nach Kronberg heiß laufen. Allein das ist der kleine Tobi schon wert. Man muss es Ilsa lassen, selbst wenn sie in Bezug auf Ludwig ziemlich penetrant sein kann, so ist sie in Bezug auf Tiere unbestechlich. Die liegen ihr wirklich am Herzen. Auch dem kleinen reinrassigen Shih Tzu Welpen fliegt ihr Herz sofort zu. Sie kann die Geschichte vom Kauf auf der Straße nicht fassen und dass die kleine Naime den Welpen von ihrem Taschengeld gekauft hat, gefällt ihr besonders gut. „Du kannst ihr sagen, dass sie da ein echtes Schnäppchen gemacht hat“, sagt sie. „Der Hund ist rundum gesund! Wahrscheinlich acht Wochen alt und kein osteuropäischer Import. Leider noch ein bisschen jung, um von der Mama und den anderen Welpen wegzukommen, aber abgestillt!“ Allerdings ist Tobi eine Tobia, was keiner aufgrund der vielen Haare registriert hat. Luisa liebt Shih Tzus und erzählt begeistert von der alten tibetischen Rasse. „Übersetzt heißt das: kleiner Löwe. Sie sind gute Wachhunde und haben ihren eigenen Kopf, aber gleichzeitig sind sie auch Kuschelhunde mit einem riesengroßen Hundeherzen unter den vielen Haaren in dem kleinen Körper! Am besten fangt ihr gleich damit an, sie an die Haarbürste zu gewöhnen und ihr besorgt euch so früh wie möglich einen guten Friseur. Alles andere kommt von allein. Die lernen beim Zugucken.“ Tobia, wie der kleine Welpe nun heißt, bekommt einen Pass, einen Chip und eine erste Impfung sowie eine Liste über zusätzliche Impfungen, eventuelle Krankheiten und erste Erziehungstipps. Dann erhält ihre Hundemama einen Schnellkurs über Welpenerziehung, Mahlzeiten und Ruhezeiten. Die Spielzeiten mit Naime werden also ziemlich begrenzt sein. Dafür muss sich Sabine für die nächsten Wochen auf ein intensives Leben als Hundemama einstellen. Als Sabine ihr freundlich erklärt, dass sie das ja eigentlich gar nicht so genau zu wissen brauche, weil Ludwig Hundeerfahrung habe, schaut Ilsa verblüfft zu Ludwig hinüber, der ihr wiederum zublinzelt und erklärt: „Naja, du weißt doch, wir hatten immer Hunde zuhause!“ Er kann sehen, wie Ilsa sich das Lachen nur schwer verkneifen kann, natürlich erinnert sie sich an Ludwigs eher distanziertes Verhältnis zu den Jagdhunden seines Vaters. „Mein lieber Ludwig, was hältst Du davon, mich mal wieder einzuladen. Jetzt, wo du Patenonkel eines Hundes bist, ist eine gute Beziehung zu einer

Tierärztin doch sicherlich hilfreich, lächelt Ilsa vieldeutig beim Abschied. Ludwig hält Sabine krampfhaft umklammert und antwortet: „Wenn du magst, kannst du uns ja mal besuchen kommen. Sabine kommt aus einem Weingut und wir haben einen wundervollen Balkon. Nicht wahr, Sabine!" Sabine schaut ein bisschen erstaunt, als sie Ludwigs Arm um sich spürt, nickt dann aber bestätigend. Die Untertöne zwischen Ilsa und Ludwig hat sie deutlich nicht wahrgenommen. Diese lächelt etwas gezwungen und hat es dann ganz plötzlich sehr eilig zum nächsten Patienten zu kommen. Sabine und Tobia brauchen noch einen neuen Impftermin, doch das war es dann auch schon. Vor der Praxistür will es Sabine dann doch genau wissen: „Hast du mich gerade eben eigentlich als deine neue Freundin vorgestellt?" „Sie ist mit meinen Eltern befreundet und so lange ich mich zurückerinnern kann, versuchen ihr Vater und mein Vater uns zu verkuppeln, ein Joint Venture sozusagen. Ilsa gefällt das auch noch." Er brummt missvergnügt. Sabine lacht. Tobia unter dem Arm, zieht Ludwig Sabine nun in unziemlicher Eile an der Hand durchs Wartezimmer. „Komm, lass uns shoppen gehen, bevor sie zurückkommt!" Tobia guckt zappelnd mit hängender Zunge und wackelndem Schwanz auf die Katze, die missbilligend vom Schoß ihr Besitzerin herüberfaucht, der große Schäferhund dagegen, der völlig erschöpft daneben liegt, würdigt den Welpen keines Blickes. „Schicken Sie mir die Rechnung", sagt Ludwig noch zur Sprechstundenhilfe und dann fällt die Tür hinter ihnen ins Schloss. „Du glaubst nicht, wie penetrant Ilsa sein kann!" Sabine schaut ihn verblüfft an: „Warum sind wir dann hierher gegangen?" „Weil wir dringend einen Termin brauchten, und da fiel mir sonst niemand ein." Außerdem hatte er seinem Vater einen Strich durch die Rechnung machen wollen. Nun hofft er, dass sich die Nachricht schnell verbreitet.

Der nächste Weg führt Sabine und Ludwig in ein Tiergeschäft und obwohl sich beide fest vorgenommen haben, sich gegenseitig beim Einkauf zu bremsen, ist am Ende der Wagen übervoll. Sabine ist unsicher, Ludwig keine große Hilfe und die Verkäuferin sehr überzeugend. Ein kleiner Korb, ein Laufstall für Hunde, eine Hundetoilette mit passenden Pads, ein Halsband, eine Lederleine für die Stadt, eine Laufleine für lange Spaziergänge, Welpenfutter und extra Belohnungsleckerlies, Hundezahnpasta, eine kleine Hundezahnbürste, Welpenshampoo und die passende Bürste - immerhin ist es ein Shih-Tzu, und eine Hundedecke, ein Gurt für das Auto, eine Regenjacke für Welpen, damit sie keine Blasenentzündung bekommt, natürlich Hundespielzeug und ein Hunde-Intelligenzspiel. Das übernimmt Ludwig, weil er der Meinung ist, dass man die Intelligenz eines Hundes nie früh genug fördern kann. Das Wichtigste aber ist ein Rucksack, in dem Sabine Tobia vorne auf ihrem Bauch tragen kann. Schließlich ist Tobia erst 8 Wochen alt. Die bekommt von ihrer ersten Shoppingtour noch nicht viel mit. Denn der Tierarztbesuch war so anstrengend, dass das kleine Mädchen den Rest verschläft.

Dem Einkauf folgt ein erster Spaziergang, der eigentlich nur ein mehr oder weniger erfolgreicher Versuch ist, Tobia davon zu überzeugen, dass an der Leine gehen Spaß machen kann. „Nach diesen Anstrengungen sollten sich auch die Großen etwas gönnen!" meint Ludwig, der als Genießer fast alle guten Restaurants und Cafés in Frankfurt kennt. Und so hat er auch schnell das Passende gefunden. Kurze Zeit später findet sich Sabine im Café Metropol wieder. Auf Ludwigs Empfehlung genießt sie Goethes Frühlingsmahlzeit, wie Ludwig die grüne Soße mit den gekochten Eiern und den Kartoffeln nennt. Genüsslich steckt sie ein in grüne Soße getauchtes Stück Ei in den Mund und schaut sich um. Neben ihr teilt sich ein schwules Pärchen ein spätes Frühstück, weiter hinten haben es sich zwei junge Mütter mit ihren Kinderwägen bequem gemacht. Dass die Mutter ihr Baby beim Cappuccino stillt, scheint weder die Gäste noch das Baby zu stören. Sabine beginnt sich in dieser trubeligen Atmosphäre zu entspannen. Hier zwischen Studenten, Hausfrauen, Geschäftsleuten und Touristen fühlt sich das Problem mit dem goldenen Kelch nicht mehr so bedrohlich an. „Was hältst Du davon, einen Abstecher ins Jüdische Museum zu machen!“ schlägt Ludwig vor, so, als sei ihm die Idee gerade eben erst gekommen. Sein Teller ist schon leer. Tobia hat es sich wieder einmal auf seinem Bauch bequem gemacht, er hat seine langen Beine von sich gestreckt und den leeren Teller nach hinten geschoben, während er langsam an einem Glas Riesling nippt. „Dort habe ich vor einiger Zeit einen Hochzeitsring gesehen, den ich gerne mit deinem Ring vergleichen würde.“ Er erzählt Sabine nicht von den Fotos, die er mit seiner Handykamera am Morgen gemacht hat und auch nicht, dass er im Jüdischen Museum Esther Mendel zu treffen hofft. Sie ist die Leiterin der Judaica-Abteilung. Er ist sich sicher, dass sie mehr über diese Art von Sets weiß. Esther weiß eine Menge und sie ist ihm noch einen Gefallen schuldig. Ludwig lächelt Sabine zu und spürt, wie sich das schlechte Gewissen in ihm regt.

Eigentlich würde er lieber allein dorthin gehen, so wie er das immer macht, wenn ihn etwas in der Nase juckt. Aber ohne Sabine und ihre Familie wird es nicht gehen, das weiß er. Sein Verstand sagt ihm, dass es am besten ist, Sabine von Anfang an mit einzubeziehen. Auch wenn ihm das noch so schwerfällt. Innerlich aufseufzend fügt er sich schließlich unwillig in sein Schicksal. Er wird sie und den kleinen Racker auf seinem Bauch auf die Schatzsuche mitnehmen. Immerhin - es ist ja nicht so, als wenn sie ihm unangenehm wäre ... Er ist halt nur kein Teamworker. Sabine, die von Ludwigs Bedenken nichts mitbekommen hat, genießt derweil die Strahlen der Frühlingssonne, die durch das Fenster des Cafés fallen. „Es ist wunderschön hier. Jetzt bin ich schon zwei Jahre in Frankfurt und entdecke immer wieder neue Ecken.“ Ludwig kann sich einen kleinen Exkurs in die Frankfurter Geschichte nicht verkneifen. „Das hier ist der älteste Teil Frankfurts. Um den Dom herum hat alles angefangen.“ Ludwig hat zum Abschluss für sich ein Stück Apfelweinkuchen bestellt und für Sabine die selbstgebackenen Madeleines. Dazu Espresso und Cappuccino. Nun greift er nach seinem Espresso. Kauend schwenkt er die Gabel im Halbkreis durch die Gaststätte: „Das hier war mal jüdischer Boden. Schwer vorstellbar, oder?“ Sabine nickt. „Wir sitzen auf der Stelle der ältesten Synagoge Frankfurts. Zwei Mal fiel sie Pogromen zum Opfer. Mitte des 13. Jahrhunderts und dann nochmals 100 Jahre später. Nach dem zweiten Mal haben sie sie nicht wieder aufgebaut. Die haben die Juden einfach vertrieben, weißt du! Die Lage war zu lukrativ. Mitten im Zentrum, direkt neben dem Dom. Die Frankfurter Pfeffersäcke wollten selbst hier wohnen. Kaum ein Unterschied zu heute, was? In ihrer Gier hätten sie fast den Dom abgebrannt, nur weil sie scharf auf die Grundstücke waren.“ Langsam isst Ludwig weiter. Er kaut sorgfältig, dann schluckt er und nimmt sich eine nächste Gabel. „Der Judenhass hat weder mit den Nazis angefangen noch mit ihnen aufgehört!“ Verwundert betrachtet sie ihn, wie er dasitzt, in der einen Hand die viel zu kleine Espressotasse, in der anderen Hand die Kuchengabel, seine Stimme klingt seltsam losgelöst. So, als ginge ihn das alles gar nichts an. Als wäre er ein Fremdenführer, der ihr eine x-beliebige Stadtgeschichte erzählen würde. “Weißt du, wenn du darüber nachdenkst, was alles passiert ist, was kaputt gegangen ist ... Ich weiß nicht, was das ist mit diesem Antisemitismus, aber er ist wie ein Ungeheuer, dass nicht totzukriegen ist." Jetzt endlich wird seine Stimme bitter. „Manchmal komme ich mir vor wie so ein St. Georg, der gegen den Drachen kämpft, immer wieder und wieder, und ich steche zu und denke, jetzt habe ich ihn erledigt, und dann drehe ich mich um, und sehe ihn, wie er an einer anderen Stelle einfach wieder hochkommt, so, als sei gar nichts gewesen und der Kampf geht wieder von vorne los ... Und hier, schau dich um, keine Spur von dieser Synagoge, in der einst Menschen gebetet haben. Stattdessen ein zugegebenermaßen gutes Café im Sonnenlicht." Er blinzelt in die Sonne. „Entschuldige, jetzt habe ich dir den Appetit verdorben, nicht wahr! Das wollte ich nicht! Es ist einfach eine Berufskrankheit. Du musst das ignorieren, sonst kannst du nicht mit mir essen gehen." Er schwenkt die frisch gebackenen Madeleines verführerisch vor ihrer Nase. "Wie sollen wir denn mit diesem ganzen Wissen umgehen? Zu einer Zeitreise sind wir Menschen genauso wenig fähig, wie wir das Rad zurückdrehen können. Wir sind dazu verdammt, im Hier und Jetzt zu leben." Seufzend schaut er auf die Madeleines. „Wir können resignieren oder kämpfen!" Als er sie wieder anguckt, ist das abenteuerlustige Glitzern in seine Augen zurückgekehrt. „Und wer kämpft, braucht eine gute Grundlage. Deshalb mein Rat: Diese Madeleines solltest Du auf jeden Fall probieren, bevor wir ins Museum aufbrechen".

Doch das unangenehme Gefühl in Sabines Magengegend ist zurück. Was wird die Suche nach dem Eigentümer des Hochzeitskelches zutage fördern? Wie sieht es in ihrer Familiengeschichte wirklich aus? Was wollte ihre Großmutter verbergen? Sabine ist nicht naiv. Sie hat Theologie studiert und sich mit dem Judentum und seiner Geschichte beschäftigt. Natürlich weiß sie, was Antisemitismus ist. In der Schule unterrichtet sie ihre Schüler über die Zeit des Nationalsozialismus. Und ganz tief drinnen war ihr auch immer klar, dass ihre Großeltern Teil des Systems waren. Aber in letzter Konsequenz hat sie das nie durchdacht. „Tobia, hör auf den Boden abzulecken!" Ludwig steht auf und nimmt den abenteuerlustigen kleinen Hund auf den Arm, „ich organisiere eben ein bisschen Wasser. Ich glaube, sie hat Durst."

Als Ludwig zurückkommt, bringt er nicht nur Wasser mit, er hat auch bezahlt. Sabine streitet nicht mit ihm über die Rechnung, er ist ordentlicher Professor, sie ist Lehrerin. Er kann es sich leisten und sie ist souverän genug, ihm diese kleine Geste zu gönnen.

Im Jüdischen Museum

Der Weg zum Jüdischen Museum ist nicht besonders lang. Sabine packt die kleine Tobia in den neuen Rucksack, auch wenn sie sich wie eine Mutter mit Baby fühlt und die Blicke aller Passanten auf sich zu zieht. Auf dem Weg gesteht Ludwig seine wahren Motive für den Besuch. Auch von Esther Mendel erzählt er Sabine. „Das Beste ist, wenn ich rede!“ sagt Ludwig. „Wir wollen sie doch gar nicht erst auf die Idee bringen, dass es sich hier um Raubkunst handeln könnte.” Sabine nickt. „Ich mache einfach ein Forschungsprojekt daraus,“ überlegt Ludwig. „Da kann sie nichts sagen!“ Wieder nickt Sabine.

„Meinst Du, ich kann Tobia mitnehmen?“ fragt sie dann. Ludwig lacht und legt ihr Halstuch vorsichtig über den Rucksack. „Versuch es doch einfach! Tobia hat ihren eigenen Charme und einen hebräischen Namen. Außerdem schläft sie im Moment und, wenn wir Glück haben, bleibt das so.“ Tatsächlich hat Tobia es sich in dem neuen Rucksack bequem gemacht und ist dabei eingeschlafen, nicht einmal das Köpfchen ist zu sehen. Ludwigs Halstuch ist gar nicht notwendig. So wird der kleine Hund einfach im Hunderucksack hineingeschmuggelt.

Die Hochzeitsringe, die die Leiterin der Judaica-Abteilung Esther Mendel Ludwig und Sabine zeigt, sind alle jünger als das Exemplar aus der Schatzkiste. Das erkennt sogar Sabine. Einige sind aus Gold und es gibt sogar einen Ring mit emailliertem Dach. Aber Esther erklärt mit wegwerfender Handbewegung, dass die meisten Exponate nicht besonders wertvoll sind. Sie berichtet von einem besonderen Hochzeitsring aus Erfurt, der schon sehr alt ist und dass es bei solchen Ringen nie um den Materialwert geht. „Das Besondere ist der symbolische Wert. Jede Familie hat ihren eigenen Ring und sie werden nur einmal im Leben getragen, nämlich zur Hochzeit und von Generation zu Generation weitergegeben." Während Esther redet, geht sie schnellen Schrittes durch die Gänge des Jüdischen Museums, vorbei an den Glaskästen und dem Lesepult. Sie öffnet eine Tür, die in den Verwaltungsbereich führt und winkt Sabine und Ludwig ihr zu folgen, während sie den Gang entlang zu ihrem Büro voranschreitet. „Ich glaube, dass die wirklich wertvollen Hochzeitsringe immer noch in Privatbesitz sind. So etwas kommt selten auf den freien Markt." Ludwig lässt nicht locker. Er will wissen, ob es noch viele Exemplare in Deutschland gibt. Die Antwort überrascht nicht nur Sabine. Denn Esther hält das für durchaus wahrscheinlich. Viele Hochzeitsringe konnten während der Zeit des Nationalsozialismus versteckt werden. „Allerdings gibt es auch viele jüdische Familien, in denen diese Tradition vom Hochzeitsring abgebrochen ist. Entweder, weil die Familie keinen Ring hat oder weil man sich an die modernen Hochzeitszeremonien angepasst hat. Das Hochzeitspaar hat Eheringe, die es auch über die Hochzeit hinausträgt. Die werden dann auch nicht mehr weitergegeben." Mit einer schwungvollen Geste fegt Esther einige Kopien und Bücher von einem Sofa in ihrem Büro. „Setzt euch!" lädt sie dann die beiden herzlich ein. „Ich müsste mal wieder aufräumen, aber ich schreibe gerade an einem Artikel und da stapelt sich das Material immer überall. Du weißt ja, wie das ist, Ludwig!" Ludwig lacht. Er setzt sich und zieht dann Sabine samt Rucksack mit sich auf das Sofa. Beiläufig fragt er: „Hast Du schon mal was von Hochzeitsbechern gehört? Oder eventuell sogar von ganzen Hochzeitssets mit Hochzeitsringen, Hochzeitsbechern und Besamimdosen?" Sabine lächelt gespannt. Esther schaut ihn verblüfft an: „Ein Set?" „Na, du weißt schon. Eine Kombination von mehreren Teilen eben, die alle zur Hochzeit benutzt wurden." Ludwig klingt ein bisschen ungeduldig. „In einer gemeinsamen Kiste. Ein Hochzeitsset eben!" Esther schaut ihn prüfend, ja fast lauernd an: „Du denkst doch an etwas bestimmtes." Ludwig zögert einen Moment, er spürt, so kommt er nicht weiter und deshalb holt er sein Handy aus der Tasche. Zu Sabines Überraschung präsentiert er dann Esther Fotos der Gegenstände und der Kiste. „Ich hatte vor kurzem die Gelegenheit, mir dieses Set anzuschauen." Abwehrend wedelt Esther mit den Händen. „Die Kiste ist nicht besonders alt, ich schätze mal Ende des 19. Jahrhunderts und typisch jüdisch ist sie auch nicht." Ludwig nickt und zeigt ihr das nächste Bild, während er nun den Inhalt der Schatzkiste beschreibt. „Man hat mich gebeten, die Gegenstände zeitlich einzuordnen und ihren Wert zu schätzen." Sabine lächelt, die Formulierung ist gut gewählt. Über Esthers wachsende Begeisterung ist sie allerdings überrascht. „Wundervoll! Das ist ja schön! Schau dir nur diesen Löwen an!" Nachdem sie alle Bilder gesehen hat, bleibt es erst einmal einen Moment still im Raum. Eine Uhr auf dem Regal tickt leise. „Ja," sagt Esther dann, „Sets gibt es ab dem 19. Jahrhundert häufiger. Allerdings passen sie in den seltensten Fällen zusammen. Meistens hat man einfach eine schöne Kiste machen lassen, in der alle Teile verstaut wurden. Bei eurer ist das auch so. Die Kiste ist deutlich dem Historismus zuzuordnen und hat noch nicht einmal jüdische Motive. Das ist irgendwie auffällig. Vielleicht war der Besitzer ein aufgeklärter Schöngeist. Davon gab es im 19.Jahrhundert viele unter den Juden. Auf jeden Fall stammte er aus einer reichen Familie, denn Ring, Becher und Dose sind von guten Gold- und Silberschmiedemeistern gemacht und ziemlich alt. Also deutlich eine sehr reiche alte Familie, vielleicht Hofjuden oder Bankiers oder auch berühmte Ärzte." Ludwig unterbricht ihre Überlegungen: „Es ist aber nicht immer dieselbe Werkstatt, oder?“ Esther schüttelt den Kopf. „Auf gar keinen Fall. Das hier ist eine Sammlung verschiedener Stücke. Allein der Ring ist ein Kunstwerk für sich. Dieser kleine Tempel hier oben, belegt mit Emaille.“ Nun meldet sich Sabine: „Ich habe gedacht, dass sei ein Haus oder ein Schloss oder so etwas. Vor allem weil es rechts und links von kleinen Händen gehalten wird, und wenn man überlegt, dass die Braut den Ring ja an den Finger gesteckt bekommt ...“ Esther lächelt etwas herablassend: „Nein, dieses Gebäude symbolisiert den Tempel Salomos.“ Sie wendet sich wieder an Ludwig. „Ich schätze mal Anfang 17. Jahrhundert. Er ist sehr gut erhalten, soweit man das auf dem Foto sehen kann. Entsprechen die Fotos der Realität?“ Ludwig nickt und fragt nach: „Was ist mit dem Kelch!“ „Nun, du weißt, dass zur Hochzeitszeremonie ein Kelch benötigt wird. Das Brautpaar muss aus einem Kelch trinken.“ Ludwig nickt bestätigend. Er war schon des Öfteren auf jüdischen Hochzeiten eingeladen gewesen. Esther zuckt mit den Schultern. „Es ist durchaus üblich, Brautpaaren Kelche zur Hochzeit zu schenken, die diese dann später für das Schabbatritual als Kiddushbecher oder zum Sederabend benutzen konnten. Das Set auf deinem Foto ist aber kein einfaches Hochzeitsgeschenk. So etwas wird von Generation zu Generation weitervererbt. Dafür spricht auch die Besamimdose, die am Ende eines Schabbats für die Hawdalazeremonie verwendet wird.“ Sabine blickt verwirrt von Esther zu Ludwig. „Besamimdose? Hawdalazeremonie?“ fragt sie und kommt sich dabei ziemlich dumm vor. Während Esther ihr das auch zu bestätigen scheint, lächelt Ludwig sie freundlich an und erklärt er ihr, dass eine Besamimdose ein Behälter für wohlriechende Gewürze ist. „Wenn der Schabbat zu Ende geht, dann verabschieden sich jüdische Menschen mit einer besonderen Zeremonie von ihm, und dazu gehören besondere Kerzen und eben diese Gewürzdose. Alle riechen an der Dose, um den wohlriechenden Duft des Schabbats die ganze Woche in der Nase zu behalten - bis zum nächsten Schabbat. Ich finde, das ist eine schöne Idee." Esther zuckt mit den Schultern. „Naja, wenn man damit groß geworden ist, dann ist das ganz normal. Übrigens, dieser Besamimturm ist eine Wucht. Wir haben einen solchen Turm in unseren Beständen, den wir im Museum am Börneplatz ausstellen wollen. Der ist ähnlich. Aber aus Silberdraht und Glassteinen, auch mit Emaillebildern. Doch hier ist es Gold und es sind echte Edelsteine, die Herkunft aus dem Anfang des 18. Jahrhunderts ist deutlich erkennbar. Echt Wahnsinn!" Esther hat die Bilder auf Ludwigs Handy zurückgeschoben, um sich den Besamimturm in Ruhe angucken zu können. „Nochmal zum Kelch!" hakt Ludwig um Sabines Willen nach, weil er weiß, dass sie sich nicht so gut auskennt. „Woran kannst Du erkennen, dass dieser Becher wirklich jüdischer Provenienz ist? Die Menschen, die mich um Rat gefragt haben, waren sich unsicher, weil sie keinen Davidstern gefunden haben. Für sie war der Kelch deshalb nicht jüdisch". Esther macht eine wegwerfende Handbewegung „Die Davidsterne gibt es als jüdisches Symbol noch gar nicht so lange. Hier auf dem Becher sind doch viel eindeutigere Symbole. Das muss ich doch dir nicht erzählen, Ludwig!" Sie schaut ihn fast vorwurfsvoll an. Er lacht. „Ich wollte mich nur rückversichern." Gnädig antwortet ihm Esther: „Du musst ihnen doch nur die Krone zeigen. Sie können im Internet diese Krone nachverfolgen. Keines der königlichen Häuser hat eine solche Krone. Und dann die Tierfiguren auf dem Kelch. Hier und hier und hier: Der Bär, der Löwe und der Hirsch. Die sind so eindeutig jüdisch. An der Art, wie der Löwe gemacht ist, müsste man eigentlich auch die Herkunft erkennen können, aber da müsste ich gründlicher nachforschen! Könntest Du mir die Bilder schicken?" Ludwig schüttelt den Kopf. „Tut mir leid, ich habe versprochen, die Bilder nicht aus der Hand zu geben." Esther ist eindeutig enttäuscht. Um sie abzulenken, fragt er: „Was glaubst du, ist das eher aschkenasisch oder sephardisch?" Wieder einmal sieht Sabine wie ein einziges Fragezeichen aus. „Die Kelche sind eindeutig hier aus dem mitteleuropäischen Raum und ich glaube, dass man das auch für den Ring und den Turm sagen kann. Also aschkenasisch." Ein prüfender Blick zu Sabine. „Sie kennen den Unterschied, oder?" Sabine schüttelt den Kopf. Sie fühlt sich wie bei einer Prüfung. Esther seufzt. „Also gut, es gibt in Europa zwei Arten von Juden, die einen kommen aus dem mittel- und osteuropäischen Raum und werden aschkenasische Juden genannt. Die sephardischen sind all diejenigen, die sich auf die Juden zurückführen, die damals aus Spanien und Portugal vertrieben wurden." Sie legt den Kopf schief, So, als wollte sie einschätzen, ob es sich lohnt, noch mehr zu sagen. Dann seufzt sie und wedelt mit ihrer Hand zu Ludwig hinüber. „Das soll er ihnen mal in einer ruhigen Stunde genauer erklären. An dem Kelch ist auf jeden Fall nichts Sephardisches und auch nichts Orientalisches. Wenn ihr mich fragt, ist der noch nicht mal von jüdischen Handwerkern gemacht!" Sabine zieht die Brauen hoch, doch Ludwig nickt nur. „Du meinst wirklich, dass er aus der Zeit stammt, als Juden noch kein Handwerk ausüben durften?" Ihm scheint Esthers Kritik an Sabine nichts auszumachen. Er hat noch eine knifflige Frage auf dem Herzen und überlegt gerade, wie er diese am besten platzieren kann. „Was meinst du? Gibt es noch viele solcher goldenen Kiddushkelche aus dieser Zeit?" Er lässt seine Stimme bewusst ein bisschen gelangweilt klingen, so. als sei ihm die Frage gerade eben erst eingefallen und als sei sie auch gar nicht so wichtig, aber Esther kann zwischen den Zeilen lesen. „Du willst wissen, ob er wertvoll ist? Ja, das ist er. Zum einen, weil er alt ist, dann ist da das Material und außerdem ist er ein wichtiges Stück Kunst- und Kulturgeschichte, das gegen alle Widerstände bewahrt werden konnte. Das macht ihn zwar nicht unbezahlbar, aber für jüdische Sammler sehr begehrenswert." Nun bekommt ihre Stimme einen beschwörenden Ton: „Sollten die Menschen, die du berätst, diese schönen Stücke auf dem Schwarzmarkt verkaufen wollen, halte sie davon ab, Ludwig. Ich bitte dich! Du musst das verhindern. Solche Stücke gehören ins Museum. Die dürfen nicht in irgendwelchen Privatsammlungen verschwinden. Ich beschwöre dich, mach ihnen klar, welches Kulturgut sie in ihren Händen halten." Esther ist nun ganz aufgeregt. Sie wendet sich Sabine zu. „Ich nehme an, sie sind Ludwigs neue Flamme! Sie müssen ihm klarmachen, dass er hier über das Schicksal von etwas Wunderschönem und sehr Wichtigem mitentscheidet." Und wieder zu ihm gewandt: „Gib mir die Kontaktdaten der Leute, dann spreche ich mit ihnen, ich kann sie bestimmt überzeugen!" Ludwig schüttelt den Kopf. „Du schüchterst sie nur ein. Ich habe dem Besitzer versprochen, dass ich seinen Namen nicht verraten werde, und ich halte mein Versprechen. Aber ich werde ihn fragen. Wenn er es mir erlaubt, wirst du es als Erste erfahren." Esther sagt leise: „Dein Kontaktmann ist kein Jude, nicht wahr?" Einen Moment herrscht Schweigen zwischen der Jüdin und den beiden Christen. Die Vergangenheit schiebt sich in den Raum und legt sich über das Gespräch wie eine schwere Decke. Ludwig bemüht sich, weder zu antworten noch das Geschlecht zu korrigieren. Plötzlich ertönt aus Sabines Rucksack ein kleines Japsen und Kratzen. Erstaunt schaut die Leiterin der Judaica-Abteilung auf die Bauchtasche, die sich zu bewegen beginnt. „Was ist denn das?" Ludwig lacht verlegen: „Entschuldige Esther, wir haben eine blinde Passagierin mit hineingeschmuggelt, weil wir einfach nicht wussten, was wir sonst mit ihr machen sollten!“ Ein protestierendes Quieken ertönt aus dem Hunderucksack. Mit dramatischer Geste präsentiert Ludwig: „Darf ich vorstellen, dass ist Tobia!“ Sabine hebt die Lasche ihres Rucksacks hoch und ein kleiner haariger Kopf erscheint. Augen blinzeln erstaunt in die Welt und Pfoten versuchen sich einen Weg durch das Loch im Rucksack zu erkämpfen. „Sie ist erst acht Wochen alt, und ich bin gestern mehr oder weniger ungewollt zur Hundemama geworden!” ergänzt Sabine „Ludwig hat sich nun freiwillig zum Patenonkel erklärt und hilft mir durch die ersten Monate!“ Esther Mendel ist begeistert und hat ein neues Gesprächsthema gefunden. Auch sie hat einen Hund zuhause und kann viele Geschichten erzählen. Der Schatten, der alles zu ersticken drohte, zieht sich unmerklich zurück, während Tobia immer mehr Raum erobert. Ludwig wagt deshalb einen erneuten Vorstoß. „Ich bin bei Recherchen in Rheinhessen per Zufall auf dieses Hochzeitsset gestoßen,” sagt er. “Hältst Du den Ort nicht für ungewöhnlich?” Esther schaut sich die Fotos nochmal genauer an. “So ungewöhnlich finde ich das gar nicht! Du vergisst die SCHUM-Städte. Mainz und Worms und Speyer. Zwei davon liegen in Rheinhessen, die dritte in direkter Nachbarschaft. Und wer sagt denn, dass so eine jüdische Familie im 19. oder 20. Jahrhundert nicht auch auf dem Land gewohnt haben kann. Gerade in der Gegend um Bingen ist das gut dokumentiert. Das weiß ich zufällig, weil ich dort selbst einen Fall untersucht habe.“ Ludwig nickt langsam. Sabine kann ihm ansehen, wie es in ihm arbeitet. Dann wiederholt Esther nochmals ihre Bitte. „Du weißt, was es bedeutet, wenn du dich auf einen privaten Sammler einlässt? Das ist die beste wissenschaftliche Untersuchung nicht wert. So ein Set kann unter Sammlern gut und gerne eine halbe Million wert sein oder sogar mehr, wenn es wirklich so alt ist, wie die Bilder vermuten lassen. Du kannst in Teufels Küche kommen, wenn Du das nicht meldest." Wieder schaut sie die Fotos an. "Es können natürlich auch gute Fälschungen sein, aber ..." Sie wendet sich an Sabine. „Bitte reden Sie mit ihm, vielleicht hört er ja auf sie. Ich kenne ihn gut genug, um zu wissen, wenn ihn der wissenschaftliche Ehrgeiz packt, dann hat er Bohnen in den Ohren." Nochmal nickt sie bekräftigend, dann streichelt sie Tobia über den Kopf. Ludwig grinst Esther an, umarmt sie auf französische Art und drückt ihr rechts und links einen Kuss auf die Wange und einen dritten für die Freundschaft. Dann verspricht er ihr, dass er brav sein wird und sie sich keine Sorgen machen muss. Am Ende wird alles gut, sie wird schon sehen! Das verspricht er ihr zum Abschied noch.

„Das war ganz schön knapp! Beinahe hätten wir da Begehrlichkeiten geweckt!" Sabines Stimme klingt besorgt. Doch Ludwig winkt ab, er kenne Esther Mendel und die Szene schon lange. „Die glauben, dass ich über einer neuen Forschungsarbeit brüte und du bist eine von diesen Verehrerinnen, die mich anbetet und die Kleinarbeit für mich machen soll." Sabine stupst ihn in seinen Bauchansatz. „Herr Professor, ich muss doch sehr bitten! Hier ist eine Hundehäufchentüte und da hat die kleine Tobia ein solches hinterlassen und als guter Patenonkel darfst Du nun dieses erste Häufchen außerhalb der Wohnung wortreich belohnen und dann entsorgen." Lächelnd übernimmt Ludwig die Hundetüte und die wichtige Aufgabe. Anschließend spazieren beide langsam zusammen mit einer schnüffelnden Tobia am Main entlang.

"Weißt Du eigentlich, wieviel jüdische Familien vor der Schoah bei Euch im Ort gelebt haben?" Ludwig schaut zu

Sabine hinüber. Diese schüttelt den Kopf. „Nein, vor dem Krieg war Engelstal nicht besonders groß, ein kleines Winzerdorf eben. Ich kann mir gut vorstellen, dass dort auch einige jüdische Familien lebten. Vielleicht gab es sogar ein jüdisches Bethaus, aber das glaube ich nicht. Einen jüdischen Friedhof hatten wir auf keinen Fall, das weiß ich mit Sicherheit. Die meisten sind nach Bingen in die Synagoge gegangen. Bingen liegt ziemlich nahe. Da kann man von uns fast hinlaufen." Sie schüttelt den Kopf. „Ich weiß nicht, was es da gab. In Engelstal gab es auf jeden Fall in den 80-ern und 90-ern keine Initiativen, die nach jüdischen Spuren geforscht haben, so wie das an vielen anderen Orten passiert ist. Wir haben zwar einen Heimatverein, aber der hat sich vor allem um unsere alten Grabsteine gekümmert, und dann ..." sie runzelt die Stirn „da gab es irgendeinen Vorfall mit Kriegsgefangenen gegen Kriegsende. Ich erinnere mich da an eine Ausstellung und ein Mahnmal. Aber Juden in Engelstal?" sie schüttelt den Kopf und schweigt einen Moment, dann zuckt sie mit den Schultern. „In Bingen war das anders, da gab es eine ganz wichtige Sache, und die sogar schon ungewöhnlich früh." Dann berichtet sie davon, dass es in Bingen vor dem Krieg zwei Synagogen gab. Sie weiß aus ihrer Schulzeit, dass die größere davon während der Reichskristallnacht abgebrannt ist. „In Bingen hat sich nach dem Krieg ein Oberbürgermeister um die Geschehnisse in der Reichskristallnacht gekümmert. Ich glaube, es gab sogar einen Prozess, da bin ich mir aber nicht mehr ganz so sicher. Das war damals außergewöhnlich, deshalb haben wir auch im Schulunterricht darüber besprochen, als wir die Zeit des Nationalsozialismus durchgenommen haben." Nachdenklich geht sie neben Ludwig her. „Zuhause haben wir über den Krieg und die Zeit danach nie geredet, das war kein Thema, dafür gab es zu viel anderes, das irgendwie wichtiger war." Ludwig nickt. Er will nicht weiter bohren, sie wird es ihm schon von allein erzählen und das tut sie nach einer längeren Pause, die sie schweigend nebeneinander hergegangen sind. „Meine Mutter verbrachte einen Teil meiner Kindheit in der Psychiatrie. Sie litt unter Angststörungen und Depressionen. Mein Vater hat uns deswegen sehr früh verlassen. Mein Bruder und ich sind nur deshalb einigermaßen normal aufgewachsen, weil unsere Großeltern sich um uns gekümmert haben. Und das sehr liebevoll. Uns fehlte es an nichts, weil sie immer für uns da waren!" Ludwig versteht, ohne dass sie es aussprechen muss. Sabine hat Angst vor dem, was sie entdecken wird. „Als ich mit meinen Forschungen anfing, habe ich in meiner Familiengeschichte nicht nur eine, sondern eine Menge Leichen zutage gefördert. Hätte ich das nicht getan, wäre ich nicht da, wo ich heute bin," tröstet sie Ludwig. Was er nicht sagt, ist, dass sein Vater bis vor kurzem deswegen kein Wort mit ihm gesprochen hat und die Beziehung zu seiner Mutter nur deshalb funktioniert, weil sie einfach alles Unangenehme ignoriert. Aber man muss ja nicht gleich die Pferde scheu machen, oder? Trocken antwortet Sabine, die Gedankenleserin: „Nun, in meinem Fall sind die Betroffenen alle tot. Sie können sich weder wehren noch mir mit Liebesentzug drohen. Mir ist nur mulmig bei dem Gedanken, was ich über meine Großeltern, die ich wirklich liebgehabt habe, lerne könnte. Ich verdanke ihnen so viel. Sie haben mir eine sorglose Kindheit ermöglicht und einen guten Start ins Erwachsenenleben. Alle meine Ideale habe ich von ihnen. Wenn ich mir nun vorstelle, dass meine Großmutter ein Nazi war, was sind dann meine Ideale wert?"

Ludwig schaut über den Main und macht eine weitausholende Handbewegung Richtung Rhein. „Ich würde sagen, eins nach dem anderen und, wer weiß, was wir finden? Außerdem bist du nicht allein. Jetzt packst du die Kleine erst in den Rucksack, denn die schläft im Stehen ein und dann sollten wir uns auf den Heimweg machen." Er lächelt ihr aufmunternd zu. Sie darf auf keinen Fall kalte Füße bekommen! „Ich habe heute Abend leider eine Vorlesung und muss mich noch vorbereiten. Aber morgen früh können wir uns gerne zum Frühstück treffen."

Gesagt, getan. Sobald Tobia im Rucksack verstaut ist, gehen Sabine und Ludwig schnellen Schrittes zurück zum Römer und fahren dann mit der U-Bahn zur Bockenheimer Warte. Sie sind schon fast zuhause, da bricht es plötzlich aus Sabine heraus. „Ich muss Andreas und Sophie einen kleinen Zwischenbericht geben." Als Ludwig zum Sprechen ansetzt, winkt sie ab. „Keine Angst, Andreas bekommt eine gekürzte Version. Er muss nicht wissen, wie wertvoll der Fund ist, aber mit Sophie muss ich schon Klartext reden. Das mache ich immer. Sie würde sofort merken, wenn ich sie belüge. Außerdem hat sie kein finanzielles Interesse und schwatzhaft ist sie auch nicht. Im Gegenteil, sie kann uns vielleicht sogar behilflich sein." Ludwig hat kein gutes Gefühl dabei, noch mehr Personen miteinzubeziehen. Doch er versteht, dass es sich hier um die aktuellen Besitzer des jüdischen Hochzeitsschatzes handelt. Er muss er Sabine also vertrauen. Und so nickt er, zögerlich zustimmend.

Hanna

In der Aufregung über den sagenhaften Schatz hat Sabine Naime beinahe vergessen. Die eigentliche Besitzerin von Tobia wartet schon am Hoftor. An ihrer Seite steht Hanna Mendelsohn. Sie bewohnt zusammen mit ihrem Mann Ben, dem Eigentümer dieser Villa aus der Gründerzeit, die Erdgeschosswohnung. „Ich habe Hanna von meinem Hund erzählt und sie hat gesagt, wenn Du keine Lust hast, nach ihm zu gucken, kann er auch bei ihr in der Küche schlafen!“ ruft Naime dem Paar entgegen. Hanna ist zierlich gebaut und kaum größer als Naime. Nach der letzten Mode gekleidet, über und über mit teurem Goldschmuck behängt und geschminkt bis unter die Augenbrauen, gibt sie ihr Alter nicht preis. Auf jeder Hausparty rätseln alle über ihren Geburtstag. Die Schätzungen reichen von 65 bis 85, aber selbst ihrem Mann Ben verrät sie das Geheimnis nicht. Dabei war Hanna einmal weltberühmt! Einst beherrschte sie als Primaballerina die großen Bühnen dieser Welt, Wien, Mailand, New York, Moskau. Für Hanna gab es keine Grenzen, ihr Tanz machte sie schwerelos. Die ganze Erdgeschosswohnung ist voller Fotos von der tanzenden Hanna, als Schwanenprinzessin, als Cinderella und l als Salome, mal modern, mal halbnackt, mal verführerisch, mal wild und bedrohlich. Der größte Raum der Altbauwohnung wird beherrscht von einem riesigen Ölgemälde Hannas. In klassischer Ballettpose, das lockige schwarze Haar zu einem strengen Knoten zusammengesteckt. Den Blick in die Ferne gerichtet, untypisch streng, ohne das Lächeln, das für ihre vielen Runzeln und Falten verantwortlich ist, dafür fast unirdisch schön. Die real existierende Hanna ist das genaue Gegenteil. Den russischen Akzent hat sie trotz ihres langen Aufenthaltes in

Deutschland nicht verloren. „Na, wo ist denn dein kleines Hündchen? Wo ist denn der kleine Tobi? Was habt ihr denn mit dem kleinen Dingelchen gemacht? Hol den mal sofort aus dem Rucksack heraus!“ Sabine holt Tobia aus ihrer Tasche und setzt den wild zappelnden Welpen auf den Boden. Eifrig feiern Tobia und Naime ihr Wiedersehen, während Sabine und Ludwig von ihrem Besuch beim Tierarzt berichten. „Und was hast Du bitte schön mit diesem kleinen Hündchen zu tun?“ fragt Hanna nun. Ludwig breitet die Arme aus und strahlt sie an: „Ich bin seit heute Morgen der Patenonkel!“ sagt er. Dann weist er auf die Einkäufe hin und wie erwartet findet das Intelligenzspiel besonders viel Anklang. Naime erklärt sich gnädig bereit, Ludwig als Tobias Onkel zu akzeptieren, schließlich braucht sie jemanden, der auf den Welpen aufpasst, wenn Sabine und sie in der Schule sind.

„Jetzt kommt erst einmal herein und lasst uns die neue Hausbewohnerin feiern!“ Hanna öffnet die Tür zu ihrer Wohnung, nimmt Naime in einen Arm und Sabine in den anderen und nickt Ludwig zu. „Das muss doch gefeiert werden, wir machen eine Flasche Champagner auf, natürlich nur für die Großen! Für Naime gibt es Limo! Wir hatten schon so lange keine Hausparty mehr!“ Ludwig verdreht die Augen und Sabine lacht. Hanna hat eine Vorliebe für Partys und Champagner. Koscheren Champagner versteht sich, denn Hanna ist orthodoxe Jüdin. Als sie vor vielen Jahren ihre erfolgreiche Karriere beendete, um den Rechtsanwalt Ben Mendelsohn zu heiraten, hat die progressive Jüdin um der Liebe Willen gelernt, die jüdischen Speiseregeln zu befolgen.

„Ich weiß nicht, ob Tobia eine solche Party wirklich zu schätzen weiß?“ Sabine schüttelt zweifelnd den Kopf, sie würde gerne in ihre Wohnung gehen, die Füße hochlegen und sich bei einem Cappuccino entspannen. Doch Naime, Hanna und Tobia drängen und am Ende sitzen alle vier in Hannas feinem Salon und bestaunen Tobias neue Sachen. „Ich kann sie dir am Vormittag abnehmen!" sagt Hanna, nachdem alle Sachen ausgepackt sind und Ludwig sich wegen seiner Vorlesung verabschiedet hat. „Das mache ich gerne." Ihr Finger gleitet vorsichtig über den Goldrand des Champagnerglases. „Es mag ja Juden geben, die wegen Hunden ein bisschen komisch sind, aber das trifft nicht auf mich zu." Sabine ist verblüfft. „Das wusste ich gar nicht. Wie peinlich! Da waren Ludwig und ich heute mit Tobia im Jüdischen Museum und Esther Mendel hat überhaupt nichts gesagt." „Was!" Hanna wirft die Hände in die Luft und lacht. „Da sieht man doch mal wieder, wie liberal die hier in Frankfurt eigentlich sind." Und weil dieser Kommentar als Antwort nicht deutlich genug ist, fährt sie erklärend fort. „Die ganz strengen und traditionellen Juden, die waren schon immer gegen Hunde. Das passt nicht zu uns Juden", sagen sie. „Und dafür gibt es viele Gründe." Sabine wird das mit Tobia immer peinlicher. Hanna lächelt beruhigend. „Die einen behaupten einfach, Hunde seien unreine Tiere. Aber so denken nicht alle," sie winkt ab. „Ich kenne da alle Argumente. Wir haben das bei uns zuhause oft genug durchdiskutiert. Meine Nichte in Tel-Aviv hat sich vor einiger Zeit auch so einen süßen Wuschel angeschafft und mein Schwager, der ist nicht nur orthodox, der ist ultraorthodox. Du kannst dir nicht vorstellen, was das für Streitereien gab! Zum Beispiel gibt es keine schriftlichen Zeugnisse, weder im Thanat noch im Talmud, die die Unreinheit von Hunden begründen würden. Der Hund liegt mehr in der Geschichte begraben." Sie kichert und gießt sich noch ein Glas Champagner ein. Sabine schaut zu Naime hinüber, sie möchte nicht, dass diese eine betrunkene

Hanna zu sehen bekommt. „Eigentlich seid ihr Christen für die Hundescheu der Juden verantwortlich!“ sagt diese gerade. Sabine ist verwirrt. „Ja, ja, die Christen haben uns Juden schon immer gern als minderwertige Rasse bezeichnet oder mit Tieren verglichen. Hunde lungerten unter den Tischen ihrer Herren und bekamen ab und zu gnädig mal ein paar Essensreste zugeworfen. Man benutzte sie, wenn man sie brauchte und trat nach ihnen, wenn sie im Weg waren. Mit den Juden war das nicht anders.“ Hannas Augen trüben sich einen Moment. Ihr Blick fällt auf Naime, die mit der kleinen Tobia spielt. Sie spricht nun leiser „Die meisten Probleme haben wir mit Schäferhunden, da ist der Weg zu den Wachen in den KZs nicht weit.“ Hanna trinkt noch einen Schluck. Sabine fühlt sich angesichts dieser Informationsflut ziemlich hilflos. Soll sie sich eine andere Betreuung für Tobia suchen? Vielleicht mal im Weingut nachfragen? Oder soll sie es wenigstens anbieten, selbst wenn sie es gar nicht so meint? Betroffen fragt sie, das Erste, was ihr einfällt: „Warum hat Esther denn nichts gesagt?“ Hanna zuckt mit den Schultern. „Tobia kann nichts für die Brutalität dummer Menschen und das ist nicht nur meine Meinung! Du kannst kaum durch Tel Aviv gehen, ohne über junge Menschen mit einem Hund zu stolpern. Besonders kleine Hunde sind total im Trend. Wer heute mitreden will, hat einen Hund. In die Altstadt von Jerusalem würde ich mich mit Tobia allerdings nicht wagen, wenn du verstehst, was ich meine!“ Sie grinst. „Ich fühle mich auf jeden Fall total en vogue, wenn ich mit ihr spazieren gehe.“

Erleichtert geht Sabine auf das nette Angebot ein. „Du hilfst uns wirklich sehr, sobald die Schule wieder angeht.“ ihr Blick fällt auf eine Kiste, die fast ihrer Schatzkiste gleicht. Sie steht neben einer silbernen Menora auf einem kleinen Mahagonitischchen. „Das ist ein sehr schönes Kästchen, wie eine Schatzkiste!" sagt sie und steht auf, um sie sich näher anzuschauen. Hanna folgt ihr und nickt. „Ja, da ist wirklich ein Schatz drin." Sie öffnet die Kiste. Wie bei Sabine liegt auch hier ein schön geschmückter Kelch aus Edelmetall in einer mit Samt ausgeschlagenen Schachtel. Hanna wirft kurz einen Blick auf Naime, doch die interessiert sich nicht für das Treiben der Erwachsenen. „Das ist unser Kiddushkelch, den benutzen wir immer zum Schabbatbeginn." Sie lächelt stolz und reicht Sabine den Kelch, damit sie ihn genauer bestaunen kann. „Es ist so schade, dass wir keine eigenen Kinder haben. Normalerweise werden diese Gegenstände von Generation zu Generation weitergegeben. Diese Kiste kommt aus Bens Familie und wir haben damit geheiratet." Hannas Stimme ist ein bisschen zittrig, als sie den Kelch von Sabine wiederentgegennimmt. „Er bedeutet uns viel! Einer von Bens Neffen wird ihn wohl übernehmen, wenn wir nicht mehr sind." Vorsichtig legt sie ihn wieder zurück und verschließt die Kiste. „Habt ihr auch eine Besamimdose?" fragt Sabine. Hanna nickt. „Ja, aber die haben wir uns mal selbst irgendwann in Israel gekauft. Es gibt so viele schöne Modelle. Diese ist von einem bekannten israelischen Silberschmied. Ein außergewöhnliches Stück. Sie hat uns auf Anhieb gefallen." Hanna hält ein modernes glattes silbernes Gefäß in der Hand, das deutlich den Stil der 70er Jahre atmet. Sabine überlegt, ob sie Hanna nach einem jüdischen Hochzeitsring fragen soll. Sie ist sich nicht sicher, ob sie damit zu viel verrät, doch ihr Verstand sagt ihr, dass Hanna gar nicht wissen kann, was sie gefunden hat, und so versucht sie sich auf Umwegen, sich der Frage zu nähern. „Ich habe heute Ludwig ins Museum begleitet und dabei einen tollen jüdischen Hochzeitsring gesehen, hast du auch so etwas zu deiner Hochzeit getragen? fragt sie vorsichtig. „Wenn ihr so einen traditionsreichen Becher habt, der von

Generation zu Generation weitergegeben wird, vielleicht hattet ihr ja dann auch einen entsprechenden Ring?" Hanna lacht und wehrt ab. „Ach so etwas gibt es heute kaum noch. Da musst du schon in den alten Familien suchen und selbst dort wollen die Brautpaare inzwischen eigene richtige Eheringe haben und nicht so einen Ring, den man nur für die Zeremonie anzieht und dann hinterher wieder in der Schatulle verschließt. Also ich war echt froh, dass Ben mit einem schönen Diamantring ankam. Sie hält Sabine ihre Hand unter die Nase und wackelt mit dem Ringfinger. Da blitzt ein Diamantring aus dem Art Deco, der mittlere Diamant vielleicht zwei Karat, umsäumt von mehreren Halbkarätern kombiniert mit kleinen Smaragden. Sabine kennt sich nicht genug aus, um das Funkeln und Blinken vor ihren Augen auch nur annähernd zu schätzen. „Den ziehe ich nur selten aus und den würde ich gegen keinen Hochzeitsring dieser Welt tauschen," sagt Hanna zufrieden. Einen kurzen Moment herrscht Stille. Was gäbe es da noch zu sagen? Dann spricht Hanna scheinbar übergangslos weiter: „Du darfst Tobia nicht erlauben, bei dir im Bett zu schlafen und du solltest auch ihr Futter genau abwiegen, damit sie nicht zu dick wird. Sie ist ein Mädchen und Mädchen müssen auf ihre Figur achten." Der Schalk in ihren Augen ist typisch Hanna, sie trinkt ihr Glas aus und lacht. Sabine und Naime fallen in ihr schallendes Lachen ein. Nur widerwillig beendet Sabine die Willkommensparty, aber Tobia muss vor die Tür und außerdem will sie Hannas Gastfreundschaft nicht auf die Probe stellen. Nicht jeder Vermieter ist so begeistert, wenn ein junger Hund im Haus einzieht und gleich am ersten Tag ein Unglück passiert. Für Tobia war dieser erste große Ausflug ziemlich anstrengend und so wird sie nach einem Abstecher auf ihre Hundetoilette in ihrem Korb in Sabines Wohnung zu Bett gebracht. Naime begibt sich widerstrebend nachhause, nachdem sie erkannt hat, dass man mit einer schlafenden Tobia nicht viel anfangen kann.

„Endlich allein!“ Sabine öffnet die Balkontür und tritt mit einem Glas Wein, einen Stückchen Käse und einer frischen Scheibe Brot auf den Balkon. Dort klappt sie sich einen ihrer Gartenstühle auf und macht es sich in der untergehenden Sonne bequem. Eine Wolldecke schützt sie vor der aufkommenden Kälte, die anzeigt, dass der Sommer noch auf sich warten lassen wird. Unter ihr kann sie zwischen den blühenden Platanen dem geschäftigen Treiben auf der Straße zuschauen. Um sie herum auf den Balkonen haben es sich Nachbarn ebenfalls gemütlich gemacht. Man nickt sich gegenseitig zu und lässt sich dann in Ruhe. Sabine schlägt den Katalog auf, den sie im jüdischen Museum gekauft hat, langsam blättert sie durch die Seiten und betrachtet die verschiedenen Judaica, die dort zu sehen sind. Eine silberne Menora, ein Chanukkaleuchter, eine Tora-Krone, auf einer anderen Seite ein silberner Kiddushbecher. Sehr schön, im Hammerschlagmuster. Auch alt, aber nicht so alt! Sie blättert weiter. Da klingelt das Telefon. Sabine ahnt, wer da anruft und hebt ab. Andreas! Beinahe hätte sie ihn vergessen. „Gut, dass Du anrufst! Nein, ich habe Dich nicht vergessen!“ Andreas klingt ungeduldig und ärgerlich. Er will wissen, ob sie den Nachbarn gefragt hat und wieviel Geld der Kelch wert ist. Dann berichtet er, dass Anni sich gemeldet hat. Sie möchte gerne mit einem Gutachter vorbeikommen, um das alte Haus schätzen zu lassen. Andreas fühlt sich unter Druck gesetzt. „Hast Du ihr von dem Fund erzählt?“ will Sabine wissen. Er verneint. Natürlich nicht, schließlich ist das der Trumpf, den er erst einsetzen wird, wenn er weiß, womit er rechnen kann. Sabine berichtet nun, dass das mit dem Inhalt der Schatzkiste nicht so einfach ist, weil man ihn nicht einfach nur verkaufen kann. „Es handelt sich eindeutig um einen jüdischen Ritualgegenstand, der gestohlen wurde." Andreas murrt: „Unsere Großeltern waren keine Diebe, das glaube ich nicht!" Sabine stimmt ihm zu. „Doch wenn wir jetzt versuchen wollen, das hier zu verkaufen, können wir das nur auf dem schwarzen Markt tun und das ist illegal. Ich beteilige mich auf keinen Fall an einer illegalen Aktion." „Hast du einen anderen Vorschlag?" Andreas Stimme klingt angespannt. Dieser Fund war seine einzige Rettung und die scheint nun in weite Ferne gerückt. „Naja, ich habe mit meinem Nachbar gesprochen. Sein Vorschlag war, dass wir den ursprünglichen Besitzer suchen können. Dann könnte so etwas wie ein Finderlohn dabei herausspringen. Außerdem könnten wir die Unschuld unserer Großeltern beweisen!" Meine Güte, denkt sie, wie pathetisch ich klinge! Andreas ist nicht dumm, ihm muss doch klar sein, dass dadurch auch ihre Schuld bewiesen werden kann. Doch Andreas scheint auf diesem Auge blind zu sein, denn er stimmt ihr zu. „Wahrscheinlich ist der Becher sowieso nicht viel wert. Ich meine, wer will schon einen jüdischen Becher. Ein goldener Weinbecher, ja, das wäre was gewesen. Aber reines Gold ist es ja wohl nicht und wenn er jüdisch ist, bringt der sowieso nur den Materialwert." Selig sind die Ahnungslosen, denkt Sabine erleichtert. „Wie hoch ist denn die Chance, die Besitzer wirklich zu finden?" hakt Andreas nach. Sabine will ihren Bruder nicht belügen, deshalb bleibt ihre Antwort vage. „Ludwig Fromme hat mir versprochen, dass er mir helfen wird, und er kennt sich wirklich aus." Andreas räuspert sich. „Ich kenne da jemanden mit Kontakten zu besonderen Sammlerkreisen, den kann ich fragen, was solche jüdischen Ritualgegenstände wert sind." Sabines Unruhe, die schon abgeklungen war, steigt wieder. Was will Andreas damit sagen? „Lass uns darüber sprechen, wenn ich am Ostersonntag nach Engelstal zu komme, vielleicht wissen wir bis dahin schon mehr über den Besitzer," versucht sie Andreas zu zügeln. Doch der ist ganz mit seinen eigenen Sorgen beschäftigt. „Anni will uns mit ihrem Verlobten besuchen. Beim letzten Anruf hatte sie doch tatsächlich die Frechheit zu sagen, sie wolle ihm das Weingut in seiner ganzen Schönheit zeigen, bevor es auseinandergerissen wird. Bevor Andreas sich weiter über seine Mutter aufregen kann, bringt Sabine das Gespräch zu Ende. „Halte durch und nerve Patty nicht zu sehr. Mutter kann ohne ihren Bruder Berti gar nichts tun und Sophie hält ihren Vater schon in Schach. Also haben wir noch Zeit. Habt ihr schon die Reben gebunden und die Osterfahrten nach Ostdeutschland gemacht. Wie erwartet, beginnt Andreas erneut zu klagen, dieses Mal sind es die polnischen Fremdarbeiter, die beschlossen haben, über Ostern in Engelstal zu bleiben. „Jetzt müssen sie an den Feiertagen versorgt werden, obwohl sie da doch gar nicht arbeiten. Dabei hat Patty wirklich schon genug zu tun." Sabine bietet ihre Hilfe an, doch wie in den Jahren zuvor, lehnt Andreas ab. Patty ist ausgebildete Ökotrophologin und schafft das ganz gut allein. Ein letztes auf Wiedersehen mit herzlichen Grüßen an den Rest der Familie, dann hat Andreas aufgelegt. Sabine atmet aus. Diese Klippe ist genommen.

Jetzt muss sie sich noch mit Sophie in Verbindung setzen. Gerade, als sie zum Hörer greifen will, dringt ein jämmerliches Heulen aus dem Schlafzimmer, Tobia ist aufgewacht und hat bemerkt, dass sie allein ist. Sabine lächelt und begibt sich ins Schlafzimmer, um ihrer Aufgabe als Hundemama gerecht zu werden. Vorsichtig hebt sie den kleinen Welpen hoch und legt ihn in ihre Armbeuge, dann streichelt sie dem Minihündchen über den zarten kleinen Bauch. Tobia stößt den Kopf in ihre Achselhöhle, streckt den Bauch nach oben und gähnt, dann wackelt sie mit dem Schwanz: „Auf zu neuen Taten!“ sagt ihr Blick und Sabine greift zur Leine. Es ist Zeit, für einen kleinen Abendspaziergang im Park.

Sophie

Sechs Uhr, der Wecker klingelt und Sabine krabbelt stöhnend unter ihrer Bettdecke hervor. Neben ihrem Bett raschelt es, gleichzeitig ertönt ein fröhliches Bellen. „Noch nicht Tobia! Warte einen Moment! Ich bin gleich fertig!" Blitzschnell schnappt sie sich Bademantel, Schlappen und Hausschlüssel, klemmt den kleinen Hund unter den Arm und rennt die alte Treppe hinunter Richtung Hof. Gerade so geschafft! Tobia dreht sich im Kreis und setzt direkt vor ihre Füße ein winziges Häufchen, dann schaut sie erwartungsvoll ihr Frauchen an. „Super, Tobia! Das war echt klasse!" Ein kleines Leckerli zur Belohnung, Sabine kramt in der Tasche ihres Bademantels. „Jetzt gibt es Frühstück!" Doch Tobia hat beschlossen, dass Spielen jetzt wichtiger ist und rennt zielstrebig auf die Straße zu, auf der glücklicherweise so früh am Morgen noch nicht viel los ist. „Halt Tobia, komm Tobia! Komm sofort her, Tobia, Tobiaaaa!" Tobia hat deutlich ihren Namen vergessen, sie rennt fröhlich japsend über den Bürgersteig, einer Katze hinterher. Glücklicherweise sucht die Katze ihr Heil in der Flucht und klettert auf die in der Nähe stehende Kastanie. Sabine kann die entrüstet davor hockende Tobia gerade noch einfangen. „Ab nach oben!" An Schlaf ist nicht mehr zu denken. Während sich Tobia die Zähne an ihrem Hausschuh schärft, genießt Sabine ihren ersten Cappuccino auf dem Balkon. Wie zu erwarten, öffnet sich trotz der frühen Uhrzeit die Tür auf dem Nachbarbalkon. Heraustritt Ludwig ebenfalls im Morgenmantel mit der unvermeidlichen Zigarette. Sie weiß noch nicht, wann sie es ihm sagen wird. Aber lange wird sie ihn nicht mehr zappeln lassen, bevor sie ihm klarmacht, dass er die Zigarette ruhig weglassen kann.

Ludwig grinst. „Wie war die Nacht?“ fragt er. Sabine zuckt die Schultern. „Ich fühle mich wie eine junge Mutter!“ Dann gähnt sie ausgiebig. „Übrigens gestern Abend habe ich noch mit meinem Bruder gesprochen und ich konnte ihn dazu überreden, erst einmal die Füße stillzuhalten. Er geht im Moment davon aus, dass unser Fund sowieso weniger wert ist, weil es sich um einen „jüdischen“ Kelch handelt.“ Sabine malt Anführungszeichen in die Luft. „Und was ist mit deiner Cousine Sophie?“ Ludwig hat ein gutes Namensgedächtnis, wenn es darauf ankommt. „Das war doch die, die sich mit Kunstgeschichte auskennt.“ Sabine nickt. „Ja, Sophie! Die muss ich heute noch anrufen! Dazu bin ich gestern Abend nicht mehr gekommen. Aber wir sind ja nicht unter Zeitdruck, oder?“

„Apropos Zeit!“ Ludwig strahlt sie an. „Hättest du nachher vielleicht Zeit für eine kurze Lagebesprechung? Wir müssten unser weiteres Vorgehen besprechen und außerdem wollte ich dir vorschlagen, deine Schatzkiste in einem Bankschließfach unterzubringen. Die Sachen sind einfach zu wertvoll, um sie offen herumliegen zu lassen.“ Er schlägt vor, zusammen auf die Konstablerwache zu gehen. „So kann man das Angenehme mit dem Nützlichen zu verbinden. Du gehst zur Bank und ich kaufe ein paar leckere Kleinigkeiten in der Kleinmarkthalle für unser Arbeitsessen. Was hältst Du davon?“ Ferienzeit ist freie Zeit und deshalb kann sich Sabine mit der Idee gut anfreunden, sie verspricht sogar anschließend einen Salat vorzubereiten. Und so verabreden sich beide um die Mittagszeit. „Kein großer Aufwand, nur ein kleines Arbeitsessen!“ sagt Ludwig, bevor er in seiner Wohnung verschwindet, während seine Zigarette mal wieder ungeraucht auf dem Balkontisch liegen bleibt.

Nach dem kleinen Spaziergang mit Tobia, dieses Mal klappt es schon viel besser mit der Leine, macht Sabine es sich auf dem Beethovenplatz auf einer Parkbank bequem und klappt ihr Handy auf. Sie tippt die Nummer ihrer Cousine ein und freut sich, als diese gleich abhebt. Mit Sophie muss sie sich keine taktischen Manöver überlegen, denn die weiß, was auf dem Spiel steht. „Raubkunst?" fragt sie nur. „Wahrscheinlich." antwortet Sabine. „Und meinst du, dass man diesem Ludwig Fromme wirklich trauen kann? Immerhin ist das, was wir hier haben, ziemlich wertvoll." Sophies Stimme klingt nun aufgeregt. „Und was ist mit der Frau aus dem Jüdischen Museum?" „Doch der auch! Auf jeden Fall! Außerdem hat Esther Mendel die Stücke nur auf dem Handy gesehen." Sabine bemüht sich nun, den Besuch im Jüdischen Museum so genau wie möglich zu beschreiben! „Meine Güte, da wäre ich gerne dabei gewesen!" Einen Moment herrscht Stille, dann fragt Sophie nachdenklich „Und wie soll es jetzt weitergehen?" Sabine erzählt von der Idee, nach dem ursprünglichen Besitzer zu suchen und die Stücke zurückzugeben. „Das ist wenigstens legal!" Sophie atmet erleichtert auf. Als ehemalige Mitarbeiterin einer Versicherung kann sie es sich jedoch nicht verkneifen, Sabine darauf hinzuweisen, wie unsicher der aktuelle Aufenthaltsort für ihren antiken Wertgegenstand ist. „Die Kiste muss unbedingt ins Schließfach, denn versichern kann man sie ja wohl noch nicht!" Sabine lächelt und beruhigt sie dann mit der Nachricht, dass sie heute Nachmittag mit Ludwig zur Bank gehen wird. „Damit ist dein Nachbar in meiner Achtung echt gestiegen." Lacht Sophie erleichtert. Nachdem sie Sabine mit ausreichend Ratschlägen über das passende Bankschließfach versorgt hat, wendet sich das Gespräch ihrem Norbert zu. Ihr Ehemann hat für heute Abend Gäste aus seiner Kanzlei eingeladen und möchte gerne ein typisch deutsches Abendessen „Sauerbraten mit Klößen", im Frühling. Das ist doch um diese Jahreszeit völlig unpassend, und dann müssen die

Klöße auch noch selbstgemacht sein." Sophie stöhnt. „Warum machst du keinen deutschen Spargel mit deutschen Kartoffeln und echt deutscher Butter?" schlägt Sabine vor. Doch von Spargel wird Norbert nicht satt, das ist nichts für echte Männer. Das war Noberts ausdrücklicher Wunsch. Und was Norbert will, das bekommt er auch. „Schade, dass ihr am Ostersonntag nicht ins Weingut kommt." Sabine liebt diese Feiertage im Familienkreis. Auch Sophie ist enttäuscht, sie hätte zu gerne Annis Verlobten kennen gelernt. „Norberts Kanzlei will ihren jährlichen Familienausflug dieses Jahr ausgerechnet am Ostersonntag machen. Als ich gefragt habe, warum es ausgerechnet das Osterfest sein muss, hat Norbert gesagt, dass die Kanzlei doch auch eine große Familie ist. Und irgendwie stimmt das ja auch. Wir verbringen unsere Zeit fast nur noch mit seinen Kollegen. Für Norbert ist das im Moment sehr wichtig - wegen der Karriere, weißt du! Er will doch Seniorpartner werden." Sophie macht sich Sorgen um ihren Mann und um ihre kleine Familie. Er ist in letzter Zeit leicht reizbar und steht ständig unter Strom. Sie muss sich ihm permanent unterordnen, weil sie ihn liebt, macht sie das auch und natürlich wegen Jaqueline, aber irgendwie ist alles im Moment so schwierig. Sie kennt ihren Norbert nicht wieder, er hat sich so verändert und sie kann es ihm nie rechtmachen. Sabine sucht nach einer höflichen Möglichkeit, wie sie das Gespräch beenden kann. Sophies Ehemann ist ein konservativer Besserwisser und Angeber und sie hat ihn noch nie gemocht. Dieses ganze Norbert hier und Norbert da geht ihr ziemlich auf die Nerven. Das Beste, was Sophie tun kann, ist die Scheidung einreichen und das so schnell wie möglich. Weil sie ihr das aber nicht so einfach sagen kann, bricht sie das Gespräch mit der einfachsten Ausrede ab, die es gibt: „Du, ich rufe von einem Spaziergang mit Tobia an und der Akku ist fast leer, es kann sein, dass das Gespräch gleich abbricht.“ Sophies Worte werden daraufhin leise und traurig: „Ja, ja ist schon gut, halte mich auf dem Laufenden! Wir telefonieren dann wieder“ sind ihre letzten Worte, dann ist das Telefongespräch beendet. Mit einem schlechten Gewissen klappt Sabine ihr kleines Handy zusammen und steckt es in ihre Jackentasche, dann erhebt sie sich von der Bank. Tobia, die bis dahin zufrieden ein Stöckchen zu Kleinholz verarbeitet hat, hüpft aufgeregt an ihr hoch. Sabine lacht und gibt ihr eine Belohnung. Oma Luise hätte gesagt: „Wie man sich bettet, so liegt man“. Sabine seufzt, dann krault sie die kleine Tobia hinter dem Ohr. Vorsichtig und langsam marschieren die beiden dann nachhause zurück.

Auf der Treppe nimmt Naime die kleine Tobia in Empfang, während Sabine schnell den Salat vorbereitet. Das Schließfach muss jetzt doch bis nach dem Arbeitsessen warten. Wie gut, dass sie noch Feldsalat zuhause hat und ein bisschen Schinkenspeck, den sie in kleine Würfel schneidet und anbrät, dazu kommt ein leckeres Salatdressing und fertig ist ein Salat, der bisher noch jeden ihrer Gäste überzeugt hat. Als sie den letzten Teller auf den Tisch stellt, klingelt es an der Tür.

„Meine Nase hat mich geführt,“ verkündet Ludwig, der mit Tüten in den Händen zur Küchentheke eilt. Dort packt er frisches Brot, leckeren Käse, eine kleine Quiche und einige hauchdünne Scheiben Parmaschinken aus. In einem kleinen Plastikkästchen befinden sich die „besten Oliven“ Frankfurts und in einem Pappkarton ein Käsekuchen aus der Kleinmarkthalle.

„Also, das reicht für eine ganze Woche!“ Sabine weist auf den Tisch, auf dem ihr Salat schon in einer großen Schüssel steht. Schnell und effektiv hat sie auch den Rest ausgepackt und auf dem Tisch platziert, das einfache Geschirr in weiß mit blauen Punkten passt zu der rustikalen Mahlzeit. Mineralwasser, Apfelsaft und ein weißer Literwein ergänzen das leckere Arbeitsessen.

„Nach dem Abi habe ich mal ein paar Wochen in unserem Pfarrbüro gejobbt," berichtet Sabine. „Na du weißt schon, so Sachen wie das Eintragen von Kasualien in die Pfarrbücher und das Ordnen von Akten eben, ich fand das spannender als bei Aldi an der Kasse zu sitzen und besser bezahlt wurde es außerdem. „Damals wurde jemand gebraucht, der beim Umzug des Archivs in das neue Gemeindehaus half. Bis dahin hatte alles im Keller des alten Pfarrhauses gelegen." Einen Moment schaut Sabine versonnen zum Fenster hinaus. „Ich weiß noch, wie stolz mein Opa auf dieses neue Gemeindehaus war. Er war damals schon zu alt für den Kirchenvorstand, deshalb hatten sie ihn zum Ehrenmitglied ernannt. Aber als das Gemeindehaus eingeweiht wurde, haben alle immer wieder betont, dass das alles ohne ihn nicht möglich gewesen wäre. Er hatte Tränen in den Augen. Ja, ja mein Opa. Der hatte schon immer nahe am Wasser gebaut." Langsam kehrt sie in die Gegenwart zurück. „Auf jeden Fall habe ich damals in dem einen oder anderen Kirchenbuch herumgeblättert. Das Engelstaler Archiv roch zwar ziemlich vermodert, war aber lückenlos bis ins 18. Jahrhundert vorhanden. Das war echt faszinierend. Ein Pfarrer muss sich wohl in den 30-er Jahren viel Mühe gegeben, um die alten Eintragungen zu ordnen und so blieben die Archive auch über den Krieg hinweg erhalten. „Ich habe sogar mal in die Pfarrchronik hineingeschaut, auch wenn man das eigentlich gar nicht darf, wegen Datenschutz und so, aber das war total spannend, was die einzelnen Pfarrer dort eingeschrieben haben, auch wenn ich wegen der unterschiedlichen Handschriften nicht alles lesen konnte. Außerdem konnte ich damals noch kein Sütterlin. Das habe ich erst an der Uni in

Germanistik gelernt." Das sei auch der Moment gewesen, in dem sie sich für das Fach Geschichte entschieden habe. Dort im Engelstaler Pfarrbüro." Plötzlich hält sie inne. Stille. Sabine läuft rot an. So viel hat sie noch nie an einem Stück geredet. Sie räuspert sich und setzt an, um sich zu entschuldigen. Doch Ludwig unterbricht sie. „Du könntest recht haben." Seine Stimme klingt nachdenklich. „Die kirchlichen Quellen könnten tatsächlich ein erster Ansatzpunkt sein. Warum auch nicht? Da würde man zwar keine jüdischen Namen finden, aber vielleicht finden sich andere Hinweise. Du glaubst gar nicht, was die Pfarrer in der Nazi-Zeit alles aufgeschrieben haben." Sabine schluckt. „Kommst du denn als Professor an die Pfarrchroniken ran?" Ludwig knabbert genießerisch auf einem Stück Speck „Naja, oft hilft mir mein Name, wie du vielleicht weißt, habe ich zu konvertierten Juden im Nationalsozialismus geforscht und dazu auch veröffentlicht. Manche Pfarrer kennen meine Bücher. Anderen erzähle ich, dass die staatlichen Archive nach 50 Jahren geöffnet werden und dann entscheiden sie sich, dass die Kirche dem Beispiel des Staates folgen sollte. Die meisten sehen das aber einfach nicht mehr so streng. Ich habe noch keinen erlebt, der mir den Einblick verweigert hat. Es wäre etwas anderes, wenn ich etwas über aktuelle Geschehnisse wissen wollte, aber ..." Ludwig wedelt schon wieder mit seiner Gabel herum. Die Historikerin in Sabine ist begeistert. Wäre das hier nicht so ein schwieriges Thema, dann wäre sie schon viel früher mit Ludwig auf Entdeckungstour gegangen. „Wann wollen wir anfangen?" fragt sie. Nun drängt die Zeit doch, denn nach Ostern bleiben nur noch zwei Wochen Schulferien. Und richtige Archivarbeit, das weiß sie aus ihrer Studienzeit, kann dauern. Ludwig lacht über Sabines Begeisterung. „Das ist doch erst der Anfang." Wir müssen herausfinden, ob jüdische Familien in Engelstal lebten und was sie dort taten und was mit ihnen während der Nazi-Zeit geschah. Es dann gibt es noch die Möglichkeit, dass es tatsächlich keine jüdischen Familien gab, sondern nur Kontakte zu Juden. Jüdische Vieh- und Weinhändler oder Kaufleute und außerdem die jüdischen Ärzte. Das kann noch viel komplizierter werden, als du denkst. Dann müssen wir nämlich nach alten Rechnungen suchen, herausbekommen, an wen deine Großeltern ihren Wein verkauft haben. Ich vermute, dass die meisten Familien in Bingen wohnten, aber das muss nicht sein, sie können auch in einem anderen Dorf in der Umgebung zuhause gewesen sein. Da sind dann die jüdischen Archive dran. Das kann Monate dauern." Doch Sabine ist so einfach nicht zu bremsen.

„Aber anfangen können wir mit der Pfarrchronik in Engelstal!" „Ja, anfangen können wir mit der Pfarrchronik," grinst Ludwig zurück und steckt seine Gabel erneut in den Feldsalat. Er schwört, noch nie einen Salat gegessen zu haben, der so gut geschmeckt hat. „Dieses Dressing ist genial." Am Ende verabreden sich beide schon für den nächsten Tag.

Ludwig bietet sich an, mit dem Auto zu fahren. Seines sei größer als das von Sabine, behauptet er. Es ist in einer gemieteten Garage in der Nähe geparkt. „Wir machen eine schöne Tour durch Rheinhessen! Ich bin doch Tobias Patenonkel. Das Autofahren gehört zur Erziehung dazu." Sabine zuckt mit den Schultern. Sie hat auch schon von Hunden gehört, die das Autofahren nicht so gut vertragen. „Du kennst bestimmt Stellen, die mir noch völlig neu sind. Was hältst du von dem neuen Zentrum der Hildegardisschwestern auf dem Rochusberg. Das würde mich echt mal interessieren und wenn das Wetter hält, könnten wir auf der linksrheinischen Seite hin und auf der rechtsrheinischen Seite zurückfahren oder andersrum und dann die Bingen-Rüdesheimer Fähre nehmen. Ich war schon lange nicht mehr im Kloster

Eberbach und am Biebricher Schloss könnten wir mit Tobia spazieren gehen. Außerdem hatte ich noch nie Zeit, mir die Mainzer Synagoge in Ruhe anzugucken. Vielleicht lassen sie uns rein, wenn wir uns vorher anmelden. Ich muss zu meiner Schande gestehen, dass ich bisher nur Fotos gesehen habe." Ludwig wird immer begeisterter. Sabine grinst, einem solchen Schwall an Ideen kann man nicht widerstehen. „Soll ich irgendetwas vorbereiten oder hast du alles im Griff?" fragt sie. „Naja," kommt es zurück. „Versuch doch mal den örtlichen Pfarrer zu erreichen und einen Besuchstermin zu vereinbaren. Falls du nicht weiterkommst, kannst du dich ja als meine Assistentin ausgeben!" Sabine rollt die Augen. Ludwig bewegt sich Richtung Tür. „Morgen früh um neun?" fragt er. „Wir müssen vorher die Schatzkiste noch bei der Sparkasse abgeben." Sie nickt bestätigend und schaut zu, wie er die Tür hinter sich ins Schloss fallen lässt, bevor sie zum Telefon greift.

Ludwig pfeift zufrieden sein Lieblingslied, es geht voran. Mal sehen, wohin der Kelch sie führen wird. Mit dem Telefon in der Hand sucht er nach den Nummern der Archive, in denen sich die rheinhessischen Dokumente aus der Vorkriegszeit befinden. Da klingelt das Handy in seiner Hosentasche. Überrascht schaut er auf dem Bildschirm und sieht den Namen seines belgischen Freundes, des Antiquitätenhändlers Martin Crusius. „Hallo Martin, wie geht's, schon lange nichts mehr von dir gehört!" Der Mann mit dem leicht französischen Akzent berichtet erst einmal von seiner Mutter, die ihm das Leben schwer macht und von seiner geschiedenen Frau, die ihn permanent ärgert und von dem Leben, das es eigentlich gar nicht gut mit ihm meint, bevor er nach diesem Umweg von etwa 15 Minuten wie immer endlich zum eigentlichen Anliegen kommt. „Mir ist zu Ohren gekommen, dass du Kontakt zu einem Sammler mit wertvollen jüdischen Ritualgegenständen hast." „Ach ja!" Ludwig bleibt vorsichtig zurückhaltend. „Man ist an mich herangetreten, weil man weiß, dass ich mit dir befreundet bin. Die Person glaubt, ich könne den Kontakt zu dir herstellen und versucht mich deswegen unter Druck zu setzen." Ludwig ist überrascht und das sagt er Martin auch. „Ich will dich warnen, mein Freund. Es gehen Gerüchte von einem sagenhaften Schatz um, einem Kiddushbecher von einzigartiger Schönheit und mit jedem Gespräch, das hier in Sammlerkreisen geführt wird, wird er wertvoller, wenn du verstehst, was ich meine." Ludwig nickt, bevor ihm einfällt, dass sein Freund diese Bewegung durch das Telefon nicht sehen kann. „Mmmh!" „Was heißt hier ach ja und mmmh! Ich bin einer deiner besten Freunde, du kannst mir ruhig sagen, was hier los ist. Wenn ich schon den Kopf für dich hinhalte, will ich wenigstens wissen, warum." Ludwig überlegt einen Moment, dann gibt er nach. „Es ist eigentlich ganz simpel. Vor einigen Tagen hat mich jemand angesprochen, der die Gegenstände bei einer Haushaltsauflösung gefunden hat." „Raubkunst?" „Vermutlich! Allerdings handelt es sich hier um eine Familienangelegenheit und derjenige will erst einmal mehr über die Gegenstände wissen! Was damals passiert ist und welche Bedeutung sie haben. Außerdem hat er sich entschlossen, die Sachen an den rechtmäßigen Besitzer zurückgeben." Ludwig schweigt einen Moment und Martin lacht. „Bist du sicher, dass es nicht eine sie ist und dass du sie nicht überredet hast?" Ludwig räuspert sich, dann sagt er: „Du magst es nicht glauben, aber in diesem Fall wollten wir beide tatsächlich das gleiche." Martin bemerkt natürlich, dass Ludwig über den Besitzer auch weiterhin keine Angaben machen möchte. „Du könntest mich eigentlich einweihen. Schließlich sind wir Freunde und du weißt, dass du mir vertrauen kannst." Doch Ludwig gibt nicht nach, stattdessen will er nun genau wissen, was eigentlich passiert ist und so berichtet Martin von dem Telefonanruf, den er vor einer halben Stunde erhalten hat. Ein Kunde hat sich gemeldet. Einer von denen, die er von seinem Vater geerbt hat. Der hat etwas von einem alten goldenen Kiddushbecher erzählt. Der sei angeblich bei Martins Freund, diesem Professor aus Frankfurt aufgetaucht. Nun wüsste er gerne, ob er einen Verkauf arrangieren könne. „Mir hat das Angebot nicht gefallen. Ich mag den Kunden nicht, weißt du. Er wird gerne von Sammlern als Strohmann vorgeschickt, die auch vor illegalen Mitteln nicht zurückscheuen." Martin klingt beunruhigt. Ludwig dagegen ist vor allem verblüfft. „Wie kann er denn so schnell davon wissen? Ich habe erst gestern Nachmittag mit Esther Mendel gesprochen und die würde nie mit Sammlern gemeinsame Sache machen, im Gegenteil." Martin lacht ein zynisches Lachen. „Esther muss das gar nicht mit Absicht getan haben. Du weißt nicht, wie viele falsche Fuffziger sich im Dunstkreis der Museen tummeln. Ich glaube, die Mitarbeiter der Museen wissen es selbst nicht einmal. Vielleicht hat Esther gestern Abend einem falschen Freund von ihren Erlebnissen erzählt. Dieser hat dann wiederum jemand anderen angerufen, um ihm einen Tipp zu geben. Vermutlich wurde er dafür sogar von jemandem bezahlt, der Kontakt zu einem oder mehreren Sammlern hat und der hat dann wiederum Elias heute zu mir geschickt. So ungefähr könnte es gewesen sein, die völlig überzogene Beschreibung des Kelches passt zu diesem Vorgehen." Betroffen schweigt Ludwig. Einen Moment fühlt er sich von diesen Informationen völlig überwältigt. „Es ist nicht nur ein Kelch." antwortet er schließlich, sein Bauchgefühlt sagt ihm, dass er die Karten auf den Tisch legen muss. Hier wird er allein nicht mehr weiterkommen. „Es ist ein ganzes Set. Ein alter Hochzeitsring und ein schöner Besamimturm aus

Golddraht und Edelsteinen! Meine Nachbarin hat ihn nach dem Tod ihrer Großmutter unter deren Ehebett entdeckt." Und dann berichtet Ludwig von Sabine und ihrer Familie, von Bruder Andreas und Cousine Sophie. „Bisher wissen nicht alle um die Einzigartigkeit des Stückes. Sabine, ihre Cousine Sophie und ich stimmen jedoch darin überein, dass wir herauskriegen müssen, welcher jüdischen Familie es gehört hat und wie es in den Besitz ihrer Großeltern gekommen ist." Martin kommentiert die verwickelte Familiengeschichte nicht. Ihn interessiert vielmehr, wieviel Wahrheit hinter den Gerüchten um den Becher steckt. „Und wie wertvoll ist das alles nun wirklich? Ist es die Aufregung in der Sammlerszene wert?" fragt er deshalb. „Die Gerüchte übertreiben natürlich. Aber es ist schon etwas Besonderes und damit meine ich nicht nur den Kelch, sondern das ganze Set. 17. Jahrhundert eben, ein wirklich schöner goldener handgeschmiedeter Becher, ein emaillierter Hochzeitsring aus derselben Zeit, du weißt schon mit so einem kleinen Tempel Salomo obendrauf und wie gesagt dieser Besamimturm. Gerade als Set sind die drei Gegenstände sehr eindrucksvoll. Für einen Sammler könnten sie wohl eine halbe Million wert sein, wenn nicht mehr. Für die Familie, der sie eigentlich gehören, sind sie unbezahlbar und deshalb sollten sie auch wieder an diese zurückgegeben werden." Ludwigs Stimme hat nun einen zornigen Ton angenommen. „Habt ihr sie schon in einem Bankschließfach untergebracht?" Martins Stimme hat wieder einen besorgten Klang angenommen. „Ich gehe davon aus, dass Du seit heute Morgen überwacht wirst, und es würde mich nicht wundern, wenn deine Wohnung in den nächsten Tagen Besuch bekommt." Ludwig weiß natürlich, was Martin andeuten möchte. „Ein kleiner Einbruchsversuch vielleicht?" fragt er zurück. „Ja, und wenn du dich viel bei deiner Nachbarin aufhältst, ist der Weg zu ihr auch nicht weit!“ Martin hat Erfahrung im Umgang mit eifrigen Sammlern, in seinen Antiquitätengeschäften in Antwerpen, Frankfurt und Berlin wechseln fast jeden Tag wertvolle Sammlerstücke den Besitzer. Und dass Sammler die Auktion umgehen wollen, kommt immer wieder vor. Umso dankbarer ist Ludwig für Martins Anruf und die Warnung. Sabine muss schon heute die Gegenstände zur Bank bringen. Er wird sie begleiten und gleich einige persönliche Sachen mitnehmen, man weiß ja nie. „Wann kommst du eigentlich das nächste Mal nach Frankfurt? Ich würde dir gerne Sabine vorstellen, dann könnten wir mal in Ruhe über den Fund reden“ sagt er noch. Doch Martin weicht aus, er hat viele Termine, immerhin ist diese Woche Pessach und er hat seiner Mutter versprochen, dass er am Sederabend vorbeikommen wird und fürchtet, dass sie seine Ex eingeladen hat. „Mal sehen, ich melde mich!“ sagt er noch. Dann ist das Gespräch beendet.

Ein weiterer Versuch

Nachdenklich drückt Ludwig auf die rote Taste seines Handys. Er schlüpft aus seinen Schuhen und strebt dann seinem Jugendstil-Schreibtisch entgegen. Eigentlich ist es ein Damen-Schreibtisch. Aber der Laptop braucht nicht viel Platz. Die Kopien seiner Doktoranden stapeln sich auf dem Sofatisch neben dem bequemen Ohrensessel, den er vor einigen Jahren auf einem Flohmarkt entdeckt hat. Martin hat ihn unter Protesten mit einem karierten Stoff bezogen und so bildet er nun einen gemütlichen Kontrast zu den Jugendstilmöbeln.

Erneut klingelt das Telefon. Ludwig seufzt, als er die Nummer sieht und überlegt einen Moment, ob er das Telefongespräch annehmen soll. Doch die Neugier gewinnt. Sein Vater ist am Apparat. Er habe nochmal über das Gespräch von neulich nachgedacht. Ludwig wartet ab. Das kann nicht der Grund für diesen Anruf sein. Dazu kennt er die eigene Familie zu gut. Es dauert auch nicht lange, bis Georg Friedrich zum eigentlichen Anliegen seines Anrufs kommt. „Hast Du eine neue Freundin?“ Jetzt ist es um Ludwigs Gleichmut geschehen. „Erstaunlich wie gut die Gerüchteküche funktioniert. Hat die gute Ilsa wieder einmal bei Mutter ihr Herz ausgeschüttet!“ Georg Friedrich brummelt. „Das musst du doch verstehen. Wir würden es so gerne sehen, wenn ihr zwei wieder zusammenkämt.“ Ludwig ballt die freie Hand zur Faust. „Wir waren nie zusammen!“ sagt er zum tausendsten Mal. „Schlag dir das endlich aus dem Kopf. Auch die Tochter deines Kollegen wird mich nicht in die Firma zurückbringen. Du bist das Hindernis. Nicht irgendeine Frau oder irgendwelche Bindungsängste oder was auch immer du dir da in deinem Kopf zurechtgelegt hast. Du und dieser Aufsichtsrat, der nicht einsehen will, dass es höchste Zeit ist, die Zwangsarbeiter zu entschädigen. Schau sie dir an, die großen Firmen, die schon lange ein Schuldbekenntnis abgelegt haben. Familien, die wie die Quandts Stiftungen gegründet haben. Die bereit sind, sich ihrer Vergangenheit zu stellen und Historiker mit der Untersuchung ihres Archivmaterials beauftragt haben." Auf der anderen Seite des Hörers herrscht Schweigen. „Aber das musst du ja noch nicht einmal! Ich habe dir schon vor Jahren ein Gutachten auf den Tisch gelegt. Du hast es nur bis jetzt vorgezogen, es nicht zu lesen." „Also nun hör aber auf Ludwig!" Georg Friedrich räuspert sich „Du weißt ganz genau, dass ich nicht den Forderungen der Zwangsarbeiter nachkommen kann." Ludwig kennt die Argumente seines Vaters auswendig. „Hast du das Gutachten inzwischen gelesen?" fragt er. Sein Vater bleibt einen Moment still. Ludwig spürt, dass ihm diese Frage unangenehm ist. „Du weißt genauso gut wie ich, dass ihre Forderungen unrealistisch sind. Ich ruiniere die Firma, wenn ich anfange, sie zu bezahlen." Ludwig ist dieser Satz schon Antwort genug. „Du hast das Gutachten immer noch nicht gelesen!" Nun ereifert sich sein Vater. „Weißt du, was meine Freunde im Golfclub sagen? Die sagen, ich sei ein Verräter, wenn ich bezahlte. Wenn nämlich einer anfinge, dann müssten die anderen auch! Das sagen sie. Jawohl!" Angeekelt hört Ludwig zu, wie sich sein Vater mehr und mehr in scheinbar selbstgerechte Entrüstung steigert. „Wo kommen wir denn da hin? Gerade wo es so gut läuft und wir mit so viel Mühe alles wieder aufgebaut haben. Da sollen wir das alles wieder abgeben? Woher wissen wir denn, dass das auch wirklich die Leute sind, die da damals gearbeitet haben? Die können doch mit dem Geld sowieso nichts mehr anfangen. Die wollen sich doch sowieso nur an der deutschen Wirtschaft rächen! Überhaupt, die sind ja schon viel zu krank, das Geld geben ganz andere aus". Ludwig unterbricht den Vater. „Ruf mich bitte erst wieder an, wenn du das Gutachten gelesen hast, vorher halte dich aus meinem Leben heraus. Welche Freunde oder Freundinnen ich habe, geht dich einfach nichts mehr an. Solange du dich zwischen deinen Freunden und deinem Sohn nicht entscheiden kannst, hast du dich - so sehe ich das jedenfalls - für deine Freunde entschieden." Mit einem letzten „Grüß Mutter von mir!" legt er dann auf. Die Wut im Bauch kann er leider nicht so schnell abschalten, wie sein Telefon und so reißt er die Jacke vom Kleiderhaken, nimmt den Schlüssel und schließt die Tür hinter sich. Raus, er muss jetzt raus hier. Raus und weg. Seine Füße jucken, die brauchen Bewegung. Er rennt fast die Treppen hinunter und aus dem Haus. Bis zum Palmengarten sind seine Schritte langsamer geworden. Als er am Westbahnhof in die S4 steigt, schlägt auch das Herz schon wieder im gewohnten Tempo. Nur der grollende Magen, der hat sich noch nicht entkrampft. Und so steigt er dann in Kronberg aus der S-Bahn und macht sich langsam auf den Weg über den Marktplatz hinüber bis hin zum Philosophenweg. Dieser Weg durch den Opelzoo, durch den Wald Richtung Königstein, den ist er seit seiner Kindheit schon unzählige Male gegangen. Immer dann, wenn ihn etwas so richtig wurmt und ärgert, kehrt er hierher zurück. Er schlendert vorbei am Nilpferd und an den Affenkäfigen, bei den Kamelen lässt er den Zoo zurück und weiter geht es durch den frühlingserwachten Wald. Natürlich weiß er, dass sein Vater sich nicht ändern wird. Trotzdem ein Vater ist ein Vater und er als sein Sohn wird ihm niemals einfach den Rücken zukehren können. Irgendwann dreht er sich dann um und geht den Weg wieder zurück. Auf dem Kronberger Marktplatz hält er an und genießt im Gasthaus „Zum grünen Baum" ein leckeres Abendessen, bevor er sich dann mit dem Taxi nachhause fahren lässt. Jetzt gilt es erst einmal das Hochzeitskästchen in Sicherheit zu bringen.

Ein perfekter Tag

Am nächsten Morgen wird Tobia gegen ihren Willen auf dem Rücksitz des eleganten Jaguars festgeschnallt. Sabine ist tief beeindruckt. Aufseufzend lässt sie sich auf den Beifahrersitz des Oldtimers fallen. „Wer hätte das gedacht?“ bemerkt sie. „Der Herr Professor, ein Liebhaber schneller Autos. „Ich habe eine Schwäche für englische Oldtimer,“ verteidigt sich Ludwig verlegen, während er mit seiner Hand vorsichtig über das Lenkrad fährt. „Nun, ich könnte mich daran gewöhnen,“ antwortet Sabine, die es sich in dem durchgesessenen Ledersitz bequem macht. Ludwig startet den Wagen und Tobia bellt aus dem Seitenfenster der Nachbarskatze hinterher. Die Reise nach Engelstal kann beginnen.

„Was ein Glück, dass wir die Kiste gestern noch zur Bank gebracht haben. So müssen wir das heute nicht mehr erledigen und können gleich losfahren,“ lacht sie. Ludwig brummt zustimmend. Er hat Sabine gestern nichts von Martins Anruf erzählt. Hinter ihnen auf dem Rücksitz macht sich nach den ersten Metern Tobia bemerkbar. Sie hat beschlossen, dass Autofahren keinen Spaß macht und protestiert. Bis zur Autobahn hat sie es von der hinteren Reihe auf die vorderen Plätze geschafft und liegt zufrieden eingerollt auf dem Schoß ihrer Hundemama. Während der Jaguar in gleichmäßigem Tempo gen Wiesbaden rollt, berichtet Ludwig von den gestrigen Recherchen. Er wollte nämlich wissen, in welchen Archiven er weiteres Material finden kann, falls sich die kirchlichen und jüdischen Quellen als unergiebig erweisen sollten. „Du weißt schon. Gerichtsurteile, Kaufverträge, Zeitungsartikel, solche Sachen eben. Das ist nämlich gar nicht so einfach, wie es auf den ersten Blick scheint.“ Er seufzt. „Mir ist das gestern Abend klar geworden!“ Er nimmt zu Sabines Entsetzen die Hand vom Lenkrad und streckt den Daumen nach oben. „Erstens: Rheinhessen gehörte zeitweise zu Hessen-Darmstadt, deshalb findet man einen Teil der Dokumente auch im Hessischen Staatsarchiv Darmstadt. Ich habe gestern Abend eine Mail an einen ehemaligen Studienfreund geschrieben, der ist der dortige Leiter.“ Der Zeigefinger schnellt hoch. „Zweitens: Nach der Gründung des Bundesstaates Rheinland-Pfalz ist einiges nach Koblenz gewandert, die Unterlagen über die Zahlen und Namen der jüdischen Gemeinden sind dort im Inventar der Quellen zur Geschichte der jüdischen Bevölkerung in Rheinland-Pfalz und im Saarland gesammelt worden von 1800 -1945. Politisch war vor 1945 vor allem die Grenze der Landkreise wichtig, und die verläuft bei euch an der Nahe. Ich habe mir gestern Abend auch die Verteilung der jüdischen Synagogen und Friedhöfe in der Umgegend angeschaut, soweit das die Alemannia Judaica bisher erhoben hat. Da gibt es eine gute Infrastruktur im Rheinhessischen Raum, auch für Bingerbrück. Naja, eigentlich könnte es schlimmer sein.“ Er nimmt seine Finger runter und die Hand landet zu Sabines Erleichterung wieder am Lenkrad. „Ich bin schon wegen ein paar Namen durch die halbe Welt gereist. Inzwischen setze ich große Hoffnung auf die Digitalisierung der Archive, dann kann man sich wenigstens die Flugreisen ersparen!“ Er seufzt. „Auf jeden Fall ist mir gestern schon beim ersten Durchgucken aufgefallen, dass viele Juden bei euch aus der Gegend als Wein- und Viehhändler tätig waren und dadurch einen großen Bewegungsradius hatten, das heißt das Speyrer Archiv könnte auch in Frage kommen.“ Wieder geht die Hand hoch und er hält Sabine vier Finger unter die Nase. „Vier Archive! Weißt du wieviel Arbeit das ist? Irgendwie ist das so ein bisschen wie die Suche nach der Nadel im Heuhaufen!“ Sabine nickt. Die verwickelte Geschichte Rheinhessens hat sie schon im Heimatkundeunterricht gelernt. Sie lacht. „Ja, das Rheinland ist schon sehr speziell, mit der wechselhaften deutsch-französischen Geschichte und Rheinhessen erst recht." Sie grinst. „Na, Herr Professor kennst Du die Geschichte vom Freistaat Flaschenhals?" fragt sie dann. Und wie das so oft ist, weiß auch ein Geschichtsprofessor nicht alles und erfährt nun auf diesem Weg an einem strahlenden Frühlingsmorgen auf der Schiersteiner Brücke zum ersten Mal vom Schicksal einer kleinen Region am Rhein, die durch falsche Planungen der Siegermächte nach dem 1.Weltkrieg zum Freistaat wurde. „Nicht wirklich?" fragt Ludwig zurück. Sabine grinst. „Am Rhein ist alles möglich. Dieser kleine Staat hatte sogar eine eigene Währung und wegen seiner Form nannten sie ihn Freistaat Flaschenhals. Anderswo wären sie vielleicht bei der Form auf einen anderen Namen verfallen, aber am Rhein, in einem Weingebiet." Sie zuckt die Achsel und Ludwig schmunzelt. „Das muss es natürlich eine Flasche sein." Sabine nickt. „Vier Jahre lang hielten die Bewohner durch, bis die Franzosen sie besetzten. 1924 wurde der kleine Freistaat dann an die Weimarer Republik zurückgegeben. Diese Geschichte war ein Muss in unserem Heimatkundeunterricht." Ludwig lacht und fädelt sich nun auf der A 60 ein. Jetzt ist es nicht mehr weit bis Bingen. „Wie wollen wir fahren?" fragt er „Machen wir zuerst einen Abstecher über Bingen? Wir könnten uns die Synagoge ansehen oder hoch auf den Rochusberg fahren. Wir sind besser durchgekommen als gedacht und ein bisschen zu früh." Sabine überlegt. „Wenn wir über die Autobahn fahren, gibt es eine direkte Abfahrt nach Engelstal. Vielleicht sollten wir die nutzen. Lieber ein bisschen früher, dann haben wir anschließend noch den ganzen Tag zur Verfügung." Ludwig nickt, um dann nachdenklich zu fragen: „Warum gibt es da eigentlich eine Abfahrt, wenn Engelstal direkt neben Bingen liegt?" Wieder lacht Sabine. „Willkommen auf dem Land! Engelstal hatte lange einen Landtagsabgeordneten, der später sogar in den Bundestag ging. Viele behaupten, die Abfahrt wurde nur für ihn gebaut, deshalb heißt sie bei uns Engelstalern auch die Kurt-Heinrich-Ausfahrt." Ludwig kann es nicht glauben, noch bis zum Engelstaler Pfarrhaus streiten die beiden darüber, ob so eine Ausfahrt ein Zeichen der Korruption oder der Anerkennung ist. Sabine, die Kurt Heinrich aus Kindertagen kennt, war von dem Politiker immer beeindruckt. „Er war sehr beliebt im Ort und besonders meine Mutter Anni mochte ihn, deshalb kam er uns des Öfteren besuchen. Er war ein sehr netter Mann und gar nicht eingebildet!"

Als sie vor dem Pfarrhaus aus dem Jaguar steigen, übernimmt Sabine die Begrüßung, schließlich kennt sie den Pfarrer von der Beerdigung ihrer Großmutter. Tobia springt aus dem Auto und begrüßt den Hund aus dem Pfarrhaus begeistert, das dieser mit einem lässigen Schwanzwedeln beantwortet. Pfarrer Lichter steht im Hoftor, in Jeans und T-Shirt, die Hände sind schmutzig. Er hat gerade einem befreundeten Winzer dabei geholfen, seinen Traktor zu reparieren. „Motoren sind meine heimliche Leidenschaft!" sagt er und schaut begeistert zu dem alten Jaguar hinüber. Einige Minuten vergehen, in denen er mit Ludwig über Baujahr, Modell und Pferdestärken fachsimpelt. Ludwig hat eindeutig den Weg zu seinem Herzen gefunden. Mit den Hunden im Schlepptau gehen alle drei ins Pfarrbüro, das im Erdgeschoß des alten Pfarrhauses untergebracht ist. „Wir mussten das Gemeindehaus in den letzten Jahren wieder umbauen," sagt Thomas Lichter zu Sabine. Das Archiv ist aber im Gemeindehaus geblieben. Meine Frau und ich arbeiten sowieso lieber von zuhause aus." Die kleine Gruppe wird von einem Halbwüchsigen begrüßt, der an ihnen vorbeirennt. „Es sind halt Osterferien!" kommentiert Lichter hilflos das Auftreten des Sohnes. „Meine Frau hätte sie gerne getroffen, sie hat ihre Großmutter in den letzten Wochen seelsorgerlich betreut und wollte sich sowieso mit ihnen unterhalten, Frau Becker. Aber sie macht gerade Krankenhausbesuche!" Als Sabine ihn verwundert anschaut, erklärt er ihr, dass seine Frau Julia Niebergall-Lichter und er sich die Stelle teilen und eigentlich sie die Beerdigung damals durchführen wollte. „Aber ausgerechnet in dieser Woche war sie auf einer Fortbildung, deshalb habe ich übernommen. Ihr hat das leidgetan, sie hat ihre Großmutter Luise nämlich sehr gemocht!" Sabine nickt höflich. Lichter nimmt die Schlüssel vom Schlüsselbrett und geht dann mit Ludwig und Sabine durch den Pfarrgarten hinüber ins Gemeindehaus. „Sie kennen sich ja aus" sagt er zu ihr. Sie hatte ihm gestern am Telefon erzählt, wie sie damals bei der Einrichtung des Archivs geholfen hatte und so auch ihre Mithilfe bei Ludwigs Forschung begründet. Lichter hat die Pfarrchronik selbst auf den Schreibtisch gelegt, Skrupel hat er eindeutig nicht. Mit seiner Hand weist er auf den kleinen Stapel „Ich habe ihnen die Bücher ab den 20er Jahren herausgesucht, ich selbst habe noch gar nicht hineingeguckt. Dafür habe ich keine Zeit. Ich bin froh, wenn ich mit dem Haushalt und den Statistiken hinkomme. Die Chronik schreibt Julia am Jahresende. Vorhin habe ich nur gesehen, dass der Kollege, übrigens der Großvater meiner Frau, Sütterlin geschrieben hat. Der war hier bis 1942 Pfarrer. Ich hoffe, Sie können sein Gekritzel lesen. Falls Sie kopieren wollen, da drüben ist auch ein Kopierer." Er weist auf das Gerät und die Schachtel mit dem Papier. „Papier und Toner spendet die Gemeinde der Forschung!" grinst er frech. „Ich muss jetzt leider los, ich habe noch einen Geburtstagsbesuch und danach ein Beerdigungsgespräch und dann muss ich meine Gottesdienste für die Karwoche vorbereiten. Diese

Woche ist echt viel zu tun. Trotz der Schulferien. Naja, das Leben ist kein Spaziergang." Er holt kurz Luft und winkt mit dem Schlüssel. „Sollten Sie vor mir gehen, dann ziehen sie einfach die Tür ins Schloss, ja?" Er schaut Ludwig und Sabine zustimmend an. Beide nicken! „Gut. Ich gebe meinem Sohn den Schlüssel." Sprachlos schauen die beiden dem Pfarrer nach, der durch den Garten eilt, und im Pfarrhaus verschwindet, um einige Minuten später in einem schwarzen Anzug und einem Fahrrad aus der Garage des Pfarrhauses wieder aufzutauchen. „Wegen der Beerdigung!" Ruft er noch und deutet auf seinen Anzug. Dann radelt er davon.

Sabine greift nach der ersten Chronik von 1931 und blättert sie durch. „Das war das Jahr, in dem mein Großvater zum Kirchenvorsteher gewählt wurde. Ich erinnere mich noch so genau an dieses Datum, weil es meiner Großmutter so wichtig war, dass es bei seiner Beerdigung erwähnt wurde." „Dann war er bei seiner Wahl sehr jung!" „Ja, deshalb wollte sie, dass es erwähnt wurde. Denn er war 50 Jahre lang Mitglied. So etwas gab es nur ganz selten. Sein Jubiläum war damals eine große Sache!" Sabine blickte zum Fenster hinaus und dann wieder auf die Chronik. „Vielleicht sollten wir mit diesem hier anfangen." „Ja, und dann sollten wir die Zeit Ende 32 Anfang 33 anschauen! Um die Wahlen herum: Wie verhielt sich die Gemeinde in Engelstal? War der Pfarrer ein Mitglied der Deutschen Christen? Wurde viel judenfeindliche Propaganda gepredigt? Macht er in seiner Chronik vielleicht sogar Kommentare über ortsansässige Juden? Solche Sachen eben."

Ludwig blättert durch das erste Buch. „Dieser Pfarrer Niebergall hat ziemlich ausführliche Kommentare geschrieben! Das müssen wir wirklich kopieren, so etwas lässt sich hier vor Ort schlecht lesen und herausschreiben, da sitzen wir ja mehrere Tage.“ Er weist auf den Kopierer. „Ich denke, wir nehmen das Angebot von Thomas Lichter an und kopieren die wichtigen Passagen. Dann suchen wir uns irgendwo einen netten gemütlichen Platz, wo man etwas Gutes zu essen und zu trinken bekommen kann und machen uns ans Lesen.“ Dem kann Sabine nur zustimmen, die hat nämlich Angst, Tobia könnte das viele Papier als neues Spielzeug entdecken. Denn die ist nun, da der Pfarrershund nicht mehr draußen ist, ohne Spielkamerad und auf der Suche nach Unterhaltung. Und so wandert nun Tobia abwechselnd von Ludwig zu Sabine und umgekehrt, während sie die Chroniken nach Jahreszahlen ordnen und Seite für Seite sorgfältig auf den Kopierer legen. „Schau mal,“ sagt Sabine „ab 1942 ändert sich die Schrift. Da muss es einen anderen Pfarrer gegeben haben.“ „Ja,“ Ludwig hat den letzten Eintrag des alten Pfarrers kurz überflogen. „Das ist wirklich interessant! Der erste musste scheinbar gehen und hinterlässt hier in seinem letzten Eintrag seinem Nachfolger einige Informationen, die wohl als Warnung dienen sollen. Das muss ich mir nachher nochmal genauer anschauen.” Ludwig trägt eine schon kopierte Chronik zum Schreibtisch zurück und holt sich die nächste. Nachdenklich streicht Sabine der spielenden Tobia über das Köpfchen. „Hier in diesen Texten werden wir sicherlich auch so einiges über meine Familie finden!” Ludwig klappt den Deckel des Kopierers zu und legt das letzte Buch auf den Stapel zurücklegt. “Bist du bereit dazu?” Seine Stimme klingt nun eindringlich und das unangenehme Gefühl in Sabines Magengegend ist wieder da. Ist sie bereit dazu? „Habe ich eine Wahl?“ fragt sie zurück. Dann schüttelt sie den Kopf und gibt sich selbst die Antwort. Sie hat keine Wahl, jetzt heißt es, „Augen auf“ und durch! Sie drückt die kleine Tobia so fest ans sich, dass die zu fiepen anfängt. „Ja!“ bestätigt sie dann noch einmal „Ich bin bereit!” Sie greift nach den Kopien und geht voraus. Ludwig wirft die Tür ins Schloss und folgt ihr zu dem schönen alten Jaguar. Sabine lehnt den Kopf auf das Sitzpolster und schaut in den blauen Himmel. Ludwig hat das Verdeck entfernt und so genießen nun alle die Frühlingssonne. Besonders Tobia gefällt es im Cabrio! Der kleine Hund sitzt hechelnd auf Sabines Schoß und bellt alles an, was auf der Straße vorbeiläuft. „Was hältst Du davon, wenn wir eine kleine Tour durch Engelstal machen?“ fragt Ludwig. Sabine ist sich nicht so sicher, ob sie die Idee gut finden soll. Sie hat eigentlich keine Lust, Ludwig im Weingut herumzuführen. Auch möchte sie nicht, dass Andreas Ludwig kennenlernt und misstrauisch wird, dann fällt ihr jedoch ein, dass Andreas auf Weintour in Thüringen ist und Patty um diese Uhrzeit am Herd steht, schließlich müssen die polnischen Weingutsarbeiter ja versorgt werden. „Also gut,“ sagt sie deshalb. „In Engelstal gibt es zwar nicht viel zu sehen, aber vielleicht ist es gar nicht so schlecht, wenn du den Ortskern schon mal gesehen hast, bevor wir die Pfarrchronik lesen.“ Hinter ihnen entfernen sich Kirche und Pfarrhaus, als sie nun langsam die Hauptstraße hinunterfahren. An der Kreuzung steht ein neuer Rewe Markt. „Da war mal ein Coop drin und davor ein echter Tante-Emma-Laden. Allerdings hieß unsere Tante Emma Elisabeth und führte diesen Laden zusammen mit Onkel Otto.“ Ludwig lacht. „Das hast du erfunden!“ „Nein!“ Sabine schüttelt den Kopf, „das war wirklich so, ich bin gerne dort hingegangen. Tante Elisabeth war nämlich eine gute Freundin meiner Oma. Erinnerst du dich an diese Werthers Echte-Werbung, die es mal gab? Da träumt sich ein alter Mann in einen Bonbonladen seiner Kindheit zurück. So ähnlich ist meine Erinnerung an diesen Tante-Emma-Laden. Nur waren es bei mir keine Karamellbonbons, sondern diese Kirschbonbonlutscher. Du weißt schon, was ich meine, die mit dem kleinen grünen Stil und dem roten Bonbon. Die hat mir Onkel Otto immer zugesteckt." Als Ludwig nicht reagiert, zieht Sabine die Brauen hoch. „Weißt du nicht, was ein Kirschbonbonlutscher ist?" fragt sie. Ludwig lächelt verlegen. „Bei uns ging immer jemand anders einkaufen. Wenn wir mitgehen durften, dann nie ins Lebensmittelgeschäft. Bonbons bekam ich immer in der Küche. Unsere Köchin hatte eine Schwäche für mich und, du wirst es nicht glauben, für Karamellbonbons." Beide lachen. Doch während Sabine im Jaguar sitzt und das ihr so vertraute Engelstal an ihr vorbeigleitet, wird sie wieder einmal von einer Woge der Dankbarkeit für ihre Oma Luise überschwemmt.

„Wenn du hier um die Ecke biegst, kommst du an unserer alten Schule vorbei. Andreas ist dort noch in den ersten vier Klassen gegangen, ich nicht. Zu meiner Zeit gab es schon die neue am Sportplatz. Heute ist die alte Schule so etwas wie ein Dorfgemeinschaftshaus. Einer der ehemaligen Lehrer versucht zurzeit Fotos von früher zu sammeln. Er möchte gerne zum 200-jährigen Jubiläum der Schule eine Ausstellung organisieren. Ich bin gespannt, ob ihm das gelingt. Die Schule ist hier nicht für jeden mit positiven Gefühlen verbunden, besonders Paul Döndorf, der Besitzer eines der größten Weingüter hier im Ort, stellt sich quer. Mein Bruder hat mir neulich davon erzählt. Er sitzt jetzt im Gemeinderat." Sie lacht und zuckt mit den Schultern. „Naja, nicht jeder hat schöne Erinnerungen an seine Schulzeit." Dann zeigt sie mit dem Finger nach rechts. Ludwig setzt den Blinker. Und tatsächlich kommt neben einer Bushaltestelle ein älteres Gebäude ins Blickfeld. Es hat einen breiten überdachten Aufgang. Der ehemalige Schulhof wurde irgendwann einmal in einen kleinen Park umgewandelt. 100 Meter weiter erstreckt sich hinter Mauern ein ganzer Gebäudekomplex, ein großer Garten mit knorrigen Obstbäumen verläuft parallel zur Mauer und endet an einem geschwungenen Tor, das die Auffahrt zu einem repräsentativen Haus aus dem 19. Jahrhundert markiert. „Meine Güte, das ist ja ein richtiger Gutshof!“ bemerkt Ludwig bewundernd. Sabine nickt. „Das ist das Weingut der Heinrichs. Das war schon immer so groß. Schon vor dem Krieg. Die Familie ist so alt wie Engelstal, sagen die Engelstaler und dass die Heinrichs die Nase immer eine Idee zu hoch getragen haben. Nur Kurt, der für die SPD im Landtag saß, war da eine rühmliche Ausnahme.“ „War das der Kurt mit der eigenen Autobahnabfahrt?“ hakt Ludwig nach. Sabine winkt ab und nickt nur kurz.

Schon deutet sie auf ein anderes Haus, es ist ebenfalls mindestens 150 Jahre alt, zeigt aber anders als die anderen Häuser Spuren von Vernachlässigung. „Das hier war immer das Haus des ortsansässigen Arztes. Das war eine besondere Tradition hier in Engelstal. Darauf war mein Opa, damals, als er noch Bürgermeister war, sehr stolz. Engelstal hatte immer einen eigenen Arzt. Ich fand das unnötig, schließlich haben wir in Bingen ein gutes Krankenhaus und Arztpraxen ganz in der Nähe. Aber er behauptete immer, in Engelstal habe das Tradition. Dieses repräsentative Haus wurde extra für den Engelstaler Arzt gebaut und scheinbar gelang es unter anderem auch wegen der guten Bedingungen, immer gute Ärzte nach Engelstal zu holen. Jedenfalls hat das mein Opa behauptet. Im Krieg, das hat er mir mal erzählt, war das überlebensnotwendig. Die Praxis war unten im ersten Stock im Seitenanbau untergebracht und der Rest diente als Wohnung.“ Sie weist auf das Haus. „In den letzten Jahren ist hier aber alles heruntergekommen. Landärzte sind nicht mehr en vogue und der Gemeinderat hat Wichtigeres zu tun.“ Nach einer kleinen Stille bittet sie ihn links abzubiegen und dann dem Schild nach Bingen zu folgen. „Hier war früher der Ortsausgang und das hier ist unsere Dorfkneipe, inzwischen sogar mit Hotel, Das Gasthaus "Zum grünen Baum". Vor kurzem hat es sein 150-jähriges Jubiläum gefeiert. Früher war es eine Dorfkneipe für jedermann, heute ist es eine Weinstube, die sich nicht mehr jeder leisten kann, wenn du verstehst, was ich meine. Früher trafen sich die Männer hier jeden Abend, um sich über Neuigkeiten auszutauschen, heute geht man zu besonderen Anlässen als Familie oder mit Freunden und Freundinnen hierher. Da frage ich dich, was ist besser?" Sie zuckt mit den Achseln. Dann fügt sie noch hinzu. „Den Stammtisch haben sie allerdings behalten. Ich glaube, das war so ein Zugeständnis an die ehemaligen Stammgäste". Mein Bruder besucht den leider regelmäßig." Ludwig schmunzelt. In Gedanken macht er sich eine Notiz. Hier muss er auf jeden Fall einkehren. „Wenn man hier weiter geradeaus fährt, dann geht es rechts ab, zur Mühle von meinem Onkel Gunter Heintz." Sabine weist mit dem rechten Arm aus dem Fenster. Da drüben. Früher stand die Mühle ganz für sich, heute hat sich der Ort so weit ausgedehnt, dass man das gar nicht mehr sieht. „Mein Onkel Gunter war der Bruder von meinem Vater, aber ich habe mit den Heintzens nie etwas zu tun gehabt. Unser Vater hat unsere Mutter schon früh verlassen und meine Großeltern haben immer behauptet, dass sein Bruder ihm dabei geholfen hat. Na, und wie das auf dem Dorf so ist, einmal Feindschaft immer Feindschaft." Sie zuckt mit den Schultern und Ludwig schmunzelt. „Andreas war da eine Ausnahme, er ist mit einem unserer Cousins zusammen in die Klasse gegangen und ich glaube, dass die beiden bis heute eine Freundschaft verbindet." „Und das hat dich nicht gestört?" Ludwig überlegt, was er getan hätte, wenn seine Schwester …, doch dann fällt ihm ein, dass er und seine Schwester sich nie besonders nahegestanden hatten.

Vielleicht war das bei Sabine und Andreas auch nicht anders. „Nein, irgendwie konnte ich ihn sogar verstehen. Ich hatte nur wenig Kontakt, da war das leichter den Heintzens aus dem Weg zu gehen, aber wenn du jeden Tag mit ihnen zu tun hast, dann ist das schon etwas anderes. Die waren hier im Dorf schon immer dominant."

Viel gibt es dann auch nicht mehr zu sehen, meint Sabine im Weiterfahren. Das Rathaus wurde erst in 70er Jahren gebaut und Ludwigs Vorschlag, einen Spaziergang über den Friedhof zu machen, möchte sich Sabine für später aufheben. "Wenn wir die Chronik gelesen haben!" sagt sie und schlägt vor, nun Richtung Bingen zu fahren, auch mit Blick auf die Uhr und ihren Plan, noch ein bisschen durch den Rheingau zu fahren. Erst als sie Engelstal schon lange verlassen haben, fällt Sabine auf, dass sie das Weingut bei ihrer Besichtigungstour vergessen hat.

„Was meinst Du, wo wir jetzt ein schönes Mittagessen bekommen?" fragt Ludwig, sobald sie mit dem Auto auf der Fähre stehen. Das Loch in seinem Magen ist in der letzten halben Stunde immer größer geworden. Sabine hat die kleine Tobia bei ihrer ersten Bootsfahrt auf den Arm genommen und blickt über den Rhein. Die wiederum hat den Kopf in Sabines Armbeuge gesteckt. Bootsfahrten sind deutlich nicht ihr Fall. „Auf keinen Fall in Rüdesheim!" Ludwigs Alternativvorschlag ist Kiedrich. Er denkt da an ein kleines Restaurant auf dem Marktplatz, in dem er ab und zu mal ein Päuschen macht. „Und anschließend machen wir einen Ausflug ins Kloster Eberbach. Der Klostergarten ist bei diesem Wetter der ideale Platz für unser Quellenstudium," und mit einem Seitenblick auf den kleinen Hund" und natürlich auch für dieses undichte Baby hier!" Weil das nach einem idealen Plan für einen sonnigen Frühlingstag klingt, stimmt Sabine gutgelaunt zu.

Sie lehnt sich an die Reling und schaut zu, wie das Ufer immer näher rückt. „In meiner Kindheit haben wir die Germania oft besucht. Das war der Standard-Schulausflug, mindestens einmal im Jahr. Außerdem sind wir oft mit den Großeltern hierhergefahren. So einen richtigen Urlaub nach Italien oder Frankreich haben wir nie machen können. Dafür war bei uns im Weingut einfach zu viel los. Aber Tagesausflüge, die gab es schon, die gingen dann hierher ans Niederwald-Denkmal oder nach Koblenz ans Deutsche Eck oder auch mal an die Mosel." Sie lacht. „Meistens war es jedoch ein Sonntagnachmittag und der reichte eben nur für das Niederwald-Denkmal oder zum Tretbootfahren nach Bad Kreuznach." Und dann erzählt sie von diesen Ausflügen, bei denen fast immer auch die Freunde ihrer Großeltern, Tante Elisabeth und Onkel Otto, dabei waren. Besonders Onkel Otto war im wahrsten Sinne des Wortes eine Bereicherung, weil er keine eigenen Kinder hatte. Da gab es immer ein extra Eis oder Tickets für Seilbahn oder Tretboot. „Ich habe diese Ausflüge zum Niederwald-Denkmal geliebt. Einmal habe ich sogar ein Bild von Vater Rhein und seiner Tochter Mosel gemalt, wie sie von ihm das Wachhorn entgegennimmt."

Die Sonne glitzert auf den kleinen Flusswellen, während sich die Fähre langsam vorwärts kämpft, in der Ferne ist der Binger Mäuseturm zu sehen, die andere Seite kommt langsam immer näher. Nur einmal nicht, denkt Sabine, da war ihre Mutter Anni dabei gewesen, die hatte alles verboten. Kein Eis und keine Seilbahn und am Ende hatte sie sich mit allen zerstritten. Sabine und Andreas hatten sich furchtbar für ihre Mutter geschämt, Andreas hatte sogar tagelang nicht mit seiner Mutter gesprochen. Ludwig winkt zu ihr hinüber, es ist Zeit einzusteigen.

Viele nutzen den schönen Tag für einen Ausflug mit dem

Fahrrad oder Auto, schließlich haben die Ferien gerade begonnen. Der Weg nach Kiedrich ist nicht weit, aber auf der Schnellstraße am Rhein schleichen die Autos im Schneckentempo. Nachdem sie jedoch Richtung Kiedrich abgebogen sind, wird es ruhiger. Dies war also genau die richtige Wahl. Das Auto ist schnell geparkt, das Restaurant noch schneller gefunden, und Ludwig steuert mit sicherem Schritt auch schon den schönsten Tisch auf der Terrasse an. Nur wenige Tische sind besetzt. Zum Glück, denn das bedeutet, dass es ruhig ist. Ihrer ist direkt vorn in der ersten Reihe. „Ich nehme einen Winzerbraten!" sagt er und legt die Karte zur Seite. Sabine entscheidet sich für einen Salatteller. Das ist zwar nicht typisch, aber lecker. Mal sehen, vielleicht gönnt sie sich hinterher noch einen Eisbecher. Ein schöner Rheingauer Riesling ist hier natürlich ein Muss, meint Ludwig, auch wenn diesem Genuss heute Grenzen gesetzt sind. Beide genießen ihr Mittagsmahl genauso wie die Atmosphäre und die Aussicht. Als Sabine ihre Kopien aus der Tasche ziehen will, winkt Ludwig ab, das habe bis nach dem Essen Zeit, meint er. Erst noch einen Espresso für ihn und einen Cappuccino für Sabine und dann will er ins Kloster Eberbach. Schließlich war dieses Zisterzienserkloster mal ein Ort des Studiums und der Wissenschaft, also genau der richtige Platz für ihre Recherche, meint er. Dieses Mal zahlt Sabine.

Erstaunlich, aber wahr, auch das alte und wunderschöne Kloster Eberbach scheint ein Geheimtipp zu sein. Denn hier oben ist kaum etwas los. Ludwig stellt den alten Jaguar auf dem Parkplatz ab und während Sabine noch mit der kleinen Tobia beschäftigt ist, hat er sich schon den Stapel Papiere geschnappt und sich auf den Weg gemacht. „Komm, komm ich kenne einen wunderschönen Platz!" Mit Mühe kann Sabine dem schnell die Treppen hinuntereilenden Ludwig in den Klostergarten folgen. Auf einer Steinbank breitet er die

Kopien aus und sortiert die Jahrgänge, dann beschwert er sie mit kleinen Steinchen, damit der Wind sie nicht forttragen kann, und teilt sie auf. „Ich schlage vor, Du fängst 1931 an, weil das das Jahr ist, in dem dein Großvater Kirchenvorsteher wurde. Ich fange hier ab 1933 an, ab der Wahl Hitlers zum Reichskanzler."

Er schiebt ihr ein paar Seiten hin und nimmt sich einen anderen Stapel. Dann schnappt er sich Tobias Leine und setzt sich mit ihr zusammen ins Gras. Sabine macht es sich ebenfalls gemütlich und beginnt zu lesen. Tobia schnüffelt an den Gänseblümchen rund um Ludwigs Kopf und beschließt dann, sich direkt neben einen der Papierhaufen zu legen und die Augen zu schließen. Die Sonne wärmt, ohne zu brennen. Aus der Klosterkirche tönt Chorgesang herüber, scheinbar wird dort für ein Konzert an Karfreitag geprobt und über Osterglocken summen die ersten Bienen. „So stelle ich mir einen perfekten Tag vor!" brummt Ludwig.

Sabine greift nach dem ersten in Sütterlin geschriebenen Blatt und kämpft sich langsam vorwärts.

Die Pfarrchronik 1. Teil
Pfingstsonntag 1931
Heute wurde Horst Becker in der Gemeindeversammlung für das Amt des Kirchenvorstehers vorgeschlagen. Wenn er gewählt wird, tritt er die Nachfolge seines Vaters Karl Becker an. Horst Becker ist erst 23 Jahre alt, aber er kommt aus gutem Hause und sein Vater war eine wichtige Stütze unserer Gemeinde. Er hat Horst nach den guten christlichen Werten erzogen. Das ist heute nicht mehr selbstverständlich. Auch zeigt er schon jetzt viel Geschick, wenn es um die Vermittlung von Streitfällen geht, das kann sich auf Dauer als hilfreich erweisen. Er wäre ein Gewinn für unsere Gemeinde. Ich bin gespannt, ob man ihn trotz seiner Jugend wählen wird.

Wieder hat ein Jahrgang die Volksschule abgeschlossen. Für die Buben wird es schwer werden, eine Arbeit zu finden. Alle kommen mit leeren Händen aus Kreuznach und Bingen zurück. Nur unsere Familie Heinrich bietet denen, die kein eigenes Land haben, Arbeit als Tagelöhner. Wie soll das nur weitergehen. Der Sohn der Familie, der Kurt Heinrich, ist gerade aus Berlin zurückgekommen und hat mit seinem neuen schicken Automobil nicht nur den Duft der großen weiten Welt mitgebracht, sondern auch viele Begehrlichkeiten geweckt und die Tochter, Helene Heinrich, ist zu ihrer Tante nach Frankfurt gefahren. Sie soll Lehrerin werden. Im Dorf wird deshalb gemurrt. Es ist nicht gut, dass die Frauen ihren angestammten Platz verlassen. Das ist gegen die von Gott gefügte Ordnung. Es führt zu Unmoral und Leichtsinn. Auch ich kann eigentlich nicht gutheißen, was mir die Berliner Freunde von dem Verhalten der Frauen in der Stadt erzählen. Gerade aus der Helene wäre eine gute Hausfrau und Mutter geworden. Aber ich kann verstehen, dass auch die Helene gut verstehen., Nachdem die Verlobung mit dem Fritz Heintz so grausam auseinandergegangen ist, möchte sie natürlich Engelstal so schnell wie möglich hinter sich lassen. Ich wünsche ihr einen guten Neuanfang in Frankfurt.

Michaelis 1931
Das Geld der Kirchengemeinde ist weg. Die Inflation hat alles verschlungen. Nun kann das Dach nicht mehr repariert werden. Hans Döndorf wollte es am 14. Juli noch von der Darmstädter und der Nationalbank abholen, aber da hatten die schon ihre Kassen geschlossen, weil zu viele von der Bankenkrise gehört hatten. Wir waren einfach zu spät. Horst Becker glaubt, dass man uns das Geld ersetzen wird. Aber unser Kolonialwarenhändler Mayr Kohn meint, die Regierung wird erst einmal die großen Firmen mit Geld unterstützen, damit nicht noch mehr Menschen arbeitslos werden. Wir hier in Engelstal werden wohl

wie immer leer ausgehen. Kohn ist zwar Jude, aber er hat mir einige Dachziegel als Spende für unsere Kirche angeboten. Die könnten wir kostenlos bekommen, wenn wir das Dach selbst ausbessern wollen. Unser Kirchenvorstand ist dem Mayr Kohn sehr dankbar dafür, auch wenn der Jude ist.

Am Sonntag hat der Fritz Heintz von der Mühle am Höllenweiher mich zur Seite genommen und mir geraten, dass ich die Dachziegel vom Mayr Kohn nicht für die Kirche verwenden soll, weil die Juden den Herrn Jesus gekreuzigt haben. Er hat sogar mein Studium in Frage gestellt. Jüdische Ziegeln dürften nicht das Dach unserer Kirche verschandeln. Zuerst habe ich ihn nicht ernst genommen, aber meine Frau sagt, dass er nicht der Einzige ist, der so redet. Sie hat sogar schon im Frauenkreis davon gehört. Es gibt wohl inzwischen einige im Ort, die sich seiner Meinung angeschlossen haben. Es ist kaum zu fassen, dass ausgerechnet der Fritz Heintz so frech daherredet. Vor einem Jahr kam er mit seiner Verlobten Elisabeth zu mir und bettelte mich regelrecht an, sie im weißen Kleid zu trauen, obwohl sie schon schwanger war. Damals sprach er von der Macht der Liebe und der christlichen Barmherzigkeit, als wüsste nicht jeder im Ort, dass die beiden heiraten mussten. Ich jedenfalls konnte nicht über die Tatsache hinwegsehen, dass sie die Helene Heinrich betrogen haben und dass Elisabeths Vater dem Fritz die Pistole auf die Brust setzen und ihn zugleich mit einem Stück Feld locken musste, damit der er seine „große Liebe“ Elisabeth nicht sitzen lässt, um seine ursprüngliche Verlobte, die Helene Heinrich, die ihm die größere Mitgift zu bieten hatte, doch noch zu heiraten. Nein, sie haben mir das schwarze Kleid nie vergeben. Heute tut Elisabeth mir leid, denn der Fritz ist ihr seit der Hochzeit noch keinen einzigen Tag treu gewesen, und sie hat durch die Hochzeit ihre beste Freundin verloren. Immerhin hat sie im März einen strammen Burschen geboren, den wir zu Ostern auf den Namen Gunther getauft haben.

Erntedankfest 1932
Heute haben wir ein schönes Erntedankfest in unserer frisch renovierten Kirche gefeiert. Die Dachziegel sind alle verbaut und die Löcher gestopft. Gegen den Rat von Hans Döndorf habe ich Mayr Kohn eine Einladung zum Dankgottesdienst geschickt. Die Absage habe ich unserer Pfarrchronik beigelegt. Er hält es für klüger, nicht teilzunehmen, um die Widerstände von Fritz und seiner Clique nicht noch zu verstärken. Am Altar lagen wunderschöne Erntegaben. Der Erntekranz des Frauenkreises hing im Mittelschiff und die Erntegaben lagen vor dem Altar. Gott hat uns in diesem Jahr reichlich gesegnet. Die Winzer sagen, dass die Weinernte gut ausgefallen ist.

Leider wurde die Freude über die reiche Ernte durch die Vorkommnisse in Bingen geschmälert. Man hört, dass es dort immer wieder zu Zusammenstößen zwischen Anhängern der SA und den Kommunisten kommt. Angeblich sind auch junge Männer aus Engelstal beteiligt. Besonders Otto Weirich führt das große Wort, seitdem er letztes Jahr arbeitslos aus Mainz zurückgekommen ist. Er hat sich mit dem Fritz Heintz zusammengetan. Die beiden sitzen fast jeden Abend im Gasthaus zum grünen Baum und führen große Reden. Beim Erntedankfest hat Otto im Rausch den Bahnwärter Peter Weiler fast zu Tode geprügelt, weil er Kommunist ist. Wären Horst Becker und unser Doktor Harald Rosenstein nicht dazwischen gegangen, so wäre der Otto verblutet.

Ich verstehe Otto Weihrich nicht, sein Vater war ein Kriegsheld. Er hat seine Gesundheit für das Vaterland in Frankreich gelassen und ist früh gestorben, aber statt sich um seine Mutter und den kleinen Hof zu kümmern, oder sich auf andere Art und Weise seinen Lebensunterhalt zu verdienen, treibt er sich bei der SA herum und schwingt große Reden. Die Mutter aber sagt kein einziges böses Wort über ihren Buben.

Reformationstag 1932
Heute war endlich Nachwahl im Kirchenvorstand. Der junge Horst Becker wurde in den Kirchenvorstand gewählt. Er hat sich in diesen unruhigen Zeiten einen guten Ruf als Vermittler erworben. Außerdem ist er im Turnverein, Gesangverein und im Bauernverein. Als wir heute Abend das Ergebnis festgestellt haben, war niemand über die hohe Zustimmung überrascht, er gehört wohl zu den beliebtesten jungen Männern im Dorf. Horst Becker ist bereit, seine Pflicht zu erfüllen und er tut das mit viel Geschick und ohne großes Aufsehen. Hans Döndorf und ich waren sehr erleichtert. Hans sieht in Horst schon einen passenden Nachfolger. Was Gott noch lange verhüten möge. Denn ich bin sehr dankbar für die weisen Ratschläge meines Vorsitzenden. Der Horst ist mir noch zu weich und formbar. Ihm fehlt es an Reife. Trotzdem wünsche ich ihm alles Gute für seine Hochzeit, die im November nach dem Verkauf der Ernte stattfinden soll. Dann wird er die Luise Krautwecker heiraten, eine kluge junge Frau. Im Konfirmandenunterricht war sie immer aufmerksam und in der Volksschule hat sie auf die Kleinen aufgepasst. Sie wollte nie mehr als ihr zusteht, tüchtig und sparsam. Zuhause hatte sie es nie einfach. Ihre Mutter war eine Kriegerwitwe ohne Geld aber mit mehr Feld und Weinbergen, als sie selbst bearbeiten konnte. Seitdem ihre Mutter wieder geheiratet hat, kennt Luise nur noch Arbeit und der neue Stiefvater macht ihr beständig das Leben schwer. Mit dem Horst gewinnt sie einen Ehemann von freundlichem Gemüt, der ihren Fleiß und ihren Verstand gut gebrauchen kann. Da haben sich wirklich zwei gefunden, die zueinander passen, ein Topf und sein Deckelchen. Das wird zu Recht eine weiße Hochzeit werden, der ich alles erdenkliche Gute wünsche.

6. November 1932
Gott sei Dank. Die NSDAP hat wieder Stimmen verloren.

Heute Abend saßen wir alle im Gasthaus zum grünen Baum und haben die Ergebnisse der Reichstagswahl im Radio verfolgt. Das Gasthaus war voll. Unser Wirt, der Udo, hat sich sicherlich zum Einkauf seines Radios gratuliert. Vielleicht hat Hans Döndorf doch recht und die NSDAP war nur eine kurze Mode. Fritz Heintz und der Otto Weirich, die in einer Ecke saßen, waren sichtlich enttäuscht und gingen wüste Drohungen ausstoßend nachhause. Wir blieben noch lange zusammen, denn Hans Döndorf hatte etwas zu feiern. Er wird nochmal Vater werden. Seine Frau und er beten für einen Sohn, nachdem sie ihr einziges Kind im Krieg verloren haben. Ich bete mit ihnen.

1. Advent 1932
Heute haben wir nach dem Sonntagsgottesdienst die Hochzeit von Horst und Luise Becker geborene Krautwecker gefeiert. Der erste Gang des Paares war zum Kriegerdenkmal, um des verstorbenen Vaters der Braut zu gedenken. Meine Frau und ich waren anschließend im Haus der Braut eingeladen. Dort war es überall zu erkennen, die Mutter von Luise trauert noch immer ihrer ersten Liebe nach. Das Foto mit dem Trauerflor ist nicht zu übersehen. Kein Wunder, dass der zweite Mann jeden Abend im Grünen Baum zu finden ist. Wie lange wird dieser Krieg unser deutsches Volk verfolgen, wie lange wird er unser Handeln prägen? Horst und Luise Becker konnten das alles mit ihrer Hochzeit hinter sich lassen. Wenn man die beiden so sieht, möchte man noch einmal jung sein, selten sah ich ein Paar, das so gut zueinander passt, das ist eine Verbindung, die für die Ewigkeit geschlossen ist, das fühlte ich sofort, als die beiden heute vor den Altar traten. Horst ist ein Vermittler, der gerne mit den Menschen redet, doch es fehlt ihm der starke Wille und die Ausrichtung auf ein Ziel. Luise hat das alles, sie wird ihn gut unterstützen. Beide sind fromm und tüchtig. Sie lassen sich von den modernen Sitten nicht verwirren und werden ihre Kinder

im rechten Glauben aufziehen. Schon jetzt kann ich in diesem Paar wichtige Stützen unserer Dorfgemeinschaft erkennen.

Heiligabend 1932
Seit einer Woche ist Peter Weiler verschwunden. Das Bahnwärterhäuschen steht leer. Die Reichsbahn hat nun als Vertretung einen Hermann Deutschmann geschickt. Im Dorf heißt es, der Otto Weihrich habe Peter Weiler erschlagen, weil der doch Kommunist sei. Aber als die Gendarmerie aus Bingen zu Befragungen nach Engelstal kam, hat niemand von dem Streit am Erntedankfest erzählt. Die Engelstaler halten zusammen, wenn es um die ihren geht, und Peter Weiler kam nicht aus Engelstal. Auch ich habe meinen Mund gehalten. Irgendwie erscheint es mir nicht richtig, schließlich wusste ich ja nichts Genaues.

27. Dezember 1932
Heute Abend klopfte die Mutter Weihrich tränenüberströmt bei mir an die Tür. Ihr Sohn sei verletzt und brauche Hilfe. Natürlich ging ich mit. Otto Weihrich lag bewusstlos auf seinem schäbigen Bett, das Knie entzündet. Eine Schusswunde. Zurecht fürchtete ich, dass man das Bein nicht würde retten können. Der Idiot hatte sich mal wieder in Schwierigkeiten gebracht. Da konnte nur unser guter Doktor Rosenstein helfen. Gegen den Willen der Mutter, die Angst hatte ihn nicht bezahlen zu können, holte ich unseren Doktor. Er entfernte die Kugel und ich durfte sogar assistieren. Unser Doktor Harald Rosenstein ist ein besonderer Arzt und es ist ein Segen, dass wir diese medizinische Autorität hier in unserem kleinen Engelstal haben. Er kennt solche Operationen aus seiner Zeit an der Charité in Berlin. Mit Chloroform und den richtigen Instrumenten sei das kein Problem, sagt er. Auf die Hygiene komme es an! Ich werde diesen Abend nie vergessen. Gottes Engel wachten über jedem unserer Handgriffe. Wenn Otto Glück hat, wird er nur ein stei-

fes Bein behalten. Im Fieber gestand er dann, dass er zusammen mit dem Fritz Heintz den Peter Weiler ermordet habe, weil er ein dreckiger Kommunist sei. Scheinbar wehrte sich Peter und schoss ihm ins Bein, bevor er selbst erschossen wurde. Der Fritz sei an allem schuld. Er habe auch die Leiche vergraben und Otto nach Hause gebracht. Nach diesem Geständnis war die arme Mutter Weirich zurecht besorgt, sie fürchtete um ihren Jungen. Doch wir konnten sie beruhigen, denn das Arzt- und das Beichtgeheimnis schützt sie und uns. Wir werden der Gendarmerie nicht Bescheid sagen. Die arme Mutter ängstigt sich natürlich. Der Sohn ist der Einzige, der ihr geblieben ist, nachdem sie den Mann im Krieg und die Tochter im Kindbett verloren hat. Vielleicht ist ihm das jetzt eine Lehre und er wird sich von seinem schlechten Weg abwenden. Seine Mutter hätte es verdient, dass er endlich zur Vernunft kommt.

Hier möchte ihn nun einige Worte zu Dr. Harald Rosenstein in unserer Chronik festhalten, auch wenn er nicht zu unserer Gemeinde gehört.

Die Familie ist erst vor kurzem aus Worms zu uns gezogen, als unser alter Doktor in den Ruhestand ging. Rosenstein hat sein Studium wie ich in Berlin absolviert, wo er auch seine ersten Berufsjahre an der Charité verbrachte, bevor er in zuerst in Frankfurt in der Praxis eines Onkels und später nach seiner Heirat bei seinem Vater ins Worms arbeitete. Warum es ihn ausgerechnet nach Engelstal gezogen hat, weiß ich nicht, aber für uns ist er ein Gewinn. Er brachte eine nette, gebildete Frau und zwei wohlerzogene Kinder mit. Wenn er Zeit hat, tauschen wir uns aus über unsere Studienzeit in Berlin und diskutieren ein bisschen über die große Politik. Es ist als sei mit den Rosensteins die Welt nach Engelstal gekommen. Er ist zwar jüdischer Abstammung, aber im Dorf weiß das keiner. mit Ausnahme von Hans Döndorf, der hat ihn damals als Bürgermeister nämlich für Engelstal angeworben und den hat so etwas noch nie gestört.

Auch sieht man den Rosensteins das Jüdische nicht an. Dabei kennt sich Dr. Rosenstein gut in seiner Religion aus. Manchmal reden wir abends bei einem Glas Wein über unsere Religionen und vergleichen sie miteinander.

Ich frage mich, was Otto dazu sagen würde, wenn er wüsste, dass ein jüdischer Arzt ihm das Bein gerettet hat. Ich war versucht, es ihm nach seiner Operation zu sagen, besonders weil unser Doktor nicht bezahlt werden wollte. Aber der bat mich darum, es nicht zu tun. Es ist besser so! Sagte er.

Sylvester 1932
Die Polizei hat die Leiche von Peter Weiler gefunden. Er war an der Kuhle beim Engelsforst begraben. Tiere haben ihn ausgegraben, als es zu tauen begann. Jetzt wimmelt es in Engelstal von Gendarmen. Sie haben natürlich auch beim Otto Weihrich geklopft, in einem Dorf bleibt nichts verborgen. Aber Weinbauern können sich jederzeit im Keller verletzen und wenn dann der Gendarm noch eine Flasche Wein zur Erklärung dazubekommt und das Opfer sowieso nur ein „dreckiger Kommunist" war, fragt der Gendarm nicht genauer nach. Ich bin sicher, dass der Fall schnell abgeschlossen wird. Schon jetzt wird überall erzählt, es sei nur ein Jagdunfall gewesen. Mich lässt der Gedanke nicht los, dass Fritz Heintz und Otto Weihrich straffrei aus dieser Sache herauskommen sollen, während das Blut von Peter Weiler zum Himmel schreit. Wo bleibt da die Gerechtigkeit? Leider bin ich durch das Beichtgeheimnis zum Schweigen verpflichtet.

1. Januar 1933
Ein neues Jahr hat begonnen. Was wird es uns bringen? Die Inflation ist nicht aufzuhalten. Tag für Tag klopfen Menschen an meine Tür und betteln um ein Stück Brot. Der Viehhändler Samuel Levi hat mir geklagt, dass die Bauern in diesem Jahr

nicht genug Geld für neues Vieh haben. Was sie im Herbst für die gute Ernte bekommen haben, hat über Nacht seinen Wert verloren und weil er dann die Preise anheben muss, bekommt er auch die Wut der Käufer zu spüren. Armer Levi, dabei hat er selbst nicht viel!

Im Reichstag wird immer noch um eine Regierung gerungen. Der ehemalige böhmische Gefreite Hitler gewinnt immer mehr an Macht. Der Schreihals, so nenne ich den kleinen Gernegroß, begeistert die Massen. Immer mehr Leute hören ihm begeistert zu, auch bei uns. Mir ist das unbegreiflich. Es sind nicht mehr nur die Otto Weihrichs und Fritz Heintzens, die sich sein Buch zuhause hinstellen. Auch mehr und mehr meiner braven Gemeindeglieder infizieren sich mit dieser gefährlichen braunen Seuche. Abends sitzen sie im Gasthaus zum Grünen Baum und lauschen den Reden des Schreihalses im Radio. Sie sehen in ihm einen neuen Heilsbringer, einen Messias. So hat der Fritz ihn neulich genannt und mich fürchterlich in Wut gebracht. Ausgerechnet der Fritz, der keine Ahnung vom Glauben hat, aber jede Chance nutzt, um sich wichtig zu tun. Leider muss man ihn und seinesgleichen ernst nehmen. Die reden nicht nur, die handeln auch. Es heißt, dass in Bingen die Wände eines jüdischen Geschäfts beschmutzt wurden. Ich fürchte, das ist erst der Anfang. Hier kommt kein Friedensbringer! Und Sündenböcke sind auch schon gefunden! Hindenburg wird einen Hitler nicht im Zaum halten. Ein Mann von 86 Jahre kann gegen diese Urgewalt von einem Schreihals nichts ausrichten.

Harald Rosenstein meint, dass die Menschen sich nicht mit dem System der Republik abfinden können. Sie suchen nach einem Ersatz für den Kaiser und sehen ihn in diesem schreienden Wichtigtuer. Er hält ihn für keine große Gefahr. Nicht einmal die judenfeindliche Hetze scheint ihn zu beunruhigen. Es habe schon viel schlimmere Zeiten gegeben. Vieles habe sich für seinesgleichen zum Positiven verändert. Juden seien nicht länger nur Juden, sie seien endlich richtige Deutsche. Da könne der Schreihals schreien, so viel er wolle. Das jüdische Blut auf den Schlachtfeldern von Verdun werde man nicht vergessen. Wenn Harald Rosenstein Recht hat, ist dies das einzig Gute, was dieser Krieg uns gebracht hat. Trotzdem mache ich mir Sorgen um die Zukunft unseres wunderbaren Landes.

Nichts ist mehr so, wie es einmal war. Die Menschen sind nicht mehr zufrieden mit dem, was sie haben. Das Leben, das Jahrhundertelang im Gleichklang verlief verändert sich. Söhne wollen nicht mehr die Äcker und Weinberge der Väter bebauen, Töchter träumen davon als Dienstmagd in den Städten zu arbeiten oder sogar einen Beruf zu erlernen, wie Helene Heinrich. Meine Freunde aus Berlin berichten davon, dass in den Städten die Menschen sich an Alkohol und Drogen berauschen und die feinen Kavaliere Frauen schwängern, ohne sie zu heiraten. Auf den kirchlichen Segen scheint man verzichten zu können, genauso wie auf den Sonntagsgottesdienst. Stattdessen gehen immer mehr in die Versammlungen der Nationalsozialisten oder Kommunisten. In Engelstal gibt es das Gott sei Dank noch nicht, aber in Bingen, da finden solche Versammlungen regelmäßig statt. In Engelstal haben wir keine Kommunisten und der einzige Sozialdemokrat ist der Sohn des größten und reichsten Weinbauern am Ort. Der Kurt Heinrich trägt seine politische Gesinnung provokativ in einer Mischung aus großstädtischem Flair und kindischem Trotz zur Schau. Im grünen Baum sucht er ständig nach Gelegenheiten, mit mir über die Fehler der Kirche zu diskutieren, die aus seiner Sicht ihr sozialdemokratisches Erbe verraten hat.

In der großen Scheune hinter dem väterlichen Gutshof organisiert er außerdem Tanzabende für die Jugend. Das Grammophon hat er von seiner Schwester aus Frankfurt. Jeden Samstagabend treffen sich die Mädchen und Buben dort heimlich, um nach amerikanischem Stil Musik zu hören und zu tanzen.

Dabei ist der Ärger vorprogrammiert, weil Fritz Heintz diese neue Musik für entartet hält. Ich halte jedes Mal die Luft an, wenn ich die beiden zusammen sehe. Kurt hat Fritz die geplatzte Verlobung noch immer nicht vergeben, dabei hat Helene deutlich das bessere Los gezogen. Gestern habe ich Elisabeth Heintz getroffen. Sie ist schon wieder hochschwanger, das ganze Gesicht verbläut. Ich bin sicher, dass ihr Mann sie schlägt. Fritz bereut die Ehe und das lässt er sie täglich spüren. Jeder im Dorf weiß das. Ich mache mir Sorgen um das Kind, das sie gerade erwartet, denn in dieser Familie herrscht kein Friede.

30. Januar 1933
Heute wurde Adolf Hitler zum Reichskanzler ernannt. Gott helfe uns! Natürlich feierten Otto Weihrich und Fritz Heintz den Führer im grünen Baum. Mich erschreckte die Zahl derjenigen, die mit ihnen feierten. Dieser Hitler macht in seinen Reden die Juden zum Sündenbock und die Leute glauben ihm. Noch ist dem Mayr Kohn und dem Samuel Levi nichts passiert, aber aus Bingen hört man immer wieder, dass Juden auf offener Straße angegriffen werden. Weil ich das Schicksal von Peter Weiler kenne, fürchte ich, dass Leute wie Otto Weihrich auch nicht vor körperlicher Gewalt haltmachen werden.

Auf dem Rückweg

An Sabines Finger knabbert eine kleine Hundeschnauze. Sabine schüttelt verwundert den Kopf. Sie schaut zur Seite und stellt fest, dass die Sonne schon ein ganzes Stück weitergewandert ist. Die Zeit ist schnell vergangen. Neben ihr ertönt ein leises Schnarchen. Ludwig hat die Kopien zur Seite gelegt und sich auf der Wiese ausgestreckt. „Na, sein Teil war deutlich nicht so spannend wie meiner!" sagt sie zu der kleinen Tobia und streichelt das Hundemädchen, das ihr die Finger leckt. Ein Blick auf die Uhr zeigt, es ist Zeit, nachhause zu fahren. Sabine beschließt, alle Papiere zusammenzupacken und Ludwig zu wecken. Für Tobia holt sie die Wasserschüssel aus dem Rucksack. Kaum eine halbe Stunde später fahren alle drei im Jaguar durch den Taunus nachhause. Nun ist es an Ludwig, Sabine die Orte seiner Kindheit zu zeigen. Als er die Hochtaunusstraße von Königstein herunterfährt, weist er nach rechts. „Hier das ist der Opelzoo! Den kennst du vielleicht. Das war unser Sonntagsausflugsziel. Allerdings selten mit der ganzen Familie. Meistens hatten wir ein Au-pair oder wir waren mit Freunden unterwegs. Mein Vater ging lieber auf den Golfplatz, und ich hasse Golf. Sonntagsausflüge mit der ganzen Familie waren meistens eine ziemlich offizielle Sache, bei der dann noch Freunde und Bekannte dabei waren, so heimelig wie bei dir war das nie. Meine Mutter traf sich gerne mit ihren Freundinnen im Golfcasino oder im Schlosshotel und da wollten weder meine Schwester noch ich freiwillig mit. Meine Eltern waren schreckliche Snobs, das sind sie übrigens bis heute. Obwohl schon Kronberg ein auserlesenes Pflaster ist, durfte ich hier nicht zur Schule gehen. Stattdessen war ich auf einer katholischen Jungenschule in Königstein, dem

Bischof-Neumann-Kollegium. Eine Privatschule natürlich, erst gegen Ende meiner Schulzeit nahmen die dann auch Mädchen auf!“ Ludwig lacht zynisch. „Ich würde dich ja zum Kaffee einladen, aber ich fürchte, du würdest in der Kälte dieses Hauses erfrieren. Außerdem bin ich da im Moment nicht besonders wohl gelitten.“ Trotzdem biegt Ludwig am Schlosshotel nach rechts ab und fährt an einer Reihe von Villen vorbei. „Hier“ sagt er dann und weist nach rechts, eine hohe Mauer schützt ein kaum einsehbares Grundstück „habe ich meine Kindheit verbracht!“ Einen Moment bleibt er stehen und Sabine und Tobia, die auf ihrem Schoss zum Fenster hinausschaut, gucken hinüber zur Mauer. Eine Nummer, eine Klingel, eine Kamera, kein Name. Ludwig startet das Auto. „Es wird Zeit, dass wir nachhause kommen. Ich habe Hunger!“

Sabine streckt sich. Tobia hat sie mit der Schnauze angestupst. Der Jaguar nähert sich der Messe, jetzt ist es nicht mehr weit. „War deine Pfarrchronik eigentlich genauso spannend wie meine?“ fragt sie. „Ich kann langsam verstehen, warum Dokumente 50 Jahre unter Verschluss gehalten werden! Dieser Pfarrer Niebergall hat wirklich eine Menge intimer Details hineingeschrieben. Sogar von einem Mord ist die Rede.“ Ludwig hebt langsam den Kopf. „Ein Mord? Die Teile, die ich gelesen habe, waren sehr unterschiedlich. Zum Teil sehr kurz und allgemein, zum Teil sehr ausführlich. Zeitweise hat er jede Kleinigkeit aufgeschrieben und dann bekommt man den Eindruck, dass er sich selbst zensiert. Ich muss mir das nochmal in Ruhe angucken. Nicht alles ist wichtig, vieles ist auch sehr langweilig.“ Er schaut kurz zu Sabine hinüber. „Wie sieht es eigentlich mit deinem Sütterlin aus? Konntest Du seine Handschrift gut lesen?“ „Naja,“ Sabine zögert! „Es war schon ein bisschen mühsam!“ „Das muss dir nicht peinlich sein! Die meisten meiner Studenten vergessen das Sütterlin gleich nach dem Schnellkurs. Mich hat gewundert, dass du überhaupt noch etwas davon behalten hast. Ich meine," er nimmt wieder einmal die Hände vom Lenkrad, um gestikulieren zu können. „Für mich gehört es zum Handwerkszeug, wie für den Bäcker das Backen." Sabine nickt und legt seine Hände auf das Lenkrad zurück. „Ich könnte die Texte schon mal vorlesen und die wichtigsten Sachen für dich unterstreichen, dann geht es schneller." bietet er dann großzügig an. Zu diesem Angebot sagt Sabine nicht nein.

„Was hältst Du von einem Resteessen bei mir auf dem Balkon?" Nach seinem kleinen Schläfchen im Garten von Kloster Eberbach ist Ludwig voller Tatendrang. Doch Sabine schüttelt den Kopf. Ihr geht es wie Tobia, zu viele Eindrücke, zu viel gutes Essen. Sie braucht jetzt erst einmal ein bisschen Ruhe und eine Mütze Schlaf, um alles zu verdauen.

Ludwig nickt. „Könntest Du mir die Bilder vom Hochzeitskelch, die du von unseren Schätzen gemacht hast, per E-Mail schicken?" fragt sie. Ich würde sie gerne an Sophie und Andreas weiterleiten, das habe ich den beiden schon am Samstag versprochen. „Ja, klar!" sagt er noch, dann verschwindet er in der Nachbarswohnung. Sabine ruft ihm noch ein Dankeschön hinterher, bevor sich die Tür schließt.

Erschöpft öffnet sie die eigene Tür und lässt einfach ihre Tasche fallen. „Endlich zuhause!"

Riesling und Käse auf dem Balkon

Nachdem der erste Hunger gestillt ist, legt Ludwig das Messer auf den Teller und schaut sich seine Unterlagen an. Das war heute ein ergiebiger Ausflug. Wer hätte gedacht, dass dieser Pfarrer Niebergall so mitteilsam ist. Glücklicherweise haben sie alle Dokumente doppelt kopiert, sodass er jetzt den Teil studieren kann, mit dem Sabine begonnen hat. Niebergalls freundschaftliches Verhältnis zu dem jüdischen Arzt hat Ludwig sofort für ihn eingenommen. Er kann es kaum erwarten, den Rest der Engelstaler Pfarrchronik zu lesen. Das ist ein wahrer Schatz, den er da heute durch Zufall geborgen hat. Wer hätte das gedacht? Einfach so mitten auf dem Lande! Und wenn sie Glück haben, finden sie den Schlüssel zum Geheimnis ihres Kelches vielleicht sogar schon in dieser Chronik. Ludwig lehnt sich zufrieden zurück.

Was ihn allerdings heute Morgen stutzig gemacht hat, war die Bemerkung des jungen Pfarrers, einer seiner Amtsvorgänger sei der Großvater seiner Frau gewesen. War das nicht dieselbe Pfarrerin, die sich seelsorgerlich um Sabines Oma bemüht hatte? Und hatte sie nicht laut Pfarrer Lichter Interesse an einem Gespräch mit Sabine bekundet? War das Absicht? Gab es da eine Verbindung zu ihrer Schatzkiste?

„Langsam leide ich auch schon unter Verfolgungswahn!“ brummt Ludwig vor sich hin. „Der Martin hat mich mit seinem Anruf gestern ganz verrückt gemacht.“ Aber irgendwie war das gar nicht so weit hergeholt, wenn man bedenkt, wie schnell die Nachricht vom goldenen Hochzeitskelch von Frankfurt nach Antwerpen gewandert war. Da konnte man sich doch vorstellen, dass auch andere nach einer Schatzkiste suchten, oder?

Ludwig seufzt und beschließt morgen auf jeden Fall nochmal mit Martin zu telefonieren, um zu hören, ob die Szene sich inzwischen wieder etwas beruhigt hat. Er greift nach einem Bleistift, um eine kleine Erinnerungsnotiz mit drei Ausrufezeichen auf den grünen Block in Form einer Weinflasche, das Geschenk einer eifrigen Studentin, zu kritzeln. Er weiß aus Erfahrung, was passieren kann, wenn Gerüchte über ein wertvolles Sammlerobjekt in der Szene umgehen, und hat kein gutes Gefühl dabei, dann greift er nach einer offenen Flasche Rheingauer Riesling, die schon seit einigen Tagen im Kühlschrank steht. „Der wird auch nicht besser, wenn er da so offen stehen bleibt." und schenkt sich ein Glas ein. Er tritt hinaus auf den Balkon, um es sich dort auf einem alten Gartenstuhl bequem zu machen. Von dort aus prostet er Richtung Taunus in die untergehende Sonne. „Auf dass euch da oben irgendwann einmal ein Licht aufgeht!" Sagt er dann und trinkt genießerisch einen Schluck Rheinwein.

Nacharbeit

Sabine schaut aus dem Wohnzimmerfenster hinüber auf Ludwigs Balkon. Sie verkneift sich den Impuls die Tür zu ihrem eigenen Balkon zu öffnen, stattdessen begibt sie sich mit ihrer Teetasse zu Tobia aufs Sofa. Vor ihr liegen die Kopien von heute Nachmittag.

Was sie da gelesen hat, lässt sie einfach nicht los. Irgendwie erinnert sie das an die Fahrt nach Auschwitz, die sie während des Referendariates gemacht hat. Damals ließ diese riesige unfassbare Dimension des Bösen sie nachts nicht schlafen. Doch der Schrecken blieb seltsam gesichtslos. Heute hat sich etwas Entscheidendes geändert. Heute Nachmittag hat der Schrecken zum ersten Mal ein Gesicht bzw. Gesichter bekommen. Bekannte Gesichter. In der Pfarrchronik hat sie Namen gelesen, die ihr vertraut sind. Onkel Ottos Nachname war Weihrich und ihr Vater hieß Hermann Heintz. War Fritz Heintz ihr Großvater? Sie hat nie viel über ihren Vater und seine Familie nachgedacht. Ihr Vater hat ihre Mutter noch vor ihrer Geburt verlassen und danach hat niemand mehr über ihn gesprochen. Ihr Nachname ist nicht Heintz, sondern Becker. Auch darüber hat sie nie nachgedacht. Doch jetzt ist sie froh darüber. Natürlich weiß sie, dass es da einen Onkel und eine Tante gab und Cousinen und Cousins, aber sie hat nie den Kontakt zu ihnen gesucht. Oma Luise hätte das nicht gewollt. War ihr Großvater väterlicherseits ein Nazi und ein Mörder? Und was bedeutet das für Oma Luise und Opa Horst? In der Pfarrchronik war bis jetzt nur Gutes zu lesen. Bis jetzt! Die so schwer zu entziffernden Worte des Pfarrer Niebergall hatten sie seltsam berührt. Sie hatte seine Verzweiflung spüren können, seinen inneren Zwiespalt und seine wütende Hilflosigkeit. „Weihnachten 1932 war es schon längst zu spät, um die Uhr noch zurückzudrehen," sagt Sabine leise zu sich selbst und schüttelt den Kopf „und doch konnten selbst Leute wie dieser Pfarrer Niebergall und sogar der Jude Rosenstein das volle Ausmaß der Gefahr nicht erkennen." Wenn Sabine an ihr Klassenzimmer denkt, dann wird ihr der Mund trocken. Sie steht auf und geht in die Küche, um die Teetasse nachzufüllen. Tobia protestiert. Sie öffnet für einen kurzen Moment die Augen, steht auf und dreht sich mehrfach um sich selbst, bevor sie auf Sabines Lieblingskissen den bequemsten Platz gefunden hat. Zufrieden steckt schließt die Augen und schläft wieder ein. Doch Sabine lassen ihre Gedanken keine Ruhe. Die Streitereien und Provokationen, die ausländerfeindlichen Sprüche das macht ihr auch so schon viel zu schaffen. Doch in der letzten Zeit hat sich das noch um ein Vielfaches gesteigert. Seit vor drei Jahren die Flugzeuge in die Zwillingstürmen stürzten, muss sie im Schulhof ständig Prügeleien auflösen, bei denen es um Muslime und den Islam geht. Sie erinnert sich noch an eine Zeit, als das keine Rolle gespielt hat, doch nun sorgen die Erwachsenen dafür, dass das Thema in die Schule hineingetragen wird. Selbst die Kollegen wollen darüber diskutieren. Kopftuch hin oder her, ja sogar von Ehrenmorden ist die Rede. Sie hat schon mehrfach mit Fatima darüber gesprochen. Es ist eine wahre Hysterie ausgebrochen, die die Stimmung verschärft, ohne dass irgendjemandem damit geholfen ist. Sie streichelt der kleinen Tobia über das Fell. Die kuschelt sich an sie und dreht sich auf den Rücken. Sabine lacht und bläst ihr vorsichtig auf den Babybauch. „Dir ist das egal, Süße. Mmmm?" Sabine ist die Besserwisser so leid. Diejenigen, die ständig die Stimmung anheizen müssen, um sich wichtig zu machen. Sie denkt an einen Kollegen, der mit seinen Schülern nicht klarkommt und das auf deren Religion schiebt. Die rechten Sprüche, die sie in letzter Zeit nicht nur auf dem Schulhof, sondern auch im Lehrerzimmer in der Pause zu hören bekommt, machen sie ärgerlich. Neulich hat sie ihm mal so richtig die Meinung gegeigt. Sie hat sich damals besser gefühlt. Aber war das genug? Erkennt auch sie den Ernst der Lage nicht? „Sind wir wieder einmal auf dem falschen Weg, Tobia?“ Fragt sie den kleinen Hund, der gerade so schön gedöst hat und nun da er seinen Namen hört, erschreckt aufbellt. „Wir driften schon wieder tüchtig nach rechts, die Frage ist nur, wie weit sind wir schon.“ Nachdenklich greift sie nach der Hundeleine. „Komm,“ sie krault den kleinen Welpen sanft hinter den Ohren. „Noch eine letzte Tour und dann ist unser Tag für heute beendet.“

Nicht nur Sabine beschäftigt die Rheintour noch lange, auch die kleine Tobia ist heute Nacht unruhig. Trotz Spaziergang kann sie nicht richtig schlafen, der Grund zeigt sich, als Sabine unter die Bettdecke schlüpfen möchte. Ludwig hat dem Welpen wohl ein Stück Käse zugesteckt und das kommt nun an der falschen Seite wieder heraus. Erschöpft kuschelt sich Tobia danach in Sabines Kissen. „Das ist eine Ausnahme!“ schimpft diese. Dann macht sie endlich das Licht aus und lehnt sich zurück. Im Dunkeln kehrt ihre Unruhe zurück. Ihr wird bewusst, dass sie über ihren Nachbarn Ludwig Fromme eigentlich nur wenig weiß: Dass er seinen Beruf mit Hingabe ausübt, kann man sehen. Seit heute weiß sie auch, dass er eine Schwäche für schöne alte Cabriolets hat und aus großbürgerlichem Hause kommt. Er ist ein weiterer bunter Vogel in Hanna Mendelsohns Nest. Ein kluger Mann mit vielseitigen Interessen und einem interessanten Freundeskreis. Was Sabine aber beunruhigt, ist sein spontanes Engagement für ihre Schatzkiste. Sie ist sich sicher, dass Ludwig seine eigene Agenda hat. Nur ob diese mit der ihren übereinstimmt, das muss sie erst noch herausfinden. Bis dahin wird sie vorsichtig sein müssen. Sie kann auf ihn und sein Wissen nicht verzichten, aber vollständig vertrauen kann sie ihm auch nicht. Jedenfalls jetzt noch nicht. „Dafür steht zu viel auf dem Spiel!“ flüstert sie der kleinen endlich schlafenden Tobia im Dunkeln zu. Nach einem kurzen Nachtgebet schiebt sie Tobia ein letztes Mal von ihrer Bettdecke und dreht sich auf die Seite.

Ein unerwarteter Anruf

Ein neuer Morgen, ein früher Spaziergang und ein mehr oder weniger entspannter Cappuccino auf dem Balkon. „Ich werde mich heute mit meinen Studenten herumschlagen müssen!“ stöhnt Ludwig. Es ist der letzte Tag vor den Osterferien. Die meisten sind schon nachhause gefahren. „Aber meine Doktoranden wollten heute unbedingt noch ihr Colloquium durchziehen und das heißt Arbeit für mich. Mario will seinen aktuellen Forschungsstand vorstellen, und arbeitet seit Wochen an der Präsentation. Es geht um Adorno und seine Perspektive auf das neue Deutschland. Eigentlich ein interessantes Thema. “ Sabine lächelt, sie erinnert sich an ihre Studentenzeit. Neuere Geschichte gehörte damals nicht unbedingt zu ihren Lieblingsfächern. Sie bevorzugte die Antike, schließlich findet man in Rheinhessen genug römische Spuren.

„Nun ich werde es mir hier heute auf dem Balkon bequem machen und die Pfarrchronik weiter erkunden. Außerdem war Naime gestern Abend ziemlich enttäuscht, dass wir Tobia den ganzen Tag in Beschlag genommen haben, da muss ich heute einiges wiedergutmachen.“ Ludwig verabschiedet sich und Sabine macht sich langsam fertig. Tobia spielt mit ihrem neuen Quietschtier.

Die Leine liegt schon für einen kleinen Spaziergang bereit, als das Telefon klingelt. Sabine, die mit einem Anruf von Sophie gerechnet hat, wird von ihrem Gegenüber überrascht. Am anderen Ende meldet sich Julia Niebergall-Lichter. „Ich war gestern leider nicht da, als sie bei uns im Archiv die Chronik kopiert haben!“ stellt sie sich vor und dann erzählt sie, dass sie Sabines Großmutter seit ihrem Krankenhausaufenthalt letztes Jahr regelmäßig besucht hat und wie sehr sie es bedauert, dass sie sie nicht selbst beerdigen konnte. „Ihre Großmutter hat mich echt beeindruckt. Wir haben viele gute Gespräche geführt!“ So wie das klingt, ist Sabine fast neidisch. Ihre Oma Luise eine beeindruckende Frau? Oma Luise war ihre Oma, sie hat sich Tag für Tag um sie gekümmert, aber Gespräche von Frau zu Frau hat sie nie mit ihr geführt. In ihre Gedanken hinein, dringen die Worte von Julia Niebergall-Lichter „Und so hat sie mich am Ende gebeten, mich nach ihrem Tod mit ihnen in Verbindung zu setzen. Deshalb ist es besonders schade, dass wir uns gestern verpasst haben!“ “Naja,” meint Sabine jetzt, “Ich komme Ostersonntag nach Engelstal, aber da werden sie ihre Ruhe haben wollen.” Auf der anderen Seite kann sie ein Seufzen hören. “Das können sie wohl laut sagen! Vor uns liegt ein wahrer Marathon an Gottesdiensten, die am Ostersonntag noch nicht abgeschlossen ist. Mein Mann und ich wechseln uns zwar ab, aber es ist trotzdem eine Menge. Und jeder Gottesdienst soll etwas Besonderes sein. Schließlich dreht es sich um die wichtigste Woche des Jahres.” Noch ein Seufzen. “Aber nach Ostern, da komme ich gerne selbst mal nach Frankfurt. Mein Mann will ab Dienstag mit unserem Sohn eine Kajaktour auf der Lahn machen als Vor-Tour für die Konfirmandenfreizeit. Da habe ich endlich mal Zeit für all die Sachen, zu denen ich sonst nicht komme. So ein kleiner Ausflug in die Stadt wäre da genau das Richtige.” Sabine denkt nach. Warum nicht? Wenn es ihrer Oma so wichtig war. Gerade in den letzten Wochen hat sie leider viel zu wenig Zeit gehabt, um ihre Oma zu besuchen. Jeden Tag Schule, da blieb meist nur das Wochenende. Vielleicht hat die Pfarrerin wirklich eine Botschaft für sie und wenn nicht, würde es einfach schön sein mit jemandem zu reden, der ihre Oma gekannt und geschätzt hatte. Sabine hat Zeit. Schließlich sind nächste Woche immer noch Schulferien.

“Wo wollen wir uns denn treffen?” Fragt sie die andere, sie möchte ungern eine fremde Frau zu sich nachhause einladen. Doch die Pfarrerin kennt sich deutlich aus. „An der Bockenheimer Warte gibt es doch ein Café direkt neben der Uni, dort sind wir früher nach der Vorlesung oft hingegangen, Ich war vor einiger Zeit mal wieder da.” Sabine kennt das Café. „Sie meinen das Café Extrablatt!“ Sie mag den Cappuccino dort. „Ja, genau! Prima! Dann am Dienstag um elf. Ich freue mich! So ein Ausflug in die Stadt tut mir ab und zu mal gut.“ Sabine zögert einen Moment, ihr geht noch etwas durch den Kopf. Niebergall? „Sie sind nicht zufällig mit dem Pfarrer Niebergall verwandt, der in den 30ern in Engelstal war?“ fragt sie. „O doch,“ bestätigt die andere „auch deshalb wäre ich gestern gerne dabei gewesen. Pfarrer Niebergall war mein Großvater. Ich dachte, Thomas hätte ihnen das gesagt. Ich habe mich extra auf diese Stelle beworben, weil ich nach meinem Abitur einige seiner Tagebücher über die Zeit in Engelstal gefunden habe. Die haben mich damals sehr beeindruckt.“ Sabine denkt an das, was sie gestern gelesen hat und sagt: „Sie müssen sehr stolz auf ihren Großvater sein.“ Auf der anderen Seite bleibt es einen Moment still, dann antwortet Julia Niebergall-Lichter: „Ich bin da etwas zwiegespalten. Aber darüber können wir ja auch mal bei Gelegenheit sprechen.“ Nach einigen eher belanglosen Floskeln verabschiedet sich Sabine von der Engelsthaler Pfarrerin und greift erneut nach der Leine.

Wenn Frauen zusammenhalten!

Noch bevor sie die Tür öffnen kann, läutet die Klingel Sturm. Schon wieder einmal steht eine in Tränen aufgelöste Naime vor der Tür. Die Worte, die sie zwischen den Schluchzern hervorstößt, sind kaum zu verstehen.

Die beiden Jungen von gegenüber wollen sie nicht mitspielen lassen. Peter und Franz haben sie beschimpft. „Ich gehöre nicht hierher, haben sie gesagt. Und dass ich Läuse habe und dass ich zurückgehen soll, wo ich herkomme. Und dass ich lüge, wenn ich den Mund aufmache!"

Sabine kennt Peter und Franz aus der Schule. Die Brüder sind Zwillinge und gleichen sich nicht nur äußerlich. Beide fallen durch regelmäßiges Stören im Unterricht und schlechte Noten gleichermaßen auf. Sie haben sich auf Mobbing spezialisiert, vorzugsweise bei denjenigen, die es sowieso schon schwer haben oder ausgegrenzt werden. Neulich hat sie sie dabei erwischt, wie sie rechtsradikale Parolen auf die Toilettentür kritzelten. Dass so etwas bei Kindern vorkommt. Das kennt sie. Die schnappen das irgendwo auf, ohne wirklich zu wissen, was sie tun. Sorgen macht ihr, dass die Eltern das Problem gar nicht als solches wahrgenommen haben. Als sie Herrn und Frau März zum Elterngespräch einbestellte, da verstanden die das Problem noch nicht einmal. Im Gegenteil es schien ihr fast so, als sei Herr März stolz auf seine Jungs. „Die sich so etwas in diesen jungen Jahren schon trauen. Echte Kerle eben!" Und die über und über mit falschem Schmuck behängte Frau März, die in einer viel zu engen Jeans, schlechter Dauerwelle und einer Wolke billigem Parfüm eingehüllt vor ihr saß, hatte immer nur bestätigend genickt. „Das ist doch nur ein Dumme-Jungens-Streich, Frau Becker, dafür kann man die beiden doch nicht wirklich bestrafen. Die müssten eigentlich ein Fleißbienchen kriegen, weil sie sich getraut haben, zu schreiben, was andere denken." Sabine war vor Wut beinahe geplatzt. Sie hatte in die Tiefen ihrer professionellen Geduldkiste greifen müssen, auch wenn ihr das wirklich schwergefallen war. Wenn die beiden Jungens ihren Eltern nicht so ähnlich gewesen wären, dann hätte sie sie sogar bemitleidet. So aber hatte sie Herrn und Frau März nur klar gemacht, Fleißbienchen gibt es für gute Leistungen. Peter und Franz hatten jedoch schon seit langem keine guten Leistungen mehr erbracht. Ihr Verhalten im Klassenverband konnte nicht anders als asozial bezeichnet werden und die Säuberung der Toiletten werde man den Eltern in Rechnung stellen. Die beiden möchten doch bitte ihren Söhnen den Unterschied zwischen eigenem und fremdem Eigentum erklären, bevor diese wieder letzteres zerstörten. Herr März war daraufhin sauer geworden, hatte herumgebrüllt, sie benachteilige seine Kinder, weil sie eine von diesen Linken sei, die dem ganzen Gesocks Tür und Tor öffne und Deutschland ins Verderben führen wolle. Er werde ihren Chef darüber informieren, dass sie seine beiden Jungs benachteilige, und dann werde sie schon sehen. Emanzen wie sie hätten ja gar keine Ahnung von Erziehung. Sie wäre eine frustrierte Zicke, die ihren Männerhass an seinen Jungs auslasse. Sabine hatte die Tür geöffnet und das Ehepaar März ganz ruhig gebeten, zu gehen. Eigentlich hätte sie sich vor dem Choleriker März fürchten müssen, denn der wirkte durchaus gewaltbereit. Aber das hatte sie nicht getan. Im Gegenteil in ihr war einfach alles ganz still und ruhig geworden und das Mitleid, das vorher noch gefehlt hatte, das war nun plötzlich doch dagewesen. Peter und Franz hatten keine reale Chance, ein normales Leben zu leben. Schon jetzt gehörten sie zu den Verlierern dieser Gesellschaft und weil Sabine irgendwie doch alle ihre Schüler am Herzen lagen, hatte die Traurigkeit Wut und Angst verdrängt.

Als sie nun die weinende Naime vor sich sieht, spürt sie jedoch, wie diese Wut auf die Eltern März und die beiden Jungs zurückkehrt. Tröstend nimmt sie Naime in die Arme. Sie weiß, wenn sie jetzt etwas gegen Peter und Franz unternimmt, wird das Naime auf Dauer nicht helfen. Denn diese wird immer wieder mit solchen Beschimpfungen konfrontiert werden. Peter und Franz sind keine Einzelfälle. Sie muss Naimes Selbstbewusstsein stärken. „Ach weißt du," sagt sie deshalb „Stör dich nicht an Menschen wie Peter und Franz. Die sagen das nur, weil sie dir weh tun wollen, wenn sie sehen, dass das nicht funktioniert, dann hören sie damit auf." Naime ist nicht überzeugt von dieser Antwort. „Ich könnte ihnen auch Tobia zeigen, dann wissen sie das ich nicht gelogen habe." Sabine nickt: „Aber dann wissen sie auch, dass du etwas hast, dass du wirklich liebst. Und wenn sie dich das nächste Mal ärgern wollen, dann lassen sie es vielleicht an Tobia aus, weil die ja nur ein Hund ist!" Naimes Augen werden kugelrund. „Meinst du, das würden die machen?" Sabine zuckt mit den Schultern. „Ich weiß es nicht! Ich kann nur erkennen, dass es ihnen Freude macht, dich zu ärgern." Naime seufzt. Sie nickt. „Darüber muss ich nochmal nachdenken." sagt sie dann. „Aber leicht ist das nicht! Ich ärgere mich nämlich viel, wenn sie so böse Sachen zu mir sagen." Sabine versteht und überlegt, was man dagegen tun kann. Schließlich hat sie eine Idee. „Wie wäre es, wenn du jedes Mal, wenn du dich nicht provozieren lässt, zu mir kommst und dann gehen wir ein Eis oder ein Stück Kuchen essen? So eine Art Belohnung." Naime nickt begeistert. Ihre Augen leuchten. „Gilt das schon ab heute?" fragt sie. Sabine lacht: „Na klar! Es sind doch Ferien! Und Tobia nehmen wir mit!" „Da werden Franz und Peter aber ziemlich neidisch sein, wenn sie nicht mitgehen dürfen." Naimes Augen glitzern rachsüchtig und Sabine kann ihr Grinsen nur schwer verbergen.

Auf dem Weg nach draußen begegnet ihnen Hanna. Die sieht sofort, dass Naime geweint hat. „Na, mein Hühnchen, was ist denn mit dir los?" Schon bricht es wieder aus Naime hervor. Das ganze Unrecht, das Peter und Franz ihr angetan haben und Sabines neue Strategie, den beiden ein Schnippchen zu schlagen.

Hanna überlegt kurz, dann schnappt sie sich ihre Chanel-Jacke und die passende Handtasche. „Na, da komme ich doch gerne mit!" sagt sie und so marschiert die kleine Truppe an den beiden Fußball spielenden Jungs vorbei und natürlich kann es Naime nicht lassen, den beiden zu erklären, warum sie gerade ein leckeres Stück Torte verpassen. Das „Ausländer raus", das die beiden ihr hinterherrufen, das hört sie schon gar nicht mehr, weil sie mit Hanna, Sabine und Tobia schon längst um die Ecke gebogen ist.

Im Café Laumer suchen sich dann alle einen passenden Kuchen aus. Sogar Hanna findet etwas, dass sie als „einigermaßen koscher" bezeichnet. Naime liebt Nussecken und Sabine gönnt sich einen Apfelweinkuchen.

Als sie dann in einer Ecke sitzen, muss Naime alles nochmal berichten. Hanna hört ihr sehr genau zu und dann beginnt sie aus ihrer eigenen Kindheit zu erzählen. „Mich haben die Kinder auch beschimpft. Ausgerechnet diejenigen, die sich nicht jeden Tag gewaschen haben, behaupteten, dass ich Läuse hätte, so wie bei dir. Meine beste Freundin durfte mich nicht mehr besuchen und ich wurde plötzlich nicht mehr zu ihrem Geburtstag eingeladen. In der Schule haben wir uns dann in einer Ecke im Pausenhof verkrochen, damit der Lehrer uns nicht zusammen erwischt und geweint, weil wir nicht zusammenspielen konnten. Irgendwann durfte ich dann nicht einmal mehr in unsere Schule gehen. Das war das Schlimmste. Es gab keinen Abschied und nichts. Ich hatte damals schon Tanzstunden an einer besonderen Tanzschule und war eine der Besten." Nun schweigt Hanna einen Moment, sie blickt in die Ferne. „Ich habe den Abend nicht vergessen, an dem unser Ballettlehrer zu meinen Eltern kam und sagte, schicken sie ihre Tochter nach England. Ab morgen darf sie nicht mehr zu uns kommen, aber in England wird man ihr Talent weiter fördern. Das hier ist eine sehr gute Schule, ich kenne den Direktor. Er hatte eine Adresse von einer Ballettschule in England dabei und so wurde ich dann nach England geschickt." Sie seufzt. „Ich habe nächtelang geweint. In meinem Ballettkurs hier in Frankfurt hatte ich so viele Freunde, die würde ich nun alle verlieren. Ich war noch klein und wollte nicht von zuhause weg. Aber meine Eltern setzten sich durch und haben mir damals das Leben gerettet." Naime sitzt still da. Bisher hat das Plappermäulchen sich nicht getraut, einen Piepton zu sagen. Doch jetzt bricht es aus ihr heraus. „Aber warum konntest du nicht bleiben, wenn du alle deine Freunde hier hattest? Warum musstest du von deiner Schule weggehen?" Einen Moment schauen Hanna und Sabine verwundert auf die kleine Naime, bis ihnen klar wird, die kann die deutsche Vergangenheit noch gar nicht kennen, weder in der Schule noch zu Hause ist sie bisher für Naime von Bedeutung gewesen.

Hanna nickt zu Sabine hinüber, als wollte sie sagen, das übernehme ich und dann sagt sie ruhig. „Als ich klein war, gab es in Deutschland einen bösen Mann, der hieß Hitler, der hat den Deutschen eingeredet, dass alle jüdischen Menschen gefährlich und böse sind. Und viele haben ihm geglaubt. Und das Ende vom Lied war, dass viele viele jüdische Menschen, die nicht so wie ich aus Deutschland weggelaufen sind oder sich versteckt haben, sterben mussten." Sie schaut Naime prüfend an. „Das ist eine sehr traurige Geschichte, aber wenn wir alle mithelfen, wird diese Geschichte sich nie wiederholen." Naime schaut die alte Frau nachdenklich an. Sabine kann erkennen, dass sie das vollständige Ausmaß dieser Geschichte glücklicherweise noch nicht erfassen kann. Sie erkennt jedoch die Sympathie und das Mitleid in Naimes Augen, die bei dieser immer nahe unter der Oberfläche schlummern. Das kleine Mädchen hat ein großes Herz. „Ich kann auch mithelfen, dass sich die Geschichte nicht wiederholt," sagt sie jetzt zu Hanna, „du musst mir nur sagen, wie ich das machen soll." Bevor sich Naime versieht, nimmt Hanna sie in den Arm und drückt das kleine Mädchen ganz fest an sich, nun schwimmen doch Tränen in ihren Augen, aber dazwischen zittert ein Lächeln. Sabine gibt trotz Kloß im Hals das Lächeln zurück.

Verwirrung

Als Ludwig am späten Nachmittag aus der Uni zurückkehrt, steht das ganze Haus Kopf. Naime kommt ihm schon im Hauseingang entgegen. „Bei dir ist eingebrochen worden!" ruft sie aufgeregt. Hinter ihr werden Sabine, Hanna, Fatima und deren Schwiegermutter Meriam sichtbar. Alle Frauen sind im Erdgeschoss versammelt. Hanna hat Tröster verschiedenster Form verteilt. Fatima und Meriam halten kleine Teegläschen in der Hand, Hanna und Sabine etwas Alkoholisches und Naime ein Stückchen Schokolade. Alle reden gleichzeitig und erst nach und nach kann Ludwig aus dem Stimmengewirr die notwendigen Informationen herausfiltern.

Sabine, Hanna und Naime waren heute Mittag gemeinsam im Café Wacker, während Fatima ihre Schwiegermutter Meriam seit langem mal wieder zum Shoppen überreden konnte. Als sie zurückkamen, war die Tür zu Sabines Wohnung aufgebrochen. Alle Papiere lagen durcheinander und alle Schubladen und Schränke waren durchwühlt. Als sie bei Ludwig geklopft haben, um zu sehen, ob er schon zurück ist, war auch seine Tür aufgebrochen. „Auch bei dir ist alles durcheinander!" berichtet Naime. „Noch viel schlimmer als bei Sabine. Den einen Schrank haben sie sogar kaputt gemacht und wir glauben, dass sie bei dir auch Sachen mitgenommen haben." Nun mischt sich Sabine ein. „Wir haben noch nicht die Polizei gerufen, weil der Täter schon weg war, da wollten wir lieber warten, bis du zurückkommst." Über die Köpfe der anderen hinweg sendet sie ihm eine stumme Botschaft zu: „Hat das was mit unserem Kelch zu tun?" Nun will Ludwig doch mehr Einzelheiten wissen. Hanna meint, dass das Ganze nicht viel länger als eine Stunde her sein kann. Sie glaubt an einen Racheakt. Sie verdächtigt die Familie März von nebenan. Doch Ludwig ahnt, was Sabine durch den Kopf geht. Sie fragt sich, ob er den falschen Freunden zu viel erzählt hat. Fatima fordert, wie schon die letzte halbe Stunde: „Lasst uns die Polizei informieren. Dieser Einbruch war gefährlich. Wir können von Glück sagen, dass keiner von uns zuhause war." Ludwig könnte Fatima erzählen, dass sie sich deswegen keine Sorgen machen muss, aber er ahnt, dass Sabine und er dann mit der ganzen Geschichte herausrücken müssen und das ist zum aktuellen Zeitpunkt keine gute Idee. Sabine übernimmt angesichts des schweigenden Ludwigs die Initiative. „Ich schlage vor, dass wir bei der Polizei anrufen, sobald Ludwig überprüft hat, was bei ihm gestohlen wurde, und ihr geht jetzt erst einmal zurück in eure Wohnungen. Wir melden uns dann bei euch, sobald wir mehr wissen!" Fatima lächelt erleichtert, sie erkennt in Sabines ruhigen Anweisungen die Professionalität der Kollegin. Sabine wird die Krise managen, so wie sie das in der Schule auch immer tut. Beruhigt klemmt Fatima ihre Schwiegermutter Meriam unter den Arm. Innerhalb von wenigen Minuten ist in dem Haus im Westend Ruhe eingekehrt.

Sabine nimmt Tobia unter den Arm und steigt zusammen mit Ludwig die Treppen hoch, erst oben stellt sie die Frage: „Wie konnte so etwas passieren?" Ludwig sieht sie ernst an. „Es tut mir furchtbar leid. Ich hätte nicht gedacht, dass sie auch zu dir kommen könnten." Sabines ärgerlicher Blick lässt ihn einen Moment stocken. Dann breitet er hilflos die Hände aus. „Vorgestern rief mich ein belgischer Freund an, ein Antiquitätenhändler ..." und dann erzählt er ihr alles, angefangen von den Gerüchten aus der Sammler Szene bis hin zu Martins Befürchtungen, dass man die Sammelobjekte bei ihm suchen könne. „Das war auch der Grund, weshalb du so viel Wert daraufgelegt hat, dass wir die Hochzeitskiste ins Schließfach legen!" antwortet sie nun langsam. Das sei Martins Idee gewesen, der habe ihm auch geraten, eigene wertvolle Sammlerstücke erst einmal für einige Zeit wegzuschließen. „Du hast also mit einem Einbruch gerechnet?" Sabines Augen blitzen jetzt wütend und Ludwig beginnt zu ahnen, dass er seine Nachbarin unterschätzt hat. „Ich habe doch nicht gedacht, dass sie auch bei dir einbrechen. Es konnte doch niemand wissen, dass die Sachen dir gehören." Er versucht es mit gerechter Empörung. Doch die durchschaut sein Manöver sofort. „Du hast deinem Freund Martin von mir erzählt und er hat dich gewarnt, nicht wahr!" Ludwig schluckt. Zum ersten Mal seit vielen Jahren spürt er, wie ihm die Fäden aus den Händen genommen werden. Sein Charme verpufft wirkungslos. „Vermutlich hat er dir gesagt, dass es über einen Balkon hinweg nicht weit ist, und dass ein wertvolles Sammlerstück eine Menge krimineller Energie wecken kann." Sabine hat den Nagel auf den Kopf getroffen und Ludwig bleibt jetzt nur noch die Flucht nach vorne.

Er setzt sich auf die Treppe, die auf den Dachboden führt. Dort pflegt Hanna einige exotische Pflanzen, die er und Sabine abwechselnd gießen müssen. Mit einer Handbewegung lädt Ludwig Sabine ein, sich neben ihn zu setzen. Widerwillig kommt sie seiner Aufforderung nach. Und während sie da so zwischen israelischen Wüstenpflanzen in Terracotta-Töpfen sitzen, Tobia zu ihren Füßen, gesteht Ludwig ein, dass er Sabine bewusst nichts erzählt hat. „Du hast mich manipuliert!" brummt sie. Ludwig hebt hilflos die Hände und versucht sich zu rechtfertigen. Er habe die Gefahr unterschätzt und befürchtet, dass sie einen Rückzieher mache. Dabei sei es ihm so wichtig, dass die Gegenstände zu ihrem Besitzer zurückfinden. Er habe einfach an nichts anderes denken können. Sabine sitzt eine ganze Zeit lang still neben ihm und hört zu. Irgendwann, als Ludwig schon aufstehen möchte, fängt sie dann an zu sprechen und nun versteht Ludwig, wie eine kleine Person, die gerade mal 1,60 m groß ist und kaum 60 kg wiegt, täglich 30 Jugendliche bändigen kann: „Ich könnte jetzt sagen, dass ich enttäuscht bin und hier ein großes Drama veranstalten, doch das wäre gelogen." Sie schaut ihm direkt in die Augen und verzieht keine Miene. „Ich kann dich sogar verstehen. Was weißt du schon von mir, außer dass ich gerne Cappuccino trinke. Und da komme ich mit einer wertvollen Hochzeitskiste an und frage dich um deinen Rat. Und du weißt nicht, wieviel Wahrheit ich überhaupt vertrage. Vielleicht bin ich der hysterische Typ, der bei jeder Gelegenheit einen Nervenzusammenbruch bekommt? Und dann ist da auch noch diese Kiste mit den einmaligen Sachen, die ich gefunden habe, die mir aber eigentlich von Rechts wegen gar nicht gehören dürften und es muss dich in den Fingern jucken, weil du sie nicht auf diese Kiste legen darfst." Nun lächelt Sabine langsam und Ludwig hat das Gefühl, als schiebe sich die Sonne langsam hinter den Wolken hervor. Er beginnt sich zu entspannen, das Gewitter ist offensichtlich vorbei. „Nur, mir geht es doch eigentlich auch nicht anders als dir. Ich kenne dich doch genauso wenig. Du kommst jeden Morgen mit einer Zigarette auf den Balkon, die du gar nicht rauchst." Ludwig zieht die Augenbrauen hoch! „Ja, ich habe es bemerkt. Und ich kann auch nicht sicher wissen, ob das, was du mir über den Kelch und die anderen wunderschönen jüdischen Gegenstände erzählst, wirklich der Wahrheit entspricht und ob du dasselbe willst, wie ich. Dieser Einbruch und das, was du von deinem Freund Martin erzählst, macht das Ganze nicht besser. Und bei mir steht außerdem noch viel mehr auf dem Spiel. Unser Weingut! Mein Bruder und meine Cousine haben mir den Kelch anvertraut!" Ludwig zieht den Kopf ein „Was kann ich tun?" seine Stimme klingt fragend. Sabine zuckt mit den Schultern. „Mir vertrauen, etwas anderes kann ich auch nicht machen. Du musst mir glauben, dass ich aus härterem Holz gemacht bin, als du denkst. Mich haut weder so ein Einbruch um, noch irgendein gieriger Sammler. Ich bin nicht leichtsinnig. Ich möchte nur wissen, woher die Gefahr kommt und mich darauf vorbereiten können." Ludwig nickt. Er fühlt sich, als hätte er gerade ein Dienstgespräch mit dem Unipräsidenten hinter sich gebracht. Geschafft! Der schlimmste Sturm ist vorbei. Jetzt musst du ein Friedensangebot machen, denkt er und so sagt er in ungewohnt unterwürfigem Ton: „Ich bin es nicht gewöhnt, im Team zu arbeiten, weißt du, aber ich werde mich bessern. Das verspreche ich!" Sabine überrascht ihn mit einem schallenden Lachen. „Komm!" sagt sie und steht auf, „Demut steht dir nicht! Jetzt müssen wir erst einmal sehen, was sie gestohlen haben und dann überlegen, was wir der Polizei erzählen."

Gestohlen wurde tatsächlich nur wenig. Sabines Kopien der Chronik sind weg, ihre Schulunterlagen liegen in der ganzen Wohnung verstreut. Sie seufzt. Das zu ordnen, wird Stunden dauern. Tobia läuft aufgeregt schnüffelnd umher. Ludwig sieht großes Potential für eine zukünftige Tätigkeit als Polizeihund. Bei ihm sieht es tatsächlich noch schlimmer aus. Hier wurde die wertvolle Jugendstilanrichte zerstört. Ludwig ist jedoch gar nicht so ärgerlich, wie er sein könnte. „Martin kennt bestimmt jemanden, der das reparieren kann." sagt er, als er die herausgerissenen Schubladen genauer betrachtet. Die Kopien der Chronik hat er heute Morgen ins Büro mitgenommen, um sie zu scannen. „Zum Glück! Jetzt kann ich sie dir nochmal ausdrucken!" Was ihm jedoch Sorgen macht, ist, dass die Diebe die Bilder gefunden haben. „Ich habe gestern Abend noch die Handybilder ausgedruckt. So richtig auf Fotopapier, weil man sie dann besser sehen kann." Sabine denkt einen Moment über die Tragweite dieses Diebstahls nach: „Nun wissen sie also, um was es hier wirklich geht." Ludwig nickt. „Ist das gut für uns? Immerhin verhindert das, dass sich die Gerüchte weiter hochschaukeln." Ludwig schaut Sabine einen Moment erstaunt an. Er begreift, dass sie den besonderen Wert ihres Fundstückes tatsächlich noch nicht in seiner ganzen Tragweite erfasst hat, und so versucht er, ihr dessen Einzigartigkeit zu erklären. Gerade dadurch, dass die Nazis nicht nur einen gezielten Raubbau an jüdischen Menschen, sondern auch an ihrer Kultur betrieben haben, sind solche Fundstücke wie dieses Hochzeitskästchen selten und darum auch so begehrt. Sabine schluckt. „Es hat gar nicht so viel mit dem Material zu tun. Es ist mehr das Alter und die damit verbundene Tradition, die es den Sammlern angetan hat." meint Ludwig. Trotz der auch weiterhin bestehenden Gefahr entscheiden sich beide schließlich dafür, der Polizei nichts über ihr Schatzkistchen zu erzählen.

Dementsprechend fischt die Polizei auch im Trüben. Zwei uniformierte Beamte erscheinen und vernehmen die Zeuginnen zunächst nur mit mäßiger Begeisterung, nachdem sie mit Sabine und Ludwig gesprochen und Fotos der beiden Wohnungen aufgenommen haben. Ein Diebstahl, bei dem nichts gestohlen wurde, macht vor allem Arbeit. Ludwig und Sabine bekommen ein ausdrückliches Lob dafür, dass sie ihre Wertsachen schon vorher in einem Schließfach untergebracht haben. Dafür müssen alle mehrfach erzählen, wo sie sich zum Zeitpunkt der Tat aufgehalten haben. Besonders Fatima und Meriam haben es ihnen angetan. Warum waren die beiden nicht beim Kaffeetrinken der anderen dabei? Auch dass Ahmed nicht früher als nachhause gekommen ist, soll er beweisen. Langsam nimmt die Ermittlung Fahrt auf. Der Eifer der beiden Polizisten wächst. Als Ludwig einen der beiden fragt, inwieweit Ahmed die Ermittlung weiterbringen könne, wird ihm unter vier Augen mitgeteilt, dass die Polizisten schon eine Theorie haben, die mit Ahmed zu tun hat. Sie glauben, dass der Einbruch von Hausbewohnern innerhalb des Hauses verursacht wurde und wollen wissen, ob es in letzter Zeit Schwierigkeiten zwischen den Hausbewohnern gegeben hat. Der Polizist kann sich eindeutig nicht vorstellen, dass solche Leute, wie Ludwig und Sabine mit „Türkenpack zusammenwohnen können", ohne dass es irgendwann Streit gibt. Dazu sind einfach die Kulturen zu verschieden. „Sie verstehen schon „Kampf der Kulturen", wir erleben das jeden Tag" sagt der nette Polizist mit kompetentem Lächeln zu Ludwig, dem vor Wut die Worte fehlen. Das gilt jedoch nicht für Sabine, die in Hörweite steht. „In diesem Haus" sagt sie betont ruhig und mit Autorität „gibt es keinen Kampf der Kulturen. Wir verstehen uns nicht nur alle sehr gut, wir vertrauen uns auch gegenseitig, darüber hinaus hat jeder einen Schlüssel für die Wohnung des anderen, um im Notfall öffnen zu können. Keiner von uns muss Türen kaputt machen, wenn er etwas stehlen möchte!" Die Lehrerin ist wieder zum Vorschein gekommen und der Polizist von 1,85 Meter, der es gewagt hat, ihren Unwillen zu erregen, schrumpft zusehends vor der mehr als 20 Zentimeter kleineren Frau. „Bei diesem Überfall wurde mehr zerstört als gestohlen. Ich empfehle ihnen, etwas Sinnvolles zu unternehmen. Durchsuchen sie ihre Datenbanken nach denjenigen, die Herrn Professor Fromme beschädigen wollten. Denn ich glaube, dass er das eigentliche Opfer sein sollte." Ein weiterer durchdringender Blick trifft den armen Polizisten und Sabines Zeigefinger richtet sich auf ihn. „Professor Fromme hat viele Feinde, weil er eine gute Arbeit macht. So mancher möchte nicht gerne, dass seine Nazivergangenheit ans Licht kommt, doch genau damit beschäftigt sich unser

Herr Professor hier. Ich würde ihnen empfehlen, mal nach denen zu gucken, die sich gerne rechts verstecken. Statt sich hier den Kopf über den Kampf der Kulturen zu zerbrechen." „Also ich weiß ja nicht!" stottert nun der arme Polizist. Sein Kollege, der klug genug ist, sich nicht mit Sabine anzulegen, legt ihm eine beruhigende Hand auf den Arm und antwortet diplomatisch: „Wenn Professor Fromme uns assistieren könnte, würde uns das auf jeden Fall weiterhelfen." Ludwig beeilt sich, seine Unterstützung zu signalisieren und die Wogen zu glätten. Langsam kehrt wieder Ruhe ein im Haus. Auch weil Hanna Mendelsohn die beiden Polizisten noch auf einen Kaffee in ihrer Wohnung einlädt, um sie dort mit ihrem Charme einzuwickeln. Dabei erzählt sie ihnen, wie wohl sie sich hier fühlt in diesem wunderbaren Haus mit diesen lieben Menschen. Die beiden Polizisten dagegen fühlen sich nicht ganz so wohl, umgeben von den vielen Bildern der bekannten Ballerina, die ihnen gerade leibhaftig Kaffee in hauchdünnen Porzellantassen serviert. „Ich bin ja so froh, dass sie gleichgekommen sind," sagt Hanna und lächelt vertrauensvoll. Dann schiebt sie den Herren ein paar Brüsseler Trüffel, die sie für solche Fälle bereithält, vor die Nase. „Bedienen sie sich doch!" Voller Verehrung lächelt sie zu den beiden Männern hoch. „Hier in der Stadt braucht man einfach eine Polizei, auf die man sich hundert Prozent verlassen kann." Als die Polizisten das Haus endlich verlassen, kann Ludwig sich ein Lachen nur mit Mühe verkneifen. „Das ist gerade nochmal gutgegangen. Aber du und Hanna, Ihr seid wirklich ein Team, vor dem man sich in Acht nehmen muss! Ich weiß nicht, ob es den beiden Polizisten aufgefallen ist, dass sie gerade mit den Waffen der guten alten Kriminalistik geschlagen worden sind. Sabine schmunzelt, während sie den Polizisten hinterherschaut: „Good Cop - Bad Cop? Was meinst du, Hanna?" Hanna lacht!

Martin Crusius

Sabine und Ludwig ordnen und räumen bis spät in den Abend. Dann packt Sabine die Reste der Einkäufe aus der Kleinmarkthalle auf den Balkontisch und lädt ihren Nachbarn zu einem kleinen Abendessen ein. In der Mitte steht eine Kerze und jeder hat sich zum Schutz vor der Kälte eine Wolldecke mitgebracht. Während die beiden Menschen Käse, Baguette und ein Glas Wein genießen, widmet sich Tobia mit Feuereifer dem Tulpenbeet. Sabine vermutet, dass von den so mühsam gepflegten Frühlingsblumen bald nicht mehr viel übrig sein wird, aber sie ist einfach zu faul und zu müde, um Tobia daran zu hindern.

„Wie soll es jetzt weitergehen?" fragt sie. Ihre Chronik ist weg und sie hat das Gefühl, wieder ganz von vorne anfangen zu müssen. Ludwig holt eine Mappe hervor, die er aus seiner Wohnung mitgebracht hat. „Hier! Ich habe dir alle Unterlagen nochmal vollständig ausgedruckt, sogar mit Seitenzahlen. Außerdem habe ich einen Teil, wie versprochen, schon mal vorgelesen und markiert. Beim Lesen hatte ich fast den Eindruck, als wollte er das Wichtige im alltäglichen Kleinkram verstecken. Er ist ein bisschen zu ausführlich für meinen Geschmack, unser lieber Pfarrer Niebergall!" Ludwig öffnet die Mappe und weist auf die gelben Markierungen. Sabine nimmt ihm die Mappe aus der Hand und blättert sie durch, bevor sie aufschaut: „Vielen Dank, ich habe tatsächlich wenig Geduld mit so viel Umständlichkeit. Du hilfst mir damit sehr." Nun breitet sich auch auf ihrem Gesicht ein Lächeln aus, das umso dankbarer wird, als sie sieht, dass er auch die Fotos der Gegenstände noch einmal ausgedruckt und abgeheftet hat. „Danke auch dafür!" sagt sie und weist mit dem Finger auf die Bilder. Er zuckt mit den Achseln.

„Das war das Wenigste, was ich tun konnte, nachdem ich dieses Tohuwabohu verursacht habe." Sein Kinn weist Richtung Balkontür. Sie winkt ab, er atmet erleichtert auf und beide lehnen sich endlich entspannt zurück, um nach diesem ereignisreichen Tag nun den Abend zu genießen. Nach einer Weile fragt Sabine unvermittelt: Wer ist eigentlich dieser Martin, von dem du immer wieder erzählst?

Ludwig lächelt und greift nach einem Glas Riesling aus dem Beckerschen Weingut. „Das wird wohl jetzt eine etwas längere Geschichte." Um sich zu stärken, nimmt er einen Schluck, lässt ihn genießerisch im Mund zirkulieren, bevor er ihn langsam hinunterschluckt. „Lecker! Der Wein ist echt lecker! Dein Bruder versteht etwas von seinem Fach." Sabines ungeduldiger Blick lässt ihn zu seinem Thema zurückkehren. „Also Martin Crusius, das ist ein Freund, den ich bei einem Projekt über Belgische Juden während des Nationalsozialismus in Antwerpen kennengelernt habe. Er ist ein Wanderer zwischen den Welten und ein ziemlich erfolgreicher Antiquitätenhändler mit einem international bekannten Auktionshaus dazu." Und dann erzählt Ludwig von seiner Zeit in Antwerpen, und wie er damals als junger Doktorand bei der Familie Crusius wie ein Sohn aufgenommen worden war. „Die Crusius sind eine ganz besondere Familie. Rahel Crusius, die Mutter, ist eine praktizierende Jüdin und der alte Louis Crusius war ein typischer belgischer Katholik und so wurden im Hause Crusius jüdische und christliche Feste gleichermaßen gefeiert, Freitagsabends zündet Rahel heute noch die Schabbatkerzen an und Sonntagsmorgens zog der alte Crusius seinen besten Anzug an und ging in die Messe. Er ist vor einigen Jahren leider gestorben." Martin sei beschnitten und getauft und in beiden Religionen zuhause, irgendwie verrückt, aber passend. So eine Familie, wie die Familie Crusius habe er sich immer gewünscht, obwohl so etwas wahrscheinlich gar nicht möglich sei, denn diese Familie verband eine ganz besondere Geschichte. Rahel gehörte zu jenen Juden, die 1943 von belgischen Widerstandskämpfern aus einem Deportationszug nach Ausschwitz-Birkenau befreit worden war. Mit ihrem kleinen Bruder hatte sie sich danach bis nach Antwerpen durchgeschlagen und wäre dort beinahe aufgeflogen, hätte Martins Vater sie nicht gefunden und versteckt. Dem Bruder gelang irgendwann die Flucht nach Amerika. Rahel aber blieb in Belgien und heiratete irgendwann ihren Retter. Eine echte Romanze. Der alte Crusius lebte nach dem Krieg vor allem vom Schwarzmarkt, außerdem fuhr er über die Grenze und kaufte den Deutschen ihre Antiquitäten ab. Die wertvollen Schmuckstücke und Gemälde verkaufte er dann nach Übersee. Das war der Anfang. Als Martin dann übernahm, baute er seine internationalen Beziehungen weiter aus. Heute gehört ihm eines der wirklich großen international gut vernetzten Auktionshäuser. Bei ihm gehen Stücke über den Tisch, die Millionen wert sind. „Außerdem hat er einen guten Draht in die Sammlerszene. Nicht nur in die legale, wenn du weißt, was ich meine!" Ludwig wackelt vielsagend mit den Augenbrauen. „Die grenzwertigen Kontakte stammen noch aus der Zeit seines Vaters. In unserem Fall haben sie sich als ziemlich hilfreich erwiesen." Sabine ist beeindruckt, dass ihr „Zufallsfund" einen Mann mit internationalen Kontakten auf den Plan gerufen hat. Gleichzeitig aber wird ihr auch mulmig. Nach einer kleinen Weile einträchtigen Schweigens fragt sie dann: „Und was machen wir jetzt? Wie gehen wir mit diesem Einbruch um?" Ludwig scheint sich da keine Sorgen zu machen, er ist in kämpferischer Stimmung. „Wir machen so weiter wie bisher! Es hat sich doch nichts geändert, nur weil es andere gibt, die die Hochzeitskiste wollen, heißt das nicht, dass wir unser Ziel aufgeben müssen. Wir lassen uns doch von ein paar egoistischen Sammlern, die mehr Geld haben, als ihnen guttut, nicht vom Ziel abbringen!"

Ob das nun der gute Riesling ihres Bruders ist oder aber ihr Gerechtigkeitssinn, Sabine kann Ludwig nur zustimmen. Wer auch immer es gewagt hat, in ihre Intimsphäre einzubrechen, hat einen Fehler gemacht und genau das sagt sie Ludwig jetzt auch. Sie lässt sich nicht so leicht einschüchtern. Ludwig lacht, er prostet ihr zu, dann hält er ihr die rechte Hand entgegen, sie schlägt ein und so schließen sie gemeinsam einen Pakt. Sie werden dafür sorgen, dass dieser wunderschöne Hochzeitskelch in die Familie zurückkehrt, die ihn so viele Jahrhunderte genutzt hat. Und erst, wenn sie sich sicher sind, dass es die wirklich nicht mehr geben sollte, dann werden sie über weitere Möglichkeiten nachdenken.

„Es war ein langer aufregender Tag!" verabschiedet sich Ludwig irgendwann. „Jetzt brauchen wir wohl alle eine Mütze Schlaf!" Sein Blick fällt auf die kleine Tobia, die sich neben Sabines Stuhl zwischen angeknabberten Tulpenstengeln zusammengeringelt hat und schläft. Er verabschiedet sich mit einem lockeren Gutenacht-Kuss und einer Umarmung: Rechts und links und einen für besonders gute Freunde. Dann trägt die überrumpelte Sabine Tobia in ihr Hundekörbchen, bevor auch sie sich für die Nacht fertigmacht und in ihr Bett schlüpft. Kaum hat sie das Licht ausgemacht, spürt sie, wie sich etwas Schweres über ihre Füße legt. Sie seufzt schicksalsergeben und dreht sich um, um zur Seite zu rücken.

Als Ludwig die Tür aufschließt und den Schlüssel in die alte Jugendstilschale fallen lassen will, sieht er, dass der Anrufbeantworter blinkt. Er drückt auf die Taste. „Bonjour mein Freund, hier ist Martin. Ich habe mir gedacht, ich komme dich morgen mal besuchen. Der Freund eines Freundes hat mir erzählt, dass du Besuch gehabt hast. Da dachte ich, du könntest an einem Besuch von mir ebenfalls interessiert sein. So gegen acht Uhr? Ich bringe Wein und echte belgische Pralinen mit und würde mich über weiblichen Besuch von nebenan freuen. Du weißt schon! Au revoir! A demain!

Ludwig runzelt die Stirn „Neugieriger Kerl!“ brummt er. „Du führst doch irgendetwas im Schilde.“ Dann zieht er seine Schuhe aus und geht zu seinem Barschrank, gießt sich eine Handbreit Whiskey ein und lässt sich langsam auf sein Sofa sinken. Vor ihm liegt der letzte Teil der Chronik. Er greift danach und blättert darin herum. Irgendwann stellt er das Glas ab und nimmt den Marker in die Hand. Die Uhrzeit hat er längst vergessen.

Karfreitag

Müde öffnet Sabine die Augen, eine nasse Zunge fährt ihr dankbar über das ganze Gesicht. Verschlafen greift sie mit der einen Hand nach dem Welpen und mit der anderen Hand nach dem Bademantel. „Ich mag dich auch Tobia!" sagt sie, gibt dem kleinen Hund einen Kuss hinter das Ohr. Mit der Leine in der einen und dem Hund in der anderen Hand hechtet sie dann die Treppe herunter. Geschafft. Fünf Minuten, länger braucht Tobia nicht, dann kriechen beide nochmal ins Bett zurück. Um viertel nach sieben öffnet Sabine die Balkontür, um Tobia den Weg zu ihrem Tulpenkasten freizugeben. Das Wetter soll heute schön werden. Sie will den Tag auf dem Balkon verbringen. So kann sie sich endlich in Ruhe mit der Chronik beschäftigen. Die Tage vergehen und bald sind die Ferien vorbei. Sie muss jetzt mal einen Zahn zulegen, damit Ludwigs Mühe nicht ins Leere läuft. Als hätten ihre Gedanken ihn herausgelockt, öffnet sich nebenan die Balkontür. Ludwigs Paisley-Bademantel wird sichtbar. Tobia bellt begeistert. Ludwig sieht aus, als hätte er die Nacht durchgemacht und genau das fragt sie ihn auch. Er zuckt nur etwas belämmert mit den Schultern und zwinkert in die aufgehende Sonne. Dann räuspert er sich, um ihr mitzuteilen, dass sein Freund Martin sich für heute Abend um acht Uhr angemeldet hat und er sie deshalb zum Abendessen einladen möchte. Ihre Zusage nimmt er kaum wahr, weil er sich schon wieder auf dem Rückzug befindet. Er ist deutlich auf direktem Weg ins Bett.

Nach dem Spaziergang mit Tobia richtet sich Sabine auf ihrem Balkon ein. Am besten konnte sie schon immer mit einem großen Pott Tee, einer Tüte Gummibärchen und ihrem alten Faulheitsmäppchen arbeiten und auf diese Methode greift sie auch jetzt zurück. Sie blättert durch die ersten Seiten, die sie schon am Kloster Eberbach gelesen hat. Am 30. Januar 1933 hat sie aufgehört. Sie sucht nach der nächsten Eintragung die Ludwig unterstrichen hat und beginnt zu lesen.

Engelstal verändert sich oder Pfarrchronik Teil 2
18. Februar 1933
Mit Sorge bin ich heute vom Bruderkonvent zurückgekehrt. Leider nimmt die Zahl meiner Kollegen, die sich für den Schreihals begeistern, mehr und mehr zu. Für viele ist er der starke Mann, der die alte Gesellschaftsordnung zurückbringen kann. Sie beschweren sich über Burschen, die nicht grüßen, von schwangeren Bräuten und Kommunisten, die ihnen frech ins Gesicht lachen. Und nun meinen sie mit Hitler und der NSDAP wird das alles wieder anders werden? Wer glaubt denn so etwas?

Mein Freund Nathan hat mir von einigen Freunden in Berlin erzählt., Sie wollen etwas gegen diese Tendenzen in unserer Kirche unternehmen. Im Notfall sogar eine eigene Kirche gründen! Jesus, was soll aus deiner Kirche werden, wenn sie sich in schwierigen Zeiten nicht einigen kann?

19. Februar 1933
Hans Döndorf hat mich besucht, um seinen Sohn zur Taufe anzumelden. Ich freue mich für ihn und seine Frau Käthe. Nachdem die beiden schon einen Sohn im Krieg verloren haben, hat Gott ihnen nun noch einmal die Gnade einer späten Elternschaft geschenkt. Wir haben beschlossen, dass er am Fastnachtssonntag getauft werden soll. In diesen schweren Zeiten wird er wahrlich Humor gebrauchen können.

Aus Bingen hört man immer wieder, dass SA-Truppen die Straßen unsicher machen und jüdische Geschäfte mit Schimpfwörtern beschmieren. Im Dorf heißt es, dass Otto Weihrich und Hermann Deutschmann dabei sind. Ich hoffe, dass wir die Wahl bald hinter uns haben, damit wieder Friede einkehrt.

21. Februar 1933

Mayr Cohen war bei mir. Jemand hat die Scheibe zu seinem Geschäft eingeschlagen. Um den Stein war ein Zettel gewickelt. „Geh, bevor es zu spät ist!" Mayr Cohen will nicht gehen. Er nimmt diese Drohungen nicht ernst. Er glaubt, dass es Schüler waren, die Von Lehrer Schneider aufgehetzt wurden. Mayr Cohen kann es nicht beweisen und er möchte die Eltern der Schüler nicht als Kunden verlieren. Auch tut ihm einer besonders leid, den er schon mehrfach beim Stehlen erwischt hat. Es ist der Michael Krause, da hat der Vater vor kurzem die Arbeit verloren und nun ist bei den Krauses Schmalhans Küchenmeister. Der Mayr Cohen hat mich gebeten, mit den Krauses zu sprechen. Er will ihnen einen Kredit anbieten, den der Michael dann abarbeiten kann. In welchen Zeiten leben wir, dass ein Kaufmann nicht zur Polizei gehen mag und ein Lehrer seine Schüler zu unrechtem Tun verleitet? Ich werde wohl zuerst mit Lehrer Schneider reden.

27. Februar 1933

Heute Morgen habe ich mit Lehrer Schneider geredet. Der Mann hat kein Schuldbewusstsein. Im Gegenteil: Er hält er sein Tun für vorbildlich. Jüdische Händler und Kaufleute schadeten dem deutschen Volk und müssten deshalb boykottiert und vertrieben werden. Er war sich seiner Sache erschreckend sicher. Wie er da stand, so erfüllt vom bösen braunen Geist, schwadronierend von der Überlegenheit der deutschen Rasse und den Gefahren, die ihr durch solche Leute wie Cohen und Levi drohten. Sind das die Lehren, die die Engelstaler Buben und Mädchen aus der Schule mit nachhause bringen?

Nun ist doch eingetreten, was ich schon seit einem Jahr be-

fürchte. Kurt Heinrich und Fritz Heintz haben sich geprügelt. Allerdings ging es dabei wohl nicht um das gebrochene Verlöbnis, sondern um Politik. Kurt Heinrich der überzeugte Sozialdemokrat gegen den Nazi Fritz Heintz. Harald Rosenstein hat es mir erzählt. Er hat den Kurt halb tot auf der Landstraße zwischen Bingen und Engelstal gefunden, als er gestern aus der Synagoge nachhause gefahren ist. Wäre er nicht vorbeigekommen, der Kurt hätte mit seinen Verletzungen dort auf der Straße nicht überlebt. In Haralds Praxis kam die ganze Geschichte dann heraus. Kurt will nicht, dass darüber geredet wird. Fritz Heintz und die Seinen haben ihn mit dem Tod bedroht, sollte er den Mund aufmachen. Dieser Pfarrchronik will ich es aber trotzdem anvertrauen, weil sie das Gedächtnis der Engelstaler ist über unseren heutigen Tag hinaus.

Fritz Heintz und Otto Weihrich, sowie Hermann Deutschmann gehören schon seit längerem zu einer Gruppe von SA-Schlägern in Bingen. Mit dieser Gruppe stürmten sie am Freitagabend eine Versammlung der Sozialdemokraten im Goldenen Fass. Bei dem anschließenden Gerangel leistete der Kurt Weihrich mit einigen wenigen Anderen Widerstand und bevor er sich versah, wurde er ergriffen und in eine Seitenstraße gezerrt und dort von mehreren überfallen, getreten und geschlagen. Nach Haralds Angaben war sogar ein Messer mit im Spiel. Als Kurt das Bewusstsein verlor, luden sie ihn in ihren Wagen und warfen ihn auf dem Weg nach Engelstal einfach in den Straßengraben.

Ich weiß nicht, wie das weiter gehen soll! Jesus hilf deinen Kindern in dieser schweren Zeit!

5. März 1933
Der Schreihals hat endgültig gewonnen. Seine Partei hat 42% der Stimmen bekommen und selbst wenn das nicht mit rechten Dingen zugegangen ist, so haben ihn doch mehr gewählt als

noch vor drei Monaten. Es ist eine seltsame Mischung aus Begeisterung, Angst und Faszination, die auch viele Vernünftige in seinen Bann zieht. Nun Gnade uns Gott! Denn sollten dieser Mann und diese Partei mit dem Ernst machen, was sie uns angekündigt haben, dann führen sie uns auf direktem Weg in unser Unglück.

Das halbe Dorf saß heute Abend im grünen Baum, um die Wahlergebnisse gemeinsam im Radio zu verfolgen. Fritz Heintz hat eine Runde nach der anderen ausgegeben. Er hofft darauf, Ortsbürgermeister zu werden, wenn die NSDAP an die Macht kommt. Otto Weihrich ist am späteren Abend zusammen mit dem Hermann Deutschmann zum Fackelzug nach Bingen verschwunden. Bei allem Ärger habe ich auch Angst um Otto, er ist trotz allem mein Pfarrkind. Ich habe ihn konfirmiert, ich kenne seine Schwächen, ich weiß, wie leicht er zu verführen ist und auch, was das für uns andere bedeuten kann.

6. März 1933
Der Sieg der NSDAP wird Konsequenzen für unser Dorf haben, darüber sind sich Hans Döndorf, Horst Becker und ich einig. Wir wollen auf keinen Fall, dass Fritz Heintz Ortsbürgermeister wird. Doch uns allen ist klar, der nächste Ortbürgermeister wird ein Parteimitglied sein. Hans Döndorf hat deshalb Horst Becker vorgeschlagen, in die Partei einzutreten, um sich dann zur Wahl zu stellen. Er selbst will zurücktreten. Horst Becker ist genau der richtige Mann, gut vernetzt mit allen Vereinen, überall bekannt und beliebt. Die Partei braucht jetzt Menschen, wie ihn die vor Ort gut vernetzt sind. Das ist unsere Chance. Dieses Mal werden wir ein trojanisches Pferd am richtigen Platz aufstellen.

7. März 1933
Horst Becker war bei mir, um mir von seinem Gespräch mit Fritz Heintz zu berichten. Das mit seinem Parteieintritt könn-

te schwierig werden. Zu viele wollen nach dem Sieg eintreten, um Karriere zu machen. Man denkt deshalb, über einen vorläufigen Beitrittstop nach. Er kann sich aber unter bestimmten Bedingungen vorstellen, sich für Beckers Eintritt einzusetzen und sich sogar um dessen Wahl zum Ortsbürgermeister zu kümmern. Becker soll dafür sorgen, dass die NSDAP bei der nächsten Gemeindewahl in Engelstal gut abschneidet und dass Fritz Heitz zum Ortsparteiführer gewählt wird. Eine Hand wäscht die andere. Ich habe das Gefühl, dass wir einen Pakt mit dem Teufel schließen.

10. März 1933
Heute haben wir uns wieder einmal zum Bruderkonvent getroffen. Die Stiefelleckerei der Kollegen hier vor Ort ist einfach ekelhaft. Einige sind sogar schon in die Partei eingetreten. Der Schreihals ist ihr neuer Heilsbringer. Manche wollen das Alte Testament völlig streichen. Ich hätte heute beinahe einen Streit mit einem Kollegen angefangen, wollte ihm davon erzählen, dass Juden und Christen Freunde sein können sowie Harald und ich, doch mein kluger Freund Nathan hat mich gerade noch rechtzeitig weggezogen. Heutzutage kann man niemandem mehr trauen, selbst den Brüdern im Herrn nicht mehr. Nathan hat mir auch heute auch von den Fortschritten aus Berlin berichtet. Sein Freund Gerhard Jacobi hat sich mit einigen anderen zusammen dazu entschlossen, einen Widerstand, zu organisieren.

12. März 1933
Heute habe ich nach dem Gottesdienst zum Osterspiel eingeladen. Dieses Jahr haben sich wieder viele Gemeindeglieder gemeldet. Luise Becker näht mit ihrem Handarbeitskreis die Kostüme, die Konfirmanden üben die Lieder. Helene, ist wieder da und wird wahrscheinlich Maria Magdalena spielen, genau-

so wie Hans Döndorf und seine Frau Käthe den Petrus und die Maria übernehmen. Nur Horst Becker muss wegen seiner Parteimitgliedschaft auf die Rolle des Jesus verzichten und so suchen wir nach einem Ersatz. Sonst aber bleibt alles beim Alten.

13. März 1933
Ich hatte gerade eben einen Besuch von Otto Weihrich und Fritz Heintz, der mich tief besorgt zurücklässt. Sie fordern, dass nur Deutsche reinen Blutes das Spiel besuchen. Dazu solle ich ein Schild aufstellen: „Der Besuch dieses Osterspiels ist Juden, Zigeunern und anderen Menschen unreinen Blutes untersagt!" Sollte ich mich weigern, wird das Spiel verboten. Ich werde mit Horst Becker eine Lösung suchen.

14. März 1933
Gestern Abend war ich bei Horst Becker. Er hatte keine Idee, wie man das Problem lösen könnte. Luise Becker dagegen wurde wütend. Ihr Handarbeitskreis hat sich viel Mühe gemacht. Sie will nicht, dass eine politische Lappalie alles zunichte macht. Aus diesem Grund hat sie Elisabeth Heintz besucht und kurze Zeit später, war klar, es würde keinen Kontrollbesuch geben. Nun lautet die offizielle Anweisung, dass zum Osterspiel nur Christen willkommen sind, aber alle wissen, dass niemand kontrollieren wird. Denn auch das ist allen klar, Fritz Heintz wird es nicht wagen, dem Handarbeitskreis und damit seiner Frau einen Strich durch die Rechnung zu machen. Sein schlechtes Gewissen hält ihn davon ab. Die Verhältnisse im Haus Heintz ändern sich und ich freue mich darüber. Seit Fritz Karriere machen möchte, braucht er eine Ehefrau an seiner Seite. Und das weiß Elisabeth. Jetzt hat sie ihn in der Hand und das nutzt sie weidlich aus, wenn er mal wieder von einer seiner Affären nachhause kommt. Wer hätte gedacht, dass hinter dem stillen Mädchen, eine kluge Frau steckt?

19. März 1933
Wir haben heut das zweite Kind von Fritz und Elisabeth Heintz auf den Namen Hermann getauft: Der Name ist Programm! Elisabeth ist zu einer wahren Stütze unserer Gemeinde geworden, was oft zu Unstimmigkeiten zwischen den beiden führt, sich für uns aber mehr und mehr als Vorteil erweist.

7. April 1933
Nun zeigt der Schreihals seine Macht. Wer sein Buch gelesen hat, wusste was auf uns zukommen würde. Über den Arierparagraphen muss sich also niemand wundern. Genauso wenig darüber, dass nach und nach alle Vereine gleichgeschaltet werden. In Bingen musste der Oberbürgermeister gehen. Zum Glück ist Hans Döndorf schon vorher freiwillig zurückgetreten. Ich wundere mich über die, die jetzt so überrascht tun und scheinheilig protestieren. All das war doch vorhersehbar. Wie gut, dass wir vorausgedacht und Horst vorgeschickt haben. Ich hoffe, dass unsere List gelingt und er als Ortsbürgermeister in Engelstal gewählt werden kann.

Hans Döndorf, der seit vielen Jahren unsere Feuerwehr anführt, ist wütend und hilflos. Denn auch die Feuerwehr gehorcht nun der Partei. Otto Weihrich hat ihm schon auf der letzten Vereinssitzung gedroht, ihn als Vorsitzenden abzulösen, wenn er sich gegen seine Anordnung stellt. Heute morgen war er nun da und hat ihn im Namen des Führers zum Rücktritt aufgefordert. Ähnliches muss auch im Turnverein und im Gesangverein passiert sein. Mit unserer Kirche muss sich der Führer diese Mühe gar nicht erst machen. Ich hätte niemals gedacht, dass ich das einmal schreiben würde, aber im Moment wäre ich fast lieber katholisch. Die Mainzer können stolz auf ihren Bischof Ludwig Maria Hugo sein. Ich wünschte mir, unser Reichsbischof Ludwig Müller würde so ein klares Wort gegen eine Parteimitgliedschaft finden wie dieser. Ludwig ist eben doch nicht gleich Ludwig. Im Juli ist Kirchenwahl. Mal sehen, welche Kräfte da gewinnen werden.

9. April 1933
In diesem Jahr habe ich sieben junge Christen konfirmiert und sie damit in die mündige Kirchenmitgliedschaft überführt. Herr Jesus, schenke ihnen Deinen Segen in dieser schwierigen Zeit. Wer weiß, welche Verführungen in der Zukunft auf sie warten. Der Schreihals ruft ihnen eine böse Ideologie zu und Leute wie der Lehrer Schneider verwirren sie nur noch mehr. Wenn ich sie darf warne, dass Großmacherei auf Kosten Andere nie gut ausgeht, dann lachen sie mich aus und nennen mich rückständig. Dieses ganze Gerede über die Reinheit und Überlegenheit eines Volkes und einer Rasse ist nur zu verführerisch, und sie sind noch zu jung, um zu sehen, dass sie so geradewegs ins Unglück laufen. Ich habe mein Bestes versucht, nun muss ich sie Dir Herr überlassen und der Vernunft, die du ihnen gegeben hast.

15. April 1933
Nun haben wir doch das umstrittene Osterspiel aufgeführt und wie in jedem Jahr waren auch die Cohens und die Rosensteins mit dabei. Es ist immer ein schönes Spiel und ich bin froh, dass wir es auch dieses Jahr gemeinsam feiern konnten. Ich weiß, meine Engelstaler Gemeinde ist eine Ausnahme. Das kann ich schließlich an meinen Kollegen sehen, in diesem Jahr wagte ich gar nicht, ihnen von unserem Spiel zu erzählen.

Traurig macht mich nur, dass wir zu unseren katholischen Geschwistern, dem Josephus und Maria Franz so gar keinen Kontakt haben. Die Dorfbewohner beschimpfen sie als schmutzige Zigeuner und jedes Mal, wenn etwas gestohlen wird, dann wird ihnen die Schuld zugeschoben. Für viele hat sich das Katholische mit der zigeunerhaften Lebensweise vermischt und das, obwohl oder gerade weil doch die Binger, die so nahe wohnen, Katholiken sind. Immer wieder predige ich meinen Schäfchen, dass unser Herr Jesus Christus für Evangelische und Katholische gestorben ist. Dann nicken die meisten brav in ihren Kirchenbänken. Aber meine Frau bekommt eine Menge Proteste in ihrer Frauenhilfe zu hören, auch weil unsere Töchter bei den englischen Fräulein in Bingen auf die Schule gehen.

16. April 1933
Die Osterbotschaft unserer Kirchenleitung war für die Mülltonne, denn die Wiederauferstehung des Deutschen Reiches hat mit der Auferstehung unseres Heilandes nichts zu tun. Quo vadis ecclesia?

Mit den Osterferien hat in Bingen die Reisesaison begonnen und auch für die Engelstaler bedeutet das eine zusätzliche Einnahmequelle. In diesem Jahr haben Hans und Käthe Döndorf wieder ihre Straußwirtschaft geöffnet und Luise und der Horst Becker bieten zum ersten Mal Fremdenzimmer an. So können sie etwas zu der kleinen Landwirtschaft und dem Weinbau dazuverdienen. Der Horst war heute unten am Binger Bahnhof, um sich nach interessierten Gästen umzuschauen. Doch noch ist nicht viel los. Die Rheinromantik hat uns in den letzten Jahren trotz der Rezession einen zunehmenden Strom von Gästen aus ganz Deutschland und sogar aus dem Ausland beschert. Für unsere Gemeinde ist das eine Bereicherung. Im Sommer besuchen die Gäste sogar den Sonntagsgottesdienst. Sie bringen vor allem Geld zu uns, ein bisschen großstädtischen Flair und manchmal sogar den Duft der großen weiten Welt. Ich bin neugierig, wer uns dieses Jahr besuchen wird.

20. April 1933
Heute haben Jakob Hartmann und seine Verlobte Irene Kunze ihr Aufgebot bestellt. Endlich haben sie zueinander gefunden.

Es ist vielleicht keine Liebesheirat, aber die beiden passen zueinander und es würde mich nicht wundern, wenn schon bald der Storch an die Tür klopft.

Bei Horst Becker ist ein Maler eingezogen. Es soll ein bekannter Künstler aus Berlin sein, der sogar Kontakt zu dem bekannten Pablo Picasso hat. Das behauptet Kurt Heinrich. Aber ich glaube, dass er sich nur mit seinen Berliner Kontakten brüsten will. Der Künstler heißt Pierre Kirchner und kommt wohl ursprünglich aus dem Elsass. Ich frage mich, warum er ausgerechnet in Engelstal übernachtet und nicht in Bingen. So erfolgreich kann er nicht sein, wenn er sich nur ein Zimmer auf dem Lande leisten kann. Den abfälligen Bemerkungen von Fritz Heintz konnte ich entnehmen, dass er kein Parteimitglied ist. Mal sehen, ob ich ihn im Gottesdienst zu Gesicht bekomme.

1. Mai 1933
Gestern Nacht war Hexennacht und wie immer stand heute nichts an seinem gewohnten Platz. Dieses Mal hatten ein paar Burschen Fritz Heintz den Anhänger auf das Dach seiner Scheune gehoben. Ich fürchte, dass ich weiß, wer das gemacht hat, und drücke den Burschen die Daumen, dass Fritz Heintz es nicht herausfindet. Denn der versteht keinen Spaß.

5. Mai 1933
Horst Becker muss zu Schulungen in die Ordensburg nach Sonthofen. Das hat Fritz Heintz mit seinem neuen Freund dem Kreisleiter von Bingen Fritz Eitel beschlossen. Horst Becker brauch Nachhilfeunterricht in Sachen NS-Ideologie.

Die erste wird schon nächste Woche beginnen. Mir macht das Sorgen. Die Beckers haben schon wieder den charmanten Künstler Pierre Kirchner zu Gast. Es ist nicht gut, wenn Luise Becker mit einem fremden Mann allein ist.

10. Mai 1933
Heute Nachmittag war der Viehhändler Samuel Levi bei mir. Seine Söhne Nathan und Abraham wurden in der Schule von Schulkameraden beschimpft und verprügelt, weil sie Juden sind. Der Lehrer Schneider habe ihnen die Schuld gegeben, sie bestraft und dann nach Hause geschickt. Wenn so etwas nochmal passiert, droht ihnen der Schulverweis.

Das ist genau das, was ich befürchtet habe: Segregation. Doch was ist das Ziel einer solchen Aktion? Das Gespräch beschäftigt mich noch, während ich es niederschreibe. Ich wusste nicht, was ich ihm raten soll. Schneider hatte es von Anfang an darauf abgesehen. Levis Kinder sind in einer anderen Schule besser aufgehoben. Aber wenn Levi sie von der Schule nimmt, hat Schneider sein Ziel erreicht. Levi ist fassungslos, seit Jahren kauft und verkauft er das Vieh der Engelstaler. Nun kommt da einfach ein Lehrer von außerhalb und schon vergessen sie alles, was Levi für sie getan hat, wie oft er ihn den Preis feine Milchkuh bis zum nächsten Jahr gestundet hat, wie oft einen Nachlass geduldet hat. Er ist trotzig nachhause gegangen. Seine Kinder haben ein Recht auf den Schulbesuch in Engelstal. Ja, aber der Preis ist hoch.

Ich habe heute Abend mit Rosenstein gesprochen, er wird Levi empfehlen, seine Kinder in die jüdische Schule zu schicken. Glücklicherweise gehen die Kinder von der Cohens und der Rosensteins nach Bingen, die kann der Schneider nicht in seine Finger kriegen.

14. Mai 1933
Heute Abend hatte ich ein interessantes Gespräch mit dem Künstler Pierre Kirchner. Er sitzt oft mit Kurt Heinrich in der Döndorfchen Straußwirtschaft. Kirchner ist ein interessanter Mann. Ich freue mich, dass er den Weg in unser kleines Engelstal gefunden hat. In unserem Gespräch ging es darum, wie

Kunst die Realität abbilden kann. Kirchner ist tatsächlich mit diesem Pablo Picasso befreundet. Sie haben sich wohl in Berlin kennen gelernt. Mir fehlt der Zugang zu dieser neuen Art von Kunst. Scheinbar geht es darum, die Welt so zu malen, wie der Künstler sie sieht. Ich musste zugeben, dass ich damit nichts anfangen kann. Ich mag Kunst, die die Schönheit und Größe der Schöpfung Gottes darzustellen vermag. Pierre Kirchner wiederum kann mit dem Konzept Gott nichts anfangen, das habe in seiner Kunst keinen Platz. Es war ein interessantes und ungewöhnliches Gespräch für eine Straußwirtschaft in Engelstal und ich habe es sehr genossen. Seit meinem Studium habe ich solche Diskussionen nicht mehr geführt. Ich kann verstehen, dass Kurt Heinrich, der ja in Berlin studiert hat, sich zu diesem Künstler hingezogen fühlt, sein Intellekt muss hier in Engelstal permanent unterfordert sein.

18. Mai 1933

Kurt Heinrich wurde gestern ins Arbeitslager Osthofen gebracht. Seine Schwester Helene kam heute Morgen völlig aufgelöst zu uns. Fritz Heintz hat das veranlasst. Gestern Abend gab es wohl wieder einmal einen Abendtanz mit Negermusik in der Scheune der Heinrichs. Dabei kam es zu einem Zusammenstoß mit unserem Ortsparteileiter, der inzwischen die Macht auf seiner Seite hat! Er hat die Versammlung aufgelöst und die Verbringung von Kurt nach Osthofen veranlasst.

Doch das ist nicht alles. Heute Morgen hat er Helene einbestellt und ihr ein Ultimatum gesetzt. Wenn sie sich ihm hingibt, wird er dafür sorgen, dass ihr Bruder schon bald wieder aus dem Lager in Osthofen zurückkommen kann, wenn nicht wird er von dort in ein Arbeitslager verbracht und nie wieder zurückkehren. Fritz habe genug in der Hand, um ihm seine Beteiligung am sozialdemokratischen Widerstand gegen den Führer nachzuweisen. Er werde keine Gnade walten lassen.“

Gebannt und abwesend greift Sabine nach dem inzwischen erkalteten Tee, als es an der Tür klingelt. Mit einem begeisterten Bellen rennt Tobia dem Klingeln entgegen. Sabine legt Mappe und Stift zur Seite. „Ja?", ruft sie Ich komme!" Normalerweise ist ihre Tür nicht verschlossen, doch nach dem gestrigen Einbruch ist sie vorsichtig geworden. An der Tür wird Ludwig schwanzwackelnd begrüßt. Er will sich noch einmal versichern, dass seine Einladung auch wirklich angekommen ist. Sein Freund Martin hat einiges zu berichten. „Das ging aber schnell." antwortet Sabine und Ludwig nickt. Er habe gestern Abend noch einen Anruf von Martin auf seinem Anrufbeantworter gefunden, auf dem dieser seinen Besuch angekündigt habe. Nun ist Ludwig gespannt, welche Neuigkeiten Martin heute Abend mitbringen wird. „Natürlich bin ich dabei!" Sabine ist aufgeregt. „Meinst du, dass ich mir das entgehen lasse. Ein Antiquitätenhändler mit Kontakten zur Unterwelt und belgischen Pralinen im Gepäck." Ludwig bückt sich und streichelt die selige Tobia am Welpenbauch, während Sabine berichtet, wie weit sie in der Chronik schon gekommen ist. „Welche der drei jüdischen Familien hältst du für am wahrscheinlichsten? Die Kohens, die Levis oder die Rosensteins? Der Pfarrer hat zwar am meisten mit den Rosensteins zu tun, aber ich tippe auf die Kohens. Schon wegen des Namens. Du weißt schon, Kohen – aus dem Geschlecht der Priester? Außerdem sind Kaufleute meistens wohlhabend. Was denkst du?" Ludwig zuckt die Schultern. „Ich tippe auf die Rosensteins. Doch selbst, wenn wir wissen, wer es ist, hilft uns das nicht weiter, solange wir nicht herausbekommen, was aus den Familien geworden ist. Wir müssen weiterlesen. Soll ich dir den Rest der Seiten kopieren und heute Abend noch geben? Dann können wir uns die Tage mal austauschen." Sabine nickt dankbar. Dann fällt ihr ein, dass sie ihm noch nicht von Julia Niebergall-Lichters

Telefongespräch erzählt hat. „Übrigens Niebergalls Enkeltochter Julia hat mich angerufen!“ Ludwig horcht auf! „Sie will unbedingt mit mir reden. Angeblich hat Oma ihr eine wichtige Botschaft an mich aufgetragen. Wir werden uns nach Ostern hier in Frankfurt treffen.“ Sabine kann Ludwig ansehen, dass er bei diesem Gespräch gerne Mäuschen spielen würde. Doch das ist eine Familienangelegenheit.

Alte Sachen

„Ich heiße Martin Crusius!" So empfängt sie der dunkelhaarige mittelgroße Mann mit dem charmanten Lächeln und dem leichten französischen Akzent, als sie mit Tobia in Ludwigs Appartement eintritt. „Meine Leidenschaft sind alte Sachen." Ludwigs umfassende Handbewegung weist auf sein Appartement, „meine auch!" Martin wirft ihm einen abfälligen Blick zu: „Alors, der eine forscht und beobachtet das Leben von der Seitenlinie aus und der andere steht mitten auf dem Spielfeld, so wie ich." Amüsiert betrachtet Sabine die beiden. Bisher wurden männliche Revierkämpfe selten um ihretwillen ausgefochten Umso mehr genießt sie nun das Schauspiel. „Hallo, ich bin Sabine. Ludwig hat mir schon einiges von Dir erzählt." Sie versucht es mit einem koketten Lächeln, auch wenn das nicht unbedingt ihre Spezialität ist. „Aber die Erzählungen werden der Wirklichkeit nicht gerecht." Charmant strahlt er sie an. „Ich darf doch Du sagen, oder?" Sabine nickt und gibt ihm die Hand. Martin drückt ihr gleich ein Glas elsässischen Wein hinein und geht vor ihr her auf den Balkon hinaus. Tobia dagegen folgt Ludwig interessiert in die Küche. Martin lässt sich draußen auf den schmiedeeisernen Jugend-Stil-Stühlen nieder und erzählt Sabine von seiner Arbeit. Sein Hauptsitz ist in Antwerpen, aber er hat Filialen in Berlin, Frankfurt und Brüssel. Er ist deutlich keine angestaubte Wühlmaus, auch wenn er sich selbst so bezeichnet. Den Antiquitätenladen in Antwerpen habe er von seinem Vater übernommen. Besonders gut geht im Moment Jugendstil und Art Deco. „Französischer oder deutscher Jugendstil?" Fragt Sabine und kommt sich dabei ziemlich gebildet vor. Ludwig brummelt im Hintergrund. „Lass gut sein, Martin. Erzähl uns lieber, woher du weißt, dass bei Sabine und mir eingebrochen wurde?" Ludwig deckt die Teller ein. Salade Nicoise als Vorspeise, Das Baguette hat Martin direkt aus Strasbourg mitgebracht, wo er heute Morgen einen Termin hatte. „Ich habe einen alten Freund meines Vaters" Martin zeichnet Anführungszeichen in die Luft „zurückgerufen. Der hatte vor ein paar Tagen Kontakt zu mir aufgenommen, weil er weiß, dass ich Ludwig kenne. Bei seinem ersten Anruf war er sehr … na nennen wir es mal nachdrücklich, aber er schien nichts genaues über den Gegenstand selbst zu wissen. Dieses Mal jedoch war es genau andersherum, er konnte mir den Kelch bis ins Detail beschreiben, ja es schien mir fast so, als suche er einen Käufer." Martin schweigt einen Moment und so ist das Schnarchen von Tobia besonders laut zu hören. Alle lachen. Ein angespanntes Lachen. „Er konnte Kelch, Ring und Besamimdose genau beschreiben. So als hätte er sie gesehen …" „Oder ein Foto davon!" Ludwig nickt verstehend. „Du glaubst also, sie haben eine andere Quelle, über die sie an den Kelch herankommen wollen?" Sabine runzelt die Stirn. Martin nickt. „Zuerst befürchtete ich, sie hätten die Teile schon gestohlen. Doch ihr wart zum Glück schneller und habt sie in einem Bankschließfach untergebracht." Ludwig setzt den Gedanken fort: „Dein „Freund" hat einen anderen Weg gefunden, wie er an die Stücke heranzukommen glaubt." Martin nickt. Einen Moment herrscht betroffenes Schweigen. Ludwig und Martin wenden ihre Köpfe Sabine zu. Sie hebt abwehrend die Hände. „Ich wüsste nicht wie! Jedenfalls nicht über meine Familie. Wenn überhaupt gäbe es da nur vier Personen, die die Möglichkeit dazu hätten und ich traue es keinem zu: Erstens: Andreas hat keine Ahnung über den wirklichen Wert des Bechers und ist gegenüber Fremden extrem misstrauisch. Zweitens: Sophie hat zwar ein Studium in Kunstgeschichte von der Fern-Uni

Hagen, aber keine Kontakte zu Antiquitätenhändlern besonders nicht zu illegalen Sammlerkreisen. Außerdem ist sie viel zu integer. Drittens: Meine Mutter Anni! Der würde ich es vielleicht sogar zutrauen, mit diesem neuen Freund und ihren großen Heiratsplänen, aber sie weiß nichts von dem Fund. Viertens: Annis neuer Freund. Der ist der große Unbekannte. Doch glaube ich nicht, dass er mehr weiß als unsere Mutter." Doch Martin ist von seiner Theorie nicht abzubringen. Es müsse jemand aus Sabines näherem Umfeld sein. Er habe versucht mehr Informationen aus dem anderen herauszuholen und dabei erfahren, dass es direkte Kontakte zu den Besitzern der Gegenstände gibt. Man sei dort an einem Kauf durchaus interessiert, wenn der Preis stimmt. „Ich tat so als wolle ich Beweise. Ich meine, da kann doch jeder kommen. Ne c'est pas?" Martin grinst, dann wird er wieder ernst. „Dieser alte Freund hat behauptet, er hat Kontakt zu einem Vermittler, der eng mit dem Besitzer befreundet ist." Ludwig schaut ungläubig zu Sabine hinüber, der man den wachsenden Ärger ansieht. „Ich fahre übermorgen zum Ostersonntag-Familientreffen ins Weingut, da werde ich mal sehen, was ich herauskriegen kann. Da hat sicher mal wieder jemand Andreas am Stammtisch einen Floh ins Ohr gesetzt." Ludwig und Martin atmen erleichtert auf, als sie erkennen, dass sich Sabines Wut nicht gegen sie richtet. Um die Stimmung ein bisschen aufzuhellen, lenkt Martin nun die Aufmerksamkeit auf die kulinarischen Genüsse des Abends. „Wie sieht es mit deinem Coque au Vin aus, Ludwig?" Ludwig verschwindet in die Küche, Tobia, die sofort wach geworden ist, folgt ihm hoffnungsfroh.

Als Ludwig den Balkon verlassen hat, wendet sich Martin noch einmal an Sabine. „Ihr müsst vorsichtig sein. Ludwig unterschätzt gerne die Gefahr, wenn der Forscher mit ihm durchgeht. Aber diese illegalen Kunsthändler gehen über

Leichen. Da spielt nicht nur Geld eine Rolle, sondern auch Leidenschaft und Sammlerleidenschaft ist etwas ganz Besonderes. Ein bisschen wie die große Liebe, l'amour! Verstehst du? Irrational und mächtig. Geld spielt da keine Rolle mehr und Freundschaften zählen nicht. Sie wollen nur noch besitzen, ganz für sich alleine. Ich will nicht, dass euch etwas passiert." Sie schaut ihn ungläubig an, „wie kommt es, dass du so viel darüber weißt und solche Kontakte besitzt? Ist das nicht auch für dich sehr gefährlich?" Martin zwinkert ihr auf dem halbdunklen Balkon zu. „Jetzt denkst du sicher, ich bin so ein halbseidener Typ mit Beziehungen zur Unterwelt? Da hat Ludwig mal wieder maßlos übertrieben. Er tut das manchmal, um mich und damit sich ein bisschen interessanter zu machen." Aus dem Inneren des Hauses hört man Ludwig lachen „Nun mach aber mal halblang!" Er tritt mit einer Kasserole auf die Terrasse. Wunderbare Düfte nach Wein, Knoblauch und Hähnchen verbreiten sich auf dem dunklen Balkon. Sabine und Martin genießen die zarten Hühnerbeinchen mit der ihnen angemessenen Menge an „Mhhh" und „Ahhh". „Heute Abend fühle ich mich wie Gott in Frankreich!" seufzt Martin, während er genussvoll die Weinsoße auslöffelt.

Satt und zufrieden enthüllt er dann doch noch das Geheimnis seiner Kontakte zur illegalen Sammlerszene. Eigentlich seien es die seines Vaters gewesen und er habe sich dafür eher geschämt, aber als er das nach dem Tod seines Vaters verändern wollte, seien Versicherungen an ihn herangetreten. Nun arbeite er als so eine Art Informant für die Detektive der Versicherungen und manchmal auch für die Polizei, aber das sehr selten, das verderbe nämlich seinen Ruf. Der letzte Satz löst schallendes Gelächter bei Sabine und Ludwig aus. Von der Spannung, die noch vor einigen Minuten in der Luft hing, ist kaum noch etwas zu spüren.

Spätestens beim Käse nehmen alle es nicht mehr so genau. Fasziniert lauscht Sabine den Erzählungen Martins, der, angefeuert durch seine aufmerksame Zuhörerin, immer abenteuerlichere Geschichten auftischt. Ludwig, der seinen Freund gut kennt, schüttelt innerlich den Kopf. Was wahr ist und was Geschichte lässt sich nur schwer unterscheiden. Martin macht gerade eine ausholende Handbewegung. Ludwig steht auf, um nach dem Nachtisch zu schauen.

Er präsentiert die echten belgischen Pralinen direkt aus Antwerpen zusammen mit Espresso und für Sabine einen echten Cappuccino aus der Espressomaschine, die er sich vor ein paar Jahren bei einem Studienaufenthalt in Rom geleistet hat. Dann holt er endlich die Bilder heraus, auf die Martin schon den ganzen Abend wartet.

Bei Kerzenschein betrachtet der Fachmann die einzelnen Stücke und ist begeistert. „Jetzt verstehe ich auch die Aufregung. Wenn das, was da auf den Bildern zu sehen ist, der Realität entspricht..." Ludwig fällt ihm ins Wort. „Es ist sogar noch besser!" „Wo habt ihr denn diesen wertvollen Schatz gefunden?" Ludwig räuspert sich und wechselt kurz einen Blick mit Sabine: „Um ehrlich zu sein, wissen wir alle nicht so genau, wo er herkommt. Es war ein Zufallsfund. Der klassische Fall einer Haushaltsauflösung. Du kennst das. Sabines Großmutter hatte die Kiste unter dem Bett versteckt und niemals ein Wort darüber verloren. Nach ihrem Tod wurde der Schatz nun geborgen und keiner weiß von nichts." Ludwig bemüht sich Martin die Situation so zu erklären, dass es unverfänglich klingt. Da Sabine den Eindruck vermeiden will, ihre Familie sei raffgierig," ergänzt sie „Wir würden gerne herausbekommen, wem diese Hochzeitskiste ursprünglich gehört hat. Vielleicht kann man sie ja sogar dem Besitzer zurückgeben. Das würde uns das behördliche Prozedere sparen. Du weißt doch, in Deutschland muss man Raubkunst melden." Ludwig wendet sich an Martin: „Du siehst also! Hier ist nicht viel für dich zu holen!" Martin schmunzelt. „Ehrlich! Ein solches Sammlerstück ist mir viel zu heiß. Weißt du wieviel Schwierigkeiten Raubkunst machen kann. Solange nicht geklärt ist, wem das gute Stück gehört, kannst du bei dem Verkauf in Teufels Küche kommen. Was ihr vorhabt, ist genau das Richtige! Das ist so ein schönes und seltenes Stück, viel zu gut für diese Kunstraub-Mafia. Wenn man überlegt, dass Generationen von jüdischen Familien diese Gegenstände von Hochzeit zu Hochzeit weitergegeben haben und von Schabbat zu Schabbat daraus getrunken haben. Das tut mir echt in der Seele weh!! Wenn ihr wollt, helfe ich euch sogar!"

Sabine greift nach einer Praline und knappert die Nuss ab. „Vorgestern waren Ludwig und ich in Engelstal und haben dort in der Pfarrchronik gestöbert und nun kämpfen wir uns durch den zugegebenermaßen ziemlich ausführlichen Text." Während Sabine von ihren interessanten Einblicken in die Chronik erzählt, tauschen Martin und Ludwig einen freundschaftlichen Blick. Ludwig bestätigt Sabines Erzählungen. „Dieser Pfarrer Niebergall war schon außergewöhnlich. Sein Verhältnis zu den jüdischen Familien im Ort, das gab es so nicht überall, das ist schon beeindruckend, auch dass er Kontakte zu Kollegen in Berlin pflegte. Er war deutlich mehr als ein einfacher Dorfpfarrer und dass er es liebte, zu schreiben, ist für uns sogar von Vorteil. Dieser Chronik kann man entnehmen, wie sehr er an den Entwicklungen in seiner Kirche gelitten hat." Ludwig lächelt zu Sabine hinüber. „Ich habe in dieser Chronik durch Dich ein wichtiges Stück Zeitgeschichte entdeckt, mit dem ich wirklich viel anfangen kann." Sabine lächelt verschmitzt: „Da bin ich ja erleichtert. Denn du steckst so viel Zeit und Arbeit in dieses Projekt. Das könnte Andreas dir mit Wein gar nicht zurückzahlen." Als sie Ludwigs Augen erwartungsvoll glitzern sieht, ergänzt sie. „Versuchen wird er es natürlich trotzdem." Das ist ein Stichwort, das den kulinarisch interessierten Martin vom Thema ablenkt und so dreht sich das Gespräch eine Weile um rheinhessische Weine im Allgemeinen und die von Andreas im Besonderen. Erst nach zwei weiteren Trüffeln nimmt Sabine den Faden wieder auf. „Es ist ein seltsames Gefühl über Namen zu lesen, die einem bekannt vorkommen. Ich meine, dieser Lehrer Schneider zum Beispiel. Auf dem Engelstaler Friedhof gibt es zwei alte Gräber, die da seit den 70er Jahren stehen und die im Gegensatz zu anderen Gräbern nie weggemacht wurden. Eins davon ist das Doppelgrab dieses Lehrers Schneider und seiner Frau. Mir ist es immer aufgefallen, weil da nicht nur Geburts- und Sterbedatum, sondern auch seine Berufsbezeichnungen draufstanden. Zuerst war er Lehrer unserer Volksschule und später sogar Direktor. Bisher habe ich nie darüber nachgedacht, dass es da eine ungebrochene Linie gab, von der Nazizeit bis in die 70er Jahre, aber jetzt frage ich mich schon, wie ein Nazi nach dem Krieg zum Schuldirektor werden konnte. Und dann muss ich an Personen wie Fritz Heintz und Otto Weihrich denken. Sie sind nicht nur eingefleischte Nazis, sondern auch Mörder. Wurden sie jemals zur Rechenschaft gezogen? Mein Vater war Hermann Heintz, der zweite Sohn von Fritz Heintz und auch wenn er nur mein biologischer Erzeuger war. Es ist ein seltsames Gefühl zu wissen, dass ich die Enkelin dieses Mörders und Teufels bin. Irgendwie kann ich auch nicht glauben, dass Otto Weihrich, der Onkel Otto sein soll, der mir immer die Kirschlutscher geschenkt hat, wenn ich für Oma in seinem Laden eingekauft habe. Aber wenn ich zurückdenke, so humpelte er tatsächlich. Andreas und ich haben ihn deshalb heimlich immer „Hinkebein" genannt.

Diese Pfarrchronik berührt mich. Es ist anders, als wenn ich ein Buch lese. Es ist meine persönliche Geschichte." Einen Moment herrscht Stille. Ludwig versteht, was Sabine ausdrücken möchte. Als er das Gutachten für seine Familie erstellte, erging es ihm nicht anders, trotzdem fällt ihm eine Antwort schwer.

Martin ist schneller. „Jeder von uns hat seine Geschichte, der er sich irgendwann stellen muss. Als Ludwig vor einigen Jahren meine Mutter und meinen Vater über ihre Geschichte interviewte, da wollte ich erst gar nicht hinhören. Meine Eltern standen auf der anderen Seite. Ich war das Kind von Opfern und das wollte ich auf keinen Fall sein. Da war so viel Wut in mir. Auf keinen Fall wollte ich mich mit dem jüdischen Erbe meiner Mutter identifizieren, die man wie ein Lamm zur Schlachtbank geführt hatte. Wenn überhaupt, dann mit meinem katholischen belgischen Vater, dem mutigen Widerstandskämpfer. Nicht demütig leiden, sondern kämpfen, sich wehren. Das war mein Lebensmotto. Jahrelang blieb mir deshalb der Weg zu meiner jüdischen Identität versperrt. Erst auf dem Sterbebett hat mein Vater mir zu mir selbst geholfen, als er von seiner Liebe zu seiner wunderbaren jüdischen Frau sprach. Gerade das Jüdische an ihr habe ihn jeden Tag neu fasziniert. Ihr gemeinsames Leben als Jüdin und Katholik hätten sie als ein Wunder begriffen, meine Geburt sei das Geschenk gewesen, das dieses Wunder gekrönt habe. Wenn ich diesen jüdischen Teil in mir ablehnte, dann zerstörte ich dieses Wunder."

Martins Geschichte ist wunderschön und bedrückend zugleich. In Sabines Hals bildet sich ein Kloß. Sie schluckt ihn resolut herunter. „Ignorieren kann ich meine Geschichte nun nicht mehr. Die Büchse der Pandora ist geöffnet, beziehungsweise der Kelch ist in der Welt, wir können ihn schlecht einfach wieder unter das Bett zurückschieben. Jetzt

hilft nur die Flucht nach vorne!“ Sie nickt bekräftigend.

Ludwig bietet ein Digestive zum Abschluss des reichhaltigen Abendessens an, Martin stimmt natürlich mit Begeisterung zu und lässt dann seinen Remy langsam im Glas kreisen, damit er sein Aroma entfalten kann. Sabine greift lieber nach einer letzten Praline, sie will einen klaren Kopf behalten. Ludwig nimmt Anlauf. Endlich ist er an der Reihe, um die Ergebnisse seiner morgendlichen Forschung zu verkünden. „Ich habe meine Fühler ausgestreckt und mich über die drei jüdischen Familien in Engelstal erkundigt. Da sich alle nach Bingen hin orientierten, war das auch gar nicht so schwer.“ Gespannt rücken Sabine und Martin auf den zwei alten Gartenstühlen nach vorne. „Also!“ Ludwig holt dramatisch Luft! „Zwei der Familien waren eher orthodox und gehörten der Binger Gemeinde an, die sich in der alten Synagoge traf. Das waren zum einen der Mayr Cohen verheiratet mit sechs Kindern. Er besaß den Kolonialwarenladen im Dorf. Das bestätigt uns auch die Pfarrchronik. Dann gab es da noch den Viehhändler Samuel Levi, ebenfalls verheiratet mit vier Kindern. Auch er war den Engelstalern gut bekannt. Aber“ und nun schießt seine Hand Achtung gebietend in Höhe. Besonders interessant finde ich die dritte Familie! Die Rosensteins. Pfarrer Niebergall schreibt, dass in Engelstal nur wenige über die jüdische Identität dieser Familie Bescheid wussten. Dr. Harald Rosenstein vertrat die Landarztstelle in Engelstal. Seine Ehefrau, hatte vor ihrer Hochzeit als Pianistin auf den Bühnen europäischer Konzerthäuser gespielt, die beiden Kinder gingen in Bingen auf die höhere Schule und mit ihrem Automobil brachten die Rosensteins schon in den 30er Jahren einen Hauch von großstädtischem Flair nach Engelstal. Dabei war die Familie durchaus religiös engagiert. Doch ihr jüdischer Bekannten- und Freundeskreis befand sich hauptsächlich in Bingen und Worms und so wusste man in Engelstal nicht viel über die Arztfamilie." Ludwig berichtet, dass er sich heute Nachmittag die Gemeinderegister der alten und der liberalen Binger Synagogen angeguckt hat, deshalb weiß er, dass Rosenstein sogar zeitweise im Vorstand der neuen Synagoge war. Trotzdem habe er sich gefragt, wie es Rosenstein gelungen sei, die Rassengesetze zu umgehen. Sabine nickt bestätigend. Ja, eigentlich hätten die Rassengesetze das berufliche Aus für Rosenstein bedeuten müssen. „Bist du sicher, dass er weiter praktiziert hat?" Ludwig nickt. „Dieser Pfarrer Niebergall hat ihm geholfen. Der hatte es echt faustdick hinter den Ohren. Ich musste ein bisschen suchen, aber dann habe ich die Namen der Familie Rosenstein im kirchlichen Melderegister gefunden. Er hat Harald Rosenstein einfach in die kirchlichen Bücher von Engelstal eingetragen, ein kurzer Konfessionswechsel mit dem Füllfederhalter hat die Rosenstein in den ersten Jahren gerettet. Sabine ist beeindruckt, sie will wissen, wie er an die Informationen gekommen ist. Ludwig macht eine wegwerfende Handbewegung, typisches Understatement. Diese Binger Gemeinde sei bekannt. Berühmte Rabbiner wie Ignaz Maybaum und Heinrich Guttmann hätten in dieser Gemeinde gewirkt. Es habe ihn fasziniert, ihren Spuren zu folgen und so sei er ziemlich leicht an Informationen aus den 30-er und 40-er Jahren gekommen. Nun strahlt Ludwig über das ganze Gesicht, jetzt ist der Herr Professor in seinem Metier, Sabine kann ihm die Lust an Wissenschaft ansehen. Martin, der sich ausgeschlossen fühlt, bleibt unbeeindruckt, er krittelt brummend: „Alors, das bringt uns auch nicht weiter! Es könnte jede der drei Familien sein, oder aber ein Jude auf der Flucht, der sich die Hilfe von Sabines Großvaters erkaufen wollte, ..." Ludwig faucht ungeduldig zurück. Er mag nicht unterbrochen werden. „Ein solches Erbstück gibt keiner freiwillig aus der Hand. dahinter steckt eine Geschichte.“ Sabine greift vermittelnd ein: „Im Grunde hast du recht, Martin, wir haben noch viel Arbeit vor uns. Am Ende bleibt es ein Glücksspiel. Aber ich bin mir inzwischen ziemlich sicher, dass meine Großmutter einen Grund hatte, diese Kiste zu verstecken. Außerdem - am Ende bleibt uns immer noch das Jüdische Museum oder!“ Ludwig lächelt dankbar und Martin grinst nun auch: „Touché!“

Ein Abend mit Martin ist immer ein langer Abend. Zu lange für Sabine und Tobia. Die beiden Mädchen brauchen ihren Schlaf. Sabine verspricht jedoch, ihrer Familie auf den Zahn zu fühlen und Martin will weiter verdeckt ermitteln. Mit einer letzten Mahnung zur Vorsicht und einer französischen Verabschiedung, ein Kuss rechts, ein Kuss links und einen für die Freundschaft, entlässt er sie dann in die Nacht. Die beiden Männer machen es sich nun in Ludwigs Wohnzimmer gemütlich und während Ludwig seinen Cognac erneut an Martin weiterreicht, erzählt er ihm, was er in dieser Pfarrchronik über das kleine Engelstal gelesen hat. „Stell dir vor, sogar Pierre Kirchner hat in den 30er Jahren in diesem kleinen Ort Zwischenstation gemacht!“ Martin verschluckt sich fast. Pierre Kirchner ist fast so bekannt wie Picasso oder Matisse. „Was hatte der denn da zu suchen?“ Ludwig zuckt mit den Schultern „Ein bisschen Rheinromantik vermischt mit einer Rheinromanze?“ Martin zieht die Augenbrauen hoch. „Laut Pfarrchronik hat er sogar bei Sabines Großeltern im Fremdenzimmer übernachtet.“ Nun wird Martin zappelig. „Weißt du, ob er ihnen ein Bild hinterlassen hat? Du weißt doch, seine Bilder werden hoch gehandelt. Besonders die aus der Zeit vor und während des2. Weltkrieges. Vielleicht ist Sabines Bruder alle Sorgen los, wenn er einen echten Kirchner im Keller oder auf dem Speicher findet.“ Ludwig winkt ab, „Das hätten die doch schon viel früher zu Geld gemacht, meinst du nicht.“ Ein Wort gibt das andere und während beide nun über Pierre Kirchners Malstil und seine Kunstphilosophie ins Schwärmen kommen, schreitet die Zeit unaufhörlich vorwärts. Irgendwann redet nur noch Martin, Ludwigs Kopf ist in dem großen Ohrensessel zur Seite gesunken, die leicht schnorchelnden tiefen Atemzüge deuten an, dass er schon lange nicht mehr zuhört. Martin seufzt, leise greift er nach der Wolldecke auf dem Sofa und legt sie vorsichtig über seinen großen Freund, der murmelt etwas Unverständliches, aus dem der Name Sabine herauszuhören ist. Martin schleicht lächelnd zur Tür hinaus, er hat es nicht weit bis zu seinem Hotelzimmer.

Ostersonntag

Um Sechs Uhr klingelt der Wecker, stöhnend kämpft sich Sabine aus dem Bett. Ob die Radtour am Ostermorgen eine so gute Idee war? Und dann auch noch der Ostergottesdienst in Engelstal! Vielleicht war das doch ein bisschen viel. Aber das Lesen der Pfarrchronik hat sie an die Osterspiele ihrer Kindheit erinnert. Auch möchte sie an die Wirkungsstätte ihrer beiden Großväter zurückkehren.

Brummelnd packt sie die zappelige Tobia in den Fahrradkorb. Wie konnte sie sich nur von der guten Wettervorhersage so verführen lassen. Doch Sabine ist niemand, der sich so einfach von einmal gefassten Beschlüssen abbringen lässt und so sitzt sie um Viertel vor Sieben in der S-Bahn. Dort hält sie sich dann an einem eilig auf dem Weg gekauften Cappuccino fest, während sie über den neuen Mann im Leben ihrer Mutter nachdenkt. Sie hat gestern noch mit Andreas telefoniert. Die Verdächtigungen von Martin Crusius ließen ihr einfach keine Ruhe. Ihr Bruder berichtete ihr dann von Annis Besuch mit dem neuen Freund im Weingut., Allerdings seien die beiden direkt ins alte Haus gegangen. Es habe etwas Heimliches an sich gehabt, wie die zwei über den Hof des Weingutes geschlichen seien. „So als wolle sie ihn vor mir verbergen! Als sie mich gesehen hat, sah sie aus wie ein Kind, das man beim Naschen ertappt!“ Einen richtigen Eindruck habe er deshalb von dem neuen Partner nicht bekommen. Nicht einmal seinen Namen konnte er richtig verstehen, weil sie ihn gleich mit zum Auto zog. Sabine lässt dieser Besuch keine Ruhe. War ihre Mutter doch nicht so unschuldig und unwissend? Doch, wie konnte sie von der Hochzeitskiste erfahren haben? Andreas mochte ein Plappermaul sein, aber er würde sich niemals selbst schaden. Dann verfestigt sich plötzlich ein absurder Gedanke in ihr. „Und wenn sie von Anfang an Bescheid wusste?" Sabine rechnet nach. Wer weiß, wann und wie die Kiste in den großelterlichen Besitz gekommen ist. Möglicherweise weiß Anni mehr darüber als alle anderen.

Aber würde sie sie dann einfach so verkaufen? Ihre Mutter war nicht skrupellos. Im Gegenteil diese Sehnsucht nach Luxus-Kreuzfahrten und Weltreisen passt nicht zu der Frau, die immer so stolz auf ihre antimaterialistische Haltung war. Die Kryptokommunistin, die alles Konventionelle ablehnte, die den eigenen Vater wegen seiner CDU-Mitgliedschaft beschimpfte und den Bruder wegen seiner Karrieresucht für kleinkariert hielt. Die Frau, die sich jedem Sitzstreik und jeder Demo anschloss und ihre Erwähnung im Verfassungsschutzbericht wie eine Medaille vor sich hertrug. Was passiert da gerade und ist da nur der neue Mann in Annis Leben schuld? Oder hat es auch etwas mit Luises Tod zu tun? Sabine hofft, heute beim Familientreffen mehr zu erfahren.

Am Mainzer Hauptbahnhof packt sie die kleine Tobia in ihre Bauchtasche und schnallt diese auf dem Fahrrad fest. Dann geht es los. „Heute lernst Du meine Heimat kennen!" erzählt sie dem kleinen Hund. Zuerst radelt sie quer über den Bahnhofsvorplatz, dann folgt sie den Hinweisschildern Richtung Ingelheim, auf kleinen Straßen und Fahrradwegen. Vorbei an den großen Supermärkten und Einkaufspalästen durchs Industriegebiet, entlang der Rheinallee. Irgendwann biegt der Weg ab, durch Schrebergärten geht es runter an den Rhein. So früh ist hier noch nichts los. Sabine genießt diesen Ostersonntagmorgen. Der Wetterbericht hat recht behalten. Mit ihrem Fahrrad radelt sie durch das Frühlingsgrün. Blühende Kirschbäume, wechseln sich ab mit hellgrünen Laubwäldern. Vögel zwitschern und begrüßen die Sonne an diesem Frühlingsmorgen. Sabine dreht sich um, weit und breit kein Mensch zu sehen. Sie räuspert sich und dann beginnt sie, zuerst leise, ein wenig rostig, schief und atemlos, so singt sie eines ihrer Lieblingslieder in den Ostermorgen hinein, weil es gerade so schön passt und weil niemand zuhören kann: „Morning has broken..." Von Bingen nach Engelstal gilt es noch einen letzten Hügel zu überwinden. Er ist nicht steil, aber die Steigung zieht sich, während sie in die Pedale tritt und die letzten Kräfte aktiviert, schaut sie sich um. Wieder einmal fällt ihr auf, wie sehr der Ort gewachsen ist. Ihre Oma hat noch zwischen Einheimischen und Fremden unterschieden, wobei als fremd galt, wer nicht mindestens seit zwei Generationen in Engelstal lebte. Andreas und Sabine lachten damals über die Oma, für die selbst die Flüchtlinge aus Schlesien und Pommern nach 50 Jahren noch keine echten Engelstaler waren. Heute schlägt Andreas in dieselbe Kerbe. Auch er beklagt sich über die vielen Zugezogenen, die aus Engelstal einen Vorort von Mainz gemacht haben. Der Dorfcharakter ginge dadurch verloren und darunter leide auch das Weingut. Die Weinkunden suchten sich romantischere Dörfer aus. Kaum zu glauben, dass Engelstal mal ein Touristenziel war. Gedankenverloren tritt Sabine in die Pedale. Wie die Zeiten sich ändern. Ihr Opa hat als Nachkriegsbürgermeister diese Entwicklung ins Laufen gebracht, Bauland um Bauland erschlossen. Sein Enkel leidet nun an den Folgen.

Ein wenig verschwitzt steigt Sabine an der Kirche ab. Vorsichtig holt sie die kleinen Tobia aus der Bauchtasche heraus, um mit ihr eine Runde um die Kirche zu drehen. Die alte Kirche stammt noch aus der Zeit vor dem 30-jährigen Krieg. Sie hat manche guten und schlechten Zeiten er- und überlebt. Der alte Friedhof im Kirchgarten wird schon lange nicht mehr benutzt. Die alten Grabsteine sind mehrere Jahrhunderte alt. Direkt vor dem Eingang steht ein Denkmal für die Gefallenen aus den beiden Weltkriegen. Es wurde schon in den 20er Jahren erbaut und wurde nach dem 2. Weltkrieg ergänzt.

„Du musst jetzt schön leise sein!“ sagt Sabine zu der kleinen Tobia, während sie sie wieder in die Bauchtasche packt. „Keinen Piepton, sonst fliegen wir hier nämlich raus.“ Eigentlich hätte sie gar nichts sagen müssen, denn die kleine Tobia ist so beeindruckt vom Glockenläuten, dass sie sich vollständig in das Innere der Bauchtasche verkrochen hat. Nicht einmal ihr Köpfchen ist zu sehen.

Sabine war erst vor kurzem bei der Beerdigung ihrer Großmutter hier. Damals wie heute sind die Bänke gut besetzt und es sind auch fast dieselben Besucher. Ein Osterspiel gibt es nicht, dafür gab es heute Morgen schon einen Osterfrühgottesdienst mit anschließendem Frühstück, erzählt ihr die Küsterin. Sie drückt ihr ein Liedblatt in die Hand, auf der Vorderseite befindet sich eine Zeichnung. Auf dem Altar stehen Abendmahlskelch und ein Tablett mit vielen kleinen Tonbechern, die sie als Einzelkelche identifiziert, sowie ein Teller mit Brotstückchen. Alles ist mit weißen Stoffservietten bedeckt. So wie das in ihrer Kindheit auch schon der Fall war. Nur die Einzelkelche, die sind neu. Ostersonntag natürlich! Da ist Abendmahl! Das hat sie ganz vergessen, was macht sie denn damit Tobia? Es hilft nichts, die muss mit nach vorne. Schließlich: Bei der Geburt des Jesuskindes waren auch Tiere dabei. Warum nicht beim Abendmahl am Ostersonntag? Der Gottesdienst wird geleitet von Julia Niebergall-Lichter. Die Pfarrerin ist um die Vierzig. Selbstbewusst, klar und in sich ruhend leitet sie ihre Schäfchen durch diesen Ostergottesdienst. Sabines Blick wandert durch die ihr seit Kindertagen vertraute Kirche. Kaum vorstellbar, wie viele Menschen an diesem Ort schon über die Jahrhunderte zusammengekommen sind. Als Kind hat sie sich darüber nie Gedanken gemacht. Aber nachdem sie angefangen hat, in der Pfarrchronik zu lesen, sieht sie alles mit anderen Augen. Ihre Gedanken wandern zurück zu diesem anderen Pfarrer Niebergall, der damals um seine Schäfchen gekämpft hat, zu ihrer jungen Oma Luise die am Ostermorgen 1933 hoffnungsvoll neben ihrem ebenfalls noch jungen Ehemann saß und nicht wusste, wie einst ihr Leben verlaufen würde und sie versucht sich die Gesichter der Menschen vorzustellen, über die sie in der Pfarrchronik gelesen hat. Eine Zeitreise in Gedanken. Nach dem Gottesdienst wartet Sabine, bis alle gegangen sind, bevor sie sich der Pfarrerin vorstellt. Die freut sich, ist aber nicht überrascht. „Ich habe schon fast vermutet, dass sie kommen würden, ihre Schwägerin hat mir erzählt, dass heute die ganze Familie zusammenkommt." Julia Niebergall-Lichter lächelt verschmitzt. „Wenn ich erst einmal meinen Mann und meinen Sohn aus dem Haus habe, dann ...!" lacht sie und wendet sich augenzwinkernd dem Pfarrhaus zu, während sich Sabine wieder mit Tobia in der Tasche auf das Fahrrad schwingt.

Verschwitzt und stolz biegt sie einige Minuten später ins Hoftor des Weingutes Becker ein. Patty winkt ihr erleichtert zu. „Wie schön, dass Du da bist!" und „Und dann auch noch mit dem Fahrrad. Hast du abgenommen?" Sabine schüttelt den Kopf und lacht, erfüllt aber pflichtschuldigst ihren Teil des Begrüßungsrituals. „Nein, nein. Aber du hast doch bestimmt abgenommen. Ich bin mir sicher, die Hose saß beim letzten Mal enger." Patty lacht ebenfalls, fasst sich an die Hüften und schüttelt den Kopf. „Nein, aber ich müsste mal dringend wieder eine Diät machen. Dieser ganze Kuchen an Omas Beerdigung und die ganzen Schokoladenostereier, die ich aus Stress in der letzten Woche gegessen habe." „Ach was! Andreas liebt jedes einzelne deiner Pfunde." Sabine drückt die Schwägerin herzlich. „Ist Mutter schon da?" Diese verneint und berichtet davon, dass Andreas schon den ganzen

Morgen wie ein Nervenbündel durch das Haus rennt. „Er macht mir wirklich Angst. Er hat die halbe Nacht nicht geschlafen und schleicht jetzt seit Stunden durchs Haus wie ein hungriger Tiger. Heute Morgen kamen Kunden ins Haus, auf einer Fahrradtour, die musste ich bedienen! Er hätte sie beinahe wieder weggeschickt. Furchtbar, aber du kennst ihn ja!“ Sabine nickt. Ja, sie weiß, wie ihr großer Bruder tickt. Das Verhältnis zwischen Mutter und Sohn war schon immer schwierig. „Ich habe mir überlegt, dass wir eine kleine Kellerführung mit Annis neuem Partner machen könnten!“ schlägt Patty nun vor. „Damit er versteht, was auf dem Spiel steht, wenn das Haus verkauft wird. Außerdem kann Andreas bei dieser Gelegenheit seine neuen Weine vorführen. Er ist so stolz auf die diesjährigen Gold- und Silbermedaillen. Unser Riesling am Höllenberg hat wieder einmal eine Goldmedaille bekommen und der Grauburgunder auf dem Engelssitz eine Silbermedaille.“ Bevor Sabine antworten kann, raschelt es in ihrem Rucksack. Tobia ist aufgewacht und Melder sich aus ihrem Gefängnis. „Darf ich mein neuestes Familienmitglied vorstellen: Tobia Becker! Seit ein paar Tagen bin ich mehr oder weniger freiwillig Hundemama einer neun Wochen alten Shih-Tzu-Hündin.“ Patty lacht, „Na so was!“ Sie wirft die Hände in die Höhe. „Das müssen wir aber gleich den Kindern erzählen! Die wünschen sich so sehr einen Hund. Aber so nahe an der Straße und mit den vielen Kunden, geht das einfach nicht.“ Vorsichtig streichelt sie dem Welpen über das Köpfchen. „Vielleicht haben wir jetzt ja noch einen Trick im Ärmel, wenn bei deiner Mutter alle Stricke reißen! Ich habe schon schwierigere Fälle bei so einem süßen Welpen schwach werden sehen.“ Sie dreht sich um und verschwindet Richtung Bungalow. „Komm ich mach uns einen Kaffee!“ ruft sie. Die Tür zur Küche steht wie immer einladend offen.

Sabine setzt Tobia auf den Boden und befestigt ihre Leine an deren Halsband, dann lässt sie die Kleine ein wenig schnuppern und streunen, bevor sie Patty nach drinnen folgt. Die Nachricht von dem Hundewelpen ist ihr vorausgeeilt. Ihre Neffen kommen ihr mit Schokolade verschmierten Mündern und Händen entgegen. Normalerweise wäre sie nun nach den Ostergeschenken gefragt worden, doch dieses Mal ist wohl Tobia das größere Ostergeschenk. Allerdings erst nachdem die Schokolade abgewaschen ist. Tobia ist begeistert, es ist deutlich Liebe auf den ersten Blick und so überlässt Sabine Kinder und Hundekind einander.

Sie selbst macht es sich auf der gemütlichen Eckbank bequem und nimmt eine Tasse Kaffee entgegen. Der Bungalow ist das genaue Gegenstück zum alten Haus. Helle Vollholzmöbel. Eine Buchenholzküche. Legos, Stifte und anderes Spielzeug zeigen hier sind Kinder willkommen. Ein Osterstrauß mit ausgeblasenen selbstangemalten Eiern schmückt den Tisch. Der Osterkranz aus Hefeteig mit den eingebackenen bunten Eiern ist angeschnitten und steht auf der antiken abgebeizten Anrichte. Hier ist alles bunt und fröhlich. Egal zu welcher Tageszeit, hier fühlt sich Sabine immer willkommen.

Der neue Mann aus Amerika

Der neue Mann im Leben ihrer Mutter ist eine Überraschung. Als Sabine dem flotten Mitsiebziger die Hand reicht, blitzt ein goldener Siegelring an seiner linken Hand und eine Patek-Philip-Uhr lugt unter dem Hemdsärmel hervor. „Das ist Dan!" stellt ihre Mutter den gepflegten Herrn mit den silbern schimmernden Haaren und der drahtigen Figur vor. Der Mann, der nur wenig größer ist als ihre Mutter, riecht nach viel Geld. An den Füßen trägt er Gucci-Slipper, die perfekt sitzende Leinenhose und der Armani-Pulli sind deutlich keine Second-Hand-Ware. Sein Deutsch ist perfekt, der leichte amerikanische Akzent ist jedoch nicht zu überhören. „Ich freue mich, dass ich endlich die Kinder meiner Anni kennenlernen darf, und es macht euch doch nicht aus, wenn wir uns duzen!" sagt er. Ausgerechnet diesen Mann hätte sie nicht an der Seite ihrer Mutter erwartet. Wieder beschleicht Sabine dieses ungute Gefühl, dass hier etwas nicht stimmt. Das ist ein Mann, gemacht für Supermodells und Filmstars nicht aber für eine Frau, die ihre Pfunde und Falten unter den Hippiekleidern der 70er Jahre verbirgt, aus Protest keine BHs trägt, und noch nie ein Fitness-Studio von innen gesehen hat. Es stellt sich heraus, dass die beiden sich im Internet getroffen haben. „Wir wussten sofort, dass wir füreinander bestimmt waren!" sagt ihre Mutter mit der für sie typischen Leidenschaftlichkeit und einer erschreckenden Entschlossenheit. Sabine sieht, wie Andreas den Mund aufmacht und fällt ihm ins Wort. „Herzlich willkommen in Engelstal! Wir freuen uns alle, dass du uns heute hier im Familienweingut besuchst." Ihr Blick sucht kurz Andreas. Der nickt bestätigend. „Warst du schon mal in einem Weingut, Dan? Oder ist das das erste Mal?" Setzt Patty nun höflich nach. „Wir könnten dich ja mal herumführen, wenn du das magst? Auch sie will ihren Mann am Sprechen hindern, bevor der das Falsche sagt. „Dan besitzt ein großes Weingut in Kalifornien." antwortet Anni stolz. „Wenn wir erst verheiratet sind, werden wir dort leben. Nicht wahr, Dan!" Dan scheint erkannt zu haben, dass es unklug ist, den Hausherrn auszuschließen. „Nun ja, Weingüter werden überall auf der Welt unterschiedlich geführt. Deshalb wäre ich durchaus daran interessiert, das Familienweingut meiner Anni zu besichtigen. In einem deutschen Weingut war ich noch nie." Einen Moment lächelt der neue Mann in Annis Leben ihr liebevoll zu, dann wendet er sich wieder an Andreas: „Allerdings nur wenn Du mich führst, Andreas! Denn ich selbst bin von Hause aus gar kein Winzer, sondern Ökonom. Ich habe in ein Weingut eingeheiratet - sagt man das bei euch nicht so." Er lächelt. Auch Sabine schmunzelt. Er weiß, wie neugierig wir sind und hat beschlossen, uns ein paar Informationsbrocken freiwillig hinzuwerfen, denkt sie. „Meine Eltern stammen aus Deutschland. Wir sind während des Krieges nach Amerika gegangen wie so viele andere. Dort habe ich meine Frau kennengelernt. Meine erste Frau." Er lächelt Anni an und die lächelt selig zurück. „Im Weingut habe ich mich immer nur um den Verkauf gekümmert. Wir hatten einen Kellermeister, der für die Weinproduktion verantwortlich war." Einen Moment verschwindet das Lächeln. „Seit meine Frau vor fünf Jahren gestorben ist, kümmern sich meine Kinder um das Weingut und ich mache nur noch das, was mir Spaß macht." Jetzt ist das Lächeln zurückgekehrt, fast automatisch. Ob es da irgendwo einen Schalter gibt, mit dem er es an und ausknipsen kann? Andreas zuckt mit den Schultern. „Wir sind zu klein für einen großen Personalstab, ein Familienbetrieb eben. Das meiste mache ich hier, zusammen Patty und den Kindern und im Frühling und im Herbst kommen die Arbeiter aus Polen und Litauen. Das war schon immer so. Sabine und ich mussten auch ran, als wir Kinder waren. So lernt man, wie es geht." Dan zeigt sich beeindruckt. „Habt ihr nicht auch eine Straußwirtschaft?" Andreas nickt. „Ja, in der Straußwirtschaft haben wir natürlich Hilfe. Zwei Studentinnen und eine Spülhilfe." Zögernd und ein bisschen mürrisch lässt Andreas sich erweichen: „Ich kann dir ja den Keller zeigen, während das Mittagessen vorbereitet wird." Dan nickt und folgt dem vorwärtsstrebenden Andreas mit schnellen Schritten. Geschickt verwickelt er ihn in ein Gespräch über Hektar, Flaschenverkauf, die gesunkenen Preise und die Vor- und Nachtteile der Selbstvermarktung. Anni ist zurückgeblieben. Sie wendet sich Sabine zu: „Ist er nicht phantastisch? Auf diesen Mann habe ich mein Leben lang gewartet!" „Aber er ist doch so ganz anders als Du!" wendet Sabine ein. Ihre Mutter wehrt ab, „Dort, wo es wichtig ist, da tickt er genauso wie ich! Wir sind verwandte Seelen. Wir haben die gleiche Geschichte!" Energisch unterstreicht sie den letzten Satz mit dieser für sie typischen Geste. Für einen Moment legt sie die Hand aufs Herz und ballt sie dort zur Faust. Sie schaut den beiden Männern hinterher, die den Bungalow verlassen haben und in der Scheune verschwinden.

Dann, als hätte man einen Schalter umgedreht, fragt sie in verändertem Ton: „Was hast Du Dir eigentlich dabei gedacht, Dir einen Hund anzuschaffen? Du hast doch als Lehrerin überhaupt keine Zeit, Dich um ihn zu kümmern." Sie schüttelt sich. „Also ich könnte das nicht, ich bin gegen Hunde allergisch!" Sabine lächelt: Endlich kommt die ihr vertraute Mutter wieder zum Vorschein, die Hypochonderin, die sich außerdem auch noch von jedem und allem bedroht fühlt. „Das ist ein Hund für Hundeallergiker. Die Tierärztin sagt, dass selbst Du Tobia ohne Probleme anfassen darfst." Misstrauisch beäugt Anni den Welpen, der aufgeregt mit dem Schwanz wedelt. Sabine klopft mit der Hand neben sich auf die Bank. „Komm, setzt dich zu uns! Tobia ist echt nicht gefährlich!" Anni kommt vorsichtig näher und lässt sich auf einem bunten Baumwollkissen auf der Holzbank nieder. Tobias Schwanz wackelt mit zunehmender Begeisterung. Anni droht mit dem Finger. „Halt sie trotzdem schön bei Dir, ich will auf keinen Fall, dass sie mir mein neues Kleid schmutzig macht." Sabine nickt und lacht. Tobia robbt sich langsam und vorsichtig Zentimeter für Zentimeter näher an Anni heran. Dann nutzt sie einen unbeobachteten Augenblick und leckt Anni den Daumen ab. Anni guckt nach unten und krault sie vorsichtig hinter dem Ohr, während Sabine gerade Servietten für das Mittagessen faltet. Noch ein Zentimeter vorwärts und bevor Anni sich versieht, sitzt Tobia direkt neben ihr. Von da bis auf ihrem Schoss ist es nur noch ein Sprung. Als Sabine von den gefalteten Servietten aufschaut, hat es sich Tobia auf Annis Schoß bequem gemacht und lässt sich gerade den Babybauch kraulen. Sabine verdreht die Augen. „Wenn du willst, kannst du mir das kleine Ungeheuer wiedergeben." bietet sie an. Doch Anni schüttelt den Kopf. „Ist schon gut" sagt sie dann, „aber glaub nur nicht, dass ich Eure Strategie vorhin nicht durchschaut habe, ihr wollt Dan davon überzeugen, dass das Haupthaus für das Weingut gebraucht wird. Aber euer Plan wird nicht aufgehen! Selbst wenn Dan zu höflich ist, etwas zu sagen. Hier geht es nicht um seinen, sondern um meinen Willen. Ich will, dass dieses Haus wegkommt. Vielleicht hat einer ein Einsehen und reißt es ab, dieses schreckliche alte Haus mit seinen schimmeligen Wänden." Schockiert starrt Sabine die Mutter an. „Es ist ein furchtbares Haus!" Der Ton ihrer Mutter hat etwas beängstigend Hohles. „Hier sind schreckliche Dinge passiert." Annis

Augen blicken traurig, aber ihrem Verhalten fehlt das vertraute Drama. Tobia hat begonnen, vorsichtig am Daumen der zitternden Frau zu lecken. „Es kann nicht einfach alles so weiterlaufen, als wäre nichts gewesen. Das darf einfach nicht sein. Das ist nicht fair!“ Und zum ersten Mal in ihrem Leben fragt Sabine nach „Was meinst du damit?“ „Ach du, du würdest mir ja doch nicht glauben! Für dich konnte deine Oma Luise nie einen Fehler machen. Ihr würdet nur denken, dass ich phantasiere, so wie früher. Vielleicht würdet ihr mich sogar entmündigen. Alt genug bin ich inzwischen ja! Besonders dem Andreas würde das doch gut in den Kram passen, der sieht ja nur das Wohl des Weingutes. Nein, Euch erzähle ich nichts mehr. Das habe ich lange genug versucht. Ich will, dass das Haus verkauft wird und damit basta! Dan wird mir helfen! Er ist der einzige, dem ich vertrauen kann.“ Sabine fühlt sich zurückversetzt in ihre Kindheit. Erinnerungen steigen in ihr auf, an bitteres Weinen, fliegende Türen und laute hysterische Schreianfälle. An die eigene Hilflosigkeit und den Arzt mit seinem Köfferchen. Wenn er ging, war alles wieder ruhig. Im Zimmer ihrer Mutter waren die Jalousien unten und Sabine und Andreas durften dann nur leise spielen. „Mama ist krank,“ hieß es „die braucht jetzt Schlaf!“ Niemand hinterfragte damals, was da geschah. Niemand gab den Kindern eine Erklärung, auch ihre Mutter nicht. Zum Glück gab es Oma Luise und Opa Horst. Die bekamen viele Pluspunkte als Elternersatz. Anni aber war immer die Versagerin, die nicht funktionierte und mit ihrem Widerstand gegen jegliche Konvention dem Rest der Familie das Leben schwermachte.

Hier auf Andreas Eckbank an diesem Ostermorgen rührt Sabine vorsichtig an diesen Erinnerungen. Was wenn ihre Mutter tatsächlich das Opfer war? Wenn ihre hysterischen Ausbrüche die Folge einer falschen Behandlung waren?

Möglicherweise war man damals nur mit einer psychischen Krankheit überfordert gewesen. Die Vorstellung stellt alle ihre Kindheitserinnerungen auf den Kopf.

„Nicht nur in diesem alten Haus, auch in dieser Familie gibt es viel zu viele Geheimnisse, das ist nicht gut!“ Als sie den erstaunten Blick ihrer Mutter auf sich ruhen sieht, merkt sie, dass sie laut gedacht hat. Am liebsten möchte sie ihr von dem Fund erzählen. Sie nach den eigenen Erinnerungen fragen. Doch sie weiß, so wie Anni ihr nicht vertraut, kann sie Anni nicht vertrauen. Stattdessen erklärt sie achselzuckend: „Es kommt mir so vor als hätten wir noch nie richtig miteinander gesprochen. Über dich und deine Kindheit und so!“ Anni räuspert sich, ihr Blick bekommt etwas Lauerndes. „Luise wusste das immer gut zu verhindern. Sie war eine Geheimniskrämerin. Je weniger sie wissen, desto besser ist es für sie. Sagte sie immer zu mir und ich bin mir gar nicht so sicher, ob sie nicht recht hat.“ Dann wendet sie sich unvermittelt dem kleinen Hund zu “Wenn man dir den kleinen Finger gibt, nimmst Du wohl gleich die ganze Hand!” Tobia ist nach dem Spielen mit den Kindern müde und hat beschlossen, Annis Schoß ist ein prima Schlafkissen. Sie hat sich eingekringelt und schläft tief und fest, ab und zu zucken ihre Pfötchen. Anni Stimme ist eindringlich: “Hast Du Dich nie gefragt, wie Vater nach dem Krieg so expandieren konnte? Woher das Geld für die Weinberge kam. Die Beckers waren vor dem Krieg kleine Weinbauern. Sie mussten Fremdenzimmer vermieten, um über die Runden zu kommen. Heute gehört das Weingut zu den größten im Ort. Die Beckers waren Kriegsgewinnler und Schwarzhändler. Andreas kann heute gut davon leben, selbst wenn er sich Dan gegenüber so klein gemacht hat! Das ist so typisch für die Winzer hier, sie sind immer am Jammern!“

Sabine will den Bruder verteidigen. Doch Anni macht

eine wegwerfende Handbewegung. „Ja, ja ich weiß, die steigenden Ausgaben und die abwandernden Kunden, aber hast Du mal zugeschaut, wenn die Leute bei Andreas einkaufen?" Schon Opa Horst hat nicht alles in den Büchern eingetragen, und Andreas hat bestimmt auch irgendwo einen Tresor, wo er eine harte Reserve für schlechte Zeiten zurücklegt, vermutlich in Gold. Du solltest nicht zu viel Mitleid mit ihm haben!" Nach kurzem Schweigen gibt Anni widerwillig zu: „Ohne Patty käme er wahrscheinlich nicht weit. Aber die hat ihm echt Feuer unter dem Hintern gemacht und seitdem sie die Straußwirtschaft haben, können sie sich vor Kunden nicht mehr retten." Sabine schaut sie erstaunt an. „Hat er Dir erzählt, dass zu wenig Kunden vorbeikommen und er deshalb immer weniger verdient!" Sabine nickt. Anni lacht. „Schau Dich mal um! Sieht so das Weingut eines Winzers aus, der seinen Wein nicht an den Mann bringt? Ich glaube, Du warst in der letzten Zeit noch weniger hier als ich! Andreas und Patty geht es gut! Dem Weingut geht es gut! Das Weingeschäft boomt. Andreas hat nur die Unart seines Großvaters übernommen: Jammern gehört zum Geschäft!" Sabine weiß, dass ihr Großvater es mit den Steuern nie genau genommen hat, aber Patty führt im Büro des Weinguts ein eisernes Regiment, sie achtet sehr genau auf die Ausgaben. „Schon seit Jahren hat es keine Beanstandungen mehr durch die Steuerprüfungen gegeben und das ist Pattys Verdienst." sagt sie deshalb. Anni wehrt ab. „Ich weiß, Du hältst mich für ungerecht auch gegenüber Patty und du glaubst, dass ich sie nicht leiden kann. Und das stimmt auch! Ich kann sie nicht leiden. Aber ich habe den größten Respekt vor ihren Fähigkeiten und die Hochzeit mit ihr war wohl das Klügste, was Andreas je gemacht hat." Sabine schaut ihre Mutter erstaunt an. „Was denn? Glaubst du, ich kann das eine nicht vom anderen unterscheiden? Ich habe mir nie Illusionen über Andreas gemacht. Er kommt mehr nach seinem Vater als nach mir - leider!“ sagt sie. „Stur, denkfaul und unbeweglich und der Einfluss von Horst hat ein Übriges dazu getan.“ Einen Moment schaut sie in die Ferne. „Sie haben mich damals gezwungen zu heiraten, als ich schwanger wurde, wusstest Du das?“ fragt sie ihre Tochter. Die schüttelt den Kopf. „Ich wollte nicht, ich hätte das Kind abgetrieben. Der Kurt hatte mir da so eine Adresse gegeben. Aber sie wollten einen Enkel für das Weingut, also haben sie mir einen Vater für das Kind besorgt. Mama und Tante Elisabeth, die waren wie eine Urgewalt, da hattest du echt keine Chance. Deine Großmutter Luise sorgte dafür, dass der Pfarrer die Trauung vorbereitete, dass die Gäste eingeladen wurden und die Torte auf dem Tisch stand und der Bräutigam in der Kirche erschien. Sogar der Kindsvater war anwesend.“ Es ist ein zynisch schmerzhafter Ton, in dem ihre Mutter ihre Geschichte erzählt. Sabine wagt es kaum, sich zu bewegen. Ist es der Tod ihrer Großmutter oder der neue Mann? Irgendetwas hat Anni verändert und diese Geschichte Sabine zum ersten Mal.

„Zum Glück hat die Ehe mit Hermann nicht lange gehalten. Auch wenn deine Großeltern deinen Onkel Gunter so abgestraft haben, im Grunde konnten wir alle ihm eigentlich dankbar sein. Wenn er nicht gewesen wäre, ich glaube, der Hermann hätte sich nicht um eine Scheidung gekümmert, der wäre einfach so nach Kanada abgehauen. Und wo wäre ich dann heute?“ Anni spielt mit einem hölzernen Osterei, das Patty als Dekoration auf dem Tisch drapiert hat. Überrascht schaut Sabine Anni an. „Das war der Grund für den Streit? Deshalb durften wir nicht mit Onkel Gunter und Tante Gertrud reden?“ Sinnend schaut Anni auf das bunte Ei, sie streicht über die Farbränder: zuerst gelb, dann grün, dann wieder gelb. „Der Hermann hätte am liebsten die Koffer gepackt und dann ab ins Flugzeug direkt nach Kanada, doch der Gunter hat ihn überredet hierzubleiben. Das war eben typisch Gunter, der hat für den Hermann aus der Scheidung rausgeholt, was ging. Sie haben die Schuld an der Scheidung mir in die Schuhe geschoben! Das Zusammenleben mit mir sei unzumutbar. Ich sei psychisch krank und tablettenabhängig. Das habe er vorher nicht gewusst." Sie zuckt mit den Schultern „Für Luise und Horst war das wahnsinnig peinlich. Ein Psychiater kam, um ein Gutachten zu machen, Gunter hat Zeugen herbeigeholt, die beweisen sollten, dass Hermann vor der Eheschließung nicht wusste, dass ich psychische Probleme hatte. Es war echt eine unschöne Sache." Die Hand um das Ei bleibt seltsam ruhig. Sabine schaut ihre Mutter verwundert an. Um deren Mund hat sich ein schadenfrohes Lächeln gebildet. „Es ging um Geld, weißt du, dem Gunter ging es nur ums Geld." Anni schaut von dem Osterei hoch und Sabine ins Gesicht.

„Woher ich das weiß?" Sabine nickt. „Dass es nicht der Hermann war, sondern der Gunter, der hinter allem steckte?" Sabine nickt wieder. „Dein Vater und ich waren nicht verliebt, aber wir waren gute Freunde. Er war ein Hippie. Einer dem Besitz und Geld nicht wichtig waren, ein bisschen ausgeflippt mit großen Träumen. Der gern mal eine Haschzigarette rauchte und auf seiner Gitarre rumklimperte. Es würde mich wundern, wenn der Gunter ihn am Ende nicht sogar übers Ohr gehauen hätte." Sie seufzt. „Zum Schluss haben deine Großeltern bezahlt. Nicht weil das Gericht es so wollte und auch nicht wegen mir, sondern weil sie nicht wollten, dass im Dorf getratscht wird und ich glaube, sie haben nicht wenig bezahlt. Der Gunter hat sie echt ausgezogen."

Jetzt versteht Sabine das schadenfrohe Lächeln. „Aber warum hat denn Tante Elisabeth nichts gesagt, sie war doch

Omas beste Freundin und Gunters Mutter?" Sabine versteht das nicht. Anni lacht verächtlich. „Ach, die Tante Elisabeth. Die hat schon in ihrer ersten Ehe mit dem Fritz Heintz die Kontrolle über ihre Kinder verloren und dann später als sie Otto Weihrich geheiratet hat, da war es dann ganz aus. Die Tante Elisabeth, die tat mir immer nur leid." Wieder schweigt Anni und spielt mit dem Holzei. „Du kannst dir das heute gar nicht mehr vorstellen, wie das damals war. Die Freiheit, die du heute hast mit einem eigenen Beruf und eigener Wohnung. Wenn ich da an mich denke, ich hatte keine richtige Ausbildung und keinen richtigen Beruf. Deine Oma und die Tante Elisabeth haben nur die Volksschule besucht und ich hatte noch ein zwei Jahre Handelsschule obendrauf. Dann sollte ich Sekretärin werden mit Steno und Schreibmaschine, weil ich doch so gut Klavierspielen konnte." Sabine möchte gerne etwas sagen, Sympathie bekunden. Sie spürt, dass sie die eigene Mutter viel zu wenig kennt. „Ich war mal eine Zeitlang in Mainz, weißt du, als Sekretärin." sagt diese jetzt. Sabine bleibt still. „Aber hinterher habe ich durch die Krankheit den Anschluss an die Technik verpasst. Mit den automatischen Schreibmaschinen und den Faxgeräten und den Computern. Die letzten Jahre habe ich es dann mal im Handelshof in Gensingen probiert. Ich habe da mit anderen Frauen in meinem Alter Waren in die Regale eingeräumt. An die Kasse haben sie mich nicht gelassen. Ich sei dafür nicht ausgebildet. Stell Dir das mal vor. Und das sagt mir einer, der noch weniger Schulausbildung hat als ich, gerade mal die Hauptschule hatte der besucht. Aber das braucht er auch alles nicht, er ist ja ein Mann. Und als ich mich über die Frechheit aufgeregt habe, hat er mir gekündigt!" Sie seufzt. „Deine Großeltern waren froh über jede Kündigung. Zu mir haben sie gesagt: Solche Jobs seien unter meinem Niveau als Tochter eines großen

Weingutbesitzers und langjährigen Bürgermeisters. So war das halt damals!"

Sabine setzt an, sie hat eine Menge Fragen, jetzt wo Anni mit dem Reden angefangen hat, merkt sie, dass es da vieles gibt, worüber sie gerne reden würde. Selten spricht Anni so offen über sich selbst. Bevor sie jedoch weiterreden kann, sind fröhliche Stimmen zu hören. Andreas, und Dan. Auch Patty hat ihre Vorbereitungen für das Mittagessen abgeschlossen. Alle sind deutlich guter Laune. Tobia springt bellend von Annis Schoß. Sabine kann sie gerade noch so am Halsband erwischen. Anni dagegen hat sich schon aus der Bank herausgewunden, um ihrem Geliebten entgegenzueilen. „Dan. Das ist Dan, mein Liebling Dan ist zurück. Jetzt muss ich aber ganz schnell raus, sonst fühlt er sich vernachlässigt." Mit einem seligen Lächeln verschwindet sie durch die Tür und lässt eine staunend blinzelnde Sabine zurück.

Die Deserteure

Am Ende sitzen alle im Probierzimmer am großen Tisch und genießen das Ostermahl. Den Rollbraten kann Dan allerdings nicht mitessen. „Ich bin Vegetarier. Das habe ich mir in Kalifornien so angewöhnt. Die riesigen Mengen Fleisch, die die Leute essen, die ekeln mich einfach an und so habe ich beschlossen, kein Fleisch mehr zu essen." Andreas kann sich das nicht vorstellen. Ein Mann, der körperlich arbeiten muss, kann auf Fleisch nicht verzichten, behauptet er. Patty, die Ökotrophologie studiert hat, lächelt und tut etwas, was nur selten vorkommt, sie widerspricht ihrem Ehemann. Es folgt ein ungewöhnlicher Vortrag darüber, dass vegetarisches Essen nicht nur gesund, sondern auch gut für die Umwelt sein kann. Während Andreas diese Informationen erst noch verdauen muss, kriecht Annis Hand in die von Dan. Sabine sieht lächelnd, wie Dan ihre Hand zur Bestätigung drückt. Nach dem Gespräch von vorhin, freut sie sich für ihre Mutter. Das mehrgängigen Osteressen lässt alle ein wenig träge am Tisch zurück, bis ausgerechnet Anni einen Spaziergang durch die blühenden Weinberge vorschlägt. Dan unterstützt ihren Vorschlag. Andreas folgt nur zögernd, aber Sabine, die an die kleine Tobia denkt, ist sofort dabei. „Diesen Weinberg hat Dein Großvater nach dem Krieg gegen Goldmünzen eingetauscht," sagt Anni, als sie wenig später an einem Weinberg vorbeigehen, der schon im März fein säuberlich beschnitten und gebogen worden ist, und nun in der warmen Frühlingssonne zu blühen beginnt. „Woher weißt Du das denn so genau?" fragt nun Andreas verächtlich. Auf seinen Großvater lässt er nichts kamen. Das Band zwischen den beiden war von klein auf sehr eng. Andreas würde den Opa immer und überall verteidigen. „Na, weil ich dabei war!" antwortet Anni nun und lacht. Du bist so naiv Andreas! Dein Großvater war im Krieg Bürgermeister, der hat sich bezahlen lassen und was glaubst du wohl, womit!“ Andreas dreht sich wütend zu ihr um, in seinen Augen blitzt es. „Das ist eine böse Verleumdung! Dafür gibt es keine Beweise! Unser Opa hat sein Bestes getan, um Engelstal zu beschützen. Das sagen alle!“ Seine Mutter beobachtet ihn selbstgefällig. „Natürlich sagen das alle, es haben ja auch alle mitgemacht. Was glaubst du, weshalb ich dieses Weingut nicht ertragen kann, unrechtes Gut darf nicht gedeihen!“ Sabine schaut von einem zum anderen und hat das Gefühl, dass beide über etwas reden, von dem sie nichts weiß. Sie schaut den Bruder fragend an. Sie möchte handfeste Beweise nicht einfach nur hingeworfene Andeutungen. „Bestechungen natürlich!“ Sagt nun Anni, als sei das die selbstverständlichste Sache der Welt! „Der war nicht nur nach, sondern auch während des 2. Weltkriegs Bürgermeister. Was glaubt ihr, wer die Bestandslisten geführt hat? Wer die Lebensmittel kontrolliert hat? Wer die Kriegsgefangenen eingesetzt hat? Und mit wem die Alliierten hinterher zusammengearbeitet haben? Er kontrollierte alles, nichts kam in dieses Dorf hinein oder ging aus diesem Dorf heraus, ohne dass euer geliebter Opa es wusste. Er und sein alter Freund Otto Weihrich.“ Anni kreuzt ihre Arme vor der Brust und schaudert einen Moment, dann schaut in die Runde. Sabine schluckt. Sie denkt an die Pfarrchronik und möchte „Halt!“ rufen. War ihr Opa Horst damals nicht gerade deshalb in die „Partei“ eingetreten, um das zu verhindern? Andreas schaut seine Mutter an: „so genau kannst du das gar nicht wissen, schließlich warst du damals noch ein Kind. Wenn wir zusammen im Keller waren, dann hat mir Opa manchmal die Stellen gezeigt, wo sie Leute versteckt haben. Er war ein guter Mann.“ „Welche Leute denn?“ „Na, Deserteure und Flüchtlinge! Solche Leute eben!“ Anni macht eine wegwerfende Handbewegung „Bah, Dein Großvater hat Geld dafür genommen, dass er in den letzten Tagen des Krieges einige junge Männer aus Engelstal nicht an die Front geschickt hat." Anni schaut Andreas herausfordernd an: „Ich war vielleicht noch ein Kind, aber mit zehn, elf Jahren erinnert man sich an vieles und man kann auch schon vieles verstehen." Sie wechselt einen kurzen Blick mit Dan. Er scheint ihr Kraft zu geben, sie streckt sich. „Dein Opa hat nicht nur Deserteure versteckt, aber lassen wir das jetzt. Es ist ein schöner Frühlingstag, die Sonne scheint und das Leben macht endlich wieder Spaß, jetzt wo die Hexe endlich weg ist. Den wollen wir uns von diesen alten Geschichten nicht verderben lassen." Sie lacht ein bisschen zu ausgelassen und läuft dann Hand in Hand mit ihrem Geliebten auf dem Weg durch die Weinberge davon, die fast 70 Jahre sieht man ihr plötzlich nicht mehr an." Auf dem Rückweg lädt Patty zu einem Cappuccino mit einem Stück Osterkuchen ein, doch Anni möchte einen Blick ins alte Haus werfen. Mit Dan geht sie voran. Die anderen hören nur noch aus der Entfernung, wie sie über schlechte Bausubstanz und schimmelige Wände spricht. Sabine dreht sich zu Andreas um, der die Augen verdreht. Sie lächelt. „Wenn sie das Haus weiter so schlecht macht, sinkt der Preis und wir müssen nicht so viel bezahlen." sagt sie. Patty nickt. „Dieser Dan ist wirklich ein netter Mann und genau das Gegenteil eurer Mutter. Ein echter Hoffnungsstreifen am Horizont. Ich glaube, dass sich alles wieder einrenken wird. Anni war heute auch ganz anders." Sabine muss ihr Recht geben. Anni hat sich verändert, sie weiß nur noch nicht, was sie von der neuen Anni halten soll.

Andreas hat keine Zeit für solche Feinheiten, er hat es eilig. Heute steht noch eine zweite Familienbegegnung bevor. „Ich habe Siggi Heintz und seine neue Freundin zum Osterkaffee eingeladen." berichtet er. „Den Siggi? Warum denn das?" Sabine ist verblüfft, erst heute Morgen hat sie mit ihrer Mutter über die Familienvergangenheit gesprochen. Holt die Geschichte sie nach Omas Tod alle ein? Ihr Bruder Andreas wird aufgeregt, fast defensiv verteidigt er die Einladung. Schließlich müsse auch mal Schluss sein mit dem alten Streit. Jetzt wo die Generation ihrer Großeltern nicht mehr da sei. „Und Anni? Weiss Anni, dass der Siggi kommt, schließlich ging es ja damals um Annis Scheidung." Andreas scheint der festen Überzeugung, dass dieser Besuch seiner Mutter nichts ausmachen wird. Die habe noch nie Probleme mit dem Onkel Gunter gehabt, das seien immer die Großeltern gewesen. Wegen dem vielen Geld, das sie bezahlen mussten. Sabine starrt Andreas verwundert an. Scheinbar wussten alle außer ihr Bescheid. „Der Siggi und ich, wir sind doch zusammen zur Schule gegangen und eigentlich habe ich auch nie was gegen ihn gehabt. Das war immer nur wegen dem Streit ein bisschen schwierig. Jetzt haben wir halt unsere Konten bei der Volksbank und der Siggi ist der Leiter von der Filiale hier in Engelstal, außerdem sitzen wir zusammen im Gemeinderat. Da ist es gut, wenn man miteinander auskommt." „Männerseilschaften!" fährt es Sabine durch den Kopf. Sie bietet Patty ihre Hilfe beim Kaffeekochen an und verschwindet mit ihr ins neue Haus, während Andreas auf die Rückkehr seiner Mutter wartet. Als er zurückkommt, ist er allein. Anni und Dan sind schon gefahren. „Mutter will Dan unbedingt noch die Loreley zeigen!" sagt er. Sabine ist enttäuscht, gerade heute nach diesem intensiven Gespräch hätte sie erwartet, dass Anni sich bei ihr verabschiedet. Doch die hat im Moment nur für eine Person Zeit und das ist ihr „Liebling Dan". Hinter ihr geht die Tür auf. Andreas heißt den neuen Gast willkommen. Siggi Heintz ist für ihren Geschmack ein bisschen zu jugendlich gekleidet. Die Boss-Jeans sitzen eine Idee zu eng über den Adidas-Sportschuhen, darüber ein rosa Pullover mit dem allseits bekannten Krokodil. Auch er trägt am Handgelenk eine bekannte Uhrenmarke. Allerdings ist sich Sabine nicht sicher, ob diese Rolex wirklich echt ist. Siggi Freundin ist neu und jung, gerade einmal fünfundzwanzig. Das Haar, mit blonden Strähnen aufgehellt, ist mit dem Glätteisen bearbeitet. Es fällt ihr über die Schultern hinunter auf den Rücken. Große bunte Ohrringe blitzen darunter hervor, die bei jeder Bewegung klingeln. Das rosa Minikleid, passend zu seinem Polohemd, reicht gerade mal bis zu den Oberschenkeln und umschließt die schmale XXS-Figur so eng, dass man jede Rippe genauso gut erkennen kann wie den künstlich vergrößerten Busen. Ihr Name ist Michelle und sie arbeitet in einem Kosmetiksalon in Bad Kreuznach. Braungebrannt und bis zu den Haarspitzen geschminkt lässt sie Patty und Sabine blass und alt aussehen. Siggi hat ihr den Arm besitzergreifend um die Taille gelegt, während er die Vorstellungsrunde übernimmt. Sabine versucht, sich zusammenzureißen. Sie hatte schon immer Schwierigkeiten mit Siggi. Diese Mischung aus Angeberei und Besserwisserei, die ging ihr schon auf die Nerven, als sie noch zuhause wohnte. Der Siggi schaffte das Abitur zwar nur mit Mühe, von der Ehrenrunde gar nicht zu reden, aber wer ihm begegnete, der glaubte immer einen Sieger vor sich zu haben. In seinem Leben ging es schon immer nur darum, wie gut sich einer verkaufen kann und im Verkaufen war der Siggi echt groß.

Sabine ist es fast peinlich, wie eifrig sich Andreas um Siggi und seine junge Freundin bemüht. Als alle an der Kaffeetafel sitzen und Pattys Kuchen genießen, in Michelles Fall eine Tasse Kaffee, schwarz versteht sich. Da beginnt Siggi zu Sabines Erstaunen tatsächlich mit den alten Geschichten. „Mein Vater konnte nie verstehen, warum eure Großeltern den Kontakt abgebrochen haben!“ strahlt er seine Zuhörer an. Sabine ist sprachlos, Andreas verunsichert. „Naja, Hermann ist ja auch einfach so gegangen." versucht er es zögernd. Siggi nickt bestimmt. „Da sagst du was Wahres. Hermann ist gegangen, aber dafür konnte doch mein Vater Gunter nichts. Der hat eigentlich deiner Mutter doch einen Gefallen getan. Wäre er nicht gewesen, dann wäre die Anni bis heute nicht geschieden. Du weißt doch, wie der Hermann war. Nichts gegen euren Vater, Sabine, aber ...!" Nun wendet sich Siggi seiner Kusine zu und schaut Sabine zum ersten Mal richtig in die Augen und Sabine erkennt die Herausforderung. Andreas ist für Siggi kein Gegner, aber Sabine schon. „Der führt etwas im Schilde!" denkt sie. Sie lächelt und nimmt den Fehdehandschuh auf. „Naja, so ein Gefallen, der kann einen schon teuer kommen, nicht wahr Siggi! Gerade heute hatte ich ein langes Gespräch mit Anni. Sie erinnert sich noch genau an den Gefallen, den dein Vater ihr getan hat und wenn es auch ihr nichts ausgemacht hat, Oma und Opa hat es eine Menge gekostet." Bewusst lässt sie es einen kurzen Moment still werden, bevor sie weiterspricht. Noch immer ein Lächeln auf den Lippen! „Aber Schwamm drüber, Siggi. Oma Luise ist nun schon eine Woche beerdigt und da ist es schön, dass wir als Familie nun Frieden schließen!" Andreas lacht verlegen und eine Spur zu laut. „Naja, das sind ja auch alte Geschichten!" sagt er. „Heute können wir froh sein, dass der Siggi uns in finanziellen Dingen beratend zur Seite steht! Nicht wahr, Siggi!" Siggi lächelt souverän und berichtet dann von seinen Kontakten zur Finanzwelt. Da kennt er sich aus! Als Filialleiter berät er nicht nur die Winzer und Kleinbetriebe in der Umgebung. Er hat auch Kunden, die richtig viel Geld bei ihm anlegen. Natürlich geht es um Börsengeschäfte. Sabine schaut vorsichtig auf die Uhr und überlegt, ob sie Tobia vorschieben soll. Schließlich hat sie das Fahrrad dabei. Da wird sie plötzlich hellhörig. „Heutzutage legen auch viele Kunden ihr Geld in Antiquitäten an. Gold und Silber ist auch eine Anlagemöglichkeit. Ich habe da auch schon mal mit Andreas gesprochen. Bei euch würde sich das wirklich anbieten. Mit dem Traditionsweingut und so!" Bildet sich Sabine das ein, hat sie da gerade einen vieldeutigen Blickwechsel zwischen Andreas und Siggi beobachtet. Vorsichtig tastet sie sich vor. „Wie funktioniert denn das mit den Antiquitäten? Hast du da besondere Kontakte zu Händlern? Oder wie machst du das?" Sabine beobachtet Siggi ganz genau. Der lacht und macht eine wegwerfende Handbewegung. „Ach da haben wir ein spezielles Portfolio. Darum muss ich mich nicht selbst kümmern. Das ist genauso wie mit dem Silber und Gold. Da habe ich meine Leute." Michelle kichert. „Siggi ist ein wichtiger Mann. Er hat für alles seine Leute! Nicht wahr, mein Schatz!" Sabine schaut zu Patty hinüber, die die Augen rollt und sich mit Mühe ein Grinsen verbeißt. Andreas dagegen betrachtet Siggi fast genauso bewundernd wie Michelle. „Na, es war auf jeden Fall interessant dich mal wieder zu treffen, du wichtiger Mann!" antwortet Sabine. Sie erhebt sich, um sich zu verabschieden. „Ich muss mich jetzt leider auf den Heimweg machen." Sie zeigt auf den kleinen Hund, der bisher auf der Bank in ihrer Jacke geschlafen hat. „Wir müssen uns jetzt mit dem Fahrrad auf den Heimweg machen, sonst wird es zu spät" Überrascht stellt sie fest, dass Michelle total begeistert ist von dem kleinen Hund. Die überschminkte Zuckerpuppe, die nicht bis drei zählen kann, ist verschwunden, zurück bleibt eine junge Frau, die sich gut mit Welpen auszukennen scheint und ihr auf dem Weg in den Hof berichtet, dass sie gerade im 6. Semester Tiermedizin studiert und im Kosmetikstudio nur so nebenbei jobbt. „Natürlich weiß der Siggi nicht Bescheid! Warum auch? Ich will nicht ewig mit ihm zusammenbleiben." sagt sie zum Abschied, bevor sie wieder nach drinnen verschwindet.

Sabine lächelt, während sie Tobia in die Tasche packt. Dann steigt sie auf ihr Fahrrad, um zum Bahnhof zu radeln. Im Zug beschließt sie, sich mit ihrer Mutter zu einem Kaffee zu verabreden. Schon nach dem ersten Klingeln hebt Anni ab. „Wir können in das kleine Café am Dom gehen!" schlägt sie vor. „Das ist wunderschön und gemütlich und dort gibt es nicht nur einen leckeren Kakao, sondern auch phantastische Kuchen! Was hältst Du davon?" Anni ist nicht abgeneigt, will allerdings nur in Begleitung kommen und so wird es eine Verabredung mit einer Sightseeing-Tour. Dan sei laut eigener Aussage zwar vor dem Krieg in Frankfurt gewesen, könne sich aber nicht mehr genau daran erinnern.

Seufzend klappt Sabine das Handy wieder ein, so hatte sie sich das Treffen zwar nicht vorgestellt, aber sie muss sich wahrscheinlich daran gewöhnen, dass ihre Mutter nur noch im Doppelpack zu haben ist. Die Regionalbahn legt sich in Kurve. Die kleine Tobia liegt eingekuschelt in der Brusttasche. Die beiden Mädchen fahren Frankfurt entgegen. So viele Jahre war Engelstal ihre Heimat, denkt Sabine, während die Strecke an ihr vorbeizieht. Selbst zum Studium nach Mainz ist sie mit dem Zug gefahren, weil sie das Heimweh gefürchtet hat. Doch jetzt fühlt sie sich im Weingut nicht mehr wohl. Gerade heute ist es ihr wieder bewusst geworden. Das ist nicht mehr der Ort ihrer Kindheit und Jugend. Gerade beim Kaffeetrinken mit Siggi ist es ihr wieder bewusst geworden. Ihr Zuhause ist die vierstöckige Villa in Frankfurt mit den Bewohnern, die alle so ganz unterschiedlich sind und mit denen ihre Engelstaler so gar nichts anfangen könnten. Am Hauptbahnhof angekommen, steigt sie wieder auf ihr Fahrrad und fährt nach Hause. Tobias Abendspaziergang fällt kurz aus. Der Tag war anstrengend, das Bett ist zu verlockend.

Der Herzinfarkt

„Das Gutachten lag neben ihm auf dem Tisch!" Ludwigs Mutter Charlotte schluchzt in den Hörer. Es ist früh am Morgen und Ludwig kämpft sich mühsam aus den Tiefen des Schlafes heraus. „Du musst sofort in die Uniklinik kommen! Ich weiß nicht, was ich machen soll!" Die Stimme seiner Mutter ist zu der eines Kleinkindes regrediert. Die Erzählung klingt chaotisch. Es dauert eine Weile, bis Ludwig verstanden hat, was passiert ist. Sein Vater wurde vor zwei Stunden von einem Dienstboten in seinem Arbeitszimmer gefunden. „Wer weiß, ob er das überlebt. Und ihr habt euch nicht ausgesöhnt! Du musst kommen, ich schaffe das nicht allein! Sofort! Du musst sofort kommen!" Einen Moment ist Ludwig wie erstarrt. Sein Vater krank? Der Gedanke ist unvorstellbar! Andererseits ein Herzinfarkt, warum nicht? Ist das nicht die typische Managerkrankheit? „Das Gutachten lag neben ihm auf dem Schreibtisch!" Hatten seine Erkenntnisse etwas ausgelöst? Hatte der Vater am Ende doch noch gelesen, was damals geschehen war? Ludwig greift nach seinem Schlüssel und der Jacke. Dann eilt er hastig die alte Treppe hinunter.

Im Flur der Kardiologie kann er seine Mutter schon von weitem erkennen. Selbst in dieser persönlichen Krise sitzt Charlottes Frisur, ihre äußere Erscheinung ist makellos. Wie immer hat sie einen ganzen Hofstaat von hilfreichen Männern um sich versammelt. Ludwigs Schwager sitzt an ihrer Seite und flüstert ihr beruhigende Worte zu, ein Arzt, Ludwig ist sich da ziemlich sicher, dass es der Chefarzt ist, hat sich ihr zugewandt, und ein jüngerer Mann vermutlich der Assistenzarzt hält ein Glas Wasser für sie bereit. Ludwigs Schwester steht etwas abseits. Über ihre Züge gleitet ein müdes erleichtertes Lächeln als sie Ludwig erblickt. „Sie hat mal wieder alle im Griff!“ sagt Ludwig zur Begrüßung zu Katharina und die nickt. „Gut, dass du da bist! Ich bin dieses Theater leid. Adam muss in die Firma zurück, er wird dort gebraucht, die Kinder warten und du kannst dich ja jetzt um Mama kümmern.“ Sie nimmt ihn kurz in die Arme und drückt ihn fest an sich. „Unser Papa ist zäh. Du wirst sehen, der schafft das schon!“ Ludwig ist sich nicht so sicher, ob sie die Worte an ihn oder an sich selbst gerichtet hat, aber er erwidert die Umarmung und drückt sie fest an sich, dann wendet er sich seiner Mutter zu. Erleichterung wird auf Adams Zügen sichtbar. „Charlotte! Ludwig ist da! Ich gehe dann mal, ich muss im Büro noch Bescheid sagen!“ Als Charlotte sich umdreht, nutzt er die Gelegenheit sich aus dem Stuhl zu erheben und sich vorsichtig aus ihrer Nähe zu entfernen. „Ludwig!“ Charlotte winkt ihn zu sich auf den freigewordenen Stuhl. Es ist wie immer. Mutter zieht die Fäden. „Das ist mein Sohn Professor Dr. Ludwig Fromme, von dem ich ihnen schon erzählt habe.“ hört er sie sagen. Verwundert starrt er Charlotte an, er kann deutlich den Stolz in ihrer Stimme hören. Der Chefarzt stellt sich vor und erklärt, dass er sich sehr geehrt fühlt, einem so berühmten Professor für Geschichte zu begegnen. Ludwig blinzelt. Der Assistenzarzt hat einen ironischen Zug um die Lippen. Der ist ihm sympathischer. Er grinst ihn an. Der wiederum lächelt zurück und sagt: „Ich war mal in einer ihrer Vorlesungen, war echt spannend. Sie werden sich nicht an mich erinnern, ist schon ein paar Jahre her!“

Charlotte, die es nicht mag, wenn die Aufmerksamkeit von ihr abgelenkt wird, bringt Ludwig auf das Wesentliche und damit zu sich selbst zurück: „Es war so furchtbar, du wirst es nicht glauben! Ich hätte beinahe selbst, einen Infarkt bekommen. Mit meinen Herzrhythmusstörungen.

Als mich diese schreckliche Chantal gerufen hat, war alles schon vorbei. Nur das mit deinem Gutachten, das hat sie mir noch gesagt." Ihre gebildete Kleinmädchenstimme steigert sich. „Alle machen mir Vorwürfe! Mir! Dabei ist dein Vater seit Jahren ein Herzinfarktkandidat. Ich habe getan, was ich konnte. Seinen ganzen Speiseplan haben wir umgestellt. Wie kann ich auf ihn aufpassen, das frage ich dich? Er hat doch schon immer gemacht, was er wollte! Er arbeitet zu viel und zu lange! Er isst zu viel und trinken, das tut er auch! Und dann kann man doch mir keine Vorwürfe machen, wenn er sich aufregt, oder?" Ihr Finger zeigt nun auf Ludwig. „Wenn einer sein Herz belastet hat, dann warst du das, Ludwig! Weil du dich geweigert hast, zurückzukommen. Weil du dauernd von ihm gefordert hast, sich mit diesen unschönen Geschichten zu beschäftigen. Nicht einmal heiraten wolltest du. Du, Ludwig, hast deinem Vater das Herz gebrochen." Die beiden Ärzte schauen diesem Familiendrama sprachlos zu. Selbst Ludwig fällt angesichts dieses hysterischen Ausbruchs nichts mehr ein. Sein Verstand sagt ihm, dass sie nur das eigene schlechte Gewissen verlagert. Aber sein Gefühl will ihr Recht geben. Er hat dem Vater die Versöhnung verweigert und hohe Forderungen an ihn gestellt. Vielleicht war das Gutachten der Tropfen, der das Fass zum Überlaufen gebracht hat.

Der Chefarzt versucht die Frau vor ihm zu unterbrechen, man sieht ihm seine Unsicherheit an. Selten hat er so wichtige Patienten wie Georg Friedrich Fromme in seiner Abteilung. Ludwig kann sehen, dass er sich überfordert fühlt. Im Moment stehen hier wahrscheinlich die Telefone im Moment nicht still. Der panische Blick des Mannes spricht Bände. Seit Fromme eingeliefert wurde, hält die Börse den Atem an. Georg Friedrich Fromme ist einer ihrer Stabilisatoren, einer der Macher hinter den Zahlen. Die Fromme-

Werke besitzen ein Firmenkonsortium mit weitreichenden Verbindungen, was wenn der erfahrene Kapitän von einem auf den anderen Tag von Bord geht. Da will doch jeder vorbereitet sein. Ludwig kennt das, der Chefarzt hier in der Uniklinik nicht. Er muss nicht nur den Ansturm von außen meistern, sondern sich auch noch um Frommes Frau hier kümmern, die allein schon seine halbe Abteilung mit ihrem hysterischen Anfall für sich in Anspruch nimmt. Auf den ersten Blick so gepflegt und makellos, dass man denken könnte, sie hat alles im Griff, auf den zweiten Blick so hilflos, dass er kaum wagt, sie auch nur aus den Augen zu lassen. Er hat einen Assistenzarzt nur für sie abgestellt. Aber das reicht deutlich nicht aus, denn sie ist nur zu beruhigen, wenn der Chefarzt präsent ist. Erst jetzt, mit dem Sohn an der Seite traut er sich, über die medizinischen Aspekte dieses Herzinfarktes zu sprechen. Ludwigs Vater habe zuvor schon mehrere kleine Infarkte gehabt, was Ludwig und Charlotte ihm bestätigen können. Er leide auch schon länger an hohem Blutdruck und sein Hausarzt habe ihn bei den regelmäßigen Untersuchungen immer wieder gewarnt. Das habe er bei einem Telefongespräch feststellen können. Doch Herr Fromme habe sich leider nicht an die Warnungen gehalten. Charlottes Protesten muss er widersprechen. Müsli zum Frühstück macht einen ungesunden Lebensstil nicht wett: Stress, Alkohol, Zigarren, ja auch die Zigarren hat er heimlich weitergeraucht. Sein alter Herr hatte das Rauchen also doch nicht aufgegeben. Als Charlotte Fromme auf seinen Ausgleichssport hinweist, macht der Kardiologe eine wegwerfende Handbewegung. Mit dem bisschen Golfen ab und zu könne man den Raubbau, den Ludwigs Vater ein Leben lang an seinem Körper betrieben habe, nicht einfach so wieder wettmachen. Und dann wendet sich Dr. Verhooven explizit Ludwig zu: „Ihr Vater hätte irgendwann sowieso einen Herzinfarkt bekommen. Sein Herz war eine tickende Zeitbombe. Was auch immer diesen Infarkt ausgelöst haben mag, ein Streit oder irgendwelche konkrete Sorgen sind es nicht gewesen. So etwas ist viel komplizierter. Dann erklärt er ausführlich, weshalb Ludwigs Vater in ein künstliches Koma gelegt werden musste. „Das Herz braucht Zeit, und in dieser Zeit entlasten wir die Organe im Körper, indem Maschinen die wichtigsten Arbeiten übernehmen! Sobald es ihrem Vater besser geht, holen wir ihn aus dem Koma zurück." Sein Blick fängt den Ludwigs ein. Und es ist so als wollte er sagen. „Lassen sie sich nur nichts einreden ..." Ludwig bedankt sich höflich. Die Informationen waren wichtig, sie haben vieles für ihn wieder geradegerückt. Auch für seine Mutter, selbst wenn die das im Moment noch nicht verstehen will und auch nicht zu schätzen weiß. Sie hat nur das Gefühl, dass man ihr die Show gestohlen hat, und dass der Chefarzt ihr nicht mehr das Mitgefühl entgegenbringt, dass ihr als engster Angehörigen zusteht. Als der dann auch noch fragt, ob er noch benötigt würde, weil er noch andere Patienten habe, kann Ludwig erkennen, dass sie alle Stacheln ausfährt. „Nein, nein und wir brauchen auch keinen zusätzlichen Arzt mehr. Ich bin jetzt da! Sie sagen uns aber Bescheid, wenn wir zu ihm können. Oder?" Ein letztes Nicken, ein letztes Dankeschön und ein unterdrückter Protest von Charlotte Fromme. Dann sind die beiden Ärzte um die Ecke verschwunden.

Ohne Publikum ist auch Charlotte leichter zu handhaben, das hat Ludwig schon oft festgestellt und tatsächlich, kaum dass die beiden um die Ecke verschwunden sind, kichert Charlotte wie ein kleines Mädchen. „Na, wenn die noch schneller gegangen wären, dann wären sie auf dem Klinikboden ausgerutscht, so schnell wie die wegwollten." „Na, du warst aber auch eine echte Pest!" Begegnet Ludwig dem hysterischen Ausbruch seiner Mutter. „Das war doch eigentlich ein ganz Netter! Aber du hast dem richtig Angst gemacht!" Charlotte zuckt kokett die Schultern. „Naja, wer kann, der kann!" Antwortet sie und dann ein bisschen ruhiger. „Das bin ich deinem Vater schuldig." Und auf verquere Weise, denkt Ludwig, stimmt das sogar. Georg Friedrich würde genau das von ihr erwarten, dass Charlotte Fromme viel Wind macht und mindestens zwei Ärzte zu ihrer Betreuung anfordert, und die Diagnose nur vom Chefarzt, denn wenn er schon keinen Lärm machen kann, dann übernimmt sie das für ihn. Den Namen Fromme wird man in dieser Abteilung so schnell nicht vergessen. Dafür werden die beiden mit vereinten Kräften sorgen. Da ist er sich sicher.

„Also, was ist nun wirklich passiert!" Ludwig nimmt seine Mutter unter den Arm und geht mit ihr dem Ausgang entgegen. An der Pforte hinterlässt er seine Handynummer. Gemeinsam schlendern sie zu einer Cafeteria. Es ist nicht der Frankfurter Hof, aber immerhin kann man einen richtigen Kaffee bekommen.

Seufzend lässt sich seine Mutter auf einen Stuhl fallen, vorsichtig gibt sie ein wenig Kaffeesahne in den Kaffee, dann rührt sie nachdenklich mit dem Teelöffel um und führt die Tasse an den Mund. Zierlich spreizt sie beim Trinken den kleinen Finger ab.

„Wie ich gesagt habe, dein Vater zog sich nach dem Frühstück wie immer in sein Schreibzimmer zurück. Dabei las er wohl endlich dein Gutachten, jedenfalls lag es offen neben ihm, als wir ihn gefunden haben. Chantal brachte ihm dann seinen Morgenkaffee hinauf. Als sie reinkam, fand sie alles in völliger Auflösung vor. Er hatte wohl ein Glas Cognac vor sich, war rot im Gesicht und konnte nicht mehr atmen. Bei dem Versuch Hilde zu holen ist auf dem Weg zur Tür gefallen, was Chantal von draußen gehört hat. Sie rief den

Notarzt. Aber bis der kam, hatte sein Herz schon aufgehört zu schlagen!" Jetzt stehen die Tränen wieder in Charlottes Augen. „Wenn er gestorben wäre, ich weiß nicht, was ich getan hätte!" Überrascht schaut Ludwig seine Mutter an.

„Dein Vater war immer da!" sagt seine Mutter jetzt. „Von Anfang an, war er immer für mich da. Damals, als wir aus dem Osten kamen und in dieser schrecklichen Wohnung in Frankfurt wohnen mussten, da hat mich eine Freundin mitgenommen zu einem Fest der Pomerania." Sie lächelt versonnen. „Das war so ein furchtbares Studentenverbindungsfest! Dein Vater hat damals schon gearbeitet. Er war kein Student mehr, aber eingeladen war er trotzdem. Ich weiß noch, wie er mich abends in seinem schicken Auto nachhause brachte. „Ein Fräulein wie sie sollte niemals zu Fuß laufen müssen," sagte er. Ich hatte viele Verehrer. Aber keiner war wie dein Vater. Der hat alles für mich geregelt. Er hat mich und meine Mutter aus dieser schrecklichen Wohnung geholt und für uns die Zeit zurückgedreht." Ludwig schaut seine Mutter nachdenklich an. Die hält sich an ihrer Tasse Kaffee fest, streicht mit dem Zeigefinger über den Rand der dickwandigen Kaffeetasse, als sei sie aus feinstem Porzellan. „Dein Vater hat immer verstanden, was es für uns bedeutete, dass wir alles hinter uns lassen mussten. Ich wurde als Kind eines Junkers geboren, in Pommern auf unserem Gut war das Wort meines Vaters und Bruders Gesetz. Noch während des Krieges war das so, Mutti und mir begegneten die Menschen nur mit dem größten Respekt, selbst noch als Vati schon tot war und Ernst an die Front musste. Aber dann kam die Rote Armee und wir mussten flüchten und Mutti hatte nur noch Angst um sich und um mich. Ich war gerade mal 11 Jahre alt. Niemand war da, der uns helfen wollte. Wir packten ein, was wertvoll war und zogen los. Einfach nur weg. Es ging ums Überleben. Heute ist von unseren Schätzen nichts mehr da. Wir haben alles verkauft. Schmuckstück für Schmuckstück hat die Mutti für Brot, Milch und Eier weggeben." Tränen schwimmen in ihren Augen. „Das Meißner Porzellan und das Tafelsilber. Alles ist an die gierigen Bauern und unseren schmierigen Vermieter gegangen. Mutti konnte nicht arbeiten und vielleicht wollte sie es auch einfach nicht. Tag für Tag saß sie da in der kleinen Küche in Frankfurt und wartete. „Du wirst schon sehen, Lottchen, bald kommt dein Bruder und dann wird alles wieder gut!" sagte sie immer. „Weihnachten sind wir wieder zurück in der Heimat!" Aber das erste Weihnachten verging und das zweite Weihnachten und das dritte und wir konnten nicht zurück. Und als dein Onkel endlich aus der Gefangenschaft kam, wurde es auch nicht besser. Es zog nur ein Esser mehr bei uns ein." Unruhig rückt sie hin und her. „Für so ein Leben war keiner von uns gemacht, meine Mutter nicht und ich nicht und dein Onkel Ernst auch nicht. Ich weiß noch, wie sie geweint hat, als sie die Diamantenparüre zum Pfandleiher gebracht hat." Sie zuckt mit den Schultern. „Ich fand die damals noch nicht mal schön, aber Muttis Herz hing daran. Diese Diamanten waren ein Statussymbol! Sie standen für all das, was wir nach dem Krieg verloren hatten." Einen Moment starrt sie vor sich hin. Sie malt mit ihrem Finger Kreise auf die hellgelbe Tischplatte. „Ich bin dann hier in Frankfurt in die Volksschule gegangen. Aber in Hinterpommern hatte ich nur eine Gouvernante gehabt, deshalb war ich nicht besonders gut. Mit Mühe habe ich hier den Abschluss geschafft. Ich weiß nicht, was ich getan hätte, wenn dein Vater mich nicht gefunden hätte. Diese nach Kohl und Kohle stinkenden Wohnung. Du kannst dir nicht vorstellen, wie ich mich geekelt habe. Ich wollte nur raus und das so schnell wie möglich."

Ein weiteres Aufseufzen, wieder ein Schluck aus der Kaffeetasse. „Als ich deinen Vater traf, war ich siebzehn. Meine Mutter musste zum Standesamt mitgehen, damit wir heiraten konnten und ich weiß noch genau, was ich gedacht habe, als wir aus dem Römer traten. „Jetzt bist du endlich sicher!" Ludwig schaut seine Mutter verblüfft an, diese Geschichten kennt er nicht. So hat sie noch nie mit ihm gesprochen. „Warum hast du mir das nie erzählt?" „Warum hätte ich das tun sollen?" Kontert sie. „Du hättest nur wieder damit angefangen, mir vorzurechnen, wie wenig meine persönliche Tragödie im Vergleich zu denen der vielen anderen bedeutet. Wie viele während des Krieges gestorben sind, wie viele ermordet wurden, wie viele vertrieben wurden, wieviel zerstört wurde! Meinst du das weiß ich nicht? Dein Vater mag versucht haben, die Augen vor der Wirklichkeit zu verschließen, aber du vergisst, dass ich es selbst erlebt habe. Ich habe immer über die Realität Bescheid gewusst. Ich habe mit elf gesehen, wie Frauen vergewaltigt wurden und ich habe mich nie irgendwelchen Illusionen hingegeben. Auf unserem Treck waren es Russen, weiter westlich deutsche Soldaten, die dasselbe mit polnischen Frauen gemacht haben und wenn keine polnischen Frauen da waren, dann haben sie auch mal deutsche genommen. Da hat keiner so genau hingeguckt. Auch wenn sie mich heute einen Kopf kürzer machen würden, wenn ich so etwas laut behaupte. Männer werden im Krieg zu Tieren, mein Sohn, ob deutsch oder russisch, französisch, englisch oder amerikanisch. Sei froh, dass du nie einen Krieg erleben musstest. Er verändert die Menschen, Männer und Frauen, Täter und Opfer. Er reißt ihnen das sogenannte Kleid der Zivilisation herunter. Was dann übrig bleibt, ist ein unbarmherziges Tier. Wer weiß, was aus dir würde? Und glaub mir, sind die Kleider erst einmal ausgezogen, lassen sie sich nicht so einfach wieder anziehen. Die Erinnerung brennt sich ein. Dein Onkel

Ernst hat sie ein Leben mit sich herumgetragen, durch den Krieg, in die Gefangenschaft bis hierher nach Frankfurt und er kam innerlich nie aus dem Krieg zurück." Ludwig erinnert sich an seinen Onkel Ernst, der Ende der 70er Jahre an einer Leberzirrhosen gestorben ist. Einer der Spätheimkehrer, der im Alkohol Trost fand. Ein Mann, der den Krieg nie überwinden konnte. Der nirgendwo richtig ankam und als Schwager seines Vaters proforma in einer seiner Firmen gearbeitet hatte, während er das Geld seines Schwagers ausgegeben hatte, bis er dann irgendwann noch in Ludwigs Kindertagen gestorben war. „Ohne deinen Vater hätte ich es nicht geschafft!" „Und was hat Vater dafür bekommen?" Ludwig ist selbst erstaunt über die Frage, aber sie drängt sich ihm automatisch auf bei der Vorstellung, dass Georg Friedrich mit Charlotte eine ganze Flüchtlingsfamilie geheiratet und durchgefüttert hat.

Charlotte zuckt die Schultern. „Ich war noch jung, aber ich habe ihn in allem unterstützt. Außerdem hat ihm, glaube ich, der Gedanke gefallen, dass ich adlig bin, besonders Pommerscher Landadel. Zeitweise hat er sogar darüber nachgedacht, ob er unser altes Gut zurückkaufen soll, damals in den 90-ern. Was völliger Blödsinn war, aber du kennst ihn ja. Er hat sogar den Kontakt zu den Vertriebenenverbänden gehalten. Mir wäre so etwas nie in den Sinn gekommen. Naja, du weißt ja, manchmal kann er auch ziemlich verrückt sein." Jetzt ist Charlottes Stimme fast zärtlich. „Als du und deine Schwester geboren wurdet, war er überglücklich, auf seine Art. Besonders bei dir. „Du konntest mir kein schöneres Geschenk machen, Charlotte!" hat er damals gesagt!" Jetzt hängen echte Tränen an Charlottes Wimpern. „Du glaubst es nicht, weil er so ein grober Klotz sein kann. Aber für Georg ist das mit der Vater-Sohn-Beziehung wirklich wichtig. Er kann das nur nicht so zeigen." Ludwig schaut sie verblüfft an. „Aber dir kann er das sagen?" Charlotte zuckt die Schultern „Naja, nicht mit so viel Worten. Aber ich weiß, wie er denkt und was er braucht. Schließlich habe ich den größten Teil meines Lebens mit ihm zusammengelebt. Ich kenne ihn so gut wie mich selbst. Ich weiß ganz genau, wann er ein schlechtes Gewissen hat. Wenn er wieder mal etwas mit einer anderen Frau hatte, und mir ein besonders großes Schmuckstück schenkte. Ich weiß auch immer, wenn es wieder vorbei ist und er früher nach Hause kommt, um mich zu einem romantischen Opernabend auszuführen." Ludwig ist fassungslos. „Und es macht dir nichts aus, wenn er dich betrügt?" Charlotte zwinkert ihn an. „Ich würde das nicht betrügen nennen. Ab und zu kann er der Versuchung einer kleinen Sekretärin oder Assistentin nicht widerstehen. Aber solche Affären halten nicht länger als ein paar Tage, höchstens Mal ein paar Wochen, dann kommt er zurück. Denn die anderen reichen nicht an mich heran. Ich lasse das zu, damit er diese Erfahrung machen kann und nicht auf dumme Ideen kommt. Ich bin die einzige Frau, die zu ihm passt. Alles andere ist nur billiger Ersatz." So viel Selbstbewusstsein macht Ludwig sprachlos. Da klingelt das Handy.

Charlotte und Ludwig können den Patienten kurz besuchen. Und so eilen beide nach oben in die Kardiologie, wo Georg Friedrich zwischen all den Schläuchen und Maschinen thront. Um ihn herum blinkt und tutet es. Georg Friedrich liegt im Koma, zum ersten Mal haben andere die Kontrolle über ihn übernommen. Ein seltsamer Anblick, den eigenen Vater so verwundbar in diesem Krankenhausbett liegen zu sehen. War es nicht vielleicht doch sein Gutachten, dass diesen Herzinfarkt ausgelöst hat? Der Arzt sagt nein, sein schlechtes Gewissen ja. Ludwig zieht sich einen Stuhl an das Bett und setzt sich an die Seite seines Vaters, er nimmt dessen Hand in seine Hand, vorsichtig streicht er mit dem Daumen über die Handfläche. Charlotte hat sich auf seine andere Seite gesetzt. „Du musst dich jetzt ein bisschen ausruhen, Georg Friedrich. Keine Angst, ich bleibe so lange neben dir sitzen und passe auf, dass dir nichts passiert und der Ludwig, der ist auch da." Die Atmosphäre im Zimmer scheint sich zu verändern, die Maschinen tuten und blinken in einem gleichmäßigeren Takt, Georg Friedrich entspannt sich tatsächlich. Es ist so als habe er auf Charlotte gewartet. Jetzt kann er endlich die Kontrolle abgeben und sich wirklich zurücklehnen. Natürlich ist das nur Einbildung, irgendwie, aber diese Verbindung zwischen Charlotte und Georg Friedrich ist stark, und sie ist spürbar. Seltsam, dass sie Ludwig erst jetzt auffällt. Er erhebt sich langsam aus seinem Stuhl. „Ich lass euch mal allein. Was hältst Du davon, wenn du mich anrufst, sobald du abgelöst werden möchtest. Ich habe noch nicht gefrühstückt und geduscht bin ich auch noch nicht." Charlotte nickt abwesend. „Ich melde mich!" sagt sie, dann wendet sie sich wieder ihrem Ehemann zu.

Neue Geheimnisse

Julia Niebergall-Lichter sieht anders aus als vor zwei Tagen. Das dunkle Haar ist zur einem Bob geföhnt, die Figur steckt in sportlichen Jeans und einer eleganten Bluse unter einem pinkfarbenen Blazer. Die Turnschuhe vervollständigen den Eindruck einer dynamischen jungen Frau. Nur wer genau hinguckt, erkennt, dass sie die 40 schon überschritten haben muss. „Ich war schon lange nicht mehr hier, auf dem Dorf wird man provinziell, ohne es zu merken." Lachend streift sie den Blazer ab und lässt die schicke Handtasche über die Stuhllehne in dem bekannten Studentencafé gleiten. „Ich freue mich, dass es so schnell geklappt hat, ich wäre sonst geplatzt, weil ich ihnen so viel zu erzählen habe. Und ihre Oma Luise hat mir einfach verboten, es ihnen vor ihrem Tod zu sagen." Sabine horcht auf: Es ist seit langem das erste Mal, dass jemand ihre Großmutter mit dem vertrauten Namen ihrer Kindheit anspricht. „Wie lange haben sie denn meine Oma Luise gekannt!" fragt sie fast eifersüchtig. Julia Niebergall-Lichter wehrt ab. „Eigentlich nicht lange genug! Sie war wohl früher eine starke Frau. Aber als ich sie kennenlernte, war sie alt, krank und von Selbstzweifeln zerfressen. Die Frau, die sie aufgezogen hat und die Frau, mit der ich gesprochen habe, waren wahrscheinlich zwei völlig unterschiedliche Persönlichkeiten. Sie werden sich deshalb über das wundern, was ich ihnen zu erzählen habe. Ich hoffe, dass sie hinterher nicht sauer auf mich sind. Aber es war der Wunsch ihrer Oma und ich bin nur die Botin, die diesen Wunsch umsetzt."

Sabine betrachtet die andere Frau prüfend. „Sie sind Pfarrerin und zum Schweigen verpflichtet!" „Ja," bestätigt ihr Gegenüber, „außer es entbindet mich jemand von dieser Schweigepflicht und das hat ihre Oma getan." „Dann muss ich sie bitten, auch über das, was wir nun miteinander besprechen, Stillschweigen zu bewahren!" Julia Niebergall-Lichter nickt. „Sie wissen also, dass da irgendwas im Busch ist." „Ja, wir haben bei der Haushaltsauflösung Einiges gefunden, das uns das vermuten lässt." „Nun ja, ihre Großmutter war wohl die Hüterin einiger Familiengeheimnisse, die nun so manches durcheinander wirbeln werden." Sabine schaut sie zweifelnd an. Will ihr Gegenüber sich wichtig machen oder sitzt hier die Antwort auf alle ihre Fragen?

„Sagt ihnen der Name Pierre Kirchner irgendetwas?" Verdutzt schaut Sabine hoch, auf diesen Namen ist sie nicht vorbereitet. Doch irgendetwas klingelt da in ihrem Gedächtnis. Hat sie seinen Namen nicht erst vor kurzem gelesen? Sie zögert, doch dann fällt es ihr wieder ein. Pierre Kirchner war der Künstler, den Niebergall in seiner Chronik erwähnt hat. Der Urlaubsgast, der bei ihren Großeltern das Fremdenzimmer gemietet hatte. Vorsichtig tastet sie sich voran: „War das nicht ein Künstler aus Berlin, der in Engelstal in den 30ern Urlaub machte. Ich meine in der Chronik ihres Vaters über ihn gelesen zu haben." Julia nickt. „Ja, Pierre Kirchner war vor dem Krieg in Engelstal. Er kam zwar aus Berlin, war aber kein deutscher, sondern ein französischer Künstler beziehungsweise ein elsässischer. Tatsächlich war er einer von den ganz Großen. Er hat sich in Paris von Matisse inspirieren lassen. Picasso hat er wohl in den 20-er Jahren in Berlin kennengelernt. In Engelstal war er nicht nur 1933, sondern auch noch einmal nach dem 2. Weltkrieg. In der 2. Hälfte des 20. Jahrhunderts wurde er international berühmt, seine Bilder hängen heute in allen großen Museen. Die letzten Jahrzehnte hat er dann in Paris als Professor an der Kunstakademie unterrichtet. Er hat sogar einige Bücher über Kunstphilosophie geschrieben. Der Mann war echt ziemlich beeindruckend." Julia Niebergall-Lichter holt Atem, die Begeisterung über diesen großen Mann hat sie deutlich übers Ziel hinausschießen lassen. Sie entschuldigt sich. „Und warum ist dieser Pierre Kirchner nun so besonders wichtig?" Sabine ist enttäuscht. Sie hat sich nie besonders für berühmte Persönlichkeiten interessiert. Mit moderner Kunst kann sie in der Regel nur wenig anfangen. Zwischen Pierre Kirchner und dem jahrhundertealten Hochzeitskelch wiederum ist auf den ersten Blick auch keine Verbindung zu erkennen.

Doch Julia Niebergall-Lichter ist nicht zu bremsen. Pierre Kirchner hat es ihr deutlich angetan. „Ihre Großmutter hat mir viel von ihm erzählt, vor allem ziemlich viel Privates und natürlich wollte ich mehr über diesen großen Künstler wissen." Sabine ist verblüfft. „Großmutter hat sich für einen Maler interessiert, nur weil der mal bei uns Ferien gemacht hat?" Julia Niebergall-Lichter betrachtet sie prüfend. „Mehr wissen sie wirklich nicht? Sabine schüttelt den Kopf. Julia lächelt wehmütig. „Pierre Kirchner war nicht einfach nur ein Gast, er war die große Liebe ihrer Oma Luise." Sie hält einen Moment inne, um ihren Worten mehr Bedeutung zu verleihen, dann sagt sie: „Pierre Kirchner war ihr Großvater."

Sprachlos starrt Sabine ihr Gegenüber an. Einen Moment glaubt sie sich verhört zu haben. Es scheint, als sei die Zeit stehen geblieben. Ihr Kopf ist leer, aus dem Hintergrund schiebt sich der Techno-Sound und das Stimmengewirr des vollbesetzten Studenten-Cafés in ihr Bewusstsein und wird sogleich wieder von tausend Fragen verdrängt, die in ihr durcheinander purzeln und gleichzeitig ausgesprochen werden wollen. Dann bricht es aus ihr heraus: „Nein, das glaube ich nicht! Nicht meine Oma Luise!" Sie schüttelt den Kopf. „Das hätte sie mir gesagt." Julia Niebergall-Lichter scheint zu verstehen, was in Sabine vorgeht. „Es ist ihr nicht leichtgefallen, dieses Geheimnis so lange zu bewahren, aber sie müssen mir glauben, sie hatte ihre Gründe dafür." Doch Sabine schüttelt den Kopf. „Welche Gründe könnten das schon sein? Sie hat die eigene Familie ein Leben lang betrogen. Meine Mutter Anni, meinen Opa Horst! Nein, so ein Mensch war sie nicht! Sie müssen sich irren!" Sabine will es nicht glauben.

„Ihre Oma Luise und Pierre Kirchner waren ein Liebespaar. Ein Leben lang. Ihre Mutter Anni ist tatsächlich die Tochter von Pierre Kirchner. Es war eine Beziehung, die vor dem Krieg begann und noch lange darüber hinaus, obwohl sie eine Deutsche war und er Franzose. Außer den beiden gab es nur drei andere Menschen, die von diesem Verhältnis wussten und das waren ihr Opa, mein Opa und ihre Freundin Elisabeth." Sabine schluckt. Ihr Opa Horst hatte davon gewusst? „Mein Opa Horst wusste Bescheid?" Nun ist Sabine völlig verwirrt. Vor ihrem inneren Auge sieht sie das Foto, das ihre Großeltern zur goldenen Hochzeit gemacht hatten. Ein älteres Paar, wie es durchschnittlicher und angepasster nicht sein könnte, er im dunklen Anzug, ein goldenes Sträußchen am Revers, sie im konservativen geblümten Kleid, das Haar blond gefärbt, die Dauerwelle in Form gelegt eine dünne Perlenkette um den Hals. Prüfend schaut Julia Niebergall-Lichter Sabine an. „Ihre Oma hat lange darüber nachgedacht, ob und wenn sie zum Hüter der Familiengeheimnisse machen soll. Ja, eine Zeitlang wollte sie alles mit ins Grab nehmen." Julia schüttelt den Kopf. „Ich habe ihr davon abgeraten. Die Beteiligten haben ein Recht davon zu erfahren. Bei einem meiner Besuche empfing sie mich dann mit den Worten. „Erzählen sie es meiner Enkelin Sabine, die weiß, wie man mit so etwas umgeht. Die Sabine, das ist die Richtige." Was sie damit meinte, war, dass sie verstehen würden, was es bedeutet, wenn Männer

Männer lieben. Anders als ihr Bruder Andreas würden sie ihren Opa nicht verachten." „Opa Horst war schwul." Jetzt gerät Sabines Weltbild völlig aus den Fugen. „Das glaube ich nicht. Das haben sie erfunden. Opa Horst war konservativ bis in die Knochen, Homosexualität kam in seiner Vorstellung überhaupt nicht vor. Ich erinnere mich noch genau daran, wie ich meinen schwulen Freund Georg mit Nachhause gebracht habe!" Ihre Großeltern hatten ihn behandelt, wie ein Wesen von einem anderen Stern. Julia Niebergall-Lichter wirbt um Verständnis. „Ihre Oma hat versucht mir das zu erklären. Bei den Nazis hatten Homosexuelle keine Chance, sie konnten von Glück sagen, wenn sie nicht im KZ landeten. Ihr Opa stand ständig unter Druck und in einem Dorf wie Engelstal kann Homosexualität bis heute noch ein Problem sein. Außerdem war ihr Opa Horst jahrelang Ortsbürgermeister, Kirchenvorsteher und Vorsitzender aller wichtigen Vereine auch im Turn- und Fußballverein. Was glauben sie denn, was passiert wäre, wenn das herausgekommen wäre?" Sabine nickt langsam, ihr dämmert die Tragweite eines Outings. „Ihr Opa Horst konnte sein, was er war, weil ihre Oma Luise die Familiengeheimnisse gut behütete. Dafür nahm er das Kind ihres Geliebten als sein Kind an. Ja, für ihn war das sogar ein Vorteil, schließlich trug es zur Bestätigung der heilen Familienfassade bei. Ihre Großeltern haben einander auf ihre eigene Weise die Treue gehalten, das konnte auch die Liebesaffäre mit dem Künstler Pierre Kirchner nicht gefährden.

Nach einer kurzen Stille, in der Sabine die Neuigkeiten verdaut und Julia Niebergall-Lichter sich einen Schluck Cappuccino gönnt, fährt letztere fort: „Sie hat mir viel von ihrem Pierre erzählt, wissen sie. Von den Spaziergängen und wie sie ihm Modell saß, mal angezogen, mal nackt, ja sogar nackt. Stellen sie sich das mal vor!" Sabine kann und will sich ihre Oma nicht als Aktmodell des berühmten Künstlers vorstellen. Doch die Pfarrerin hat deutlich Spaß daran. Sie zwinkert mit den Augen, während sie davon erzählt. „Man stelle sich das vor. Die junge Luise aus Engelstal irgendwo in Rheinhessen saß damals diesem weltbekannten Künstler nackt Modell und irgendwo in irgendeinem dieser großen Museen hängt heute möglicherweise das Aktbildnis einer unbekannten Frau, das eigentlich den Namen Luise Becker tragen müsste." Sabine schüttelt sich innerlich. Oma Luise entblößt vor aller Welt. Doch die Frau, die ihr gegenübersitzt, ist deutlich anderer Meinung, sie ist ganz in die Erinnerungen an diese spannenden Gespräche mit ihrer Großmutter versunken. „Ihre Oma war eine wirklich kluge Frau. Ich habe sie einmal gefragt, warum sie nicht mit ihrem Geliebten fortgegangen ist. Ich meine, hätte ich die Wahl zwischen einem Künstler wie Pierre Kirchner und einem Winzer wie Horst Becker gehabt, ich hätte den Künstler gewählt." Sie macht eine wegwerfende Handbewegung. „Doch ihre Oma war der Überzeugung, dass sie mit ihrem Geliebten nie glücklich geworden wäre, dazu sei er viel zu sehr von sich selbst überzeugt gewesen und sie war zu praktisch veranlagt für den feinen Herrn aus der Stadt, meinte sie. Sie sei ein Landei gewesen! So hat sie sich selbst genannt: Ein Landei. Ich glaube, dass sie ihre eigenen Fähigkeiten und Pierre Kirchners Liebe unterschätzt hat. Aber das war es nicht nur, was ihre Entscheidung beeinflusst hat. Es ging nicht nur um eine Liebesbeziehung. Um die Frage, welcher Partner der richtige war, sondern auch um ihre ganze Lebenssituation und da hat Engelstal gewonnen." Nach einem Schluck Cappuccino, fährt Julia Niebergall-Lichter fort. „Horst Becker bot ihr in Engelstal bei aller Kleinbürgerlichkeit den Raum, ihre eigene Stärke zu entfalten und auch" sie zögert einen Moment „Macht auszuüben. Sie dürfen mir nicht böse sein, wenn ich das sage, aber ihre Oma Luise war auf ihre Weise ein Machtmensch. Soweit man das als Frau damals sein konnte. Sie war die starke Frau hinter einem Mann, der selbst oft zu ängstlich war, um schwierige Entscheidungen zu treffen. Bei einem Bürgermeister, der zusätzlich noch in fast jedem wichtigen Verein saß, sammelt sich da über die Jahre eine ganze Menge Entscheidungsgewalt an. Das konnte ihr Pierre Kirchner bei aller Romantik und intellektuellen Anregung so nicht geben und das wusste sie auch." „Und das hat sie ihnen so gesagt?" Sabine schaut die andere Frau ungläubig an. Die schüttelt den Kopf. „Nein, natürlich nicht. So hat sie sich nicht ausgedrückt. Sie hat nur gesagt: „Der Horst hat mich mehr gebraucht!" und unter dem Strich ist das doch dasselbe, oder?" „Aber warum hat sie nicht wenigstens ihrer Tochter die Wahrheit erzählt? Ich bin sicher, dass es Anni viel bedeutet hätte!"

Julia Niebergall-Lichter schien selbst nach einer Antwort zu suchen. „Das habe ich auch zuerst nicht verstanden. Luises Verhältnis zu Anni war sehr ambivalent. Aus irgendeinem Grund schien sie die eigene Tochter beständig vor sich selbst schützen zu müssen, gleichzeitig hatte sie permanent ein schlechtes Gewissen. Sie war der festen Überzeugung, dass Anni die Wahrheit nicht verkraften könne und dass man sie kontrollieren und vor sich selbst schützen müsse. Ich habe ihr mehrfach gesagt, dass ich ihr Verhalten nicht richtig finde. Anni ist schließlich eine erwachsene Frau, Mutter und Großmutter. Doch sie wollte nicht hören. Vielleicht war da auch einfach eine Schamgrenze erreicht, die sie nicht überschreiten konnte und ganz ehrlich, wer sind wir, dass wir über sie und ihre Zeit ein Urteil sprechen wollen. Wir haben eine sexuelle Revolution hinter uns. Sie hatten sie noch vor sich und haben sie nicht wirklich mit uns vollzogen."

Sabine starrt Julia Niebergall-Lichter an, als seien ihr

plötzlich zwei Köpfe gewachsen. Schamgrenze und sexuelle Revolution - von wegen! Sie beginnt zu ahnen, dass ihre Oma nicht nur die Fäden ihres Opas gezogen hat. Auch Annis Leben hatte Oma Luise über Jahre hinweg kontrolliert. War das nötig gewesen? Sie denkt an das Gespräch mit ihrer Mutter vor einigen Tagen. Anni hätte man es sagen müssen. Sie hätte wissen müssen, dass sie das Kind eines Künstlers war. Gerade Anni, die sich ein Leben lang missverstanden und nicht willkommen gefühlt hatte, die von Psychiater zu Psychotherapeut gezogen war. Tiefe Traurigkeit macht sich in ihr breit. „Meine Oma war eine sehr private Person! Konflikte wurden nie offen ausgefochten. Zuviel wurde unter den Teppich gekehrt. Anni war das genaue Gegenteil. Sie wollte alles ausdiskutieren. Nichts durfte versteckt werden, alles sollte ans Licht kommen. Geheimnisse hätte sie niemals geduldet. Das war wahrscheinlich auch der Grund, weshalb meine Oma ihr nichts gesagt hat. Es wäre anschließend kein Geheimnis mehr gewesen.

Trotzdem ist es jetzt wichtig, dass gerade meine Mutter die Wahrheit erfährt. Sie hat ein Recht darauf. Danke, dass sie sich die Mühe gemacht haben und extra hierhergekommen sind, Frau Niebergall-Lichter."

Julia Niebergall-Lichter beugt sich ein wenig nach vorne. Spontan streckt sie Sabine die Hand entdecken. „Wollen wir uns nicht duzen? Ich kenne eure Familie inzwischen so gut aus den Erzählungen eurer Oma, da klingt Niebergall-Lichter schrecklich formell. Wenn man so viel vom anderen weiß, kann man sich doch eigentlich auch beim Vornamen nennen, oder? Mein Name ist Julia!" „Das ist eine gute Idee! Sabine!" antwortet diese und ergreift die ausgestreckte Hand und schüttelt sie.

„Weißt du" redet nun Julia weiter „Ich habe Luise erst verstanden, nachdem sie mir von ihrer Kindheit erzählt hatte. Die Krautweckers waren wohl keine einfache Familie." Sabine weiß fast nichts die Familie ihrer Großmutter. „Ich kann mich nicht erinnern, dass Oma Luise jemals von ihren Eltern erzählt hat. Da gab es ein paar Tanten und Onkel, die ab und zu mal zu Besuch kamen, zu den großen Feiern und zur Kirmes und so. Doch je älter wir wurden, desto mehr ging der Kontakt verloren. Ich könnte noch nicht einmal sagen, wie Omas Schwestern mit Namen hießen. Ich weiß nur, dass sie einen Bruder im 1.Weltkrieg verloren hat. Davon hat sie ab und zu mal gesprochen, wenn wir auf dem Friedhof am Denkmal für die Gefallenen vorbeigingen. Da steht nämlich sein Name." Sie zuckt mit den Schultern. Julia nickt. „Ja, ich kann mir gut vorstellen, dass Luise nicht gerne über ihre Kindheit sprechen wollte. Sie hatte keine schönen Erinnerungen. Was sie mir erzählt hat, war eher zum Heulen. Wir würden es heute so beschreiben: eine dysfunktionale Familie, in der ein alkoholsüchtiger Vater abwechselnd Frau und Töchter schlug, wenn er sich nicht gerade im Wirtshaus betrank oder zuhause seinen Rausch ausschlief. Luise entschuldigte alles mit dem Verlust des einzigen Sohnes. Die ganze Familie habe darunter gelitten, dass er so jung im 1. Weltkrieg geblieben sei, behauptete sie. Und nicht nur das. Sie versuchte den gewalttätigen Missbrauch des Vaters auch damit zu erklären, dass die Mutter als Nachzögling ein Mädchen statt eines Jungen geboren habe. Er habe so schwer leiden müssen, der Vater! Und nur weil es keine Zukunft mehr für den Hof gegeben habe, habe er seinen Trost im Wirtshaus gesucht. Kannst du dir das vorstellen! Die kluge Luise entschuldigte dieses widerwärtige Schwein auch noch. Ich wollte das nicht verstehen, bis ich begriff, dass Luise der Nachzögling war. Das Mädchen, das eigentlich ein Junge hätte sein sollen.

Was sie dem eigenen Vater durchgehen ließ, wollte sie jedoch im eigenen Leben nicht wiederholen. Als Jüngste sah sie, wie ihre älteren Schwestern nacheinander Ehemänner heirateten, die nicht viel anders waren als der eigene Vater, dominant und gewalttätig. So beschloss sie, dass ihr Mann anders sein sollte und suchte sich einen aus, der sanft, ruhig und fleißig war und sein Geld eben nicht ins Wirtshaus trug. Sie hat ihren Ehemann Horst als nicht besonders männlich beschrieben, „kein stattlicher Mann“, aber immer zum Lachen aufgelegt. Das hat ihr sofort gefallen. Den Horst mochte jeder, hat sie mir mit einem Lächeln erzählt. Er war nicht wahnsinnig reich, aber sie hatte ja auch nicht viel. Was sie verband, war der Wille, sich gemeinsam etwas aufzubauen. Über Sex wusste sie nicht genug, um ein Gefühl dafür zu bekommen, dass da irgendetwas nicht stimmen könnte. Damals wurden die jungen Frauen oft noch nicht einmal richtig aufgeklärt, bevor sie in die Ehe gingen. Luise war tugendhaft und streng erzogen worden und hatte deshalb ziemlich wenig sexuelle Erfahrung.

Sabine schüttelt den Kopf. „Aber dann in der Ehe. Da muss sie doch etwas gemerkt haben. Ich meine, er kann ihr doch nicht ewig etwas vorgespielt haben.“ Julia nickt. „Herausgekommen ist es erst damals in der Zeit als Pierre Kirchner bei den beiden das Fremdenzimmer gemietet hatte, auch wenn das ein Zufall war. In den Anfangsjahren ihrer Ehe verschwand Horst einfach ab und zu mal auf eine „dringende Reise“ nach Frankfurt und wenn er wiederkam, so erzählte sie mir, dann war eine Zeitlang alles normal, bis er mal wieder dringend nach Frankfurt musste.“ Sabine schüttelt verwundert den Kopf. „Und das ist nicht aufgefallen? In unserem kleinen Engelstal, wo jeder jeden kennt? Vor allem damals als der Ort noch so viel kleiner war? Da ist doch jede Reise nach Frankfurt beobachtet und kommentiert worden.“ Julia nickt. „Das habe ich sie auch gefragt und sie hat mir dann erzählt, wie er einmal beinahe erwischt worden ist und sie ihn mit weiblicher List gerettet hat. Das war dann der Moment, wo er es ihr gestehen musste. Passiert ist es in Frankfurt bei einer Razzia. Er hatte Glück, das seine Identität nicht aufflog. Das verdankte er übrigens meinem Opa Adam, der gerade zufällig vorbeikam und für ihn bürgte. Der arme Horst meinte wohl, sein letztes Stündlein habe geschlagen. Er kam direkt zu Luise nach Hause, um da weinend und zitternd vor ihr auf den Knien ein Geständnis abzulegen, so hat sie es mir jedenfalls beschrieben. Homosexualität galt in den 30ern als ein Verbrechen und dein Opa war gerade Bürgermeister geworden. Es hätte ihr gemeinsamer Untergang sein können. Aber Luise hatte eine gute Idee. Sie schickte Horst einfach zum Beichten zu meinem Opa. Damit wurde das ganze zum Beichtgeheimnis. Natürlich hätte mein Opa Adam auch so dichtgehalten, aber das konnten die beiden nicht wissen. So gut kannten sie ihn nicht. Doch durch diesen Trick wurde die Homosexualität von Horst Becker nun zu einem Geheimnis zwischen Luise, Horst und Opa Adam."

Einen Moment herrscht Stille zwischen den beiden Frauen, die durch die Hintergrundgeräusche des Cafés gefüllt wird. Sabine versucht sich ihren Opa und ihre Oma als junges Paar in dieser seltsamen Beziehung vorzustellen. Es will ihr nicht gelingen. Dann beginnt Julia erneut zu erzählen. Sie wirbt um Sabines Verständnis für die Geheimnisse, die da so plötzlich ans Licht kommen.

„Bei unseren Gesprächen tat Luise immer so, als habe ihr die Homosexualität ihres Mannes nichts ausgemacht, aber ich glaube, dass das nicht immer so war. Eine junge verheiratete Frau muss doch Träume haben, deshalb bin ich mir sicher, dass auch Luise Zeit brauchte, bis sie sich damit abgefunden hatte, dass ihr Mann nur Männer lieben konnte.“ Sabine lächelt spöttisch. „Du meinst, der tolle Hecht Pierre Kirchner ist in die Lücke gesprungen, die mein Opa Horst praktischer Weise offengelassen hatte.“ „Naja, das klingt jetzt vielleicht ein bisschen hart. Pierre Kirchner war für Luise deutlich mehr als ein Lückenbüßer, auch wenn er zur rechten Zeit am rechten Ort war. Ich will nicht sagen, dass er leichtes Spiel hatte, aber ich glaube, dass er keine Chance gehabt hätte, wenn die Situation anders gewesen wäre.“ Plötzlich muss Sabine an die Pfarrchronik denken, Pfarrer Niebergall selbst war über Opa Horsts Abwesenheit besorgt gewesen. Hatte er da schon von seiner Homosexualität gewusst? Julia redet in Sabines Gedanken hinein. „Am Anfang, so meinte Luise, da war es einfach nur schön, dass ein richtiger Kerl sie als Frau wahrnahm und zu schätzen wusste. Er machte ihr Komplimente und brachte ihr kleine Geschenke von seinen Maltouren mit. Dann behauptete er, sie habe ein ungewöhnliches Gesicht und er müsse unbedingt ein Portrait von ihr malen.“ „Und Opa Horst?“ wirft Sabine nun ein „der ließ das einfach so zu? Hatte der denn gar keinen Stolz?“ „Dem war das egal. Er hielt den Künstler wohl nur für einen Sommergast, der Geld bringt und bald schon wieder geht. Ein Halbfranzose, wie einige die Elsässer nannten. Dass der seine Frau anflirtete, bekam er angeblich gar nicht mit. Aber dann wurde er vom Ortsparteileiter zur Fortbildung weggeschickt. Man war wohl der Ansicht, dass er für einen Bürgermeister nicht genug Nazischliff besaß. Und während seiner Fortbildung hatten Luise und Pierre ihre erste Affäre.“ Jetzt erinnert sich Sabine. Ja, das war es gewesen. Das hatte sie gelesen. Die Fortbildung! Julia lacht vergnügt. „Luise hat mir erzählt, dass er am Anfang eigentlich nur eine Fremdenführerin brauchte. Sie sollte ihm die Sehenswürdigkeiten von Bingen zeigen, und so sind sie dann auf die Burg Klopp gelaufen und zum Kempter

Eck, sie machten Picknick am Kaiser-Friedrich-Turm und eine Wanderung zum Scharlach-Kopf. Und immer hatte er seinen Skizzenblock dabei und auf mehr und mehr Bildern stand sie im Mittelpunkt. Irgendwann sind sie dann im Bett gelandet. Für Luise, die bis dahin nur Horst gekannt hatte, war das eine ganz besondere Erfahrung. Aber das Körperliche war es nicht allein. Mal davon abgesehen, dass sie darüber selbst mit mir nicht richtig gesprochen hat. Das war ihr viel zu peinlich." Sabine entfährt ein Kichern. Allein die Vorstellung ihre Oma könnte das Wort Sex aussprechen, ist für sie unvorstellbar, wie überhaupt die ganze Geschichte. Doch Julia lässt nicht locker: „Luise war eine intelligente Frau. Pierre Kirchner hat nicht nur ihren Körper, sondern auch ihren Geist angesprochen." Julia lächelt versonnen in Erinnerung an die Gespräche mit Sabines Großmutter versunken. „Selbst im hohen Alter auf dem Krankenbett konnte sich Luise noch an die Gespräche mit diesem berühmten Künstler erinnern. Sie sprachen über Politik und Kunst und über seine Familie. Er bewunderte ihren praktischen Verstand und sie seine Weltgewandtheit." Sabine kann Julias Berichte nur schwer mit den Vorstellungen in Einklang bringen, die sie von ihrer Oma Luise hat. „Pierre hat ihr eine ganz andere Welt gezeigt und mit ihr über seine Ideen und Träume gesprochen. Er hat ihr von seiner Kunst erzählt und warum er die Dinge auf seine ganz besondere Art und Weise malt. Ich glaube, deine Oma war eine sehr kluge Frau und eine gute Zuhörerin. Vielleicht wäre sie sogar die Lebenspartnerin gewesen, die Pierre Kirchner gebraucht hätte, denn er hat tatsächlich nie geheiratet. Wer weiß?" Julia zuckt mit den Achseln.

Sabine schüttelt den Kopf. Das passt alles nicht zu der Oma, die sie großgezogen hat. „Für meine Oma wäre ein Künstlerleben nie in Frage gekommen, dazu fehlte ihr die geistige Beweglichkeit. Sie war eine Frau mit festen Prinzipien. Sie gestaltete unser Familienleben nach strikten Regeln und dabei war die heile Fassade nach außen sehr wichtig. „Was denken die Leute und nur nicht aus der Reihe tanzen!“ Das war ihr Credo. Wir mussten immer ordentlich angezogen sein. Nie durften meine Röcke zu kurz oder der Ausschnitt zu tief sein. Sie hat immer darauf geachtet, dass wir unsere Hausaufgaben machten und in der Schule nicht negativ auffielen. Andreas bekam zuhause jedes Mal Schwierigkeiten, wenn er sich in der Schule geprügelt hatte und ich musste mein Makeup erst im Schultoilette anlegen, weil sie nicht wollte, dass ich wie eine Schlampe aussah. Mit meiner Mutter Anni lag sie sich ständig in den Haaren, weil die um jeden Preis anders sein wollte. Das mit Pierre Kirchner kann wirklich nur ein Seitensprung gewesen sein. Ein Ausbruch aus ihrem eigentlichen Leben, den sie sich als junge Frau mal geleistet hat, um zu sehen, wie das so ist, wenn man ohne Verantwortung ist. Aber eigentlich war sie nicht so, das war nicht ihr wirkliches Ich. Davon bin ich fest überzeugt, so sehr kann ein Mensch sich nicht verändern. Denn, wenn es anders gewesen wäre, dann hätte sie Opa Horst verlassen und das kleinkarierte Dorfleben aufgegeben. Schließlich gab es da ein Kind und einen besseren Grund gibt es doch gar nicht.“ Sabine kann und will es noch immer nicht akzeptieren, dieses neue Bild von ihrer Oma Luise.

Julia schüttelt den Kopf. „Du darfst die Zeiten nicht vergessen! Pierre Kirchner kam zwar aus dem damaligen Zentrum von Kunst und Kultur, aus Berlin und er hatte die zwanziger Jahre erlebt mit ihrer großen Freiheit. Doch dann kam Hitler an die Macht und in Berlin begann sich alles zu verändern. Es herrschte ein anderer Ton. Pierre Kirchner, war nicht nur Künstler, er hatte sich in Berlin auch politisch als Sozialdemokrat engagiert. Hinzu kam, dass er kaum noch Aufträge bekam, seine Bilder waren nicht mehr gefragt. Deine Oma erzählte, dass er mehr oder weniger aus Berlin flüchten musste, nachdem ihn ein SA-Trupp verprügelt hatte. Die hatten eine Ausstellung gestürmt und eines seiner Bilder als entartete Kunst beschimpft und zerstört. Er habe sich dann einfach in den Zug gesetzt und sei in den nächsten Ort gefahren, der ihm gefiel. In seiner Maltasche hatte er einen Reiseprospekt aus dem Kaufhaus Wertheim. Die Binger Sehenswürdigkeiten gefielen ihm so sehr, dass er sich entschied nach Bingen am Rhein zu fahren. Dort wartete Horst, wie viele andere am Bahnhof und bot ihm eine Unterkunft zu einem Preis, den er sich leisten konnte. Er kam also nicht als erfolgreicher und bekannter Künstler nach Engelstal und konnte deiner Oma auch erst einmal nicht besonders viel bieten."

Während Sabine nach ihrer Cappuccinotasse greift, versucht sie sich vorzustellen, wie der bunte Vogel Pierre Kirchner in dieser kleinen engen Welt in Engelstal zurechtgekommen sein mochte.

Und als ob sie Sabines Gedanken gelesen hätte, fährt Julia fort: „Seltsamerweise fand der Stadtmensch Pierre auf dem Land sofort Anschluss. Er traf abends in der Straußwirtschaft auf Gleichgesinnte. Besonders mit dem Kurt Heinrich, der nach dem Krieg für die SPD in den Landtag ging, freundete er sich an. Deine Oma hat erzählt, dass die Zwei ganze Nächte durchgeschwatzt haben. Der Kurt kannte Berlin aus seiner Studienzeit und versuchte mit seinen Jazzabenden, die er für die Engelstaler Jugend in seiner Scheune veranstaltete, ein bisschen Berliner Flair nach Engelstal zu holen. Da trafen sich entartete Musik und entartete Kunst. Für die Nazis war das alles eins. Als deshalb im Mai 1933 der Kurt Heinrich verhaftet wurde und im Lager in Osthofen landete, da befürchteten deine Oma und Pierre, dass er der nächste sein würde. Eine Freundin hat dann deine Oma an dem Morgen vor seiner drohenden Verhaftung gewarnt und so konnte Pierre gerade noch rechtzeitig flüchten. Sie stellte erst einige Wochen später fest, dass sie schwanger war." Sabine schluckt. „Sie hatte also gar keine Chance, sich wirklich zu entscheiden." Julia zuckt mit den Schultern. „Ich weiß es nicht! Nur so viel ist sicher, wäre sie mitgegangen, dann hätte sie und ihr Kind erst einmal ein unsicheres Schicksal erwartet. Kirchner war auf der Flucht. Er hatte nichts außer seinem Namen und seiner Kunst und selbst die stand zu dem Zeitpunkt nicht besonders hoch im Kurs. Deine Oma behauptete, er habe ihr versprochen, sie nachzuholen, sobald er wisse, wo er unterkommen werde. Doch für sie war von Anfang an klar, dass mit seiner Abreise alles zu Ende sein würde. Es sei ein wunderschöner Traum gewesen, den sie ihr Leben lang nicht vergessen habe. Aber anders als er habe sie immer gewusst, dass sie eines Tages aus diesem Traum aufwachen müssten und ihr normales Leben weiterleben würden. Nur Pierre Kirchner habe das lange nicht akzeptieren wollen." Traurigkeit und Bedauern um eine verpasste Liebe klingt aus Julias Stimme, während Sabine noch immer das aufregende Leben des bekannten Künstlers, mit dem ihrer angepassten und praktisch veranlagten Oma in Einklang bringen kann.

„Wie hat Opa Horst eigentlich reagiert? Wegen der Schwangerschaft!" fragt Sabine nun. Schließlich gab es in dieser Beziehung auch noch einen Ehemann. „Ja, das habe ich sie auch gefragt! Welcher Mann will ein Kuckucksei in seinem Nest. Doch sie hat nur gelacht. „Er hat ja von dem Kind profitiert, deshalb haben wir auch gar nicht viel darüber gesprochen," behauptete sie dann. Er habe sie gefragt, ob sie bereit sei, bei ihm zu bleiben und als sie dies bejahte, war für ihn klar, dass er seine Verantwortung als Vater wahrnehmen würde. Ich höre sie jetzt noch, wie sie sagt: „Das war alles." In diesen drei Worten lag eine ganze Welt. Ich bin mir sicher, dass sie sich auch dann nicht für ein Leben mit Pierre Kirchner entschieden hätte, wenn er ihr eine erfolgreichere Zukunft geboten hätte. Wenn ich Pierre gewesen wäre, hätte ich mich vielleicht sogar ausgenutzt gefühlt. Denn ein Kind, war das, was Luise und Horst brauchten und was Horst ihr nicht geben konnte. Horst wiederum wusste, dass er sie nicht hätte halten können ohne Kinder. Und war deshalb ganz zufrieden mit diesem Arrangement. „Und Pierre Kirchner?" fragt nun Sabine zurück, der der Künstler mit der großen Liebe fast leidtat.

„Deine Oma hat über die Jahre den Kontakt zu ihm gehalten. Sie war tatsächlich nicht nur eine Affäre für ihn. Die beiden haben sich regelmäßig geschrieben. Pierre wollte wohl nicht einfach so aufgeben. Und für sie war diese Liebe auf Entfernung ein ungefährlicher Traum. Während des Krieges kämpfte Pierre im französischen Widerstand, in der Résistance, da war ein direkter Kontakt sowieso nicht möglich. Aber nach dem Krieg kehrte er nochmal zurück, als Besatzungsoffizier. Da haben sie wohl nochmal Kontakt aufgenommen und ihn dann auch endgültig abgebrochen." antwortet Julia. „Weißt du warum?" Sabine ist über das abrupte Ende erstaunt. Julia schüttelt den Kopf. „Sie blieb ziemlich undeutlich, wollte erst nicht richtig mit der Sprache heraus. Es hatte wohl etwas mit deinem Onkel zu tun. Angeblich konnte Pierre nicht akzeptieren, dass da ein zweites Kind war. Das glaube ich aber nicht, vor allem, weil sie sich total verweigerte, wenn es um deinen Onkel ging. Das fand ich irgendwie seltsam. Und Pierre hatte so viel Energie in diese Beziehung gesteckt, dass er sich von einem zweiten Kind nicht abhalten lassen würde. Besonders nicht in Kriegszeiten. Da muss mehr dahinterstecken. Aber ich bin da einfach nicht weitergekommen.“ Sabine nickt. Sie kennt ihre Oma. „Wenn meine Oma Luise nicht wollte, dann bekam man nichts aus ihr heraus. Vielleicht ist Onkel Berti ein weiteres Geheimnis, das wir im Laufe der Zeit lüften werden. Du hast auf jeden Fall ein Recht darauf, zu erfahren, was es mit diesem Geheimnis auf sich hat, Julia!“ Beide schauen sich an und fangen dann an zu lachen.

Schließlich wendet sich Julia ihrer Tasche zu und kramt darin herum. „Ich habe dir hier ein Paket mitgebracht. Deine Oma wollte, dass Du es bekommst. Es sind Liebesbriefe von Pierre Kirchner.“ Zögernd nimmt Sabine das Paket in die Hand und öffnet es. Zum Vorschein kommen vergilbte Briefumschläge feinsäuberlich mit Seidenbändern gebündelt und ordentlich mit Schleifen verschnürt. Fast ist sie versucht, daran zu riechen. „Ja es sieht ein bisschen aus wie in einem Film!“ Julia fährt mit den Fingern über das Seidenband. „Ich hätte die Briefe gerne selbst gelesen, meine Neugier hat mir echt Schwierigkeiten gemacht. Aber sie wollte das nicht und das habe ich respektiert!“ Julia zeigt auf die Briefumschläge in Sabines Hand. Diese Briefe sind dein Erbe. Luise möchte, dass Du ihre Geheimnisse verwaltest und daraus machst, was Du für richtig hältst.“ Sabine schaut sie fragend an: „Warum nicht Anni? Warum nicht meine Mutter? Sie ist Pierre Kirchners Kind? Sind diese Briefe nicht ihr Erbe?“ Julia scheint diese Frage vorausgesehen zu haben. „Das ist jetzt deine Entscheidung. Luise wollte es dir überlassen, sie selbst war der festen Überzeugung, dass du ihre Geheimnisse besser verwalten kannst als Anni. Sie machte das nicht Anni, sondern sich selbst zum Vorwurf. Ich bin schuld daran, dass Anni so ist, wie ist. Hat sie immer und immer wieder gesagt.“

Julia seufzt und greift erneut nach hinten in ihre schicke Handtasche. „Für Anni hat sie mir eine persönliche Gabe mitgegeben." Sie holt eine Kassette heraus. „Sie wollte ihrer Tochter eine lebendige Botschaft schicken, weil Anni ihr ein direktes Gespräch verweigert hat. Wir haben uns dann zusammen dafür entschieden, dass sie ihre Worte auf eine Kassette spricht. Ein bisschen vorsintflutlich. Aber technisch für sie am einfachsten umzusetzen. Ich habe den Kassettenrecorder und die Kassetten organisiert und ihr gezeigt, wie es geht, dann hat sie mich rausgeschickt. Ich durfte nicht zuhören, keiner durfte das. Ich gebe sie dir zu treuen Händen, damit du sie an Anni weitergibst." Sabine nimmt die Kassette entgegen. „Was hier drauf ist, das ist Luises letztes Vermächtnis. Die letzten Worte einer Mutter an ihre Tochter. Luise ist mir über diese Wochen, die ich sie besucht habe sehr nahegekommen. Diese Geschichte mit ihrer Tochter, die tat mir im Herzen weg. Es würde auch mir sehr viel bedeuten, wenn ich dazu beitragen könnte, dass sich Anni posthum mit ihrer Mutter versöhnt." Nach den letzten Worten Annis kann Sabine sich das zwar so nicht vorstellen, aber wer weiß, was Luise ihrer Tochter zu erzählen hat. Vielleicht kennt die alte Geheimniskrämerin tatsächlich den Schlüssel zum Herzen ihrer Tochter. Ganz fest umklammert sie die Kassette.

Julia nimmt einen großen Schluck Cappuccino und holt dann tief Luft. „Als Du vor ein paar Tagen ins Pfarrbüro kamst, hattest du einen ziemlich gewichtigen Begleiter an deiner Seite." Sabine nickt abwartend. Julia räuspert sich. „Ich beschäftige mich schon seit meinem Studium mit der Geschichte unserer Kirche während des Dritten. Reiches. Ich glaube, am Anfang wollte ich einfach nur mehr über meinen Großvater wissen, aber inzwischen ist daraus eine richtige Forschungsarbeit geworden. Ich habe sogar über eine Doktorarbeit nachgedacht" Sie betrachtet verschämt in ihre Tasse, mit einer wegwerfenden Handbewegung wischt sie dann die eigenen Träume vom Tisch. „Aber dann kamen die Kinder und der Beruf und … naja. Ich musste dann leider abbrechen. Auf jeden Fall dieser Ludwig Fromme ist eine echte Koryphäe, das weißt du, oder?“ Sabine nickt erneut. „Wir sind Nachbarn und er interessiert sich für unsere Geschichte.“ erklärt sie vorsichtig. Julia malt verlegen mit dem Finger Kringel auf den Tisch. „Naja, mein Großvater war ein eifriger Tagebuchschreiber. Ich habe seine Tagebücher gesammelt und dokumentiert. In meiner Promotion sollte es um seine Studienzeit in Berlin gehen und um die zwanziger Jahre.“ Nun schaut sie wieder vom Tisch hoch „ich könnte einen Professor gebrauchen, der meine Doktorarbeit begleitet, wenn ich nochmal anfange!“ Darauf weiß Sabine nun nichts zu sagen. „Ich bin noch nicht sehr weit, bisher hatte ich einfach keine Zeit, um mal ein Konzept zu machen und es jemandem vorzustellen. Die Gemeindearbeit lässt einem nicht genug Raum. Aber wenn ich mit dem Ludwig Fromme mal darüber reden könnte, dann bekäme ich bestimmt ein paar Ideen.“ Sabine zögert etwas. Sie kann sich vorstellen, dass Ludwig für mehr Informationen zum Fall fast alles machen würde, aber gleich eine ganze Doktorarbeit?! Sie verspricht ihn zu fragen. Vielleicht kann sie ein Treffen zu dritt arrangieren, da könnte Julia ja dann ihre Doktorarbeit ins Spiel bringen. Julia ist ganz aus dem Häuschen und nicht nur das, sie hat noch eine letzte Überraschung in ihrer tiefen Handtasche. „Dir ist sicher aufgefallen, dass die Pfarrchronik ab den Kirchenwahlen von 1933 kürzer und allgemeiner gehalten ist.“ Sabine stimmt ihr zu. Ja, hatten nicht Ludwig und sie sich schon über diesen Stilwechsel gewundert?

„Mit den damaligen Kirchenwahlen, bei denen sich die Deutschen Christen in der Synode durchsetzten, waren auch Kirchenvorstandswahlen vor Ort verbunden. Das muss wohl auch Auswirkungen auf Engelstal gehabt haben. Jedenfalls blieb auch der Engelstaler Kirchenvorstand nicht von Nazis verschont und mein Opa bekam Angst, eines Tages die Pfarrchronik offenlegen zu müssen. Das war zwar bis dahin noch nie vorgekommen, aber in diesen Tagen änderte sich plötzlich vieles. In der Folge begann er sich beim Schreiben selbst zu zensieren. Das, was ihn beschäftigte, dokumentierte er von da ab nur noch in seinem privaten Tagebuch. Er entwickelte eine Art doppelte Buchführung in Bezug auf die Dokumentation der Ereignisse." Sabine denkt an das, was sie bisher in der Pfarrchronik über diesen Mann gelesen hat, der sich so sehr um seine Gemeindekinder gesorgt hatte. „Was ist eigentlich aus deinem Opa Adam geworden?" Julia löffelt mit ihrem Kaffeelöffel den letzten Schaum aus ihrer Cappuccionotasse, bevor diese Frage beantwortet. „Ich kenne meinen Opa nur aus den Erzählungen meiner Oma. Er folgte Ende 1942 einigen jungen Soldaten aus Engelstal als Feldpfarrer in den Krieg, nachdem man ihm klargemacht hatte, dass er in Engelstal nicht mehr bleiben konnte. Aus dem Krieg kam er nicht wieder zurück. Wie bei vielen kam eine Vermisstenmeldung. Oma hat noch lange auf seine Rückkehr gehofft. Einige Briefe habe ich noch, die hat meine Oma aufgehoben, genauso wie seine vielen Tagebücher. Durch die ist er mir nahegerückt und irgendwann wurde er zu meinem großen Vorbild.

Noch einmal greift sie in ihre Tasche. „Ich möchte, dass ihr beide, Ludwig Fromme und du, diese Tagebücher aus Engelstal lest. Ludwig Fromme soll entscheiden, ob er sie gebrauchen kann. Sag ihm, dass ich seine Arbeit sehr bewundere. Und würde mir wünschen, dass er diese Tagebücher für seine Arbeit dokumentiert und sie mir dann zurückgibt. Sie liegen mir sehr am Herzen. Mein Opa soll sie nicht umsonst geschrieben haben." Mit diesen Worten legt sie drei alte abgegriffene Notizbücher vorsichtig auf den Tisch.

Wie eine tickende Zeitbombe liegen sie dort. Wird Sabine in ihnen endlich die Antwort auf ihre Fragen finden? Wusste Julias Opa vielleicht, wem der Hochzeitskelch gehörte? „Wirst Du mir irgendwann verraten, was euch zu uns ins Pfarrhaus getrieben hat?“ fragt Julia dann. Sabine schaut hoch‘. „Was bringt dich auf die Idee, dass du das nicht schon weißt.“ „Die Logik! Irgendetwas habt ihr in diesem alten Haus gefunden. Etwas, das auch Luise vor mir verbergen wollte.“ Als Julia Sabines erstaunten Blick einfängt, muss sie lachen. „Ja, sie hat auch mir nicht alle ihre Geheimnisse verraten. Sie müssen nicht alles wissen, Frau Pfarrer. Da geht es nicht nur um mich. Das ist nicht nur mein Geheimnis und wenn sie es wüssten, dann wären sie versucht, etwas zu unternehmen und das will ich nicht.“ Jetzt lacht auch Sabine. „Das war typisch Oma Luise. Selbst am Ende wollte sie alle Karten in der Hand behalten.“ Julia nickt und Sabine verspricht: „Am Ende wird alles ans Licht kommen. Ich halte nichts von Geheimnissen. Ob Oma das wusste und wollte oder nicht.“ Schnell greift sie nach den Notizbüchern, den Briefen und der Kassette, alles verschwindet in ihrem einfachen alten Lederrucksack. „Oma Luise glaubte an die Macht der Geheimnisse, ich glaube an die reinigende Kraft der Wahrheit. Sie kannte mich gut genug, um das zu wissen. Vielleicht fehlte ihr selbst nur der Mut.“ Sie seufzt und erhebt sich und den Rucksack in der Hand. „Da liegt noch eine Menge Arbeit vor mir. Allein dieses Gespräch hat mir eine Menge neuer Türen geöffnet. Ich bin so froh, dass es Menschen wie Ludwig und dich gibt, die mich auf der Suche nach der Wahrheit unterstützen.“ Sie greift nach Julias Hand, die steht ebenfalls auf. „Ich freue mich, wenn ich dir helfen kann, diese Geschichte mit deiner Oma Luise hat mich zutiefst berührt und irgendwie fühle ich mich durch meinen Opa eng mit eurer Familie verbunden. Ruf mich an, wenn du Fragen hast. Ich stehe euch bei euren Recherchen immer zur Verfügung." Nun stiehlt sich ein verschmitztes Lächeln auf ihr Gesicht. „Ich habe schon lange keine historischen Recherchen mehr betrieben, das ist echt mal eine interessante Abwechslung vom Gemeindealltag und wenn ich dabei noch ein bisschen Großstadtluft schnuppern kann, ist das ein zusätzliches Plus. Beide verabschieden sich nochmals voneinander, bevor Sabine sich der Theke zuwendet, um dort die beiden Cappuccino zu bezahlen und dann durch den Ausgang des Cafés nach Hause zu gehen.

Die Geheimnisträgerin

Wie schnell sich die Welt ändern kann! Denkt Sabine. Ein Cappuccino und plötzlich sieht das Leben anders aus. Ihr Opa war ein französischer Künstler und ihre konservative Oma hatte ein Leben lang eine Affäre. Und sie, die immer geglaubt hatte, ihr nahe zu stehen, wie kaum ein anderer Mensch, hatte nichts davon gewusst. Warum soll ausgerechnet sie entscheiden, wie es weitergeht? Sind die anderen wirklich schlauer, wenn sie von diesem Geheimnis erfahren? Was wird Anni denken? Wird sie sich nicht noch mehr betrogen fühlen? Wie wird Andreas damit umgehen, dass sein geliebter Opa schwul war? Was erwartete ihre Oma von ihr? Was soll sie mit diesem seltsamen Testament anfangen? Irgendwie fühlt sich Sabine überfordert.

Sie denkt an die Kiste zuhause, die eigentlich gar nichts mit dieser Beziehung und dem neuen Großvater zu tun hat. Was wird sie in den Tagebüchern von Pfarrer Niebergall lesen? Wer war der Kirchenvorsteher, vor dem er sich so sehr fürchtete, dass er aufhörte, seine Beobachtungen in der Pfarrchronik festzuhalten. War ihr Opa Horst ein Spitzel? Und was würde Ludwig dazu sagen? Wäre er noch bereit, mit ihr die Geheimnisse der Vergangenheit zu enträtseln, wenn er von diesem ganzen Wirrwarr erführe.

Julia hatte ihr geraten, die Briefe zu lesen und sich ein eigenes Bild zu machen. Ja, sie wird die Briefe lesen und ihrer Oma eine Chance geben, so wie sie das mit jedem ihrer Schüler tut. Sie wird ihr zuhören und zu verstehen versuchen, was damals vorgefallen ist und warum sie ihr Leben in dieser seltsamen Konstellation weitergeführt hat. Warum sie trotz der Schwangerschaft nicht ihrem Herzen folgte, sondern in der Enge eines kleinen Dorfes an der Seite ihres schwulen Mannes eine Diktatur und den zweiten Weltkrieg durchlebte. Langsam geht Sabine Richtung Hauseingang, dort wartet schon Hanna, die heute Nachmittag die Betreuung von Tobia übernommen hat. „Deine kleine Tobia braucht dringend einen Spaziergang," sagt sie und drückt Sabine die Hundeleine in die Hand. Sabine bedankt sich für die Mühe und entschuldigt sich dafür, dass Tobia auf Hannas Perser einen See hinterlassen hat. Dann schlendert sie mit dem Welpen in den Grüneburgpark. Eine Wanderung, die eine halbe Stunde in Anspruch nimmt, weil Tobia nicht geradeaus gehen mag. Endlich angekommen suchen sich die beiden eine Bank in der Aprilsonne. Tobia kriecht unter die Bank und beginnt mit wachsender Begeisterung Zweige und Blätter zu zerkleinern. Sie hat Glück, denn Sabine ist gerade damit beschäftigt, die alten Liebesbriefe aus dem Lederrucksack herauszuholen. Sorgfältig knotet sie die Bänder auf und öffnet den ersten Brief. Ihre Hand gleitet über das alte Papier. Da fällt ihr Blick unter die Bank. Mit einem Stoßseufzer hebt sie kurzentschlossen den kleinen Welpen auf die Bank und kramt ein Stofftier aus ihrem Lederrucksack. Während Tobia nun selig an dem Stofftier knabberte, liest Sabine den ersten Brief.

Ma chère Luise,
Ich sehne mich so nach Dir und bin zugleich zornig auf die ganze Welt. Da habe ich nun endlich mein Glück gefunden und schon wird es mir wieder aus den Armen gerissen. Am liebsten hätte ich diesen Fritz Heintz erschossen, als er kam, um Kurt zu verhaften. Nur der Gedanke an Dich hat mich aufgehalten. Was ist das für eine Zeit, in der wir leben! Wer hat diese Ignoranten an die Macht gebracht? Sie nennen meine Kunst entartet. Nur weil sie nicht sehen, was ich sehe! Du hast mich immer verstanden, ich sehne mich nach deinen Augen, nach

deiner Klugheit. Ich kann nicht mehr malen, seitdem ich Dich verlassen musste. Meine Bilder sind eine Katastrophe.

Ich habe dir versprochen zu schreiben, sobald ich sicher untergekommen bin. Das bin ich jetzt. Ich wohne in einem Hof in der Nähe meiner ehemaligen Heimat. Meine Eltern lehnen mich noch immer ab. Sie haben den verlorenen Sohn noch nicht zurückgenommen. Gestern habe ich mich heimlich mit meiner Schwester getroffen. Sie erinnert mich in ihrer Geradlinigkeit und Ehrlichkeit so sehr an Dich. Alte Freunde meiner Eltern, die im Nachbarort eine Bäckerei haben, haben mir ein Zimmer zur Verfügung gestellt. Dafür helfe ich in der Backstube mit. Du wirst lachen, ausgerechnet der Künstler, der in Berlin die Nacht zum Tag gemacht hat, backt am frühen Morgen um vier Uhr Baguette. Aber so kann ich mich für die Unterkunft und Verpflegung der lieben Leute erkenntlich zeigen, denn von meinen Bildern halten sie nicht viel. Die Besitzer sind gegen die Deutschen, so wie viele Elsässer, deshalb helfen sie mir. Doch zu meinem Entsetzen muss ich auch hier vorsichtig sein, denn es auch in meiner Heimat gibt es die Fritzens und die Ottos, die mit Hitler und seiner Partei liebäugeln. Zum Glück hat so etwas bei uns echten Elsässern keine Chance. Sobald ich ein bisschen Geld zusammen habe, werde ich nach Paris gehen, dort habe ich gute Freunde. Dann hole ich Dich zu mir. Ich habe wieder Kontakt mit der Künstler-Communité aufgenommen. Du weißt schon mit meinen Freunden, auch Pablo hat geantwortet. Er hat gute Kontakte und weil er so bekannt ist, keine Angst vor Konkurrenz. Einige seiner Kunden scheinen meine Bilder zu mögen. Er will uns bald eine Wohnung in Paris besorgen. Dann kannst Du nachkommen! Unten schicke ich Dir ein Bild von uns in unserer Backstube, damit Du mich nicht vergisst!

Tausend Küsse und Umarmungen
Dein dich ewig liebender Pierre

Sabine schaut sinnend von dem Brief auf. Sie kann sich diesen Mann Pierre Kirchner und ihre Oma Luise nicht vorstellen. Tausend Küsse und Umarmungen? Peinlich berührt faltet sie den ersten Brief wieder zusammen. Sie zögert einen Moment, bevor sie den nächsten öffnet.

Ma chère Luise,
Ich vermisse Dich so sehr. Täglich wandere ich durch die Vogesen und denke dabei an unsere wunderbaren Wanderungen, unter dunklen Tannen sehne ich mich zurück in die lichten Laubwälder des Binger Waldes und an die Hänge des Rheintals. Ich lebe von den Erinnerungen daran, wie wir gemeinsam Hand in Hand auf dem Rochusberg standen. Wie Du die eingefleischte evangelische Christin für mich den Katholiken in der Rochuskapelle eine Kerze angezündet hast. Nie werde ich vergessen, wie wir nebeneinander da im Eingang standen, Du schönste aller Ehebrecherinnen, und in die Weinberge blickten. Gestern habe ich aus der Erinnerung an deinem Bild weitergemalt, dabei konnte ich Dich genau vor mir sehen. Die Sonne auf deinem Haar, deiner samtenen hellbraunen Haut, die rauen Hände, die du vor mir verstecken wolltest und die mich so wunderbar gestreichelt haben.

Gestern habe ich Nachricht aus Paris bekommen. Ich werde bald aufbrechen können, dann beginnt ein neues Leben für uns. Ich kann es kaum erwarten, Dich wiederzusehen.

Damit Du weißt, dass auch das Elsass schön sein kann, schicke ich Dir eine Skizze von meiner heutigen Wanderung. Denk an mich, meine Liebste!
Dein dich ewig liebender und ohne dich nicht leben könnender Pierre

Sabine schluckt. Auch den zweiten Brief faltet sie sorgfältig zusammen und greift nach dem dritten, das Interesse der kleinen Tobia an den raschelnden Papieren ist ihr nicht entgangen, zur Sicherheit packt sie alles in ihren Lederrucksack zurück.

Ma chère Luise,
Paris ist nicht Paris ohne Dich! Ich möchte Dir so viel zeigen! Allen Freunden habe ich von Dir erzählt. Ich habe ihnen Bilder und Skizzen gezeigt. Die Arroganten spotten über mich und meine Liebe zu Dir, meine echten Freunde aber sind neugierig. So wie Jean Valle, der sich sehr auf dich freut. Gestern habe ich Pablo in einem Brief eine Skizze von Dir geschickt, er ist der Einzige, der mich wirklich verstehen kann. Hier scheint sich nichts verändert zu haben. Die Welt dreht sich weiter, wie früher. Wir diskutieren die Nächte durch und schlafen tagsüber, rauchen, essen und trinken und lassen es uns gutgehen. Ich habe eine Wohnung in der Nähe der Tuilerien gefunden und war auch schon bei einem Galeristen, der sich für meine Bilder interessiert.

Du schreibst, dass es schwierig ist, Horst jetzt zu verlassen. Aber es geht ihm doch gut, oder? Niemand wird ihn als Bürgermeister und Parteimitglied in Frage stellen. Du musst Dich nicht für ihn aufopfern. Was hat er Dir schon zu bieten, ein kleines Weingut, eine enge Weltsicht? Komm zu mir! Lebe mit mir mein Leben, befreie dich endlich von diesem kleinkarierten Dorfleben. Wir können hier ein wunderbares Leben zusammenführen. Du schreibst, dass Horst Dich jetzt braucht. Ich brauche Dich viel mehr, denn Du bist meine Muse und Inspiration. Ohne Dich bin ich nicht ich selbst. In meinen Bildern male ich immer nur Dich! Komm zu mir nach Paris!
Dein Dich liebender Pierre
P.S. ich habe Dir den Blick aus dem Fenster unserer Wohnung gemalt. All das kannst du bei mir bekommen!

Sabine seufzt und greift nach dem nächsten Brief, während Tobia unauffällig immer näher herankriecht, den Brief fest im Blick.

Ma chère Luise,
Du kannst nicht bei ihm bleiben. Gerade jetzt nicht, wo unser Kind unterwegs ist. Ein Kind von Dir und mir! Seit Du mir geschrieben hast, ist alles anders. Jeden Morgen, wenn ich durch die Straßen von Paris gehe, sehe ich Dich mit unserem Kind vor mir. In jeder Mutter, die einen Kinderwagen vor sich herschiebt, in jedem Jungen, der einen Ball über die Straße wirft. Abends denke ich darüber nach, wie ich ihm das Malen beibringen werde. Ich träume davon mit Euch beiden aufs Land zu fahren. Ein Freund von mir hat ein kleines Häuschen in der Provence, dort könnten wir die Sommermonate verbringen. Und wenn es ein Mädchen wird, so werden wir ihr beibringen, in dieser Welt selbstbewusst zur Frau zu werden. Sie soll es besser haben als Du Luise. Niemand soll ihr das Lesen von Büchern verwehren. Niemand soll ihr Grenzen setzen. Du musst ihn nur verlassen und zu mir kommen. Du behauptest, dass er Dir Sicherheit und Ehrbarkeit bietet. Aber was ist das wert im Vergleich zu wahrer Liebe und Freiheit. Willst Du das alles unserem Kind vorenthalten. Du schreibst selbst, dass Horst mehr und mehr wie einer von denen daherkommt. Dass er selbst zuhause die Parteiparolen nicht lassen kann und Du ihn kaum noch wiedererkennst. Verlasse ihn, bevor es zu spät ist. Ich warte auf Dich und unser Kind.

Du brauchst in Kreuznach nur in den Zug nach Saarbrücken zu steigen. Ich komme Dir entgegen! Gib mir ein Zeichen und ich schicke Dir die Billets.
Tausend Küsse
Dein Dich liebender Pierre und zukünftiger Papa
P.S. So wird das zukünftige Kinderzimmer aussehen!

Tobia hat es geschafft. Sie sitzt auf Sabines Schoß und die kann ihr gerade noch den alten Brief aus den Zähnen reißen. Vorsichtig glättet sie die zerknitterte Seite und faltet sie zusammen. Die kleine Tobia wird sehr nachdrücklich auf die andere Seite der Bank gesetzt, das Stofftier direkt zwischen die Pfoten.

Ma chère Luise,
Warum hast Du das getan? Ich kann nicht mehr schlafen und nicht mehr arbeiten! Wie konntest Du unsere Liebe so verraten? Warum hast Du Deinem Mann von unserem Kind erzählt? Warum willst Du bei ihm bleiben? Du schreibst, die Unterschiede zwischen Dir und mir seien zu groß. Du bist kein Landei, das sich nicht an die Stadt gewöhnen kann. Luise, Dein Herz und Dein Intellekt sind zu weit für Engelstal, sie umfassen die ganze Welt und sie werden in diesem kleinen Dorf verkümmern. Warum kannst Du das nicht sehen? Deine Seele wird einen jämmerlichen Tod sterben, so wie die meine jedes Mal von neuem tausend Tode stirbt, wenn ich deinen Brief lese. Du hast eine Tochter geboren, meine Tochter, und ein anderer soll ihr Vater werden und du willst von mir das Versprechen, dass ich ihr niemals sage, wer ihr richtiger Vater ist. Weißt Du eigentlich, was Du von mir verlangst? Was habe ich getan, dass Du mich so behandelst? Dass Du mein Herz so mit Füßen trittst?

Weder Du noch Dein Feigling von Mann können verhindern, dass ich komme und mein Kind sehe. Vielleicht wird sie eines Tages mehr Mut beweisen als ihre Mutter und ihrem Herzen folgen!
Pierre

Sabine schaut versonnen auf. Eine aufregende und zugleich traurige Geschichte. Irgendwie kann sie sich ihre Großmutter nur schwer als Geliebte eines Pariser Künstlers vorstellen.

Und doch hier hält sie den Beweis in ihren Händen. Die kleinen Federzeichnungen, die den Briefen beigefügt wurden, sind eindeutig und irgendwie auch sehr romantisch. Wie lange mag Oma Luise wohl geschwankt haben? Wann hat sich die für sie so typische Vernunft gemeldet? Die Briefe verweisen auf einen sehr leidenschaftlichen Mann. Opa Horst war so ganz anders. Immer ruhig und freundlich. Immer darum bemüht zu vermitteln. Wann wurde ihrer Oma wohl klar, dass sie eine so starke, leidenschaftliche Persönlichkeit wie Pierre gar nicht wollte, ja vielleicht sogar auf Dauer gar nicht ertragen konnte. Dem Zauber dieser Briefe kann man sich nur entziehen, gleichzeitig mussten sie auf Oma Luise bedrängend gewirkt haben. Vielleicht ist sie auch deshalb nicht nach Paris gefahren, denkt Sabine, weil ihr mit jedem Brief ein bisschen mehr klar geworden ist, dass dieser Mann eigentlich nicht zu ihr passt. Ganz deutlich, war es ihr während des Krieges nicht möglich gewesen, Briefe zu empfangen. Oder etwa doch? Überrascht stellt sie fest, dass der nächste Brief keine Briefmarke trägt. Auch der Briefumschlag ist einfacher. Das Papier hauchdünn, die Schrift mit Bleistift geschrieben.

Ma chère Luise,
Ich schreibe Dir aus dem Widerstand. Es ist mir schwergefallen, den Pinsel gegen das Gewehr einzutauschen, aber ich konnte die Zerstörung nicht weiter mit ansehen. Hast Du gesehen, was die Boches aus unseren Kathedralen machen und wie sie über diese Jahrhunderte alten erhabenen Bauwerke lachen. Es tut mir bis in die Seele weh, wenn ich die zerstörten Kunstwerke, die zersplitterten Scheiben und das zynische Lächeln sehe, dabei sind wir doch alle aus einem Fleisch geschaffen, nicht mehr und nicht weniger als Menschen. Und so schieße ich und das Blut spritzt und dann schließe ich die Augen, damit ich die

sterbenden Männer nicht sehen muss und denke an Dich, an Dein Haar und Deine wunderbare gebräunte Haut. An Deine lachenden Augen, die so viel Liebe zu geben hatten und den Mund, der nach Freiheit dürstete und über alle Grenzen hinweg lasse ich meinen Geist zu dir fliegen, ma chère, wie eine Taube, die allen Gewehrsalven und Fliegern entkommen soll, um direkt in dein Herz zu fliegen.

Du musst Dir um die Rosensteins keine Sorgen machen, sie sind gut in Paris angekommen. Pablo hat sich um sie gekümmert und Jaqueline hat sie dann bei Freunden untergebracht. Selma will nicht abreisen, sie ist störrisch wie ein Maultier. Gegen alle guten Ratschläge will sie unbedingt warten bis der kleine Benjamin stark genug ist, um nachzukommen. Aber die Gefahr wird von Tag zu Tag größer. Gestern hat Harald dann ein Machtwort gesprochen. Jaquelines Bruder hat sie daraufhin heute Morgen nach Calais mitgenommen. Er kennt einen Schmuggler, der sie nach England mitnehmen wird.

Sie ist erst mitgefahren, nachdem ich ihr versprochen habe, dass wir uns um Benjamin kümmern würden. Armer Benjamin, armes Judenkind mitten im Deutschen Reich, ob er diesen Krieg wohl überleben wird? Ich habe ihr versichert, dass Du alles für ihn tun wirst, dass sie ganz auf Dich vertrauen kann und dass Du ihn mit Deinem Leben schützen wirst. Ich kann sie verstehen, es ist nicht leicht, das eigene Kind Fremden zu überlassen. Glaube fest an unsere Liebe, ma chère, denn das tue ich auch. Ich bin fest davon überzeugt, dass wir uns eines Tages wiedersehen werden!
Dein sich nach Dir sehnender Pierre

Sabine schaut auf das Datum April 1944. Selma Rosenstein. War das nicht die Ehefrau des jüdischen Dorfarztes? Hatte ihre Großmutter den Rosensteins bei der Flucht geholfen? Möglich war das durchaus. Schließlich hatte sie über Pierre

Kirchner die nötigen Kontakte und der schnellste Weg aus Deutschland wäre wahrscheinlich über Frankreich gegangen. Bedeutete das, dass die Rosensteins die ursprünglichen Besitzer des Kelches waren? War der Kelch der Preis für die Flucht? Würde sie in den nächsten Briefen mehr darüber erfahren? Sabine greift zum nächsten Brief. Sie erinnert sich, Julia hatte erzählt, dass Pierre nach dem Krieg als Offizier der französischen Besatzungsarmee nach Bingen zurückgekehrt war.

Juni 1945
Ma chère Luise,
Warum willst du mich nicht treffen? So lange habe ich auf dich gewartet. So viele Jahre war ich von dir getrennt und konnte nur träumen. Dein wunderschöner Körper, deine sanfte Haut, deine klugen Augen. Nichts ließ sich mit dem Gold deines Haares vergleichen. Ich beneidete die Sonnenstrahlen, die es zum Glänzen brachten. Meine Pinsel mussten vor Deiner Schönheit kapitulieren. Und doch brachten sie mich durch die Grausamkeit des Krieges. In den Nächten, in denen ich draußen im Feld lag, auf den Feind lauernd, das Gewehr eng an meine Brust gedrückt, wenn das dunkelrote Blut meine Gedanken zu überschwemmen drohte und der Tod mir auf den Schlachtfeldern entgegenstarrte, dann hast Du mir meinen Verstand erhalten. Ich konnte die Nächte ertragen, weil ich den Tag im Herzen trug. Dein strahlendes Bild hatte ich beständig vor Augen. Und wenn ich es nicht mehr ausgehalten habe, dann habe ich meine Pinsel in die Hand genommen und habe das Bild in mir auf eine Leinwand übertragen. Für Dich Luise habe ich gekämpft. Für Dich und unser Kind. Du willst das nicht hören und nicht verstehen, aber Euch wollte ich von dieser grausamen Diktatur befreien, damit du endlich deinen Mann verlassen und mit mir kommen kannst. Und nun soll alles umsonst gewesen sein?

Warum willst Du mich nicht sehen? Du schreibst mir, dass ich der Feind bin! Ich, der Dich doch von Herzen liebhat. Du hast Angst, um den Ruf Deines Mannes und Deiner Kinder. Seit wann ist es Dir wichtig, was die Nachbarn sagen? So bist du doch nicht! Das ist kein Leben für Dich Luise!

Glaub nicht, dass Kinder mich abschrecken. Anni ist meine Tochter, ich habe mich fast so sehr nach ihr gesehnt, wie nach dir. Und ich kann auch lernen, den kleinen Berti zu lieben, wenn du ihn so sehr liebst. Glaub mir, wir könnten zu viert ganz neu anfangen.

Ich muss Dich sehen Luise, wir müssen reden! Wenn Du nicht zu mir kommst, werde ich zu Dir kommen! Ich kann nicht anders! Du bist das Licht, in dem ich verbrenne.

Wenn du nicht kommst, werde ich kommen!

Dein für Dich brennender Pierre

„Wow! So einen Liebesbrief hätte ich auch gerne Mal bekommen." Sabine ist beeindruckt, aber sie kennt auch ihre Oma Luise. Zuviel Druck hatte die nie gemocht. Langsam beginnt sie zu verstehen, warum sich ihre Großmutter nicht auf diesen wunderbaren, aber dominanten Geliebten eingelassen hatte. Oma Luise hatte selbst bestimmen wollen und nicht bestimmt werden. Eine Affäre ist eine Sache, eine lebenslange Beziehung eine andere!

Ma chère Luise,

Wie konntest Du mir das antun. Du Frau meines Lebens! Als ich Dich eintreten sah, war es wie beim ersten Mal. Für mich hat sich nichts verändert. Du magst älter geworden sein, du hast ein paar Falten um die Augen und den Mund bekommen und wie Du selbst sagst, ist dein Körper runder geworden und deine Brüste sind nicht mehr so fest, wie früher. Aber deine Reife macht dich in meinen Augen nur schöner. Sie gibt dir die

Tiefe, die Dir als junge Frau fehlte. Die Stärke, nach der ich mich während des Krieges so gesehnt habe, eine Mütterlichkeit, in deren Schoß ich mich begraben möchte. Noch immer will ich gegen Deinen Fatalismus angehen, will um Dich kämpfen, Deinen Widerstand überrennen. Doch du bist so viel stärker als ich und du zwingst mich. Ich soll begreifen, dass ich Dich nicht erreichen kann. Ich will nicht verstehen, so wie du nicht zuhören willst. In Deinen Augen kann ich die Liebe für mich noch immer erkennen und in unserer letzten gemeinsamen Nacht konnte ich sie fühlen. Doch was helfen mir Liebesschwüre, die ohne Taten bleiben? Du magst mir im Herzen treu sein. Im Leben bist Du es nicht. Im Alltag betrügst Du mich Tag für Tag. Ich weiß nicht, wer oder was es ist, das Dich hält. Aber es ist stärker als unsere Liebe. Da magst du tausendmal widersprechen. Ich will es Dir auf den Kopf zusagen. Du versteckst etwas vor mir und das zerstört unsere Liebe. Glaub nicht, dass ich das nicht spüre, denn ich kenne Dich besser als Du denkst. Ich bin Dein Herz, so wie Du das meine. Ich schlage in Dir, so wie Du in mir.

Denk noch einmal nach, ma chère, denk an unsere Tochter, gib unserer kleinen Familie eine Chance. Was könnten wir alles tun und werden, wenn wir zusammenleben. Ich habe ein Angebot für eine Professur in Amerika bekommen. Wir könnten das in Trümmer liegende Europa hinter uns lassen und ganz neu anfangen. Anni könnte in Amerika Hilfe bekommen und ich könnte mich um den kleinen Berti wie um meinen eigenen Sohn kümmern, ich schwöre es Dir. Ich wünsche mir so sehr einen Sohn von dir. Komm mit mir meine Geliebte. Du könntest endlich all das tun, wovon Du immer geträumt hast, Bücher lesen, in Konzerte gehen. Wir könnten reisen und uns die Welt anschauen und die kleine Anni könnte wieder richtig guten Klavierunterricht bekommen. Wir hätten eine gemeinsame Zukunft, die nicht engstirnig und borniert ist. Ich bitte Dich, wirf

uns nicht weg und wenn Du nicht an Dich denken willst, denk an unser Kind, dass endlich seinen Vater kennen lernen könnte. Luise, tu uns das nicht an!
Dein verzweifelt flehender Pierre

„Wie traurig!" flüstert Sabine vor sich hin und schüttelt dann den Kopf. „Aber nach Amerika wäre unsere Oma im Leben nicht freiwillig gegangen!" Dann liest sie den nächsten Brief.

Ma chère Luise,
Es reicht mir nicht, Deine heimliche Affäre zu sein. Heute Morgen habe ich eine Entscheidung getroffen. Ich werde allein nach New York gehen und das Angebot annehmen. Die Begegnung mit unserer Tochter war würdelos. Nicht einmal bei Ihrem Namen durfte ich sie nennen, nur damit niemand merkt, dass ich Euch kenne. Als ich ihr über den Kopf gestreichelt habe, ist sie zusammengezuckt. Meine Tochter sieht in mir den Feind und ich darf ihr nicht erzählen, wer ich in Wirklichkeit bin. Es heißt, steter Tropfen höhlt den Stein. Das Fass ist zum Überlaufen voll. Ein letztes Mal bitte ich Dich und dann nie mehr: Komm mit mir! Lass dieses Dorf mit seinen eingebildeten Dummköpfen hinter Dir. Ich habe vor kurzem Kurt Heinrich in Mainz getroffen, der mir wieder einmal bestätigte, dass sich in Engelstal nichts geändert hat. Du mit deinem wundervollen großartigen freien Geist musst an diesem Ort doch ersticken, was hält dich nur dort? Komm mit mir, Liebste, komm mit in die neue Welt. Horst wird eine andere finden, die an seiner Seite in diesem Weingut arbeitet und eine Scheinehe mit ihm führt. Er braucht dich nun nicht mehr. Er ist erwachsen, außerdem hat er doch Philipp. Willst du ewig die Dritte im Bunde sein. Du brauchst nicht viel. Nicht einmal einen Koffer, nimm die Kinder und fahr nach Bad Kreuznach oder Bingen, dort hole ich euch ab. Ich kaufe euch alles neu, wir machen einen ganz

neuen Anfang, einen klaren Schnitt für alle. Ich kann es Dir nur immer wieder versprechen, dass Du mich beim Wort nehmen kannst. Lass uns gemeinsam aufbrechen in eine neue Welt. Komm mit mir Geliebte, komm!
Dein Dich lockender Pierre

Papier raschelt. Sabine seufzt und packt einen zerknitterten und vielgelesenen Brief aus.

Ma chère Luise,
Ich werde diese letzte Nacht niemals vergessen, aber ich werde dich trotzdem verlassen. Du hast mich nach den Gründen gefragt, doch ich kann so nicht weiterleben. Eine Liebe, die nur im Verborgenen blühen darf, hat keine Überlebenschance. Das Schlimme ist, dass du glaubst, das Richtige für alle zu tun, für deine Familie, für dich und auch für mich. Es wird eine Zeit kommen, in der Du diesen Beschluss bereust, doch dann wird es wohl zu spät sein. Dann wirst Du für uns alle Tränen der Reue vergießen. Du hast mich gebeten, Anni nicht zu verraten, dass sie meine Tochter ist, und ich werde Dir diese Bitte erfüllen, nicht um Deinetwillen, sondern um Ihretwillen. Ich würde sie so gerne mit mir nehmen, denn ich spüre, dass sie viel von mir hat. Die Liebe zur Musik, das Expressive und Überschwängliche in ihrer Art. Doch den Hang zur Traurigkeit, den hat sie leider auch aus meiner Familie. Wenn du von Anni erzählst, muss ich immer an meine Tante Florence denken, die sich umgebracht hat, weil sie mit dem Leben nicht fertiggeworden ist. Hysterische Anfälle und Depressionen waren wohl die Ursache und auch in mir spüre ich oft diese Weltmüdigkeit, die das Leben so schwer machen kann. Ich will Anni nicht mit diesem Erbe belasten, auch wenn ich ihr so gerne den Weg in die Welt ebnen würde. Darum bitte ich Dich, pass auf mein Kind auf, dass mein Erbe nicht zu schwer auf ihr lastet.

Ich werde immer an Dich denken, doch nicht an die angepasste Bürgerin, sondern an die wilde junge Winzerin, die sich im Binger Wald nackt von mir zeichnen ließ und dabei allen Konventionen trotzte.

Mein Liebste, bewahre mir immer einen Platz in Deinem Herzen!
Dein sich verabschiedender Pierre

Ein kurzer prüfender Blick nach unten zeigt, dass Tobia noch immer beschäftigt ist. Die letzten beiden Briefumschläge unterscheiden sich deutlich. Vermutlich aus den Siebzigern! vermutet Sabine. Oma Luise scheint sie nicht oft gelesen zu haben. Dann mal los! Sabine öffnet seufzend den ersten Briefumschlag. Die Geschichte braucht ein Ende!

Ma chère Luise,
Du wunderst Dich sicher, dass ich nach so vielen Jahren von mir hören lasse. Ja, ich habe versucht, Dich zu vergessen, aber ich habe es nicht geschafft. Dein Bild saß zu tief in mir. Und so habe ich es gemalt, immer und immer wieder. In allen Museen dieser Welt hängen. Deine Bilder, sie nennen die Frau auf den Bildern die Namenlose. Nur ich kenne Deinen Namen kenne und so wird es auch bleiben. Denn Du wirst nicht wollen, dass man dieser Frau Deinen Namen gibt. Auf solche Weise wolltest Du nie berühmt werden. Das schickt sich nicht, hast du immer gesagt und dann haben wir diese falsche Moral einfach weggelacht. Jedenfalls am Anfang.

Ma chère, Du warst und bist die Frau meines Herzens geblieben. Ja, ja, selbst als wir eigene Wege gingen, ging deine Erinnerung mit mir. Keine Frau, die nach Dir kam, konnte es mit dieser Erinnerung aufnehmen, Du hast sie alle verdrängt. Dein Lachen, deine Weisheit, dein Körper.

Als ich damals ging, habe ich mir geschworen, dass ich Dir

niemals wieder schreiben werden, Du hattest mir eine Wunde zugefügt, die nicht heilen wollte. Nun breche ich meinen Schwur, denn mein Arzt hat mir heute gesagt, dass ich Krebs habe. Ein Gehirntumor. Ich habe eine Diagnose bekommen, die mich erschreckt und zugleich seltsam ruhig werden lässt. Ich habe zwei Alternativen, den Tumor entfernen zu lassen und mit einem halben Hirn weiterzuleben, oder einigermaßen würdevoll in einem halben Jahr aus dem Leben zu scheiden. Ich habe mich für letzteres entschieden. Doch bevor ich sterbe, möchte ich Dich und unser Kind noch ein letztes Mal sehen. Ich bitte Dich um dieses Geschenk. Komm zu mir nach Paris. Ich organisiere alles für Dich. Bitte, mein Herz gewähre mir diesen einen letzten Wunsch! Lass mich einen Sterbenden noch einmal in Deine Augen schauen!
Dein Dich ewig liebender Pierre

Sabine zögert einen Moment, bevor sie langsam den zweiten Brief aus seinem Umschlag zieht.

Ma chère Luise,
Ich bin dir aus tiefstem Herzen dankbar, dass Du bei mir warst und unser Enkelkind Sabine mitgebracht hast. Ich werde glücklich sterben, weil ich euch beide in meine Arme schließen durfte. Auch wenn ich bestürzt über das bin, was Du mir über Anni erzählt hast. Annis Selbstmordversuch macht mich traurig.

Die kleine Sabine ist wunderbar, so frisch, offen und frei. In vielem gleicht sie dir, mit ihren klaren Augen und dem Blick, der einen mitten ins Herz trifft. Nimm dich ihrer an und erziehe sie zu dem Menschen, zu dem auch ich sie erziehen würde. Halte sie nicht in der Welt von Engelstal gefangen.

Liebste, gib ihr die Möglichkeit zu träumen und ihre Träume in die Realität umzusetzen. Ermögliche ihr, was uns unmöglich war! Ermutige sie, wenn sie alt genug ist, neue Wege zu gehe, und erzähle ihr von mir. Ich bitte Dich darum! Ich will nicht, dass unsere Liebe mit uns verschwindet. Unsere Enkelkinder und Urenkel sollen unsere Geschichte kennen. Wenigstens Sie sollen von dieser wunderbaren Kraft wissen, die unser über Grenzen und Kriege hinweg für immer verbunden hat.

Auf ein Wiedersehen, ma chère, wir sehen uns in einer anderen Welt!

Au revoir
Pierre

Vor ihren geistigen Augen erwachen schemenhafte Erinnerungen an eine lange Busfahrt. Oma Luise Stimme, die sagt: Du musst noch ein bisschen durchhalten. Bald sind wir in Paris! Paris? Hat sie wirklich die Großmutter nach Paris begleitet? Der alte Mann auf dem goldenen Sofa in dem großen kalten Haus. War das Pierre Kirchner? Sabine erinnert sich daran, dass er ihren Kopf gestreichelt hatte und dann hatte er ihr eine kleine Kiste mit Malstiften geschenkt. Französische Ölmalkreide, die lag noch lange in einer Schublade in ihrem Schreibtisch.

Tobia unterbricht mit ihrem Bellen Sabines Gedankengang. Sie hat keine Lust mehr, sich mit ihrem Stofftier zu beschäftigen. Stattdessen hat sie beschlossen, die Nilgänse auf der Wiese zu jagen. Bevor Sabine sie festhalten kann, ist sie von der Bank gehüpft, Sabine kann dem begeisterten Welpen nur hinterherrennen und ihn gerade noch so einfangen, bevor es zum Nahkampf kommt.

Mit der zappelnden Tobia im Arm schaut sie auf ihre Uhr, um verdutzt festzustellen, dass es schon fast sieben ist. Sie hat Ludwig versprochen, sich um halb acht mit ihm bei ihrem Lieblingsitaliener an der Katharinenkirche zu treffen. Nun muss es ziemlich schnell gehen. Sie verstaut die Briefe, nimmt die protestierende Tobia auf den Arm und begibt sich nachhause. Dort kommt ihr ein erschöpfter Ludwig entgegen. „Wie siehst du denn aus!“ Sabine ist echt besorgt. Ludwig hat nicht den üblichen Schalk in den Augen, stattdessen sieht er einfach nur müde aus. Resolut zieht sie ihn hinter sich her in die eigene Wohnung und drückt ihn auf ihr Sofa. Tobia hüpft unaufgefordert auf seinen Schoß, während sie in die Küche eilt, um ihm ein Glas Riesling zu besorgen.

Sie schließt die Wohnungstür hinter sich und drückt Ludwig das Glas in die Hand. „So und jetzt erzählst du mir mal was los ist. Das lässt man dich mal drei Tage aus den Augen und schon siehst du aus, wie ein Nachtgespenst.“ Um Ludwigs Lippen deutet sich ein schwaches Lächeln an. „Na bitte, es geht doch!“ Sabine lächelt aufmunternd, doch dann beginnt Ludwig zu erzählen. Wie ein Sturzbach bricht es aus ihm heraus. Vom Herzinfarkt seines Vaters und seinem Gutachten, das man neben ihm gefunden hat und dass er nun im künstlichen Koma in der Uni-Klinik liegt. „Im Moment wechseln wir uns an seinem Bett ab.“ Einen Moment stockt er. „Meine Mutter nennt das Wache! Sie behauptet, dass er das braucht und dass er merkt, ob jemand bei ihm ist oder nicht. Sie glaubt, dass er sich nur wohlfühlt, wenn seine Familie auf ihn aufpasst. Übrigens versteht sie aus irgendwelchen Gründen unter seiner Familie nur sich und mich. Meine Schwester zählt nicht. Frag mich nicht, warum. Ich glaube ja, dass das eher ihr als sein Problem ist. Aber du hast meine Mutter noch nicht erlebt, wenn sie ihren Willen nicht bekommt.“ Erst beim Erzählen merkt Ludwig wie seltsam das klingt, was sie da gerade im Krankenhaus tun: Eine Wache für einen der im Koma liegt, damit er sich entspannen kann! „Ach, und ich habe gedacht, dass nur ich eine verrückte Mutter habe!“ seufzt Sabine. Beide schauen sich einen Moment an und dann fangen sie an zu lachen, ein bisschen hysterisch, aber befreiend. „Wie sieht es aus? Hast

Du trotzdem noch Lust auf Italienisch, oder haben dir die Sorgen den Appetit verdorben?" „Also diese Frage war jetzt wohl rein rhetorisch, oder?" Ludwig schaut sie dankbar an. „Das ist keine Frage der Lust, sondern der Notwendigkeit. Wann wollen wir los?" Sabine weist auf Tobias Welpentasche an der Tür. Direkt daneben steht ihr Rucksack mit den Briefen und den Tagebüchern. Beides muss mit. „Wegen mir kann's gleich losgehen!" Sagt sie. Ein dankbarer Blick sagt mehr als tausend Worte. Keine fünf Minuten später spazieren alle drei Richtung U-Bahn.

Prosecco oder Champagner?

Es ist eine von Ludwigs angenehmen Seiten, dass er auch mal oberflächlichen Unsinn reden kann. Und so sitzen sie in der U-Bahn und lachen über Tobias erste Berührung mit dem öffentlichen Nahverkehr. Ludwig spinnt Geschichten von anderen Hunden, die ihre Marken zurückgelassen haben, Signale, die Tobia nun wie eine Zeitung lesen kann, Gerüche von den betrunkenen Punkern, die zwei Reihen weitersitzen und der alten Dame mit dem Veilchenparfüm, die ganz deutlich auf dem Weg in die Oper ist. „Ach der ist ja süß! Darf man den anfassen?" flötet sie und streckt schon die Hand nach dem kleinen Hund aus. Tobia bellt protestierend. Sie mag deutlich keine Veilchen. Ludwig antwortet: „Wir kommen gerade vom Tierarzt. Die Kleine hatte heute Morgen eine Magenverstimmung! Sie freut sich sicher über ein bisschen Trost!" Die Hand zuckt schnell wieder zurück. Die Dame erhebt sich. In Ludwigs Augen glitzert der Schalk, Sabine kann das Lachen kaum zurückhalten.

Beim Lieblingsitaliener geht das Bestellen schnell. Ein Blick in die Karte und beide wissen, was sie wollen. Zuerst den Rucolasalat mit Parmesan, dann die selbstgemachten Ziegenkäseravioli mit Pesto, die wollen sich Sabine und Ludwig teilen, damit noch Platz bleibt, für die Dorade in

Salzkruste. Ludwig ist der Überzeugung, dass Sabine die unbedingt probieren muss! „Außerdem sollten wir mit einem Prosecco anfangen!“ Ludwig ist so richtig in Schwung. „Und zwar einen guten!“ Als beide auf den Salat warten, holt Sabine die Briefe heraus, die sie am Nachmittag gelesen hat. Sie hat sich entschieden, dieses Familiengeheimnisse mit Ludwig zu teilen. Es hat zwar nicht unmittelbar mit dem Hochzeitskelch zu tun, aber wie sie heute Mittag zu Julia gesagt hat. Geheimnisse zerstören. Nur die Wahrheit bringt alles ans Licht. Und so legt sie nun dieselbe im wahrsten Sinne des Wortes vor Ludwig auf den Tisch.

„Julia Niebergall-Lichter hat sich bei unserem Treffen heute Nachmittag als Testamentsvollstreckerin betätigt. Meine Großmutter hat mich zur Hüterin ihrer Familiengeheimnisses gemacht und Julia, seit heute Nachmittag sind wir per du, hat mir dieses Geheimnis eröffnet. „Ach ja!“ Ludwig ist ganz Ohr. „Wusste sie mehr über den Kelch!“ Sabine schüttelt den Kopf. „Nein mit dem Kelch hat das gar nichts zu tun. Jedenfalls nicht auf den ersten Blick. Es hat sich jedoch herausgestellt, dass Oma Luise eine echte Geheimniskrämerin war. Und dass dieses Geheimnis Folgen für die ganze Familie Becker haben wird.“ Sie seufzt. „Oma hat es meiner Entscheidung überlassen, wie ich damit umgehe.“

Ludwig zieht die Brauen hoch. „Na, jetzt hast du mich aber richtig neugierig gemacht.“ Sabine nickt. „Das kannst du auch sein. Ich wollte es zuerst auch nicht glauben. Aber ich habe Beweise dafür, dass meine Oma die große Liebe eines ziemlich bekannten Künstlers war.“ „Pierre Kirchner? Du meinst, deine Großmutter hatte ein Techtelmechtel mit Pierre Kirchner?“ Sabine schaut Ludwig verblüfft an. „Woher weiß du? Wie kommst du auf …?“ Ludwig breitet seine Arme weit aus. Er ist total begeistert. „Pierre Kirchner. Er wird in der Pfarrchronik erwähnt. Ich war mir nur nicht sicher, ob er das auch wirklich ist und wollte selbst noch ein paar Recherchen anstellen. Bis jetzt bin ich nur noch nicht dazu gekommen.“ Er grinst und holt Luft. „Es hätte ja sein können, dass Kirchner deinen Großeltern zum Dank ein Gemälde oder eine Zeichnung geschenkt hat. In diese Richtung habe ich eigentlich gedacht. Aber eine Liebesbeziehung, das eröffnet ja ganz neue Dimensionen. Woher wusste Julia Niebergall-Lichter denn so genau Bescheid?“

Nun beginnt Sabine zu erzählen, von ihrer Oma und dem Künstler, von Opa Horst und ihrer Mutter Anni und warum am Ende alles so gekommen ist, wie es gekommen ist. Ludwig kann es kaum fassen. Seine Begeisterung kennt keine Grenze. „Weißt du überhaupt, wer das war, Pierre Kirchner? Der hat die zeitgenössische Kunst mit seiner Kunsttheorie auf den Kopf gestellt hat! Das war ein wahnsinnig kluger Mann. Ich liebe seine Bilder! Zu denken, dass ich hier mit seiner Enkelin an einem Tisch sitze. Ich kann das kaum glauben.“ Sabine schiebt ihm die Briefe über den Tisch zu. Doch, bevor er sie lesen kann, kommt der Salat. Unter dem Tisch wird Tobia lebendig. Sie hat seit der Ankunft im Restaurant in ihrer kleinen Hundetasche geschlafen, beschließt jetzt jedoch, dass es an der Zeit ist, sich bemerkbar zu machen. Sabine nimmt sie vorsichtig auf den Schoß und krault sie hinter dem Ohr, während sie sich gleichzeitig ihrem Salat zu widmen versucht. Ludwig verschluckt sich fast beim Kauen, während er Sabine von Pierre Kirchner erzählt. Seine Augen strahlen. „Dieser Mann war ungeheuer bedeutend für die Kunstszene der Nachkriegsjahre war. Er hat nicht nur gemalt wie die anderen, sondern auch über die Malerei geschrieben. Er war nicht nur Künstler, sondern auch Philosoph und politisch aktiv war er auch. Nach dem Krieg lebte er eine Zeitlang in den USA, aber als es da gegen die Linken ging, ist er wieder nach Frankreich zurückgekehrt.“ Endlich hat Ludwig seinen Salat aufgegessen. Sorgfältig öffnet er den ersten Brief und beginnt zu lesen. Nach kurzer Zeit schaut er auf. Sabine zuckt mit den Schultern und macht eine auffordernde Handbewegung. Ludwig liest weiter und weiter. Er versinkt völlig in der Liebesbeziehung eines anderen Mannes. Dann räuspert er sich. Bisher hat er diesen großen Mann nur als Philosophen und Künstler wahrgenommen, dem Menschen auf so intime Weise zu begegnen, berührt ihn zutiefst. Mehrfach setzt er an, doch ihm fehlen die Worte. Nach dem Salat folgt die Pasta. „Ich kann es echt nicht fassen! Dass du die Enkelin von Pierre Kirchner bist. Da wohne ich neben dir und habe es nicht gewusst." „Naja," brummt Sabine „Ich ja auch nicht!" „Aber du bist ihm wenigstens einmal begegnet!" Schiebt er nach. Sie nickt, „aber da habe ich nicht gewusst, wer er ist. Außerdem war ich noch ziemlich klein. Ich kann mich nur noch dunkel daran erinnern. Heute Nachmittag, als ich die Briefe gelesen habe, habe ich darüber nachgedacht. Meine Erinnerungen sind sehr bruchstückhaft und verschwommen." Wieder ein Kopfschütteln. „Oma Luise war extrem verschwiegen. Diese Parisreise war aus anderen Gründen bei uns mehrfach Thema. Aber hätte uns damals einer gesagt, dass Oma einen verflossenen Liebhaber besuchen wollte, der Annis Vater und mein Großvater ist, wir hätten ihn ausgelacht, so absurd schien uns dieser Gedanke. Wenn da nicht die Briefe wären, ich würde Julia noch immer kein einziges Wort glauben." „Aber dein Großvater schreibt hier, dass ihr ihn besucht habt. Daran musst du dich doch erinnern!" Sabine rollt die Augen. „Meine Güte, Ludwig, ich war damals vier vielleicht fünf Jahre alt. Da war eine riesige feine Wohnung, ein alter Mann, meine Oma mit ihrer großen Handtasche, die Streuselkuchen und Wein auspackte. Mir war das schon als kleines Kind peinlich. Das kann in Paris gewesen sein oder an einem anderen Ort, du weißt doch, wie verlässlich Kindheitserinnerungen sind." Doch Ludwig hört schon nicht mehr richtig zu. Für ihn steht fest, dass Oma Luise tatsächlich mit Streuselkuchen und Wein nach Paris gereist ist. „Ja," sagt er. „Das passt zu ihr! Dem abgeklärten Feinschmecker und Künstler, der alles hat, bringt sie das mit, was nach Engelstal und alten Zeiten schmeckt. Deine Oma war eine kluge Frau. Sie wusste, Liebe und Fürsorge geht durch den Magen und dein Großvater wusste diese Geste bestimmt mehr als alles andere zu schätzen. Sabine zuckt mit den Achseln. „Mich beunruhigt vielmehr, was er über Anni schreibt, über ihre Krankheit und das Erbe seiner Schwester. Ganz deutlich gab es da Depressionen in der Familie und Oma und er machten sich Sorgen um Anni. Vielleicht ist das auch der Grund, weshalb sie es Anni nie gesagt haben. Weißt du, damals, kurz vor der Parisreise, beging Anni einen Selbstmordversuch. Sie lag noch im Krankenhaus, als wir nach Paris fuhren. Ich weiß das so genau, weil sie Oma Luise in späteren Jahren oft vorgeworfen hat, dass sie ausgerechnet zu diesem Zeitpunkt in Urlaub fuhr, als es ihr so schlecht ging." Beklommen schweigt Sabine einen Moment. „Nun muss ich Anni sagen, dass ihre Mutter nach Paris fuhr, weil ihr Vater todkrank war und die Zeit drängte." Sie schluckt. „Puh, ich weiß wirklich nicht, wie ich meiner Mutter das alles erklären soll." Ludwig schaut betrübt auf sein leeres Glas und dann lächelnd in Sabines Augen.

„Na hör mal, dass Pierre Kirchner ihr Vater ist, das ist doch eigentlich eine gute Nachricht! Weißt du, wie sehr ich dich beneide! Pierre Kirchner war ein genialer Mann. Komm, lass uns anstoßen auf deine Gene!" Die kleine Tobia auf dem Schoß festhaltend, wendet sich Ludwig Richtung Theke. „Giovanni, wir brauchen Champagner!" Ausgreifend wedelt er mit seinen Armen in der Luft. „Her damit! Hier gibt es, etwas zu feiern." Giovanni kennt Ludwig gut und so steht die Champagnerflasche in kürzester Zeit auf dem Tisch.

Auch die Dorade in der Salzkruste braucht nicht lange. Beides ist wie immer lecker und beruhigt Sabines Nerven. Beim Espresso zaubert Ludwig dann einige belgische Schokoladenpralinen aus seiner Tasche, von seinem Freund Martin direkt aus Antwerpen. Er greift nach einem Zartbittertrüffel und fragt: „Was willst Du jetzt tun?" „Ehrlich gesagt: Ich weiß es nicht! Anni dreht durch, wenn ich es ihr erzähle. Sie hat ein Leben lang mit meiner Mutter gestritten, hat gegen die kleinkarierte und enge Weltsicht ihrer Eltern angekämpft. Sie hat ihnen Intoleranz und Engstirnigkeit vorgeworfen und sich nie verstanden gefühlt. Von der Psychoanalyse über Reiki bis zu Ayurveda hat sie alles durchprobiert. Wenn ich ihr nun erzähle, dass man ihr diesen Vater, der ein berühmter Künstler war, vorenthalten hat, dann wird das den Hass auf meine Oma nur ins Unermessliche steigern. Aber sie hat ein Recht darauf, es zu wissen. Diese Briefe sind eigentlich ihr Erbe und nicht meines und in den leidenschaftlichen Worten ihres Vaters habe ich so viel von ihr wiedererkannt. " zögernd schweben Sabines Finger über der Pralinenschachtel, bevor sie sich für den Sahne-Caramel-Trüffel entscheidet. Genüsslich knabbert sie die äußere Milchschokoladenschicht ab und seufzt.

„Vielleicht ist es ja genau das, was sie befreit! Vielleicht hat sie schon immer geahnt, dass etwas nicht stimmt?" Ludwig greift nach einer Nusspraline. Eine Pfote versucht sich dazwischen zu schieben, doch er ist schneller. Die Praline verschwindet in seinem Mund. Sabine hat inzwischen den weichen Kern ihres Trüffels erreicht. Er schmilzt auf der Zunge. „Ja, da hast du vermutlich recht. Aber ich muss auch an Andreas denken. Der hatte immer ein sehr enges Verhältnis zu Opa Horst. Den wird es schwer treffen, dass ausgerechnet sein Opa Horst schwul war." „Na hör mal!" Ludwig spürt, wie in ihm der Ärger hochkriecht. „Wir leben im 21.Jahrhundert, Andreas ist deine Generation, der kann doch nun wirklich keine Probleme mehr mit dem Thema Homosexualität haben. So rückständig können sie selbst auf dem Land nicht sein!" Sabine schüttelt den Kopf. „Hier geht es gar nicht so sehr ums Schwulsein! Es ist etwas anderes". Andreas ist aufgewachsen in dem Bewusstsein, Teil einer Familientradition zu sein. Das hat ihm sein Opa eingeimpft. Du bist der Erbe, mein Nachfolger, so wie ich der Sohn meines Vaters und der, der Sohn seines Vaters und so weiter. Diese Sache mit der Familientradition war Opa Horst immer wahnsinnig wichtig." Ludwig nickt. Er versteht. „Und dabei war all das nicht mehr als eine Kulisse, hinter der euer Opa sein wahres Ich versteckt hat. Das ist ein großer Vertrauensbruch." Er schweigt und nachdenklich lässt er seine Hand über der Pralinenschachtel kreisen, bevor er nach einem Ananas-Rum-Trüffel greift. Bedauernd beobachtet der Welpe, wie die Praline sofort den Weg in seinen Mund findet. Er kaut bedächtig und nachdem er die Reste mit einem letzten Schluck Espresso heruntergespült hat, fragt er: „Hast Du mal überlegt, dass Pierre Kirchner ohne Nachkommen gestorben ist. Offiziell gibt es keine Kinder. Das würde bedeuten, dass es da vielleicht etwas zu erben gibt. Allein diese Zeichnungen, die Kirchner, den Briefen beigelegt hat, sind ein Vermögen wert, wenn man sie zu Geld machen würde." Sabine schaut nochmal in die Pralinenschachtel entscheidet sich dann jedoch lieber für einen Schluck Cappuccino. „So habe ich das noch gar nicht gesehen. Ich weiß nur nicht, ob ich diese privaten Bilder wirklich verkaufen möchte. Außerdem müssten sie von Rechts wegen Anni gehören. Denn Pierre Kirchner war zuerst einmal ihr Vater und dann erst mein Großvater." Versonnen blickt sie in ihre Tasse. „Als erstes steht jetzt ein richtiges Mutter-Tochter-Gespräch an." Sie seufzt. „Ganz ehrlich: Mir graut davor! Wir hatten zwar einen guten Start bei unserem Osteressen, aber wie sie jetzt reagieren wird, das weiß ich wirklich nicht. Naja, der neue Mann tut ihr wirklich gut, kann sein, dass das mir zugutekommt. Ich habe die beiden zu einer kleinen Sight-Seeing-Tour nach Frankfurt eingeladen. Das mag zwar nicht unbedingt das richtige Ambiente für ein ernstes Gespräch sein, aber zur Verbesserung der Beziehungen trägt so ein Ausflug auf jeden Fall bei."

Ludwig hält ihr die Schachtel mit dem letzten Trüffel hin, als sie den Kopf schüttelt, steckt er sich auch diesen, einen weißen Champagnertrüffel, in den Mund. Mit vollem Mund und unwiderstehlichem Charme bietet er sich dann lächelnd als Stadtführer an. „Wenn du magst, komme ich mit. Als seelische Unterstützung und weil ich mich in Frankfurt gut auskenne. Außerdem wäre es mir eine Ehre Pierre Kirchners Tochter auszuführen." Er zwinkert ihr zu. Sabine spürt, wie die Last der Verantwortung leichter wird. Ludwigs Mischung aus Genuss und Humor gibt ihr das Gefühl, die schwere Aufgabe leichter meistern zu können. Auf dem Heimweg hängt sie sich bei ihm ein, während Tobia im Zickzack-Kurs über den Bürgersteig zieht. Ludwig packt Tobia kurzerhand in ihre Tasche und schlägt dann vor: „Die U-Bahn lassen wir stehen." Und während der Welpe von dem gleichmäßigen Schaukeln schon bald eingeschlafen ist, schlendern Sabine und Ludwig durch die laue Frühlingsnacht.

„Das hätte ich doch beinahe vergessen!" Ruft sie plötzlich aus. „Nicht nur Pierre Kirchner hat Verehrer. Du auch." Ludwig zuckt scheinbar bescheiden mit den Schultern, grinst aber neugierig zu ihr hinüber. „Ich soll dich recht herzlich von einer großen Bewunderin deiner Arbeit grüßen. Julia

Niebergall-Lichter! Sie ist ein großer Fan von dir und nicht nur das, sondern außerdem auf dem Weg zu einer Doktorarbeit und wohl auch auf der Suche nach einem Doktorvater." Sabine blinzelt. Ludwig seufzt: „Auf dieser Welt ist nichts kostenlos!" „Der Preis ist es aber auch wert! Sie hat mir nämlich drei Tagebücher ihres Großvaters gegeben. Scheinbar hat der ab 1933 nur noch wenig in der Pfarrchronik, dafür aber umso mehr in seinen privaten Tagebüchern aufgeschrieben. Na, was sagst du dazu!" Ludwig ist begeistert. Sabine kann ihr zufriedenes Grinsen kaum verbergen. „Und du sagst, sie bewundert mich!" brummt er stolz. „Naja, wohl weniger dich," korrigiert Sabine, „dich kennt sie ja nicht, es ist wohl eher deine Arbeit!" Ludwig grinst weiter: „Na du kannst einen Mann schon ganz schön auf den Boden der Tatsachen zurückholen!" Bevor sich Sabine versieht, hat er ihr einen Kuss auf die Nasenspitze gedrückt, dann dreht er sich um und öffnet die Haustür. Sie sind zuhause angekommen. Vor den Wohnungstüren dreht sie sich noch einmal zu ihm um. „Es tut mir leid, dass wir heute Abend nur über mich geredet haben, ich hoffe, dass es deinem Vater bald besser geht." Ludwig brummelt ein Dankeschön und schaut sie nicht an. Seine Hand sucht das Schlüsselloch. Typisch Mann, denkt Sabine doch dann erinnert sie sich an ihren Bruder Andreas am Krankenbett ihres Opas. Der konnte zwar nach außen keinen Schmerz zeigen, aber er hatte mehr als alle anderen unter der Krankheit gelitten. „Wenn du was brauchst, sag Bescheid! Ich weiß noch, wie das beim ersten Herzinfarkt von Opa Horst war." Ludwig nickt. „Es geht schon, ich werde mich einfach noch ein bisschen ablenken, indem ich die Tagebücher lese. Der Abend heute war genau das Richtige für mich! Vielen Dank!" Diese formelle Höflichkeit fühlt sich nach der warmen Herzlichkeit des abendlichen Spaziergangs wie eine kalte Dusche an. Sabine nickt. „Na dann, gute Nacht!“ sagt sie, öffnet ihre Tür und verschwindet mit dem schlafenden Welpen in ihrer Wohnung. Vorsichtig hebt sie Tobia aus der Tasche, die natürlich sofort wieder hellwach ist. Sabine seufzt. „Da ist wohl noch ein Abstecher auf den Balkon notwendig!“

Eine unvorhergesehene Entdeckung

Wieder einmal klingelt der Wecker und Sabine greift inzwischen schon routinemäßig nach dem Jogginganzug. „Auf Tobia! Ab zur Morgentoilette!“ Noch auf der Straße klingelt das Handy. „Hallo Sabine, hier ist Anni!“ Die Stimme ihrer Mutter klingt atemlos! „Hast Du heute schon etwas vor? Wir sind nämlich auf dem Weg nach Frankfurt und dachten, wir kommen mal bei dir vorbei?“ „Äh, hallo Anni, das ist aber nett, wann wolltet ihr denn vorbeikommen?“ Sabine kennt die Spontaneität ihrer Mutter und, wie erwartet, lautet die Antwort. „Wir sind jetzt auf der A66 kurz vor dem Eschborner Kreuz. Sollen wir Brötchen mitbringen?“ Es gab eine Zeit, da hat sie sich über die unverschämten unangekündigten Besuche ihrer Mutter aufgeregt. Doch irgendwann hat sie begriffen, dass ihre Mutter nur so zu bekommen ist. Entweder so oder gar nicht. Und deshalb sagt sie nun. „Nein, nein. Ich lauf schnell rüber ins Café Laumer oder in den Rewe. Was wollt ihr haben? Kürbiskernbrötchen? Croissant? Butter Marmelade?“ „Oja von allem etwas!“ Die Allergiephase ist deutlich wieder vorbei, denkt Sabine und lächelt. „Bis gleich dann,“ sagt sie und legt auf. Kurze Zeit später fährt ein schnittiges Mercedes Cabriolet vor der Gründervilla vor. Ludwig, der gerade auf seinen Balkon getreten ist, schaut verblüfft nach unten. „Ist der Besuch für dich?“ fragt er zu Sabine, die gerade den Tisch auf dem kleinen Balkon deckt. „Meine Mutter in Begleitung!“ hallt es zurück. Der ruppige Abschied von gestern Abend ist vergessen. „Du kannst ja mal rein zufällig hereinschneien! Falls du Zeit hast und nicht ins Krankenhaus musst.“ Ein kurzes Zögern, dann tritt Ludwig an das Metallgitter. „Ich war nach unserem Essen gestern Abend nochmal im Krankenhaus, es geht ihm wohl besser, deshalb wollen sie ihn heute Nachmittag langsam aus dem Koma holen." Sabine erkennt die Entschuldigung, ohne dass Ludwig etwas sagen muss. „Das ist ein gutes Zeichen." Er nickt. „Den alten Räuber bringt so schnell nichts um!" Jetzt zuckt das vertraute Lachen um die Mundwinkel. „Habe ich aus dieser Frühstückseinladung den Hilferuf einer Maid in Nöten herausgehört?" Sabine legt mit in gespielter Verzweiflung die Hand aufs Herz: „Darf ich darauf hoffen, dass ein starker Held meine Hilferufe gehört hat?" „Na, dann ziehe ich mich wohl besser um und hole die Brötchen, Wacker oder Rewe?" fragt er noch. Doch da ist Sabine schon nach drinnen verschwunden. „Na dann werde ich mal gucken, ob das Wacker schon geöffnet hat." beantwortet er sich selbst die offene Frage.

Als es klopft, bellt Tobia - ein inzwischen vertrautes Ritual: Sabine öffnet. Vor ihr steht eine strahlende Anni mit Dan im Gefolge. Er ist wie beim letzten Mal in schickem Understatement gekleidet, sie in einer Mischung aus Hippie- und Bohememode, der teuren Mischung aus der Boutique. Tobia liebt die vielen Rüschen und Falten, denen ein Öko-Parfüm von Yves Rocher entweicht und begrüßt Anni stürmisch. Auf allen vieren hüpft sie hoch, um Anni alle unbedeckten Körperteile abzulecken. Auch wenn sie sich zu wehren versucht, fühlt sie sich doch auch geschmeichelt. „Sie hat dich wiedererkannt." grinst Sabine. Dann öffnet sie Eingangstür weit. „Willkommen in meinem kleinen Zuhause. Schön, dass ihr mich besucht. Kommt doch auf den Balkon, da ist es jetzt am schönsten. Außerdem kann dort Tobia kein Unglück verursachen." Hinter sich hört sie Anni ihre Wohnung kommentieren. „Du weißt, Sabine ist Lehrerin. Bei uns in Deutschland ist man da Beamter, da verdienst du nicht schlecht. Du wirst nicht gerade reich, aber du siehst ja, sie kann sich eine schöne Wohnung und einen guten Lebensstil leisten. Das ist nicht so übel. Wenn ich damals hätte studieren dürfen, ich wäre eine großartige Lehrerin geworden." Sabine hat Mühe, sich zurückzuhalten. Sie spürt, wie die gewohnten Aggressionen hochkriechen wollen, doch dann denkt sie an gestern Abend und die Tochter, die ihren Vater nie kennenlernen konnte und sie gibt sich einen Ruck. Lächelnd dreht sie sich um und weist dann hinaus. „Ich liebe es auf dem Balkon zu frühstücken, deshalb habe ich auch draußen für uns gedeckt. Wir werden uns zwar ziemlich zusammenquetschen müssen, aber der schöne Ausblick macht die Enge hoffentlich wieder wett." „Zu viert?" Bevor Anni sich weiter über das vierte Gedeck wundern kann, winkt Ludwig schon von der anderen Seite des Balkongitters. „Darf ich rüberkommen? Ich habe auch Kürbiskernbrötchen und Croissants dabei!" ruft er und schwingt eine Papiertüte. Sabine lacht und nickt. Anni runzelt kurz die Stirn. „Hast du einen neuen Freund?" doch bevor sie sich mit dem Thema näher beschäftigen kann, hat Ludwig sie schon mit seinem Charme eingewickelt und die Frage nach seiner Beziehung zu Sabine glücklich umschifft.

Die Brötchen sind knusprig, die Croissants unwiderstehlich, die von Patty selbst eingekochte Marmelade und der Cappuccino mit der frisch aufgeschäumten Milch machen aus einem einfachen Frühstück eine Gourmetmahlzeit. Sogar ein paar Eier von glücklichen Hühnern hat Sabine noch in der Küche gefunden. Als der erste Hunger gestillt ist und die Kaffeetassen zum zweiten Mal gefüllt sind, ist endlich Zeit, um sich besser kennenzulernen. Ludwig unterhält sich mit Dan über dessen Kindheitserinnerungen. Wieviel weiß er noch von dem Vorkriegs-Frankfurt? Hat er mit Anni schon ein paar Ausflüge gemacht oder ist das sein erstes Mal nach so langer Zeit? „Frankfurt hat sich sehr verändert. Die ganze Altstadt ist einer einzigen Bombennacht zum Opfer gefallen. Nach dem Krieg sind dann einfach neue Straßen auf dem Reißbrett gezogen worden. Wenn du dich noch an das alte Frankfurt erinnerst, wirst du es in dem neuen nicht wiedererkennen!“ Dan lächelt höflich. „Ach, ich bin doch hier nur geboren. Ich glaube, dass ich fünf oder sechs war, als wir hier weggezogen sind. An die Zeit in Frankfurt erinnere ich mich kaum. Höchstens die Besuche. Wir hatten Verwandte hier und dann ist man ja auch zum Einkaufen und wegen der Kultur hierhergefahren. Da war Frankfurt neben Berlin einfach das Zentrum. Aber als Kind habe ich auch nicht so auf die Umgebung geachtet.“ Anni mischt sich ein: „Aber das sich das alles sehr verändert hat, dass ist ihm auch in Mainz aufgefallen und in Worms.“ Ludwig schaut Dan verwundert an. „Warst du als Kind auch in Worms?“ Dan streckt die verkrampften Beine. Leider ist der Balkon für vier Personen tatsächlich etwas zu klein. „Ja, die Eltern meines Vaters haben in Worms gewohnt. Wir waren als Kinder sogar ziemlich oft dort. Ich habe viele schöne Ferien in Worms verbracht. Das heutige Worms ist nichts im Vergleich zu dem Worms meiner Kindheit.“ Ein wehmütiges Lächeln gleitet über sein Gesicht. Anni ergreift erneut das Wort. „Es ist gut, dass Dan nicht zu einer Erinnerungstour nach Deutschland gekommen ist, da wäre er sicher nur enttäuscht worden.“ Um die Spannung zu steigern, hält sie einen Moment inne. „Aber eigentlich ist er in Europa, weil er in europäischen Wein investieren möchte. Und …“ Nun holt sie tief Luft und ihre Augen glitzern triumphierend. „ich konnte ihn davon überzeugen, dass unser Weingut auch für ihn von Interesse sein könnte. Sabine schaut sie überrascht an. „Ja!“ Anni nickt „Ist das nicht phantastisch? Weil er doch selbst in Kalifornien Weingutbesitzer ist und all das.“ Sie macht eine unbestimmte Handbewegung. Sabine spürt, wie die Stimmung an dem kleinen

Frühstückstisch sich verändert. Gerade eben hat ihr Anni fast unbemerkt mitten in einem netten Gespräch über Kindheitserinnerungen den Fehdehandschuh zugeworfen und nun liegt er da auf dem Tisch und sie mag ihn nicht aufheben, weil sie sich nicht streiten will. Zum ersten Mal in ihrem Leben will sie sich nicht provozieren lassen. Ludwig dagegen scheint entweder nichts gemerkt zu haben, oder er hat es einfach ignoriert. Ihn interessiert etwas anderes. „Wo liegt denn dieses Weingut?" fragt er, anders als Sabine kennt er sich ziemlich gut aus, auch in Kalifornischen Weinen und hat da sogar seine Präferenzen. Dan macht eine wegwerfende Handbewegung. „Wir sind eigentlich kein besonders großes Weingut. Ich meine im Vergleich zu manch anderem. Wir liegen direkt im Nappa-Valley mittendrin. Aber dieses Weingut ist nur ein Standbein, meine Familie besitzt außerdem einen internationalen Weinhandel. Mit Weingütern in allen bekannten Weinlagen." Er lächelt stolz. „Ich habe über die letzten Jahre Anteile an Weingütern auf der ganzen Welt erworben. Mir fehlt nur noch ein gutes deutsches Weingut in unserem Sortiment." Anni nickt bedeutungsvoll! „Ich habe da ein gutes Angebot von einem Weingut an der Mosel bekommen, aber ..." Wieder zieht Anni das Wort an sich. „Dan könnte auch unsere Weine in Amerika verkaufen." Langsam dämmert Sabine, weshalb die zwei zu ihr gekommen sind. „Hast Du schon mit Andreas darüber gesprochen?" „Ach, Andreas, der ist so altmodisch. Der findet Kooperationen und Aktiengesellschaften seien zu amerikanisch." antwortet Anni. Sabine guckt nun etwas verblüfft: „Kooperationen und Aktiengesellschaften? Wozu braucht man denn das, wenn man deutschen Wein in den USA verkaufen möchte?" Mit einer wegwerfenden Handbewegung antwortet Anni „unser Weingut ist einfach zu klein für den amerikanischen Markt. Wir müssen expandieren."

Nun wendet sie sich endlich an ihren Liebhaber. „Nicht wahr, Dan! Und dazu braucht man Geld zum Investieren. Ein Weingut wie unser Weingut Becker hier in Engelstal ist viel zu klein, das lohnt kaum die Mühe! Das muss man ganz anders aufziehen!“ Entsetzt starrt Sabine die Mutter an. „Hast Du das dem Andreas so gesagt? „Natürlich nicht, Andreas ist so unflexibel und vom großen Business hat der keine Ahnung. Er jammert, dass er nur arbeiten muss und zu wenig Geld macht und erkennt nicht, wenn ihm die Chance seines Lebens geboten wird. Ich kann gar nicht glauben, dass das wirklich mein Sohn ist.“ Anni fuchtelt beim Reden mit den Händen in der Luft herum. „Naja, aber wenn man überlegt, wer ihn großgezogen hat, kann man es auch wieder verstehen. Außerdem hat er schlechtes Genmaterial mitbekommen, väterlicherseits meine ich. Und überhaupt der arme Kerl ist ja auch nie aus Engelstal rausgekommen, wie will er da verstehen, welche Chancen in einer Aktiengesellschaft stecken.“ Sabine kann nicht glauben, was sie da hört. Aber ihre Mutter ist noch nicht fertig. „Dass Andreas das Weingut bekommen hat, ist eigentlich nicht gerecht. Ich bin die Erbin. Berti und ich sind zuerst dran. Und weil sie Berti das Studium finanziert haben und er dann das Weingut verlassen durfte, habe ich eigentlich sogar das ganze Erbe verdient. Andreas ist zwar mein Sohn, aber er ist erst nach mir dran. Wir leben nicht mehr im Mittelalter. Heute kann man Frauen nicht mehr einfach so übergehen, nur weil sie Frauen sind.“ Annis Stimme ist für ihre Verhältnisse erstaunlich ruhig. Der erwartete hitzige Streit bleibt erstaunlicherweise aus. Die Anni, die Sabine kennt, wäre nun zänkisch geworden und hätte sich über die Lieblosigkeit ihrer Eltern beklagt. Doch die Anni, die heute Morgen auf ihrem Balkon sitzt, ist seltsam ruhig, ihre Stimme verändert sich kaum, so, als sei das Thema für sie eigentlich abgehakt.

„Weißt du," sie lächelt wie eine Katze, die an einem Sahnetopf geleckt hat. „Wenn Andreas nicht mit mir zusammenarbeiten will, dann beschränke ich mich nicht nur auf das Haus. Ich kann auch anders. Ich habe mich bei einem Rechtsanwalt erkundigt. Ich werde den Vertrag, den Andreas mit Luise und Horst abgeschlossen hat, anfechten. Mir steht mindestens ein Pflichtteil zu." Nun ist es doch hin mit der künstlichen Ruhe. Dan nimmt beruhigend ihre Hand in die seine. „Darling, ich habe dir schon beim Rechtsanwalt gesagt, dass das nicht nötig sein wird. Ich bin sicher, alles wird gut. Glaub mir, alles wird gut." während er spricht, schaut er seltsamer Weise nicht Anni, sondern Sabine an. Deren unangenehmes Gefühl verstärkt sich. War das eine Drohung? Wenn sich ihre Mutter früher in Rage redete, dann gab es kein Mittel sie zu stoppen. Am besten ließ man sie in Ruhe. Sabine hatte sich jedes Mal umgedreht und war vor den wütenden Anfällen geflüchtet. Als Kind hatte sie sich die Ohren zugehalten, weil sie das Schimpfen und Weinen nicht aushalten konnte. Noch niemals hatte sie so wie heute erlebt, dass jemand ihre Mutter mitten im Anlauf gestoppt hatte. Sabines Achtung vor Dan, der geradeeben mit zwei Sätzen dieses Wunder vollbracht hatte, steigt, zugleich ist da aber auch ein mulmiges Gefühl, das sie sonst nur aus der Schule kennt. Kann es sein, dass die beiden ihr hier gerade Theater vorspielen? Was führen die zwei im Schilde? Sie lässt sich nur ungern übers Ohr hauen prüfend schaut sie der Mutter in die Augen, so wie sie das mit manchen ihrer schwierigen Schüler tut: „Also Anni! Das ist doch nicht dein Ernst." Anni antwortet daraufhin wie ein trotziges Kind. Sabines Autorität verfehlt nicht ihre Wirkung. Sie fühlt sich offensichtlich nicht ganz wohl in ihrer Haut. „Das kommt ganz auf den Andreas an!" brummt sie. Ludwig, der auf Annis anderen Seite sitzt, kann sich ein Grinsen nur mit Mühe verkneifen. Wenn sich Sabine, so wie gerade eben in eine gestrenge Lehrerin verwandelt, dann wird jeder zum Grundschüler sogar die eigene Mutter. „Ich will, dass ihr mit Dan kooperiert!" Hätte Anni nicht gesessen, dann hätte sie vielleicht zur Verstärkung sogar mit dem Fuß aufgestampft, so ballt sie nur ihre Fäuste. „Der Andreas ist so ein langweiliger verbohrter Idiot! Dan möchte sich an unserem Weingut beteiligen, mehr Weinberge kaufen, größere Maschinen, größere Keller- und Repräsentationsräume. Das ist doch gut. Er denkt größer! Think big! Ihr versteht schon! Aber dazu braucht man eine Menge Geld, nicht wahr Dan!" Der nickt! „Das bekommt man nicht umsonst!" Es will Ludwig einfach nicht gelingen, diese rundliche ältere Dame in dem Hippiekleid mit dem starken Mainzer Dialekt in den englischen Brocken ernst zu nehmen. Auch wenn das gefährliche Glitzern in ihren Augen nicht zu übersehen ist. Der stille Begleiter an ihrer Seite ist ein anderes Kaliber. Als der auf Sabines Nachfrage das mit der Aktiengesellschaft erklärt, klingt die absurde Idee plötzlich völlig vernünftig. Das Gute daran sei, dass man alle beteiligen könne. In USA sei diese Form der Organisation und Geldbeschaffung bei Weingütern ganz normal. „Ja, da ist das gar nichts Besonderes!" Anni fuchtelt mit ihrem Marmeladenbrötchen in der Luft herum. Ihre Augen blitzen. „Aber der Andreas ist so ein sturer Bock! Was für Kalifornien gut ist, das kann in Engelstal nicht funktionieren, sagt er und dabei habe ich es ihm noch nicht mal vorgeschlagen, sondern ihm nur ganz allgemein davon erzählt. Der ist schlimmer als sein Großvater." Sie schnauft verächtlich. Ludwig kann Sabines Bruder verstehen, die Pläne des Amerikaners erinnern ihn an die Gier des eigenen Vaters nach immer größeren Firmen und immer mehr Geld. Sein Blick fällt auf Dans höflich lächelndes Gesicht. Der lässt Anni für etwas kämpfen, das sie in letzter Konsequenz gar nicht durchschauen kann. Er macht Sabine ein Zeichen. Sie werden heute nicht mehr mit Anni über Pierre Kirchner reden können, denn die hat ganz anderes im Kopf. Dan ist da auch nicht die Hilfe, die sie sich erhofft haben. Im Gegenteil, er hat deutlich eine eigene Agenda. Für alle sichtbar führt er an Anni an der Leine. Sie macht, was er will, ist sein Instrument, der Spielball seiner Interessen. Da muss sich Sabine eine neue Strategie zurechtlegen. Und so bemüht Ludwig sich erst einmal das Gespräch in ungefährlichere Gefilde zurückzulenken."

„Was wollt ihr heute sehen? Dan? Anni? Ich hätte Zeit euch ein bisschen herumzuführen. Ich bin sozusagen ein Frankfurt-Spezialist. Meine Studenten haben Osterferien und das heißt, dass auch ich frei habe. Wie wäre es, wenn wir auf alten Spuren wandeln und dabei neue entdecken?" Dan packt seinen ganzen Charme aus und versucht dabei so nebenbei noch ein bisschen mehr über Dans Herkunft herauszubekommen.

Dan nickt begeistert. Gerade an das Westend hat er noch Erinnerungen und natürlich auch an die Altstadt. Ludwig schlägt vor, das Auto vor der Tür stehen zu lassen und mit der U-Bahn zur Alten Oper zu fahren, von da aus dann bis zur Hauptwache zu flanieren und von da aus runter zur Paulskirche und zum Römer. Er kennt ein schönes kleines Restaurant auf dem Weg, dort könnte man Mittagessen. Alle stimmen begeistert zu. Die Stimmung hebt sich wieder. Die Aktiengesellschaft ist erst einmal vergessen und Sabine entspannt sich wieder. Trotzdem wird sie schnell noch mit Andreas telefonieren, bevor sie den anderen zum Stadtrundgang folgt. „Weißt Du was, Sabine, ich geh schon mal mit unseren Gästen vor, dann kannst Du hier ein bisschen aufräumen und Tobia bei Hanna Mendelsohn abgeben!" sagt Ludwig, der ahnt, dass sie genau das vorhat. „Wir sehen uns dann an der Paulskirche."

Kaum ist die Gruppe um die Straßenecke verschwunden, greift Sabine zum Telefon. „Andreas, Anni und Dan haben heute Morgen bei mir gefrühstückt." mehr muss sie gar nicht sagen! Aus Andreas bricht es heraus wie ein Wasserfall. Er berichtet davon, wie die zwei kurz nach dem gemeinsamen Abend wieder bei ihm im Weingut aufgetaucht sind. „Anni hatte Pläne dabei und hat von Investitionen geredet und mit Zahlen um sich geworfen, du wärst sprachlos gewesen. Das Weingut müsste expandieren: mehr Weinberge, größere Keller und größere Maschinen und viel mehr Angestellte. Und dann müssten wir mehr Werbung machen. International, das hat sie besonders betont mit Blick auf ihren neuen Freund Dan Ewen. Zuerst habe ich gedacht, ich bin im falschen Film. Also echt!" Sabine seufzt. „Irgendwann habe ich sie dann unterbrochen und gefragt, wie sie dieses Großprojekt finanzieren möchte und da fing sie an von einer Aktiengesellschaft. Das Weingut von Dan Ewen sei auch eine Aktiengesellschaft und so etwas könnte man hier auch machen. Du weißt, wie sie ist, wenn sie wieder einmal so eine manische Phase hat. Ich habe versucht, ihr klarzumachen. Dass ich das nicht will. Wir sind hier völlig zufrieden, mit dem Weingut, so wie es jetzt ist. Wir haben eine GmbH und das bedeutet Freiheit in eingeschränktem Maße. Eine übersichtliche Größe, die handhabbar ist mit überschaubarem Risiko. Was will ich an der Börse mit Partnern in Übersee? Das ist doch verrückt! Du hättest hören sollen, wie sie mich beschimpft hat."

„Vielleicht hättest Du sie einfach reden lassen sollen!" wirft Sabine ein. „Keine Widerworte geben, Du weißt doch, wie sie ist. In vierzehn Tagen ist das wieder vergessen. Diese manischen Phasen halten doch nie lange an. Ihr neuer Freund weiß das vielleicht noch nicht, aber wir haben da ja unsere Erfahrungen gemacht." „Habe ich ja gar nicht!" antwortet Andreas. „Geantwortet, meine ich! Das Problem war nur, dass sie mich nicht in Ruhe gelassen hat. Sie ist mir hinterhergelaufen und hat mich bedroht. Sie werde die Schenkungen anfechten, sie werde sich ihr Erbe zurückholen, am Ende werde nicht nur Haus, sondern auch das Weingut ihr gehören. Da habe ich ihr dann eine saftige Antwort gegeben. Ich konnte einfach nicht anders. Das Weingut mit den Weinbergen, Kellern und Geräten gehört der GmbH und die gehört mir, Patty und den Kindern. Wir sind da eingetragen, das haben Oma und Opa so geregelt. Sie hat sich einfach zu wenig um das Weingut gekümmert, sonst hätte sie das mitgekriegt. Jetzt ist es zu spät. Du hättest mal sehen sollen, wie sie abgedampft ist." Ein fast hämisches Lachen klingt durchs Telefon. Sabine fühlt sich nicht wohl dabei. Sie kann nicht mitlachen. Das unangenehme Gefühl verstärkt sich noch, als sie Andreas nächste Worte hört: „Aber weißt du, dieser Dan, der ist mir irgendwie unheimlich. Der hat die ganze Zeit gelächelt. Ich meine, der hätte sich doch mit und für Anni aufregen müssen, oder? Stattdessen steht er da, und lächelt mir höflich und verständnisvoll zu, als sei er mein bester Freund, während Anni sich vertrauensvoll auf ihn stützt. Da stimmt doch etwas nicht. Annis Kampf ist doch sein Kampf, sie macht das doch für ihn. Da bin ich mir sicher. Aber er hat keinen Finger gerührt. Nicht mal mit den Mundwinkeln hat er gezuckt. Irgendwie war das richtig gruselig, dieses Lächeln." Sabine erinnert sich an Dans Blick heute Morgen. „Ja, ich weiß, was du meinst." Andreas wechselt das Thema. „Wir müssen unbedingt nochmal über den Kelch reden. Der ist echt wichtig! Was hat dein Nachbar herausgefunden? Wie wertvoll ist der denn jetzt?" Sabine schüttelt den Kopf, auch wenn sie weiß, dass der Bruder sie durch das Telefon nicht sehen kann. „Der Kelch ist keine Lösung. Er ist wertvoll und eine wichtige Spur, aber ich fürchte, dass er uns nicht weiterhelfen wird, im Gegenteil." „Aber, ..." Sie unterbricht ihren Bruder, weil sie nicht will, dass er sich zu sehr darauf versteift. „Ich hatte gestern ein interessantes Gespräch mit eurer Pfarrerin Julia Niebergall-Lichter und dabei haben sich ganz neue Möglichkeiten aufgetan." „Die Lichter? Was hat denn die Lichter mit uns zu tun? Ich mag die nicht besonders! Das ist so eine Emanze und frech war die auch, damals als sie Oma am Krankenbett besucht hat. Gar nicht so, wie eine Pfarrerin sein soll! Naja, Patty mag sie wohl ganz gerne, aber mein Fall ist die nicht!" Andreas hat den Becher glücklicherweise vergessen. „Ich mag ihren Mann lieber!" Sabine räuspert sich. „Du musst sie ja auch nicht mögen. Oma hat ihr ein paar wichtige Dinge erzählt, über die wir dringend reden müssen. Außerdem müssen wir den Dachboden im alten Haus entrümpeln. Ich habe Hilfe organisiert, dann geht es schneller. Mein Nachbar Ludwig könnte mitkommen und sein Freund Martin Crusius. Die beiden würden freiwillig mithelfen und weil sie sich ein bisschen auskennen." Sabine muss die beiden innerlich um Verzeihung bitten für die Herabsetzung ihrer Kompetenz. „Geht das mit dem Aussortieren dann auch schneller." „Ach, ich weiß nicht, ob wir wirklich so viel Hilfe von außen brauchen!" Andreas ist schon auf dem Absprung. „Deinen Freund Ludwig kannst du gerne mitbringen, aber eigentlich brauchen wir keine Krimskramshändler. Der Siggi ist ein echter Fachmann. Ich denke, der könnte auch den Kelch gut einschätzen." Andreas räuspert sich und dann scheinbar zufällig so als sei er gerade eben erst auf die Idee gekommen: Bring den Kelch doch am Wochenende mal mit. Ich sag dem Siggi Bescheid. Schließlich gehört er zur Familie. Dann kann der sich den Kelch mal angucken. Der wird bestimmt niemandem was sagen." Bevor Sabine etwas sagen kann, hat Andreas aufgelegt. Der Siggi! Denkt Sabine. Eigentlich sind sich Mutter und Sohn ziemlich ähnlich, sie lassen sich beide ziemlich leicht blenden. Ist sie denn die Einzige, die ihre vier Sinne beieinanderhat? Ärgerlich beschließt sie, wenn der Siggi dabei sein soll, wird auch Martin dabei sein. Egal ob Andreas das für nötig hält oder nicht.

Langsam legt sie das Telefon auf und schnappt sich Tobias Leine. Dann macht sie sich selbst auf den Weg, um Tobia bei Hanna und Naime abzuliefern.

Es wird ein schöner, wenn auch anstrengender Tag. Ludwig zeigt Dan und Anni das neue Frankfurt, das nach dem Krieg entstanden ist. Die zwei Glastürme der Deutschen Bank, die renovierte Alte Oper und den Römer mit den Fachwerkhäusern, die nur noch Fassaden sind. Dan kann in dieser neuen Stadt das Frankfurt seiner Kindheit nicht wiedererkennen. Aber er verhält sich wie ein echter Tourist. Überall will er Fotos machen. In dem Laden mit Holzschnitzereien aus dem Erzgebirge macht er eine kleine Shoppingtour. Zum Mittagessen schlägt Ludwig den Fisch-Franke vor, denn der Frankfurter Flughafen ist der größte Umschlagplatz für frischen Fisch, behauptet er und so können sich alle eine große Platte Austern mit einem eiskalten Riesling aus dem Rheingau schmecken lassen.

Als sie am Spätnachmittag mit wunden Füßen wieder vor ihrem Haus landen, bringt Hanna gerade den Müll heraus. Verblüfft bleibt sie stehen. „Dan Ewen? Das ist aber eine Überraschung! Dich hätte ich hier nicht erwartet." Dan schaut sie überrascht an. Sabine kommt es fasst vor, als sei es ihm unangenehm ihr hier zu begegnen. Doch dieser Eindruck ist nur eine Momentaufnahme. Das vertraute charmante Lächeln sitzt sofort wieder fest an seinem Platz. „Hanna Mendelsohn! Das ist aber eine wundervolle Überraschung. Was machst Du denn hier?" „Na ich wohne hier!" antwortet sie! „Ihr kennt euch!" fällt Sabine den beiden ins

Wort. Sie wittert eine Chance, endlich mehr über diesen unbekannten neuen Freund ihrer Mutter zu erfahren. „Oh ja, Dan ist der Winzer, der unseren koscheren Wein produziert. Wir waren erst letztes Jahr zu einem Wine-Testing bei ihm in Kalifornien. Das waren einfach phantastische Tage bei Dir. Wundervoll. Eine Once-in-a-Lifetime-Experience! Wie lange wirst du noch in Deutschland sein? Ihr müsst unbedingt mit hineinkommen." Hanna hakt Dan unter. Wie immer lässt sie keinen Protest gelten. Anni ist sprachlos. Hannas Energie ist selbst sie hilflos ausgesetzt. Im Weggehen hört Sabine, wie sie sagt: „Unser Rabbiner würde sich wahnsinnig freuen, wenn du am Schabbes mit in die Synagoge kommst."

Ein informativer Abend

Am Ende ist es dann ein sehr netter Abend. Denn wie immer ist Hannas Gastfreundschaft sprichwörtlich. Erst der koschere Champagner, dann ein paar Häppchen und bevor man sich versieht, redet man miteinander, als kenne man sich schon ewig. Sabine hat das schon ein paar Mal erlebt und sie ist jedes Mal aufs Neue von Hannas Fähigkeit, Menschen willkommen zu heißen, fasziniert. Auch Dan kann sich Hannas Charme nicht entziehen. Die weltbekannte Ballerina hat ihn sehr zum Ärger von Sabines Mutter innerhalb von kürzester Zeit um den Finger gewickelt. So ganz nebenbei erfährt Sabine, dass Dan Jude und Sohn deutscher Eltern ist. Er wurde hier geboren, musste aber wie so viele zusammen mit seinen Eltern vor den Nazis in die USA fliehen. Dort hat er dann eine Winzerin geheiratet und ein Weingut für koscheren Wein aufgebaut. Deshalb kennt auch Hanna ihn. Sie war auf Gemeindereise in Kalifornien und hat das Weingut besucht. „Es ist fasziniert, zu lernen, wie koscherer Wein gemacht wird. Du hast das damals so super erklärt!" sie schaut Dan begeistert an. Der sieht verlegen aus. „Ach das ist gar nicht so viel anders als bei normalem Wein. Man darf halt nur nicht nach einer bestimmten Methode vergären und der Rotwein muss richtig erhitzt werden, wegen der Farbe und so ..." Dan zuckt mit den Schultern. Ludwig betrachtet ihn nachdenklich. „Und nun wandelst Du auf den Spuren deiner Kindheit?" fragt Sabine und spürt sofort, dass Dan diese Frage unangenehm ist. In seinen Augen blitzt ein zorniges Licht auf, das er jedoch sofort unterdrückt. Sie korrigiert sich „Ach nein, entschuldige, du hast es ja heute Morgen erzählt." Dan nickt und berichtet nun, wie wichtig es ist einen internationalen koscheren Weinhandel aufzubauen. Orthodoxe Juden sollen die Möglichkeit haben, Weine aus allen Regionen dieser Welt trinken zu können. Das ist sein Plan."

Anni, die lange still dabeisaß, meldet sich nun zu Wort. „Und stellt euch vor, man muss noch nicht einmal selbst Jude sein, um koscheren Wein zu machen. Das wäre doch auch für Andreas eine Chance in den internationalen Weinhandel einzusteigen." Sabine hat bei der Begeisterung ihrer Mutter noch immer ein ungutes Gefühl. Die hat sich bisher noch nie für das Weingut interessiert. Im Gegenteil für Anni ist das Weingut mit allem verbunden, was ihr verhasst ist und was sie an die kleinkarierte Welt ihrer Eltern und ihres alltäglichen Lebens bindet. Diese Begeisterung kommt ihr nicht echt vor. Heute Abend noch mehr als beim Frühstück. Sie hat einen unguten Beigeschmack.

Hanna lacht „mein Champagner kommt auch aus Dans Weinhandel!" sagt sie und zeigt auf eine Flasche. Ludwig nimmt die Flasche prüfend in die Hand, schaut auf die Region und lächelt mit Kennermiene Dan Ewen zu. Dann macht er ihm ein Kompliment zur ausgezeichneten Auswahl des Weingutes. Dan scheint sich über das Kompliment zu freuen, Anni platzt vor Stolz. Keiner der beiden bemerkt den verschwörerischen Blick, den Ludwig Sabine zuwirft. Sabine aber kennt Ludwig inzwischen gut genug. Er will reden! Aber das wird wohl noch ein bisschen warten müssen, denn Anni kommt nun erst so richtig in Fahrt. Als hätte sie Sabines Gedanken gelesen. „Weißt du, Sabine, dein Bruder und du, ihr glaubt immer, dass mir das Weingut egal ist. Dabei will ich nur, dass es richtig gemacht wird. Nicht so provinziell. Deshalb will ich auch das Haus. Wenn man das abreißt oder entkernt, dann könnte man da, was ganz Tolles hinmachen. Was richtig Schönes, Neues! Das muss erst finanziert werden. Aber das würde Dan übernehmen. Nicht wahr, Liebling?" Anni schaut ihn mit großen Kulleraugen an und Dan nimmt ihre Hand und lächelt. Sabine aber ist sprachlos. Sie kann nicht verstehen, dass Dan Anni einfach so reden lässt. Wenn Andreas Annis Pläne hört, wird er die Wände hochgehen. Sie sind eine reine Provokation, trotzdem lässt Dan sie reden. Will er wirklich erreichen, was er angeblich anstrebt?

Als Dan und Anni endlich aufbrechen, ist es fast Mitternacht. Anni hat zu viel getrunken, Dan muss sie fast zum Auto tragen. Von Hannas Eingangstür aus kann sie sehen, wie er auf sie einredet! Na, der wird ihr einiges zu sagen haben, denkt Sabine.

Hanna, Ludwig und Sabine winken dem Auto hinterher. Kaum sind die beiden um die Ecke. Da zwinkert Hanna. „Den hätte ich in Deutschland niemals erwartet! Noch bei unserem Besuch letztes Jahr sagte er zu mir, er könne sich niemals vorstellen in Deutschland zu wohnen und das, was die Deutschen seinen Eltern angetan hätten, werde er nie vergessen.“

Nachdenklich antwortet Ludwig: „Nun er ist ein sehr erfolgreicher Geschäftsmann. Eine wirkliche gute Partie. Er ist nicht nur Winzer und Weinhändler, wie er immer sagt. Ich habe vorhin mal ein bisschen recherchiert und vermute, dass er die Weingüter tatsächlich aufkauft und dann als stiller Teilhaber einsteigt. Ob alle Weingüter Aktiengesellschaften sind, weiß ich nicht. Das lohnt sich wohl nur bei großen Weingütern, aber man kann auch bei einer GmbH beteiligt sein, ohne dabei als Besitzer im Namen vorzukommen. Auf diese Weise kann er ein eigenes Netzwerk von Weingütern aufbauen, an dem er einfach nur beteiligt ist.“ Hanna reagiert verärgert: „Und was ist daran so schlimm? Du hast doch gehört, dass die Weingüter dadurch größer werden können.“ Ludwig zuckt die Schultern. „Das kommt auf den Winzer an. Mancher hat gerne einen stillen Teilhaber und ein großes Weingut und ein anderer würde gerne, wie Andreas klein und selbstständig bleiben. Die Entscheidung sollte jedem Winzer selbst überlassen werden." Hanna brummelt: „Wer sagt dir denn, dass Dan sich Andreas aufdrängen will? Nur weil er Jude ist ..." Ludwig hebt seine Hand, um ihren Ansturm abzuwehren. „Nein, nein, nein. So ist das nicht. Ich glaube nicht, dass das von Dan ausgeht und ich denke, dass Sabine das genauso sieht, wie ich. Das Problem ist Anni und Dan möchte ihr helfen. Anni will dieses Weingut umwandeln gegen den Willen ihres Sohnes und dabei wird es unweigerlich zum Konflikt kommen. Ich fürchte, wir werden das nicht vermeiden können! Es tut mir leid, Sabine!" Sabine nickt traurig. „Ja, das fürchte ich auch." Hanna, die wie immer allem auch etwas Positives abgewinnen kann, lächelt beide schon wieder an. „Ich würde mir da jetzt noch keine Sorgen machen. Kommt Zeit, kommt Rat. Der Ewige zeigt uns oft die Lösung erst, wenn sie wirklich gebraucht wird. Und eines kann ich dir sagen, wenn deine Mutter diesen Mann wirklich heiratet, dann wird sie eine richtig reiche Frau. Ich habe dieses Weingut im Nappa-Valley gesehen und dieses Haus!!! Du glaubst es nicht. Ihr müsst euch mal die Fotos ansehen ... Ludwig und Sabine schauen sich an und lachen. Dann legt Sabine Hanna den Arm um die Schulter. „Wenn es dich gäbe, du müsstest erfunden werden."

Im Treppenhaus verabschiedet sich Ludwig, er muss jetzt bei seinem Vater Wache schieben. Sabine wünscht beiden alles Gute und leint Tobia zu einem kurzen Spaziergang an, bevor es nach oben geht. Draußen hat das Wetter umgeschlagen. Tobia erlebt den ersten Regenguss und beschließt, ihren Spaziergang abzukürzen. Sie streikt. Sabine gibt nach und bald sitzen beide zufrieden und abgetrocknet auf der Couch. Sabine hat sich einen Tee gemacht und die bewährten Gummibärchen hervorgeholt. Vor ihr liegen die restlichen Kopien aus der Pfarrchronik und der zweite Stapel

Liebesbriefe. Sie streckt die mit bunten Leggins bekleideten Beine. Ein Kleidungsstück, mit dem sie sich normalerweise niemals außerhalb ihrer Wohnung zeigen würde. Sie zieht den Pulli über die Knie. Der Besuch ihrer Mutter hat sie nachdenklich gemacht. Sie denkt zurück an die orientierungslose von Medikamenten betäubte Frau, die sie aus ihrer Kindheit kennt. Die Anni, deren Egotrips niemand so richtig ernst genommen hat. Heute Morgen war sie sich so sicher, dass dieser Verbündete sie eigentlich nur benutzen will, doch im Nachhinein, während sie die Gespräche Schritt für Schritt durchdenkt, bekommt sie den Eindruck, dass das eher andersherum ist. Diese Anni muss man ernstnehmen. Die lässt sich nicht einfach mit ein paar Euro oder Rücksicht auf gemeinsame Familieninteressen abspeisen. Im Gegenteil zum zweiten Mal hat sie darauf angespielt, dass es gerade dieses Haus ist, dass sie mit schlechten Erinnerungen verbindet. Auf ihre Solidarität kann man da nicht hoffen. Was mag da wohl mit ihr geschehen sein? Vielleicht könnten sie das Haus retten, wenn sie herausbekommen könnte, was Annis Problem ist. Vielleicht könnten sie so Anni auch die verrückte Idee von der Aktiengesellschaft austreiben. Sabine kann sich nicht vorstellen, dass Dan wirklich an dem Beckerschen Weingut interessiert ist. Dafür ist das viel zu klein für den Weinhändler, der sonst nur mit großen Weingütern zu tun hat. Aber für Anni würde er es wahrscheinlich tun, denn ganz deutlich verbindet die beiden eine besondere Beziehung. So gegensätzlich Anni und Dan auch sein mögen, da ist etwas, das Sabine so noch nie bei ihrer Mutter erlebt hat und es findet bei Dan seine Entsprechung. Sabine seufzt, noch einmal fällt ihr Blick auf die Briefe und die Kopien. Fragen, über Fragen, die sie heute nicht mehr beantworten wird. Sie trinkt noch einen Schluck Tee und greift dann nach der Fernbedienung. „Für heute ist es genug. Tobia!“

Das Tagebuch

Als Ludwig im Krankenhaus ankommt, ist sein Vater allein. Die Geräte piepsen und rattern. Von Atemzug zu Atemzug von Herzschlag zu Herzschlag, die Kurven gehen hoch und runter, die Zahlen verändern sich ständig, und jedes Mal, wenn sie kurz aussetzen, setzt bei ihm für einen winzigen Moment die Angst ein. Das steht er so keine Nacht durch. Langsam greift er hinter sich, neben dem Stuhl steht die Stofftasche, die er mitgebracht hat. In ihr befinden sich die drei Tagebücher von Pfarrer Niebergall. Das ist jetzt genau das richtige, um sich abzulenken. Er greift nach Marker und Bleistift und schaut sich nach der großen Coca-Cola um, die er sich bei Mac Donalds gekauft hat. Eine Schwäche, über die nur wenige Bescheid wissen. Dann beginnt er zu lesen.

Das Tagebuch von Pfarrer Niebergall
1. Januar 1938
Engelstal hat sich verändert und ich mit ihm. Das habe ich gemerkt, als ich heute Morgen meine Predigt zum neuen Jahr gehalten habe. Da kommt etwas auf uns zu, was uns Deutschen nicht gut tun wird. Mein Paulchen sagt, dass ich ein Narr bin und überall Gespenster sehe, aber mein Paulchen hatte es noch nie so mit der Politik und war schon immer die Optimistin in unserer Familie. Sie lacht über mich und sagt das Philosophieren tue mir nicht gut. Doch was ich hier sehe, beunruhigt mich. Ich frage mich, wohin uns das alles führen wird. Fast unmerklich haben sich die Machtverhältnisse verändert nicht nur in Berlin oder in Mainz, sondern auch in Engelstal und selbst ich kann mich dem nicht entziehen. Manchmal fühle ich mich wie der alttestamentlichen Prophet Hosea. Unsere Kirche ist eine Hure, die sich Hitler und den Seinen zu einem billi-

gen Preis verkauft. Ich selbst aber habe weder die Kraft und noch den Geist, um dem entgegenzustehen. Stattdessen sitze ich hier und schreibe, als könnte ich mit dem Federkiel gegen die raffinierten Manipulationen des Schreihalses und seiner Clique ankommen. Ich hoffe, dass sich meine düsteren Vorahnungen nicht bewahrheiten, aber wenn ich nachts nicht schlafen kann, dann sehe ich den Weltuntergang vor mir.

Die Partei hat Engelstal fest im Griff und Fritz Heintz ist ihr Auge und ihr Ohr. Selbst ich zensiere mich auf der Kanzel und hasse mich für meine Feigheit. Wie ganz Engelstal denke auch ich inzwischen genau darüber nach, was ich sage und bevor ich spreche, richte ich meinen Blick auf ihn. Es ist erstaunlich, wieviel Macht er in so kurzer Zeit ansammeln konnte. Kein Verein, in dem er nicht Vorsitzender ist, selbst im Kirchenvorstand hat er meinen klugen Hans Döndorf verdrängt. Innerhalb weniger Jahre hat er eine Atmosphäre des Misstrauens unter meinen Engelstalern gesät. Aber keiner wagt es mehr, etwas gegen ihn zu sagen.

Heute Morgen im Gottesdienst konnte ich kaum an mich halten, als ich sah, wie sich die Speichellecker und Ehrgeizlinge um ihn sammelten. Jeder weiß, dass bei dem Fritz die Kreisleiter der Partei aus und eingehen. Da wollen alle gut Freund mit ihm sein.

Manchmal muss ich über meine eigene Naivität lachen, kaum zu glauben, dass Hans, Horst und ich dachten, wir könnten diesen Mann und seine Partei kontrollieren, indem wir Horst zum Bürgermeister wählten. Horst muss mit seinem eigenen Geheimnis leben und hoffen, dass seine Frau es mit ihm trägt. Ich beneide die beiden nicht und Hans Döndorf lebt nur noch in Angst, seit bei seinem Sohn Paul die Fallsucht aufgetreten ist. Angst aber ist ein schlechter Ratgeber. Ich fühle mich einsam in meinem Kampf gegen unseren Engelstaler Minidiktator, der seinem Ideal nacheifert und unser kleines Dorf zu einem Mini-

aturabbild dieses „ewigen" Deutschen Reiches machen möchte. Auch um Harald Rosenstein sorge ich mich. Er ist in den letzten Monaten zu einem meiner besten Freunde geworden. Als Jude dürfte er eigentlich schon seit drei Jahren nicht mehr als Arzt praktizieren. Aber wo bekäme Engelstal einen Ersatz für diesen gebildeten und klugen Mann her? Was keiner weiß, macht keinen heiß! Seit ich den gefälschten Auszug aus dem kirchlichen Register beim Fritz vorbeigebracht habe, fragt der auch nicht mehr nach der Identität der Rosensteins. Warum auch, Harald und die seinen sind ganz offiziell als zugezogene evangelische Christen in unserem kirchlichen Register eingetragen. Nur Hans und Horst wissen ebenfalls Bescheid und die halten dicht, weil sie ebenfalls etwas zu verlieren haben.

5. Januar 1938
Heute Abend war Dreikönigsball in Bad Kreuznach im Kurhaus und meine Frau und ich waren eingeladen. Der Viehhändler Samuel Levi hatte wie jedes Jahr Karten, wollte aber dieses Jahr nicht gehen. Einige Bauern haben wohl angedeutet, dass er eigentlich nicht erwünscht ist, außerdem heißt es, dass der Kreisleiter aus Bad Kreuznach Ernst Schmitt den Ball eröffnen wird und Samuel Levi hatte vor kurzem einen Streit mit ihm. Seine Geschäfte laufen nicht mehr gut. Viele Bauern trauen sich nicht ihr Vieh bei ihm zu kaufen. Ich habe lange überlegt, ob ich wirklich zum Ball gehen soll. Denn auch ich habe kein Interesse daran, die Creme de la Creme der NSDAP zu treffen, aber es gehen viele Bauern aus Engelstal und einige Pfarrkollegen mit ihren Gattinnen hin und mein Paulchen freut sich schon seit Wochen auf die Gelegenheit, das Tanzbein mit mir zu schwingen, also werde ich wohl in den sauren Apfel beißen müssen.

7. Januar 1938
Der Ball war furchtbar. Ich wünschte, ich wäre nicht gegangen,

dann müsste ich mir jetzt keine Sorgen um Helene Heinrich machen. Doch mein Paulchen sagt, dass die Affäre sowieso nicht zu übersehen sei, weil im ganzen Dorf darüber getuschelt werde. Fritz Heintz gebe sich schon lange keine Mühe mehr, sie geheim zu halten. Die arme Helene! Ich konnte ihr ansehen, wie sehr sie unter diesem Schwein leidet! Er thronte zwischen seinem Namensvetter Fritz Eitel dem aktuellen Binger Kreisleiter und Ernst Schmitt dem Kreuznacher Kreisleiter am Ehrentisch und ich konnte sehen, dass Helene nicht wohl war. Ich habe sie an der Toilette abgefangen und angesprochen. Da brach sie in Tränen aus und erzählte mir alles, wie sie sich ihm zuerst verweigert habe, und er dann ihren Bruder Kurt tatsächlich wegen subversiver Aktionen habe verhaften lassen. Ein halbes Jahr habe dieser im Arbeitslager in Osthofen gesessen und der Fritz sei immer wieder vorbeigekommen und habe ihr furchtbare Dinge über diese Konzentrationslager erzählt, die man für Leute wie ihren Bruder jetzt bauen würde und er sei der Einzige, der ihn noch retten könne. Irgendwann habe sie dann nachgegeben, schließlich wolle sie nicht für den Tod ihres Bruders verantwortlich sein. Nachdem sie mir das erzählt hatte, wäre ich am liebsten durch den Saal gestürmt und hätte Fritz so wie früher als Konfirmanden am Schlafittchen gepackt, um ihn mal so richtig durchzuschütteln. Aber heute bin ich nur noch ein kleiner Dorfpfarrer und der Fritz ist ein wichtiger Politiker und ein kräftiger Mann in den besten Jahren. Diese Aktion hätte also niemandem geholfen und nur eine Rauferei verursacht, bei der ich kläglich versagt hätte. Traurig und gedemütigt habe ich einfach nur mein Paulchen und meinen Mantel geschnappt und dann sind wir nach Hause gefahren. Niemand im Dorf weiß von der Erpressung und so hat der Fritz die Helene zur gefallenen Frau gemacht. Denn einem Mann verzeiht man fast alles, einer Frau nichts. Eine subtile Rache dafür, dass sie ihn nicht geheiratet hat. Und Elisabeth? Die schweigt und leidet, so wie sie das von Anfang an getan hat. Erst neulich wieder habe ich sie mit blauen Flecken im Gesicht auf der Straße gesehen. Wie kann ein Mann nur so viel Unglück um sich verbreiten?

20. Januar 1938
Heute verbrachte ich einen ruhigen Abend bei den Rosensteins. Eigentlich wollte ich nur ein Erkältungstonikum für Paulchen abholen, aber dann wurde aus einem Gespräch zwischen Tür und Angel eine Einladung zum Abendessen.

Ich kenne kein anderes Haus, das so elegant eingerichtet ist und dabei doch so schlicht. Jede Ecke atmet Geschmack und Bildung. Allein die Bibliothek mit den vielen Büchern, der Mischung aus Erstausgaben und edlen Ledereinbänden. Dabei kann man sehen, dass die nicht aus Angeberei erworben wurden, denn viele sind abgegriffen und oft gebraucht. Ja, bei den Rosensteins wird Bildung großgeschrieben. In einer Ecke auf einem Flügel steht eine Bronzebüste von Goethe. Die hat Harald vor zwei Jahren zum Jubiläum anfertigen lassen. Er ist ein großer Goethe-Verehrer und besonders der Faust hat es ihm angetan. Den zitiert er seitenlang, Band 1 und 2.

Auf dem Flügel liegen die Noten wild verstreut. Heute Abend hat Selma sich wieder einmal für Mendelsohn-Bartholdy entschieden. „Er mag zwar ein Konvertit sein!“ sagt sie in spitzem Ton,“ dann gleiten ihre Finger in einem Glissando über die Tasten. „aber er gehört doch immer noch zu uns!“ Von Harald weiß ich, dass Selma aus Liebe zu ihm ihre Karriere als Konzertpianistin aufgegeben hat. Gestern konnte ich mir gut vorstellen, wie sie die Bühne Europas verzauberte, denn sie entlockte dem Flügel wieder einmal sphärische Klänge. Wenn sie spielt, dann verliert sie sich völlig in der Musik und uns entführt sie dabei in andere Welten.

Auch unsere Irma hat mit dem Klavierspielen angefangen und Selma hat sie eingeladen, am Klavierunterricht teilzuneh-

men. Haralds Sohn Max ist noch zu klein. Er spielt lieber mit den kleinen Blechautos. Da gerät er ganz nach Harald, der liebt diese moderne Technik. Oft redet er von nichts anderem. Er glaubt, dass in Zukunft alles anders wird, dass jeder ein Auto haben wird, dass wir Distanzen in kurzer Zeit überwinden und dass die Vernünftigen über die Dummen siegen werden. Wenn ich ihn wie gestern vor den Agitationen Hitlers und seiner Partei warne, dann nimmt er das einfach nicht ernst. Er glaubt fest an die Revolution der Vernünftigen. Diese verbohrte Rhetorik vom Herrenmenschen hält sich nicht lange, irgendwann setzt sich der menschliche Verstand durch sogar bei Menschen wie Fritz Heintz. Davon ist er fest überzeugt.

Ich kann ihm nicht glauben, anders als er, habe ich Hitler persönlich erlebt. Damals im August 33 als er zur Nibelungenrede in Rüdesheim am Rhein war. Wie die Schlange Eva im Paradies, so verführte Hitler die hypnotisierte Menge. Der Leibhaftige spielte mit den geheimsten Hoffnungen und Wünschen der Menschen, und dabei sprach er ihre niedrigsten Instinkte an. Und die Menschen jubelten und wollten immer mehr. Er sprach in Komparativen, er machte sie zu den Besseren, den Stärkeren, den Mächtigeren. Mir wurde schlecht, als ich ihm zuhörte, ich wollte nur noch weg.

Wie oft habe ich Harald schon davon erzählt, wie oft ihn davor gewarnt. „Schau dir den Samuel Levi an, der sich nicht mehr auf den Dreikönigsball traut, oder den Mayr Cohn, der ständig die Scheibe seines Geschäftes erneuern muss, und dem die Kundschaft wegläuft, weil der Fritz inzwischen die Namen der Leute, die bei ihm einkaufen, öffentlich am Rathaus aushängen lässt." Doch Harald will die Gefahr nicht sehen. Der Mayr und Samuel sind zu jüdisch, die wollen sich einfach nicht integrieren, deshalb werden sie so angefeindet. Gerade bei Samuel könne man das gut sehen, meint er, der trage das orthodoxe Gewand und glaube wirklich wortwörtlich nach der

Thora leben zu können. So etwas könne heute niemand mehr verstehen.

Ich glaube nicht, dass Harald recht hat. Hier geht es um viel mehr und irgendwann wird auch seine Familie der Gefahr ins Auge schauen müssen. Doch was soll ich ihm raten? Dass er sein Zuhause verlässt, bevor es zu spät ist? Sind wir schon so weit, dass Juden ihre deutsche Heimat verlassen müssen?

17. Februar 1938

Heute hat mir mein Freund und ehemaliger Kollege Nathan Simon geschrieben, dass es für uns eine Chance gibt. Diejenigen, die nicht mitansehen wollen, wie unsere Kirche offenen Auges in ihr Unglück rennt, haben sich von der Kirche gelöst. Sie nennen sich jetzt Bekennende Kirche. Ich wäre gerne dabei und im Geist bekenne ich mich zu Häuflein der Unangepassten. Doch offiziell kann ich ihnen nicht folgen, weil ich meine Engelstaler nicht im Stich lassen möchte.

Da ist unser Bürgermeister Horst Becker, der mich so dringend braucht. Ich bin der einzige, mit dem er über seine geheime Leidenschaft reden kann, weil ich ihn nicht verurteile. Ich denke mir immer, Jesus hat niemanden weggeschickt, Warum sollte ich es anders machen? Für Horst ist seine Liebe zu Männern eine Belastung. Er kann selbst nicht verstehen, was mit ihm nicht stimmt. Die Menschen nennen seine Leidenschaft widernatürlich und krank und er schämt sich dafür, aber er kommt nicht dagegen an. Ihm bleibt nichts anderes übrig, als sie zu verstecken. Seine Frau Luise und ich sind die einzigen, die davon wissen. Früher ist er ab und zu nach Frankfurt gefahren und hat dort eine Bar für Männer aufgesucht. Heute traut er sich das nicht mehr. Ich habe ihn auf einer dieser Frankfurtreisen aufgelesen und ihm das Leben gerettet, als Prügelgrüppen der SA die Bar stürmten und die Männer auf die Straße prügelten. Jetzt kommt Horst immer zu mir, wenn er es nicht mehr aushält. Dann schüttet er mir sein Herz aus. So hat er mir gestern von dem jungen Mann erzählt, den er bei der Fortbildung der NSDAP im Frühling auf der Burg Sonthofen getroffen hat. Es war nur eine kurze Romanze, aber jetzt fürchtet er, dass dieser ihn verraten könne. Auch hat er bemerkt, dass Otto Weihrich ihm ständig prüfende Blicke zuwirft. Es könnte sein, dass er damals in Frankfurt bei der Prügelgruppe dabei war und Horst erkannt hat.

Horst ist eigentlich ein netter Mann. Es tut mir so leid, dass er ständiger Angst leben muss. Wenn er sich mir in der Seelsorge anvertraut, weiß ich manchmal nicht, wo ich hinschauen soll. Seit die Partei an der Macht ist, ist für Männer wie Horst die Lage gefährlicher geworden. Ihre Liebe bringt alles durcheinander und gefährdet die sogenannte „Reinheit und Gesundheit" des deutschen Volkes. Als ob es so etwas gäbe! Horst ist eine Gefahr für sich selbst und seine Familie. Er tut mir so leid, wenn er da bei mir sitzt und seine vermeintlichen Sünden beichtet. Die Angst entdeckt zu werden, macht Horst erpressbar. Jeder Blick, jede Andeutung geben Fritz Heintz und seinem Gefolge freie Bahn, selbst wenn die gar nichts davon wissen sollten. Das erhoffte Gegengewicht zu Fritz Heintz ist Horst Becker deshalb als Bürgermeister nicht und das ist wahrscheinlich auch der Grund, weshalb Fritz sich den Bürgermeisterposten noch nicht unter den Nagel gerissen hat. Horst ist aus Angst zu seinem verlängerten Arm geworden.

3. März 1938
Heute war Luise Becker bei mir. Es ist schon wieder ein Brief aus Paris angekommen. Jedes Mal, wenn Pierre Kirchner schreibt, kommt Luise zu mir. Ich bin der Einzige, dem sie sich anvertrauen möchte. Auch zu ihrem Beichtvater bin ich geworden. Dabei ist sie die Frau, auf der meine Hoffnungen ruhen. Wo Horst Angst hat, zeigt sie Stärke. Mit meinem sanften Paul-

chen lässt sie sich dabei nicht vergleichen. Heute hat sie die kleine Anni mitgebracht. An dem Kind kann man sehen, wie die Zeit vergeht. Bald sind es vier Jahre, dass Luise und Horst die Kleine über die Taufe gehoben haben. Damals glaubte ich meinen Augen nicht zu trauen, als ich unter den Taufgästen auch Pierre Kirchner entdeckte. Ich habe ihn zur Seite genommen, um ihm die Leviten zu lesen, aber er hat mich nur ausgelacht. Er sei ein Feriengast, der sich in das schöne Rheintal verliebt habe und wolle hier den Frühling genießen. Horst und Luise taten so, als sei er tatsächlich nicht mehr als ein Pensionsgast, der zu einem guten Bekannten geworden sei, und zwei Tage später war er wieder weg. Damals wäre Luise wohl gerne mit ihm gegangen, das hat sie mir in einem unseren vielen Gespräche gestanden, aber er konnte weder ihr noch der kleinen Anni eine Perspektive bieten. Außerdem kann der Horst ohne sie nicht überleben. Jedes Mal, wenn sie kam, habe ich an sie appelliert, jedes Mal hinterher gebetet, dass sie hierbleibt. Heute sieht das wohl anders aus. Ich kann ihre Sehnsucht verstehen. Der Wunsch der Enge Engelstals entfliehen zu können, wird auch in mir immer größer. Doch Luise hat sich entschieden und sie steht zu ihrem Wort. Sie bleibt bei dem Mann, dem sie ihr Ja-Wort gegeben hat. Eine Frau mit so viel Rückgrat ist bewundernswert, zumal Horst ihr nicht geben kann, was eine Frau braucht, aber ohne sie wäre er Fritz und Otto ausgeliefert. Und Anni kennt nur diesen einen Vater, und hängt an Horst und der wiederum an dem Kind als sei es sein eigenes. Ja, auch Frauen können Heldinnen sein. Neulich erst, als Fritz Heintz erzwingen wollte, dass unser Bürgermeister alle auf einer öffentlichen Liste einträgt, die bei Mayr Cohn einkaufen. Da war sie, die Frau des Bürgermeisters, die erste, die einkaufen ging. Kurze Zeit später folgte ihre Freundin Elisabeth Heintz, die Frau des Parteivorsitzenden und anschließend die offizielle Geliebte des Parteivorsitzenden Helene Heinrich. Bis zum Abend war die

Liste von der Rathaustür verschwunden. Auch wenn Elisabeth wieder einmal blaue Flecken im Gesicht trug, so war doch das triumphierende Lächeln nicht zu übersehen.

5. Mai 1938
Heute Abend waren meine Frau und ich wieder einmal bei Rosensteins zum Essen eingeladen. Geplant war ein kleines Konzert, das Selma zusammen mit unseren Töchtern Irmgard und Emma eingeübt hatte. Eine wunderbare Kombination aus Mozart, Bach und Mendelsohn, die vom Können der Selma Rosenstein profitierte. Wir alle waren ganz begeistert. Anschließend saßen wir noch lange im Garten und genossen die laue Frühlingsnacht. Mein Paulchen lobte besonders den Mokka aus den zierlichen Tassen des Rosensteinchen Silberservices. Noch zuhause schwärmte sie, das sei reinster Jugendstil, da kenne sie sich aus. Ich musste sie an das 10. Gebot erinnern. „Du sollst nicht begehren deines Nächsten Gut …“ Doch mein Paulchen kann über mich nur lachen. Sie kennt keinen Neid nur Bewunderung. Und wer würde Selma Rosenstein nicht bewundern. Diese charismatische und begabte Frau, die als Pianistin, auf ihren vielen Tourneen durch ganz Europa so viel gesehen und erlebt. Mit ihr und ihren Erzählungen kommt an einem Abend wie dem heutigen ein Stück große weite Welt zu uns nach Engelstal. Ist das ein Wunder, dass man Paulchen das genießt und bestaunt?

Trotzdem möchte sie nicht an Selmas Stelle sein.

Wir möchten beide mit den Rosensteins nicht tauschen, denn deren Situation wird immer gefährlicher, auch wenn Harald das ignoriert. Mir macht es umso mehr Sorgen. Der Mayr Cohen kann in seinem Kolonialwarenladen kaum noch etwas verkaufen. Die meisten gehen heimlich hin und das nur, weil der Mayr ihnen gute Preise macht und Geld leiht. Noch schlimmer steht es um Levi. Der ist inzwischen auf die Hilfe von Verwand-

ten und Freunden angewiesen. Er schämt sich furchtbar deswegen. Die kleine Spende, die ich ihm angeboten habe, wollte er nicht annehmen. Leider kann ich die Cohens und die Levis nicht so schützen wie die Rosensteins. Ihre Jüdischkeit ist zu sichtbar.

Neulich sprachen Fritz und Otto im grünen Baum über die Vernichtung der Juden. Ich konnte nicht anders, ich musste mich ihnen entgegenstellen. Man könne nicht einfach ein ganzes Volk vernichten, so etwas habe es bisher noch nie gegeben. Außerdem könne das in der Praxis nicht funktionieren. Das sei unrealistisch. Doch Fritz und Otto lachten nur, ich hätte ja keine Ahnung. Die Partei habe Pläne, Jawohl! Mir lief es eiskalt den Rücken herunter. Als ich die beiden so grinsen sah, schien plötzlich alles möglich.

16. Mai 1938
Zum ersten Mal seit vielen Jahren musste ich einen betrunkenen Hans Döndorf von der Kerb nachhause bringen. Normalerweise trinkt dieses aufrechte Mitglied unserer Dorfgemeinschaft selten mehr als er vertragen kann. Doch der Hans, der immer einen lustigen Spruch auf den Lippen hatte, verändert sich in den letzten Monaten zusehends. Als ich ihn heute nachhause schleppte, gestand er mir unter Tränen. „Ich werde auch dieses Kind verlieren!" und nach und nach kam dann aus dem betrunkenen Mund die grausame Wahrheit ans Licht. Die Fallsucht des kleinen Döndorf ist schlimmer geworden. Seit einem halben Jahr passiert es immer wieder. Bisher konnten sie es noch gut verbergen, aber was geschieht, wenn es jemand mitbekommt?

Fritz und Otto halten am Stammtisch große Reden von der Herrenrasse und sie bekommen immer mehr Zustimmung. Die Herrenrasse müsse erhaben sein über jede Krankheit, nur dann könne sie auch eine echte Herrenrasse sein, hat ausgerechnet

Otto neulich laut getönt. Wer krank sei, gehöre nicht dazu. Ich hoffe, dass es nicht bedeutet, was ich denke, dass es bedeuten könnte. Doch wir leben in Zeiten, in denen alles möglich wird. Auch Hans hat solche Befürchtungen, deshalb halten er und seine Käthe die Krankheit des Jungen geheim.

Ach, unser Herr Jesus Christus hat einst einen Jungen von der Fallsucht geheilt, ich wünschte er würde es wieder tun und damit Fritz Heintz und Otto Weihrich und dieser ganzen schrecklichen Partei zeigen, wer der wahre Herr dieser Welt ist.

6. Juni 1938
Heute hatten wir einen wundervollen Sommertag, den ich endlich wieder einmal zusammen mit meiner Frau genießen konnte. Gemeinsam haben wir einen Ausflug an den Rhein unternommen und sind auf den Scharlachberg gewandert. Welche Gnade ist es doch, in einer so schönen Region seinen Dienst versehen zu dürfen. Bei einem Picknick hat mich dann mein Paulchen wieder in die Gemeinderealität zurückgeholt. In der Frauenhilfe wird wieder einmal getratscht. Es heißt, dass Helene Heinrich schwanger ist und ihr Bruder sich deshalb von ihr losgesagt hat. Sie wohnt im kleinen Pförtnerhaus, das zum Gutshaus der Eltern gehört und wird von Elisabeth mit dem Notwendigsten versorgt. Die ganze Frauenhilfe hält Elisabeth für eine Heilige. Als ich mein Paulchen gefragt habe, warum sie das wohl macht, schließlich ist diese offene Affäre eine große Demütigung. Da hat sie hat mich nur ungläubig angeschaut. "Glaubst du denn, dass Elisabeth eine Alternative hat? Mit vier Kindern und einem gewalttätigen Mann, der alle Macht in seinen Händen hält? Sie kann froh sein, dass sie nun nicht mehr die Einzige ist, die unter ihm leidet. Im Gegenteil nun hat sie in Helene eine Leidensgenossin gefunden." Mir hat sich bei diesem Gespräch für einen kurzen Moment eine andere Dimension geöffnet: Die Welt der Frauen, die so ganz anders ist

als unsere Männer-Welt. Einen kurzen Moment lang, habe ich mich gefragt, wie ihre Perspektive wohl sein mag? Praktischer als unsere, weniger ideologisch? Geht es in ihren Gesprächen tatsächlich nur um Kochrezepte und Kindererziehung oder geht es vielmehr um das Verhältnis zu uns Männern, um Macht und darum, wie man in diesem von Männern dominierten Leben überleben kann? Was wäre, wenn sie die Macht in Händen hielten? Wenn sie die Entscheidungen über Krieg und Frieden träfen? Wäre dann alles anders? Das Gespräch hat mich lange beschäftigt, doch wie mein weises Paulchen mir zurecht vermittelte, kann ich sowieso nicht viel tun. Ich bin ein Mann und muss mich in der Männerwelt von Engelstal behaupten, mein Paulchen dagegen hat ihre Ohren und Augen überall.

10. Junil 1938
Hans Döndorf, Paul und ich waren heute Nachmittag bei Harald Rosenstein. Der kleine Paul ist ein aufgeweckter Knabe von 6 Jahren mit dem Aussehen eines Engels, blonde Locken und blaue Augen und der gesunde Körper lassen nicht vermuten, dass dieses Kind fallsüchtig sein könnte. Auch Harald komplimentierte Hans zu seinem gesunden Jungen. Die Fallsucht sei eine Krankheit der Nerven und es gäbe Apparaturen, mit denen man die Gehirnströme messen und das so zeigen könne. In der Charité habe er so etwas gesehen. Ein Kollege von ihm habe sogar damals an dem Thema geforscht. Aber seit es auch in der Medizin einen Machtwechsel gegeben habe, sei man an solchen Studien nicht mehr interessiert. Harald hat Hans angeboten, seinem Freund zu schreiben. Doch Hans will nicht, dass noch mehr Menschen in das Geheimnis miteinbezogen werden. Am Ende konnte Harald dem kleinen Paul wenigstens ein paar praktische Hilfestellungen geben. Außerdem soll der kleine Paul nie allein baden und auch nicht turnen. Aber all das wird das kluge Kind nur noch mehr von anderen Kin-

dern isolieren. Die anderen sagen jetzt schon, dass Hans es mit seinem Sohn übertreibt. Irgendwann werden sie genauer hingucken und Fragen stellen, da bin ich sicher. Gott helfe Hans, wenn es so weit ist. Mich ärgert, dass es so weit kommen konnte, dass Väter aus Angst vor Idioten ihre Kinder nicht fachgerecht behandeln lassen können. Gottes Schöpfung wird doch erst durch Vielfalt reich. Doch wenn ich den Besserwissern im grünen Baum zuhöre, dann könnte ich die Wände hochgehen. Als wäre ein Leben nicht lebenswert, das nicht dieser seltsamen Norm der Hitlerschen Ideologie entspricht. Als ob wir alle so sein wollten, wie der Schreihals, oder der Fritz oder Otto. Mir graut vor dieser Gleichmacherei. Paul mit seiner Fallsucht ist mir tausendmal lieber als die kleinen Automaten, die der Fritz Heintz gezeugt hat und die jetzt schon im Stechschritt durchs Dorf marschieren.

21. Juni 1938
Sommersonnenwende. Das neue Fest der NSDAP! Die Jugend steht um das Feuer und singt Heimatlieder, die von einem deutschen Volk und einem deutschen Reich erzählen, das es so nie gab. Die Augen der Alten werden feucht und ich könnte vor Wut platzen, wenn sie mir rührselige Geschichten aus der Kaiserzeit erzählen, als angeblich alles noch gut war und die Jungen noch auf die Alten gehört haben und die Bräuche noch eingehalten wurde. Welch ein Unsinn! Ich erinnere mich genauso an diese Zeit wie sie. An die Armut und die Unterdrückung. Seitdem hat sich nur wenig verändert. Dass viele in Hitler einen neuen Kaiser sehen, und eine Wiedergeburt der Kaiserzeit das ist kaum zu ertragen. Sie sind alle dem Schreihals auf den Leim gegangen und jeder hört, was er hören will.

Sobald die Vorführung vorbei war, verschwand die Hitlerjugend zwischen den Weinbergen und in den Ställen. Das war schon immer so, auch in der Kaiserzeit, in einigen Monaten werden Paare zu mir kommen und das Aufgebot bestellen und es wird eine Menge 6 Monat Schwangerschaften geben.

Unser Lehrer Schneider stand mit stolzgeschwellter Brust neben seinen Schülern. Er ist ein enger Freund von Fritz Heintz und hat die Hitlersche Lehre eingesogen wie ein Schwamm. Dass jungen Menschen die Lieder fehlerfrei singen können, ist sein Verdienst. Dafür sind meine Konfirmanden sind in letzter Zeit mit dem Lernen der Gesangbuchlieder nachlässig geworden, ihr Kopf fasst nur noch eine Sorte von Liedern. Sorgen mache ich mir noch immer um den kleinen Paul. Seit Ostern geht er zur Schule. Gott sei Dank ist er ein guter Schüler. Hans macht sicher allerdings Sorgen wegen der Turnstunden und Wandertage, mit denen es der Lehrer immer sehr genau nimmt.

15. August 1938
Die Schule hat wieder begonnen und auch für mich hat gestern der Alltag mit einer Beerdigung angefangen. Ich habe den Eindruck, dass das Land den Atem anhält. So als warteten die Menschen auf etwas, ohne genau zu wissen, worauf. Kann es sein, dass wir wieder auf einen Krieg zugehen? Ich habe darüber schon mehrfach mit Harald gesprochen, doch der meint, dass wir dazu nicht gut genug gerüstet sind. Mir scheint, rhetorisch sieht das anders aus. Aus jeder Rede Hitlers und jeder Parole der Partei, blitzt die Kriegshetze hervor. Ich habe Kontakt zur Bekennenden Kirche aufgenommen und konnte auch an einem ihrer Treffen teilnehmen. Zum ersten Mal seit langem, konnte ich wieder sagen, was ich denke, zum ersten Mal fühlte ich mich wieder unter Brüdern in dem einen Geiste zuhause. Es hat mir gutgetan und gibt mir Kraft für das neue Halbjahr.

30. August 1938
Luise Becker ist wieder einmal hier gewesen. Pierre Kirchner will, dass sie endlich zu ihm kommt. Er hat einen großen Auf-

trag erhalten und das bedeutet Geld. Er will sie in Saarbrücken abholen und nach Paris mitnehmen. Horst hat sie wohl gestern Abend weinend angefleht, nicht zu gehen. Die Verführung ist groß. Doch Luise kann nicht gehen. Nicht jetzt!

Denn Otto Weihrich war wohl vor einigen Tagen bei Horst im Rathaus und hat die Katze aus dem Sack gelassen. Er hat den Horst damals in Frankfurt gesehen. Sollte Luise nun gehen, fürchtet Horst, dass alles zusammenbricht. Otto Weihrich erpresst Horst, er will für sein Schweigen bezahlt werden, nur dann werde er Fritz Heintz nichts von seinem widernatürlichen Verhalten erzählen. Doch Horst und Luise haben kein Geld. Das bisschen Bargeld, das sie durch den Weinverkauf und die Feriengäste verdienen, brauchen sie für sich selbst. Luise hat sich nun entschlossen, die Flucht nach vorne anzutreten, sie wird mit Elisabeth über Ottos Drohung reden. Es gibt nur einen, der Otto Grenzen setzen kann und dem kann wiederum nur eine die Zügel anlegen. Seit dem Ereignis mit der Liste haben sich die Machtverhältnisse im Haus Heintz subtil verändert. Oberflächlich ist Fritz Heintz noch immer der Chef, ab und zu kommt es auch immer noch zu blauen Flecken, aber in den entscheidenden Fragen hält Elisabeth die Macht in den Händen. Dass er sich mit Helene eine Geliebte genommen hat und sie diese Geliebte akzeptiert, erlaubt es ihm gegenüber seinen Parteifreunden den Schein zu wahren. Dies ist für seine Karriere wichtig. Und so hält sie trotz all seiner großen Worte sein Schicksal in ihrer Hand und wenn es darauf ankommt, lässt sie es ihn auch spüren. Dass sie mit seiner Geliebten befreundet ist, erleichtert seine Situation nicht. Und so bin ich sicher, dass Elisabeth auch dieses Mal erfolgreich sein wird.

10. November 1938
Ich hätte nie gedacht, dass es einmal so weit kommen könnte. Heute Morgen klopfte Harald an meine Tür, er war völlig au-

ßer sich. In Bingen wurde gestern die neue Synagoge vollständig zerstört und die alte beschädigt und geschändet. Er selbst war gestern zu Besuch bei Verwandten in Worms. Auch dieses wunderbare Bauzeugnis aus dem Mittelalter, die bekannte Synagoge von Worms, wurde einfach abgebrannt und der alte Friedhof geschändet. Harald, der selbst aus Worms kommt, konnte es nicht fassen, wie hasserfüllt die Wormser über den Besitz ihrer jüdischen Nachbarn hergefallen seien. Sie hätten noch nicht einmal vor den jüdischen Bürgerhäusern und Geschäften haltgemacht. Es wurde zerstört und geplündert, was nicht niet- und nagelfest war. Weder die Feuerwehr noch die Polizei hätten eingegriffen. Nachbarn seien im besten Fall zu neugierigen Gaffern und im schlimmsten Fall zu Mittätern geworden. Harald hatte Selma und die Kinder im Auto in Sicherheit gebracht und dann dem Vater geholfen, die Praxis zu retten. Am meisten erschütterte ihn, dass die Freunde aus der Schulzeit dabeistanden, und einfach nur zuschauten und nichts taten. Auf der Rückfahrt in Bingen sei es dann dasselbe Bild gewesen. Überall konnte man SA-Schläger an vorderster Front erkennen, die warfen den ersten Stein und die brennenden Fackeln, dann folgten die Biedermänner auf den Fuß. In Haralds Augen stand die Enttäuschung über eine ganze verlorene Welt. Durch Bingen sei er kaum durchgekommen, so viel Pöbel sei auf der Straße gewesen. Er sei jedoch Zeuge geworden, wie der Bürgermeister einen SA-Prügeltrupp aus Ingelheim zurückgeschickt habe, weil der nicht nach Bingen gehöre.

Als Vorstandsmitglied der jüdischen Gemeinde sei er dann heute Morgen nochmal hingefahren, um sich selbst ein Bild vom Schaden zu machen. Die liberale Synagoge ist vollständig ausgebrannt. Die neue Orgel, auf die er immer so stolz war, gibt es nicht mehr. Und egal was die Behörden sagen, dies war kein Unfall. Zweimal rief der Hausmeister die Polizei, weil ein Feuer ausgebrochen war, beim ersten Mal nahm die Polizei die

Meldung nicht ernst. Beim zweiten Mal kamen Feuerwehr und Polizei erst gar nicht. Nun wird dem Hausmeister vorgeworfen, er habe den Brand durch seine eigene Nachlässigkeit verursacht. Wie immer gab es natürlich eine Menge Nachbarn, die zugeschaut haben, und nun behaupten, es seien die Studenten vom Technikum gewesen. Aber ich gebe Harald recht, der der SA die Schuld gibt, so wie in Worms. Es wäre schon ein großer Zufall, wenn es anders wäre. Dies trägt zu deutlich die Handschrift des ehemaligen Binger Parteileiters Fritz Eitel, der wahrscheinlich hofft, sich durch diese Aktion wieder einen Macht-Vorteil verschaffen zu können. Besonders unser Otto Weihrich hier verehrt diesen Grobian. Draufschlagen und Kleinhauen, das war schon immer die Methode, mit der er sich am besten durchsetzen konnte und das passt auch gut zu unserem Otto. Es würde mich nicht wundern, wenn Otto gestern ebenfalls in Bingen sein Unwesen getrieben hätte.

Ich konnte kaum glauben, was mir Harald berichtete, bis ich heute Abend im grünen Baum die Erklärung für die Ereignisse im Radio hörte. Man müsse es entschuldigen, wenn deutsche Bürger sich aus Empörung gegen die Juden wendeten. Ein Attentat - die Verzweiflung eines Einzelnen gegen die Zerstörung von Synagogen, Läden und Häusern? Man muss schon blind sein, um nicht zu begreifen, welche Heimtücke hinter dieser konzertierten Aktion der letzten Tage steckt. Was da gestern bei uns in Bingen geschah, fand in den letzten Tagen an fast jedem Ort im deutschen Reich statt. Von nun an werden sich Juden nicht mehr sicher fühlen können. Das Bild der brennenden Synagogen wird uns Deutsche auf ewig begleiten. Ich habe Harald geraten, wenigsten Selma und die Kinder zu Verwandten ins Ausland zu bringen, bis die Zeiten sich etwas beruhigt haben, doch der glaubt noch immer an das Gute im Menschen.

Bei aller Enttäuschung hat er die Hoffnung noch nicht aufgegeben. Er ist sich sicher, dass die Rädelsführer und Unruhestifter dieser Aktion bestraft werden. Er wird nicht gehen, denn er will die Engelstaler nicht im Stich lassen. Wo sollten sie hier so schnell einen neuen Arzt herbekommen? Ich konnte ihn gerade noch davon abhalten, in Bingen einen Strafantrag zu stellen und im Auftrag seiner Gemeinde in Erscheinung zu treten. Hätte er das getan, dann hätte ich ihn nicht weiter schützen können. Durch den Brand sind viele Papiere vernichtet worden. Wenn er Glück hat, dann ist er nun nicht mehr in der jüdischen Gemeinde in Bingen registriert, die jüdische Identität der Rosensteins kann nun nicht mehr nachverfolgt werden.

Ich würde alles tun, um die Rosensteins zu schützen, es ist das Wenigste, das ich tun kann.

11. November 1938

Gestern Abend kamen sie auch zu uns nach Engelstal. Es ist unglaublich, aber diese braune Seuche macht auch vor unserem kleinen Engelstal nicht halt. Es war natürlich Otto Weihrich mit seinen Freunden, der uns Engelstalern einmal zeigen wollte, wie wichtig er ist. Als erstes sind sie zu den Levis ins Haus marschiert. Sie haben die Tür eingetreten und alles kaputt gemacht. Ich war leider nicht zuhause, sonst hätte ich es vielleicht verhindern können. Samuel hat mir später erzählt, dass sie die Wertsachen gestohlen und die religiösen Gegenstände zerstört hätten. Vorhänge wurden von den Fenstern gerissen, Scheiben zertrümmert, das Vieh aus den Ställen getrieben. Zwei Kühe fehlen immer noch. Ich fürchte, dass die sich einer unserer Bauern im Laufe der Nacht heimlich geholt hat und nicht mehr hergeben wird. Ausgerechnet die Levis, denen es finanziell nicht gut geht. Auch der Mayr Cohen kam nicht ungeschoren davon. Schließlich ist der dem Otto schon seit einiger Zeit ein Dorn im Auge, da immer noch Engelstaler dort einkaufen gehen. Der Mayr hat dann eines seiner Kinder zu mir in die Kirche geschickt. Bis ich dazukam, hatten sie schon Fenster und Tü-

ren eingeschlagen und alle Waren aus den Regalen geholt. Zu meinem Schrecken erkannte meine Gemeindekinder, die dabei waren, sich Waren in ihre Taschen zu stecken. Mein Auftauchen ließ sie innehalten. Ein Blick in ihre Gesichter reichte aus, die meisten senkten den Blick und nahmen das Gestohlene wieder aus den Taschen heraus. Nur Otto plusterte sich auf, doch die ganze heiße Luft half ihm nicht. Der ging schon bei mir in den Konfirmandenunterricht und ich musste ihm oft eine hinter die Ohren geben, außerdem kenne ich eine Menge seiner kleinen und großen Geheimnisse. „Otto, geh nachhause! Mach deiner Mutter nicht noch mehr Sorgen, als sie ohnehin schon hat!" Otto wollte natürlich nicht klein beigeben außerdem mochte er nicht wie ein Junge in kurzen Hosen behandelt werden. Gleichzeitig aber wusste er auch, und dass auf meinen guten Willen angewiesen ist. Trotzdem hat er es nochmal mit Parolen gegen die Juden und deren Weltverschwörung gegen das deutsche Volk versucht. Doch als ich mit der Binger Polizei gedroht habe, sind er und seine Ingelheimer Prügelknaben tatsächlich abgezogen. Da gibt es wohl Streit zwischen der Ingelheimer und der Binger SA. Dem Himmel sei Dank für Haralds Warnung. Noch bevor sie auf ihren Lastwagen stiegen, hatten sich schon meine Engelstaler verdrückt. Im Grunde ihres Herzens sind sie Angsthasen und vor allem auf ihren Vorteil bedacht. Ich werde am Sonntag im Gottesdienst ein ernstes Wort mit ihnen reden müssen.

12. November 1938
Der Kurt Heinrich war heute bei mir. Er möchte die Ereignisse von gestern nicht auf sich beruhen lassen und hat stellvertretend für den Samuel Levi und den Mayr Cohen einen Strafantrag gestellt. Dabei hat er sein ganzes juristisches Wissen, das er vor vielen Jahren in Berlin an der Uni erworben hat, zusammengekratzt. Das Schreiben hat er Horst Becker übergeben, schließlich ist der unser Bürgermeister. Ich bin ja mal gespannt, was

dabei herauskommt. Mein Paulchen, Selma Rosenstein und Luise Becker sind da eher praktisch veranlagt, sie haben sich mit Putzeimern bewaffnet auf den Weg zu den Levis gemacht und dort geholfen, das Haus zu säubern. Danach haben Hans Döndorf und Samuel Levi die Möbel wieder zusammengenagelt und die Fenster notdürftig geflickt. Wir werden wohl versuchen Geld für eine richtige Tür und Fenster zu sammeln. Schließlich wird es jetzt Winter und da kann man schlecht mit einem Provisorium schlafen. Die Frauenhilfe hat diese Aktion ohne große Worte unter der Hand übernommen. Offiziell sammelt sie für die eigene Gemeinde. Wenn unser Kirchenvorstandsvorsitzende Fritz Heintz wüsste, was die drei Vorsitzenden darunter verstehen, würde er die Aktion auf keinen Fall gutheißen. Aber er ist ja glücklicherweise ein Mann und deshalb von der Frauenhilfe ausgeschlossen.

13. November 1938
Nun ist es doch herausgekommen. Irgendjemand muss geplaudert haben und die Sammlung für unsere Gemeinde zugunsten der Levis wurde als unchristlich abgelehnt. Man dürfe Juden nicht unterstützen, die hätten den Herrn Jesus Christus umgebracht. Otto brachte doch tatsächlich eine alte Ausgabe des Stürmers von der Rhein- und Naheecke an, und zitierte aus einem Artikel von Fritz Eitel. Doch über einen einstimmigen Beschluss des Kirchenvorstands kann ich mich nicht hinwegsetzen. Unter der Hand haben mir Horst Becker und Hans Döndorf ein paar Reichsmark in die Hand gedrückt, und Luise Becker kam mit einem Sack voll Daunen für eine Bettdecke vorbei, die sie eigentlich zum Tausch für Weihnachtsgeschenke aufgespart hatte. Aber es wird wohl hauptsächlich an Harald und mir hängen bleiben. Der Mayr Cohen glaubt wirklich, dass der Kurt Heinrich den Prozess vor dem Landgericht gewinnen kann. Er hat heute schon neue Ware bestellt und seinen

Laden ausgekehrt. „Ab morgen öffne ich wieder. Die kriegen uns nicht unter!"

14. November 1938
Heute Abend konnte ich den völlig betrunkenen Kurt Heinrich wieder einmal gerade so davon abhalten, sich mit Fritz Heintz im grünen Baum zu prügeln. Dieses Mal ging es jedoch nicht um seine Schwester Helene, sondern um den Prozess, der zurzeit in aller Munde ist. Der Fritz behauptet, dass ihm sein ganzes Studieren nichts helfen werde. Und wenn er sich noch so sehr zum großen Fürsprecher für die Juden aufspiele, das werde ihm nicht viel nützen. Der Kurt hat dann nachgebohrt, bis der Fritz die Bombe hat platzen lassen. Nach einer Verfügung des Führers werden alle begnadigt, sie sich an jüdischem Besitz vergriffen haben. Eine Generalamnesie. Nicht nur ich war sprachlos, als ich diese Worte hörte.

„Das ist ein grundlegender Verstoß gegen das Eigentumsrecht!" Rief der betrunkene Kurt und ich hätte es nicht besser formulieren können. Fritz Heintz wehrte ab und meinte nur lässig, was denn jüdisches Eigentumsrecht schon wert sei. Wenn man überlege, wie gemein und hinterhältig die Juden seien, und wie die sich Millionen deutschen Fleißes an Technik und deutscher Kunst unter den Nagel gerissen hätten, die eigentlich gar nicht ihnen gehörten. Es wäre es längst an der Zeit sich mal das zurückzuholen, was uns Deutschen eigentlich wirklich gehörte. Und ob wir überhaupt wüssten, warum das alles passiert wäre? Wir hätten wohl gar nicht gehört, dass der Jude Grünspahn in Paris einen Deutschen hinterhältig ermordet hätte, so etwas dürften sich gute Deutsche nun wirklich nicht gefallen lassen. Gestern in Paris, heute vielleicht in Berlin und morgen ermorden sie uns nachts hier in Engelstal in unseren eigenen Betten? Wir würden hier die Juden verteidigen, aber wenn dann mal wirklich was passieren würde, ja dann würden wir ganz schön

dumm dastehen. Er aber, er habe die Verantwortung im Ort, und er werde schon sehen, dass sein schönes Engelstal nicht von Juden bedroht und zerstört werde.

Ich konnte den Kurt gerade noch am Arm erwischen und aus dem Dorfkrug ziehen. So eine völlig verkehrte Wahrnehmung der Realität lässt sich nicht umkehren. Mir ist heute zum ersten Mal bewusst geworden, dass Fritz Heintz wirklich glaubt, was er sagt. Jeder Jude ist für ihn eine Bedrohung seiner Welt und er wird nicht ruhen, bis keine mehr da sind.

24. Dezember 1938

Ich komme gerade von Helene Heinrich. Es ist an der Zeit, dass sie sich mit ihrem Bruder versöhnt und die Affäre mit Fritz Heintz beendet. Doch wie das manchmal so ist, wer Fragen stellt, bekommt Antworten, die er gar nicht hören möchte. Ich hatte Helene schon lange nicht mehr in der Kirche gesehen, deshalb bin ich zu ihr gegangen. Sie ist sehr einsam, eine wahre Maria Magdalena. Außer ihren treuen Freundinnen Elisabeth Heintz und Luise Becker spricht kaum jemand mit ihr. Schließlich gilt sie als die Hure von Babylon und hat ein uneheliches Kind. Dass der eigene Bruder nichts von ihr wissen will, trägt nicht zur Verbesserung ihres Standes bei. Ihr Kind, Friedemann, ist inzwischen ein halbes Jahr alt. Ich habe ihr angeboten, das Kind zu taufen, sie weiß aber niemanden, den sie als Paten dazu bitten kann. Das tat mir so leid, dass ich versprochen habe, ihr einen Paten für Friedemann zu besorgen, schließlich kann das Kind nichts für das Verhalten seiner Eltern. Auch dafür, dass Bruder und Schwester sich nicht verstehen, soll Friedemann nicht büßen müssen. Ich habe Helene gefragt, warum sie die Beziehung zu dem Fritz nicht aufgibt, wenn sie ihn nicht liebt und ihr Bruder ihn nicht leiden mag. Aber sie sagt, dass ihr Bruder sich auch weiterhin mit Sozialdemokraten abgibt, die er in Osthofen im Arbeitslager kennenge-

lernt hat und dass der Fritz das weiß, und sie deswegen immer noch unter Druck setzt. Also hat sich seit dem Dreikönigsball nichts geändert. Der Kurt ist mehrfach mit dem Ernst-Jakob Wetzel, Alfred Freitag und Otto Wedekind gesehen worden. Sie planen einen Aufstand, das hat der Kurt, der aus seinem Herzen noch nie eine Mördergrube gemacht hat, seiner Schwester tatsächlich neulich ins Gesicht geschleudert. Nun ist er wirklich in Gefahr. Das Schlimme ist, dass er glaubt, die Helene sei eine Überläuferin. Helene wiederum will ihm die Wahrheit nicht sagen, weil sie fürchtet, dass er den Fritz umbringt. Dann aber wäre er schneller in einem Arbeitslager, als sie gucken kann. Will ich die beiden versöhnen, so muss ich mir wirklich etwas einfallen lassen, vielleicht gelingt es mir bei der Taufe. Helene hat mir heute wieder einmal gezeigt, wie groß die Liebes- und Leidensfähigkeit der Frauen sein kann, sie lässt uns Männer demütig zurück.

Ostern 1939
Heute Abend waren wir zum Pessach bei den Rosensteins eingeladen. Es war das erste Mal, das ich das Mahl des Herrn gefeiert habe, so wie er es gefeiert hat und es war ein besonderer Moment für mich. Ich wünschte, alle meine Kollegen bekämen diese Möglichkeit. Dann könnten sie vielleicht verstehen, dass wir doch Geschwister einer Familie sind und einen Vater im Himmel haben. Es war wirklich wunderbar und die Rosensteins haben eine uralte Haggada zum Lesen der Pessachgeschichte benutzt, selbst die Pessachteller sollen aus dem 17. Jahrhundert stammen. Der Höhepunkt war jedoch ein wunderschöner Becher aus Silber und Gold. Auch er sei schon sehr alt. Harald machte sehr viel Aufhebens um diesen Kelch, den er und Selma bei ihrer Hochzeit von seinem Vater überreicht bekamen. Ich war fasziniert von dem wunderschönen alten handgeschmiedeten Stück. Ein Teil von Haralds Familie soll

Verbindungen zu dem berühmten jüdischen Rabbiner Raschi aus Worms haben. Harald konnte mir jedoch nicht genau erklären, wie. Besser wusste er über den sephardischen Teil seiner Familie Bescheid, der im 15. Jahrhundert aus Spanien fliehen musste und auf Umwegen in Worms landete, um dort eine Vorfahrin Haralds zu heiraten. Selma dagegen kommt ursprünglich aus Frankfurt. In ihrer Familie gab es viele Musiker. Sie ist also nicht die erste große Pianistin. Ich bin sehr beeindruckt darüber, wieviel beide über ihre eigene Herkunft wissen. Mein Paulchen und ich haben uns mit unseren eigenen Familien nicht so viel beschäftigt. Weiter als zwei bis drei Generationen reicht die Tradition unserer Familienerzählungen nicht. Bei Harald aber ist das anders, er zeigte mir eine Talmud-Ausgabe, die seit Jahrhunderten in der Familie ist und einen wunderschönen Hochzeitsring, von dem ich meine Augen gar nicht mehr losreißen konnte. Die jüdische Kultur ist reich an Schätzen aus aller Welt, weil Juden zu allen Zeiten in allen Teilen der Welt gelebt haben. Das ist Haralds Erklärung. Man konnte ihm die Liebe zu diesen alten Schätzen ansehen, während Selma, die schon die halbe Welt gesehen hat, nur wenig damit anfangen kann. Gestern Abend waren die Sympathien deutlich ausgewogen verteilt. Mein Paulchen stimmte mit Selma überein. Auch sie mochte den alten Schmuck von ihrer Urgroßmutter nicht tragen und mit den Möbeln, die wir unseren Eltern geerbt haben, kann sie nur wenig anfangen, während ich Haralds Faszination für alte Dinge wegen ihrer historischen Bedeutung teilen kann. Ich konnte die Jahrhunderte alten Gegenstände und Bücher nur mit Mühe aus der Hand legen.

Johannis 1939
Ich bin ein fauler Schreiber. Immer wieder lege ich mein Tagebuch zur Seite, um die Einträge zu verschieben. Doch es hilft ja nichts, schließlich will, ja muss ich schreiben, was bei uns pas-

siert. Es war Sommersonnenwende und wieder einmal glänzten Lehrer Schneider und sein HJ-Chor. Alle wollten natürlich dabei sein. Die Mädchen mit ihren langen geflochtenen Zöpfen und Dirndln, die neuerdings als deutsche Tracht bezeichnet werden. Dieses Jahr hatten wir „hohen Besuch". Der Kreisleiter aus Bingen Robert Stawinoga war anwesend. Fritz Heintz hatte ihn eingeladen und wich ihm nicht von der Seite. Horst Becker habe ich noch nie so nervös gesehen. Er hatte sogar eine Bühne und ein Ehrenpodium aufbauen lassen und die Frauen von Engelstal mussten Essen im Übermaß herbeischleppen. Auch ich wurde auf die Ehrentribüne gebeten, habe mich aber mit einer ansteckenden Erkältung entschuldigt. Ich mag diese heidnischen Feste nicht, die mehr und mehr Überhand nehmen und vor allem die Naziideologie verherrlichen sollen. Wie jedes Jahr wurde die Jugend zum Trinken animiert, die Pärchen verschwanden irgendwann in den Büschen und Scheunen und es kam auch wieder zu den unvermeidlichen Prügeleien. Dieses Mal fand Lehrer Schneider den Schuldigen, ohne hingucken zu müssen. Angeblich war es der Peter, der Älteste vom Josefus Franz, aus der Zigeunerfamilie. Ich habe den Lehrer Schneider schon länger im Verdacht, dass er die Franz-Kinder aus der Schule ausschließen möchte, bisher hat er aber noch keinen Grund gefunden. Peter hat schon vor zwei Jahren seinen Abschluss gemacht und arbeitet jetzt bei den Heinrichs im Weingut. Und obwohl er fleißig ist, bleibt er doch immer nur der Zigeunerjunge. Auch heute haben sie ihm mal wieder die Schuld zugeschoben und keiner hat ihn verteidigt. Ich habe es leider erst hinterher mitbekommen, weil ich mich ja mit einer Erkältung zuhause versteckt hatte. Horst Becker wollte sich wohl vor dem Kreisleiter profilieren und hat Peter an die Binger Polizei übergeben. Ich werde morgen zur Polizei gehen und mit ihnen über Peter reden. Leider bin ich kein Augenzeuge, das ist eine schlechte Voraussetzung.

24. Juni 1939
Man hat Peter Franz zur Umerziehung direkt ins Arbeitslager geschickt. Als ich in der Binger Polizeistation ankam, war es schon zu spät. Für Peter konnte ich nichts mehr tun, stattdessen wurde ich darüber aufgeklärt, wie extrem gefährlich die Zigeuner für das deutsche Volk seien. Ob ich nicht wüsste, dass denen die Kriminalität und Gewalt angeboren sei. Lieber alle einsperren und ausrotten. Ich solle nicht so ein Gewese machen, die Zigeuner seien eigentlich keine Menschen, sondern Tiere, Schädlinge, die bekämpft werden müssten. Ich solle mal lieber in die Kirche gehen und für unser Volk und unseren Führer beten und den Rest denen überlassen, die sich damit auskennen. Ich musste das Polizeipräsidium im Eilschritt verlassen, sonst wäre ich dem Polizisten an die Gurgel gegangen. Ich weiß nicht, wie lange ich noch in diesem Land mit diesen guten Deutschen leben kann. Ich konnte Josef Franz kaum ins Gesicht sehen, als ich ihm die schlechte Nachricht überbringen musste.

25. September 1939
Luise Becker war gestern bei mir. Sie hat sich schon lange nicht mehr gemeldet. Aber nach dem Vorfall beim Mittsommerfest, scheint auch sie sich nicht wohlzufühlen. Ich habe schon gedacht, dass der Künstler ihr nicht mehr schreibt. Doch da habe ich mich wohl getäuscht. Pierre Kirchner schickt ihr auch weiterhin regelmäßig Briefe, obwohl sie ihm mitgeteilt hat, dass sie Horst nicht verlassen wird. Diese Briefe sind für sie zu einem Lichtblick in ihrem immer schwerer werdenden Alltag geworden. Die Sommersonnenwende war so ein Tag, an dem sie sich besondere Sorgen um ihren Horst machte. Er hält den Druck nur schwer aus. Fritz Heintz hat ihn besucht. Die Katze ist aus dem Sack. Otto hat es wohl doch ausgeplaudert. Ganz sicher sind sich die beiden nicht. Aber die Andeutungen waren offensichtlich. Wenn der Horst nicht macht, was der Fritz will, wird

er ihn beim Kreisleiter in Bingen bei Robert Stawinoga melden. Der Fritz hat den Horst in der Hand.

Luise will das nicht ertragen. Doch wir sind inzwischen alle Opfer dieses Teufels, der unser Dorf mit gnadenloser Faust durch Angst regiert. Dabei spielt er mit den Menschen, wie eine Katze mit den Mäusen. Ich kann in seinen Augen sehen, wieviel Freude es ihm macht, seine Macht auszuspielen. Luise hat mir berichtet, dass Horsts Angst direkt auf Anni überspringt. Die Kleine kann nicht mehr schlafen, weigert sich zu essen und macht nachts wieder ins Bett. Das Kind ist inzwischen fünf Jahre alt und hat vor kurzem angefangen zu stottern. Luise macht sich große Sorgen. Die Stimmungen ihres Mannes teilen sich ihrem sensiblen Kind direkt mit. Ich habe ihr geraten, mit Anni zu Harald Rosenstein zu gehen.

2. September 1939
Nun haben wir doch Krieg. Seit gestern schießen unsere Soldaten zurück. Es geht gegen Polen. Von wegen zurück. Wir wissen alle, dieser Krieg wurde lange vorbereitet und er lag in der Luft. Die Firmen Schott und Böhringer haben im letzten Jahr nicht anderes getan. Gestern saßen alle begeistert im Grünen Baum, haben Radio gehört und auf den Endsieg angestoßen, als sei der Krieg ein Fußballspiel. Keiner will sich mehr an 1918 erinnern. Heute sprachen meine Konfirmanden im Unterricht davon, dass sie sich freiwillig als Soldaten an die Front melden würden, wenn sie nur alt genug dazu wären. Dabei sind meine Buben noch so jung. Ich bete, dass der Krieg zu Ende ist, bis sie alt genug sind, um zu kämpfen. Viele Ältere haben schon gestern Abend im Geist den Tornister gepackt. Die Trauben sind fast reif und wenn in diesem Jahr das Signal zur Weinlese mal früher kommt als sonst, dann können das die braven Parteimitglieder schon verstehen. Alles für den Führer, der braucht schließ-

lich Soldaten. Ich bin mir ziemlich sicher, sind erst mal die Trauben gekeltert und ein saurer Saft gärt in den Fässern, dann wird sich so mancher auf den Weg machen. Es lockt nicht nur die Vaterlandsliebe, sondern auch der Sold. Hier in Engelstal können viele einen zusätzlichen Verdienst gut gebrauchen. Wenn einer der Söhne in den Krieg zieht, dann hilft das der ganzen Familie. Ich fürchte, dass wir schon bald Platz auf unserem Kriegerdenkmal schaffen müssen.

16. Oktober 1939
Polen ist erobert und im grünen Baum feiern der Fritz und Otto die Siege als hätten sie sie selbst ausgefochten. In diesem Jahr sah das Weinfest anders aus als sonst. Patriotischer! Die Hitlerjugend von Lehrer Schneider sammelte für unsere Jungen an der Front und selbst Harald steckte einen großen Schein in die Sammelbüchse. Ich habe mich dagegen gewehrt, die Erntedankkollekte umzuwidmen, aber ich wurde vom Kirchenvorstand überstimmt. Immerhin konnte ich erreichen, dass das Geld nicht an der Front ausgegeben wird, sondern den Witwen und Waisen zugutekommt, die einen Vater oder Sohn im Krieg verloren haben.

Auch hier in Engelstal haben wir schließlich schon die ersten „Kriegshelden" zu betrauern. Doch in dem ganzen Gerede über den Sieg und das Großdeutsche Reich, gehen diese Kriegshelden oder Opfer zurzeit noch unter. Luise Becker hat es sich als Frau des Bürgermeisters zur Aufgabe gemacht, die Familien zu besuchen.

Der kleinen Anni geht es wieder besser, seitdem Luise mit ihr bei Harald Rosenstein war. Der hat ihr den Rat gegeben, das sensible Kind an ein Musikinstrument heranzuführen. Nun bekommt die kleine Anni Klavierunterricht bei Selma Rosenstein und Luise Becker macht die Weißwäsche der Rosensteins zum Ausgleich. Die Idee hatte mein Paulchen.

Weihnachten 1939
Meinen Engelstalern ging es materiell schon lange nicht mehr so gut, wie zurzeit. Wer den Sohn in Polen hat, der wird inzwischen gut versorgt. Die Soldaten haben mit dem Sold zu Weihnachten auch Leckereien und so manchen Luxusartikel nachhause geschickt, feine Vasen sind dabei, wohlriechende Seifen und edles Porzellan. Das macht es unseren Engelstalern leichter, die Gefahr zu vergessen, der die Söhne in den Kriegsgebieten ausgesetzt sind. Ich hasse den Gedanken an den Krieg, besonders an Weihnachten. Als ich heute über den Frieden auf Erden gepredigt habe, hat mir hinterher Fritz Heintz doch tatsächlich gesagt, dass ich solche Hetzpredigten in Zukunft zu lassen habe.

Da dies nicht das erste Mal war, dass er so etwas gesagt hat, kann er mich damit nicht mehr schrecken. Seine Frau hat ihn von der Kirchentür weggezogen. Ihr sind solche Auftritte immer peinlich. Helene Heinrich war auch da. Sie ist als letzte zur Tür herausgegangen. Friedemann kann inzwischen schon laufen. Begleitet wurde sie von den Beckers, die sie auch zum Weihnachtsfest eingeladen haben. Luise kümmert sich rührend um ihr Patenkind.

15. Mai 1940
Nun haben wir auch Krieg mit den Franzosen. Wie das funktionieren soll, ist mir ein Rätzel! Hat der Schreihals jetzt völlig den Verstand verloren, und alle anderen mit ihm? Im Grünen Baum jubeln alle, endlich können sie es dem Erzfeind heimzahlen. Seit 1919 warten sie auf diese Gelegenheit. Draußen auf der Straße konnte ich Otto Weihrich mit einem kleinen Trupp von der HJ vorbeimarschieren sehen: „Wir gehen nach Paris!“ Von wegen, was glauben die Buben eigentlich, wie weit sie kommen? Dass die Franzosen von alleine umfallen? Wir haben viele junge tapfere Soldaten in den Gräben von Verdun

verloren, müssen wir damit jetzt wieder anfangen? Und ausgerechnet der Otto, der gar nicht mehr in den Krieg ziehen kann. Der humpelt auf seinem gelähmten Bein herum wie ein Kriegsversehrter, während ich über den unrechtmäßigen Mord schweigen muss, den er damals an dem armen Peter begangen hat. Wo bleibt deine Gerechtigkeit, Gott? Es ist so schwer, ohnmächtig zusehen zu müssen!

Ich hasse es auch, tatenlos zuschauen zu müssen, wie Lehrer Schneider den jungen Männern seine Heldengeschichten aus dem 1. Weltkrieg erzählt und sich dabei von den jungen Mädchen bewundern lässt, und wie er die Buben, die mit 15 von der Schule abgehen, dazu auffordert, Berufe zu wählen, die ihnen als Soldaten nützlich sein können.

Heute bin ich auch wieder der Luise auf der Straße begegnet, sie hatte verweinte Augen. Ihr Liebster ist nun ihr Feind. Heimliche Briefe aus Frankreich wird es nicht mehr geben.

Pfingstmontag 1940

Luise war heute bei mir, sie macht sich Sorgen um ihren Mann. Seit einiger Zeit organisiert er Weinfeste für Fritz Heintz und dessen Parteifreunde. Fritz spielt sich dann als Gastgeber auf. Luise glaubt, dass es dabei nicht mit rechten Dingen zugeht, denn ihr Horst kann ihr anschließend nicht in die Augen schauen. Ich weiß nicht, wie ich ihr helfen soll, weder Horst noch Fritz vertrauen sich mir an. Doch ich muss ihr recht geben, auch ich habe den Verdacht, dass da irgendetwas nicht stimmt.

Die deutschen Soldaten haben Paris tatsächlich im Sauseschritt erreicht und nun sitzen sie dort wie die Made im Speck und unsere Engelstaler feiern nicht nur Pfingsten, sondern schon wieder einen Sieg. Dieses Mal sind mehr Opfer zu beklagen. Aber noch immer überwiegt der Gewinn. Im Dorf tauchen französische Waren auf. Harald Rosenstein hat mich neulich zu einem edlen Cognac eingeladen, die Bezahlung eines Patienten.

Ein Verehrer hat meiner Tochter einen Seidenschal aus Paris geschenkt, den sie natürlich zurückgegeben hat.

Auch bei den Beckers scheint es aufwärtszugehen. Der Horst hat einen neuen Weinberg gekauft und es gehen Gerüchte um, dass er sich Heimaturlaube und Kontakte an die Front bezahlen lässt. Ich will das nicht glauben, aber in diesen Zeiten ist alles möglich. Der kleinen Anni geht es deutlich besser. Der Klavierunterricht tut ihr gut. Selma Rosenstein ist begeistert von ihrem Talent.

6. Juni 1940

Gestern Abend saßen wir wieder einmal bei einem Klavierkonzert bei den Rosensteins zusammen. Dieses Mal waren die Beckers ebenfalls eingeladen, weil die kleine Anni, die inzwischen schon sechs Jahre alt ist, auch ein Stück zum Konzert beigetragen hat. Sie hat einen guten Anschlag und viel Gefühl. Wir waren alle ganz begeistert, besonders Horst Becker. Kaum zu glauben, dass die Kleine nicht seine echte Tochter ist. Anschließend luden die Rosensteins zu einem guten Abendessen ein, bei dem wir uns über die politischen Ereignisse unterhielten. Harald und ich waren sehr vorsichtig. Schließlich ist der Horst ein regelmäßiger Gast bei Fritz und seinen Parteigenossen. Aber es wurde trotzdem ein schöner Abend und ich konnte sehen, dass das Gespräch auch dem Horst guttat. Ich bin mir sicher, dass er kein Überzeugungstäter ist.

5. Juli 1940

Immer mehr Juden flüchten nach Holland, England oder sogar nach Amerika. Denn in Deutschland wird ihnen das Leben ständig weiter erschwert, doch wenn ich mit Harald darüber rede, lacht der nur. Seine Familie lebe schon seit Jahrhunderten hier, er sei deutsch wie ich und denke nicht daran, sein Heimatland wegen dieser lächerlichen Karikatur eines Diktators zu verlassen. Mayr Cohen überlegt auszuwandern. Vielleicht nach Israel, hat er mir anvertraut. Seit kurzem stehen Lehrer Schneider und seine HJ-Wache und behindern die Menschen beim Betreten seines Ladens. Familie Levi hat kein Geld, um zu verreisen. Sie kommen gerade so über die Runden. Sie leben von dem, was ihnen die eigenen Leute zustecken, ab und zu bekommen sie auch mal etwas von uns oder Luise, der Helene oder dem Kurt Heinrich, aber das nehmen sie nicht gerne an. Zumal der Kurt neulich erst eine Schweinehälfte vorbeigebracht hat, weil er nicht wusste, dass Juden kein Schwein essen. Das war zwar gut gemeint, aber nicht wirklich hilfreich. Selbst wenn die Familie Levi fliehen wollte, was sie genauso wenig will, wie Harald, es würde niemals für alle reichen. Was wird nur aus ihnen werden? Was wird aus uns allen werden?

11. September 1940
Luise war bei mir und dieses Mal war sie nicht allein. Elisabeth Heintz hat sie begleitet. Nun ist klar, welche Sorte von Fest da gefeiert werden. Elisabeth ist einmal zu früh von einem Besuch bei ihrer Mutter zurückgekommen und in eine Orgie hineingeplatzt. Horst scheint junge hübsche Frauen für die Parteifunktionäre zu organisieren, die dann betrunken und gefügig gemacht werden. Elisabeth berichtete, dass die Mädchen noch sehr jung seien. Damit sie niemanden davon erzählten, würden man sie mit Geld bestechen und Drohungen einschüchtern. Bisher habe noch keine ein Wort erzählt.

Luise weiß nicht, wo Horst diese jungen Frauen findet. Sie ahnt aber, dass auch da Geld und Druck im Spiel ist und es oft nicht mit rechten Dingen zugeht.

Ich weiß nicht, was Luise und Elisabeth von mir erwarten. Ich wünschte, ich könnte den Missbrauch der Mädchen verhindern, aber ich kann genauso wenig dagegen tun, wie die beiden. Sie haben mich nun aufgefordert, Augen und Ohren offen zu halten, falls eines der Mädchen in Schwierigkeiten kommt und für diesen Fall ihre Unterstützung zugesagt.

Luise ist wie ein Sturm, dem man sich am besten nicht in den Weg stellt. Sie ist mutig, klug und hat Rückgrat, etwas, das vielen Männern in Engelstal fehlt. Mit Elisabeth ist das anders. Die ist eher leise, aber beständig. Jedes Widerwort ist teuer erkauft, weil sie zuhause ständig mit Schlägen rechnen muss und doch ist sie die Einzige, die der Fritz wirklich fürchtet.

Für Elisabeth wird es niemals mehr echte Freiheit geben, dafür aber hat sie zwei gute Freundinnen gefunden, die ihr das Leben erträglich machen. Die eine ist Luise und die andere ist seltsamerweise Helene Heinrich. Diese zwei Frauen, die beide gleichermaßen unter Fritz leiden, haben sich zusammengefunden und entdeckt, dass sie gemeinsam stärker sind. Zusammen mit Luise bilden sie eine starke Allianz und selbst wenn sie nicht alles verhindern können, so bin ich doch beeindruckt davon, wie sie die Dinge in die Hand nehmen. Der Himmel sei Dank, dass mein Paulchen nicht zu diesem Trio dazugehört. Mir würde Angst und Bange werden.

3. November 1940
Otto Weihrich hat beschlossen sich als Theaterregisseur zu versuchen. Er hat das Nibelungenlied in Worms gesehen und nun wird er es zusammen mit Lehrer Schneider und seiner HJ in Engelstal aufführen. Es ist das Ereignis in unserem kleinen Dorf. Kaum einer spricht von etwas anderem. Sogar das Weihnachtsspiel musste ausfallen, weil einige der Krippenspieldarsteller gleichzeitig beim Nibelungenspiel mitmachen wollen. Ich habe beschlossen mich nicht mehr zu wundern. Von nun an werde ich mich nur noch ärgern, wenn es sich lohnt. Horst Becker musste in der Turnhalle eine Bühne aufbauen lassen und für den Kartenverkauf sorgen, der natürlich zugunsten „unserer Soldaten an der Front“ geht. Und nun wird fleißig

geprobt! Fritz Heintz hat den Besuch von Stawinoga und einigen hochgestellten Parteifreunden angekündigt und nun sind Kriemhild und Brunhild schon ganz aufgeregt. Die beiden Mädchen, die vor allem wegen ihrer „germanischen Schönheit" und weniger wegen ihres schauspielerischen Könnens ausgesucht wurden, sollten vorsichtig sein, dass sie nicht auf einem von Fritzens berühmt berüchtigten Weinfesten landen. Ich verstehe den Horst nicht, es kommt mir manchmal so vor, als hätte der zwei Gesichter. Wenn wir mit den Rosensteins zusammensitzen, was nun wegen den Klaviervorspielen der kleinen Anni öfters vorkommt, dann ist er ein einsichtiger Gesprächspartner, aber wenn er um den Fritz Heintz herumschwirrt, dann wird er zum untertänigen Fußabstreifer und es tut mir weh, wie er sich selbst erniedrigt. Was ist so schlimm daran, wenn Männer Männer lieben. Ist die Liebe nicht immer gut und der Hass nicht immer schlecht? Das Gebot der Nächstenliebe gilt doch für alle, oder? Wie wir mit den Menschen umgehen, die unserer Norm nicht entsprechen, ist eine permanente Sünde gegen dieses zentrale Gebot der christlichen Ethik. Wenn ich sehe, wie Horsts Leben und Handeln von seiner Homosexualität geprägt wird, wie ein kluger Mann, nicht das leben kann, was er ist, sondern tun muss, was andere von ihm wollen, nur weil Kleingeister wie Otto und Fritz oder der Lehrer Schneider Angst vor der sexuellen Ausnahme von der Norm haben, dann macht mich das ganz verrückt. Ist der Missbrauch von Schulmädchen nicht viel schlimmer? Verstößt Gewalt in der Liebe nicht viel eher gegen das Gebot der Nächstenliebe?

12. Dezember 1940

Bei der Aufführung des Nibelungenspiels hatte ich endlich wieder einmal die Gelegenheit mit Hans Döndorf zu reden. Wir haben schon lange nicht mehr miteinander gesprochen. Er und seine Frau halten sich sehr zurück. Sie gehen zu jedem Fest, sind aber immer nur gerade so lange da, wie es nötig ist, ohne aufzufallen. Paul schützen und hegen sie, so gut es geht. In Engelstal schütteln die Leute den Kopf und werfen Hans und Käthe vor, sie würden den Buben verzärteln. Glücklicherweise ist der Junge so gut in der Schule, dass er nach Bingen aufs Gymnasium gehen kann. Damit entkommt er den wachsamen Augen unseres Chefideologen, dem von Naziideologie durchdrungenen Lehrer Schneider. Niemandem ist so bisher etwas von Pauls Krankheit aufgefallen. Im Gegenteil der kleine Paul ist überall beliebt. Doch im Dorfkrug wird oft über die Kranken und Verrückten gesprochen, über die, die es nicht wert sind zu leben. Besonders Otto, ist da immer ganz groß. Er hat die Rassenlehre verinnerlicht und würde am liebsten, über Leben und Tod eines jeden von uns entscheiden, sekundiert von seinem neuen Lieblingsfreund unserem Lehrer, der ihm die angeblich wissenschaftlich bewiesenen Beispiele liefert. Manchmal träume ich nachts, wie Otto Weihrich ruft: Menschen, die nicht so ganz richtig sind im Kopf, die gehören nicht hierher, und dann sehe ich, wie der Friedrich Schneider mit dem Finger auf mich zeigt und schreit: Sie, Herr Pfarrer Adam Niebergall verunreinigen unser deutsches Volk und verhindern die notwendige Reproduktion! Sie sind ein Schädling und müssen vernichtet werden. Und dann sehe ich, wie er eine riesige Fliegenklatsche hervorholt und auf mich zugeht und ich immer kleiner und kleiner werde. Und das Unheimliche dabei ist, dass seine Stimme, der von diesem Schreihals und Diktator gleicht, der sich unser Führer nennt. Aus diesen Träumen wache ich immer schweißgebadet auf.

Ich hoffe und bete, dass Paul an das Gymnasium in Bingen gehen kann und mit dem Schneider nichts mehr zu tun haben muss.

13. Dezember 1940
Heute Nacht ist etwas Furchtbares passiert und das Schlimme

ist, dass ich es nur meinem Tagebuch anvertrauen kann. Nach dem Nibelungenspiel gab es für die Mitspieler und Helfer eine Nachfeier, offiziell eingeladen hatte der Bürgermeister, doch dahinter steckte natürlich Fritz Heintz. Es war schon spät als Harald mich weckte, neben ihm stand Luise. Horst war mitten in der Nacht völlig aufgelöst zu ihr gekommen, eines der Mädchen aus dem Spiel ist verletzt und blutet stark. Wir kamen leider zu spät. Ich konnte nur noch ein Gebet sprechen. Im Rathaus lagen und standen Tische wild verstreut im Raum herum. Leere Flaschen und Gläser und die Reste eines Buffets waren zum Teil auf dem Boden verteilt. Die Beteiligten hatten wohl hastig den Raum verlassen, als sie sahen, dass hier nicht mehr viel zu machen war. Es war klar, dass hier nicht einfach nur eine Nachfeier stattgefunden hatte, sondern ein Fest, das aus dem Ruder gelaufen war. Mit ruhiger Autorität fragte Harald den hilflosen Horst und der war so verzweifelt, dass er mit der Wahrheit herausrückte. Am Ende sieht diese wohl so aus, dass Fritz mit seinen Freunden und Parteigenossen noch eine Nachfeier der Nachfeier mit den hübschesten Schauspielerinnen hatte und dass dabei nicht nur getrunken und gegessen wurde. Harald sagt, die kleine Ulrike ist noch nicht einmal fünfzehn und mehrfach vergewaltigt worden. Horst behauptet zwar, der Geschlechtsverkehr sei einvernehmlich gewesen, aber ob man das nach mehreren Flaschen Wein wirklich so sagen kann, wage ich zu bezweifeln. Jedenfalls ist sie so verletzt worden, dass es zu Blutungen kam, die nicht mehr gestoppt werden konnten und weil alle sich aus dem Staub gemacht haben und man dem Horst zu spät Bescheid gesagt hat, hat das Mädchen nicht überlebt. Wer beteiligt war, konnten wir nicht im Einzelnen herausbekommen, aber ich kann es mir denken. Otto hat es sich sicher nicht nehmen lassen, mit den großen Parteigenossen zu feiern und der Fritz veranstaltet ja schon seit einiger Zeit ähnliche Feste für seine Freunde. Ich bin gespannt, ob man die

Polizei einschalten wird, tippe aber darauf, dass spätestens morgen früh, der Fritz bei uns auf der Matte steht und das Ganze als natürlicher Tod unter den Tisch gekehrt werden wird. Wir leben in Zeiten, in denen das Unrecht regiert. Die Leiche des Mädchens haben wir in der Kirche aufgebahrt, Luise und meine Frau haben sie gewaschen und ihr ein schönes Kleid angezogen. Das Nibelungenkostüm, das sie immer noch trug, war wirklich nicht passend.

14. Dezember 1940
Harald und ich haben ihre Mutter besucht. Die saß in der kleinen Stube und konnte nicht weinen. Sie war so stolz darauf gewesen, dass die Tochter eine Hauptrolle im Nibelungenspiel ergattert hatte. Der Vater ist 1939 im Polenfeldzug gestorben und der Sohn ist zurzeit als Soldat in Frankreich, weil die kleine Landwirtschaft kaum etwas einbringt. Mutter und Tochter haben es gerade so geschafft, die Weinberge zu bewirtschaften. Nun weiß sie nicht, wie es weitergehen soll. Als wir gestern Abend kamen, schien sie sofort zu wissen, dass wir schlechte Nachrichten bringen würden. Auf dem Tisch stand eine Flasche Wein und ein halb volles Glas und auf der Anrichte mehrere leere Flaschen. Ich fürchte die Mutter wird den Tod der Tochter nicht lange überleben. Was die Macht aus Menschen machen kann, konnte ich heute Morgen an Fritz Heintz sehen. Er hat jedes Gefühl für Recht und Unrecht verloren. Er kam, um mir zu drohen. Wenn ich nur einen Ton von dem, was in jener Nacht passiert sei, verraten würde, dann werde er mich direkt an die Front versetzen und meinen Freund Rosenstein gleich mit und was dann aus unseren hübschen Frauen und unseren Kindern würde, das könne ich mir ja vorstellen. Ich habe diesen Mann angeschaut, der einmal mein Konfirmand war und ich habe ihn nicht wiedererkannt. Und so habe ich zu ihm nur gesagt. "Wer hat dich zu einem solchen Teufel gemacht, Fritz?

Ist nicht schon genug passiert? Geh nach Hause zu deiner Frau, bei mir kannst Du Dich auf das Beichtgeheimnis verlassen und bei Rosenstein auf die ärztliche Schweigepflicht, aber vor deinem eigenen schwarzen Herzen und deinen Alpträumen kannst Du nicht davonlaufen. Was heute geschehen ist, wird dich auch noch verfolgen, wenn andere es längst vergessen haben. Er ist wütend aber schweigend gegangen. Doch das war sicherlich nicht sein letztes Wort und der Fritz will immer das letzte Wort behalten. Luise, Elisabeth und Helene haben beschlossen sich um die Mutter des Mädchens zu kümmern, die drei Frauen fürchten Fritz nicht. Elisabeth hat mir gesagt, als Mutter weiß sie am besten, wie eine Mutter sich fühlt und deshalb hat sie Ulrikes Mutter zu sich ins Haus genommen. Es wird Fritz nicht gefallen, eine fleischgewordene Mahnung an seine Untat am Frühstückstisch sitzen zu sehen. Aber dieses Mal hat Elisabeth sich durchgesetzt und das ohne blaue Flecken.

5. Januar 1941
Mayr Cohen hat sich nun endlich entschlossen, nach Israel auszuwandern. Er hat Otto Weihrich seinen Laden zu einem Spottpreis verkauft und alle seine eisernen Reserven zusammengekratzt. Harald hat mir erzählt, dass der Mayr dem Horst außerdem noch eine Ausreisegebühr bezahlen musste, pro Kopf versteht sich. Als ich mich aufregen wollte, hat er mir versichert, dass das üblich sei und dass der Horst gar nicht viel draufgeschlagen habe, wie das die anderen Bürgermeister üblicherweise machen. Er sei wirklich fair gewesen. Das Geld würde sich bestimmt der Fritz einstecken. Ich bin diese Schiebereien so müde. Wenigstens werden die Cohens in Israel in Sicherheit sein, wenn sie es bis dorthin schaffen. Harald meint, dass das Leben in Erez Israel ziemlich schwer sei, weil die Juden dort genauso wenig erwünscht seien wie hier. Ich war entsetzt, schließlich ist das ihr Heimatland. Doch über meine Naivität

hat er nur gelacht. Er konnte sogar den Protest der arabischen Bauern, die da jetzt leben, verstehen. Es sei nicht so, als wäre das jüdische Volk erst gestern von dort vertrieben worden. Harald behauptet, dass das Verheißene Land über die Jahre für die Juden zu einer abstrakten Heimat geworden sei. Es nähme in den Gebeten und Schriften viel Platz ein, aber wirklich real sei es für ihn jedenfalls nicht. Im Gegenteil! Er habe sich Erez Israel immer eher wie den Himmel oder ein Paradies vorgestellt und nicht wie ein richtiges Land und Krieg in Erez Israel das wolle er auf keinen Fall. Da musste ich ihm jedoch heftig widersprechen, Wenn es auf Erden ein Land gibt, das ich dem jüdischen Volk zuordnen würde, dann ist das Israel. Schließlich steht doch schon in der Bibel, dass Gott seinem Volk dieses Land versprochen hat. Gestern Abend jedoch ist mir klar geworden, dass Harald das anders sieht als ich. Er ist zum ersten Mal richtig wütend geworden und hat mir vorgeworfen, ihn nicht als Mitglied einer Religion, sondern einer Rasse zu verstehen. Er sei aber Deutscher so wie ich, nur eben jüdischer Deutscher. Es tat mir später richtig leid, aber irgendwie hatte ich das zuvor gar nicht so richtig verstanden. Eigentlich wollte ich ihn und seine Familie nur, genauso wie die Cohens in Sicherheit wissen. Doch zu meiner Überraschung explodierte der sonst so friedliche Mann. Deutschland und nicht Israel sei seine Heimat. Er habe 1914 für seine Heimat in Verdun gekämpft und er werde sie auch jetzt wieder verteidigen, sollte es nötig werden. Er sei in Deutschland geboren und erwarte hier auch zu sterben und auf dem Friedhof in Worms begraben zu werden, auf dem sich die Gräber seiner Vorfahren befänden. Deutsche Dichter und Denker bestimmten sein Denken. Deutsche Künstler und Komponisten seine Kultur. Er würde für jeden Engelstaler hier sein Leben geben. Er gehöre hierher. „Am Ende des Abends gingen wir versöhnt auseinander, weil Harald weiß, dass ich seine Meinung teile, doch mein Herz tat mir weh. Ich habe Angst um ihn, weil ich nun verstehen kann, warum er die Gefahr, die ihm durch diese elendige Partei droht, nicht wahrhaben will.

Mayr Cohen ist aus einem anderen Holz geschnitzt. Er wird es in Jerusalem schaffen. Mir behagt nur die Vorstellung nicht, dass ausgerechnet Otto Weihrich von seinem Weggang profitieren soll. Dass dieser Schläger, Scheibeneinwerfer und Plünderer zum Ladenbesitzer aufsteigen soll, will mir nicht recht behagen. Vor allem frage ich mich, woher er das Geld hat, um diesen Laden zu kaufen, selbst wenn er das nur zu einem symbolischen Preis tut. Der Mayr braucht Geld, um sich loskaufen und außerdem nach Israel auswandern zu können und Otto hat noch nie Geld gehabt und das gilt für alle Weihrichs. Ich vermute, dass mal wieder Erpressung im Spiel ist. Otto war bei der Nachfeier der Nibelungenspiele dabei. Er weiß, was mit der kleinen Ulrike passiert ist. Ich kann merken, dass das Verhältnis zwischen Otto und Fritz sich verändert hat. Die Leute tun Otto leicht als dümmliches Großmaul ab, doch er ist ein gefährlicher Mensch, den man nicht unterschätzen darf.

10. Februar 1941

Luise hat mich heute mal wieder besucht. Seit dem Mord an Ulrike kommt sie regelmäßig vorbei. Ich weiß nicht, ob sie sich meines Schweigens versichern will, oder ob sie selbst Rückhalt braucht. Vielleicht ist es auch eine Mischung aus beidem. Ihr Geliebter Pierre Kirchner ist aus Paris geflohen und hat sich der Résistance angeschlossen. Er kämpft jetzt zusammen mit den Engländern für die Exilregierung. Irgendjemand hat einen Brief über die Grenze geschmuggelt. Arme Luise. Sie liebt zwei Männer aus zwei verfeindeten Nationen und steht damit tatsächlich wortwörtlich zwischen den Fronten. Ja, sie liebt tatsächlich beide Männer. Die Liebe zu Horst ist wohl mehr mit der einer nachsichtigen Mutter gegenüber einem Kind zu vergleichen. Sie kennt seine Fehler, würde ihn aber niemals im

Stich lassen, weil sie der festen Überzeugung ist, dass er ohne sie nicht überleben würde. Mit der Liebe zu Pierre Kirchner scheint es anders zu sein. Das ist wohl mehr eine Phantasie aus einer anderen Welt, die ihr Kraft gibt, wenn ihr hier alles zu viel, zu klein und zu eng wird. Dann träumt sie sich an seine Seite. Noch immer erreichen sie seine Briefe. Ich bin erstaunt, wie oft. Keine Ahnung, wie er es macht, aber ab und zu kommt einer und dann zehrt sie wochenlang davon. Ich weiß nicht, ob Horst das weiß und es stillschweigend duldet, aber inzwischen ist jeder dieser Brief auch für ihn gefährlich, denn er kommt vom Feind.

20. Februar 1941
Ich bin so froh für die Gespräche mit Harald. Mich lässt das Bild der kleinen Ulrike nicht los. Wie sie da allein lag in ihrem Blut im großen Rathaussaal zwischen umgeworfenen Stühlen und Tischen, zerbrochenen Gläsern, halbleeren Flaschen und Essensresten. So achtlos hingeworfen, ein zerbrochenes Stück Mensch.

Seit dem Nibelungenspiel ist in unserem Engelstal nichts mehr so, wie es war. Keiner glaubt an die offizielle Version des Geschehens. Auch wenn Otto den sogenannten Unfall im Dorfkrug in den schillerndsten Farben beschrieben hat. Irgendwie kam es am Ende doch heraus, dass die Ulrike verblutet ist. Die Gerüchte überbieten sich. Jedes Mal, wenn ich Fritz begegne, starrt er mich drohend an. Er glaubt, ich habe mein Beichtgeheimnis gebrochen. Doch er hat da wohl einfach nicht mit Ulrikes Freundinnen gerechnet. Diese jungen Mädchen sind wütend und sie reden natürlich untereinander. Paulchen hat mir von dem Gerede berichtet. Gerade die Ulrike habe keinen Tropfen Alkohol getrunken, weil doch die Mutter und der Vater gerne einen über den Durst tranken, heißt es. Außerdem nützt die beste Einschüchterung nichts gegen das, was hinter der Hand und unter dem Siegel der Verschwiegenheit weitererzählt wird. Und so gehen nun zwei Versionen im Dorf herum, die offizielle Unfallversion und die von der Orgie, die mit jedem Mal, das sie erzählt wird, um so wilder ausfällt. Selbst Lehrer Schneider ist auf Abstand zu Otto Weihrich und Fritz Heintz gegangen. Mal sehen, wie lange das anhält. Leider erreichen uns zurzeit auch keine guten Nachrichten von der Front, die uns ablenken könnten. Ausgerechnet der Bruder von Ulrike ist bei einem Anschlag der Résistance ums Leben gekommen. Ulrikes Mutter wohnt immer noch bei Fritz und Elisabeth. Angesichts der Gerüchte, die im Dorf umgehen, muss er gute Miene zum bösen Spiel machen. Er kann es sich nicht leisten, sie vor die Tür zu setzen. Das kleine Häuschen, in dem sie bisher gewohnt hat, verkommt immer mehr. Die Weinberge sehen schlimm aus, die Mutter war schon im Herbst überfordert. Der gute Horst hat ihr angeboten, ihre Weinberge und Äcker mitzubearbeiten. Sie wird ihn dafür später zu ihrem Erben einsetzen. So sind alle zufrieden.

27. Februar 1941
Ich kann es nicht glauben, heute Abend haben sie im Dorfkrug behauptet, der Tod der kleinen Ulrike sei die Schuld des Doktors gewesen. Harald Rosenstein habe sie nach dem Unfall falsch behandelt. Das Mädchen habe noch gelebt und würde Harald mehr von der richtigen germanischen Medizin verstehen und nicht nur von der Schulmedizin, dann hätte er ihr Leben retten können. Ich musste nicht lange raten. Die Geschichte kommt natürlich von Otto. Dieser Mann hat ein schon fast bewundernswertes Geschick anderen die Schuld für seine eigenen Taten in die Schuhe zu schieben. Beinahe wäre ich mit der Wahrheit herausgeplatzt. Noch nie ist es mir so schwergefallen, mein Beichtgeheimnis zu wahren. Wie kann er es wagen, die Wahrheit so zu verdrehen. Und alles nur, damit er den

Fritz und seine Parteigenossen in der Hand behält. Dabei hat Harald dem Otto vor ein paar Jahren sogar das Leben gerettet. Wie kann man nur so undankbar sein. Als Otto mich sah, grinste er nur frech. Er trat nahe an mich heran, klopfte sich auf die Nase und flüsterte: „Na, Herr Pfarrer, glauben sie ja nicht, dass ich nicht auch ihre Geheimnisse kenne!" Otto ist ein Teufel. Egal, was er damit meint, er hat sein Ziel erreicht. Ich war so verunsichert, dass ich direkt zu den Rosensteins gegangen bin. Sie sollten wenigsten von dem wissen, was im Dorf erzählt wird. Ich weiß nicht, ob Otto über die jüdische Abstammung der Rosensteins Bescheid weiß, aber wenn dem so ist, kann er das jederzeit gegen sie verwenden. Ich habe Harald nochmals gebeten, wenigstens über einen Urlaub oder eine Studienzeit im Ausland nachzudenken, bis sich hier alles wieder normalisiert hat. Es geht mir gegen den Strich, weil ich einen guten Freund verlieren würde, aber ich mache mir wirklich Sorgen um seine Sicherheit. Harald hat mir jedoch verraten, dass es vor allem Selma ist, die nicht gehen möchte. Sie hängt an Deutschland. An ihren Freundinnen und ihren Schülern und an ihren Erinnerungen als Pianistin. Sie will nicht in ein Land, dessen Sprache sie nicht spricht. Auch wollen sie Selmas Mutter in Frankfurt nicht allein lassen.

5. März 1941
Nun habe ich schon lange nicht mehr in mein Tagebuch geschrieben, doch irgendwie verging die Zeit wie im Flug, und das Schreiben über die Engelstaler Zankereien macht mich traurig. Gestern kam ein Brief aus Berlin, dort bombardieren die Engländer die Stadt. Der Krieg findet nicht mehr nur an der Front statt, sondern auch zuhause. Das war natürlich zu erwarten, schließlich fliegen deutsche Flugzeuge ja auch nach England und haben dort sogar schon Kathedralen und Kirchen zerstört. Aber wenn es einem selbst passiert, ist es doch nochmal

etwas anderes. Mein Berliner Onkel schrieb mir von gepackten Koffern im Flur, die bei jedem Fliegeralarm mit in den Bunker wandern für den Fall, dass ihr Haus getroffen wird. Die Bibel unseres Großvaters gehört auch zu den Dingen, die jeden Morgen neu in einen der Koffer gepackt wird. Auch wir warten auf die ersten Bomben, schließlich sind Böhringer und Schott nicht weit, da kann sich schon einmal eine Bombe in die Weinberge verirren. Wir haben sogar einen kleinen eigenen Bunker in Engelstal, und sollten die englischen Flieger kommen, wird Lehrer Schneider die Evakuierung überwachen. Diese Aufgabe ist ihm wie auf den Leib geschnitten. Regelmäßig einmal pro Woche muss ich die Glocken Sturm läuten, danach müssen alle zu einem Sammelpunkt kommen (er stoppt die Zeit) und dann nach einer bestimmten Reihenfolge den Bunker betreten. Juden und Zigeunern ist das Betreten des Bunkers nicht erlaubt. Ich hätte ihm neulich vor Wut fast den Hals umgedreht. Dann hatte ich eine bessere Idee. Die Kirche hat ihren eigenen Bunker unter der Sakristei, dort ist jeder eingeladen. Meine Familie und ich werden den offiziellen Engelstaler Bunker unter den Bedingungen von Lehrer Schneider nicht mehr betreten.

In unserem Kirchenbunker ist es eigentlich ganz gemütlich. Inzwischen haben wir uns an den Fliegeralarm schon fast gewöhnt. Die Glocken haben jetzt schon mehrfach Sturm geläutet, einmal mitten in einer Fastnachtssitzung der Frauenhilfe. Und weil die im Pfarrsaal stattfand, sind die Frauen in den Kirchenbunker gegangen und haben da bei Kreppeln und Blümchenkaffee ihre Büttenreden einfach weitergehalten. Als dann die Familien Levi und Franz dazukamen, wurde es richtig spannend. Die Levis erzählten vom Purimfest, das wohl ähnlich ist und die Frauen tauschten wie immer Rezepte aus. Sogar die katholischen Franzens hatten etwas zu erzählen. Beim Abschied flüsterte er mir zu, dass er nun schon über ein Jahr nichts mehr von Peter gehört habe. Ich fürchte, dass Peter nicht mehr am Leben ist, wollte ihm das jedoch nicht sagen.

Das Beste an unserem Bunker ist die Reaktion von unserem Lehrer Schneider, der guckt mich nach jedem Fliegeralarm grimmig an.

Er hat mir im Grünen Baum schon mehrfach gedroht, dass solche Alleingänge Konsequenzen haben werden. Doch was kann er schon tun? Wir haben doch alle Bedingungen erfüllt. Sollen die sich doch in ihrem arisch reinen Bunker in Reih und Glied zusammensetzen und an den Mut-Mach-Parolen ihres Führers ergötzen. Das können sie gerne ohne mich tun. Ich habe einen anderen Führer, auf den Schreihals kann ich gut verzichten.

Herbstfest 1941
Schon wieder ist ein Sommer vorbei. Die Stimmung in Engelstal ist angespannt. Harald hat von seinen Verwandten aus Worms gehört, dass dort Juden ihre Koffer packen mussten, angeblich, um in den Osten umgesiedelt zu werden. Es soll sich sogar ein Wormser Gemeindemitglied aus Pisiak gemeldet haben, wo auch immer das ist und der optimistische Harald glaubt nun, dass das ein gutes Zeichen ist. Ich dagegen kann es nicht fassen, dass er das Menetekel an der Wand nicht sehen will. Er nimmt die ganzen Nachrichten über Deportationen und Arbeitslager einfach nicht ernst. Angesichts der Abschiebung der jüdischen Kinder auf die jüdische Schule in Bingen und dem ganzen Geschwätz über die Bewahrung des reinen deutschen Blutes ist es doch nicht zu übersehen. Ein Abend im grünen Baum reicht völlig aus.

Für mich hätte es der Lehrer Schneider nicht deutlicher in Worte fassen können, als er den Levis und den Franzens den Zutritt zum Bunker verwehrte. Er sprach ihnen ihr Lebens- und Bürgerrecht ab. Deutlicher hätte er es nicht zeigen können: „Euer Leben und Sterben ist uns egal." Auch werde ich die

Sprüche in der Binger Polizeistation niemals vergessen. Peter ist bis heute nicht nachhause gekommen. Ob Jude oder Zigeuner für die Partei macht das keinen Unterschied. Nein, „wer in den Osten umgesiedelt wird," kommt nicht mehr zurück. Da bin ich sicher! Deshalb habe ich bei unserem letzten Klavierabend wieder einmal mit Harald gestritten. Horst Becker unterstützt mich dabei. Er hat versprochen, den Rosensteins eine Ausreisegenehmigung zu besorgen. Aber Selma bleibt stur. Selbst Luise und mein Paulchen können da nichts erreichen. Selma glaubt immer noch, dass es einen Unterschied zwischen den Levis dieser Welt und den Rosensteins gibt. Und Harald hält den Schreihals für einen vorübergehenden Alptraum, der über kurz oder lang gestürzt werden wird. Ich spüre jedoch, dass die Zeit knapp wird. Hoffentlich kommen die beiden noch rechtzeitig zur Vernunft.

20. November 1941
Wir werden es bereuen! Ich weiß es gewiss! Eines Tages werden wir bereuen, dass wir es nicht verhindert haben! Otto teilte mir heute im Laden hämisch grinsend mit, dass wir in Engelstal bald endlich rein arisch sein werden. Als ich ihn gefragt habe, was er damit meint, hat er nur höhnisch gelacht. Beunruhigt bin ich beim Haus der Levis vorbeigegangen, doch da war niemand und die Haustür abgeschlossen. Als ich zu den Franzens kam, dasselbe Bild. Ich weiß nicht warum, aber ich war mir sicher, dass das kein Zufall sein kann. Bei den Beckers fand ich dann eine bedrückte Luise, die mir erzählte, was passiert war, denn Horst hatte sich wie immer, wenn es ungemütlich wird, verdrückt. Heute Nachmittag während meines Konfirmandenunterrichts hat die Binger Gestapo die Levis und die Franzens abgeholt. Luise wusste genauso wie ich, was das zu bedeuten hat. Gegen die Binger Gestapo ist selbst unser Frauentrio machtlos. Ihre Sorge galt nun vor allem den Rosensteins.

War Ottos Drohung ein Bluff oder wusste er tatsächlich über deren jüdische Identität Bescheid?

Die Zeit des Zögerns war vorbei, jetzt galt es, schnell zu handeln, bevor es zu spät war. Darum bat ich Luise, Harald in der Sprechstunde zu warnen. Ich selbst fuhr mit meinem Motorrad an den Bahnhof. Ich weiß nicht, was ich dort zu erreichen hoffte. Aber irgendwie glaubte ich, dass das Wort des Ortspfarrer noch immer zählen müsste. Doch ich kam zu spät. Der Bahnhof war leer, der Zug gerade abgefahren. Am Ausgang begegnete mir Fritz Heintz, der widerlich zufrieden aussah. „Jetzt haben auch wir Engelstaler endlich unser Soll erfüllt.“ sagte er zu mir und dass er nun gleich seinem Freund Stawinoga Meldung machen werde. Ich habe ihn gefragt, was nun mit den beiden Familien geschehen werde. Ich wollte es aus seinem Mund hören, dass er sie wissentlich ins Unglück geschickt hatte. Da schaute er mich trotzig an und wollte mich mit der offiziellen Version von der Umsiedlung in den Osten abspeisen. Doch als er den Vorwurf in meinen Augen las, schließlich kenne ich ihn schon, seit er in kurzen Hosen vor mir gesessen hat, brach es schließlich wütend aus ihm heraus, dass der Führer ein reines deutsches Volk brauche. Eigentlich müsse es in unser aller Interesse sein, auch in dem meinem, dass wir dieses Ziel erreichen. Diese Untermenschen, die Juden und die Zigeuner, die hätten kein Recht darauf, unser Volk zu verderben, je schneller die wegkämen, desto besser wäre das für uns. Ich konnte wohl meine Abscheu nicht verbergen. Denn plötzlich trat er auf mich zu, um mir zu drohen, wenn ich als Pfarrer und Vorbild der Gemeinde die Meinung des Führers nicht teilen könne, dann habe ich in Engelstal nichts verloren. Je eher ich Engelstal verlasse, desto besser sei es für mich, bevor er dafür sorge, dass ich gehen müsse. Da war er der Moment, den wir beide bei unseren vielen Konflikten immer vermieden hatten. Heute zeigte mir Fritz, dass er es ist, der die Macht in Händen hält und dass das letzte Wort ihm gehört. Ich war zu weit gegangen. Heute am Engelstaler Bahnhof gab es kein Ausweichen mehr. Die Lage war zu ernst. Das würden weder die Elisabeth noch die Helene oder die Luise wieder einfangen können. Der Fritz hat sich zu weit aus dem Fenster gelehnt. Ich werde gehen müssen. Ich weiß noch nicht wie und wohin, darüber werde ich mit meinem Paulchen reden. Doch bevor ich über mein eigenes Schicksal nachdenke, muss ich jetzt erst einmal dafür sorgen, dass mein Freund Harald und seine Familie gerettet werden.

21. November 1941
Gestern Nacht haben wie die große Rettungsaktion gestartet. Ich kann es kaum glauben, dass uns niemand erwischt hat. Den ganzen Tag über habe ich gefürchtet, dass mich jemand auf der Straße auf die gestrige Nacht anspricht. Heute Abend bin ich mehrmals hochgeschreckt, weil ich glaubte, an der Tür das Klopfen der Gestapo zu hören. Nachts konnte ich nicht schlafen, aus Angst sie kämen, um mich und mein Paulchen zu verhaften, sobald ich die Augen zumache. Doch bisher ist alles gut gegangen. Und mit Gottes Hilfe wird es das auch weiterhin.

Als ich gestern zu den Rosensteins kam, hatte Luise schon alle informiert. Im Rosensteinschen Esszimmer saßen sie beieinander, die Rosensteins, die Beckers, die Döndorfs, die Helene und mein Paulchen. Selma weinte und mein Paulchen hielt sie tröstend in den Armen. Die Deportation der Levis schien auch Harald endlich den Ernst der Lage bewusst gemacht zu haben. Gemeinsam schmiedeten wir Pläne. Eine schnelle Flucht kam deutlich nicht mehr in Frage. Endlich verriet uns Harald den eigentlichen Grund für sein Zögern. Selma geht es nicht gut. Sie ist schon seit einigen Wochen müde und erschöpft und Harald kann noch nicht einschätzen, wie schwer ihre Erkrankung ist. Wäre er in Berlin, so hätte er schon längst einige notwendige Untersuchungen durchführen lassen, doch hier auf dem Land sind seine Möglichkeiten beschränkt. Eine lange Zugreise oder eine Überfahrt mit dem Schiff und die ganze Aufregung, die damit verbunden ist, könnte Gift für sie sein. Wir waren sehr betroffen. Trotzdem durften die Rosensteins die reale Gefahr nicht ignorieren, schließlich wusste keiner von uns, wie nahe Otto und Fritz der Familie schon gekommen waren. Selbst der Horst konnte das nicht einschätzen, über den Deportationsbefehl für die Levis hatte man ihn auch erst heute Nachmittag informiert.

Es war schließlich Luise, die die Idee mit dem Weinkeller hatte. Sie bot den Rosensteins an, sie vorübergehend zu verstecken. Nur so lange bis Selma wieder gesund sei. So etwas habe es bei den Beckers schon öfters gegeben. Unter Napoleon hätten sie mal einen Onkel im zweiten alten Keller versteckt, weil der nicht als französischer Soldat kämpfen wollte. Horst bestätigte dann, dass tatsächlich nur wenige über den alten Keller Bescheid wissen, weil da normalerweise nur Gerümpel gelagert wird. Für Wein eignet der sich nicht so gut, weil es dort zu warm ist. Dafür kann er gut über die Küchentreppe erreicht werden. Man müsse ihn halt ein bisschen wohnlich einrichten und nachts könnten die Rosensteins von dort hoch in die Küche und auch mal nach draußen, wenn sie vorsichtig seien.

Außerdem bot sich Luise Becker an, während der Wartezeit ihre französischen Kontakte zu nutzen, damit die Rosensteins leichter über Paris nach England flüchten könnten. Das werde das Reisen für Selma erleichtern. Mit diesen praktischen Vorschlägen schaffte Luise das, was meinem Paulchen nicht gelang, Selma beruhigte sich langsam, und begann sich mit dem Gedanken der Flucht anzufreunden.

Wer hätte gedacht, dass uns Luises französischer Geliebter eines Tages eine solche Hilfe sein könnte. Sie erzählte nicht viel über ihn, nur dass ein früherer Bekannter bei der französischen Résistance sei und ihr eine Kontaktadresse bei einer Gruppe von französischen Künstlern in Paris gegeben habe. Meine Vermutung, dass sie damit Pierre Kirchner meinte, wurde durch den Blickwechsel bestätigt, den ich zwischen ihr und ihrem Mann Horst beobachten konnte. Gestern Abend wunderte sich niemand über Luises Kontakte zum Feind, dazu war keine Zeit. Harald nickte nur knapp und schrieb einen Brief an einen Freund in Amerika. Dieser würde die Überfahrt ab England organisieren. Während Selma um ihren Flügel, um die Erinnerungsstücke an ihre Karriere, die Bilder und um den Schmuck, den sie von ihrer Großmutter irgendwann einmal bekommen hatte, kurzum um die Erinnerungen an ihr altes Leben trauerte, begannen Luise, Käthe, Helene und mein Paulchen alles Wertvolle in Kisten zu packen. Wir Männer sollten diese im Schutz der Nacht ins Beckersche und Döndorfsche Haus bringen. Diese Kisten wurden auf den Dachböden der beiden Weingüter versteckt. Dort sollen sie für später aufbewahrt werden, denn sobald der Krieg vorbei ist, werden die Rosentals zurückkommen, das haben wir uns alle versprochen. Am meisten Arbeit machte der alte Weinkeller. Der wurde zuerst einmal ausgeräumt und von den Frauen tüchtig gesäubert, bevor dann die Männer einige Rosensteinsche Möbel im Schutz der Nacht ins Beckersche Weingut trugen. Zuletzt blieb nur noch der wertvolle Flügel. Der wurde bei Helene untergebracht. Das Weingut der Heinrichs ist ein großer Gutshof mit repräsentativen Räumen. Ich bin sicher, dass der Flügel dort einen schönen Platz findet und Helene wird sicherlich auch auf ihm spielen, vor der Nase von Fritz Heintz, wie sie Selma mit einem Augenzwinkern und einer gewissen Schadenfreude erzählte. Es war eine Hilfe den Wagen des Doktors beladen zu können, wir schoben ihn vorsichtig im Leerlauf durch das Dorf, bevor ihn Harald auf dem Feldweg zum Laufen brachte. Hätte jemand den Wagen gehört, so hätte man bestimmt am nächsten Morgen nachgefragt und das wollten wir vermeiden. Während Luise, Käthe und mein

Paulchen den Keller herrichteten, saß Selma eingewickelt in eine Wolldecke bei einer Tasse Tee in der Küche der Beckers und schaute nach den Kindern. Denen hatten wir erzählt, dass es ein großes Abenteuerspiel sei und Selma eingeschärft, sie dürfte um der Kinder willen auf gar keinen Fall weinen. Max und die kleine Anna saßen zusammen in einer Ecke und schauten dem ganzen Umzug mit großen Augen zu. Ob sie sich noch daran erinnern werden, wenn sie einmal erwachsen sind?

Am Ende sah der Weinkeller ganz heimelig aus. Harald nahm seine Bücher, seinen Schaukelstuhl und die Goethe-Bronze mit hinuntergenommen, was sich in diesem alten Keller ein bisschen seltsam ausmacht. Für Selma gibt es ihren Lieblingssessel, ihren Stickrahmen und natürlich ihre Noten. Als Ersatz für das Klavier hat sie eine Klaviatur aus Seidenstoff, die legt sie auf den Esstisch aus Mahagoni, der ebenfalls mit ins Beckersche Weingut gewandert ist. Für die Kinder gibt es Spielzeug und Schulbücher. Sie sollen auch dann weiterlernen, wenn sie nicht in die Schule gehen können. Auch die Betten der Rosensteins konnten wir abbauen. Deshalb waren sie leicht zu transportieren. Ähnlich war das mit einem neumodischen Sofa, das in Haralds Büro in einer Ecke stand, weil es keinem so recht gefiel. Harald hat den Bauhaus-Stil bisher als zu schlicht empfunden, gestern Nacht aber war das Sofa unser Glück, weil wir es leicht auseinandernehmen und transportieren konnten. Zusammen mit ein paar Perserteppichen ist so aus dem alten Weinkeller ein präsentables und warmes Versteck geworden. Sie werden es da wohl die nächsten drei bis vier Wochen aushalten können. Ein bisschen von dem Geschirr der Rosensteins haben wir auch noch dazugestellt. Mein Paulchen meinte das Mokkaservice sei gut für Selmas Seele. Naja, das versteht wohl nur eine Frau. Die Kleider hängen in den Koffern, die sie für die Flucht brauchen werden.

Fast so wichtig wie das Versteck, war die Geschichte erfun-

den, mit der wir das plötzliche Verschwinden der Rosenstein erklären wollten. Schließlich darf kein direkter Zusammenhang zwischen der Deportation der Levis und dem Verschwinden der Rosensteins hergestellt werden. Käthe Döndorf hatte die Idee, erst einmal mit einer hartnäckigen Grippe der Rosensteinchen Kinder zu beginnen. So etwas schreckt jeden ab. Besonders im Winter. Sie wird morgen im Laden erzählen, wie sie eine Arznei abholen wollte und man sie wegen der kranken Kinder an der Tür weggeschickt hat: Wegen der Ansteckungsgefahr, dann wird sie noch ein paar gruselige Geschichten über Scharlach, Mumps und Pocken erzählen und das wird schon dafür sorgen, dass alle einen weiten Bogen um das Arzthaus machen. Wenn Käthe Döndorf muss, dann kann sie viel Phantasie entwickeln.

Nach ein paar Tagen wird einer von uns im Dunkeln das Auto des Doktors nach Mainz fahren und dort erst einmal auf einem sicheren Parkplatz abstellen, danach wird Horst dem Fritz erzählen, dass unser Arzt unbedingt nach Worms fahren musste, um dort seinen plötzlich erkrankten Vater zu versorgen und dessen Praxis zu vertreten und dass er sich deshalb zwei Wochen freigenommen habe. Dieser Urlaub wird erst einmal mehrfach verlängert bis irgendwann dann ein Schreiben eintreffen wird, dass die Rosensteins in Worms bleiben, weil Harald die große Praxis seines Vaters übernehmen muss. Bis dahin längst in Amerika und außer Gefahr.

Die Schwierigkeit wird sein, zwei Erwachsene und zwei Kinder über einen längeren Zeitraum zu verstecken. Was jetzt noch wie ein Abenteuer erscheint, wird irgendwann zur Qual. Schließlich müssen die auch mal raus und frische Luft schnappen. Ein Junge, der gerade neun Jahre alt ist mit der ganzen Energie seines Alters und eine kranke und schwermütige Frau, die ein luxuriöseres Leben gewöhnt ist und das alles im Weingut des Bürgermeisters, der für seine Gastfreundschaft bekannt ist und bisher immer ein Haus der offenen Tür geführt hat. Auch wird in diesen Kriegszeiten mehr und mehr das Essen rationiert. Wenn im Hause Becker plötzlich vier zusätzliche Mäuler gestopft werden müssen, kann das nicht über längere Zeit verborgen bleiben. Ich kann nur hoffen, dass meine Freunde sich nicht zu lange verstecken müssen, denn in einem Dorf wie Engelstal, wo alle einander so genau beobachten, da bleibt nichts lange unbemerkt. Und Fritz Heintz wird keine Gnade kennen, wenn das rauskommt.

28. November 1941
Noch war noch niemand bei den Rosensteins zuhause. Im Winter haben unsere Engelstaler zu viel Angst, sich selbst anzustecken. Momentan meiden die meisten das Haus des Doktors. Die Geschichte von der Grippe hat sogar Otto ohne Wimperzucken geschluckt. Außerdem war er viel zu sehr damit beschäftigt im grünen Baum zusammen mit dem Lehrer Schneider das große Wort zu führen. Sie hetzen jeden Abend neu über die Gefährlichkeit der Juden und Zigeuner. Mal sind es die armen Engelstaler, die man noch gerade so vor der Ermordung gerettet hat, mal sind es die Mischlinge, die die Engelstaler Bevölkerung durch verführerische Juden und Zigeuner verunreinigen können.

Unser Lehrer Schneider gilt dabei als erklärter Fachmann für die Rassenlehre. Ich habe ihm gestern vorgeworfen, er vergleiche Menschen mit Hunden. Wir wären dann wohl deutsche Schäferhunde, gedrillt zu gehorchen. Solche Hunde dürfe man natürlich auf keinen Fall mit anderen Sorten mischen. So etwas könne gefährlich werden. Das hat den Schneider geärgert, der mir Unwissenheit und Verantwortungslosigkeit vorgeworfen hat. Doch die Schneiderschen Vorwürfe können mich nicht treffen. Das ist ein kleiner „Gernegroß“, der noch nicht mal zu mir in die Kirche kommt, weil er nur einen Führer kennt, aber Otto Weihrich habe ich beim Rausgehen in die Augen gesehen und da ist mir ein kalter Schauer über den Rücken gelaufen. Den haben wir alle viel zu lange unterschätzt.

30. November 1941
Inzwischen sind die Rosensteins schon mehr als eine Woche im Beckerschen Weingut und es kommt uns allen wie eine Ewigkeit vor. Horst hat einige Weinkisten vor die Öffnung zum alten Weinkeller geschoben. Nicht einmal das Licht der Öllampe ist noch zu erkennen. Jetzt gibt es nur noch den Zugang über den Vorratsraum durch die Küche. Dazu muss man erst ein paar Treppen hinuntersteigen. Auch dort hat Horst ein Regal vor die Tür gestellt. Doch das lässt sich leicht von innen zur Seite schieben.

Über die letzten Tage hat sich eine Art Rhythmus herausgeschält. Tagsüber schläft die Familie im hinteren Weinkeller. Nachts wenn die Engelstaler schlafen, vertreten sie sich vorsichtig draußen die Beine oder sitzen im hinteren Kämmerchen bei geschlossenen Läden zusammen. Ab und zu kommt einer von uns zu Besuch. Alle halten wegen der kleinen Anni die Luft an, schließlich will keiner, dass sie in der Schule irgendwelche Geschichten erzählt. Ich bewundere Luise für das, was sie tut. Wer hätte gedacht, dass die junge Frau so viel Kraft und Durchhaltevermögen besitzt. Doch gestern ging es auch ihr nicht gut. Um den Arm trug sie einen festen Verband. Sie ist beim Eierholen von der Leiter gefallen und hat sich das linke Handgelenk gebrochen. Wie gut, dass Harald in der Nähe war.

Das größte Problem ist, heimlich genug Essen für alle zu organisieren. Durch den Krieg wird der Verbrauch jedes Einzelnen überwacht, jedes Schwein, dass geschlachtet wird, wird gezählt. Für alles gibt es Zuweisungen. Obwohl Horst Bürgermeister ist, kann er nicht selbst über die Lebensmittel bestimmen, da gibt es immer noch Fritz, der ständig die Listen einsehen will, um vor seinen Parteigenossen zu brillieren. Engelstal soll genug Le-

bensmittel nach Bingen abgeben, damit die Quoten stimmen Jedes Huhn, jede Gans und jede Ziege. Luise will zum Frühjahr mehr Gemüse im Garten pflanzen, aber jetzt ist Winter. Außerdem werden die Rosensteins bis dahin hoffentlich schon längst weitergezogen sein. Im Moment essen alle viel Eingemachtes, Latwerge und Sauerkraut aus dem Fass.

Käthe Döndorf hat schon ein paar Mal heimlich Lebensmittel vorbeigebracht und auch mein Paulchen bemüht sich etwas bei uns abzuzweigen, aber das ist nicht so einfach. Gäbe es nicht die Helene Heinrich, dann wäre bei den Beckers Schmalhans Küchenmeister. Helene ist inzwischen fast jeden Tag dort, wegen dem Friedemann, wie sie sagt. Jedes Mal bringt sie etwas aus dem Weingut mit. Die Heinrichs haben einen unendlichen Vorrat. Es ist wirklich ein Glück, dass die Rosensteins die jüdischen Speiseregeln nicht einhalten, wir könnten sie im Moment sonst nur schwer versorgen.

15. Dezember 1941

Hurra, es hat funktioniert. Manchmal sind unsere Engelstaler wirklich vorhersehbar. Erst die ansteckende Grippe, dann die Ausrede mit der Reise nach Worms. Niemand hat nachgefragt. Selbst Otto hat die Kröte geschluckt. Jeder konnte verstehen, dass der Doktor Rosenstein als pflichtbewusster Sohn den kranken Vater versorgen muss. Das gehört sich schließlich so. Nur neulich im Laden, da meinte Otto, das sei ja wohl etwas plötzlich gekommen. Typisch Otto wartet, der wartet immer seinen Moment ab. Mal sehen, was da noch kommt. Ich bin sicher, von dem Versteck weiß er nichts. Die Praxis hat Harald offiziell aus der Ferne aufgelöst, indem er sich beim Bürgermeister abgemeldet hat. Da er die medizinischen Geräte nicht brauche, möge man diese bitte dem nächsten Doktor gegen eine Ablösesumme zur Verfügung stellen. Sie wurden in der Praxis eingelagert. Die Gemälde und andere wertvolle größere Gegenstände, die zum Schein im Haus verblieben waren, wurden zum Bahn-

hof gebracht, um angeblich in Kisten nach Worms transportiert zu werden. Horst sorgte dafür, dass die Waren nur bis Ingelheim verschickt wurden, damit er und Hans sie dann nachts wieder nach Engelstal zurückbringen konnten. Wir haben sie bei Hans und Horst auf dem Dachboden untergebracht. Ich bin erstaunt darüber, wie sehr sich Horst für Harald Rosenstein einsetzt und ich glaube fast, dass es ihm Spaß macht, dem Fritz Heintz und seinen Kumpanen eins auszuwischen. Ich habe ihn selten besserer Laune erlebt. Außerdem hat Horst in den letzten Tagen verschiedene Besitztümer Haralds verkauft. Das meiste zwar unter Wert, aber das ist immer noch besser als nichts. Die Rosensteins brauchen Geld für die Überfahrt nach Amerika. Harald tat besonders das Auto weh. Selmas Flügel steht nun bei Helene im Gutshaus der Heinrichs. Sie ist bereit, ihn wieder an Selma zurückzugeben, wenn diese ihn wieder haben will und hält es außerdem für einen besonderen Scherz, den ungeliebten Geliebten Fritz Heintz dazu überredet zuhaben, ihr den Flügel zu einem besonders hohen Preis zu kaufen. Es ist schon eine Ironie des Schicksals, dass ausgerechnet der Fritz den Rosensteinschen Flügel fast täglich vor Augen haben wird und durch den hohen Preis, mit dazu beiträgt, dass die Familie Rosenstein fliehen kann. Selma bricht oft ganz unvermittelt in Tränen aus. Von allen Rosensteins leidet sie am meisten unter dieser Situation. Mein Paulchen meint, das sei die Krankheit und sie hofft, dass es nichts Ernstes ist. Noch halten alle die Füße still und warten auf eine Antwort aus Frankreich und darauf, dass es Selma bald besser geht.

20. Dezember 1941
Es ist so weit, der Otto kann es doch nicht lassen, nun sind also die Rosensteins dran. Otto streut überall Gerüchte über ihre jüdische Abstammung. Dieses Mal jedoch hat er ausgerechnet Fritz gegen sich, der ja mit eigenen Augen den sogenannten arischen Beweis gesehen hat. Selten habe ich erlebt, dass der Fritz und Otto nicht einer Meinung sind, aber der Fritz Heintz ist angespannt. Sein Freund Stawinoga steht nicht mehr so hinter ihm, wie bisher. Er will die Gerüchte um den Tod der kleinen Ulrike nicht länger auf dich beruhen lassen. Nun soll es doch noch eine Untersuchung geben und der Fritz fürchtet, dass er am Ende zum Notopfer wird. Jetzt erweist sich Elisabeths kluges Handeln als Vorteil für ihn, dass Ulrikes Mutter im Heintzschen Hause versorgt wird, wird ihm nun hoch angerechnet. Wenn er nun durchs Dorf spaziert und Gerechtigkeit für die kleine Ulrike fordert, lachen immer weniger. Es würde mich nicht wundern, wenn er diesen Skandal überlebt.

23. Dezember 1941
Heute tauchte Fritz Heintz endlich bei mir auf. Seit unserem Gespräch auf dem Bahnhof hatte ich auf sein Kommen gewartet und mich vorbereitet. Er will das ich gehe! Nun da Harald weg ist, gibt es nur noch einen, der um die genauen Umstände von Ulrikes Tod Bescheid weiß. Bin ich erst einmal weg, hat er die gefährlichsten Augenzeugen aus dem Weg geräumt. Gerüchte kann man aussitzen, Beweise nicht. Dass er überhaupt zu mir gekommen ist, zeigt, wie nervös er ist. Denn ich habe keine Beweise. Ich denke auch nicht, dass ich als Augenzeuge wirklich glaubwürdig bin, sollte hier sein Wort gegen meines stehen. Doch für ihn und mich war dieser Schritt absehbar, die Frage war nur, wann er kommen würde.

Nun hat er mich vor zwei Alternativen gestellt. Entweder ich suche mir selbst einen anderen Wirkungsort oder er und seine Parteifreunde suchen einen für mich. Er gab mir keine große Bedenkzeit. Morgen sei Weihnachten und wenn er zum Heiligabend in den Gottesdienst komme, wolle er meine Entscheidung hören. Glücklicherweise denke ich schon seit unserem Erlebnis am Bahnhof über meine Alternativen nach. Wenigsten einen kleinen Triumpf hatte ich zum Schluss doch noch, denn er konnte meinem Blick nicht standhalten. Als seinen Befehl aussprach, sah er an mir vorbei, dann drehte sich mein ehemaliger Konfirmand sich schnell um und ging im Sturmschritt hinaus, fast so als habe er Angst vor dem, was ich sagen könnte. Es ist kaum zu glauben, dass er mich so einfach aus meiner Gemeinde werfen kann. Ich habe ihn konfirmiert und getraut und alle seine Kinder getauft. Ich bin enttäuscht und wütend und doch habe ich es kommen sehen.

Ich frage mich seit Tagen, wie es weitergehen soll. Menschen wie Otto und Heintz kann ich nicht aus dem Weg gehen, egal welche Gemeinde ich mir aussuche. Ich bin jetzt fast 60 Jahre alt, davon habe 32 Jahre in Engelstal gedient. Ich war der Hirte dieser Gemeinde und habe mich für jeden Menschen hier verantwortlich gefühlt. Ich kenne ihre Geschichten, ihre Geheimnisse und ihre Sorgen. Ich habe sie getauft, konfirmiert und getraut. Viele Familien von der Wiege bis zur Bahre begleitet. Mein Paulchen behauptet manchmal, dass ich die Engelstaler mehr liebe als meine Familie. Das glaube ich zwar nicht, aber ich verbringe auf jeden Fall mehr Zeit mit ihnen. Das werde ich nie wieder einer anderen Gemeinde schenken können. Ich habe lange darüber nachgedacht und entschieden, dass ich meinen ehemaligen Konfirmanden ins Feld folgen werde. Jedes Mal, wenn ich mit den Soldaten spreche, die auf Urlaub hier sind, denke ich, dass die Feldprediger zu wenig für sie tun. Die großen Sprüche vom Heldentum und Heldentod, die helfen im Schützengraben ganz deutlich nicht. Darum werde ich meinen Engelstaler Buben folgen. Ich weiß, das wird meinem Paulchen und den Kindern nicht gefallen. Aber meine Frau wusste schon damals, als sie mich geheiratet hat, dass meine Berufung unser Leben bestimmen würde. Sie wird verstehen, dass es so nicht weitergehen kann. Mein Paulchen ist eine wunderbare Frau. So wie ich sie kenne, wird sie sich den Kummer verkneifen und sich erst einmal der Kinder wegen über den Besuch bei den Eltern in Darmstadt-Dieburg freuen. Dort ist sie gut untergebracht. Und wer weiß, vielleicht können wir ja eines Tages nach Engelstal zurückkehren. Vielleicht werden wir eines Tages wieder abends mit den Rosensteins zusammensitzen, Selma wird auf ihrem Flügel ein Stück von Mendelsohn spielen und wir werden über diese verrückte Zeit den Kopf schütteln. Hoffentlich früher als später.

24. Dezember 1941
Heute Abend habe ich nach dem Gottesdienst mit Fritz Heintz meine Entscheidung mitgeteilt. Er wird mich allerdings noch bis Februar ertragen müssen, weil erst dann die neuen Engelstaler Freiwilligen ins Feld gehen, und ein Feldprediger gebraucht wird. Das hat Fritz nicht gefallen, der wollte mich eigentlich schon zum neuen Jahr aus Engelstal vertreiben. Doch zum ersten Mal in meinem Leben habe ich gedroht und gelogen, um nicht durchzusetzen und wenn der Fritz besser Bescheid wüsste, dann hätte er meinen Bluff durchschaut, so aber hat er nachgegeben. Ich habe ihm nämlich mit einer Aussage über die Geschehnisse beim Nibelungenfest gedroht und im Gegensatz zu ihm habe ich ihm dabei direkt in die Augen geschaut. Glaub nur nicht, dass ich nicht weiß, was hier los ist, Fritz! Und dann habe ich ihn mir vorgenommen, wie in seinen Konfirmandentagen. All mein Ärger brach aus mir heraus, meine Enttäuschung und meine Traurigkeit darüber, dass dieser teuflische Kleingeist und Ehrgeizling meine ganze Arbeit hier in Engelstal einfach so kaputt machen konnte. Im Nachhinein bin

ich mir dessen bewusst, dass dieser Ausbruch gefährlich war. Er hätte mich noch in dieser Nacht festnehmen lassen oder umbringen können. Doch der Gehorsam, den man ihm von klein auf gegenüber meinem Berufsstand eingebläut hat, saß wohl so tief, dass er es nicht tat und so akzeptierte er meine Forderung. Allerdings musste er das letzte Wort haben. Er werde in Mainz am Bahnhof stehen und selbst dafür sorgen, dass ich auch wirklich mit den anderen an die Ostfront fahre.

27. Dezember 1941
Ich habe heute mit meinem Dekan gesprochen. Er wird mir eine Feldpredigerstelle in der Nähe meiner Engelstaler Buben ermöglichen. Dieser eingefleischte Nazi hatte tatsächlich Tränen der Rührung in den Augen. Das sei wahres Heldentum, wenn ein Hirte den Seinen an die Front folge. Ich konnte deutlich erkennen, dass Fritz seine Drohung nicht wahrgemacht hatte. Bisher war noch keine einzige Beschwerde bis zu meinem Dekan vorgedrungen. Im Grunde seines Herzens ist der Fritz ein Feigling. Nun werde ich also zum 1. Februar mit dem Zug an die Ostfront fahren. Mein Paulchen ist natürlich traurig, aber er weiß genauso gut wie ich, dass es keine Alternative gibt. Ich bin zu weit gegangen. „Aber anders möchte ich Dich nicht haben!" hat sie gestern Abend mit verweinten Augen gesagt und mir ist wieder einmal klargeworden, warum ich sie geheiratet habe. Vor morgen Abend fürchte ich mich, denn da werde ich es Harald und Selma erzählen müssen. Mir tut jetzt schon das Herz weh.

31. Dezember 1941
Das war es dann wohl! Heute Abend saßen wir nach dem Silvestergottesdienst bei den Beckers zusammen. Wir mussten besonders vorsichtig sein, weil so viele Leute unterwegs waren. Doch der kluge Paul Döndorf hielt oben Wache. Auch für ihn

bete ich, er ist so ein kluger Junge, wenn da nur nicht diese Krankheit wäre.

Gemeinsam mit meiner Frau habe ich den anderen von Fritzens Ultimatum und meinem Beschluss berichtet. Selma begann wieder einmal zu weinen. Horst fluchte und Luise sah mich nicht an. Hans und Käthe hielten sich nur betreten an den Händen und Harald ergriff meine Hand. Er wolle sich bei mir bedanken für eine wunderbare Freundschaft und alles, was ich für ihn getan habe. Es war ein rührseliger Moment gefolgt von einem praktischen Geschenk, dass ich sicher noch brauchen werde. Ein medizinisches Buch für Laien, mit Ratschlägen zur ersten Hilfe im Feld. Es hatte etwas Endgültiges, wie wir da um den Tisch herumsaßen. Irgendwann erzählte Harald, dass die Juden in ihren Gottesdienst sich jedes Mal versprächen, sich nächstes Jahr in Jerusalem zu treffen und es sei Teil ihres Glaubens, dass dieser Wunsch eines Tages wahr werde.

So könnten doch wir einander versprechen, uns nächstes Jahr hier in Engelstal wiederzusehen. Jedes Jahr neu zum Jahresende, bis es eines Tages wieder wahr werde. Darauf wolle er trinken. Er hob sein Glas mit dem guten Rheinhessen-Riesling und rief flüsternd: „Nächstes Jahr in Engelstal!" Auch wenn ich mir ein bisschen albern vorkam, hob auch ich mein Glas und sprach ihm nach, Hans und Horst folgten mir. „Nächstes Jahr in Engelstal" sagten wir dann alle, jeder ein bisschen lauter als der andere und mit jedem Mal klang ein bisschen mehr Mut und Hoffnung mit.

Und weil mir danach war, sprach ich ein Gebet und alle auch Harald antworteten mit Amen. Ich spürte bei uns allen das Bedürfnis, unser Schicksal in die Hand dessen zu legen, der größer ist als unsere Vernunft. Dort in dieser Runde in der Küche der Beckers in der heutigen Silvesternacht hatte ich das Gefühl mich in Gottes Willen fügen zu können. Ich musste nicht mehr mit meinem Schicksal hadern und gegen die Fritzens und

Ottos dieser Welt ankämpfen. Die Furcht, vor dem, was mich an der Front erwartet, wich von mir, unter Freunden fühlte ich mich auf besondere Weise geborgen. Es mag an jenem Segen gelegen haben, den Harald mir spendete oder aber an unserer besonderen Freundschaft, die uns diesen besonderen Moment zwischen den Jahren schenkte. Morgen im Neujahrsgottesdienst werde ich meinen Engelstalern die Nachricht verkünden und ich werde alle meine Kraft zusammennehmen und versuchen, das zufriedene Lächeln in Fritzens Augen zu übersehen. Die heutige Nacht wird mir die Kraft dazu geben.

Es ist an der Zeit ein neues Kapitel aufzuschlagen. Ich habe es lange genug hinausgezögert. Von nun an werde ich dem Ruf des Herrn an andere Orte folgen. Möge er mein Engelstal in seinen Händen halten und ein anderer Hirte es durch die schwere Zeit, die da kommen wird, führen. Möge da einer kommen, der stärker ist als ich und den Fritzens und Ottos besser standhalten kann.“

Ludwig schlägt das letzte Heft zu und starrt eine Weile ins Leere. Langsam kehrt er aus der Vergangenheit in die Realität des Krankenzimmers zurück. Die Geräte piepsen. Sein Blick fällt auf den Vater. Hat der gerade den Mund bewegt? Verwirrt rückt er mit dem Stuhl näher. Der Patient zuckt mit den Händen. Er schluckt, die Lider flattern. Vor Aufregung greift Ludwig auf die Anrede aus seiner Kindheit zurück: „Papa, bist du wach? Papa hörst du mich?“ Ludwig hört ein schwaches Räuspern. Nein, das ist keine Einbildung. Die Augen sind auf. Das Beatmungsgerät erschwert das Sprechen. Ludwig lächelt erleichtert. „Na, das ist auch mal eine ganz neue Erfahrung, dass dir die Worte fehlen.“ Dann jedoch beruhigt er den, aufgeregt nach rechts und links blickenden Vater.“ Es scheint Stunden zu dauern, bis Ludwigs Vater seine ersten Worte sprechen kann. Bis dahin ist Ludwigs Mutter schon längst im Krankenhaus angekommen, wie immer frisiert und geschminkt bis unter die Augenbrauen. Als Ludwig endlich das Krankenhaus verlassen kann, ist es fünf Uhr am Morgen, übernächtigt, aber glücklich. Es ist noch nicht zu spät, sich mit dem Vater zu versöhnen. Das Gespräch mit der Mutter hat ihm die Augen geöffnet. Langsam geht er am Main entlang zur U-Bahn-Station. Nachdem sich die Aufregung in seinem Inneren gelegt hat, kehren seine Gedanken zu den Tagebüchern zurück. Die Antwort, die sie seit Tagen suchen, heißt „Harald Rosenstein". Er ist der Eigentümer ihres Schatzkästchens. Jetzt gilt es nur noch herauszubekommen, ob die Rosensteins überlebt haben. Was ihn wundert ist Annis Verhalten. Müsste sie nicht mehr über die Familie im Weinkeller wissen? Warum hat sie ihren Kindern nie davon erzählt? Auch fragt er sich, warum Luise das Schatzkästlein versteckt hat, wenn sie doch gar nichts zu verbergen hatte. Die Beckers haben die jüdische Familie doch versteckt und beschützt und damit sogar sich selbst in Gefahr gebracht? Fragen, Fragen, Fragen! Außerdem wüsste er gerne, was aus den ganzen Sachen auf dem Dachboden geworden ist.

Sind die Rosensteins wiedergekommen sein, um all das zu holen. Gab es ein nächstes Jahr in Engelstal? Ludwig gähnt, mit großen Schritten schreitet er voran, am Hauptbahnhof findet er endlich ein Taxi, dass ihn ins Westend bringt. Sabine muss warten, er wird jetzt erst einmal eine Runde schlafen.

Als er gegen Mittag von einem Klopfen geweckt wird, zieht er murrend die Decke über den Kopf. Doch das Klopfen hört nicht auf. Seufzend erhebt er sich aus seinem Bett, greift nach dem bunten Morgenrock, den er vor einigen Jahren aus Marokko mitgebracht hat und geht mit halbgeschlossenen Augen Richtung Tür. „Na, das muss ja eine Superparty gewesen sein!" Vor seiner Tür steht nicht wie erwartet Sabine, sondern Martin Crusius. Seufzend öffnet Ludwig. „Mein Vater ist im Krankenhaus und ich war den größten Teil der Nacht dort!" antwortet er. „Zu einer Party hätte ich dich vielleicht sogar mitgenommen." Martin schaut ihn betroffen an. „Schlimm!" Ludwig zuckt mit den Schultern. „Die Ärzte sagen, es wird wieder. Er hat Glück gehabt." Ludwig hebt die Tagebücher in die Luft, die er gestern auf dem Sofatisch abgelegt hat. „Ich habe herausgefunden, wem unser Set gehört. Jetzt ist die Provenienz klar! Und damit auch der Besitzer. Wir müssen nur noch herausfinden, wo die Familie zurzeit lebt, dann kann Sabine die wertvollen Gegenstände zurückgeben." Martin starrt nachdenklich auf die Tagebücher. „Meinst Du, sie würden sie an mich verkaufen!" Ludwig schaut ihn einen Moment fassungslos an, dann lacht er schallend. Martin zuckt mit den Schultern. „Einen Versuch ist es wert, oder?" „Nach meinen Recherchen hier, war der Besitzer Arzt und stammte aus einer wohlbetuchten Familie mit einem Bewusstsein für Tradition. Falls die Familie überlebt hat, hast du keine Chance." „Aber," fragt Martin zurück, „hätte der Besitzer den Kelch nicht schon längst zurückgeholt, wenn er ihm so viel wert gewesen wäre? Warum konnte er so lange unentdeckt ausgerechnet in einem Kaff wie Engelstal versteckt herumliegen? Es ist nicht so, als hätte der Besitzer nicht gewusst, wo sein Kelch ist." Ludwig nickt gedankenverloren „Das frage ich mich auch." Er steuert auf die Küchentür zu und stellt die italienische Kaffeemaschine an, die er sich bei seinem letzten Forschungsaufenthalt in Rom mitgebracht hat. „Willst du auch einen Espresso?" ruft er ins Wohnzimmer. „Ja!" schallt es zurück „und einen Cappuccino kannst Du auch noch machen!" Als er zurückkommt, hat Martin es sich dort mit zwei Damen auf seiner Sitzgruppe gemütlich gemacht.

Sabine strahlt ihn an und Tobia wackelt aufgeregt mit dem Schwanz. „Hallo! Ich wollte mal hören, wie es deinem Vater geht." Ludwig stellt einen Espresso vor Martin und während Sabine nach dem Cappuccino greift, hat er seinen eigenen schon in einem einzigen Schwupp verschluckt. „Er ist heute Nacht aus dem Koma aufgewacht." Ludwig ist auf dem Weg in die Küche, er braucht noch mindestens eine zweite Tasse, bis sein Gehirn richtig funktioniert. Sabine ruft ihm hinterher. „Das ist doch gut, oder?" Er nickt. „Erstaunlich, wie sehr mir der alte Brummbär ans Herz gewachsen ist. Man merkt immer erst, wie wichtig ein Mensch ist, wenn man in der Gefahr ist, ihn zu verlieren." Nun ist es an Martin, die Brauen hochzuziehen. Schließlich kennt er Ludwig schon weitaus länger als Sabine. Er weiß um die vielen Kämpfe, die dieser mit seinem Vater ausgefochten hat. Ludwig räuspert sich. „Ich habe heute Nacht die Tagebücher gelesen. Ich weiß jetzt, wem deine Hochzeitskiste gehört." „Und das sagst du jetzt erst?" Sabine hält es vor Aufregung kaum auf dem Sofa. Die kleine Tobia wäre beinahe vor Schreck vom Kissen gefallen. „Du erinnerst dich an den jüdischen Freund von Pfarrer Niebergall?" „Harald Rosenstein." Ludwig nickt und fasst dann das Tagebuch von Pfarrer Niebergall zusammen. „Kennst du diesen hinteren Weinkeller?" Martin ist neugierig, aber nicht verwundert. Anders als Sabine ist diese Geschichte für ihn nichts Ungewöhnliches. Schließlich hat sein Vater während des Krieges mehrfach Juden versteckt und dabei sogar seine Mutter kennengelernt. Sie nickt. „Ja, in meiner Kindheit war das der Kartoffelkeller. Da standen ein paar alte Weinfässer und Geräte und vor allem das Eingemachte. Ihr wisst schon, das Sauerkraut, die Latwergetöpfe und die getrockneten Bohnen und eingelegten Gurken und natürlich der Rumtopf. Als Kind habe ich mich da nie allein runtergetraut, weil es da immer dunkel war. Andreas ist gern runtergegangen, er fand das da unten total spannend. Man könne da großartige Sachen finden. Ich dachte immer nur, dass er mich auf den Arm nehmen wolle." Sie schüttelt den Kopf. „Und nun sagst du mir, dass da sogar Menschen gewohnt haben." „Nimm dir die Zeit und lies die Tagebücher. Dann reden wir weiter. Tobia, Martin und ich verbringen mal heute den Tag zusammen. Tobia muss sich sowieso an mich gewöhnen, sobald du wieder in die Schule gehst. Eine gute Gelegenheit also. Marsch ab, verschwinde!" Ludwig drückt ihr die Tagebücher in die Hand und schiebt sie zur Tür hinaus. Bevor Sabine sich versieht, steht sie auf dem Flur. Seufzend öffnet sie die eigene Wohnungstür. Sie betrachtet die Kopien der Chronik. Den noch nicht gelesenen Stapel an Liebesbriefen und die Tagebücher. Der Herr Professor legt ein schönes Tempo vor. Mit einer Tasse Tee und einer Tüte Gummibärchen setzt sie sich schließlich auf ihr Sofa. Sie zieht die Beine unter sich und beginnt zu lesen. Die Zeit ist schnell vergessen, nachdem sie in die Welt von Engelstal eingetaucht ist.

Sabine legt das letzte Heft zur Seite. Vor ihr steht der dritte Cappuccino. Die Gummibärchentüte ist leer. Ein Blick auf die Uhr zeigt, sie hat tatsächlich mehrere Stunden am Stück gelesen. Das ist ihr das letzte Mal bei einem spannenden Krimi passiert. Ihre Gedanken gehen durcheinander. Nun ist ihr klar, warum Ludwig in Ruhe mit ihr sprechen will. Sie kennt die Menschen, über die er nur gelesen hat. Schnell springt sie unter die Dusche, saubere Unterwäsche, Jeans, ein Sweatshirt und Strümpfe. Dann schnappt sie sich die Hefte und ab über den Flur zur anderen Wohnung. Als sie die Hand zum Klopfen erhebt, öffnet Ludwig schon die Tür, Tobia saust ihr entgegen, als hätte sie sie Jahrelang nicht gesehen. Die Hefte fallen und Sabine drückt den kleinen quirligen schwanzwedelnden Körper an sich. Martin brummt aus dem Hintergrund: „Wir waren wirklich nett zu ihr!“ Sabine lacht. „Das darfst du nicht persönlich nehmen.“ Ludwig nickt zu den Tagebüchern hinüber, er hat jetzt keine Nerven für Hundespielereien. „Nun wie realistisch sind die Tagebücher?“ Vor Sabines Augen haben sich beim Lesen die Bilder eingebrannt: Ein zufrieden grinsender Fritz Heintz in Lederstiefeln mit Hakenkreuz auf der Armbinde, Onkel Otto mit dem lahmen Bein, der ihr immer Kirschlutscher schenkte, Oma Luise in ihrer karierten Kittelschürze und die Tante Elisabeth mit blauen Flecken im Gesicht und dann die Filme, die sie aus dem Fernsehen kennt, Wagons auf dem Weg ins Konzentrationslager, ausgemergelte Gesichter. Fest drückt sie den zappelnden Welpen an sich, der sich quietschend beschwert. „Ja,“ sagt sie dann. „ja, ich halte die Tagebücher für realistisch. Warum sollte Niebergall das alles erfinden? Er hat diese Aufzeichnungen für sich selbst geschrieben, warum sollte er lügen? Und auch wenn er die Ereignisse für die Nachwelt festhalten will, was kann er damit erreichen, dass er übertreibt? Nein, das ist alles echt. Einige Personen habe ich selbst kennengelernt. Otto Weihrich zum Beispiel ist bei uns aus und ein gegangen. Er und Elisabeth waren die besten Freunde meiner Großeltern. Ich kann zwar nicht verstehen, warum ausgerechnet Otto, aber die Tante Elisabeth und meine Oma waren gute Freundinnen.“ Sie schweigt einen Moment, weil sich die Bilder wieder ins Bewusstsein drängen wollen. „Tante Elisabeth und der böse Fritz Heintz, von dem ständig die Rede ist, waren die Eltern meines Vaters Hermann.“ Sie schluckt. „Fritz Heintz war mein Großvater! Ihn habe ich zwar nie persönlich kennengelernt und geredet wurde auch nicht über ihn, aber es war trotzdem ein ziemlicher Schock so über ihn zu lesen.“ Erneut breitet sich Stille in Ludwigs Wohnzimmer aus. Martin schaut von Sabine, die die kleine Tobia wie ein Rettungsanker umklammert, zu einem fassungslosen Ludwig, dann drückt er diesem Tobias Leine in die Hand. „Wisst ihr was, ihr zwei? Ihr macht jetzt mal einen schönen Spaziergang. Es hat gerade aufgehört zu regnen und ich glaube, da hinten kommt die Sonne zwischen den Wolken heraus." Er schiebt beide Richtung Tür. Tobia wackelt zustimmend mit dem Schwänzchen. Das Wort Spaziergang kennt sie schon.

Schweigend spazieren Sabine und Ludwig unter den tropfenden Bäumen die Straße entlang Richtung Beethovenplatz. Es dauert eine Weile, bevor Sabine sich kleinlaut entschuldigt: „Ich hätte es dir schon vorhersagen sollen. Schließlich war es kein Geheimnis. Ich meine, wer der Vater meines Vaters war, das habe ich ja schon immer gewusst. Nur - na ja!" Sie zuckt unbestimmt mit den Achseln und streicht sich dann eine Haarsträhne aus dem Gesicht. „Spätestens als ich die Pfarrchronik gelesen habe, hätte ich dir sagen können, aber irgendwie habe ich gedacht, dass das für unseren Kelch nicht wichtig ist und ... Ihre Stimme ist immer leiser geworden, nun bricht sie ab. Dann nimmt sie erneut Anlauf und jetzt kommt die Sabine zum Vorschein, die sich vor nichts und niemandem fürchtet. „Ach was! Ich habe mich einfach geschämt. Eine Großmutter, die fremdgeht, ein Großvater, der gar nicht mein Großvater ist und ein unbekannter französischer Künstler, der über allem schwebt. Und dann kommt da noch ein Großvater um die Ecke, der nicht nur ein eingefleischter Nazi war und erwiesenermaßen Juden und Roma deportiert hat, sondern sich auch noch an jungen Mädchen vergriffen hat. Das ist nicht nur schrecklich, das ist geradezu eklig. Wer weiß, was aus diesen Rosensteins wirklich geworden ist? Kannst du dir vorstellen, dass die lange im Weinkeller gelebt haben? Ich nicht. Ich habe diesen Weinkeller gesehen, da im Dunkeln hält es keiner lange aus. Der Fritz hat sie bestimmt gefunden und wenn nicht der, dann Otto und was dann? Hat er sie gleich erschossen oder einfach in den Osten verschickt." Sabine ist so wahnsinnig wütend über diese sinnlose Verschwendung von menschlichem Leben, über diese irre Bosheit und den Machthunger dieses Mannes, mit dem sie tatsächlich ihre Gene teilt. „Komm, es hat wieder angefangen, zu regnen!" Ludwig zieht sie hinter sich her in die kleine italienische Trattoria, in der er schon seit vielen Jahren Stammgast ist. Er bestellt einen sizilianischen Rotwein und zwei Gläser. Tobia bekommt eine kleine Wasserschüssel. Er reicht ihr mit der einen Hand das Glas, mit der anderen nimmt er ihre andere Hand in seine. „Als kleiner Junge habe ich meinen Vater verehrt. Ich wollte so sein wie er. Er hatte nicht viel Zeit für mich, aber wenn er Zeit hatte, war er ganz für mich da. Ein großer starker Mann, der wusste, was gut und was falsch war. Wir wurden nach strengen Prinzipien erzogen und jahrelang habe ich an diese Prinzipien geglaubt. Es mag wohl nach unserer Klassenfahrt in Berlin gewesen sein. Da fragte ich mich erstmals, ob unsere Firma auch Zwangsarbeiter beschäftigt hatte. Es hätte gereicht, wenn mein Vater mir zugestimmt hätte. Ich wollte noch nicht einmal eine Rechtfertigung hören. Einfach nur die Wahrheit. Weil er uns doch zur Wahrheit erzogen hatte. Doch seine Antwort war einfach nur. Das musst du nicht wissen. Das ist längst vergangen und das ist doch heute nicht mehr wichtig.

Doch für mich war es wichtig, schließlich ging es um die Wahrheit. Es ließ mich nicht los und so begann ich zu forschen und mehr und mehr über die Geschichte unserer Fabrik herauszufinden, ich besuchte sogar unsere Archive, bis er es mir verbot. Ich konnte nicht verstehen, was er gegen die Wahrheit hatte, die ihm früher doch so wichtig gewesen war, und er wollte nicht verstehen, warum ich das alles wieder ausgraben wollte.

Nach dem Abitur sollte ich BWL studieren und in seine Fußstapfen treten, doch ich wollte nicht. Zuerst wollte ich wissen, was es mit den Zwangsarbeitern auf sich hat. Ich studierte Geschichte, meine Mutter überredete ihn. Es sei nur eine Phase, die sich bald wieder legt. Aber so war es nicht. Ich habe meine Doktorarbeit über polnische Zwangsarbeiter in deutschen Firmen geschrieben, er hat mir den Weg zu unseren Firmenarchiven versperrt. Ich habe mir über meinen Schwager heimlich Zutritt verschafft. Er weiß bis heute nicht, wie ich an das Material gekommen bin. Am Ende wusste ich, was geschehen war. Mein Großvater war eine wichtige Säule des Hitlerregimes. Er hat schon sehr früh begriffen, wie sich aus diesem Schreihals, um es mit Pfarrer Niebergall zu sagen, Profit schlagen lässt. Und wie andere große Firmen so hat auch er Hitler und die seinen unterstützt. Als Gegenleistung bekam er Vergünstigungen, Zwangsarbeiter für seine Betriebe, seine Produkte wurden zuerst auf dem heimischen Markt verkauft und später für die Kriegsindustrie benötigt. Die Verbindungen stellte sein Bruder her, ein eingefleischter Nazi aus dem engsten Freundeskreis des Führers. Weißt du, wie es mir ging, nachdem ich all das gelesen hatte? Ich fragte, warum mein Vater mir nichts gesagt hatte. Ausgerechnet mein Vater, dem die Wahrheit doch so viel bedeutete. Ich habe gerechnet und gerechnet und verstanden, dass mein Vater damals alt genug gewesen sein musste, um zu verstehen, was passierte. Er muss die Zwangsarbeiter in den Werken gesehen haben, denn er ist jeden Tag mit meinem Großvater ins Büro gefahren. Wie kann er dann sagen, dass das alles heute nicht mehr so wichtig ist?" Ludwig betrachtet den Rotwein in seinem Glas, dann hebt er das Glas und trinkt einen Schluck. „Am Ende tat ich das, was ich am besten kann. Ich verfasste ein Gutachten. Ein Gutachten von Professor Dr. Ludwig Fromme hat Gewicht." Er lächelt selbstironisch. „Ich habe es meinem Vater gegeben mit der Aufforderung, es zu lesen, eine offizielle Entschuldigung der Firma zu formulieren und den Zwangsarbeitern und ihren Hinterbliebenen eine Entschädigung zu bezahlen. Du hättest ihn mal sehen sollen. Er hätte eigentlich damals schon einen Herzinfarkt bekommen können. Seitdem haben wir eine Pattsituation. Er möchte gerne, dass ich in die Firma komme, heirate, Kinder bekomme, eben als Sohn den angestammten Platz im Firmen- und Familienimperium einnehme und ich möchte, dass er erst einmal die Schulden aus der Nazizeit begleicht. Dann so habe ich gesagt, könnten wir verhandeln." Sabine schaut ihn verblüfft an. „Naja, verhandeln heißt ja nicht nachgeben, oder?" Er greift nach unten und hebt Tobia auf seinen Schoß. Langsam streichelt er den müden kleinen Welpen, der prompt auf seinem Arm einschläft. „Glaubst du, dass er den Herzinfarkt beim Lesen des Gutachtens bekommen hat?" fragt Sabine nun vorsichtig. Ludwig zuckt die Schultern. „Der Arzt sagt, dass es keinen Grund für Selbstvorwürfe gibt. Es wäre so oder so irgendwann in nächster Zeit passiert, irgendetwas hätte es jederzeit auslösen können. Ob es nun ausgerechnet mein Gutachten war, das weiß man nicht. Aber ich gehe davon aus, weil er sich bisher nie die Zeit nahm, es zu lesen. Er schob es immer vor sich her. Verdrängen war seine Art, mit unangenehmen Dingen fertig zu werden. Das rächt sich jetzt." „Glaubst du, dass sich nun etwas ändern wird?" fragt Sabine zurück. Der Gedanke Ludwigs Vater könnte dort im Krankenhaus sterben, ohne sich mit seinem Sohn versöhnt zu haben, gefällt ihr auch nach Ludwigs Geschichte immer noch nicht. Ludwig nickt langsam. „Ja, ich glaube, dass ich einiges anders sehe als noch vor einigen Tagen. Zum ersten Mal habe ich in Ruhe mit meiner Mutter gesprochen und dabei viel mehr über meinen Vater verstanden. Ja, ich werde ihm jetzt anders begegnen." „Naja," Sabine spielt mit der kleinen Serviette, die sie zu ihrem Glas Rotwein und einigen schwarzen Oliven dazubekommen hat. „So eine Nah-Toderfahrung kann Menschen sehr verändern. Vielleicht denkt auch dein Vater nochmal ganz anders über alles nach. Jetzt wo er das Leben ein zweites Mal geschenkt bekommen hat." Ludwig denkt an den Vater im Krankenhausbett mit den vielen Schläuchen und Geräten und ein Kloß drückt auf seine Kehle. Er räuspert sich. „Ich glaube, wir sollten uns auf den Heimweg machen, Martin wartet bestimmt schon und so wie ich ihn kenne, ist er schon wieder hungrig.

Ludwig hat recht. Martin hat tatsächlich Hunger und auch schon mal was vorbereitet. Neben seinen Fähigkeiten als Antiquitätenhändler ist er ein ausgezeichneter Hobbykoch, der aus den Resten in Ludwigs Kühlschrank das Beste herausgeholt hat. Ein leckerer Salat mit überbackenem Ziegenkäse und ein Mayonnaise-Dressing, die er natürlich selbstgemacht hat. Danach Pfannkuchen mit Schinkenspeck und Spargel. Eine ungewöhnliche Kombination. Nach einem ausführlichen Käsegang folgen die unvermeidlichen belgischen Pralinen. „Ich fürchte, ich kann nicht mehr gehen. Ihr müsst mich in meine Wohnung rollen!" lacht Sabine nach dem Essen. Sie ist zwar erschöpft, aber gut gelaunt. Das Gespräch mit Ludwig hat viel zur Wiederherstellung ihres seelischen Gleichgewichts beigetragen. Mit Mühe erhebt sie sich vom Tisch, als das Handy klingelt. Ihre Finger greifen in die Tasche der engen Jeans. Es ist Sophie. „Du, Sabine! Ich habe gerade mit Andreas gesprochen. Wir wollen uns morgen nochmal im alten Haus treffen, willst du dazukommen." Sabine ist ein bisschen verdutzt und überrascht. „Warum denn so schnell?" „Naja, Andreas ist wegen deiner Mutter total unter Stress und ich kann während der Osterferien am besten. da kann ich Jaqueline mitbringen und mein Mann ist außerdem morgen auf einer Feier, da könnte ich auch ein bisschen länger bleiben." Sabine ist hin- und hergerissen. Auch sie hatte mit Andreas über ein Treffen gesprochen, aber schon morgen? Sie weiß, Andreas wartet auf eine Antwort in Sachen Kelch. Er möchte ihn verkaufen und endlich die Sache mit dem Haus klären. Ihm wird Sabines Antwort nicht gefallen. Aber Aufschieben wird sie auch nicht weiterbringen. Immerhin weiß sie inzwischen, wem der Becher gehört, und damit ist sie ja schon ein ganzes Stück weiter. „Naja, dann komme ich auch, so um 10:00 Uhr ist das okay?" Sophie verabschiedet sich gutgelaunt. „Super, Jaqueline freut sich schon auf deinen kleinen Hund." Sabines Zögern scheint sie nicht bemerkt zu haben. Martin und Ludwig schauen Sabine erwartungsvoll an. „Ich muss morgen nach Engelstal, damit wir das Haus weiter ausräumen können. Eigentlich wollte ich das noch ein bisschen hinausschieben, aber Andreas wird unruhig." Wie aus einem Mund rufen beide: „Darf ich mitkommen?" Sabine lächelt verschmitzt. Sie hat daraufgesetzt, dass die beiden Männer zu neugierig sind, um sich diese Gelegenheit entgehen zu lassen. Trotzdem lässt sie sie noch ein bisschen zappeln. „Es ist ein altes Haus, da wird es nicht viel geben, was euch interessieren kann." Doch Ludwig zwinkert mit den Augenbrauen. „Du vergisst Pierre Kirchners Zeichnungen und dass die Rosensteins mal dort im Keller gewohnt haben, das will ich mir unbedingt ansehen und wer weiß, wenn die Hochzeitskiste noch da war, vielleicht gibt es dann ja noch mehr Sachen von den Rosensteins." Martin ist ein bisschen taktvoller, er sagt einfach nur. „Ich liebe alte Häuser und ein Haus, in dem so viel passiert ist, hat viel zu erzählen."

Scheinbar seufzend nickt Sabine: „Also gut. Wenn ihr Andreas davon überzeugen könnt, dass man den Becher nicht so einfach verscherbeln kann, dann wäre das auf jeden Fall eine große Hilfe. Denn ich fürchte, auf mich wird er nicht hören. Und wenn ich ihn bei unserem letzten Telefonat richtig verstanden habe, wird unser Cousin Siggi auftauchen, ein unerträglicher Besserwisser, der angeblich beste Kontakte hat und nur darauf wartet. Andreas übers Ohr zu hauen. Ludwig und Martin grinsen zufrieden und versprechen, ihr Möglichstes zu tun.

Sabine seufzt und macht sich auf den Weg zum letzten Tobia-Toilettengang, als im zweiten Stock die Tür aufgeht und eine erschöpfte Fatima den Kopf zur Tür heraussteckt. „Hättest Du morgen zufälliger Weise Zeit dich um Naime zu kümmern?" Verblüfft schaut Sabine sie an. Fatima windet sich verlegen. Bisher war Naime mal ein oder zwei Stunden bei ihr, aber einen ganzen Tag? „Eine Freundin von mir ist gestürzt und liegt im Krankenhaus. Zuhause geht es drunter und drüber. Drei Kinder, der Mann völlig hilflos und dann noch die Schwiegereltern. Du weißt schon! Ich habe versprochen, dass ich in Mannheim vorbeischaue, aber wenn ich da jetzt noch Naime mitnehmen muss, dann ist da erst recht der Teufel los. Die mag die Jungen dort nämlich nicht!" Hinter ihr ist Naime zu hören. „Ich gehe da nicht mit hin. Ich will nicht. Außerdem bin ich morgen mit Tobia dran!" Sie drängt an ihrer Mutter vorbei auf den Flur und verschränkt trotzig die Arme. Fatima wirft hilflos die Hände in die Höhe. „Ahmed muss ins Krankenhaus, er hat leider Dienst und keiner will so kurzfristig mit ihm tauschen." Sabine überlegt einen Moment. Warum nicht? „Ich fahre morgen nachhause nach Engelstal." sagt sie dann und wendet sich Naime zu. Meine Oma ist gestorben und wir müssen ihr Haus ausräumen. Meine Nichte Jaqueline kommt auch. Die ist in deinem Alter. Wenn du magst, kannst du mitfahren. Dann kannst du ihr deinen Hund zeigen und ihr könnt zusammen mit Tobia spielen." Naime überlegt einen Augenblick, doch dann siegt die Neugier. „Okay!" sagt sie. „Aber wenn das dort blöd ist, dann fährst du wieder mit mir und Tobia zurück. Versprochen?" Sabine stimmt zu. „Versprochen! Allerdings erst am Nachmittag. Wir starten morgen früh um 9:00 Uhr. Ludwig fährt auch mit." Naime zögert kurz, nickt dann aber zustimmend. Fatima lächelt erleichtert. „Danke, du hast was gut bei mir!" Sabine grinst zurück. „Das werde ich bei Gelegenheit einlösen." Beschwingt macht sie sich nun auf den Abendspaziergang. Wer weiß, was der morgige Tag bringen wird.

Der zweite Anlauf

Als Ludwigs Jaguar um die Ecke biegt, stehen da nicht wie erwartet zwei, sondern drei Damen. „Gestern habe ich mit Naime gesprochen und unsere Hundemama fühlt sich deutlich vernachlässigt," ruft Sabine zu Ludwig und Martin hinüber, die auf der anderen Straßenseite einen Parkplatz gefunden haben. „Deshalb dachten wir, dass es eine gute Idee sein könnte, sie heute mitzunehmen. Außerdem muss sich Naimes Mama um eine Freundin kümmern, und das ist extrem langweilig, nicht wahr, Naime." Die nickt nur, sie ist viel zu sehr mit Tobia beschäftigt, um zu antworten. „Was hat denn Fatima dazu gesagt, dass du sie in ein Weingut mitnimmst?" Ludwig hält das für keine gute Idee und Sabine merkt verblüfft, dass das in ihrem gestrigen Gespräch mit Fatima kein Thema gewesen ist. „Wissen die beiden denn nichts von dem Weingut?" „Natürlich wissen sie das!" Sabine spürt, wie sie ärgerlich wird, weil sie selbst vergessen hat, darüber zu sprechen. Aber eigentlich wissen Fatima und Ahmed, dass sie aus einem Weingut kommt. Bei der einen oder anderen Gelegenheit hat sie ihnen sogar schon mal einen Winzer-Traubensaft mitgebracht. „Naimes Eltern vertrauen mir. Sie wissen, dass ich dem Kind niemals Alkohol geben würde, das ist doch selbstverständlich." „Na, dann ist ja alles gut. Ich wollte nur sicher gehen." Martin seufzt: „Na, dann kann es ja losgehen. Lasst uns losfahren, damit wir endlich ankommen!" Naime muss über den Satz so sehr lachen, dass sie fast vom Sitz fällt. Sie hat sich sofort mit Martin angefreundet und die beiden erzählen sich auf dem ganzen Weg einen Witz nach dem anderen. Tobia hat beschlossen, dass sie auf Naimes Schoß gerne Auto fährt. Sie klebt mit der kleinen Hundenase an der Fensterscheibe. Ludwig und Sabine haben vorne ihr eigenes Gespräch begonnen.

„Weil ich gestern Abend nicht schlafen konnte, habe ich mir nochmal die Chronik von Pfarrer Niebergall angeschaut, und zwar ab den Kirchenwahlen vom Juli 33. Jetzt macht so manches viel mehr Sinn." Ludwig hat die Augen auf die Straße gerichtet, während er mit Sabine spricht. Sie nickt. „Ja, das waren doch die Wahlen, bei denen Fritz in den Kirchenvorstand eingezogen ist. Und im Herbst hat sich dann auch Hans Döndorf zurückgezogen." Ludwig räuspert sich „Damit war Niebergall isoliert. Dein Opa Horst konnte ihn leider nicht so stützen, wie sie sich das erhofft hatten. So erpressbar, wie er war. Faszinierend wie schnell die NS-Diktatur dieses kleine Dorf im Griff hatte. Aber verständlich ist es, wenn man bedenkt, dass das in allen Vereinen gleichzeitig so passiert ist wie im Kirchenvorstand. Für mich war das auch aus der Forschungsperspektive sehr spannend das an einem konkreten Beispiel zu nachzuverfolgen. Heute könnte das glücklicherweise nicht mehr passieren, dazu ist unsere Gesellschaft viel zu vielfältig strukturiert!" sagt er dann im Brustton der Überzeugung. Sabine ist sich da nicht so sicher. Sie denkt an die Eltern ihrer Schüler Peter und Franz März. Und an die Reaktionen mancher Lehrerkollegen. „Auch heute gibt es noch die Fritz Heintzens und die Otto Weihrichs, die du schnell mit dem Märchen von der Herrenrasse einfangen kannst." „Naja!" wiegelt Ludwig ab. „Das ist aber nicht dasselbe, wie eine Diktatur und die Gleichschaltung aller zivilgesellschaftlichen Strukturen!" „Natürlich ist das nicht dasselbe, aber es bedeutet Machtgewinn auf Kosten anderer und es zeigt auch, dass wir Deutschen immer noch auf dieselbe Masche reinfallen. Vielleicht sind wir nicht mehr so leicht und so schnell zu verführen wie damals. Aber was ist, wenn eines Tages der Hunger mal wieder so wirklich richtig groß wird und wenn uns dann einer mit etwas lockt, das aussieht, wie ein fünfgängiges Schlemmermenü, meinst du, dass wir dann noch danach fragen, auf wessen Kosten wir essen?“ Ludwig schaut einen Moment zu ihr hinüber, bevor er sich wieder der Straße zuwendet. „Ist die Situation in der Schule so schwierig?“ Sabine zuckt mit den Schultern: „Ach du weißt schon, Druck erzeugt Gegendruck. Je mehr Lehrer ihre Vorurteile des veralteten Islams und den unterdrückten Frauen auspacken, desto stärker wird der Frust und Ärger bei den Schülerinnen. Ob Kopftuch oder nicht. Ich kann das schon echt nicht mehr hören, es geht mir so auf die Nerven, wenn ausgerechnet unser konservativer Konrektor Dr. Huber sich zum Fürsprecher für Frauenrechte macht. Dabei ist es noch gar nicht lange her, dass er mich als Emanze beschimpft hat. “ Sabine holt tief Luft. „Dass ich nicht lache! Ich hoffe nur, dass der nicht eines Tages Rektor wird. Der bringt mich noch dazu, mich selbst auf die Stelle der Rektorin zu bewerben.“ Nun lächelt sie trotzig und Ludwig schmunzelt. „Der arme Herr Dr. Huber tut mir jetzt schon leid.“ Sabine ist verblüfft: „Du meinst ich sollte das wirklich tun? Ich soll Rektorin werden? Ich weiß nicht, ich bin eigentlich kein Machttyp.“ Nun muss Ludwig herzhaft lachen. Wenn eine sich durchsetzen kann, dann ist das wohl Sabine. „Ich kann mir das gut bei dir vorstellen. Außerdem liegt es auch irgendwie in eurer Familie.“ „Du meinst bei den Frauen unserer Familie.“ lacht sie dann. Ludwig nickt. Nachdenklich schaut er über die Industrieanlagen des Pharmakonzerns Böhringer, der gerade an ihnen vorbeifliegt. Nun ist es nicht mehr weit bis zum Weingut der Beckers. „Naja, wenn man mal die Zeit betrachtet, in der er gelebt hat, so war dein Opa Horst eigentlich ziemlich mutig. Sich als schwuler Mann in die Höhle des Löwen zu wagen! Er hätte sich auch wie viele andere einfach zurückziehen können." In seiner Stimme schwingt Anerkennung. „Die Strategie von Niebergall und Döndorf, mit Horst den Nazis eine Laus in den Pelz zu setzen, hat - so verrückt sie war - irgendwie sogar geklappt. Stell dir vor ein Fritz Heintz, Otto Weihrich oder Friedrich Schneider wären Bürgermeister geworden, dann wäre das für Engelstal viel schlimmer ausgegangen. Die Rosensteins hätten keine Chance gehabt. Niebergall hätte schon viel früher gehen müssen und wer weiß, was aus den anderen geworden wäre. So hat dein Großvater lange Zeit ein feines Gleichgewicht aufrechterhalten. Dass er dabei auch selbst profitiert hat, ist nur menschlich. Aber für all das muss man echt Nerven haben." „Ja, aber er hat sich auch schuldig gemacht, denk nur an das Mädchen Ulrike und wer weiß, wieviel andere da noch vergewaltigt wurden. Ohne ihn hätten sie ihre Orgien so nicht feiern können." Sabines Stimme klingt nun bedrückt. „Ein ganzes Dorf wusste Bescheid und trotzdem wurden die Schuldigen nicht bestraft. Das es solche rechtsfreien Räume einfach so geben konnte." Ludwig nickt. „Aber das kannst du deinem Opa Horst allein nicht zum Vorwurf machen, der hatte schon genug Päckchen zu tragen." Sabine zuckt zweifelnd mit den Schultern. Ihrem Opa war es ein Leben lang gelungen, dem Risiko aus dem Weg zu gehen und dabei zugleich dazu zu gewinnen. Sabine liebte ihren Opa Horst trotzdem, doch sie hatte ihre ganz eigene Meinung, was seinen Charakter betraf. Seine Lebensfreude, die vielen lustigen Geschichten, bei denen natürlich immer er im Mittelpunkt stand und dass er für jede Träne ein Sahnebonbon in der Hosentasche bereithielt, das war die liebenswerte Seite. „Ich habe ihn in meiner Kindheit keinen einzigen Tag traurig erlebt. Den Mann, der jedem Konflikt aus dem Weg ging, den gab es auch, aber den habe ich in meiner Kindheit so nicht wahrgenommen. Das kam erst als ich älter wurde."

Ludwig nickt. Ein Kind schaut anders auf die eigenen Eltern und Großeltern als das ein Außenstehender tut.

Beide hängen eine kurze Zeit lang den eigenen Gedanken nach, bevor Sabine unvermittelt fragt: „Meinst Du, die Rosensteins haben es geschafft?“ Ludwig nickt. „Ja, ich glaube schon. Wenn sie es nicht geschafft hätten, dann hätte ich ihre Namen in einer der Deportationslisten gefunden. Harald Rosenstein war kein niemand. In Engelstal konnte er sich verstecken, aber in Worms gehörte er zu einer angesehenen Familie und in Bingen war er im Gemeindevorstand.

Sabine schluckt. „Aber warum ist dann das Schatzkistchen immer noch da?“ „Naja! Es kann sein, dass Deine Großeltern es nicht wieder herausgerückt haben. Immerhin war es wertvoll, der Kelch und der Besamim-Turm aus Silber und Gold mit Edelsteinen und dann der Ring. Vielleicht dachten sie, sie könnten es im Notfall irgendwann verkaufen. Nur waren diese Stücke nach dem Krieg so verräterisch jüdisch, dass sie sich zu Geld machen ließen.“ Ludwigs Erklärungsvorschlag klingt logisch. „Aber wie hätten denn meine Großeltern verhindern können, dass die Rosensteins so etwas Wertvolles wieder zurückfordern. Nach dem Krieg hatten sich schließlich die Machtverhältnisse verändert.“ Sabine will Ludwigs Antwort nicht gelten lassen. „In den Kriegswirren geht schnell mal unabsichtlich was verloren. Eine Bombe, die auf ein Haus stürzt. Plündernde Soldaten. Es gibt tausende einleuchtende Erklärungen, mit denen sie die Rosensteins hätten abspeisen können.“ Ludwig setzt den Blinker. Natürlich hat er recht, denkt Sabine. Dass das Hochzeitskistchen noch da ist, muss nicht zwangsläufig bedeuten, dass die Rosensteins nicht nochmal dagewesen sind. „Es muss ja noch nicht mal absichtlich passiert sein.“ beruhigt Ludwig sie nun. „Es kann ja auch einfach so sein, dass es tatsächlich eine Zeit lang verschwunden war und erst später wieder auftauchte, als beide Familien keinen Kontakt mehr pflegten. Sabine schüttelt den Kopf: „Oma Luise wusste, sie versteckt unrechtes Gut. Sie hat uns nicht einmal das Bett verschieben, geschweige denn einen Blick in ihren Wohnzimmerschrank werfen lassen. Alles blieb unter Verschluss, solange sie am Leben war."

„Also ich bin mir sicher, dass die Rosensteins nicht entdeckt wurden, weil sonst das Hochzeitskistchen nämlich auch nicht mehr da wäre." Martin, der sich nun auf den letzten Metern, in das Gespräch einschaltet, unterstützt Ludwigs Hypothese: „Wären sie entdeckt worden, hätte dein Opa das zu spüren bekommen. Er hätte seinen Bürgermeisterposten verloren und wäre im schlimmsten Fall eingesperrt worden. Die Geschichte muss also anders ausgegangen sein. Sind wir bald da?"

Im Weingut

Kurz darauf biegt der Jaguar in den Hof des Weingutes ein. Tobia hüpft unruhig auf dem Rücksitz hin- und her, sie hat den Ort wiedererkannt und wartet auf ihre Befreiung. Auch Naime schaut sich interessiert um. Die Haustüre des Bungalows öffnet sich und Patty und Andreas kommen dem Jaguar entgegen. Hinter ihnen tritt Andreas neuer Lieblingscousin Siggi Heintz aus der Tür. Beeindruckt betrachtet letzterer den Oldtimer, um dann Ludwig über Baujahr und PS zu befragen. Patty macht eine einladende Bewegung. „Lasst uns erst einmal eine Tasse Kaffee trinken, bevor wir uns an die Arbeit machen! Und für Dich vielleicht einen Kakao?" fügt sie an Naime gewandt hinzu. Die schaut zu der fremden Frau auf und nickt ein wenig scheu. Sabine stellt erst einmal ihre Begleiter vor. Natürlich sind alle auf Ludwig gespannt, schließlich haben sich schon eine Menge von dem Professor gehört. Aber es ist der Antiquitätenhändler, der den allwissenden Siggi am meisten provoziert. Der charmante weltgewandte Belgier, der sich sofort überall zuhause zu fühlen scheint, verweist den Engelstaler Möchtegern-Fachmann innerhalb kürzester Zeit mit einem Lächeln hier und einer prüfenden Rückfrage da in seine Schranken. Eine Viertelstunde später fährt auch Sophie zusammen mit ihrer Tochter Jaqueline auf den Hof. Sabine winkt sie in den Bungalow hinein, wo sich der Rest nun um den großen Eichentisch in der gemütlichen modernen Küche bei Kaffee, Kakao und selbstgebackenem Hefezopf versammelt hat. Das Eis zwischen Naime und Jaqueline ist schnell gebrochen, mit Tobia an der Leine verschwinden die beiden Mädchen auf der Wiese hinter dem Haus.

„Lasst uns erst einmal überlegen, wie wir das ganze planen

wollen!“ beginnt Sophie. Sabine und Andreas verdrehen die Augen. Martin Crusius lächelt ihr zu. „In einem so großen Haus ist man ohne Plan verloren. Und während alle anderen genüsslich ihren Kaffee schlürfen und sich noch eine zweite Scheibe Hefezopf mit Butter und selbstgemachter Marmelade bestreichen, beschäftigen sich Sophie und Martin eifrig damit, Zimmer aufzuzeichnen, Listen zu schreiben und Namen und Zeiten festzusetzen.“ „Denkt an die Klopausen!“ Wirft Siggi grinsend ein, Andreas lacht pflichtschuldig, während Martin ein großes C auf Siggis Tabelle setzt und daneben 15 Minuten schreibt. Darüber kann Siggi nun wiederum nicht lachen.

„Ich würde außerdem nachher gerne mal deinen Weinkeller sehen, meinst du, das könnte man auch noch auf die Liste setzen!“ zwinkert Ludwig dem Andreas zu. Andreas nickt begeistert, während Sophie und Martin fleißig weiterschreiben. Dieser Scherz ist deutlich gelungen. Dann aber geht es los, ein letzter Schluck aus der Kaffeetasse, das letzte Stückchen Hefezopf. Ludwig fragt zum fünften Mal nach dem Rezept. Kurz dreht sich Sophie nach ihrer Tochter um, doch Sabine legt ihr den Arm um die Schulter. „Lass die zwei mal machen.

Dieses Mal gehen alle die Entrümpelung dank Sophie und Martin systematisch an, dabei hat jeder seine eigene Agenda. Ludwig und Sabine wollen wissen, ob noch mehr Zeichen der Anwesenheit der Familie Rosenstein im Haus zu finden sind, Andreas und Siggi suchen einfach nach weiteren wertvollen Schätzen und Sophie und Martin scheinen vor allem damit beschäftigt, alles richtig zu dokumentieren. „Wollen wir auf dem Dachboden beginnen?“ Ludwig wendet sich augenzwinkernd an Sophie. „Was sagt euer Plan!“ Doch Martin hat schon die Führung übernommen. Begeistert stapft er die Treppe hoch. „So ein altes Haus, einfach wunderbar!

Was man da alles finden kann!“ Die anderen können dem flinken Belgier nur mit Mühe folgen. „Ich weiß gar nicht, wann ich zuletzt auf dem Dachboden war!“ hört Sabine hinter sich Andreas zu Sophie sagen. Die bisher niemals auf die Idee gekommen wäre, hier könnten Schätze verborgen sein. „Oma und Opa hatten nicht besonders viel Kunstverstand. Das einzige Bild in diesem Haus hing im Wohnzimmer über dem Sofa. Ein Bauer, der mit einem Kaltblut Furchen durch einen Acker zieht. Romantisiertes Landleben. Öl auf Leinwand. Aber deutlich eine Kopie. Wahrscheinlich haben sie das nach dem Krieg gegen Lebensmittel getauscht.“ Noch im Reden krabbelt Sophie über die Dachbodenleiter nach oben, wo Martin dabei ist, die Lage zu sichten. Auch Ludwig und Sabine strecken nach und nach den Kopf durch die Lucke und betrachten das Chaos der vielen Kartons und Kisten. In einer Ecke stehen säuberlich aufgerollt, mehrere Teppiche zu einem großen Dreieck übereinandergestapelt. „Du kannst Dir mal die Ecke angucken, sagt Martin zu Sophie. Andreas und Siggi verweist er auf einige Geräte an einer anderen Wand „Das da drüben könnte etwas mit der Landwirtschaft und Weinproduktion zu tun haben.“ Siggi weigert sich. „Mich interessiert diese Kiste hinter den Teppichen viel mehr, mit den Geräten kann ich nichts anfangen!“ sagt er und schiebt Sophie, die gerade fasziniert hinter den Teppichen eine Holztruhe entdeckt hat zur Seite. Mit einem kurzen Seitenblick fängt Ludwig die kleine Szene ein, Martin hat die Augenbrauen ärgerlich zusammengezogen, Sophie tritt irritiert zur Seite. Amüsiert beobachtet Ludwig nun, wie der Belgier Siggi in seine Schranken weist. Aufgerichtet zu seiner ganzen Größe von 1,70 m mit einem maliziösen Lächeln auf den Lippen geht der auf Siggi zu. „Aber, aber mein lieber Freund, Siggi,“ der französische Akzent des Belgiers ist nun überdeutlich zu hören, „ein echter Kavalier, lässt doch Damen den Vortritt!“ Die lächelnden Augen lächeln nicht mehr, die Stimme hat einen stählernen Klang. „Ich glaube die Kiste da drüben bedarf unbedingt deiner Aufmerksamkeit.“ Man sollte Martin nicht unterschätzen, der belgische Charme täuscht schnell über seine Autorität hinweg. Ludwig hat schon größere Kerle rückwärts gehen sehen, wenn sein Freund wütend wird. Bevor Siggi auch nur realisiert, wie ihm geschieht, hat der Belgier ihn von der Kiste weggezogen, um ihn zu einer staubigen Bücherecke zu schieben. „So ein wichtiger Directeur de Banque wie du, der sich mit Zahlen auskennt, ist hier genau an der richtigen Stelle n'est ce pas!“ sagt er und nun ist der Humor wieder da. Die Situation entspannt sich. Er drückt den völlig verdatterten Siggi mit festem Griff auf den Boden. „Du kannst sicherlich herausfinden, ob hier etwas von precieux dabei ist.“ Dann wendet er ihm den Rücken zu und zwinkert Sophie zu, die leise auflacht, bevor sie sich erneut der Kiste zuwendet. Bald hört man nur noch das Rascheln von Papier. Kartons werden geöffnet, und Bücher ausgepackt, Staub abgeklopft. „Das gibt es doch nicht!“ ruft Sophie „Das ist reinster Jugendstil! Eine Jardiniere! Und das Glas ist noch vollständig erhalten. Oh, und schau nur wie wunderschön, ein Mokkaservice! Das ist Jugendstil, da bin ich mir ganz sicher! Diese Seerosen sind typisch.“ Ludwig und Sabine wechseln einen Blick. Ein Mokkaservice aus dem Jugendstil, besaß nicht Selma Rosenstein ein solches Mokkaservice? „Wo kommt denn das alles her! Wie lange mag das schon hier oben liegen?“ Sophie kommt aus dem Staunen gar nicht mehr heraus. Die Kiste ist voller Schätze. Martin hat sich neben Sophie gesetzt und hilft ihr nun, die Gegenstände zu katalogisieren. Ludwig und Sabine haben eine Kiste mit medizinischen Büchern entdeckt. Alle Bücher haben gedruckte kleine Monogramme auf der ersten Seite. Es sind die Initialen von Harald Rosenstein. Aus Andreas Ecke tönt es. „Das hier sind keine Instrumente zum Weinmachen. Das hier ist ein altes Mikroskop und der Rest sieht für mich nach medizinischem Gerät aus. Ein bisschen veraltet zwar. Aber das da ist eine Spritze und das sind Reagenzgläser, die sind noch gar nicht benutzt.“ Selbst Siggi hat etwas gefunden. „Klaviernoten von einer Selma Mendelsohn.“

Sabine und Ludwig wissen, was sie hier oben gefunden haben. Auch Sophie und Martin ahnen, wem die Sachen gehören. Sabine schaut zu Ludwig hinüber und flüstert dann, „Wir müssen mit den anderen über die Rosensteins reden.“ Ludwig nickt. „Muss der Siggi dabei sein?“ Sie seufzt. „Das wird sich nicht vermeiden lassen. Der ist wie eine Zecke, den kriegt du so schnell nicht los.“

Siggi

Und so kommt es, dass eine halbe Stunde später alle unten in Omas etwas verstaubtem Wohnzimmer sitzen. Andreas hat wegen der besseren Stimmung ein paar gute Flaschen Wein und Traubensaft hochgeholt und Siggi führt derweil das große Wort. Schließlich kennt er jemanden, der ihnen ihren Fund für einen guten Preis abkaufen kann. „Also unserer Oma hat das Zeug nicht gehört, da bin ich sicher!" lässt sich Andreas nun vernehmen. Sophie nickt, „Ja, das wunderschöne Jugendstil-Service wäre sonst benutzt worden. Heute sind diese Mokkaservice extrem selten. Im Krieg sind einfach zu viele kaputt gegangen und dasselbe gilt für diese Jardiniere." Sie hat die Jardiniere mitgenommen, um sie den anderen im Tageslicht zu zeigen. „Die ist von Emile Gallé. Das ist Art Deco. Weißt du, was so etwas heute wert ist? Wenn man sie gegen das Licht hält, kann man die verschiedenen Ätztechniken sehen und hier ist das Logo. Die hätten sich Oma und Opa niemals leisten können, selbst damals nicht, als es sie noch regulär in Paris und Berlin zu kaufen gab. Aber wer hätte das gekonnt?" Siggi geht wieder dazwischen, er hat deutlich Angst, das Geschäft seines Lebens zu verpassen. „Ist das denn so wichtig? Ihr habt sie gefunden, egal wem sie mal gehört haben, jetzt gehören sie euch." Sabine ist da anderer Meinung. Es ist an der Zeit, dass sie Siggi seine Grenzen aufzeigt. Im Hause Becker hat dieser Zögling eines Heintz nichts zu melden. „Siggi, mein Lieber, ganz ehrlich, aber das geht dich nichts an. Du bist hier Gast, weil Andreas dich eingeladen hat." Unausgesprochen, aber dennoch deutlich zu verstehen ist: Wegen mir hättest du zuhause bleiben können! „Die Entscheidungen treffen wir." Wie erwartet, macht Siggi eine saure Miene. Er hasst es, wenn eine Frau ihn in seine Schranken weist. Doch ihm bleibt im Moment nichts anderes übrig, zumal Sabine im Recht ist. Die Freundschaft zwischen Andreas und Siggi war den Beckers schon immer ein Dorn im Auge, besonders dem von Andreas so geliebten Opa, der mochte das gar nicht gerne sehen, dass die beiden Jungen miteinander spielten. An Andreas schlechtem Gewissen rührt Sabine nun erfolgreich und Andreas Blick bringt Siggi zum Schweigen.

Und so kann nun Sabine mit dem Erzählen beginnen. „Es ist noch keine zwei Wochen her, dass wir hier mit diesem wunderbaren Kästchen saßen und nicht wussten, was wir damit anfangen sollten. Seitdem ist viel geschehen. Ich verdanke sowohl meinem Nachbar Ludwig als auch seinem Freund Martin, dass wir nun so viel über den Kelch wissen und auch dass der Kelch noch da ist. Denn beinahe“ und hier fällt ihr Blick kurz auf Siggi „wäre er uns gestohlen worden!“ Sie holt kurz Luft, wirft einen Blick auf die gespannten, erstaunten Zuhörerinnen und Zuhörer. Seit gestern wissen wir nun, wem dies alles gehört. Was wir heute Morgen gefunden haben, bestätigt, dass es sich bei dem Kelch um Raubkunst handelt. Um es kurz zu machen: Unsere Großeltern haben 1943 die jüdische Familie Rosenstein vor der Gestapo versteckt. Ein Pfarrer Niebergall hat das in seinem Tagebuch festgehalten. Viele der Gegenstände auf dem Dachboden werden in seinem Tagebuch explizit genannt. Sollte diese Familie noch leben, müssen die Gegenstände an sie zurückerstattet werden. Ein Verkauf ist also nicht möglich.“ Während Andreas noch fassungslos da sitzt und die Nachricht zu verdauen versucht, hat Siggi, wie zu erwarten, schon eine Antwort parat. Sabines Verweis hat ihn nur kurzzeitig verstummen lassen. „Was heißt hier Raubkunst. Das finde ich nun wirklich übertrieben und typisch Du, Sabine! Wenn es so ein Millionen-Kunstwerk wäre, so ein

Van-Gogh zum Beispiel. Ja, dann könnte ich das verstehen. Aber bei so einem Silberkelch? Was ist der den wert, 50.000 maximal 60.000 und das ist schon hochgegriffen! Und dann noch ein Mokkaservice und eine Jardiniere. Und dabei wissen wir noch nicht mal, ob von dieser Familie Rosenfeld oder Rosenstein noch jemand lebt. Auf jeden Fall scheint da keiner irgendetwas zu vermissen. Während der Andreas im Weingut jeden Euro gut gebrauchen kann." Siggi schnappt nach Luft und Andreas nickt bestätigend. „Wie kannst du nur so egoistisch sein. Du willst dich doch bloß vor deinen Freunden wichtig machen. An deine eigene Familie denkst du nicht." Sabine starrt Siggi an. Das war wohl zu erwarten. Da hetzt dieser Besserwisser von einem Cousin, mit dem sie bisher kaum Kontakt hatte, den eigenen Bruder gegen sie auf! Aber dass an Andreas da mitmacht, setzt dem Ganzen die Krone auf. „Ja, wer in Frankfurt wohnt und auf Lebenszeit verbeamtet ist, der kann sich solches Gut-Mensch-Getue leisten. Das kostet dich nichts. Im Gegenteil dafür kriegst du sogar noch Pluspunkte. Aber für unser Weingut steht die Existenz auf dem Spiel. Ich wundere mich, dass du nicht mehr verstehst, was wirklich zählt?" Ludwig kommt das, was da gerade geschieht, bekannt vor. Ob Weingut, oder Firmenimperium, es ist doch überall das Gleiche!

Doch nun schaltet sich Sophie in die Diskussion ein. Die Stimme der angepassten gepflegten zierlichen Frau klingt ungewohnt aufgebracht. „Was soll das Andreas! Hat Dir Deine Gier das Gehirn vernebelt? Oder ist das schlechte Einfluss neuer Freunde, die noch nicht mal ehrlich zu dir sind?" Ihr abfälliger Blick fällt auf Siggi, der erstaunt den Feind aus unerwarteter Ecke kommen sieht. „Diese Hochzeitskiste ist wahrscheinlich fast eine halbe Million wert. Ja, ich habe auch ein bisschen recherchiert". Antwortet sie auf die erstaunten Blicke aller mit Ausnahme von Martin, der sie bewundernd anstrahlt. „Es handelt sich nicht einfach nur um einen Silberkelch, sondern um drei herausragende wunderschöne einzigartige alte Stücke jüdischer religiöser Handwerkskunst und wenn Du wirklich den angemessenen Wert haben möchtest, und nicht, wie Siggi vorschlägt, irgendjemandem das verkaufen willst, der dich schlimmstenfalls übers Ohr haut, dann musst du sie schätzen lassen. Nur wenn die Stücke auf einer Auktion verkauft werden, bekommt man auf legalem Wege den angemessenen Preis." Wenn Blicke töten könnten, dann würde Siggi gerade zum Mörder. Doch so bleibt ihm nichts anderes übrig, als zuzuhören. „Wenn du sie aber offiziell schätzen lässt, werden sie auch registriert. Ich habe mich erkundigt, hier in Deutschland kümmert sich darum ein neugebildetes Institut der Bundesregierung. Da geht es nicht um Idealismus und Wichtigtuerei, sondern um einen rechtlichen Vorgang, der richtig und wichtig ist. Willst du etwa nur, weil du den Hals nicht vollkriegen kannst, plötzlich Polizei und Presse auf deinem Hof haben? Das ist nämlich genau das, was passiert, wenn so ein Kelch plötzlich auftaucht und du ihn verkaufen willst, ohne nach seinem vorherigen Besitzer zu fragen."

„Ach was" zischt Siggi, nun ist er richtig wütend. „Das muss doch gar keiner merken, wenn man es nur dem Richtigen verkauft! Dann verkaufst du es halt ein bisschen unter Wert, na und, das ist doch besser als es an irgendwelche Juden zurückzugeben und mit leeren Taschen aus der Sache herauszuspazieren." Sophies Augen blitzen gefährlich.: „Und du weißt natürlich, wer der Richtige ist?" In Ludwigs Magen grummelt es, ein ungutes Gefühl, er wechselt einen Blick mit Martin. Was hatte der neulich gesagt. Da gibt es jemanden, der direkte Kontakte zur Familie hat. Martin nickt unmerklich, scheinbar teilt er Ludwigs Verdacht. Siggi hat den Blickwechsel zwischen den beiden Männern bemerkt. Er erkennt die Gefahr und wiegelt er vorsichtig ab. „Natürlich kenne ich niemanden. Aber so schwer dürfte das doch nicht sein, solche Teile zu einem angemessenen Preis zu verkaufen, ohne dass man gleich den ganzen formalen Kram mitmachen muss." Andreas ist sauer. Nun ist auch Siggi auf die dunkle Seite der Macht gewechselt. „Wann wolltet ihr mir eigentlich erzählen, wieviel das Teil wirklich wert ist? Sabine fühlt sich ertappt. Eigentlich hätte sie es dem Bruder tatsächlich schon früher erzählen müssen, aber genau diese Auseinandersetzung fürchtet sie schon die ganze Zeit. „An dem Becher hängt so viel dran! Es ist nicht nur das Geld, sondern die ganze Geschichte. Wir haben in den letzten Tagen auch eine ganze Menge über unsere eigene Familie erfahren, über Oma Luise und Opa Horst. Wichtige, intime Dinge. Das konnte und wollte ich nicht einfach so am Telefon besprechen. Da wollte ich dir und Patty gegenübersitzen." Ihr Blick fällt auf Siggi. Muss sie es erst aussprechen, dass er hier im Moment überflüssig ist? „Also ich bin doch euer Cousin!" plustert der sich auf. Er hat ihren Blick richtig gedeutet. „Vor mir müsst ihr keine Geheimnisse haben, Andreas erzählt mir sowieso alles! Nicht wahr, Andreas!" Der nickt bestätigend, scheinbar hat er ihm schnell wieder verziehen.

Sabine guckt er zwar immer noch böse an, aber er ist auch bereit ihr eine Chance zu geben. Patty schiebt ihre Hand zur Unterstützung in sein, während er Sabine auffordernd anschaut. Dann leg mal los!"

Sabine holt tief Luft. „Naja, das Wichtigste weißt du ja schon. Die jüdische Familie, um die es hier geht, hieß Rosenstein. Er war Arzt hier in Engelstal, Harald Rosenstein ursprünglich aus Worms hatte aber in Berlin studiert, seine Frau galt vor ihrer Hochzeit als berühmte Pianistin, deshalb auch die Noten. Sie hieß Selma Mendelsohn und hat unserer Mutter Klavierunterricht gegeben, als die noch klein war. Das erklärt, warum die beiden so weltgewandt waren und diese für die damalige Zeit teuren und eleganten Gegenstände im Haus hatten. Sie hatten zwei Kinder!“ Sophie sekundiert Sabine mit Fragen, damit es nicht zu langweilig wird. „Und wo haben sie diese Familie versteckt?“ „Im Weinkeller!“ antwortet nun ausgerechnet Andreas. „Du wusstest das?“ Andreas zuckt mit den Schultern. „Opa Horst hat es mir mal irgendwann erzählt, als wir im Keller waren. Er fand das sei eine spannende Geschichte für einen kleinen Jungen. In böser Zeit habe er mal Leute im alten Weinkeller versteckt, sagte er und dann zeigte er mir, wie er Weinkisten vor die Öffnung geschoben hat. Die hätten da sogar einen Teppich und Betten gehabt. Ich konnte mir das gar nicht vorstellen, weil der alte Weinkeller voller Spinnweben war. Zur Toilette seien sie über die Küche geschlichen und nachts hätten sie im Dunklen mit einer Kerze im Wohnzimmer gesessen, damit sie keiner entdeckt. Ein kleiner Junge in meinem Alter sei auch dabei gewesen. Eine Zeitlang habe ich mit ihm sogar im alten Weinkeller Verstecken gespielt. So wie der kleine“ „Max“ unterbrechen Sabine und Ludwig ihn gleichzeitig. Erstaunt sieht Andreas zu beiden hinüber. „Woher wisst ihr seinen Namen?“ „Der Sohn der jüdischen Familie hieß Max!“ „Nun ja!“ Andreas hebt hilflos die Hände hoch. „Ich wäre nie auf die Idee gekommen, dass es sich um eine jüdische Familie handelt. Max ist ja kein typisch jüdischer Name. Außerdem wisst ihr ja, wie er war. Er hat immer gerne Geschichten erzählt.“ Sabine, Sophie und Patty nicken.

Einen Moment zögert Sabine, dann blickt sie zu Ludwig hinüber. Er versteht, das ist eine Aufforderung. Sabine möchte, dass er weitererzählt. Der Prophet zählt nichts im eigenen Lande. Er seufzt, wenn die Katze erst aus dem Sack ist, wird das heute Abend mit der Weinprobe wohl nichts mehr werden. „Nun ja, dann erzähle ich euch wohl mal ein bisschen von meiner Recherche. Und Siggi!" Er wendet sich dem Mann zu, der gerade wieder den Mund aufgemacht hat. „Ich wäre dir sehr verbunden, wenn du mich ausreden lässt." Die Faust unter dem Samthandschuh ist so deutlich zu hören, dass Siggi den Mund zumacht und sich in seine Bankecke zurücklehnt.

Ludwig holt Luft. „Sabine und ich waren letzte Woche hier im Pfarrbüro. Wir haben uns die Pfarrchronik aus den dreißiger und vierziger Jahren besorgt. Euer Opa war schließlich Kirchenvorsteher und Bürgermeister, so jemand wird in einer Pfarrchronik normalerweise erwähnt. Kurz danach hat sich eure Pfarrerin bei uns gemeldet." „Die Julia Niebergall-Lichter, die kenne ich gut" wirft Patty, eine regelmäßige Kirchgängerin, ein. „Ja, genau die. Ihr Großvater war zu der Zeit Pfarrer in Engelstal. Sie hat von unserem Besuch erfahren und uns ein Tagebuch ihres Großvaters zugänglich gemacht. Darin gibt es eine Menge Details über die Familien in Engelstal." Ludwigs Blick kreuzt sich kurz mit Siggis. Weiß dieser mehr über den Nazi-Hintergrund seiner Familie? „Außerdem hatte eure Oma sie vor ihrem Tod gebeten, einige Briefen an Sabine weiterzugeben." Patty nickt bestätigend. „Julia hat Oma Luise während ihrer Krankheit oft besucht. Die beiden kamen richtig gut miteinander aus." „Ja," fährt Ludwig fort „und deshalb hat eure Großmutter ihr auch nicht nur ein paar Briefe, sondern auch eine Botschaft an Sabine aufgetragen." Andreas schaut verblüfft zu Sabine hinüber, die hilflos mit den Schultern zuckt. „Sabine kann ja später noch etwas mehr dazu sagen. Jetzt erzähle ich euch erst einmal, was wir bei unseren Recherchen entdeckt haben. Mal abgesehen davon, dass Julias Großvater nicht die allerschönste Handschrift hat, mussten wir nämlich ganz schön tief wühlen."

Patty wechselt einen Blick mit Sabine und greift zu den Flaschen, um allen nachzugießen. Sabine lächelt.

Ludwig bemüht sich nun um Sachlichkeit. „Euer Großvater war Parteimitglied. Nicht aus Überzeugung, sondern weil er Bürgermeister werden wollte. Gleichzeitig war er mit dem jüdischen Arzt im Dorf befreundet und dem parteikritisch eingestellten Pfarrer Niebergall sehr zugetan. Eure Großmutter war sehr freimütig, die tat, was sie für richtig hielt, und ließ auch mal den lieben Gott einen guten Mann sein, wenn das sein musste. Sie gehörte zu einem Frauentrio, das die wahre Macht in Engelstal in Händen hielt." Andreas nickt Sabine zu: „Du meinst sicher, Tante Helene und Tante Elisabeth. Das war noch zu unserer Zeit so!" Nun lacht er versonnen, während Ludwig fortfährt: „Hier in Engelstal gab es drei jüdische und eine Roma-Familie oder Zigeuner, wie sie damals noch gesagt haben." Aus Siggis Bankecke ertönt ein Schnauben. „Eine Familie, die Kohens, denen übrigens der frühere Lebensmittelladen hier gehört hat, ist rechtzeitig ausgewandert, der Viehhändler Levi und seine Familie und die katholischen Romas wurden eines Nachmittags von der Binger Gestapo abgeholt. Von ihnen hat keiner überlebt." Einen Moment herrscht betroffenes Schweigen. Dann fährt Ludwig fort. „Die dritte Familie waren die Rosensteins. Harald Rosenstein, der Engelstaler Hausarzt, seine Frau und die zwei Kinder. Dass die Rosensteins jüdisch waren, wussten nur Pfarrer Niebergall und eure Großeltern. Deshalb entgingen sie auch der Deportation. Doch an dem Tag, als die anderen deportiert wurden, bekamen plötzlich alle kalte Füße. Was, wenn doch irgendjemand Bescheid wusste, und die Gestapo informierte? Und so beschlossen sie zusammen mit einigen Freunde der Rosensteins die Familie und ihre Besitztümer in einer Nacht und Nebelaktion zu verstecken.

Eine Flucht kam nicht in Frage, weil Selma Rosenstein krank war. Wenn man überlegt, wie sie das in einer Nacht durchgezogen, war das eine strategische Meisterleistung. In Niebergalls Tagebuch liest sich das wie ein Krimi. Die meisten und wertvollsten Sachen wurden zu euch ins Weingut gebracht, ein Teil kam auch zu den Döndorfs und der wertvolle Flügel von Selma Rosenstein landete bei Helene Heinrich. Dann dachten sie sich eine Geschichte aus, um die Abwesenheit der Rosensteins zu erklären. Das funktionierte, weil euer Opa ja der Bürgermeister war. Damit waren die Rosensteins für die Engelstaler Einwohner Geschichte, während sie sich gleichzeitig bei Euch im Weinkeller versteckten." Auf Ludwigs Erklärungen folgt eine erneute Stille. Andreas ist der erste, der reagiert: „Weißt du, wie lange sie hier festsaßen" Ludwig schüttelt den Kopf. „Nein, wir sind uns nur ziemlich sicher, dass sie nicht erwischt wurden."

Siggi, der mit seinen Gedanken noch immer an dem geradeeben gefundenen Reichtum hängt, kann es nicht lassen.: „Ich glaube nicht, dass da noch jemand lebt. Warum hat niemand die Sachen abgeholt? So etwas lässt man nicht einfach so zurück!" Und da Siggi, immer alles besser weiß, beantwortet er sich die Frage auch gleich selbst. „Die Rosensteins haben es bestimmt nicht geschafft!" Er schaut sich um, verwundert dass alle ihn betroffen anschauen. „Na, das sagt einem doch die Logik! Wenn sie Amerika wirklich erreicht hätten, dann wären sie doch wieder zurückgekommen. Ich meine, wenn er als amerikanischer Jude nach dem Krieg nach Deutschland zurückgekehrt wäre, hätte er sein Zeug ohne Probleme kriegen können. Denn den Amis hat sich hier nach dem Krieg keiner in den Weg gestellt, so wie die gewütet haben. Wenn ich daran denke, wie mein Opa Fritz in Bretzenheim im Lager verhungert ist. Die haben die Leute einfach so verrecken lassen. Jawohl!" Jetzt sieht

Siggi sogar echt wütend aus, wie einer, dem persönlichen Unrecht angetan wurde. „Aber darüber darf man ja nicht reden, sonst sitzt man gleich in der rechten Ecke." Sabine hat genug von diesem selbstgerechten Gockel, der so wenig über den eigenen Großvater zu wissen scheint. Doch Ludwig hält sie mit der Hand zurück, seine Gesichtszüge verraten nichts und seine Stimme ist freundlich einladend. „Du meinst, die Sachen sind noch da, weil die Rosensteins am Ende doch im KZ gelandet sind?" Andreas räuspert sich. „Naja, der Gedanke liegt irgendwie schon nahe!" sagt er zögernd. Ihm ist sein Loyalitätskonflikt anzusehen. Der neue Lieblingscousin ist ihm peinlich, zugleich aber ist er auch von dessen Großspurigkeit beeindruckt. Verspielt greift Martin Crusius nach dem Weinkorken, der die ganze Zeit unbeachtet auf dem verstaubten Sofatisch liegt. „Mein Vater hat meine Mutter auch längere Zeit vor den Nazis versteckt!" Verblüfft wenden sich alle dem Belgier zu. „Sie war Jüdin. Bei einem Besuch in Aachen wurde sie zusammen mit der ganzen Familie von den Nazis aufgegriffen und landete schließlich in einem Deportationszug, der sie direkt nach Ausschwitz bringen sollte. Ich weiß nicht, ob ihr schon mal vom 20. Deportationszug gehört habt, der am 19.April.1943 von belgischen Widerstandskämpfern gestoppt wurde. 17 Menschen konnten damals fliehen. Meine Mutter gehörte dazu. Sie war eine der wenigen Frauen, die es geschafft hat. Sie hat sich dann bis nach Antwerpen durchgeschlagen. Dort wohnten angeblich Verwandte. Doch als sie endlich dort ankam, stand sie vor verschlossenen Türen, allein in einem fremden Land und französisch konnte sie auch nicht besonders gut. Mein Vater wohnte nebenan. Er begriff sofort, dass sie Jüdin war und versteckte sie. Er selbst war im belgischen Widerstand und hatte das des öfter getan. Meistens nur einige Tage, bis die Fahrkarten für die Überfahrt nach Amerika eingetroffen waren. Nur meine Mutter blieb. Irgendwann hat er sie dann geheiratet." Martin lächelt charmant in die Runde. Sein Blick wandert über jedes Gesicht. „Lange hat sich keiner für ihre Geschichte interessiert. Nach dem Krieg wollte man sich in Belgien nicht an die Juden erinnern, die Geschichte der Belgier brauchte zu viel Platz. Aber dann kam Ludwig auf der Suche nach den Juden aus dem 20. Deportationszug." Martins Blick bleibt an seinem Freund hängen. „Ich habe es dir nie gesagt, Ludwig! Aber für meine Mutter war das ungeheuer wichtig, dass sie dir ihre Geschichte erzählen konnte. Du bist bis heute ihr ganz besonderer Held." Sophie blickt zu Martin hinüber. „Das ist ja eine romantische Geschichte!" Martin wehrt ab: „Mein Vater war ein echter Schwerenöter." Ludwig verdreht die Augen. „Der Apfel fällt nicht weit vom Stamm!" brummt er und dann etwas lauter: „Könnten wir mal aus Antwerpen nach Engelstal zurückkehren? Es gibt nämlich viele plausible Gründe, warum die Rosensteins ihre Besitztümer nicht abgeholt und trotzdem überlebt haben können. Und solange nicht das eine oder andere bewiesen ist, müssen wir weitersuchen." Sabine nickt. „Denkt nur an den kleinen Max, der dort unten in den Weinkellern gespielt hat? Er müsste heute ungefähr so alt wie Anni sein, vielleicht kann sie sich noch an ihn erinnern.

Sophie, die heute über sich selbst hinauszuwachsen scheint, schneidet Siggi biestig das Wort ab, bevor der auch nur den Mund aufmachen kann. „Ich kann mir schon vorstellen, warum einer nicht mehr an den Ort zurück möchte, von dem er einmal vertrieben wurde. Ich meine, denkt nur mal, wie sich die überlebenden Juden gefühlt haben müssen. Die meisten Familienmitglieder sind hier umgekommen, du hast es mit viele Mühe und geradeeben so in die Freiheit geschafft, willst du dann wirklich an den Ort zurück, wo deine Feinde sitzen? Willst du denen ins Gesicht sehen, die dich unterdrückt und verfolgt haben? Die dir wehgetan haben und dir das Liebste genommen haben, was du hattest? Vielleicht war den Rosensteins das da oben auf dem Dachboden nicht die Rückkehr und den emotionalen Schmerz der Erinnerung wert?

Siggi ist deutlich genervt. „Mal ehrlich Sophie. Das passt aber nicht zu deinem Opa und deiner Oma. Die haben doch gar nichts gemacht, im Gegenteil. Eigentlich könnte man den Kelch und all das im Nachhinein als Belohnung für ihren Mut ansehen. Vielleicht wollten die Rosensteins sogar, dass deine Großeltern die Sachen behalten, weil sie so dankbar waren, dass sie versteckt wurden. Wir waren alle nicht dabei. Es könnte sich auch um Geschenke handeln und wir machen uns hier ganz umsonst Sorgen. Also verstehe ich nicht, wieso der Andreas die Sachen nicht verkaufen kann!" Er zuckt mit den Achseln und verschränkt bestätigend die Arme.

Eine Warnung war deutlich nicht genug. Wie in der Schule, so schlägt Sabine auch hier nun einen ernsteren Ton an, der Siggi deutlicher als beim ersten Mal die Grenze aufzeigen soll. „Lieber Siggi, ich wäre dir dankbar, wenn du deine Finger aus dem Familiensilber lässt." Ludwig liebt diesen Ton, der erwachsene Männer zu Erstklässlern werden lässt. „Falls dir das heute nicht gelingt, weil die Versuchung zu groß ist, dann schlage ich dir vor, dass du dich verziehst, bis es dir besser geht." Siggi ist schockiert, er hat ganz deutlich noch nie eine von Sabines Abfuhren erlebt. Doch warum sollte er anders sein als andere Männer. Auch er duckt sich vor dieser typischen weiblichen Autorität, die ihn in seine Kindheit zurückversetzt und legt den Rückwärtsgang ein. „Nichts für ungut, Cousinchen! Du nimmst das alles einfach immer zu ernst, nicht wahr!" Er schaut sich nun nach allen Seiten bestätigend um. „Du hast mich da missverstanden. Lass uns wieder gut sein, Sabinchen!" dann hebt er sein Weinglas prostet ihr zu und trinkt einen tiefen Schluck. Ludwig bemüht sich um einen ernsthaften Gesichtsausdruck. Mal sehen, wie lange der hier durchhält. Martin, der das Zwischenspiel nicht mitbekommen hat, ist in seine Auflistung vertieft. „Wie sollten uns mal mit dem Wert der einzelnen Dinge beschäftigen, außerdem sind wir auf dem Dachboden noch längst nicht fertig."

„Meine Güte, du bist ja noch schlimmer als Sophie!" brummelt Andreas. Sophie lacht und Martin grinst. Es ist deutlich an der Zeit zu einer nächsten Runde auf dem Dachboden. Alle klettern wieder nach oben, wo Martin damit beginnt, die einzelnen Teile einzutragen, und nach ihrem Wert aufzulisten. Sophie assistiert ihm eifrig. Siggi ist leiser geworden. Ab und zu tippt er SMS auf seinem Handy oder führt kurze Telefongespräche, um den Rest von seiner Wichtigkeit zu überzeugen. Ludwig und Andreas beschäftigen sich währenddessen mit den Teppichen und die medizinischen Geräte, auch das muss katalogisiert werden. Eine Truhe mit Kleidern aus den 20er und 30er Jahren bringt Sabine und Sophie zum Träumen. Diese Eleganz spricht deutlich für Selma Rosenstein. Da sind Abendkleider mit Pailletten, aus Samt und Seide. „So etwas lässt man nicht gerne zurück!" flüstert Sabine träumerisch, während sie die Nase in den Stoff drückt, der noch immer ein bisschen nach Rosenöl duftet. Vor ihrem inneren Auge taucht ein Konzertsaal auf und sie glaubt rauschenden Applaus zu hören. Welch eine Karriere muss diese junge Frau für ein Familienleben auf dem Land eingetauscht haben, kein Wunder, dass sie sich so gegen ihr Schicksal auflehnte. Aus einer anderen Kiste tauchen nun Fotos auf, in silbernen Bilderrahmen. Ein typisches Familienbild, ein attraktiver Mittvierziger mit einer sehr hübschen zierlichen dunkelhaarigen Frau und zwei Kindern. Der Junge schaut trotzig, während das Mädchen mit der Kamera regelrecht flirtet. Auch ein jüdisches Hochzeitsfoto, die Braut hält den Hochzeitsring stolz wie einen Brautstrauß in die Kamera. Es sind unverkennbar ein jüngerer Harald Rosenstein und die hübsche Selma Mendelsohn. „Hier ist der Fotobeweis für den Hochzeitsring!“ ruft Sophie. Und Andreas nickt enttäuscht. „Ja, hier sind sie also die wahren Eigentümer.“ Sein Enthusiasmus hat im Laufe des Nachmittags immer mehr nachgelassen. Je begeisterter Martin und Sophie sich über die Schätze hermachen und desto stiller wird Andreas. Dass Siggi ihn immer wieder in eine Ecke zieht, um leise mit ihm zu flüstern, beunruhigt Sabine. Sie ist froh, als er sich nach einer Weile verabschiedet. Im Moment gäbe es hier für ihn sowieso nichts Wichtiges zu tun, Außerdem habe er seiner Freundin versprochen, mit ihr eine Spazierfahrt in seinem neuen Auto zu machen. „Das ist auch ein Cabriolet. „sagt er noch in Ludwigs Richtung! „Allerdings eins, das auch richtig fahren kann.“ „Dafür aber geleast!“ murmelt Patty hinter ihm her. Sabine ist nur froh, dass Siggi sich endlich verabschiedet hat. Doch Patty kann es nicht lassen. „Seine Ex-Frau hat mir erzählt, dass er sich diese Wagen least und nach einer Woche wegen einer Reklamation wieder zurückbringt. Dann muss der Geizhals für den Spaß nämlich nicht bezahlen.“ Nun lachen alle. Die Spannungskopfschmerzen, die Sabine den Vormittag über geplagt haben, sind plötzlich wie geblasen. Nach einer weiteren halben Stunde schlägt Patty eine Mittagspause vor. Alle sind begeistert und folgen Sabine und Andreas in den Garten. Um die Mittagszeit ist es schon warm genug, um draußen zu sitzen, wo Patty in der Sonne mit viel Liebe einen Tisch gedeckt hat. Sabine kennt ihren Bruder, deshalb nimmt sie sich nach dem Mittagessen, eine Tasse Kaffee und zieht mit ihm zusammen in die alte Hollywoodschaukel zurück.

„Es gibt da noch etwas anderes, über das ich mit dir reden muss. Etwas, das zuerst einmal nur uns beide betrifft. Uns beide und unsere Mutter." Andreas nickt. „Es geht um das, was Julia Niebergall-Lichter mir erzählt hat." Sabine kann sehen, wie Andreas Gesicht sich verändert. Er mag es nicht, wenn etwas an ihm vorbei geht. Normalerweise weiß er als einer der ersten, was im Dorf geschieht, ähnlich wie sein Opa ist er im Gemeinderat und im Vorstand des Turnvereins, bei der Feuerwehr und seit kurzem im Kirchenvorstand. Auch wenn es seine Frau ist, die in den Gottesdienst geht. Aber hier im Dorf, da bestimmen immer noch die Männer. Sie klären die Dinge untereinander, weil sie wissen, was richtig und wichtig ist. So hat es schon Opa Horst gemacht, sagt Andreas immer und so macht er das auch. Er sieht sich gerne als derjenige, der hier in Engelstal eine Familientradition weiterführt. Sabine muss plötzlich an das Tagebuch von Pfarrer Niebergall denken, an die Gespräche der Männer in der Dorfkneipe zum Grünen Baum. Frauen waren da damals auch ausgeschlossen. Ob das hier heute immer noch so ist? Sie hat noch nie darüber nachgedacht. „Gibt es eigentlich immer noch den Stammtisch im „Grünen Baum"? Fragt sie. „Was hat denn das mit dem Geheimnis zu tun, dass unsere Oma der Julia hat?" „Ach, nichts!" Sabine wehrt ab. „Ich dachte gerade nur …" Sie zögert kurz und dann erzählt sie alles, die ganze ungeschminkte Wahrheit. Von Oma Luise und dem Feriengast Pierre Kirchner, der zu Omas großer Liebe wurde und von Opa Horst. Wie erwartet ist die Reaktion von Andreas heftig. „Das glaube ich nicht! Das ist eine Erfindung. Das hat sich doch die Niebergall-Lichter aus den Fingern gesogen, weil wir neulich diesen Streit hatten. Die ist auch so ein Gutmensch!" Den fragenden Blick Sabines beantwortet er, indem er die Hände abwehrend von sich streckt. Eine Unschuldshaltung. „Echt, ich konnte wirklich nichts dafür. Nur weil ich mal was gegen ihren schwulen Kollegen aus Ingelheim gesagt habe. Das hat sie sich furchtbar aufgeregt und jetzt zahlt sie mir das garantiert heim. Unser Opa war nicht schwul. Das war nicht so einer!" Seine Stimme wird laut und überschlägt sich regelrecht. Abrupt steht er auf, die Hollywood-Schaukel wippt heftig nach hinten, während er in großen Schritten Richtung Weinkeller davonläuft. Sabine schaut sich um, außer Ludwig hat niemand das Gespräch verfolgt. Sie zuckt mit den Schultern, steht auf und folgt ihrem Bruder in den Weinkeller. Hier haben sie schon viele Gespräche geführt. Denn der Weinkeller ist sein Zuhause, hier fühlt er sich sicher. Sein Reich, in dem er sich auskennt, wie kein anderer, jeder Wein, der hier ruht, wurde von ihm eingelagert und geformt, bis er den Geschmack und die Reife hat, die er braucht, um abgefüllt zu werden. Hier unten kann Sabine auch über unangenehme Themen mit ihm sprechen. Als Sabine jetzt die Treppe herunterkommt, steht er mit einem Probierglas vor dem neuen Grauburgunder. „Du glaubst ihr wirklich?" fragt er mit dem Rücken zu ihr. Sabine beginnt nun zu erzählen, von der Chronik und den Tagebüchern und vor allem von den Liebesbriefen. „Unsere Großmutter war eine starke und bewunderungswürdige Frau. Sie hat Opa Horst geliebt, nicht im landläufigen Sinn, aber auf ihre Art. Da war sie ihm zutiefst treu und er ihr auch. Und dieser Maler war der Vater ihres Kindes und zugleich so etwas wie ein Traum, der nie ganz wahr wurde. Vielleicht wäre sie mit ihm gegangen, wenn es den Krieg nicht gegeben hätte oder die Nazis. Aber eigentlich glaube ich das nicht. Sie wollte ein Kind und sie wollte Opa Horst beschützen und ein Leben hier in Engelstal, das war ihr wichtiger als die romantische Liebe zu Pierre Kirchner und Paris und die Künstlerszene, die der in seinen Briefen immer wieder beschwört. Unsere Oma hatte keine Künstlerseele.“ Sabine sieht ein erstes Lächeln, das zart an Andreas Mundwinkeln zupft. „Unsere Oma stand mit beiden Beinen im Leben, sie war eine erdverbundene Frau, die ihre Familie und ihre Weinberge liebte.“ Nun lächelt Andreas tatsächlich und nickt versonnen. „Ja, sie hat ihre Weinberge geliebt. Weißt du, als sie älter wurde und nicht mehr so gut laufen konnte, da musste ich sie manchmal im Frühling rausfahren. Ich will wissen, wie meine Kinder durch den Winter gekommen sind, hat sie zu mir gesagt. Und dann haben wir uns gemeinsam die Reben angeguckt!“ Sabine nickt. „Das hat sie mit mir nicht gemacht.“ „Natürlich nicht!“ brummt Andreas nun wegwerfend. „Das kannst du ja auch nicht, bist ja auch keine Winzerin. Du bist Lehrerin. Das ist doch was ganz anderes. Man muss die Reben fühlen und ihre Blüten riechen können. Das ist nicht jedem gegeben.“ Sabine atmet auf. Andreas hat sein Gleichgewicht wiedergefunden. Vorsichtig steuert sie ihn zum eigentlichen Thema zurück. „Wenn es stimmt und wir die Enkelkinder von Pierre Kirchner sind und Pierre Kirchner nie geheiratet hat und auch sonst keine Kinder bekommen hat, dann sind wir seine Erben. Hast Du schon mal darüber nachgedacht? Pierre Kirchner ist ein anerkannter und sehr bekannter Künstler!“ Als Andreas sie etwas befremdet anschaut, zuckt sie mit den Schultern und versucht es nochmal anders. „Er gehörte zu den ganz Großen. Naja, du kennst Künstler wie Picasso und Salvatore Dali?“ Andreas nickt. „Pierre Kirchner war mit ihnen befreundet und außerdem hat er lange als Professor an der Akademie der Künste an der Sorbonne in Paris unterrichtet. Das ist eine Spur, die wir verfolgen sollten.“

Andreas schüttelt den Kopf, er will sich nicht von seinem Opa Horst lösen. Das Erbe von Pierre Kirchner einzufordern, würde bedeuten, zuzugeben, dass Opa Horst ein Kuckuckskind großgezogen hat. Das möchte er nicht. Sabine muss erkennen, dass Andreas Zeit braucht. Er wird sich so schnell nicht zu dem neuen Großvater bekennen können, vor allem nicht hier auf dem Dorf, wo doch die Familie alles ist.

„Weiß Anni über Pierre Kirchner Bescheid?" ruft Andreas Sabine hinterher, als diese langsam die Stufen aus dem Weinkeller hinaufsteigt. Sabine wendet sich zurück und schüttelt den Kopf. „Von mir nicht. Und es wäre gut, wenn du ihr nichts sagst. Sie war vor einigen Tagen mit ihrem Lover bei mir und sie wird dich garantiert morgen anrufen, um zu hören, was bei unserer heutigen Aktion herausgekommen ist. Ich habe kein gutes Gefühl, wenn ich die beiden zusammen sehe."

Andreas stellt das Glas ab und folgt Sabine nach draußen. „Sie hat mich gestern Abend angerufen, weil sie wieder einmal über eine Umwandlung des Weingutes in eine Aktiengesellschaft reden wollte. Wie verrückt ist das denn? Seitdem sie mit diesem Amerikaner zusammen ist, entwickelt ausgerechnet sie sich zum Großkapitalistin. Wenn es nicht so absurd wäre, könnte man sogar darüber lachen, dass ausgerechnet unsere linke Mutter plötzlich mit unserem Weingut an die Börse will." Ein geisterhaftes Grinsen huscht über sein Gesicht. Auf dem Treppenabsatz nimmt Sabine den großen Bruder in den Arm. „Wir finden eine Lösung, ohne dass wir dabei auf Siggis linke Methoden zurückgreifen müssen." „Ach der Siggi!" wiegelt Andreas ab. „Der ist gar nicht so übel. Der tut immer nur so, aber in Wirklichkeit ist der echt in Ordnung. Und außerdem gehört er doch auch zur Familie." Sabine ist davon nicht überzeugt, aber sie will nicht weiter über Siggi diskutieren. „Ich gehe mal rüber ins alte Haus. Die anderen sind bestimmt schon wieder am Räumen."

Die Blutspendeausweise

Sabine überquert den Hof und betritt das alte Haus. Es ist wie ein Déjà-vu, sie hört, wie oben jemand in einem Zimmer herumkramt und unten im Wohnzimmer werden Schranktüren geöffnet. Sabine entscheidet sich fürs Wohnzimmer. Ludwig sitzt am Schreibtisch und blättert die Papiere durch, die sie vor 10 Tagen schon einmal aus dem Schrank herausgeholt haben. „Was ich mich die ganze Zeit frage, ist, wie sind eigentlich deine Großeltern zu einem weiteren Kind gekommen?" fragt Ludwig. „Denn wenn Du eine Cousine hast, muss deine Mutter ja noch mindestens einen Bruder oder eine weitere Schwester haben." Sabine nickt. „Onkel Berti. Übrigens auch ein Arzt. Meine Großmutter war wahnsinnig stolz als er sein Examen machte. Meine Mutter hat sich immer nur beschwert, dass er ihr vorgezogen wurde. Ich war mir allerdings nie sicher, ob das wirklich so war, oder einfach nur Teil ihres allgemeinen „Ich bin zu kurz gekommen Gefühls." Ludwig lehnt sich genüsslich auf dem Schreibtischstuhl aus den 50er Jahren zurück, der neben dem wuchtigen alten Eichenschreibtisch steht. „Was hat sie denn erzählt?" „Ach!" Sabine macht eine wegwerfende Handbewegung. „Unsere Mutter ist mit ihren Erzählungen in den Nachkriegsjahren stehengeblieben. Der Berti musste nachmittags nicht mit aufs Feld, weil die Schule wichtiger war. Sie durfte nicht weiter auf der Schule bleiben, weil ja irgendjemand später das Weingut übernehmen musste. Dafür schien bei dem kleinen Berti schon immer klar zu sein, dass er studieren sollte. Das hat sie ihm echt nachgetragen." Bei den letzten Worten wird Sabine nachdenklich. Ludwig nimmt den Faden auf. Inzwischen kennt er sie gut genug. „Ist das nicht ungewöhnlich, in dieser von Männern geprägtten Welt? Dass der Sohn zum Studium geschickt wird, während die Tochter zuhause bleiben muss? Vor allem jetzt, wo wir wissen, dass die Tochter gar nicht die richtige Tochter ist.“ Sabine nickt. „Ich habe mir da früher nie Gedanken gemacht. Der Berti war immer anders als der Rest. Oma erzählte gern davon, wie begabt und klug er schon als Kleinkind gewesen sei und dass deshalb alle schon früh gewusst hätten, dass er studieren muss. Da hat sich in mir das Bild vom hochbegabten Sohn festgesetzt und wenn du meinen neunmal klugen Onkel kennen würdest, dann könntest du verstehen, wie ich auf diesen Gedanken kommen konnte. Irgendwie schien der sich selbst immer für etwas Besseres zu halten und Oma hat das auch noch unterstützt. Ich meine, wenn der früher mit seiner Familie ins Weingut kam, dann war bei uns riesige Aufregung angesagt. Meine Oma ist um ihn herumgesprungen und hat ihm jeden Wunsch von den Lippen abgelesen, während er alles besser wusste. Meine Mutter ist dann immer abgezogen wie eine beleidigte Leberwurst. Ich frage mich, wie er eine so nette Tochter wie Sophie bekommen konnte. An seiner Frau kann es nicht liegen, die war nämlich noch schlimmer als er. Die konnte nur die Nase rümpfen und sein Geld ausgeben, deshalb lebt er inzwischen geschieden in Düsseldorf und widmet sein Leben dem Golfen und Wagner natürlich, seiner zweiten Leidenschaft.“ Ludwig unterbricht sie kurzerhand, bevor sie völlig in Kindheitserinnerungen abgleitet. „Wie hat eigentlich dein Opa reagiert? Wie war sein Verhältnis zu seinem einzigen Sohn?“ Einen Moment ist es still, Sabine denkt nach. „Wenn ich es recht bedenke, dann zog er sich meist zurück. Ihm war das ganze Tamtam um Berti einfach zu viel. Ein oder zweimal hat er sogar Mamas Partei eingenommen. Besonders dann, wenn Bertis Frau die Nase zu hochtrug.“ Sabine schaut einen Moment in die Ferne und lächelt. „Er hat ihr mal so richtig die Meinung gegeigt. Sie ist dann auch nicht mehr wiedergekommen, von da ab hat uns Berti nur noch mit Sophie zusammen besucht. Meinst Du er war auch ein Kind von Pierre Kirchner?“ Ludwig zuckt mit den Schultern. „Weißt du zufällig, wann er geboren ist?“ Sabine schüttelt den Kopf. „Leider nein. Das hat mich echt nicht interessiert.“ „Na dann lass uns das Stammbuch suchen, da wird wahrscheinlich der echte Vater nicht drinstehen, aber zumindest das Geburts- und Taufdatum werden wir finden!“ Ludwig beginnt in dem großen Wohnzimmerschrank zu kramen. Das Stammbuch liegt ziemlich weit oben, schließlich wurde es noch bei Omas Beerdigung gebraucht. Die Geburtsurkunde von Berti besagt, dass er am 21.März 1944 das Licht der Welt erblickte, eine Hausgeburt. Die Taufe hat Pfarrer Grün übernommen. Beide schauen auf das Datum: April 1944. „Eins ist sicher! Kirchner kann nicht der Vater des Kindes sein, der war bei der Résistance in Frankreich in dieser Zeit. Oder meinst du, dass er Oma besucht hat, um den Rosensteins bei der Flucht zu helfen?“ Sabine rechnet zurück „dann wäre er im Juli zu Besuch in Engelstal gewesen und dass hieße, dass die Rosensteins mehr als ein halbes Jahr bei uns im alten Weinkeller gelebt hätten!“ Sabine schüttelt den Kopf. „Das kann ich mir nicht vorstellen! Vielleicht haben sie doch noch ein Kind zusammenbekommen. Das kommt manchmal auch bei schwulen Partnern vor.“ Ludwig schüttelt den Kopf. Im Stammbuch liegen die Blutspendeausweise der Großeltern. Wie praktisch, denkt Ludwig. Sabine bemerkt Ludwigs Blick. „Solange sie konnten, sind beide zum Blutspenden gegangen. Das war ihnen wichtig. Das war auch so eine Erfahrung, die sie aus der Zeit des Krieges übernommen haben. Wir sind damit aufgewachsen. Ich gehe heute noch zum Blutspenden.“ lacht Sabine. Ludwig betrachtet die Ausweise noch immer nachdenklich, dann erhebt er sich aus seinem Stuhl und geht zu Tür. Sabine folgt ihm verblüfft mit ihren Blicken. „Sophie!“ Schreit Ludwig über den Flur ins Obergeschoss! „Kennst du die Blutgruppe deines Vaters?“ Es ist ein Schuss ins Blaue. Sabine greift nach den Ausweisen und betrachtet sie. Aus der Ferne hört sie eine Antwort, die sie nicht verstehen kann, dann ein: „Das hatte ich vermutet! Vielen Dank! ... Erkläre ich Dir später!“ Als Ludwig wieder zur Wohnzimmertür hereinkommt, sagt er ruhig: „Berti kann nicht das Kind deiner Großeltern sein. Die Blutgruppen stimmen nicht überein.“ Verblüfft starrt Sabine ihn an. Geheimnisse, überall Geheimnisse! O Oma, es wäre viel leichter, wenn du uns alles auf einmal erzählt hättest. Ludwig nickt, als hätte er ihre Gedanken gelesen, dann spinnt er den Faden weiter. „Wer auch immer dein Onkel Berti ist, die beiden müssen ihn heimlich adoptiert haben, sonst stünde das im Stammbuch. Nicht einmal der Pfarrer wusste Bescheid. Bei so einer Hausgeburt kann so einiges gemauschelt werden, wahrscheinlich hat die Amme hinterher einfach nur für ihre Unterschrift Geld bekommen, der Urkunde kann man jedenfalls nichts entnehmen. Aber dein Opa war ja Bürgermeister, da hatte er ja Zugriff zu Dokumenten und …

Jetzt kann Sabine nicht mehr folgen. „Moment mal! Stopp!“ Ihre Hand geht nach oben. Ihre Brauen ziehen sich zusammen. „Halt die Welt mal bitte einen Moment an, damit ich verschnaufen kann. Mein Opa ist nicht mein Opa, und mein Onkel nicht mein Onkel und meine Oma hat jahrelang alle, wie auf einem Spielbrett herumgeschoben, ohne dass irgendjemand Bescheid wusste. Ludwig, der bisher das ganze eher wie ein Kreuzworträtsel betrachtet hat, setzt sich langsam auf das Sofa neben den Schreibtisch. Sabine zieht er mit sich. „Das klingt jetzt chaotisch. Doch eigentlich war das eine Situation, die aus der Not geboren war.“ Er legt den

Arm um Sabine und drückt sie. „Dein Großvater konnte doch nichts dafür, dass er schwul war. Wenn man überlegt, welch einen weiten Weg wir in diesen Jahrzehnten gegangen sind. Dass ein schwules oder lesbisches Paar heute ganz offen zusammenleben kann. Das hätte sich damals keiner vorstellen können. Ich glaube, dass wir zwei gar nicht erfassen können, wie groß, die Angst und auch die Einsamkeit deines Opas waren. Zwischen ihm und solchen menschlichen Bestien wie Fritz Heintz oder dem Otto Weihrich stand nur deine Oma und deshalb war er zu allem bereit, um sie hier in Engelstal bei sich zu halten. Ich ziehe echt den Hut vor dieser Beziehung, die die beiden geführt haben." Noch einmal drückt er fest und die sonst etwas ruppige Sabine nickt ein wenig verlegen. Ludwig lächelt, doch gerade als er überlegt, ob und wie er einen weiteren Vorstoß wagen soll. Löst sich Sabine schon wieder. „Danke! Das habe ich echt gebraucht. Aber mal ganz ehrlich, woher könnte der arme Onkel Berti denn kommen?" Ludwig zuckt die Schultern. Schade, aber Sabines schwacher Moment ist schon wieder vorbei. „Da gibt es viele Möglichkeiten. Denk doch mal an die Kriegsgefangenen, die in der Landwirtschaft eingesetzt wurden. Da kann es doch zarte Band zwischen Mädchen aus dem Dorf und den Gefangenen gegeben haben. Oder diese Weinfeste, von denen Pfarrer Niebergall berichtet. Luise hat ihn doch selbst darauf angesprochen. In beiden Fällen wäre es den Beteiligten wichtig gewesen, Stillschweigen zu bewahren. Außer vielleicht Pfarrer Niebergall, aber der war ja zu diesem Zeitpunkt schon nicht mehr da. Solange wir hier im Haus nicht mehr Informationen entdecken, ist das erst einmal das Ende von Onkel Bertis Geschichte." Sabine nickt erleichtert. Sie spürt, wie dieses Gefühl von Überforderung und Chaos zu weichen beginnt. Ludwig hat recht. Eins nach dem anderen.

Mit neuem Elan stöbert sie nun mit Ludwig durch die Schubladen und Ordner. Da sind die Kaufverträge für Weinberge. In der Nachkriegszeit scheint ihr Opa, mehreren Kriegerwitwen die Weinberge abgekauft zu haben. Woher kam das dafür notwendige Barvermögen? Ludwig lacht gelassen. „Na, was glaubst denn du? Die waren alle auf dem Schwarzmarkt aktiv. Wer Kontakte zu den Amerikanern hatte und als Bürgermeister hatte er das, der konnte die gut nutzen!" Sabine runzelt die Stirn. Aber Ludwig schmunzelt nur. Im Vergleich zu dem, was sich Firmen, wie die seines Vaters geleistet haben, sind das Peanuts. Neben den Kaufverträgen stehen fein säuberlich geordnet, Reihen mit Kontoauszügen. Oma Luise hat alle größeren Ausgaben seit der Währungsreform fein säuberlich abgeheftet. Die Weinpresse, jedes Fass, die Filter, die Traktoren. Gerade in den ersten zwei Jahrzehnten nach dem Krieg sind erstaunlich viele Anschaffungen zu verzeichnen. Aus heutiger Sicht sind es nur kleine Beträge, aber damals als kaum einer etwas hatte, war das ziemlich viel. Sie fragt nicht mehr nach der Quelle des Geldes. Wozu auch, eigentlich kann sie sich die Antwort auch selbst geben.

Ihr Opa Horst mochte ein guter Bürgermeister gewesen sein, aber von der Notwendigkeit von Steuerabgaben konnte man ihn nie so recht überzeugen. Er führte stets eine prall gefüllte Brieftasche mit sich herum, in der sich das Schwarzgeld von der einen oder anderen nicht registrierten Weinkiste befand und irgendwo im Schlafzimmer befand sich lange Jahre auch ein Safe, in dem dieses Schwarzgeld dann gelagert wurde. Der Steuerprüfer aber ging aus dem Beckerschen Weingut immer mit einem Fresspaket und einer Kiste Wein nachhause. Erst mit der Übernahme des Weinguts durch Andreas hatte sich diese Praxis geändert. Sabine schaut auf die riesige Ansammlung von Kontoauszügen und lächelt fast liebevoll.

„Schau mal da auf dem Regal steht die Goethe-Bronze,

von der Pfarrer Niebergall in seinem Tagebuch berichtet hat!“ sagt Ludwig plötzlich und deutet zu einem Regal hinüber. Sabine nickt. „Ja, selbst unten im Weinkeller hatte Harald Rosenstein seine Goethe-Bronze dabei!“ Beide schauen die Statue an. „Die steht noch nicht lange hier. Als wir Kinder waren, muss sie auf dem Dachboden gewesen sein.“ Langsam geht Sabine hinüber und nimmt sie vom Regal. Sie ist bleischwer und droht ihr aus der Hand zu fallen. Ludwig folgt ihr und hält sie fest. Vorsichtig heben sie den Goethekopf auf den Tisch. Dabei löst sich der Bronzekopf von seinem Marmorsockel. Sabine dreht den Kopf vorsichtig nach allen Seiten. Der Kopf selbst ist erstaunlich leicht. Ludwig schaut sich das Stück fachmännisch an. „Das ist zwar keine Vollbronze, aber sie ist trotzdem eine Menge wert. Solche Bronzen sind gesucht, wenn sie einen Gießereistempel haben. Guck mal auf der Seite, ob du da etwas findest? Mit einem Schwung dreht er den Kopf um. Erstaunt entdeckt er einen Hohlraum. „Sieh an! Das ist ja ein richtiges Geheimversteck!“ Er grinst über beide Backen und zieht vorsichtig einen zusammengerollten Bogen Briefpapier heraus. Dieser ist deutlich schon alt. Ludwig hält ihn gegen das Sonnenlicht, das sich tapfer durch die Gardinen kämpft. Auf der Außenseite steht in sorgfältigen Sütterlinbuchstaben geschrieben „An meinen lieben Sohn!“ Sabine holt die Luft, bevor aus ihr herausbricht. „Das glaube ich jetzt nicht! Das ist doch kein Zufall!“ Ludwig entrollt den Bogen Briefpapier und beide beugen sich eifrig darüber. Ludwig, der mit der Schrift besser vertraut ist, liest den Text halblaut vor.

Mein geliebter Sohn Benjamin,
Schon jetzt vermisse ich Dich, mein Kind, meine Hoffnung, mein Licht. Endlose Tage und Nächte habe ich habe dich in mir getragen, in diesem modrigen Keller, in dem es trotz un-

serer Perserteppiche immer feucht ist und ständig nach altem Wein riecht. Dabei verdanke ich es Dir, mein Sohn, dass ich nicht verrückt geworden bin. Ich habe Dich geschützt und du mich. Die wenigen Augenblicke, die wir des Nachts ins Freie konnten, habe ich doppelt so tief Luft geholt, um für Dich mitzuatmen. Mit Dir in meinem Leib habe ich davon geträumt, was wir beide tun werden, wenn wir das Tageslicht wieder für uns haben können. Dort unten habe ich Dir Frühlingslieder vorgesungen, Lieder von der Sehnsucht nach Sonne und Licht und ich habe Dir davon erzählt, wie es sich anfühlt, den Regen auf der Haut zu spüren. All das wollte ich mit Dir wieder erleben, wollte mich dabei ergötzen an Deinen ersten Schritten und an Deinen ersten Worten. Doch nun wird anders werden, denn ich werde dich allein lassen müssen. Böse Menschen bedrohen uns und wir verdanken es nur dem Mut von Luise und Horst, dass wir noch am Leben sind. Mehr als ein Jahr haben wir uns nun schon versteckt, doch heute Morgen kam Horst mit der Nachricht aus dem Dorf, dass man unseren Max erkannt hat. Jetzt gibt es nur noch eins, wir müssen über die Grenze flüchten und Dich meinen Sohn, müssen wir zurücklassen. Denn du bist leider zu früh geboren. Ich weiß nicht, ob es an der Dunkelheit lag oder an der schlechten Luft, aber Dich, Du Kleinstes meiner Kinder, mein Benjamin, zart und empfindsam, konnte ich nur mit Mühe in die Welt bringen. Du warst so erschöpft, dass Du noch nicht einmal trinken wolltest, immer wieder bist Du an meiner Brust eingeschlafen. Eng habe ich Dich an mich gedrückt, um Dir in diesem kalten und feuchten Februar von meiner Wärme abzugeben. Es reißt mir mein Herz entzwei, dass ich Dich nicht mitnehmen darf, Harald fürchtet, dass Du krank werden und im schlimmsten Fall sterben könntest. Aber keine Angst, mein Sohn, Dein Vater hat mir geschworen, dass wir bald zurückkommen werden. Du bist nicht vergessen, mein Benjamin. Du wirst immer zu uns gehören, ein jüdischer Jun-

ge. Harald konnte zwar hier unten keinen Mohel bekommen, aber Abraham beschnitt seinen Sohn Isaak auch ohne fremde Hilfe. Luise hat mir versprochen, dass sie sich wie eine Mutter um Dich kümmern wird. Ich konnte schon bei Deiner Geburt in ihren Augen die Liebe für Dich erkennen, darum vertraue ich Dich ihr an. Sie war bei Deinem ersten Atemzug dabei und hielt Dich in ihren Armen. Sie wird gut für Dich sorgen. Sie wird Dir die Mutter sein, die ich Dir nicht sein kann, bis ich zu Dir zurückkomme, um Dich zu uns zu holen. Das hat sie mir heute Nacht versprochen. Außerdem wird sie Dir eines Tages diesen Brief geben, sollten wir nicht zu Dir zurückkommen können. Auch das hat sie mir geschworen.
Möge der Ewige Dich segnen und uns alle beschützen!
Deine Dich liebende Mutter Selma

„Haben wir hier die Lösung auf unsere Frage gefunden?“ Sabine deutet auf den Brief, den Ludwig vorgelesen hat. „Ist Onkel Berti Benjamin? Hat sie deshalb diese Bronzestatue hierhergestellt, als Erinnerung und Mahnung? Oder als Hinweis für uns? Warum hat sie ihm niemals die Wahrheit gesagt? Oder glaubst du, dass er Bescheid weiß?“ Ludwig schüttelt den Kopf, dann hebt er die Hand. „Halt, halt, halt! Wer sagt Dir, dass Berti Benjamin ist? Es ist möglich, aber ist es auch wahrscheinlich? Ich kann mir viel eher vorstellen, dass die Rosensteins ihn wieder abgeholt haben. Er war ihr Sohn. Vielleicht ist er auch kurz nach der Geburt gestorben. Eine Frühgeburt, die dazu noch beschnitten war, ich weiß nicht, wie hoch da die Überlebenschancen bei einem geschwächten Säugling sind. Sollte das der Fall gewesen sein, würde es auf jeden Fall erklären, warum die Rosensteins alles hiergelassen haben. Vielleicht wollten sie einfach keine Erinnerungen mehr an Deutschland haben.“

Sabine lässt sich von ihrer Theorie nicht abbringen. „Aber

warum hat Oma dann die Bronze extra hierher ins Wohnzimmer gestellt? Ich bin sicher, dass die noch nicht lange hier steht. Als Opa noch lebte, war die noch nicht hier. Erst als es ihr nicht mehr so gut ging, hat sie sie hierhergeholt. Ich weiß noch nicht einmal, wie. Vielleicht hat Julia ihr geholfen. Aber eines Tages stand sie plötzlich hier neben ihrem Krankenbett im Wohnzimmer und wer nachfragte, dem hat sie erzählt, sie habe sie bei einem Preisausschreiben gewonnen. Ich bin sicher, dass sie wusste, was Selma Rosenstein darin versteckt hatte." Ludwig zögert noch immer. „Ohne DNA-Test mit einem Mitglied der Familie Rosenstein oder einem anderen schriftlichen Beweis wird man nicht mit Sicherheit sagen können, ob dein Onkel Berti wirklich Benjamin Rosenstein ist." Sabine ist enttäuscht. Sie war sich ihrer Sache so sicher und wundert sich nun über Ludwigs Zögern. Dass dieser Brief kein eindeutiger Beweis sein soll, will ihr einfach nicht in den Kopf.

„Moment mal! Ludwigs Blick ist nach innen gerichtet, da war doch dieser eine Brief von Pierre Kirchner. Du weißt doch, der Brief, den er deiner Großmutter mitten im Krieg geschrieben hat." Sabine versucht sich zu erinnern. „Da ist von Selma Rosenstein die Rede und dass sie unbedingt auf Benjamin warten möchte." Ludwig nickt. „Sie haben Benjamin bei meinen Großeltern gelassen. Schade, dass Pfarrer Niebergall gehen musste. Er hätte es bestimmt in seinem Tagebuch aufgeschrieben.". „Mist!" Ludwig windet sich verlegen. „Ich habe die Chronik von Pfarrer Grün vergessen. Die liegt seit Tagen zwischen meinen Unterlagen im Büro!" So etwas ist ihm schon länger nicht mehr passiert. Er fühlt sich ertappt, weil er schon lange nicht mehr so schlampig gearbeitet hat. Entschuldigend grinst er sie an. „Da war einfach zu viel in den letzten Tagen!" Sabine nickt verständnisvoll. „Du bist doch kein Supermann, mit dem Vater im Krankenhaus und einen nervigen Nachbarin, die dich nicht in Ruhe lässt, kann ich dich verstehen. Außerdem wäre das alles jetzt weg, wenn du die Unterlagen nicht im Büro gelassen hättest. Schließlich haben sich die Einbrecher doch unser ganzes Material unter den Nagel gerissen." Sie genießt Ludwigs Verlegenheit richtig. Endlich mal hat Mr. Perfekt auch einen Fehler gemacht. Ludwig nickt erleichtert „Dann mach ich mich morgen mal an die Chronikeintragungen von Pfarrer Grün, denn wenn Selma in diesem Brief schreibt, dass das Versteck entdeckt wurde, dann war das bestimmt damals Thema im Grünen Baum und vielleicht auch wert in der Pfarrchronik erwähnt zu werden. Wir hätten dann auf jeden Fall schon mal eine Datierung und könnten von da aus zur Taufe vorwärts rechnen."

„Und was machen wir nun mit den anderen?" überlegt Sabine laut. Sie würde gerne ihre Erkenntnisse mit Sophie teilen, doch das sieht Ludwig anders. „Warte noch ein bisschen, bis wir mehr wissen. Sophie scheint mir eine sehr sensible Person zu sein. Du kennst sie besser, aber ich hatte heute Morgen den Eindruck, dass bei der zuhause etwas nicht stimmt. Du kannst mich für zu phantasievoll halten, aber ich bilde mir ein unter dem dicken Makeup blaue Flecken entdeckt zu haben." Sabine nickt traurig. Ludwig seufzt. „Wenn Sophie zuhause mit einem gewalttätigen Mann kämpft, kann sie solche Familienenthüllungen im Moment wirklich nicht gebrauchen. Vor allem, wenn wir noch nicht einmal sicher wissen, ob das hier wirklich stimmt.

Gönn ihr heute Abend ein bisschen Entspannung und eine nette Weinprobe. Ich zähle da ganz auf Martin, wenn der seinen Charme auspackt, dann peppt der Sophies Selbstbewusstsein ganz bestimmt auf. Er ist in dieser Hinsicht ein Meister seines Faches und so etwas wirkt Wunder." Jetzt blinzelt Ludwig vergnügt. „Das kannst du mir glauben. Ich habe das schon ein paar Mal erlebt."

Das Abendessen

Am Abendbrottisch tragen alle den Staub der letzten 60 Jahre an ihren Händen, Kleidern und im Gesicht und selbst Sophie scheint sich dabei wohlzufühlen. Andreas sitzt dicht neben Patty. Sabine ist sich sicher, dass er ihr von Oma Luise und ihrem Verhältnis zu Pierre Kirchner erzählt hat. Alles ist liebevoll dekoriert und gedeckt und die Weinflaschen haben Medaillen auf den Hälsen und Bäuchen. Alle reden durcheinander. Die beiden Mädchen haben es sich zusammen mit dem Hund an einem kleinen Seitentisch gemütlich gemacht, sie sind schon beim Nachtisch angekommen.

Am Anfang herrscht noch der Hunger vor und die Begeisterung über die Weine. Spundekäs mit Brezeln, leckerer Schaukelbraten und Kartoffeln mit selbstgemachtem Pesto und Füllsel. „Das ist ja göttlich!“ ruft Martin „Naja, das servieren wir auch in unserer Straußwirtschaft!“ meint Patty. Das Rezept für den Spundekäs und das Füllsel hat sie von Oma Luise, die hat in den 50ern auch mal kurze Zeit eine Straußwirtschaft gehabt. Ludwig lobt vor allem die Weine, und Sabine kann sehen, wie Andreas aufblüht.

Doch bald schon wendet sich das Gespräch den Gegenständen zu, die sie bei ihrer heutigen Entrümpelungsaktion gefunden haben. „„„Wir haben Bilder von dem bekannten Künstler Pierre Kirchner gefunden. Die waren übrigens nicht auf dem Dachboden, die hingen in Annis Schlafzimmer.“ Sophie ist ein bisschen aufgeregt. „Zeichnungen und ein Ölbild mit einer Rheinlandschaft, ein Gemälde aus den frühen 30er Jahren. Wenn die echt sind, Andreas, dann bist du ein gemachter Mann, Andreas!“ Martin spricht im sachlichen Ton eines Antiquitätenhändlers, der keine zu großen Hoffnungen wecken möchte. Sabine und Andreas schauen sich an, dann nickt er ihr zaghaft aber auch lächelnd zu und sie antwortet: „Die sind echt! Wir wissen, dass Kirchner 33 bei unseren Großeltern als Feriengast gewohnt hat. Er hat hier nicht nur ein Zimmer gemietet, sondern er hatte auch eine Affäre mit unserer Oma Luise.“ Sophie holt erstaunt Luft, auch Martin schaut sie verblüfft an. Entschuldigend schaut sie ihn an. „Tut mir leid, Martin. Du musst unsere Familie für unmoralisch halten.“ Martin zwinkert ihr zu und sagt dann locker: „Ach was, nicht unmoralisch, eher charmant und menschlich. Außerdem, wer kann schon einem Künstler widerstehen? N‘est pas?“ Er rollt mit den Augen. Sabine lacht und schüttelt dann den Kopf. „Aber in diesem Fall hatte die Affäre Folgen! Unsere Mutter Anni ist seine Tochter.“ Andreas schluckt. Sophie, die Kunsthistorikerin, wiederum kann es nicht fassen. Gerade sie weiß die Bedeutung dieses Künstlers zu schätzen, mehr als ihr Cousin und die Cousine. „Wahrscheinlich sogar seine einzige Tochter.“ Ergänzt Sabine. Sophie ist begeistert. „Mensch Pierre Kirchner! Der Mann ist ein Star!“ „Wow!“ Auch Martin ist seine Begeisterung anzusehen. „Pierre Kirchner, man stelle sich das mal vor! „Weiß Anni Bescheid?“ Fragt Sophie nach einer Weile. Sabine schüttelt den Kopf. „Ich glaube nicht. Luise hat es ihr nicht erzählt.“ „Und woher weißt Du es?“ Hakt Sophie nun nach. Da endlich berichtet Sabine von ihrem Gespräch mit Julia Niebergall-Lichter und von den Briefen. Andreas sitzt die ganze Zeit stumm neben ihr und Sabine kann sehen, wie Patty immer wieder beruhigend seine Hand drückt. „Wir müssen es Anni sagen!“ bricht es irgendwann aus Andreas heraus. Er ist derjenige, der seiner Mutter trotz aller Konflikte immer am nächsten stand. „Sie muss doch wissen, wer ihr Vater ist.“ „Aber ihr Vater ist tot und das schon sehr lange! Sie kann ihn nicht mehr treffen, sich nicht mehr mit ihm unterhalten. Das alles wird sie nur noch mehr verbittern. Lass uns in Ruhe überlegen, wie wir es ihr beibringen.

Es besteht keine Eile." Sabine versucht Andreas zu beruhigen. „Du kennst sie doch. Sobald sie Bescheid weiß, bricht nicht nur ein Sturm, sondern ein Hurrikan los!" Sabine hofft, ihren Bruder überzeugen zu können. Sollte sie sich nämlich in den nächsten Tagen um ihre aufgelöste Mutter kümmern müssen, ist es mit Recherchen über Onkel Bertis Herkunft und die Hochzeitskiste vorbei. Dann wird es nur noch um Anni gehen.

„Was hat denn Opa Horst damals gesagt, hat er davon gewusst?" fragt Sophie nun weiter. „Ach der" brummt Andreas mit einer wütenden Handbewegung, der konnte doch froh sein über das Kuckucksei! Der Mann war schwul!" Seine Wut ist nicht zu überhören. „Opa Horst war schwul!" fragt Sophie verwundert zurück. „Also das hätte ich jetzt echt nicht gedacht." Einen Moment schweigt sie, dann funkelt sie Andreas an. „Du musst gar nicht so wütend auf ihn sein. Das muss damals doch schwer für ihn gewesen sein. Das alles auf dem Dorf zu verstecken. Weißt du, wieviel Glück er hatte, dass er überhaupt überlebt hat?" Andreas brummt. Sabine schaut verwundert zu Sophie hinüber. Die sieht den Blick und antwortet von selbst. „Mein bester Freund ist schwul. Wenn ich ihn nicht hätte, wüsste ich manchmal nicht, was ich täte. Diese Freundschaft ist das Einzige, was mir keiner nehmen kann und wenn mein Mann noch so viele Vorurteile hat." Nun funkeln Sophies Augen wütend. „George hat mir alles erzählt, von den Opfern aus der Nazizeit und wie schwer es für ihn noch Jahre später war, sich zu outen. Dabei ist schwul sein doch nur anders sein, was ist daran denn schlimm? Opa war ein wundervoller Mann, das ändert doch nichts!" Sabine hält verblüfft die Hände hoch. „Du hast ja recht und Andreas hat es bestimmt nicht so gemeint, er braucht halt einfach ein bisschen Zeit, um sich daran zu gewöhnen." Sophies speit immer noch Feuer.

Nach einer Weile fragt sie dann. „War mein Vater auch ein Kuckuckskind? Bin auch ich ein Enkelkind von Pierre Kirchner?“ Der Gedanke scheint ihr sehr zu gefallen. Sabine entschließt sich zu einer Halbwahrheit. „Es scheint so! Allerdings passt seine Blutgruppe weder zu Opa noch zu Oma. Wir vermuten, dass es sich bei Onkel Berti um ein Waisen- oder Flüchtlingskind handelt.“ Die Enttäuschung ist Sophie anzusehen. „Das heißt wir sind gar keine Cousinen?“ Nun ist es Sabine, die über den Tisch nach Sophies Hand greift. „Es gibt solche und solche Cousinen. Und wir hier sind eine Familie, die über Jahrzehnte zusammengewachsen ist. Bei uns sollten DNA und Blut keine Rolle spielen, weil es sonst ziemlich kompliziert wird. Was meinst du?“ Sophie nickt. „Wir könnten uns einfach gegenseitig adoptieren, das reicht doch aus, oder?“ Sophie nickt wieder und Sabine lächelt zufrieden. Ihr Blick gleitet kurz hinüber zu Ludwig, der ebenfalls unauffällig nickt. „Na da sagen wir dem Papa mal lieber nichts!“ Nun muss Sophie doch lachen. Ein Lachen, das erleichtert klingt. „Es würde sein Ego doch empfindlich ankratzen, wenn er wüsste, dass er das Ergebnis eines anonymen Samenspenders ist.“ Den aufgeblasenen Chefarzt Dr. Berti Becker vor Augen stimmen Andreas, Patty und Sabine wie erwartet in dieses Lachen mit ein.

„Mich interessiert jetzt eigentlich viel mehr, was wir mit den Besitztümern der Rosensteins machen. Und dann sind da ja auch noch die wertvollen Bilder von Pierre Kirchner.“ Dem Antiquitätenhändler in Martin lassen die Schätze auf dem Dachboden keine Ruhe, darum schlägt er vor: „Sie sind katalogisiert und niemand kann sie euch nehmen. Ihr könntet sie mir zur Schätzung überlassen, ich würde die einzelnen Objekte in meiner Frankfurter Filiale fachgerecht und sicher für euch einlagern und registrieren. Dort oben auf dem Speicher können diese wertvollen Gegenstände jederzeit kaputt gehen, die Luft auf dem Speicher tut ihnen nicht gut. An einigen Stellen ist das Dach nicht dicht. Man kann das jetzt schon bei einigen Sachen sehen. Wenn ich das Ergebnis der Schätzung habe, könnt ihr weiter überlegen, wie ihr damit umgehen wollt.“

Sophie nickt. „Das ist eine gute Idee. Zumal wir das Haus ja ausräumen wollen.“ „Habt ihr,“ sie wendet sich an Sabine und Ludwig „unten im Schrank eigentlich noch irgendetwas Wertvolles gefunden?“ Beide schütteln den Kopf. Dann zählt Ludwig auf: „Da sind eigentlich nur Dokumente, Kaufverträge und Pachtverträge. Eure Oma hat alles aufgelistet und eingelocht. Fein säuberlich. Eine Goethebronze gibt es noch, die ist sicherlich einiges wert. Die wird im Tagebuch von Pfarrer Niebergall eindeutig der Familie Rosenstein zugeordnet. Ich vermute auch, dass die Kaminuhr, die dort steht, entweder den Rosensteins gehört, oder, weil sie unten im Wohnzimmer steht, nach dem Krieg gegen Lebensmittel getauscht wurde. Sie ist feuervergoldet, Mitte des 19.Jahrhunderts. Es gibt kein Schild oder Eigentumsnachweis, der auf irgendetwas hindeutet. Anni könnte uns vermutlich mehr sagen. Auf jeden Fall sollte man beides katalogisieren und schätzen lassen.“ Andreas zögert noch, Martins Vorschlag zuzustimmen. Der Gedanke die wertvollen Gegenstände aus der Hand zu geben, behagt ihm nicht. Doch Sophie macht ihm klar, dass er damit sowieso nichts anfangen kann. Am Ende stimmt er dann Martins Vorschlag zu. Aber erst nach einigen Gläsern Wein und einem langen Gespräch, in dessen Verlauf Martin ihm ein bisschen von seinem echten Großvater, dem Künstler Pierre Kirchner erzählt. Da erst begreift Andreas auch die positive Seite der Geschichte. Dieser Pierre Kirchner ist nicht irgendein Maler, kein brotloser Künstler. Die Bilder, die sie gefunden haben, sind viel viel Geld wert und seine Beziehungen zu diesem Mann noch viel mehr. Wenn seine Mutter die einzige Tochter dieses bekannten Malers ist, dann sind seine Schwester und er die einzigen Enkel. Und das bedeutet, dass da ein Erbe wartet und nicht ein kleines, sondern wahrscheinlich ein ziemlich großes Erbe und nicht nur das, für sein Weingut bedeutet das auch eine Menge Werbemöglichkeiten. Nach mehreren Gläsern Wein schwebt Andreas schon fast im siebten Himmel. „Gibt es denn einen Beweis dafür, dass wir die Enkel von Pierre Kirchner sind?" fragt er seine Schwester über den Tisch. Sie nickt. „Vielleicht sollten wir doch bald mit unserer Mutter reden." Sie lächelt und spricht über das, was ihren Bruder am meisten interessiert. „Da könnte es um viel Geld gehen, und nicht nur um Geld. Möglicherweise muss sie das Haus gar nicht verkaufen, wenn sie einzige Erbin ihres Vaters ist, kann das ihr Leben in vielerlei Hinsicht vollständig verändern. Vielleicht erfährt sie dann die Anerkennung, die sie immer gesucht hat und das Problem mit dem Haus klärt sich von selbst." Sabines Blick gleitet zu Patty und Patty nickt. Sie legt wieder einmal ihre Hand auf die ihres Mannes. „Morgen ist auch noch ein Tag und die Antwort auf diese Frage finden wir heute nicht mehr!" Sophie schaut erschreckt auf die Uhr. Hektisch packt sie ihre Sachen ein und verabschiedet sich von allen. „Mein Mann wartet schon!" sagt sie entschuldigend. Mit Martin hat sie Telefonnummern und E-Mails getauscht. Martin hat nicht nur seinen Charme spielen lassen, die beiden haben auch gemeinsam katalogisiert und richtig gearbeitet und wollen sich auch weiterhin über die aktuellen Entwicklungen auf dem Laufenden halten. Sabine lächelt, vielleicht hat sich hier gerade für Sophie ein Ausweg aus einer schwierigen Ehe aufgetan. Wenn ja würde sie wirklich freuen. Nochmals drücken sich die beiden Cousinen ganz fest. „Das war ein wundervoller Tag, den ich nicht so schnell vergessen werden." Sophie wirkt zum ersten Mal seit langem wieder glücklich. „Ich danke dir!" Doch Sabine will sie nicht gehen lassen. „Du kannst mich anrufen. Jederzeit hörst du! Du musst dich nicht schlagen lassen. Das hast du nicht nötig. Wenn du es nicht mehr aushältst, geh einfach." Sophie nickt, ohne sie anzuschauen. Dann weckt sie ihre Tochter, die sich nur widerstrebend zu dem Mini Minor bringen lässt. Naime winkt ihr schlaftrunken zu und nimmt dann die kleine Tobia in den Arm, zusammen mit Sabine und Martin taumeln die zwei auf Ludwigs Jaguar zu. „So schön war es schon lange nicht mehr. Schade, dass die Jacky in Düsseldorf wohnt!" gähnt sie verschlafen.

Eine Überraschung

Das Telefon klingelt! Verschlafen tastet Sabine auf dem Nachttisch nach ihrem Handy. Sophies verweinte Stimme klingt durch den Hörer. „Kann ich zu dir kommen, Sabine? Ich habe meinen Mann verlassen!“ Sabine versucht sich zu orientieren? Sophie? Ist das Sophie am Telefon? Sie ertastet neben sich eine feuchte Hundeschnauze. Nein das ist kein Traum. „Sophie bist du das?“ „Ja, ich bin weggegangen! Kann ich zu dir kommen!“ Was? Wie? Wo? Ausgerechnet die brave Sophie hat ihren Mann verlassen? Sabine bemüht sich wachzuwerden. „Aber Sophie! Als Du heute Abend nachhause gefahren bist, war doch noch alles in Ordnung?“ „Nichts ist in Ordnung!“ Sophie ist aufgelöst. „Dieses eingebildete kleinkarierte Arschloch“ Sophie schluchzt! Sabine glaubt sich verhört zu haben. „Hat die brave Sophie ihren ach so perfekten Mann gerade Arschloch genannt. „Der wagt es, mir jawohl mir Vorschriften zu machen. Plötzlich will er bestimmen, mit wem Jacky Umgang haben darf. Diese kleine ekelhafte Kröte! Die ganze Zeit hat er sich nicht das kleinste bisschen für uns interessiert, lieber ist er zu seiner ekelhaften blonden Geliebten und seinen rechtsradikalen Freunden gegangen. Aber sobald es mal um einen Kontakt zu einem türkischen Mädchen geht, benimmt er sich wie ein Wahnsinniger. Nie wieder koche ich ihm Klöße mit Sauerbraten, nie wieder. Die kann er sich von seiner vollbusigen Blondine hinten reinstopfen lassen, jawohl.“ Sophie ist nicht zu stoppen. „Ich halte diesen schmierigen, scheinheiligen Bastard nicht mehr aus! Heute Abend wollte er mich fertig machen! Kannst du dir das vorstellen. Er hat mich nicht nur beschimpft, sondern mir auch noch gedroht. Er will mir Jaqueline wegnehmen. Mich will er um die Ecke bringen, wenn ich nicht gehorsam bin. Um die Ecke bringen? Dazu hat der doch gar nicht den Mumm! Der bringt es noch nicht mal mehr im Bett auf mehr als eine Minute und das auch nur zu Fortpflanzungszwecken!" Oh, oh, oh, jetzt ist die kleine Sophie aber so richtig in Fahrt! So viel Details will Sabine gar nicht wissen. „Können Jacky und ich zu dir kommen?" Sabine räuspert sich. „Naja" „Du hast doch mal gesagt, wenn ich mich von ihm trenne, steht deine Tür für mich offen." Sophies Stimme klingt nun jämmerlich. Sabine erinnert sich, etwas Ähnliches gesagt hat. Nie hätte sie gedacht, dass Sophie einmal so spontan sein könnte, sie tatsächlich beim Wort zu nehmen. Schließlich ist ihre Wohnung für einen solchen Notfall denkbar ungeeignet. Sie denkt an die überschminkten blauen Flecke von heute Mittag und seufzt. „Wo bist du denn jetzt?" fragt sie. „Ich stehe unten bei dir vor der Tür!" antwortet Sophie. Einen Moment herrscht Stille. Dann seufzt sie. Es folgt ein Schluckauf. „Ich wusste nicht wohin." „und Jacky?" „Die schläft auf dem Rücksitz meines Minis!" Als Antwort drückt Sabine auf den Summer. Sie hat keine Wahl. Sophie ist Familie, die Schwester, die sie nie hatte, und selbst wenn das nicht so wäre, nichts kann sie weniger ertragen als Gewalt gegen Frauen. Das war schon immer so, das hat sie von ihrer Großmutter. „Na, dann komm mal hoch." die verschlafene Tobia blinzelt und dreht sich um. Hurra, die Nacht ist vorbei, jetzt muss sie erst mal raus. Sabine nimmt sie auf den Arm, schlüpft in einen Bademantel, schnappt sich die Schlüssel und macht sich auf den Weg die Treppe hinunter zur großen Eingangstür. „Ich bewundere deinen Mut!" empfängt sie die verweinte Sophie an der Tür. „Ach!" antwortet die nur und schon wieder rinnen die Tränen, die sie bis dahin krampfhaft zurückgehalten hat. „Das war kein Mut, sondern Wut. Ich hatte ihn und sein Getue einfach nur noch satt. Irgendwie habe ich gar nicht über die Konsequenzen nachgedacht, sondern einfach nur: Das hast du nicht verdient." Während Tobia ihr Geschäft verrichtet und sich anschließend an die ebenfalls müde Jacky kuschelt, schleppen Sophie und Sabine die Koffer durch das alte Haus in die Dachgeschoßwohnung. Dort bezieht Sabine das eigene Bett neu, nachdem sie eine alte Luftmatratze herausgekramt hat. Die wird auf dem Boden als improvisiertes Bett für Jacky hergerichtet. Es dauert nicht lange, bis sich Mädchen und Hund in dem Luftnest wieder eingeigelt haben und zufrieden eingeschlafen sind.

Sabine öffnet eine Flasche Rivaner und holt den Rest belgische Pralinen, die Martin ihr neulich mitgebracht hat, hervor. Sie drückt Sophia in ihren Lieblingssessel und macht es sich auf der Couch bequem. „So jetzt erzählst du mir erst einmal ganz in Ruhe, was passiert ist. Und keine Angst, du musst dich nicht beeilen, wir haben die ganze Nacht Zeit." sagt sie dann. Das lässt sich Sophie nicht zweimal sagen. Es ist, als ob ein Staudamm zu schnell geöffnet würde. So strömen die Worte aus ihr heraus. Schon in den letzten Wochen und Monaten hatte sie das Gefühl, dass ihr Mann sich verändert. Zuerst dachte sie noch, dass es mit seiner neuen Stelle zu tun hat. Schließlich ist er seit kurzem Senior-Partner in der neuen Kanzlei. Seine Anzüge wurden konservativer, auch sie als Ehefrau musste immer mehr in konservativen Kleidchen und Kostümen repräsentieren. Gemeinsam wurden sie zu auf Abendessen und Empfängen eingeladen, bei denen Frauen sich nur über Kinder und Modetrends unterhielten. Intelligente Fragen waren da genauso tabu wie politische Diskussionen. Frauen galten als schmückendes Beiwerk, immer gediegen, nie zu auffällig. Die Männer rauchten teure Zigarren und führten gewichtige Gespräche. Norbert war sehr stolz darauf gewesen, zum

Kreis der Auserwählten zu gehören. Meistens ging es dabei um früher. Am Anfang hatten sie sich noch gemeinsam über diese Geschichtsversessen- und -vergessenheit amüsiert. Sie hatte die Gruppe für einen dieser konservativen ewig gestrigen Männerclubs gehalten, der sich irgendwann selbst überlebt. Aber nach und nach veränderte sich ihr Norbert. Er übernahm die politischen Sprüche der anderen. An die Stelle der Ironie trat Überzeugung. Er begann an die Theorien dieses Männerclubs zu glauben. Nun ist er einer der ihren und diese Sprüche gehören zu seinem täglichen Repertoire. Man kann nicht mehr normal mit ihm reden. „Irgendwie ist das richtig bizarr, wie er vom Kaiserreich spricht und davon wie schlecht organisiert diese Demokratie eigentlich ist. Und dass Deutschland in Wirklichkeit gar kein richtiger Staat sei. Am Anfang hat Norbert mir erklärt, das wären nur die Alten, die so denken würden, die Jungen wären ganz anders drauf. Doch bei diesen Empfängen habe ich keine Jungen gesehen und nun gehört er zu den alten!“ Sophie ist nun ganz in ihrer Geschichte verloren. Mit der Zeit hat sie gemerkt, dass er bei ihren Späßen nicht mehr mitgelacht hat, im Gegenteil er hat sich darüber geärgert und ist jedes Mal wütend geworden. Die Tageszeitung wurde abbestellt. Die Tagesschau hat sie sich allein angeschaut. Angeblich hat er seine eigenen Informationsquellen. Von ihr lässt er sich nichts mehr sagen. Dann begann die Affäre mit der Kollegin aus der Kanzlei. Sie entdeckte mehrfach Lippenstiftspuren an seinen Hemden. Am Anfang hielt sie das noch für ein Klischee. Etwas, dass ihr nicht passieren könnte, immerhin war Norbert ihr bisher immer treu gewesen. „Aber dann kamen immer mehr Zeichen dazu, ganz klassisch, so wie im Film, du weißt schon Sabine! Wenn der Mann abends anruft und sagt er muss noch länger arbeiten und dann mit einer Alkoholfahne und Parfumgeruch nach Hause kommt.

Ich habe lange darüber nachgedacht, bevor ich es angesprochen habe, schließlich war ich mir zuerst nicht sicher und außerdem wollte ich unsere Beziehung nicht beschädigen. Ist ein Wort erst mal ausgesprochen ... Als ich es dann tat, behauptete er tatsächlich, als Mann habe er das Recht dazu, sich eine Frau zu nehmen, die seinen Geist und Körper befriedigen könne. Und dabei hat er mich angeschaut, Sabine! Als wäre ich nicht mehr als eine Laus oder eine Ameise. Nicht wert, von ihm irgendetwas zu fordern. Ich sei eine Versagerin und wüsste gar nicht, was er brauche und was ihm guttue. Ein Parasit. Mein einziges Lebensziel müsse sein, ihm zu dienen und sein Leben angenehm zu machen. Und solange ich darin ständig scheitere, könne ich froh sein, dass er mir überhaupt eine Lebensberechtigung zugestehe. An jenem Abend hat er mich das erste Mal geschlagen." Einen Moment herrscht Stille. „Weißt du, Sabine. Am Anfang verstand ich ihn gar nicht richtig! Ich rechtfertigte sein Handeln vor mir: Er meint es nicht so, er ist nur so geschafft von der anstrengenden Arbeit. Er tut das alles für unsere Familie, da muss er ab und zu etwas Dampf ablassen. Aber warum an mir? Jahrelang tat ich alles für ihn, meine Arbeit gab ich auf für ihn, mein Studium in Kunstgeschichte, meine Hobbys stellte ich für ihn hintenan. Ich lebte jahrelang nur für Norbert und seine Bedürfnisse, für ihn wollte ich perfekt sein. Aber irgendwann kam dann auch die Angst dazu und die Unsicherheit und das schlechte Gewissen. Ich hatte so lange schon keine Expertisen mehr gemacht, außer Norbert und seinen Bekannten niemanden getroffen, dass ich zu glauben begann, was er mir vermittelte. Und so begann ich um eine Ehe kämpfen, die keine Chance mehr hatte. Ich hing noch immer an dem alten Norbert Hagen, an dem Bild des Mannes, den ich liebte und dem ich vor vielen Jahren einmal das Ja-Wort gegeben hatte. Und dann war da ja auch noch

Jacky. Sie sollte doch eine intakte Familie haben. Aber Norbert wurde immer schlimmer. Egal, was ich tat, egal, wie ich mich bemühte. Die Schläge kamen oft unerwartet. Nach einem schwierigen Arbeitstag, wenn er sich über seinen Chef geärgert hatte oder wenn ihm in seinem Altherrenverein irgendetwas nicht gepasst hatte. Für die schönen Stunden gab es die nette Kollegin im Büro mit dem tiefen Ausschnitt, die ihn um den Finger wickelte. Erst vor zwei Wochen war ich sogar im Krankenhaus, weil er es übertrieben hatte. Doch als ich ihm drohte, dass ich ihn verlasse, behauptete er, er könne mir Jacky nehmen und ich werde sie nie wiedersehen. Also bin ich geblieben." Sabine spürt, wie das Schuldgefühl immer größer und größer wird. Hat sie das Leiden ihrer kleinen Cousine Sophie die ganze Zeit übersehen? „Und dann hatten wir heute einen so wunderbaren Tag, und ich habe in der Zusammenarbeit mit Martin Crusius erstmals wieder erlebt, was es bedeutet, wenn jemand dich wirklich anschaut und zu schätzen weiß, was du kannst. Es ist so lange her, dass jemand mit mir geflirtet hat. Auch wenn das nur im Spaß war. Du glaubst nicht, wie gut mir das getan hat. Ich bin nachhause gefahren und habe gedacht, ich werde mit Norbert reden. Er muss auch etwas tun, dass wir wieder so eine Beziehung hinkriegen wie früher. Das muss doch gehen, ich muss nur genug Selbstbewusstsein aufbauen. Aber zuhause hat dann Jaqueline erzählt, dass sie mit Naime und Tobia gespielt hat und da fängt Norbert an und macht einen Riesenzirkus, ich würde sein Kind verderben, weil ich es mit Ausländern spielen lasse. Und dann kamen diese ganzen rassistischen Vorwürfe. Er steigerte sich da so hinein, dass es ekelhaft war. Zum ersten Mal sah ich Nobert, so wie er in den letzten Jahren geworden ist. Mit seinem Bauch, dem roten Gesicht, zu selbstzufrieden, egoistisch, einfach unausstehlich. Der Norbert von früher hat sich längst verabschiedet. Der Mann, der von mir körperliche Perfektion fordert, hat sich in den letzten Jahren gehen lassen. Er roch nach einer Mischung aus Schweiß, billigem Parfüm und kaltem Zigarrenrauch. Während er mir seine Vorwürfe ins Gesicht schrie, sprühte er Spucke aus seinem Mund. Es war einfach nur eklig und ich habe mich gefragt, warum ich das alles so lange mitgemacht habe. Da habe ich einem Idioten meine besten Jahre geschenkt, und der weiß nichts Besseres damit anzufangen, als mich Stück für Stück umzubringen. Plötzlich dachte ich, es ist Zeit für die Notbremse! Ich hatte zwar Angst, aber mehr als verprügeln konnte er mich schließlich nicht. Zu mehr fehlt ihm trotz aller Drohungen der Mut.

Mir reicht es, Norbert, habe ich ihm gesagt, und dass ich seine Untreue und seine Gewalt nicht mehr akzeptieren will. Morgen reiche ich die Scheidung ein. Das hat ihn sprachlos gemacht. Noch nie habe ich mich ihm entgegengestellt. Normalerweise habe ich mich sofort entschuldigt und jede Strafe demütig auf mich genommen. Diesen offenen Widerstand ist er nicht gewohnt, beleidigt hat er noch ein paar wilde Drohungen ausgestoßen aus seiner Schreibtischschublade einige Geldscheine herausgeholt, die Tür hinter sich zugeschlagen und abgeschlossen, um dann in diesem neuen Edel-Puff in Düsseldorf zu verschwinden. Die Adresse hat er von einem seiner neuen Freunde. Er hat wohl deutlich meine Ankündigung nicht ernst genommen oder er bildete sich ein, dass eine abgeschlossene Tür mich abhalten könnte.

Mir sollte es recht sein. Dieser Abgang hat mir das große Drama erspart. Ich habe unsere Koffer gepackt und bin mit Jacky abgehauen. Ich habe ihm einen Zettel hinterlassen, dass mein Anwalt sich bei ihm melden wird, den zweiten Haustürschlüssel aus seiner Schreibtischschublade genommen und aufgeschlossen. Meine kleine Jacky war froh, als wir gefahren sind. Sie hat schon seit langem Probleme mit ihrem Papa, weil sie die Streitereien nicht aushalten kann. Als ich ihr gesagt habe, dass wir zu Tobia und Naime fahren, war sie sofort dabei." Ein müdes Lächeln wandert über ihr Gesicht.

Sabine greift über die Sofalehne nach Sophias Hand. „Ich bin echt froh, dass Du heute Abend zu mir gekommen bist. Stell dir vor, der Norbert hätte irgendwann mal richtig losgelegt, ob nun im Alkoholrausch oder vielleicht sogar auf aufgeputscht durch irgendwelche Tabletten, der hätte dich ermorden können." Sophie macht eine wegwerfende Handbewegung. „Ach das glaube ich nicht. Ganz tief drinnen, hat er tatsächlich neben seiner riesigen Selbstliebe auch noch ein bisschen was für Jacky und mich übrig. So verrückt das auch klingt. Es wird ihn schwer treffen, dass ich gegangen bin. Es reicht nur eben nicht für eine echte Familie und eine partnerschaftliche Beziehung." Sophies Lippen zittern. „Die haben ihn dort einer echten Gehirnwäsche unterzogen. Ich weiß, Du hast Norbert nie gemocht. Aber weißt du, er war nicht immer so. Es gab mal eine Zeit, da war ein liebevoller Ehemann und ein guter Papa." Die Tränen kullern. „Entschuldigung!" Sophie schnieft und greift nach ihrem durchweichten Papiertaschentuch. „Hej, wenn du willst, kannst du hier heulen, wie ein Schlosshund, ich verrate es keinem." lächelt Sabine freundschaftlich tröstend. „Was hältst Du von einer Tasse Tee. Die ist jetzt vielleicht besser als ein Glas Wein?" Sophie nickt. Sabine steht sie auf und geht in die Küche. „Übrigens diese belgischen Pralinen von Martin sind echt eine Wucht. Nervennahrung, die direkt auf die Hüfte geht, aber sie ist es wert." Sophie lacht und greift in die Schachtel, während Sabine den Teekocher aufsetzt. Langsam klappert sie die Schokolade von der Nuss, als Sabine sich ins kleine Wohnzimmer hineinbeugt und fragt. „Was glaubst du, was Norbert jetzt tun wird?"

Sophie zuckt unschlüssig die Achseln. „Naja, sein Ego kann eigentlich nicht zulassen, dass ihm die Frau wegläuft. So wird er erst einmal davon ausgehen, dass ich bald wieder zurückkomme. So lange wird er versuchen, das Beste daraus zu machen. Wahrscheinlich geht er zu seiner neuen Freundin oder in den Club oder er lässt sich in der Kneipe an der Ecke volllaufen und überall lässt er sich bemitleiden. Dann wird ihm wahrscheinlich sein Altherrenclub sagen, dass eine Scheidung schlecht für die Karriere ist, zumal wir keinen Ehevertrag haben. Das heißt, alles gehört uns zu gleichen Teilen und Unterhalt muss er mir auch zahlen. Außerdem ein Mann, der seine Frau verlässt, ist ein Held, ein Mann, der verlassen wird, ist ein Versager. Also wird er irgendwann gezwungenermaßen hier auftauchen, um mich zurückzuholen. Und da gibt es dann verschiedene Möglichkeiten, im besten Fall verlegt er sich auf Telefonterror im schlimmsten Fall kampiert er vor unserer Haustür, bevor er mir ewige Rache schwört und mich beim Scheidungsprozess auszubooten versucht." Sie schiebt sich die abgegessene Schokopraline in den Mund und kaut genüsslich. „Du hast recht, diese belgischen Pralinen sind jede Kalorie wert." Sabine, die mit zwei bunten Teetassen zur Tür hereinkommt lächelt. Sie reicht Sophie eine Tasse und setzt sich wieder. Sophie lächelt ebenfalls und holt Luft.

„Ganz ehrlich: Mir ist egal, wieviel Geld bei der Scheidung für mich herausspringt. Ich will keine große Abfindung. Ich brauche Norberts Geld nicht, ich werde mir wieder ein eigenes Leben aufbauen, ein Leben, in dem ich mir selbst mit Respekt begegnen kann. So wie du. Das Einzige, wofür ich kämpfen werde, ist das Sorgerecht für Jacky. Norbert ist nicht gut für sie. Seine Vorstellungen sind nicht zeitgemäß für eine junge Frau. Es ist an der Zeit, dass Jacky ein positives Rollenvorbild bekommt. Sie muss nicht zum Opfer ihres

Vaters werden." Sophies steckt sich eine weitere Praline in den Mund und seufzt: „Himmlisch, ein Champagnertrüffel! Weißt du, wie lange ich so etwas nicht mehr gegessen habe, aus Angst, ich könnte zu dick werden?" Jetzt kommen die Tränen zurück und sie kommen wie ein Sturzbach und wollen gar nicht mehr aufhören. Sabine stellt ihre Teetasse auf den Tisch und nimmt Sophie in den Arm. Sie streichelt ihr über das Haar und führt sie zum Sofa. Dort sitzen die beiden lange zusammen. Immer wieder fängt Sophie von Neuem zu schluchzen an und immer wieder streicht Sabine über ihr Haar. „So, so. Ist doch gut! Jetzt ist alles vorbei! Er kann dir nichts mehr tun! Hier bist du sicher!" Sabines Worte sind belanglos, es ist der Ton, der Sophie langsam beruhigt und tröstet. Irgendwann löst sie sich erschöpft aus der Umarmung. „Meine Güte, was bin ich nur für eine Heulsuse!" Sabine lächelt und schüttelt den Kopf. „Im Gegenteil ich bin beeindruckt. So eine Entscheidung zu treffen, das kostet eine Menge Mut. Wenn du magst, kannst du den Tee hier trinken und dann legst du dich erst mal hin und schläfst in Ruhe durch. Hier bist du gut aufgehoben und das meine ich tatsächlich so, wie ich es sage. Die ersten Tage kommst du hier gut unter und dann finden wir eine Wohnung für dich und auch einen Job. Jacky nehme ich mit in die Schule und eine Freundin hat sie ja schon im Haus. Und dein Exmann Norbert, der soll nur mal kommen. In diesem Haus hat er sowieso keine Chance und vor Gericht kann er froh sein, wenn du ihn glimpflich davonkommen lässt. Gewalt in der Ehe ist kein Kavaliersdelikt." Sophie lächelt erschöpft, bevor sie sich der Schlafzimmertür zuwendet. „Danke! Ich hätte echt nicht gewusst, wo ich sonst hinsoll."

Die neue Mitbewohnerin

Als Sabine am nächsten Morgen mit Ihrem Cappuccino auf den Balkon tritt, ist im Schlafzimmer noch alles still, nur die kleine Tobia hat ihren kurzen Morgenspaziergang schon hinter sich gebracht, um dann schnell wieder an ihren neuen Lieblingsplatz in Jackies Luftnest zu verschwinden.

Sabine atmet auf, es ist sieben Uhr und in der Dämmerung regt sich das Leben auf der Straße unter ihr. Nebenan öffnet sich die Tür und ein verstrubbelter Ludwig tritt auf den Nachbarbalkon. Sabine lacht beim Anblick der kleinen bunten Espressotasse mit dem zierlichen Henkel. Mit dem Kopf auf die Tasse deutend sagt sie „Die steht dir besser als deine morgendliche Zigarette." Dann erzählt sie ihm von dem nächtlichen Besuch und den beiden neuen Bewohnerinnen. Ludwig ist schockiert. „Ging das denn schon lange so?" Sabine nickt. „Ich habe schon mehrfach mit ihr über ihre Ehe gesprochen, nur hat sie es bisher nie zugegeben. Sie hat sich manchmal über seine Ansprüche beschwert. Das ja. Dass alles so perfekt sein muss und dass sie so wenig Zeit für sich hat. Aber Norbert kam trotzdem immer an erster Stelle. Sie hat seine Wünsche selten in Frage gestellt." Sie räuspert sich. „Eigentlich hätte ich die Symptome erkennen sollen. Es war wie aus im Lehrbuch die Isolierung von Familie und Freunden, die permanente Angst davor, Fehler zu machen und dann die blauen Flecke und kleinen Unfälle. Aber ich wollte es nicht sehen. Was ich gesehen habe, war nur diese perfektionistische Frau, die sich um ihren viel zu ehrgeizigen Wichtigtuer von Ehemann dreht und einfach nur langweilig ist." Ludwig schaut bedauernd in seine kleine leere Espressotasse. „Mach dir keine Vorwürfe. Keiner von uns kann in den anderen hineinschauen. Die Hauptsache ist doch, dass du gestern Abend da warst, als sie dich gebraucht hat. Das allein zählt doch. Jetzt ist sie auf jeden Fall hier in unserem Haus und ich sage dir eins, sollte dieser Idiot von einem Ehemann hier antanzen, hat er jetzt schon verloren." Ludwig schaut auf und formt mit der Hand eine Pistole. Sabine lacht. „Na du bist aber heute Morgen gut in Form." „Ich war gestern Abend noch in meinem Büro in der Uni." Antwortet er daraufhin. „Dort habe ich mir die Kopien aus der Pfarrchronik von Niebergalls Nachfolger Johannes Grün geholt. Ich konnte einfach nicht anders, es hat mich zu sehr in den Fingern gejuckt. Naja, heute Nacht habe ich dann noch ein bisschen darin herumgestöbert. Inzwischen glaube ich auch, dass dein Onkel Berti Benjamin ist. Feststeht aber auch, dieser Pfarrer Johannes Grün war keine besondere Leuchte. Ein pensionierter Spätberufener, den sie nach Engelstal geschickt haben, weil sie wahrscheinlich so kurz vor Kriegsende niemand anderen finden konnten. Außerdem war er schön stromlinienförmig. Genauso wie Fritz Heintz und die Partei das mochten. Es war zum Teil ein bisschen langweilig die Texte zu lesen. Aber was tut man nicht alles für die Wahrheit." Ludwig grinst breit. „Ich lege dir die Kopien nachher vor die Tür, dann kannst du selbst mal reingucken, das Wichtigste habe ich unterstrichen." Sabine bedankt sich zögernd, aber auch bedauernd. „Naja, ich werde wohl heute nicht mehr dazu kommen. Sophie und ich wollen uns einen schönen Tag machen und vor allem ganz viel miteinander reden." Nach der vergangenen Nacht ist das Schicksal der Familie Rosenstein angesichts der aktuellen Probleme in den Hintergrund getreten. Ludwig versteht das. „Kein Problem, wir stehen ja nicht unter Zeitdruck. Ich werde heute sowieso erst mal bei meinem Vater im Krankenhaus vorbeischauen. Der fühlt sich bestimmt schon vernachlässigt. Wir sehen uns dann spätestens morgen früh, gleiche Zeit, gleicher Ort." winkend verlässt er den Balkon.

Als Sabine aus dem Badezimmer herauskommt, ist Sophie schon eifrig in der Küche beschäftigt. „Ich bin eine Frühaufsteherin! Das war schon immer so!“ Sabine betrachtet den Jogginganzug der Cousine. Die lacht und zeigt auf die Brötchentüte. „Jogging hilft mir beim Nachdenken, außerdem ist es immer eine gute Möglichkeit, um die Gegend zu erkunden. Ich habe schon mal Brötchen besorgt!“ „Was hältst du davon, wenn wir heute Morgen einen Spaziergang durch die Altstadt machen?“ Wir könnten mal in der Nikolaikirche vorbeischauen, die ist wirklich schön und einen Kaffee im Schirncafé trinken. Außerdem gibt es da ums Eck auch einige interessante Antiquitätenläden. Sophie nickt begeistert. „Das ist eine Super-Idee! Ich war schon so lange nicht mehr in Frankfurt. Norbert mochte Frankfurt nicht besonders. Er fand die Frankfurter seien zu weltstädtisch, was auch immer er damit meinte!“ Sabine lacht. Für Norberts kleine Welt war Frankfurts Horizont wohl zu groß. Das kann schon mal passieren, wenn man in zu kleinen Kategorien denkt. „Was hältst Du davon, wenn wir Jacky und Tobia bei Naime abgeben. Die haben sich gestern doch super verstanden. Dann haben wir richtig Zeit zum Bummeln.“

Gesagt, getan, zwei Stunden später nach einem ausführlichen Frühstück mit vielen Gesprächen machen sich die beiden auf Richtung Nikolaikirche. Jacky ist bei Naime untergekommen, deren Mama so dankbar ist, dass sie Jacky mit offenen Armen aufgenommen hat. Schon jetzt ist klar zu erkennen, in Naime und Jacky haben sich beste Freundinnen gefunden. Nachdem Fatima Sabine und Sophie mit den Worten losgeschickt hat, „ihr könnt auch ruhig länger bleiben“, schlendern die beiden nun durch die Altstadt. „Ich kann mich nicht mehr daran erinnern, wann ich zum letzten Mal in einer Kirche war. Es könnte bei Sophie Taufe gewesen sein ... ach nein, da war diese Hochzeit von Norberts neuem Kollegen. Die war nur furchtbar. Aber diese Nikolaikirche, die hat echt eine besondere Atmosphäre, irgendwie warm und schön. Es tat gut, einfach ein bisschen in Ruhe zu sitzen und die Seele baumeln zu lassen." und sprudelt es plötzlich aus Sophie heraus „Es gibt so vieles, was ich in den letzten Jahren nicht mehr getan habe. Wenn ich daran denke, wie gerne ich früher gesungen und Klavier gespielt habe. Ich war mal richtig gut! Aber Nobert mochte das nicht. Und für den Kirchenchor blieb nachher einfach keine Zeit mehr." Sie seufzt. Sabine schaut sie einen Moment versonnen von der Seite an. Ist Sophie Selmas Enkelin? Hat sie deren Musikalität geerbt und weiß es nicht einmal? „Du solltest auf jeden Fall wieder anfangen zu singen und Klavier zu spielen. Ich weiß, wie ich dich als Kind darum beneidet habe, beide lachen, dann wandern sie über den Römerberg während Sophie leise singt „let my people go ...". Sie biegen nach rechts ab in die Braubachstraße, um dann an den Antiquitätenläden entlang zu schlendern. Plötzlich bleibt Sophie stehen und weist auf eine Jardiniere, die mit 1.500 Euro ausgezeichnet ist. „Es ist irgendwie unfassbar, dass die ganzen Sachen der Familie Rosenstein so viele Jahrzehnte still und heimlich auf dem Dachboden im Weingut lagen. Wenn ich es nicht mit eigenen Augen gesehen hätte, ich würde es nicht glauben." Anders als Sabine kann Sophie den Wert der Gegenstände, die sie gestern auf dem Dachboden gefunden haben, weitaus besser einschätzen. Auch hat sie Martin die Liste erstellt und dabei haben die beiden sich natürlich über deren Wert unterhalten. Allein das Porzellangeschirr und die Silberteile. „Martin behauptet, dass es für die medizinische Ausrüstung Sammler gibt, die wegen der Qualität der Geräte und dem guten Zustand bestimmt tief in die Tasche greifen würden. Auch haben wir gestern einige seltene Erstausgaben entdeckt, unter den Klaviernoten. Martin war wirklich begeistert. So etwas sieht man nicht alle Tage, hat er gesagt.“ erzählt Sophie begeistert. „Und über die Bilder von Pierre Kirchner wollen wir gar nicht erst reden,“ eine wegwerfende Handbewegung begleitet ihren begeisterten Bericht. „Wenn die wirklich echt sind, geht das, was wir da gefunden haben, in die Hunderttausende.“ Nicht nur Sophie und Martin war gestern schon klar, dass man das nicht einfach so beim Antikhändler um die Ecke verkaufen kann. Auch wenn der Besserwisser Siggi mit seinen ominösen Verbindungen am liebsten gestern schon damit angefangen hätte. „Erst einmal brauchen wir seriöse Expertisen, danach erst sollte man das in einem großen Antikhaus versteigern. Martin hat uns angeboten, dass er das machen kann, aber er meint, dass wir genauso gut zu einem Haus wie Sotheby's gehen können. Er will keinen Gewinn aus uns schlagen. Wir sind schließlich Freunde. Ist das nicht wunderbar, wieder einmal neue Freunde zu haben?“ Sabine bremst Sophies Begeisterung. „Das können wir ja mit den Bildern machen, aber bei den anderen Sachen sollten wir erst mal nach den wahren Besitzern suchen. Meinst du nicht auch. Die Sachen gehören uns eigentlich nicht.“ „Entschuldige!“ Sophie nickt betroffen. „Du hast natürlich recht. Da ist einfach die Begeisterung mit mir davongerannt. Es hat nur so viel Spaß gemacht, mit Martin über den Wert der Sachen zu diskutieren. Weißt du, jeder einzelne Gegenstand hat eine Geschichte und ich habe selten jemand getroffen, der so viel über Kunstgeschichte weiß, wie er. Und noch nie habe ich so viele alte Dinge selbst in der Hand gehalten.“ Sophie ist beim Erzählen so richtig ins Schwärmen gekommen. Ihre Augen glänzen. Ihren Mann Norbert, das Ekelpaket, hat sie ganz vergessen. „Du solltest wirklich etwas aus dem Kunstgeschichtsstudium machen. Vielleicht kann Martin dir weiterhelfen. Der hat bestimmt auch hier irgendwelche Verbindungen." schlägt Sabine Sophie vor. Sophies Augen glänzen einen Moment, doch dann sacken ihre Schultern nach unten, man kann regelrecht zusehen, wie die Realität sie wieder einholt. Ein Luftballon, aus dem gerade die Luft gelassen wird. „Jetzt muss ich erst einmal die Scheidung mit Norbert hinter mich bringen. Da habe ich genug zu tun." Sabine legt ihr den Arm um die Schultern. „Keine Angst. Wir lassen dich nicht im Stich."

Zuhause wartet schon ein weibliches Empfangskomitee. Naime, Jacky und Tobia sind zu Besuch bei Hanna Mendelsohn. Sabine stellt die Frauen einander vor. „Primaballerina? Im Ernst?" Sophies Augen weiten sich zu Untertellern. Vor ihr tut sich eine völlig neue Welt auf. Wie ein Fisch, der viel zu lange in einem zu kleinen Aquarium geschwommen ist. Sabine lächelt. Hanna lädt auf ihre Terrasse ein, um die schöne Frühlingssonne zu genießen und Sabine drängt Sophie die Einladung anzunehmen. Sie wird sich ein bisschen Zeit für sich nehmen, bevor ihre Besucher zurückkehren. Bei Hanna ist Sophie gut aufgehoben, das weiß sie aus eigener Erfahrung. Jede Frau, die hier einzieht, wird von Hanna in die Mangel genommen und anschließend adoptiert. Das ist ein Ritual in diesem Haus. Hanna, eine Frauenrechtlerin der ersten Stunde, wird sich um Sophie kümmern. Die Primaballerina, die mit dem doppelten Makel der Frau und Jüdin zur Welt gekommen ist, weiß, was es bedeutet, sich in einer Männerwelt behaupten zu müssen. Und manchmal, wenn es sein muss, schimmert bei der charmanten Dame von Welt auch heute noch die Amazone durch. Dann kann man eine Ahnung davon bekommen, warum Hanna die Männer einst nicht nur zu Füßen, sondern auch unter den tanzenden Füßen lagen. Sabine steigt lächelnd die Treppe zu ihrer Wohnung hinauf. Vor der Tür liegt eine Mappe mit Kopien. Sie hebt sie auf und schaut hinein. Wie erwartet liegen darin die letzten Seiten der Pfarrchronik. Die Eintragungen von Pfarrer Grün. Mit einem Leuchtstift hat Ludwig die relevanten Stellen markiert. Obenauf liegt eine kurze Notiz:

Liebe Sabine,
Ich hoffe, Du hast noch genug Luft zum Atmen. Ich habe Jacky und Naime bei Hanna vorbeigebracht und wenn Du schlau bist, gibst Du Sophie ebenfalls bei ihr ab. Hanna kann ihre neue Bewohnerin kaum erwarten und hat ein paar Ideen, was sie mit ihr machen will. In der Pfarrchronik sind vor allem die Stellen angestrichen, die uns einen allgemeinen Eindruck von Deiner Familie, Fritz Heintz und Otto Weihrich geben. Wir müssen bald mit Sophie über ihren Vater sprechen. Ich komme heute Abend mal mit Martin vorbei, der hat sich angekündigt, als er gehört hat, dass Sophie bei Dir ist.
Adieu!
Ludwig

Schon wieder im Krankenhaus

Man kann sich an alles gewöhnen! Denkt Ludwig als die Zwischentür zur Intensivstation geöffnet wird. Er nennt der Schwester seinen Namen und fragt nach seinem Vater. Die Verwandlung, die sich auf dem Gesicht der Schwester vollzieht, ist erstaunlich. Aus einem Miesepeter wird ein mildtätiger Engel. „Natürlich Herr Fromme!“ Auf seine Entschuldigung hin, dass er nicht zur regulären Besuchszeit vorbeikommt, flötet sie. „Aber das ist doch gar kein Problem. Besucher für Herrn Fromme sind uns jederzeit willkommen.“ Ludwig muss sich das Grinsen verbeißen. Wer so vor seinem Vater einknickt, hat es nicht besser verdient. Dem wegweisenden Finger der Schwester folgend betritt er das Krankenzimmer.

An den Anblick seines Vaters Georg im Krankenbett zwischen all den Schläuchen und Monitoren wird er sich nicht so schnell gewöhnen können. Die Verletzlichkeit des Mannes, mit dem er noch vor kurzem auf dem Golfplatz so bitterlich gestritten hat, lässt ihn jedes Mal neu zögern. Seine Mutter sitzt neben dem Bett und hält die Hand ihres Mannes. Sie spricht leise auf ihn ein. Georgs Augen sind geschlossen. „Schläft er?" flüstert Ludwig vorsichtig. „Soll ich lieber wieder gehen?" Fast erschrocken, dreht sich seine Mutter um. „Mensch Ludwig, hast du mich erschreckt!" sagt sie in normalem Tonfall. „Natürlich schläft er nicht. Er schließt die Augen nur, weil es ihn anstrengt, sie die ganze Zeit offen zu halten. Nicht wahr, Liebling." Charlotte tätschelt Georgs Hand. Jetzt öffnet der Kranke die Augen. Ludwig erkennt einen Hilferuf, wenn er ihn sieht. Langsam tritt er ans Bett. „Mutter, was hältst du davon, wenn du jetzt mal nachhause fährst und dich frisch machst. Vielleicht isst du auch mal was Richtiges und legst dann die Beine eine halbe Stunde hoch. Ich möchte wetten, du bist schon viel zu lange hier." Er streicht ihr beruhigend über den Rücken. „Ich bleibe so lange da und passe auf Georg auf." Seine Mutter schaut zweifelnd zu ihm hoch. „Du bleibst wirklich da!" Ludwig nickt. „Die ganze Zeit?" Seufzend greift sie nach ihrer Handtasche. „Ich könnte wirklich mal ein bisschen Zeit für mich gebrauchen. Zum Frischmachen. Weißt du!" Ludwig nickt. Charlotte beugt sich zögernd über ihren Mann. „Ich gehe nur ganz kurz weg, Georg, ich bin bald wieder da. Ludwig bleibt so lange bei dir!" Ihr Mann nickt. Sie dreht sich nur langsam um. An der Tür wiederholt sie noch einmal „Ich bin dann gleich wieder da!" Schließlich verlässt sie das Zimmer. Ludwig setzt sich auf ihren Stuhl. Dass erleichterte Ausatmen seines Vaters ist nicht zu überhören. „Sie übertreibt es wohl ein bisschen!" grinst Ludwig seinen Vater Georg an, der da so ungewöhnlich klein und schmächtig zwischen den weißen Bettlaken liegt. „Ich bin ihr auch selten so ausgeliefert und nun genießt sie es, dass sie endlich mal den Ton angeben kann." brummt Georg. Ludwig wehrt ab. „Sie hat sich wirklich Sorgen um dich gemacht. Wir haben uns alle Sorgen um dich gemacht!" Georg lächelt ironisch. „Ja, ja, natürlich!" Ludwig nickt. „Ich auch. Ich sogar ganz besonders. Schließlich wollte man mir die Schuld an deinem Herzinfarkt in die Schuhe schieben." Georgs Blick verdüstert sich. „Du erinnerst dich?" hakt Ludwig nach. Der Vater nickt. „Hast du wirklich vorher das Gutachten gelesen? Sie behaupten, das sei der Auslöser für den Herzinfarkt." Georgs Blick wandert durch das Zimmer, schließlich blickt er seinem Sohn in die Augen. Dann schüttelt er bestimmt den Kopf. „Nein, du bist nicht schuld an diesem Herzinfarkt. Das Gutachten ist auch nicht der Auslöser. Der Inhalt war mir schon lange bekannt. Ich habe es mir schon angesehen, kurz nachdem du es mir gegeben hattest. Ich wollte es nur nicht zugeben." Vorsichtig zuckt er mit den Schultern, ein entschuldigendes Lächeln gleitet über sein Gesicht. „Du hast einfach nicht lockergelassen und da habe ich gedacht, dass ich es wohl doch ein zweites Mal lesen sollte, genauer dieses Mal. Das war der Grund, warum das Gutachten auf meinem Schreibtisch lag. Beim ersten Mal war ich mir sicher, dass ich auf deine Forderungen nicht eingehen würde. Ich hielt das alles für Unsinn, außerdem gab es zu viel äußere Zwänge. Das glaubte ich jedenfalls damals. Doch die Zeiten haben sich geändert, besser gesagt, ich habe endlich verstanden, dass du es ernst meinst." Einen Moment schweigt Georg. „Ich will dich nicht verlieren, Ludwig! Deshalb habe ich das Gutachten erneut aus der Schublade geholt. Ich wollte wissen, was es mich kosten würde, dich wieder in den Schoß der Familie zurückzuholen." Verblüfft starrt Ludwig seinen

Vater an. Auf die Idee wäre er nicht gekommen. „Mein Herzinfarkt hat andere Ursachen. Zuviel Arbeit, einen ungesunden Lebenswandel, zu viel Stress.“ Nun blitzen seine Augen, er blinzelt. „Natürlich, wenn ich einen Sohn hätte, der heute meine Arbeit tun würde, sodass ich mit Charlotte um die Welt segeln könnte... Dann hätte ich bestimmt keinen Herzinfarkt bekommen ...“ Die Lachfältchen um die blutunterlaufenen Augen vertiefen sich.

Ludwig schluckt. „Aber du kannst doch nicht geglaubt haben, dass du mich kaufen kannst.“ sagt er dann, Wut will in ihm hochsteigen, weil er sich noch immer nicht akzeptiert, fühlt in dem, was er tut. Doch der Vater schüttelt den Kopf. „Nein, nein das habe ich schon verstanden. Du bist gut, in dem was du tust. Beim Lesen des Gutachtens ist mir das bewusst geworden. Dieses Mal konnte ich das viel mehr schätzen als damals beim ersten Mal, als ich einfach nur wütend war. Du bist sehr gut und vor allem überzeugt von deiner Sache. Aber“ und nun streckt er seine Hand nach dem Sohn aus „ich möchte gerne meinen Sohn zurückbekommen. Ich möchte wieder dein Vater sein, nicht nur dein Erzeuger. Ich möchte, dass du mich respektierst und dass wir uns regelmäßig treffen und miteinander reden können, ohne uns gegenseitig ins Gesicht zu springen. Dieser Herzinfarkt hat mir klargemacht. Lebenszeit ist nicht unendlich. Auch ich kann nicht ewig mit dir darüber streiten, wer nun recht hat, deshalb mache ich einfach den Anfang.“ Ludwig schluckt. Er hasst solche kitschigen Szenen. Er schaut auf die Hand, die sich auf seine Hand gelegt hat. Das hier passt besser in eine zweitklassige Krankenhausserie als ins wahre Leben, aber Georg hat recht. Er hätte seinen Vater verlieren können. Bei diesem Herzinfarkt stand Georgs Überleben auf Messers Schneide. Sollte er da nicht die Chance zur Versöhnung ergreifen, selbst wenn diese Chance ziemlich klein ist und sie schon bald wieder streiten werden. „Also gut! Lass uns miteinander reden. Aber eins sage ich dir gleich. Ich werde weder in deine Fußstapfen treten, noch wirst du sobald meine Enkel auf deinen Knien schaukeln können. Auf dieses Happy End musst du noch ein bisschen warten. Irgendwo muss auch Schluss sein mit dem ganzen Kitsch." Der alte Mann lacht vergnügt. Die Apparate piepsen. „Und glaub nur nicht, dass du dir das Gutachten jetzt sparen kannst." Ludwig ist die Sache immer noch ernst. Er zieht seine Hand unter der des Vaters hervor und droht mit dem Zeigefinger. „So einfach werde ich nicht lockerlassen." Der Vater nickt und klopft dann mit der Hand auf den Stuhl neben sich, denn Ludwig ist in seinem Eifer aufgesprungen. Ludwig nickt und setzt sich wieder. „Also gut." Er holt tief Luft. „Ich will wissen, warum du dich damals so gegen die Entschädigungszahlungen gewehrt hast. Ich kann nachvollziehen, dass ihr polnische Zwangsarbeiter in euren Fabriken eingesetzt habt, das hat damals jeder Industrielle getan. Ihr wart ein Vorzeigebetrieb der Nazis, weil dein Onkel Rolf ein überzeugtes Parteimitglied und ein persönlicher Freund Hitlers war, das kann ich verstehen, das ging gar nicht anders. Aber hinterher, Vater, hinterher da hättest zumindest du doch etwas tun können. Damals als das ganze Unrecht ans Tageslicht kam, da hättest du wenigstens sehen müssen, dass man nicht einfach weiter erfolgreich Geld scheffeln kann. Unrecht Gut kann nicht gedeihen! Du warst bekannt für deine Fairness gegenüber deinen Arbeitern, als Junge habe ich deinen Gerechtigkeitssinn bewundert." Georg zieht die Augenbrauen hoch. „Ja tatsächlich!" bestätigt Ludwig. „Aber als ich dir das Gutachten in den 90er Jahren überreicht habe, hast du mich mit lauwarmen Ausreden abgespeist. Dabei waren die Summen nur Peanuts für euch, werbetechnisch hättet ihr das sogar gut ausschlachten können. Schließlich war der eiserne Vorhang gefallen, Polen war in der EU angekommen. Man hätte es als ein Zeichen innereuropäischer Versöhnung verkaufen können. Warum hast du dich so dagegen gewehrt und dabei sogar den Aufsichtsrat vorgeschoben?“ Ludwigs Worte klingen hart, man hört ihnen an, wie ernst ihm das Gesagte ist. Georg lächelt nicht mehr, im Gegenteil der harte Geschäftsmann starrt fast verlegen auf die Bettdecke. „Du kannst das nicht verstehen, du bist viel zu jung. Hier ging es um viel mehr als Geld. Keiner von uns wollte Entschädigungen bezahlen, es hätte bedeutet, noch einmal die Niederlage von damals einzugestehen. Du verstehst nicht, wie das damals war. In einem Augenblick noch Herrenmenschen auf dem Weg zu einem Weltreich und im nächsten Moment Verlierer eines Weltkrieges, in einem Land, das nur aus Ruinen bestand und wo uns das wenige, was es noch an Wertvollem gab, von den Besatzern weggenommen wurde. Wie Aussätzige haben sie uns behandelt. Moralisch waren wir für sie das letzte. Vater musste mit Eisenhower verhandeln. Der saß hier in Kronberg im Schlosshotel und ließ die wenigen Deutschen, die noch etwas zu sagen hatten, zu sich kommen wie Bittsteller. Wir mussten tun, was er wollte, um zu überleben. Wir waren nicht mehr als Befehlsempfänger, in dieser sogenannten neuen Demokratie. Wir hatten genug zu essen. Das ja, jedenfalls, diejenigen, die vor der Besatzung richtig reich gewesen waren, waren es auch nach dem Krieg noch. Sie hatten ihr Geld einfach anderswo in Sicherheit gebracht. So wie dein Opa auch. Er konnte von den Amis alles kriegen. Nur kriechen musste er halt. Kriechen, buckeln und seinen Stolz verkaufen. Und irgendwie brauchten sie uns ja auch. Aber sie haben uns immer wieder spüren lassen, dass wir den Krieg verloren hatten. Wir waren die Looser.“ Nun hat er seinen Kopf gehoben, seine Augen blicken in die Ferne.

„Aber weißt du, Ludwig, wir haben das einfach ignoriert und haben geschafft und geschafft, wie Wühlmäuse haben wir uns durch diese Ruinen gewühlt und irgendwann haben wir diese Ruinen hinter uns gelassen, sie einfach abgerissen. Wir haben alles neu gemacht. Gut, zuerst hatten wir Hilfe, und mussten dafür auch schön artig sein und bitte und danke sagen. Aber irgendwann hat keiner mehr gefragt und dann hat man uns ja auch sehr schnell gebraucht, schließlich gab es den Feind aus dem Osten. Und so rutschten wir langsam unmerklich auf die Seite der Sieger. Wir verhandelten mit den Franzosen von gleich zu gleich und mit den Engländern. Bei uns gab es bald bessere wirtschaftliche Bedingungen als bei den sogenannten Siegermächten und bevor die anderen sich versahen, saßen wir bei denen, die den Ton angaben. Schließlich beherrscht die Wirtschaft die Welt und nicht die Politik. Und wir waren wirtschaftlich so stark, dass keiner an uns vorbeikonnte. Bis heute ist das so. Doch jedes Mal, wenn einer von euch Jungen mit Entschädigung anfängt und mit Entschuldigungen und all dem Kram, dann erinnert er uns an die Ruinen und an die Niederlage und daran, dass wir mal Wühlmäuse waren. Verstehst du das, Ludwig. Es geht um viel mehr als nur um diese Peanuts!" Endlich schaut Georg seinen Sohn an. Er schluckt. Ludwig nickt. Er hat darüber geforscht, doch es von seinem eigenen Vater zu hören, macht ihn sprachlos. Nach einer Weile sagt er leise. „Aber ihr habt den Krieg ja auch wirklich verloren. Das kann man doch nicht einfach so übergehen." Georg nickt. „Ja, am Anfang war das ja auch so. Mitten in den Trümmern und dem Leid, da konnte das ja auch keiner übersehen. Aber später weißt du, im Rückblick hat uns der wirtschaftliche Erfolg eine Chance geboten, es zu vergessen oder zumindest es zu beschönigen. Gerechtfertigt haben wir das dann mit dem Leid, das ja auch uns geschehen war.

Schließlich wurden ja auch viele Deutsche aus Schlesien und Ostpreußen vertrieben, hieß es dann immer. Denk nur an deine Mutter. Als du mit deinem Gutachten ankamst, dachte ich immer an deine Mutter. Hast du sie mal gefragt, wie sie das erlebt hat, damals als junge Frau, vertrieben aus ihrer Heimat eine Prinzessin ohne Land und Hofstaat. Glaub nicht, dass ich nicht merke, wie unmöglich sie manchmal sein kann, aber sie ist aufgewachsen in einem Leben, das so völlig anders war, in Watte gepackt, hat man ihr jeden Wunsch von den Augen abgelesen, bis sie sich plötzlich auf der Straße wiederfand und ihren Schmuck verkaufen musste, um überleben zu können. Für deine Mutter und ihre ganze Familie war das eine traumatische Erfahrung. Ihr ging es nie um das Land, nie um die verlorene Heimat, sondern um den verlorenen Status. Den hat sie durch mich zurückbekommen. Den Kontakt zu den Vertriebenenverbänden habe ich gehalten und nicht sie." Georg zuckt mit den Schultern. „Es wird mir jetzt nicht mehr schwerfallen, Entschädigungszahlungen zu veranlassen und wenn du eine Stiftung einrichten möchtest, kannst du das auch gerne tun. Ich habe mit deiner Mutter gesprochen. Ich weiß, die Quandts haben eine Stiftung eingerichtet. Ich kann mir so etwas auch vorstellen." Verblüfft starrt Ludwig den Vater an. „Wie kommst du denn auf die Idee?" „Ach, wenn man hier so liegt und nichts zu tun hat, dann kommt man ins Grübeln." Georg greift zur Seite, die Apparate piepsen. Ludwig beugt sich nach vorne. „Was tust du denn da?" Georg weist auf seine Nachttischschublade. „Deine Mutter hat mir gestern ein paar Papiere über das Stiftungsrecht mitgebracht." „Sag mal, spinnst du? Du liegst noch immer auf der Intensivstation. Was glaubst du, weshalb das hier um dich herum piepst und blinkt? Und da machst du dir Gedanken über die Gründung einer Stiftung?" Jetzt ist Ludwig echt sauer. Georg greift nach seiner Hand. „Ich will dich nicht verlieren. Und außerdem macht es mich verrückt, wenn ich nichts zu tun habe." Ludwigs andere Hand legt sich über Georgs Hand. „Du wirst mich nicht verlieren. Dafür bin ich viel zu stur. Ich werde schon dafür sorgen, dass die Zahlungen auch geleistet werden." Nun lächelt auch er. „Jetzt schläfst du erst mal eine Runde. Schließlich willst du bald wieder raus aus dem Bett. Also musst du wieder fit werden. Und das mit der Stiftung können wir später immer noch besprechen, wenn du nicht mehr an tausend Kabeln hängst." Ludwig bemerkt, wie die Maschinen wieder lauter werden. Georg wird wieder unruhig. „Ich bleib einfach noch ein bisschen hier, bei dir." sagt er deshalb wie nebenbei. „Im Moment habe ich sowieso nichts anderes zu tun. Außerdem hatte ich eine anstrengende Nacht, ein bisschen Ruhe tut mir jetzt auch gut." Er lehnt sich auf dem unbequemen Klinikstuhl zurück und versucht eine lässige Haltung einzunehmen. Georg entspannt sich sichtbar. „Wie wäre es, wenn ich dir mal das Kissen aufschüttele?" schlägt Ludwig ihm vor. „Ach, das kann auch die Schwester machen!" brummt der. „Die hat sowieso viel zu wenig zu tun." und drückt auf die Klingel. Ludwig lächelt. Trotz allem immer noch ganz der Alte!

Der andere Pfarrer

Sabine schließt die Tür zu ihrer Wohnung auf. Die Stille ist ungewohnt, kein Welpe, der sie mit ihrem abgekauten Hausschuh begrüßt, keine Sophie, keine Jacky, kein Ludwig. Endlich allein! Auf dem kleinen Schränkchen neben dem Kleiderständer liegt die Mappe mit den Kopien. Sie hebt sie auf und trägt sie in die Küche, wo sie sich erst einmal einen Cappuccino aufschäumt. Irgendwo müsste doch noch eine dieser leckeren belgischen Pralinen liegen. Doch die Schachtel ist leer und so bleiben nur die Cantuccini, die sie neulich in diesem italienischen Spezialitätenladen gekauft hat. Ein billiger Ersatz für belgische Trüffel, aber besser als gar nichts. Seufzend lässt sie sich in ihren Lieblingssessel gleiten, dann stellt sie die Tasse zur Seite und greift nach der Mappe.

Pfarrchronik: Neujahr 1943
Mein Name ist Johannes Grün und ich bin der neue Pfarrer von Engelstal. Am Neujahrstag im Jahre des Herrn 1943 wurde ich als Pfarrer in der evangelischen Gemeinde zu Engelstal eingeführt. Geboren wurde ich 1874 in Wiesbaden. 1902 ehelichte ich Dorothea Huber in der Marktkirche zu Wiesbaden. 1904 schenkte uns der Herr unsere Tochter Katharina. Nach dem Besuch des Gymnasiums in Wiesbaden erlernte ich den Beruf des Kaufmanns im Haus unserer Familie, in der Abteilung Herrenoberbekleidung, bis ich 1914 dem Ruf meines Vaterlandes in den Krieg folgen konnte. Dort habe ich in Verdun mein Bein im Dienst für mein Land verloren. Nach dem Krieg 1919 begann ich das Studium der Theologie in Marburg und examinierte mich 1923. Die Evangelische Kirche Nassau und Hessen schickte mich von 1923 bis 1925 als Vikar nach Babenhausen, wo ich bis 1925 meinen Dienst an der Seite von Pfarrer Mil-

cher verrichten durfte, anschließend war ich Hirte der evangelischen Pfarrei Eppstein bis 1942. Mein Eheweib Dorothea hat mich in meinem Dienst am Herrn und seiner Gemeinde getreu ihres Namens stets unterstützt. Ich bin stolz meiner Kirche nun auch im Alter in Engelstal dienen zu dürfen. Gott schütze unser Deutsches Reich und seine deutsche Kirche, der mein Weib und ich treu ergeben sind.

4. Januar 1943
Diese Gemeinde ist nicht nur ein Gottesgeschenk für mich in meinen alten Tagen, sondern ich bin auch eine Antwort auf ihre Gebete. So berichtete es mir der Kirchenvorstandsvorsitzende Fritz Heintz in einem ersten Gespräch, als er von dem unheiligen Tun des vorherigen Pfarrers erzählte. Ich kann die Verantwortungslosigkeit eines Pfarrers nicht begreifen, der seine Gemeinde wie ein falscher Hirte mit seinen Predigten bewusst in die Irre führt. Gott sei Dank, dass die Engelstaler seinem gefährlichen Einfluss entzogen wurden. Nur der treue Kirchenvorstand, der sich zum wahren evangelischen Glauben bekannte, konnte dem Entgegensteuern und so schlussendlich dafür sorgen, dass mein Vorgänger diese Gemeinde verlassen musste. Möge der Herr mir helfen, diese Gemeinde auf dem rechten Weg zu leiten. Ich habe mit großen Bedenken die Chronik meines Vorgängers gelesen und bin entsetzt. Besonders die letzten Eintragungen zeigen, wie rachsüchtig er war und wie wenig er sich den Idealen des christlichen Glaubens verbunden fühlte. Wie kann man die eigenen Glaubensgeschwister so sehr verleumden und ihnen Mord und Totschlag vorwerfen. Ich bin sicher, dass vieles von dem, was er geschrieben hat, nicht so vorgefallen ist. Reine Rachegelüste haben seine Feder geführt, weil ihn einige vernünftige gute Leute aus dem Kirchenvorstand aus der Gemeinde zu entfernen suchten, hat er sich Lügengeschichten über sie aus den Fingern gesogen. Welch eine Niedertracht! Dabei

kann jeder sehen, dass Fritz Heintz ein sehr korrekter Mann ist, der seine Verantwortung als Parteileiter in Engelstal sehr ernst nimmt. Seine Beziehungen in die höchsten Kreise, zeigen, wie sehr man seine solide Arbeit zu schätzen weiß. Seine Schwäche ist das Weibsvolk. Aber eigentlich ist er nicht schuld, wenn die Weiber ihm schöne Augen machen und mit dem Hintern wackeln, und die Röcke hochziehen, damit man die Beine besser sehen kann! Anständig und tugendhaft ist das nicht. Seine Frau Elisabeth weiß das, sie hält zu ihm und wer könnte ihm ein besseres Zeugnis ausstellen als sie! Seine Kinder sind gehorsam und aufrichtig, genauso wie man sich das für die Zukunft des deutschen Volkes wünscht. Und was Otto Weihrich anbelangt, so mag der ein bisschen stürmisch sein in seinem Hass gegen die Juden. Aber wer könnte das nicht verstehen? Schließlich haben die Juden unseren Herrn Jesus umgebracht. Ich finde nichts Schlimmes dabei, dass er einem Juden den Kolonialwarenladen abgekauft hat. Irgendjemand muss doch den Laden führen, jetzt wo keine Juden mehr da sind. Otto Weihrich wirkt grobschlächtig und nicht besonders klug, aber er reicht zu einem guten Kaufmann.

Ich musste mich beim Lesen doch sehr über die Naivität und Provinzialität meines Kollegen Niebergall wundern, der so wenig über die Gefährlichkeit der jüdischen Gegner weiß. Es wird ihm guttun, an der Front der Realität des Krieges ins Gesicht zu blicken und die Feinde unseres deutschen Vaterlandes kennenzulernen. Dann begreift er vielleicht endlich, dass es im Krieg keine Zwischentöne und Freundschaften um der Menschlichkeit Willen geben kann. Am Ende zählt das eine große Ziel. Und wenn das erst erreicht ist, wird auch Frieden auf Erden sein können. Mein Kollege hat nie verstanden, dass er mit seinen ganzen Forderungen und mit seiner Kritik, diesen großen Plan aufhält und unseren Feinden in die Hände spielt. So dauert alles nur länger und kostet uns nur mehr Opfer.

6. Januar 1943

Heute habe ich unseren Bürgermeister Horst Becker und sein Eheweib Luise besucht. Sie haben uns zum Dreikönigstag eingeladen, auch wenn das kein evangelischer Feiertag ist, so wird er hier doch ausgiebig gefeiert. Horst Becker ist ein netter Mann, aber leider ein bisschen zu nachlässig für die bedeutende Position des Bürgermeisters. Es ist gut, dass es in diesem Haus ein starkes Weib gibt, das alles zusammenhält und das Herz auf dem rechten Fleck hat. Beide waren mit meinem Vorgänger befreundet. Otto Weihrich hat mich vorgewarnt. Doch ich konnte keinen Fehl an Horst Becker entdecken. Er und Luise sind der Kirchengemeinde sehr zugewandt und sie haben den rechten Glauben, da bin ich mir sicher. Horst ist außerdem ein Parteimitglied und ein guter Freund unseres Vorsitzenden Fritz Heintz. Das sollte als Empfehlung reichen.

Am Ende des Abends hat mich Luise Becker gefragt, ob ich in diesem Jahr lieber ein Osterspiel oder eine Weiterführung der Nibelungenspiele zusammen mit Otto Weihrich plane. Ich habe ihr erklärt, dass ich von Theaterspielen in der Kirche grundsätzlich nicht viel halte. Außerdem müssten unsere Engelstaler bei einem Osterspiel in die Rolle von Juden schlüpfen, das kann ich nicht gutheißen. Aber draußen ein Lehrstück aufzuführen, das ist eine andere Sache. Die Idee Nibelungenspiele nach dem Wormser Vorbild durchzuführen, finde ich deshalb wirklich reizvoll, weil dies die historische Bildung unserer Jugend fördert. Luise Becker konnte sich für die Nibelungenspiele nicht begeistern. Sie hat mir gesagt, dass sei nichts für die jungen Mädchen. Die kämen da auf falsche Gedanken. Wer hätte gedacht, dass Luise Becker so streng ist, sie ist doch selbst noch recht jung. Sie schien mir am Ende des Abends etwas verärgert. Ich fürchte zwischen ihr und Otto ist keine Liebe verloren und ich hoffe, dass wir da heute Abend nicht zwischen die Fronten geraten sind. Ich würde es sehr bedauern. Mein Weib meinte allerdings, dass ich mir das nur einbilde und zeigte mir die Flasche Wein und den Schwartenmagen, den uns die Beckers als Willkommensgeschenk mit auf den Heimweg gegeben haben.

Ostersonntag 1943
Dieses Jahr hatten wir unseren eigenen Karfreitag hier in Engelstal. Ein Soldat brachte uns Nachrichten von mehreren Gefallenen aus Stalingrad mit. Mein Vorgänger hat mir einen Brief geschickt, den mir der Soldat Philipp Höxter überbrachte. Man kann über meinen Vorgänger sagen, was man will, aber seine ehemalige Gemeinde liegt ihm trotz allem sehr am Herzen. Offizielle Benachrichtigungen werden folgen, doch der junge Mann, der die Belagerung von Stalingrad nur durch Zufall überlebt hat, ist mit den Nerven so am Ende, dass Niebergall seine Heimkehr organisierte.

Vier Familien sind von unserem Verlust in Stalingrad betroffen. In einem kleinen Ort wie Engelstal ist das sehr viel. Einer davon lässt ein kleines Weingut ohne Erben zurück. Eine junge Witwe wird nun allein für ihre drei kleinen Kindern sorgen müssen. In zwei anderen Familien gibt es noch andere Kinder, doch ob die Eltern dies angesichts der Trauer um die verlorenen Söhne als Glück empfinden, wage ich zu bezweifeln. Zum ersten Mal fragen sich die Menschen, ob diese Opfer den großen Endsieg wert sind, und es ist mir schwergefallen, sie zu trösten.

Philipp Höxter war bei mir, er kann sich das Überleben nicht verzeihen und irgendwie glaube ich, dass da noch etwas anderes dahintersteckt. Eine Sünde, die so schwer ist, dass er sie selbst mir nicht verraten will. Ich kann sehen, dass er Angst hat. Erzählt hat er mir jedoch von einem erfahrenen alten Soldaten, der ihn nach seiner Verwundung, in einer Truhe versteckte. Als dann alles vorbei war, schlich sich Philipp durch die feindlichen Linien in das nächste deutsche Militärlager. Dort wurde der arme Kerl ausgepresst wie eine Zitrone. Niemand konnte sich erklären, warum ausgerechnet er überlebt hatte. Man verdächtigte ihn, ein Deserteur zu sein. Ich mag gar nicht dran denken, was der arme Kerl durchgemacht hat. Mein Vorgänger setzte sich dann für ihn ein und ein Offizier, der sich seiner erbarmte, brachte den völlig verwirrten jungen Mann in ein Lazarett. Da stellte sich dann heraus, dass er an einer Lungenentzündung litt, seine Beinwunde entzündet war und er zusätzlich völlig ausgehungert und fast verdurstet war. Als er dann endlich wieder auf die Beine kam, war er zu traumatisiert, um weiterkämpfen zu können und so schickte man ihn mit Nachrichten für die Engelstaler nachhause. Otto Weihrich behauptete, dass sie ihn aus dem Feld heimgeschickt hätten, weil sein Gerede über Stalingrad wehrzersetzend sei und den anderen Soldaten schaden würde. Ob er allerdings hier in Engelstal weniger Schaden anrichtet, ist fraglich. Keiner der jungen Männer, der seinen Geschichten zuhört, wird sich freiwillig zum Militärdienst melden und das Murren der Engelstaler gegen den Krieg wird leider auch immer lauter.

Fritz Heintz hat vorgeschlagen, Philipp nach Alzey zu schicken. Doch ich fürchte, ist er erstmal dort, kommt er nicht mehr wieder. So einem wie ihm können sie dort nicht helfen.

Unser Bürgermeister Horst Becker zeigt dagegen wahre Barmherzigkeit. Der setzt sich für Philipp ein wie ein väterlicher Freund. Sogar Arbeit in seinem Weingut hat er ihm angeboten, dabei ist Philipp wegen seiner nervösen Verfassung kein guter Arbeiter. Außerdem weiß Horst Becker, dass die Eltern Höxter das Geld als Zubrot gebrauchen können, schließlich ist ihr Weingut nur klein. Es ist, als hätten die Beckers den Philipp in ihre Familie aufgenommen. Das tut Philipp gut. Er ist schon viel ruhiger geworden und die Beckers sind über die zusätzliche Hilfe froh.

Es fällt mir schwer, die Osterbotschaft zu verkünden, wenn die Menschen vom Krieg müde sind. Warum schenkt uns der

Führer an diesem Ostern nicht eine Pause vom Krieg? Unser Vaterland muss doch den großen Sieg nicht in einem einzigen Zug gewinnen. Es kann doch auch Schritt für Schritt gehen. Ich habe mit Fritz Heintz darüber gesprochen, aber der hat mir vorgeworfen, dass ich an unserem Führer zweifele. Ein Krieg fordere Opfer, selbst der Sieg fordere Opfer. Etwas anderes habe der Führer nie gesagt. Hier gehe es um das Prinzip, um die Gefahr, die dem Vaterland drohe, da könne man nicht einfach so aufhören. Darauf warte der Feind doch nur! Wahrscheinlich glaubt er sich als Parteileiter im Recht und die, die ihm vorsitzen, sind nicht viel anders als er, sonst würden sie schon längst an der Front mitkämpfen. Seine Worte haben mich sehr gekränkt, denn ich weiß, was es bedeutet, für sein Vaterland alles zu opfern, im Gegensatz zu Fritz Heintz und seinesgleichen stand ich dem Feind schon Auge in Auge gegenüber. Ich habe mich nun für einen mir angemesseneren Weg der Reaktion entschieden. Als Hirte dieser Gemeinde werde ich mich darum bemühen, ihm mit meinem Handeln zu zeigen, wie man es richtig macht. Der Klügere gibt nach! In diesem Sprichwort steckt viel Weisheit.

5. Mai 1943
Engelstal hat polnische Kriegsgefangene zugewiesen bekommen. Sie sollen in der Landwirtschaft helfen, weil unsere Burschen im Krieg an der Front sind und es anzupackenden Händen fehlt. Abends schlafen sie in der Schule. Lehrer Schneider hat sich zuerst dagegen gewehrt, weil er nicht will, dass seine Schüler durch sie verdorben werden. Aber als guter Patriot hat er dann nachgegeben. Schließlich müssen die Kriegsgefangenen irgendwo untergebracht werden und dass sie bei den Winzern schlafen, konnte er ebenfalls nicht gutheißen. Danach wurden Räume für Männer und Frauen abgetrennt. Einige der polnischen Gefangenen können sogar deutsch. Mir scheint, dass sogar

ein paar Intellektuelle dabei sind. Ich habe mich vor kurzem mit einem unterhalten, der auf dem Weg von der Arbeit in die Schule war. Er behauptet, vor dem Krieg einige Zeit Journalist bei einer Zeitung in Breslau gewesen zu sein. Jetzt arbeitet er bei Otto Weihrich im Laden und führt ihm die Bücher.

Die anderen Kriegsgefangenen wurden hauptsächlich den Familien zugewiesen, die einen Sohn an der Front oder im Krieg verloren haben. Auch Horst Becker sollte als Bürgermeister einen Kriegsgefangenen zugewiesen bekommen. Ich weiß gar nicht, wie er das alles bisher geschafft hat, die tägliche Arbeit auf dem Feld und dann in den Weinbergen. Aber er wollte nicht, mit dem Philipp und der Anni hätten sie schon genug Menschen auf dem Hof. Seitdem die Flieger der Engländer unsere Städte zerstören und dort die Lebensmittel knapp geworden sind, muss hier bei uns auf dem Land alles in Listen erfasst, gemeldet und gesammelt werden. Da zählt jeder zusätzliche Mund, der gestopft werden muss. In Babenhausen habe ich das gar nicht so verstanden. Aber hier in Engelstal ist das anders. Horst Becker hat mir neulich gezeigt, wie das funktioniert: Alles Vieh und jede Schlachtung. Ich fürchte selbst die Hühner gehören dazu und wenn der Herbst kommt, dann gilt das genauso für Weizen und Kartoffeln und Rüben. Inzwischen wird auch das mit den Lebensmittelmarken immer ernster genommen, was man angesichts der Not in den Städten durchaus verstehen kann. Auch Otto Weihrich kontrolliert die Marken in seinem Kolonialwarenladen viel genauer als früher. Als ich ihm vom Kaufhaus meines Vaters in Wiesbaden erzählte, lachte er mich aus. Er glaubt, dass die Zeiten sich geändert haben und wir nie wieder dorthin zurückkehren werden, wo wir vor dem Krieg waren. Für Horst Becker ist das Kontrollieren eine beständige Versuchung und ich bin mir nicht sicher, ob er dieser Versuchung immer standhält. Ich fürchte, dass so manche Schlachtung nicht in die Listen eingetragen wird. Als ich ihn neulich darauf an-

sprach, konnte er mir nicht in die Augen schauen. Ich werde es nicht weitermelden, weil es ihm selten um seine persönliche Bereicherung geht. Meistens will er den Leuten einfach nur ein Gefallen tun.

28. Mai 1943, Engelstaler Kerb
Gestern habe ich zum ersten Mal die Kerb in Engelstal erlebt. Lehrer Schneider hat die Buben und Mädchen bei der Eröffnung die wunderbaren deutschen Heimatlieder singen lassen. Uns allen standen vor Ergriffenheit die Tränen in den Augen. Auch meine Eröffnungsworte haben wohl niemanden unberührt gelassen, besonders für den letzten Satz habe ich viel Beifall bekommen: Gott möge unser deutsches Vaterland vor seinen Feinden schützen! Doch leider ist es nicht immer so, der Krieg dauert einfach schon zu lange. Seit Stalingrad rumort es unter meinen Engelstalern. Ich kann es nicht an einem konkreten Ereignis festmachen oder mit dem Finger auf eine bestimmte Person zeigen, auch wenn die Geschichten von Philipp Höxter sicherlich einen großen Anteil daran haben. Es ist mehr eine schlechte Stimmung als ein offener Widerstand, aber die kritische Haltung gegenüber dem Führer wächst. Da wird sogar der großmäulige Fritz Heintz dünnhäutig. Als neulich der Gerhard Neumann am Stammtisch sagte, dass wir mal wieder einen Sieg gebrauchen könnten, wurde er richtig wütend und zählte alle Städte auf, die in den letzten Kriegsjahren durch deutsche Bomber zerstört worden sind. Auch hätten sich unsere deutschen Soldaten inzwischen für Stalingrad hundertfach gerächt. Er prahlte damit, wie dabei ganze Dörfer und Städte ja sogar große Kirchen, dabei warf er einen triumphierenden Seitenblick auf mich, einfach so zu Ruinen zerbombt worden seien. Dem Führer stelle sich niemand entgegen. Wer zuletzt lacht, lacht am besten. Weil niemand es wagte, auf diese Worte zu antworten, tat ich es. Unser Führer ist ein kluger Mann, sagte

ich ihm. Er weiß, dass dieses absurde Aufrechnen von Kriegsopfern kein Maßstab ist, um Siege zu messen. Er will nur das Beste für uns. Deshalb ist dieser Krieg mit all seinen Opfern und Ruinen nur ein Mittel zum Zweck. Denn nur so kann er unserem Vaterland den ersehnten Frieden schenken. Am Ende siegt nicht der, der die meisten Menschen abschlachtet, sondern der, der um seines Vaterlandes Willen die meisten Opfer bringt. Diese Worte mochte Fritz Heintz nicht hören, denn Opfer sind nicht seine Stärke. Doch an diesem Abend konnte er sehen, dass nur wenige bereit waren, ihn zu unterstützen und so trat er kurze Zeit später den Rückzug an. Ich verstehe nicht, warum wir uns nicht vertragen können, wir stehen doch auf derselben Seite, haben die gleichen Feinde und die gleichen Verbündeten und doch scheint es mir jedes Mal so, als müsste ich eine Schlacht schlagen, wenn ich mit dem Fritz Heintz in eine Diskussion gerate. Ein Ortsparteileiter wie der Fritz müsste sich eigentlich seiner Vorbildfunktion bewusst sein. Gerade in schwierigen Zeiten sollte er die Menschen beruhigen und nicht aufhetzen. Doch dazu scheint ihm Erfahrung und Weitblick zu fehlen. Ich bedauere es sehr, dass ausgerechnet ein so kluger und tugendsamer Mann immer wieder über die eigene Eitelkeit stolpert, schließlich trägt er große Verantwortung.

Der Krieg hat seinen Weg auch nach Engelstal gefunden, nicht einmal unsere Kirchweih konnten wir ohne Fliegeralarm abschließen. Hier in Engelstal gibt es zwei Bunker. Einer ist für die normale Engelstaler Bevölkerung und ein zweiter für die Kriegsgefangenen. Das ist eine Engelstaler Besonderheit, die noch mein Vorgänger angelegt hat, denn der Bunker liegt unter der Kirche und Elisabeth Heintz und Luise Becker haben mich davon unterrichtet. Der braven Elisabeth Heintz war es wichtig, dass die Kriegsgefangenen einen eigenen Schutzraum bekommen. Ich habe großen Respekt vor dem Eheweib unseres Parteileiters, mit ihrer ruhigen Würde und ihrem Edelmut ist sie allen Frauen im Ort ein Vorbild. Im Gegensatz zu ihrem Mann packt sie an, ohne ein Wort darüber zu verlieren.

22. Juni 1943, Die Nibelungenspiele
Die Nibelungenspiele sind eine wichtige Angelegenheit in Engelstal und darüber hinaus bekannt. Auch dieses Mal kam der Parteikreisleiter als Ehrengast zu Besuch. Das ganze Dorf summte schon vorher vor Aufregung. Otto Weihrich war wochenlang mit den Proben und Vorbereitungen beschäftigt, die Arbeit in seinem Laden überließ er ganz dem polnischen Kriegsgefangenen. Die Rollenverteilung war ein ständiges Streitthema unter den Knaben und Mädchen. Es war ein wahrer Schönheitswettbewerb. Die Rollen der Kriemhild und Brunhild waren unter einigen Mädchen sehr umkämpft. Es sollten echte deutsche Mädchen sein: gut gewachsen, mit blonden Zöpfen und blauen Augen. Die Wahl für die Kriemhild und die Brunhild fielen in diesem Jahr auf die Töchter von Adam Wohnmüller und Friedhelm Knecht. Beide waren recht stolz, die Rollen übernehmen zu dürfen, auch wenn sie mehr Freude am Kostüm als am Text hatten. Das Spiel wurde nach historischen Vorbildern aufgeführt und von Heimatliedern umrahmt. Auch Lehrer Schneider war an den Proben beteiligt und stolz auf seine Schüler. An dem darauffolgenden Fest konnte ich leider nicht mehr teilnehmen, da ich den Gottesdienst für den darauffolgenden Morgen vorbereiten musste. Es soll recht lange gedauert haben. Doch am nächsten Morgen saßen fast alle Beteiligten bei mir in der Kirche. Mit den Orgien ähnlichen Ausschweifungen, von denen mein Kollege berichtet, kann es also nicht so weit her gewesen sein. Was mich allerdings verwunderte, war, dass Horst Becker sich bei der ganzen Sache sehr zurückhielt. Er begrüßte alle Anwesenden vor dem Spiel, verschwand jedoch danach unter fadenscheinigen Gründen. So verhält sich kein Bürgermeister, das war peinlich. Selbst dann, wenn er und seine Frau Luise

gegen die Nibelungenspiele sind, muss er den Ehrengast betreuen, das kann man nicht einfach so jemand anderem überlassen.

16. September 1943, Erntedankfest
In diesem Jahr ist die Ernte gut ausgefallen und trotzdem werden die meisten nicht davon profitieren können. Das Binger Amt hat mehr Steuern als bei der letzten Ernte eingefordert. Die Not in den Städten wird leider immer größer und wir Menschen auf dem Land müssen um der Gerechtigkeit Willen mit unseren Landsleuten teilen. Den Beckers, Döndorfs und Heinrichs fällt das Abgeben nicht schwer, aber es gibt so viele Kleine, die gerade so zurechtkommen, weil sie heimlich ein paar Hühner im Stall verstecken, hinter dem Haus einen Gemüsegarten angelegt haben und einmal im Jahr in der Nacht schwarz ihr zweites Schwein schlachten. Fritz Heintz ist da sehr streng, wenn er jemanden erwischt, meldet er das sofort. Doch glücklicherweise hat er zurzeit zu viel mit der Parteileitung zu tun. Seine Aufmerksamkeit ist gen Bingen gerichtet. Es heißt, dass sie dort am Stuhl des aktuellen Kreisparteileiters sägen, und er rechnet sich Chancen auf diesen Posten aus. Otto Weihrich, der in den Startlöchern steht, um seine Nachfolge anzutreten, dagegen schon. Den habe ich wirklich unterschätzt. Er hat seine Augen überall und weiß mehr als den meisten lieb sein kann. Mir tun die kleinen Engelstaler Bauern leid. Ich kenne die Not in der Stadt, weil wir Verwandte in Köln und Wiesbaden haben, aber auch in Engelstal gibt es die, die ums tägliche Überleben kämpfen müssen, da kann man auch mal Fünfe gerade sein lassen. Unser Herr Jesus hat den Sündern auch vergeben, und ich kann Horst Becker jetzt besser verstehen. Doch was passiert mit den hochfliegenden Plänen von Fritz Heintz, wenn die Engelstaler Erntesteuer zu gering ausfällt? Muss er als Kandidat für den Kreisparteileiterposten in Bingen nicht ein ideales Ergebnis vorlegen? Egoistisch wie er ist, wird er die kleinen Bauern nicht

sehen, nur seine große Sache. Ich mache mir Sorgen um meine Engelstaler und hoffe, dass der jetzige Kreisparteileiter im Sattel bleibt.

2. Dezember 1943, Advent
Wir gehen auf Weihnachten zu und die Liselotte Wohnmüller war heute bei mir, um das Aufgebot für die Hochzeit mit dem Frieder Hannemann zu bestellen. Der Frieder ist seit dem Sommer im Feld und die Liselotte ist schwanger. Meine erste Ferntrauung in Engelstal. Früher hätte sich jeder über eine schwangere Braut das Maul zerrissen. Aber es ist Krieg und da herrschen andere Gesetze. Trotzdem konnte mir die Braut bei der Anmeldung nicht in die Augen schauen. „Ihr habt wohl die Hochzeitsnacht vorgeholt!" habe ich humorvoll gesagt, um ihr zu zeigen, dass ich Verständnis für die beiden habe. Da ist sie in Tränen ausgebrochen und hat mir gestanden, dass das Kind gar nicht vom Frieder Hannemann ist. Es ist ein Kind der Nibelungenspiele. Sie habe das gar nicht gewollt, aber nun sei es so gekommen und der Frieder sei bereit, sie zu heiraten. Als Belohnung habe ihm Fritz Heintz eine bessere Position in der Wehrmacht versprochen, damit die junge Familie gut ins neue Leben starten könne. Ich bin besorgt über die Macht, die unser Fritz Heintz hat. Nie hätte ich gedacht, dass sie bis in die Wehrmacht reicht. Er muss doch mächtige Freunde haben. Aber gute Freunde hat die arme Liselotte auch und das beruhigt mich sehr. Elisabeth Heintz und Luise Becker wollen ihr bei den Vorbereitungen für die Hochzeit helfen und ihr auch in ihrer schwersten Stunde zur Seite stehen. Diese zwei redlichen Weiber mit ihrem guten Leumund sind jetzt wichtig für die Liselotte, weil ihre Familie sich von ihr abgewandt hat. Frieder Hannemanns alte Mutter kann ihr nicht helfen. Elisabeth Heintz hat mich darum gebeten, dass ich zu den Wohnmüllers gehe und ein gutes Wort für die Liselotte einlege, und ich denke, dass ich das tun werde.

10. Dezember 1943, Adventsnachmittag in der Frauenhilfe
Heute Nachmittag hat die Frauenhilfe ihren Adventsnachmittag gefeiert. Es war eine wunderbar heimelige Stunde. Die Weiber aus dem Dorf hatten sich viel Mühe gemacht. Jede hatte Plätzchen mitgebracht. An dem Stolz einer guten Hausfrau kann auch der Krieg nichts ändern. Aber es gab auch einige sorgenvolle Geschichten zu berichten. Normalerweise erfahre ich nur wenig, von dem, was in der Frauenhilfe gesprochen wird, weil es da um Weibergeschichten geht. Doch der Krieg lässt auch Heim und Herd nicht unberührt und so tauschen sich die Weiber inzwischen nicht mehr nur über Küchenrezepte und Kindergeschichten aus. Ich war doch sehr verwundert, wie gut die meisten über die Geschehnisse im Dorf informiert sind. Auch scheint mir, dass ein paar eine eigene Gruppe gebildet haben. Doch als ich später mein Weib Dorothea fragte, wusste sie auch nicht mehr darüber zu berichten. Einige seien gut miteinander befreundet und würden in der Frauenhilfe immer nebeneinandersitzen. Sie hätten sich viel zu erzählen, ohne dass ein anderer davon erfahren dürfe. Den inneren Kreis bilden Elisabeth Heintz, Luise Becker, Helene Heinrich und Käthe Döndorf. Beeindruckt war ich heute Nachmittag auch von der kleinen Anni Becker. Normalerweise ist sie kein einfaches Kind, sie spricht nicht viel. Bisher ist es mir kaum gelungen, ein offenes Wort mit ihr zu reden. Manchmal habe ich sogar den Eindruck, dass sie mir aus dem Weg geht. Heute Nachmittag aber hat sie dem alten Klavier im Gemeindehaus wunderschöne Weihnachtslieder entlockt. Ich frage mich, wer ihr das beigebracht hat.

Weihnachten 1943
Dieses Jahr haben wir Weihnachten mit deutschen und polnischen Weihnachtsliedern gefeiert. Ich hatte zuerst Bedenken, weil unsere polnischen Kriegsgefangenen katholischen Glaubens

sind. Doch Luise Becker und Elisabeth Heintz haben mich vom Gegenteil überzeugt. Die Frauenhilfe hat in den letzten Wochen Strümpfe für die Männer an der Front gestrickt und dabei sind auch welche für die polnischen Zwangsarbeiter abgefallen, die wollten sie ihnen an Weihnachten zusammen mit einer Extraportion Essen nach dem Gottesdienst in der alten Schule überreichen. Ich war über die Heftigkeit von Lehrer Schneider überrascht, der sich ihnen in den Weg zu stellte. Eine so niedere Rasse wie die polnische habe Weihnachtsgeschenke nicht verdient. Er sprach von Arbeitslagern und Ähnlichem und dass unser Handeln dem Führer bestimmt nicht gefallen würde. Ich kann mir nicht vorstellen, dass Schneider recht hat. Weihnachten ist trotz allem ein Fest der Barmherzigkeit.

Am Ende gab die Genehmigung von Fritz Heintz den Ausschlag. Der hätschelt zurzeit seinen verletzten Stolz. Seitdem klar ist, dass er den Posten des Kreisparteileiters trotz aller Intrigen nicht bekommen wird, ist er unausstehlich. Selbst mit seinen besten Freunden Friedrich Schneider und Otto Weihrich hat er sich zerstritten. Deshalb widerspricht er ihnen, wo er nur kann. Am meisten hat jedoch sein Weib abbekommen. Die hat er nämlich in einem ersten Anfall von Enttäuschung grün und blau geschlagen. Luise Becker hat einen Arzt aus Bingen geholt, weil sie um das Leben der Freundin fürchtete. Sie nahm sie sogar einige Tage bei sich auf und pflegte sie. Mein Weib hat mir alles genau berichtet. Sie glaubt, dass er der Frauenhilfe die Weihnachtsaktion erlaubt hat, um Elisabeth zur Heimkehr zu bewegen. Natürlich ist sie nach einigen Tagen aus dem Krankenbett mit Gipsarm und Verband um die Rippen ins eheliche Heim zurückgekehrt. Um den Schein zu wahren, erzählt sie nun jedem von dem Sturz auf der Kellertreppe. Zum Weihnachtsgottesdienst erschien sie am Arm ihres grimmigen Mannes. Verdient hat dieser gewalttätige Kerl das edle Weib, das sich so sehr um andere kümmert, nicht.

Die Polen waren übrigens nicht die einzigen Katholiken, die an unserem Gottesdienst teilnahmen. Seit einigen Wochen haben wir Flüchtlinge aus Berlin und Frankfurt bei uns im Dorf. Sie wurden in den größeren Weingütern einquartiert. Auch bei uns im Pfarrhaus ist Besuch angekommen. Meine Schwägerin ist in Darmstadt ausgebombt worden, ihr Mann kam dabei sogar ums Leben. Für unsere Familie war es deshalb dieses Jahr ein trauriges Weihnachten. Bei den Heinrichs sind auch Frankfurter Verwandte eingezogen und mir scheint, dass auch bei den Beckers inzwischen mehr Menschen wohnen.

15. Januar 1944
Die Zahl der Flüchtlinge nimmt zu. Die meisten sind als Städter das Leben auf dem Land nicht gewöhnt. Auch im Gottesdienst sehe ich immer öfter fremde Gesichter. Ich habe Luise Becker auf die neuen Bewohner im Weingut angesprochen. Doch diese hat die Unterbringung von Flüchtlingen verneint. Aber ab und zu müsse ihr Mann als Bürgermeister kurzfristig Gäste unterbringen. Das ist natürlich verständlich. Ich denke jedoch, dass auch die Beckers als Bürgermeisterfamilie ihre vaterländische Pflicht tun und eine der Flüchtlingsfamilien aufnehmen sollten. Das Weingut ist groß genug dafür.

Auch wollen einige hartnäckige Gerüchte nicht verstummen, die seit kurzem die Runde machen. Otto Weihrich spricht offen davon, dass er bei Nacht fremde Kinder auf dem Beckerschen Hof gesehen hat. Er behauptet, dass die Beckers jemanden verstecken.

Ich kann mir das nicht vorstellen. Vor allem hier in Engelstal, wo jeder über jeden Bescheid weiß. Hier gibt es keine Verbrecher oder Deserteure oder Volksfeinde. Doch Otto Weihrich erzählt oft irgendwelche Geschichten. Ich nehme ihn deshalb auch nicht ernst. Leider kann ich das nicht von allen Engelstalern sagen. Viele tratschen gerne über die Gerüchte, die er in die Welt setzt.

20. Januar 1944
Liselotte Hannemann ist heute zu den Döndorfs ins Weingut umgezogen. Letzte Woche kam die Nachricht, dass der Frieder vermisst wird. Seine Mutter hat die Nachricht nicht gut aufgenommen. Der Schlag hat sie getroffen und sie hat das Bewusstsein nicht mehr wiedererlangt. Heute mussten wir sie nun zu Grabe tragen. Zurück bleibt eine hochschwangere junge Witwe, die einer schweren Geburt entgegen geht. Ihre Eltern haben ihr trotz meines guten Zuredens nicht verziehen und so kümmert sich nun Käthe um sie. Ich habe bei den Beckers nachgefragt, weil die Döndorfs eher zurückgezogen leben und die gute Käthe schon ein älteres Weiblein ist. Doch Luise Becker wollte die Verantwortung nicht übernehmen, sie hätten mit dem Philipp schon genug zu tun und so alt sei die Käthe nun auch wieder nicht. Dabei war sie ungewöhnlich barsch. So kenne ich sie nicht. Ich frage mich, ob an den Gerüchten von den versteckten Leuten im Beckerschen Weingut vielleicht doch etwas dran ist. Warum sollte sie sonst der armen Liselotte einen solchen Liebesdienst verweigern?

15. Februar 1944
In den letzten Tagen habe ich zum ersten Mal einen richtigen Schneesturm in Engelstal erlebt. Die Temperaturen sind bis auf 10 Grad unter Null gefallen. Selbst die polnischen Zwangsarbeiter mussten nicht zum Arbeiten vor die Tür. Als ich mich heute auf den Weg in den Kolonialladen machte, da erzählte Otto Weihrich gerade einer Gruppe von erstaunten Zuhörern, er habe gesehen, wie vorgestern mitten im Schneesturm der Doktor Rosenstein und seine Familie aus dem Haus der Beckers gekommen und mit dem Auto weggefahren seien. Man hat mir dann erklärt, dass dieser Doktor Rosenstein der frühere Arzt von Engelstal ist. Vor circa einem Jahr hat er in Worms die Praxis seines Vaters übernommen. Doch Otto hatte eine ganz

andere Geschichte zu erzählen. Die Rosensteins seien in Wirklichkeit jüdisch gewesen. Wer sich auskenne, so wie er, der hätte das auf den ersten Blick erkannt. Solche Sprüche kennt man von Otto, deshalb habe ich nur halb hingehört, um so ungeheuerlicher war jedoch seine Theorie, die Rosensteins seien gar nicht in Worms, sondern in Engelstal gewesen. Die Beckers haben sie bei sich versteckt, behauptete er immer wieder. Langsam glaube ich, dass Otto irre wird.

Seine Zuhörer, die spannende Geschichten lieben, waren auf jeden Fall völlig fasziniert. Und je absurder eine Verschwörungstheorie desto lieber hören sie zu. Geglaubt hat ihm trotzdem keiner, denn das ist jedem klar, eine ganze Familie ein Jahr lang zu verstecken, ist schon eine ziemliche Leistung. Deshalb hat ihm auch Fritz Heintz ins Gesicht gelacht, als er sein Ammenmärchen erzählt hat, damit der die Beckers bei der Gestapo anzeigt.

Den Weibern, die da in seinem Laden einkaufen, könne er das ja vielleicht erzählen, aber bei der Gestapo mache er sich nur lächerlich. Damit war für ihn das Thema erledigt. Ich glaube ja, dass Otto Weihrich gerne den Bürgermeisterposten hätte. Doch auch richtiges Denunzieren will gelernt sein.

6. Februar 1944
Der schreckliche Schneesturm hat zwei Opfer gefordert. Die Liselotte Hannemann ist gestorben und ihr Baby wurde zu früh geboren. Hans Döndorf kam wegen dem Schneesturm nicht aus dem Haus und deshalb konnte er weder einen Arzt noch eine Hebamme holen. So starb nicht nur das Baby, auch die junge Mutter ist verblutet. Hans hat sie eingesargt. Ich werde sie, sobald es taut, begraben. Nun ist niemand mehr da von den Hannemanns und ich hoffe, dass Liselottes Eltern wenigstens zu ihrer Beerdigung kommen werden.

10. Februar 1944
Das Gerücht des Doktor Rosenstein fand schnell eine Erklärung, als sich herausstellte, dass Luise Becker krank ist. Es war wohl tatsächlich ein Arzt bei den Beckers gewesen, allerdings nicht Dr. Rosenstein, sondern ein Arzt, den Horst Becker mitten im Schneesturm unter großen Gefahren aus Bingen geholt hatte. Luise ist nochmal schwanger und hat aufgrund ihres fortgeschrittenen Alters schon während der ganzen Schwangerschaft Beschwerden, ohne dass sie jemand etwas davon gesagt hat. Während des Schneesturms befürchtete man eine Fehlgeburt, weshalb auch die Hebamme gerufen wurde. Horst Becker schaffte, was dem Hans Döndorf aufgrund der abgelegenen Lage seines Gehöfts nicht gelang. Nun muss sie bis zur Geburt des Kindes das Bett hüten, damit es keine Frühgeburt wird.

Die unglückliche Liselotte Hannemann haben wir heute zu Grabe getragen. Ihre Mutter wurde von Elisabeth Heintz und Käthe Döndorf am Grab gestützt, wie einst unter dem Kreuz so sind es meistens die Weiber, die den letzten Weg mitgehen, die Männer trifft man dann eher am Stammtisch im grünen Baum, wo sie ein Krüglein Wein nach dem anderen in sich hineinschütten, um so das eigene Gewissen zu betäuben. Ich hatte dem Vater von der Liselotte heute Abend nichts zu sagen. Den letzten Weg seiner Tochter hätte er mit seinem Weib zusammen gehen müssen.

15. Februar 1944
Die Fastnacht in Engelstal hat in diesem Jahr etwas fieberhaft Zwanghaftes. Ich habe das Gefühl, dass die Menschen an der Mission unseres Führers zweifeln und ich muss gestehen, dass ich sie verstehen kann. Fritz Heintz läuft mit einem starren Gesicht herum, er kann über die Büttenreden nicht lachen. Das eiserne Gesetz, dass an der Fastnacht alles gesagt werden darf, möchte er am liebsten umstoßen, und ich fürchte um die, die

sich in diesem Jahr zu weit aus dem Fenster lehnen, besonders um Kurt Heinrich. Auch wenn ich seine politischen Ansichten nicht gutheißen kann. Elisabeth Heintz hat wieder blaue Flecken im Gesicht und mein Weib hat mir erzählt, dass alle über das Verhältnis von Fritz Heintz und Helene Heinrich klatschen. Ich will nichts darüber wissen und das habe ich auch Dorothea gesagt. Was er tut, ist nicht recht. Man darf sein Eheweib nicht mit einer anderen betrügen. Dorothea behauptet, dass Elisabeth Heintz und Helene Heinrich trotzdem miteinander befreundet sind. Daran erkennt man die Güte und Herzenswärme dieses edlen Weibes. Fritz Heintz hat sie wirklich nicht verdient.

2. März 1944
Bei den Beckers ist ein Junge geboren worden. Das freut mich besonders, weil sich beide so lange schon einen Knaben wünschen. Froh bin ich auch darüber, dass sich Ottos Vorwürfe als haltlos erwiesen haben. Nachdem Fritz Heintz die Gestapo nicht informieren wollte, hat er das selbst übernommen. Diese stellte daraufhin das Beckersche Weingut auf den Kopf und fand bei dem verdienten Parteimitglied Horst Becker keinen Anlass zum Zweifeln. Stattdessen bekam Otto Weihrich eine Verwarnung, weil er ein treues Parteimitglied ohne Grund denunziert und die Gestapo von wichtigeren Aufgaben abgehalten hatte. Im Dorf freuten sich viele über den Rüffel. Horst Becker war zu schlau, um seine Schadenfreude zu zeigen. Stattdessen plant er aus Freude über die Geburt seines Sohnes ein großes Tauffest. Mitten im Krieg tut das allen gut. Viele sind eingeladen, Otto Weihrich nicht.

Ostern 1944
Es ist schön, dass in Engelstal auch in Kriegszeiten alle zusammenhalten. Schon wieder sind Flüchtlinge aus Berlin bei den Heinrichs angekommen. Die jungen Männer bleiben nur kur-

ze Zeit. Ihr Heimatland ruft nach ihnen. Aber eine Tante der Heinrichs ist eine treue Kirchgängerin. Sie bemüht sich so um die Versöhnung der beiden Geschwister Helene und Kurt. Auch mich hat sie schon ein paar Mal um Mithilfe gebeten. Doch ich kann ihr leider nicht weiterhelfen. Scheinbar kann der Bruder der Schwester die Schande des unehelichen Kindes nicht vergeben. Vielleicht wäre alles anders, wenn die Schwester das Verhältnis zum Kindsvater aufgeben würde. Doch im Dorf wird immer noch viel über sie und Fritz Heintz geredet. Dorothea weiß immer neue Geschichten zu erzählen.

Ostermontag 1944
Heute Nacht wurde auch Engelstal von einer Fliegerbombe getroffen. Gott sei gedankt, dass wir alle den Fliegeralarm rechtzeitig gehört haben und uns in den Bunkern verstecken konnten. So ist wenigstens kein Mensch zu Schaden gekommen. Dafür hat es aber das Haus der Höxsters getroffen und den Weinberg, der dahinter liegt. Philipp Höxster war in dieser Nacht nicht zu helfen, sein Kriegstrauma kehrte zurück und ich konnte erstmals verstehen, warum die Wehrmachtsleitung ihn zurückgeschickt hat. Zusammengerollt wie ein Säugling lag er bei Beckers in seinem Zimmer und wagte nicht sich zu rühren, berührte man ihn, fing er an zu schreien. Luise und Horst kümmerten sich rührend um ihn und seine Eltern. Hinter der Waschküche wurde ein kleines Zimmer für die beiden alten Leute als provisorische Unterkunft hergerichtet. Morgen will die Frauenhilfe unter der Führung von Luise Becker und Elisabeth Heinz nachsehen, was von der Einrichtung übriggeblieben ist. Vielleicht kann man ja noch das eine oder andere retten. Ich war gerührt, als Horst Becker sagte, der Phillip Höxster und die beiden alten Menschen könnten so lange bei ihnen bleiben, wie sie möchten. Das ist echte Nächstenliebe. Gott wird es ihm irgendwann einmal vergelten, dass er sich so rührend um diese Familie kümmert.

20. April 1944
Heute haben wir den kleinen Berti Becker über das Taufbecken gehalten. Obwohl er ein bisschen zu früh geboren wurde, ist er gesund und stark. Schon jetzt ist er ein kleiner Kämpfer. Hans Döndorf wurde von Horst und Luise Becker zum Paten bestimmt, wie könnte es auch anders sein. Die kleine Anni, die nie spricht, stand mit am Taufbecken und erzählte mir immer wieder, sie wünsche sich, dass auch Max dabei sein könne. Ich glaube nicht, dass sich der Wunsch eines weiteren Kindes erfüllen wird. Otto Weihrich, der draußen vor der Kirche wartete, kann die Demütigung nur schwer verdauen. Er beharrt darauf, den Doktor Rosenstein und seine Familie im Schnee gesehen zu haben. Elisabeth Heintz dagegen war begeistert von dem kleinen Berti. Sie hat Luise das Taufkleid ihrer Söhne ausgeliehen. Fritz Heintz hat später beim Mittagessen eine große Rede geschwungen und behauptet, dass man dem kleinen Berti schon jetzt seinen arischen Stammbaum ansehen könne. Er war allerdings der Einzige, der das erkennen konnte, schließlich ist der Säugling noch extrem klein. Ich war vom Geschmack der Beckers wirklich begeistert. Nie hätte ich gedacht, dass sie an klassischer Bildung interessiert sind. Doch auf der Eichenkommode konnte ich eine Bronze entdecken, die mich neidisch machte. Es ist eine Statue von Johann Wolfgang von Goethe. Dass Horst Becker den Dichter der Deutschen genauso lieben könnten wie ich, hätte ich niemals gedacht. Ich habe deshalb in meiner Taufrede ein Goethe-Zitat verwendet und dabei Horst Becker bedeutsam angeschaut. Ich bin mir nicht ganz sicher, ob er es erkannt hat. Er hat auf jeden Fall freundlich wie immer zurückgelächelt.

6. Juni 1944
Heute Abend gab es einen kleinen Aufruhr in unserem Dorfkrug. Kurt Heinrich behauptete die Amerikaner und Englän-

der seien mit einer großen Militäreinheit in der Normandie gelandet und nun würde sie auf dem Weg hierher nichts mehr aufhalten können. Das sei der Anfang vom Ende. Fritz Heintz, der am Stammtisch in der Ecke saß, konnte solch eine Aussage natürlich nicht einfach so stehen lassen. Das sei Wehrzersetzung! Schrie er und schon stritten die beiden. Fritz warf dem Kurt vor, heimlich den Sender des Feindes zu hören und die Engelstaler mit volksverhetzenden Parolen zu schwächen. Das werde Folgen haben, und dieses Mal könne ihn niemand retten. Die Engelstaler waren auf jeden Fall beunruhigt und es half uns allen nicht viel, als zu späterer Stunde der Reichsfunk von Siegen in der Normandie berichtete und zugleich Junge und Alte zur Verteidigung der Heimat aufrief. Irgendwie blieb ein schales Gefühl bei mir zurück. Kann es sein, dass das, was wir im Reichsfunk zu hören bekommen, nicht immer ganz der Wahrheit entspricht? Dass es manchmal übertrieben wird, um die Begeisterung für die große Sache am Leben zu erhalten, das kann ich akzeptieren. Manchmal heiligt der Zweck die Mittel. Aber wenn die Wahrheit völlig verdreht wird und aus einer Niederlage ein Sieg gemacht wird, dann ist das eine gezielte Fehlinformation und das wiederum lässt mich zweifeln. Wer lügt, kann nicht siegen. Das kann auch nicht im Sinne unseres Führers sein. Er, der das Vorbild unserer Jugend ist, kann unser Vaterland nicht auf Lügen aufbauen wollen! Er kann doch junge Menschen nicht, um einer Lüge willen in den Krieg ziehen lassen? Das müssen andere sein, die da Lügen verbreiten, und unser heiliges deutsches Volk untergraben wollen.

21. Juni 1944
Heute habe ich bei unseren Nibelungenspielen die Gelegenheit genutzt, mal ganz nebenbei mit Hans wegen der Gerüchte um seinen Sohn Paul zu sprechen. Natürlich hat Paul nicht die Anfallskrankheit. Er ist im letzten Jahr nur ein bisschen zu

schnell gewachsen, sagt Hans und jetzt wird ihm schnell mal schlecht, wenn er nicht genug gefrühstückt hat. In diesem Jahr wollten nur wenige Mädchen bei den Nibelungenspielen mitspielen. Scheinbar gibt es kaum Mädchen, die sich so ein Spiel zutrauen. Anni Becker hätte wohl gerne mitgemacht, wie sie mir anvertraut hat, aber ihr Papa hat es ihr verboten. Er ist der Meinung, dass die Tochter des Bürgermeisters nicht auf die Theaterbühne gehört.

Ich hätte nie gedacht, dass der Horst noch konservativer sein könnte als ich. Aber das Verhältnis zwischen Vätern und Töchtern ist nun einmal etwas ganz Besonderes. Schließlich haben zum ersten Mal zwei Flüchtlingsmädchen die Rollen übernommen. Das Theaterspiel war so schön wie im letzten Jahr, aber das anschließende Fest nur kurz. Fritz Heintz hatte nicht so viele Ehrengäste organisieren können und so waren die Dorfbewohner unter sich. Unsere Feste sind einfacher geworden und wir feiern schon seit längerem nicht mehr bis tief in die Nacht. Die einquartierten Gäste aus der Stadt schauen uns mit vorwurfsvollen und mahnenden Augen an und erinnern uns daran, dass in den Städten die Versorgung knapp ist. Auch traut sich keiner mehr volltrunken nachhause, weil wir alle nüchtern sein wollen, falls die Flieger in der Nacht kommen. Die Zeiten haben sich geändert. Der Krieg ist jetzt auch bei uns angekommen.

20. Juli 1944
Ich kann es kaum glauben, heute ist etwas schreckliches passiert und ich darf keinem erzählen, was ich weiß. Dieser Pfarrchronik werde ich es anvertrauen, weil niemand außer meinem Nachfolger sie lesen darf und auch er zum Beichtgeheimnis verpflichtet ist.

Heute wäre unser Führer beinahe ermordet worden und eines meiner Gemeindeglieder war an der Verschwörung gegen ihn beteiligt. Ich weiß es, weil er mich heute Mittag mit dem Auto mitgenommen hat, als ich vom Bahnhof aus nach Engelstal gelaufen bin. „Herr Pfarrer" hat der Kurt Heinrich mir übermütig zugerufen. „Jetzt ist der Krieg bald vorbei! Dann können wir endlich wieder freie Luft atmen und müssen uns nicht mehr von Dummköpfen vorgeben lassen, was wir zu denken haben." So aufgeräumt, habe ich den Kurt Heinrich noch nie gesehen und da ich um seine Feindschaft mit dem Fritz Heintz weiß, habe ich mir gedacht, dass es um Fritz gehen muss. Aber nein, der Kurt Heinricht hat gelacht, nein, nein Herr Pfarrer, heut kracht das ganze System! Mehr wollte er mir nicht sagen! Und im Nachhinein bin ich froh, dass ich nicht mehr darüber weiß. Denn als ich heute Abend in den grünen Baum kam, da wurde es im Radio verkündet, sie hatten versucht, unseren Führer zu ermorden. Ein Schutzengel hat ihn beschützt, denn er hat überlebt.

Kurt Heinrich saß leichenblass an einem Tisch in einer Ecke und ich habe mich schnell zu ihm gesetzt, damit niemand genauer hingucken konnte. Doch der Trubel war so groß, dass der Kurt gar nicht auffiel. Ich habe ihm nach draußen geholfen und gesehen, dass er vor Angst zitterte. „Sie werden mich holen kommen, Herr Pfarrer, und dann ist alles vorbei! Beten sie für mich!" hat er noch gesagt und dann ist er gegangen. Ich habe tatsächlich für ihn gebetet und für unseren Führer auch. Denn ich bin wirklich zwiegespalten. Was wäre gewesen, wenn der feige Mordanschlag erfolgreich gewesen wäre. Wenn unsere Nation mitten im Krieg führerlos dagestanden hätte. Ich will gar nicht daran denken. Aber der Kurt Heinrich tut mir leid. Jesus hat dem Schächer am Kreuz vergeben und so kann er auch dem Kurt Heinrich vergeben, wenn der Reue zeigt.

5. August 1944
Ich weiß nicht, ob der Kurt gegenüber unserem Herrgott Reue gezeigt hat, jedenfalls ist der ihm gnädig gewesen. Denn er ist

mit einem blauen Auge davongekommen. Rund um in den Dörfern wurden Männer festgenommen, weil sie an der Verschwörung gegen unseren Führer beteiligt gewesen waren. Aber nach Engelstal kam die Gestapo Gott sei Dank nicht. Und so geht auf dem Gutshof der Heinrichs alles seinen gewohnten Gang. Zu meinem Erstaunen habe ich die Helene und den Kurt Heinrich letzten Sonntag nach der Kirche zum ersten Mal zusammenstehen sehen. Ob der Kurt in der Not begriffen hat, wie wichtig die Beziehungen zu denen sind, die wir lieben? Oder vielleicht fällt es auch einem Sünder leichter auf eine Sünderin zuzugehen. Das beunruhigende Glitzern in den Augen von Fritz Heintz dagegen hat mir nicht gefallen.

Gestern haben wir Anton Höxter begraben. Er hinterlässt seine Äcker und Weinberge den Beckers. Dafür werden die sich um seinen Sohn Philipp und seine Ehefrau kümmern. Beide sollen auf dem Beckerschen Weingut ein lebenslanges Wohnrecht bekommen. Verständlich ist das schon, denn Philipp hat sich von seinen Erfahrungen in Stalingrad nicht erholt und kann sich selbst nicht vorstehen. Da ist es gut, dass die Beckers sich um ihn kümmern. Im Weingut gibt es immer etwas zu tun und so bekommt Horst einen guten und treuen Arbeiter.

Den Beckers geht es trotz der Kriegszeiten gut. Der kleine Berti wächst und gedeiht und Anni ist zwar manchmal ein bisschen wild, aber welches Kind ist das nicht in diesen Zeiten. Der Horst ist als Bürgermeister sehr beliebt und seine Frau Luise ist eine Stütze der Frauenhilfe. Mit Philipp und einigen polnischen Kriegsgefangenen, die sie nach der Geburt von Berti nun doch als Arbeitshilfen übernommen haben, lässt sich die Arbeit gut bewältigen. Im Moment helfen alle Schüler auf dem Feld, es ist schulfrei. Selbst Lehrer Schneider hat seine Müh und Not, die Ernte dieses Jahres in die Scheune zu bringen. Das Feld hinter der Schule bringt in diesem Jahr nur einen kleinen Ertrag, weil irgendjemand in der Hexennacht die aus dem Boden sprießende Saat niedergetrampelt hat. Manche behaupten, es seien die polnischen Kriegsgefangenen gewesen, aber ich glaube, es waren die Schüler, die in diesem Jahr von der Volksschule abgehen. Friedrich Schneider ist nicht besonders beliebt. Ihm fehlt das Herz eines begabten Pädagogen und das spüren seine Schüler. Wir werden ihm wohl in diesem Winter alle unter die Arme greifen müssen. Er selbst macht sich da scheinbar keine Sorgen, als treues Parteimitglied nimmt er sich sehr wichtig und glaubt fest daran, dass man sich um seine Versorgung kümmern wird. Wenn alle seine Schüler so brav wie Paul Döndorf wären, dann hätte er dieses Problem nicht.

14.September 1944
Heute haben wir einen dieser wunderbaren schönen Spätsommertage genossen. Es hat mir Freude gemacht, mit unserer Jugend zur kleinen Lichtung zur wandern und dort am Bach ein Picknick zu veranstalten. Dabei habe ich mit ihnen über Gottes wunderbare Schöpfung gesprochen und dass es kein schöneres Land als unsere deutsche Heimat gibt. Es treibt mir die Tränen in die Augen, wenn ich daran denke, mit welchem vaterländischen Stolz unsere Knaben bereit sind, für ihre Nation zu kämpfen und wie unsere Mädchen sich schon jetzt der Aufgaben eines guten deutschen Weibes bewusst sind. Aufgrund meiner Kriegsverletzung war ich froh, dass Luise Becker, Elisabeth Heintz und mein Weib Dorothea mich bei diesem Ausflug begleitet haben. Am Nachmittag in der größten Sommerhitze, als die Kinder gebadet haben, ist dann etwas Seltsames passiert. Luise hat den kleinen Berti an unserem Bach frisch gemacht, als einer der größeren Knaben gerufen hat, dass der Berti wie ein dreckiger Judenbub beschnitten sei. Ich habe Luise noch nie so böse erlebt. Sie hat den Knaben angefahren, dass man so etwas nicht sagen dürfe. Der kleine Berti sei bei seiner Geburt nicht ganz gesund gewesen und deshalb habe man ihn beschnitten.

Das sei ein völlig normaler Vorgang. Das könne jedem Jungen passieren und sie werde es nicht dulden, wenn er deshalb beschimpft und geneckt werde. Sie war knallrot im Gesicht. Der Knabe war ganz eingeschüchtert. Ich bin mir sicher, dass er es nicht so gemeint hat. Ich habe dafür gesorgt, dass er sich bei ihr entschuldigt und danach hat sie sich dann auch wieder beruhigt. Scheinbar ist es für Luise ein sensibles Thema, was ich auch verstehen kann. Wer spricht schon gerne über so etwas.

20. Oktober 1944
Es heißt, die amerikanischen und englischen Truppen hätten schon Aachen eingenommen. Aachen, unser schönes Aachen. Die Stadt, in der deutsche Kaiser gekrönt wurden, wird nun durch amerikanische Soldaten entweiht. Flüchtlinge, die von dort zu uns kommen, erzählen, dass alles in Trümmern liegt und die Menschen mit hohlen Augen und leeren Mägen durch die Straßen gehen, während die Besatzer rauschende Siegesfeste feiern. Gestern habe ich in Otto Weihrichs Laden einem Gespräch zwischen ihm und Luise Becker gelauscht. Dabei brüstete sich Otto, dass er nicht tatenlos zusehen werde, wenn die Amerikaner und Engländer kommen. Lieber wolle er im Kampf sterben, als sich feige zu ergeben. Luise Becker schüttelte nur den Kopf, sie ist ein mutiges Weib, auch wenn sie nichts vom Krieg versteht und mit dem Herzen einer Mutter spricht. „Wir müssen an unsere Kinder denken!" Sagte sie. Doch das wollte Otto Weihrich nicht hören, er hat ihr sogar Vaterlandsverrat vorgeworfen. Ich bin dann dazwischen gegangen. Denn das ist völlig absurd. Luise Becker ist keine Vaterlandsverräterin.

3. November 1944
Mit Mühe konnte ich heute einige meine Konfirmanden vom Militärdienst abhalten. Sie sind noch zu jung für diese schwere Aufgabe. Fritz Heintz hat den Volkssturm ausgerufen, und

alle noch vorhandenen jungen Männer für den Dienst an der Front einberufen. Aus dem Konfirmandenjahrgang des letzten Jahres haben sich einige gemeldet, obwohl sie erst 15 Jahre sind. Sie werden in der kommenden Woche an die Westfront fahren, die bedrohlich nahe gerückt ist. Der Rest übt nun mit Lehrer Schneider, dem Hermann Deutschmann und Fritz Heintz für den Einsatz an der Heimatfront. Inzwischen geht es nicht mehr nur darum, den geordneten Rückzug in den Bombenkeller zu organisieren, sondern im Notfall auch die Ausfallstraßen nach Bingen zu verteidigen, wie mir ein Konfirmand mit glänzenden Augen berichtete. Das sei fast genauso wichtig, wie der Dienst an der Front. Die polnischen Kriegsgefangenen müssen zurzeit Gräben ausheben, statt in den Weinkellern zu helfen. Überall begegne ich besorgten Müttern. Im grünen Baum reden sie über die amerikanischen und russischen Soldaten. Und schließen Wetter darüber ab, wer wohl zuerst in Engelstal ankommen wird. Inzwischen glauben nur noch Leute wie Fritz Heintz, Otto Weihrich oder Hermann Deutschmann an den Endsieg.

1. Advent 1944
In diesem Jahr ist der Advent eine stille Zeit. Die Adventsfeiern finden nur in kleinem Rahmen statt. Alle haben an den Plätzchen und dem Glühweingewürz gespart, wegen der großen Pakete, die an die Front geschickt werden sollen. Außerdem warten sie auf die Briefe, die wöchentlich von der Front eintreffen. Ist der Sohn noch am Leben, ist er noch gesund? Hatte er Gelegenheit zu schreiben? Der Postsack wird immer bei Horst Becker abgeladen und da sammeln sich dann alle. Leider sind unsere Verluste hoch und so muss manches Elternpaar in diesem Advent den Tod eines Sohnes beklagen. Horst Becker meint, es sei noch viel schlimmer, wenn die Söhne als vermisst gemeldet würden. Ich denke, dass das Gegenteil der Fall ist, so haben die Eltern doch wenigstens ein bisschen Hoffnung in dieser schwie-

rigen Zeit. Besonders leid, tut es mir für Sieglinde Huber, die im vergangenen Jahr zusammen mit der Liselotte Hannemann in einer Doppelhochzeit per Ferntrauung verheiratet wurde. Sie hat ihren Ehemann seitdem nur einmal gesehen. Das Kind wurde im November geboren und nun wird sie es auch allein an Weihnachten über das Taufbecken heben müssen, weil der Norbert noch immer an der Front ist. Sie wohnt mit dem kleinen Kind und Norberts alten Eltern auf deren kleinen Bauernhof und ist mit knapp 18 Jahren eigentlich noch viel zu jung für die Last, die sie trägt. Ich bete jeden Abend für Norbert und sie, dass er gesund von der Front zurückkommt und das Kind seinen Vater kennenlernen kann.

Keiner glaubt mehr die Radionachrichten, die wir zu hören bekommen, wenn wir abends im Grünen Baum bei einem Schoppen Wein zusammensitzen. Wenn Fritz Heintz von den Siegen bei dem Unternehmen Bodenplatte redet, dann schauen die meisten betreten unter sich. Stattdessen sitzen jetzt immer mehr Leute mit dem Kurt Heinrich zusammen. Der hört den Rundfunk der Alliierten und erzählt im Flüsterton, wie weit die feindlichen Truppen schon vorgerückt sind. Fritz Heintz hat ihm nicht nur einmal gedroht, doch der Kurt lässt sich nicht mehr einschüchtern. Für mich sind das alles Zeichen, dass wir in einer Endzeit leben. Wir gehen dem Untergang entgegen und das kurz vor dem Fest der Geburt unseres Herrn.

Heiligabend 1944
Wenn ich zurückschaue, dann kann ich kaum glauben, dass wir noch vor einem Jahr gemeinsam mit den polnischen Kriegsgefangenen Heiligabend gefeiert haben. In diesem Jahr sieht alles anders aus. Fritz Heintz hat jedwede Verbrüderung mit dem Feind verboten. Selbst ein gutes Wort seiner Frau konnte da nichts ausrichten, der Ton wird immer schärfer. Auch unter unseren polnischen Strafgefangenen herrscht eine angespannte

Stimmung, sie hoffen auf Befreiung. Ihr Ton und Blick werden immer frecher. Wer da nur mit Druck arbeitet, hat jetzt Mühe. Mehrfach ist es schon zu Streitereien gekommen. Ich halte jedes Mal die Luft an, besonders dem Hermann Deutschmann sitzt die Pistole, die er zur Vaterlandsverteidigung bekommen hat, locker. Er fühlt sich gerne stark.

So war der heutige Heiligabendgottesdienst eine ernste Angelegenheit, wir gedachten der Verstorbenen und beteten für den Sieg und für die Bewahrung unserer Lieben und die Klugheit der Mächtigen und die Gesundheit unseres Führers. Bei letzterem konnte ich nur noch wenige sprechen hören. Es ist erschreckend, wie schnell sich die Menschen in schlechten Zeiten von denen abwenden, denen sie vor kurzem noch alles zutrauten. Wir haben alle so viel Hoffnung mit unserem Führer verbunden und jetzt hört man immer mehr Kritik hinter vorgehaltener Hand. Die Menschen sind kriegsmüde. Sie erinnern sich wieder an den ersten großen Krieg und an die große Niederlage. Damals als sie die Verlierer waren und die Sieger über sie hinweg trampelten.

Der Horst und Luise Becker sind dagegen ein Anblick, der einem das Herz erwärmt. Diese junge Familie kam heute mit beiden Kindern in den Gottesdienst. Erstaunlich wie gut sich der kleine Berti macht. Beide sind so stolz auf den kleinen Jungen und aus Anni ist ein richtig hübsches Mädchen geworden mit einer wunderschönen Singstimme. Schade, dass dieses Jahr keine Zeit war, Weihnachtslieder auf dem Klavier zu spielen. Das kann sie wirklich gut. Aber unser Klavier ist leider kaputt und die Orgel beherrscht sie noch nicht so gut. Vielleicht klappt es im nächsten Jahr.

Jahreswechsel 1944/1945

Zum Jahreswechsel erreichen uns nur schlechte Nachrichten von der Front. Es heißt, dass die Alliierten immer näher rücken und nicht nur amerikanische und englische Soldaten, sondern auch Franzosen mitkämpfen. „Die Froschesser sind besonders schlimm!" sagte heute Abend der Lehrer Schneider nach dem Sylvestergottesdienst. So als sei er ein ausgewiesener Fachmann. Doch auch der hat keine Kriegserfahrung, woher will er es also wissen? Erstaunlicherweise verwies ihn heute Abend die Luise Becker in seine Schranken. Das sei ja auch kein Wunder, wenn man überlege, dass die deutschen Soldaten in den letzten Jahren wie Wildsäue in Frankreich gewütet hätten. Woher kann sie so etwas wissen? Die Beckers haben keine Kontakte an die Westfront. Doch bevor sie mehr sagen konnte, zog Horst Becker sie weg, und ich hörte, wie er zu ihr sagte: Reiß dich zusammen, das bringt ja doch nichts! Doch was sollte er damit meinen? Manchmal verstehe ich die zwei nicht. Sie sind zwei Säulen unserer Gemeinde. Ohne sie könnte unsere Gemeinschaft nicht funktionieren. Horst als Bürgermeister und Luise als stellvertretende Vorsitzende der Frauenhilfe und helfende Hand, wo immer Hilfe gebraucht wird. Sie besitzen ein vorbildliches Weingut von angemessener Größe und sind ein fleißiges Ehepaar mit zwei Kindern, von jedermann geachtet. Doch irgendwie gibt es da etwas, das sie anders macht. Ich kann den Finger nicht darauflegen, was es ist, aber da ist ein Geheimnis. Ich würde zwar niemals so weit gehen wie Otto und irgendwelche verrückten Geschichten erzählen, aber da ist etwas …

3. Januar 1945
Es ist sicher, die Amerikaner kommen! Sie sind schon in der Eifel und es heißt, dass die deutschen Truppen sie nicht mehr aufhalten können. Wer das jedoch laut sagt, der wird erschossen, droht Fritz Heintz. Nur noch der Hunsrück liegt zwischen uns und dem Feind und der verrückte Mann will den Endsieg ganz allein erkämpfen. Lehrer Schneider übt schon seit Tagen keine Buchstaben mehr, sondern den Gebrauch der Waffe. Im

grünen Baum aber gehen die Meinungen über einen Kampf auseinander. Kurt Heinrich weigert sich an der Heimatfront zu kämpfen. Er werde, warf er Fritz an den Kopf, die weiße Fahne hissen und ihm sei egal, was der mit ihm mache. Der Fritz zog daraufhin wütend seine Pistole und schrie. Es sei an der Zeit, dem Elend ein Ende zu machen. Ich ging natürlich dazwischen. Ein Mann Gottes kann keinen Mord dulden. Während ich Fritz Heintz zu beruhigen versuchte, der sich nicht beruhigen lassen wollte, und andere wiederum den Kurt Heinrich aus der Schussbahn zogen, der dauernd wiederholte, er lasse sich nicht mehr vertreiben, die Zeit der Tyrannen sei endlich vorbei, holte irgendjemand die Helene Heinrich. Sie lebt normalerweise sehr zurückgezogen und redet selten. Doch heute Abend stürmte sie wie eine Furie in den Raum, entzog dem völlig überraschten Fritz die Waffe und richtete sie zuerst auf ihren Bruder Kurt und dann auf ihren Geliebten Fritz und was sie dann sagte, war so erstaunlich, dass ich es mir Wort für Wort gemerkt habe und hier aufschreiben will. „Ihr geht jetzt alle nachhause!" sagte sie. „Ich habe eure ewigen Streitereien satt. Wenn die Amerikaner wirklich kommen, dann werden wir für all das büßen, was wir in den letzten Jahren angerichtet haben. Geht und überlegt euch schon mal, wie ihr büßen wollt." Sie stand da, wie eine dieser germanischen Göttinnen in den Büchern. Hoch aufgerichtet mit einem langen geflochtenen blonden Zopf und loderndem Blick. Fritz hat sie angespuckt und dann laut gelacht. „Glaubst du wirklich, ihr könnt mit dem bisschen Kanonenfutter, das der Schneider seit kurzem in unserer Schule trainiert, die großen Panzer aufhalten? Schon unsere polnischen Kriegsgefangenen können mehr als dieses arme Häuflein Heimatfront." Mit der Pistole in der Hand drehte sie sich dann einfach um und ging nach Hause. Es war ein sehr beeindruckender Auftritt, dem erst einmal Stille folgte. Nach und nach erhoben sich dann die Gäste im grünen Baum. Einer nach dem anderen verließ leise das Wirtshaus, sogar der Wirt machte sich aus dem Staub. Am Ende blieben der Fritz, der Kurt und ich zurück. Der Kurt sah Fritz an. Helene sei schon immer eine kluge Frau gewesen, sagte er und forderte den Fritz dann auf, sie endlich gehen zu lassen. Der Fritz sah ihn nicht an, ich weiß nicht, ob er ihm überhaupt zuhörte. Ich glaube nicht, dass er die Helene verstanden hat und den Kurt erst recht nicht. Er will nicht begreifen, dass wir vor dem Untergang stehen. Irgendwann ist dann auch der Kurt gegangen. Als ich etwas sagen wollte, schüttelte der Fritz nur den Kopf und wehrte mich ab. Solange ich nicht die ganze Geschichte kenne, könne ich mir kein Urteil erlauben, dann drückte auch er die Tür nach draußen auf und verschwand. Zum Schluss stand ich allein in unserem grünen Baum an diesem denkwürdigen Abend, an dem eine kluge Frau einen Mord verhindert und einer Menge Männern endlich einmal den Kopf gewaschen hatte.

10. Februar 1945
Nun ist doch noch ein Mord passiert oder besser gesagt eine Hinrichtung. Die Stimmung ist schon seit Tagen angespannt. Die polnischen Strafgefangenen verweigern immer öfter die Arbeit, vor allem dann, wenn sie an den sogenannten Verteidigungsanlagen für die Heimatfront zusammen mit Lehrer Schneider und dem Hermann Deutschmann arbeiten sollen. Gestern haben zwei Polen bei Grabenarbeiten einen Fluchtversuch unternommen. Ein aussichtsloses Unterfangen. Sie haben wohl gehofft, sich bis zu den Amerikanern durchschlagen zu können. Fritz Heintz und Lehrer Schneider haben sie mit Leichtigkeit innerhalb weniger Stunden wieder eingefangen. Sie hätten die Nacht bei dieser Kälte nicht überlebt. Zuerst war ich froh, dass der Fritz sie gefunden hatte, aber dann hat er gestern Abend noch ein Standgericht vollzogen. Horst Becker und sogar Otto Weihrich haben sich gegen eine Hinrichtung

ausgesprochen. Sie haben mit Vernunft argumentiert. Inzwischen sind die gegnerischen Truppen so nah, dass das einfach das falsche Signal ist. Da sind sich alle einig. Doch Fritz Heintz ist so verbohrt. Er lässt sich nichts mehr sagen. Auch ich habe es gestern nochmal bei ihm versucht, doch die Bedeutung von Gnade und Barmherzigkeit hat er noch nie gekannt. Das wird sich böse rächen. Den bitteren Zug um seinen Mund, den kenne ich inzwischen schon, genauso wie die blauen Flecken im Gesicht seiner Frau. Die arme Elisabeth ist doch nicht schuld an den Niederlagen unseres Heeres genauso wenig wie die zwei polnischen Strafgefangenen, die es gewagt haben, den Weg in die Freiheit zu suchen. In dieser kritischen Stunde, wo wir dem Endkampf entgegensehen, zeigt sich der wahre Charakter der Menschen und da versagt Fritz Heintz kläglich. Er, der nun jahrelang wie ein Diktator über Engelstal geherrscht hat, kann den Gedanken an eine Niederlage nicht ertragen und ich fürchte, er wird nicht nur die beiden polnischen Gefangenen, sondern am Ende uns alle seinem persönlichen Endkampf opfern. Selbst sein alter Freund und Weggefährte Otto Weihrich hat sich von ihm abgewandt. Als er heute früh im Morgengrauen ein Exempel statuierte, wie er das nannte, da standen neben ihm nur noch der genauso verbohrte Lehrer Schneider, der Hermann Deutschmann und ich. Denn auch wenn die beiden Polen katholischen Glaubens sind, so wollte ich sie doch nicht ohne Gebet und Segen aus dem Leben scheiden lassen. Anschließend habe ich dafür gesorgt, dass die beiden ein Grab auf unserem Friedhof mit einem richtigen Beerdigungsgottesdienst erhielten. Das ließ ich mir trotz Fritz Heintz Widerstand nicht nehmen. Mir kann der Wirrkopf nicht mehr drohen, auch wenn er von Tag zu Tag mehr an Verstand verliert. Der treue Horst Becker unterstützte mich in meinem Anliegen. Ob die zwei Polen jemals einen Grabstein bekommen werden, das weiß ich nicht, aber sie sind doch Menschen gewesen, sie haben Mütter gehabt, sie sind geliebt worden und vielleicht gibt es irgendwo in Polen ein Weib und Kinder, die nun vergeblich auf sie warten. So kurz vor dem Ende, war das unnötig vergossenes Blut, es wird uns alle verfolgen, nicht nur die, die es vergossen haben. Da sind Horst Becker und ich uns einig."

Sabine hält inne. Sie legt die Kopien zurück. Eine schreckliche Zeit. Sich entscheiden zu müssen, ohne zu wissen, wie es weitergehen würde. Es fiel ihr schwer, sich in ihre Großeltern hineinzuversetzen. Immer auf Sicht fahrend, in einen Loyalitätskonflikt verstrickt. Natürlich hatten sie gewusst, dass die Niederlage kurz bevorstand. Aber was hilft das, wenn die Beziehungen in einem kleinen Dorf so festgefahren sind. Selbst der große Kurt Heinrich, von dem sie später so viele Geschichten gehört hatte, hatte es nicht gewagt, einem verbohrten Nazi wie Fritz das Heft aus der Hand zu nehmen. Irgendwie hat sie sich das viel klarer vorgestellt und viel einfacher. Sie ertappt sich dabei, wie sie diesen Pfarrer Grün zu verstehen beginnt, mit jedem Eintrag wird er ihr sympathischer. Dieser alte zähe Kämpfer aus dem 1. Weltkrieg, ein ewig Gestriger, der es „doch nur gut gemeint hat" und dabei dem falschen Führer nachgelaufen ist oder besser gesagt, sich selbst sein eigenes Führerbild gemacht hat, weil er mit der neuen Freiheit der Demokratie nicht klargekommen ist. Und dann der Ekel, den sie jedes Mal empfindet, wenn sie über Fritz Heintz liest, den Mann, der so klar, wie kein anderer in ihrem Engelstal das Böse verkörpert und der viel mehr als der Mann, den sie ein Leben lang Opa genannt hat, ihr Großvater gewesen ist. Konnte sich das Böse genetisch übertragen? Sie hat sich nie für ihren Vater und dessen Familie interessiert. Das war nie nötig, es gab ja Oma Luise und Opa Horst, die immer da waren. Und nach Annis Scheidung und dem unschönen Scheidungsprozess, bei dem vor allem die Heintzens den Ton angegeben hatten, war da auch jeder Kontakt abgebrochen. Das war auch der Grund für ihr gespaltenes Verhältnis zu Siggi. Bildet sie sich das nur ein oder kehrte mit ihm das Böse nun wieder zurück? Sabine steht aus ihrem Lieblingssessel auf und streckt sich. Ludwig hat ihr keine weiteren Kopien überlassen, doch sie weiß aus Erzählungen, dass Fritz Heintz nach dem Krieg im Kriegsgefangenenlager in Bretzenheim gestorben ist. Er musste also büßen, wie Helene es ihm angekündigt hatte.

Kindheitserinnerungen steigen in ihr auf, an einen betrunkenen Onkel Otto am Sofatisch ihrer Großmutter, der schluchzend mit Schluckauf durchsetzt, die Amerikaner beschimpfte, während Opa Horst immer wiederholte. „Lass doch Otto, nicht vor den Kindern!" Doch der verzog nur die Augen zu roten Schlitzen und jammerte über den grausamen Hungertod seines allerliebsten Freundes im Bretzenheimer Lager. Noch heute hört sie seine undeutlichen mit Spucke getränkten Worte. „Völlig unverdient, ist er dort verhungert. Grausame Schweine waren die Amis! Hurenböcke!" Und jedes Mal ist da in ihrer Erinnerung die liebe Tante Elisabeth, die ihre Hand auf seinen Arm legte. „Sei still Otto. Du machst der kleinen Sabine Angst!" Aber der Onkel Otto ließ sich nicht beruhigen, im Gegenteil: „Die sollen wissen, wie es wirklich war!" Am Ende war er dann meistens so voll, dass er nicht mehr von selbst gehen konnte, und so hängten ihn dann meistens Opa Horst und Tante Elisabeth jeder auf einer Seite ein und brachten den übergewichtigen Mann nach Hause. „Von wegen völlig unverdient!" Brummt Sabine vor sich hin. Otto konnte froh sein, dass er nicht ebenfalls im Lager in Bretzenheim gelandet war.

Seufzend schaut sie zum Fenster hinaus. Die Sonne ist hinter Wolken verschwunden. Der Nachmittag ist schon weit fortgeschritten. Da klopft es. Sie hat auf ein bisschen mehr Zeit für sich selbst gehofft, doch anders als erwartet steht nicht Sophie, sondern Ludwig vor der Tür. Ohne zu Fragen tritt er in ihre Wohnung ein, er fühlt sich bei ihr inzwischen zu Hause und setzt sein Willkommen als selbstverständlich voraus. Sabine seufzt. „Lust auf einen Cappuccino oder lieber ein Glas Wein?" ihre Stimme klingt eher lustlos. Ludwig dagegen ist voller Elan und Tatkraft. „Dazu haben wir jetzt keine Zeit. Hast du schon alles gelesen?" Sie nickt. „Sei mir dankbar, dass ich dir das seitenlange Selbstmitleid unseres Pfarrer Grüns erspart habe. Er badet regelrecht darin. Deshalb habe ich die letzten Seiten weggelassen." Sabine zieht die Brauen fragend nach oben. „Ganz ehrlich am Ende hätte ich ihm den Hals umdrehen können." Ludwig seufzt theatralisch. „Ich dachte ich erzähle dir lieber in einigen kurzen Sätzen, wie es ausgegangen ist. Echt dieses theatralische „Wie konnte ich mich nur so täuschen lassen etcetera etcetera. Das ging mir beim Lesen so auf die Nerven! Kann man wirklich so naiv sein?" Die Frage ist deutlich nur rhetorisch. Sabine schmunzelt, denn schon fährt Ludwig fort. „Dagegen ist dieser Otto Weihrich in seiner Rücksichtslosigkeit schon fast sympathisch. Der kennt keine Ehre und hängt sein Fähnchen nach dem Wind. Ihm verdankt Engelstal tatsächlich, dass es nicht zum gefürchteten Show-Down kommt. Er entsorgt einfach die Waffen der Heimatfront und als dann die Amerikaner kommen und der große Fritz Heintz zusammen mit dem Lehrer Schneider den viel beschworenen Endkampf kämpfen will, bleibt ihnen nichts anderes übrig, als sich zu ergeben. Otto schwenkt die weiße Fahne und damit ist der Kampf vorbei, bevor er begonnen hat. Dadurch hatte Otto von Anfang an bei den Amis einen Vertrauensvorschuss, den er weidlich ausgenutzt hat."

Einen Moment ist es still und dann antwortet Sabine. „Aber der Fritz, der kam nicht einfach so davon, oder?"

Ludwig schüttelt den Kopf. „Nein der Fritz wurde denunziert. Anonym hieß es, aber Pfarrer Grün hatte natürlich einen Verdacht!“ „Otto Weihrich!“ vermutet Sabine. Ludwig nickt. „Ja, der Otto. Vielleicht hat er Angst gehabt, dass der Fritz ihn verrät, oder er wollte ihn bloß aus dem Weg haben. Schließlich hat er einen florierenden Schwarzmarkt in seinem Laden betrieben. Übrigens den Lehrer Schneider hat er auch verraten und den Hermann Deutschmann auch. Ich könnte mir vorstellen, dass er einfach nur schneller war als die anderen. Dafür mussten die dann alle nach Bretzenheim ins Lager. Zuerst haben sich die Amerikaner um diese Rheinwiesenlager gekümmert, später dann die Franzosen. Die Verhältnisse waren am Anfang wohl ziemlich katastrophal.“ Sabine räuspert sich. „Der Onkel Otto hat immer behauptet, die wären alle verhungert, weil sie nichts als Gras und Erde zu essen gehabt hätten. Die Amerikaner hätten sie extra verhungern lassen.“ Ludwig schüttelt den Kopf. „Das war wohl eher so, dass sie nicht mit dieser großen Menge an Kriegsgefangenen gerechnet haben. Außerdem war die Versorgung überall schlecht und dann plötzlich diese riesigen Lager mitzuversorgen, das hat sie logistisch völlig überfordert. Deshalb sind in den ersten Monaten tatsächlich auch Menschen verhungert oder krank geworden und gestorben. Später dann nicht mehr. Die Franzosen waren geschickter, die haben einfach die Bevölkerung in der Umgebung in die Versorgung miteinbezogen und dann ging das. Auf jeden Fall haben fast alle Engelstaler das Bretzenheimer Lager überlebt, nur Fritz Heintz nicht. Der ist schon ganz früh gestorben. Ich glaube, dass der einfach keinen Lebensmut mehr gehabt hat. “ Ludwig holt Luft. „Entschuldige! Jetzt ist wohl mal wieder der Professor mit mir durchgegangen!“ brummt er. Sabine macht eine wegwerfende Handbewegung. „Macht doch nichts, das war doch spannend. Sie schaut sinnend auf die Kopien auf dem Tisch. Dann blickt sie wieder zu Ludwig hoch. „Ich bin als Jugendliche oft an dem Denkmal in Bretzenheim vorbeigefahren, wenn wir nach Kreuznach ins Kino wollten oder zum Einkaufen. Wir sind dann meistens über Langenlonsheim und Bretzenheim gefahren, vorbei am Feld des Jammers. So hat meine Oma es immer genannt. Sie hat gerne davon erzählt, wie Opa Horst mit seinem Roller zum Lager gefahren ist, in der Tasche ihre Wurstbrote und Opa Horst hat dann ihre Geschichte ergänzt, indem er uns Kindern berichtet hat, was er alles tun musste, um den Wachposten zu überlisten. Am nettesten waren immer die Neger, hat er gesagt und damit die schwarzen Soldaten gemeint. Auf die politisch korrekte Sprache haben die da noch nicht geachtet." Ludwig nickt. „Das Lager in Bretzenheim ist eine Geschichte für sich!" Damit ist die Kapitulation von Engelstal für Sabine jedoch noch nicht vollständig geklärt.: Es mag sein, dass Otto Weihrich sich bei den Amis durchwurschteln konnte, aber warum haben ihn die Engelstaler so einfach durchkommen lassen? Immerhin war er jahrelang Teil eines Unterdrückungssystems. Wie konnte er anschließend einfach so weitermachen. Otto hat die Leute mit dem erpresst, was er über sie wusste, da könnte man doch meinen, dass es unter den neuen „Herrschern" Sabine malt Anführungszeichen in die Luft „endlich einmal andersherum ist." Ludwig schüttelt den Kopf. „Du vergisst die Solidarität der Besiegten untereinander. Die Amerikaner und die Franzosen waren nicht einfach neue Herrscher. Wir reden nicht von einem Herrschaftswechsel, sondern von einem Feind, der gewonnen hatte. Die Engelstaler gehörten zu den Verlierern und sie mussten ziemlich viele Verluste hinnehmen. Der Krieg hat sie einiges gekostet, im Nachhinein kann man sogar sagen, der Krieg hat sie zu viel gekostet.

Denk nur an das, was wir in der Chronik gelesen haben.

Wie viele Familien haben ihre Söhne verloren. Damals sind Weingüter einfach deshalb kaputt gegangen, weil es niemanden gab, der sie weiterführen konnte. Dein Opa hat sich wahrscheinlich gar nicht widerrechtlich bereichert, wie deine Mutter es ihm vorwirft, sondern einfach nur die Weinberge aufgekauft, die keiner mehr bebauen konnte. Dazu war gar keine Bestechung notwendig, die Leute hatten einfach niemanden mehr, der die Weinberge bebauen konnte, wenn der Sohn im Feld geblieben war." „Ja" Wie in einer Rückschau, erinnert sich Sabine an die alte Katharina von gegenüber. Sie nickt. „Unsere Nachbarin, das Kathrinchen, die war schon fast neunzig und ein bisschen verwirrt, doch jeden Abend, wenn die Glocken läuteten, dann stand sie am Hoftor in ihrer Kittelschürze und ihren Filzpantoffeln und hielt Ausschau nach ihrem Sohn. Jeder in Engelstal wusste, dass zwei ihrer Söhne an der Ostfront gefallen waren. Der dritte galt als vermisst. Auf ihn wartete sie jeden Abend auf neue. Es war ein trauriger Anblick. Ich habe als Kind mal meinen Opa gefragt, ob er glaubt, dass Wilhelm wiederkommt. Aber der hat nur den Kopf geschüttelt und ich habe damals gedacht, warum sagt ihr das keiner. Warum lässt man sie nur warten?" Ludwig zuckt die Schultern. „In den ersten Jahren kamen ja tatsächlich noch Männer aus der Kriegsgefangenschaft zurück. Bis in die 50iger Jahre hinein gab es immer wieder Kriegsheimkehrer. Mein Onkel war so einer. Meine Großmutter war wie gelähmt, solange kein Mann im Haus war. Sie saß nur da und wartete und als er dann nachhause kam, war er so traumatisiert, dass er nichts auf die Reihe bekam. Aber das ist eine andere Geschichte." Kurz denkt Ludwig an seine Mutter, er räuspert sich. „Ich glaube, der Otto konnte sich auf diese Solidarität der Besiegten verlassen. Es dauerte eine ganze Weile, bis die Perspektive sich veränderte und man in den Amerikanern nicht mehr den Feind, sondern den Freund sah." Sabine nickt. „Da hatte man dann aber auch das Vergangene praktischerweise vergessen. Denn unser Lehrer Schneider, der war zwar in Bretzenheim, aber der kam hinterher wieder zurück und arbeitete weiter an unserer Schule als sei nichts gewesen. Seinen Grabstein gibt es noch immer, deshalb weiß ich das. Er hat unsere Dorfschule bis in 60er Jahre geleitet. Eigentlich ist es ein echtes Armutszeugnis, dass selbst nach seinem Tod keiner widersprochen hat. Aber er hat einen triumphalen Grabstein bekommen, auf dem alle seine Verdienste als Dorfschullehrer aufgeführt wurden, alles außer Bretzenheim natürlich. Als der alte Friedhof vor ein paar Jahren in einen kleinen Park umgewandelt werden sollte, weil man inzwischen einen neuen größeren Friedhof außerhalb Engelstals eingerichtet hat, wurden alle Gräber abgeräumt, bis auf einige wenige wichtige Gräber. Der Engelstaler Heimatverein hat dafür gekämpft, dass die bleiben durften. Lehrer Schneider mit seinem honorigen Grabstein gehört dazu, genauso wie der von Pfarrer Grün und seiner Frau Dorothea und den zwei polnischen Kriegsgefangenen, die in den letzten Kriegstagen erschossen wurden. Scheinbar hat Pfarrer Grün später tatsächlich dafür gesorgt, dass sie einen Grabstein bekamen."

Liebe auf den zweiten Blick

„Ich bin übrigens nicht wegen der Chronik gekommen, sondern weil ich dir etwas geben wollte, was ich gestern beim Räumen heimlich eingesteckt habe." Vorsichtig holt Ludwig eine kleine Schmuckschachtel aus seiner Jackentasche. Er streckt sie Sabine hin, die sie aufnimmt und öffnet. Auf grünem Kunstsamt liegt ein goldenes Medaillon an einer goldenen Uhrenkette. „Was ist das?" fragt sie. „Mach es auf!" fordert Ludwig sie auf, „Dann siehst du es!" vorsichtig nimmt Sabine das Medaillon in die Hand. Es ist schlicht, ohne Verzierung und nicht besonders groß. An der Seite befindet sich ein kleiner Verschluss zum Öffnen. Sie klappt die Schließe zur Seite und hebt den Deckel an. Auf den beiden Innenseiten sind die Fotografien zweier Männer. Ein Foto erkennt sie auf den ersten Blick. „Das ist Opa Horst!" Ludwig nickt und deutet auf das andere Bild. „Als ich die Pfarrchronik gelesen habe, habe ich mich gefragt, ob dein Opa nicht über lange Jahre hinweg einen Lebensgefährten hatte." Sabine schaut ihn verblüfft an und deutet dann auf das andere Bild. „Du meinst, das war der Geliebte von Opa Horst? Also das ist aber ein bisschen weit hergeholt!" Ludwig schaut interessiert zu, wie Sabine genau betrachtet und dann ihre eigenen Schlüsse zieht. Er kann regelrecht sehen, wie die Gehirnrädchen rattern. „Philipp Höxster! Du glaubst, Philipp Höxster war sein Geliebter?" Langsam schiebt Ludwig das Glas zur Seite, dass das Bild des anderen Mannes geschützt hat, vorsichtig nimmt er es heraus. Unter dem Bild kommt ein fein verschnörkeltes Monogramm zum Vorschein P und H. „Gibt es unter dem anderen Bild auch ein Monogramm?" fragt Sabine nun. Ludwig nickt: „H und B." Das Medaillon ist nicht besonders viel wert. Es ist Talmigold, wahrscheinlich ein Jahrmarktkauf. Die beiden haben vielleicht mal irgendwo einen Ausflug gemacht und dabei hat einer dem anderen das Medaillon geschenkt. Es hat den beiden viel bedeutet, sonst hätten sie es nicht aufgehoben. Für mich heißt das, dass sie ein Liebespaar waren und das über Jahre hinweg." Sabine nickt und schaut dann sinnend auf das Bild, nach einer Weile nimmt sie es in die Hand und hält es unter das Licht, um das verblichene Foto genauer zu betrachten. „Das ist Onkel Philipp!" sagt sie dann sehr bestimmt. „Ja, das ist Onkel Philipp. Du hast recht. Er hat noch in meiner Kindheit bei uns gewohnt. Das muss Philipp Höxster gewesen sein. Sie haben ihn nach der Bombennacht mit seinen Eltern im Weingut aufgenommen und dann ist er bei uns auf dem Hof geblieben. Als ich ein Kind war, hatte er ein Zimmer über der Werkstatt. Da gab es eine extra Treppe zum Hof. Dadurch war er unabhängig. Wir haben das Zimmer immer die Knechtekammer genannt. In meinen Erinnerungen sitzt er auf der Treppe davor und raucht und hustet. Ein kleiner schmächtiger stiller Mann mit einer blauen Mütze, die wohl mit zunehmendem Alter die Glatze verdecken sollte. Er gehörte immer dazu, redete aber nie besonders viel. Ich vermute, dass er an Lungenkrebs starb. Jedenfalls war er irgendwann nicht mehr da und von da an haben wir dann samstags sein Grab mitgegossen, denn schließlich gehörte der Onkel Philipp zur Familie." Ludwig grinst. „Wenn du so willst, war das ja auch so. Deine Oma, dein Opa und dein Onkel Philipp hatten eine ziemlich moderne Dreiecksbeziehung. Das soll denen mal einer nachmachen." „Fragt sich nur, wie das nach außen gewirkt hat und ob sich das so leicht geheim halten ließ? Immerhin wusste Otto schon lange über unseren Opa Bescheid." Sabine schüttelt sich. „Im Nachhinein kann ich das echt nicht fassen. Warum sind sie Otto nicht aus dem Weg gegangen, warum diese ewigen Sonntagnachmittage mit Tante Elisabeth und Onkel Otto, die Abende, an denen sie beim Wein zusammensaßen. Man hätte meinen können, die vier sind die allerbesten Freunde. War das alles nur Kulisse?" Ludwig schaut sie zweifelnd an. „Vielleicht war es nur, weil Luise und Elisabeth so eng miteinander befreundet waren?" schlägt er dann vor. Doch das kann Sabine nicht gelten lassen. Seit sie weiß, dass Otto Weihrich und Onkel Otto dieselbe Person sind, stellt sie sich immer wieder die Frage, wie kommt eine Frau wie Elisabeth Heintz dazu, einen Mann wie Otto Weihrich zu ehelichen? „Einen Mann, der nicht nur aufgrund einer alten Prügelei gehandicapt, sondern außerdem ein übergewichtiges haarloses Monster war." „Na, na, na Sabine!" Ludwig schaut sie amüsiert an. Sabine zuckt die Schultern „Du hättest den mal sehen sollen, als ich klein war. So wie Onkel Otto habe ich mir die Raupe Nimmersatt vorgestellt. Der Mann wog mehrere Zentner und konnte nie genug zu essen bekommen. Vielleicht war das noch anders, als er Elisabeth heiratete, aber ich glaube nicht, dass er sich grundsätzlich geändert hat," brummt sie, als Ludwig schallend zu lachen anfängt. Schließlich antwortet er „Vielleicht war Otto nach dem Krieg eine gute Partie mit seinem Laden? Das Aussehen war da nicht so wichtig. Immerhin musste sie vier Kinder ernähren, nachdem ihr Mann in Bretzenheim als Nazi gestorben war. Sie hat außerdem unter Fritz Heintz ziemlich gelitten. Vielleicht hat Otto Weihrich sie verwöhnt. Er war auch nicht mehr ganz jung. Es kann sein, dass er ihr richtig den Hof gemacht hat. So etwas war sie gar nicht gewöhnt, dass sich mal einer um sie bemüht hat." Doch Sabine will das nicht gelten lassen. Otto ist wie eine Laus, die ihr über die Leber gelaufen ist und die sie maßlos irritiert. „Der Otto soll nun plötzlich anders sein als der Fritz? Der Otto, der laut Niebergall immer zuerst zugeschlagen und dann nachgedacht hat? Nein, nein ich glaube, dass Elisabeth mit ihrer zweiten Ehe vom Regen in die Traufe geriet. Otto hat sich alles ergaunert, seinen Laden, sein Pardon, und die Elisabeth auch, da bin ich mir ziemlich sicher." Sie nickt bekräftigend. Ludwig gibt erst einmal nach. „Im Grund ist es gar nicht so wichtig, wie Otto an die Elisabeth kam. Ich frage mich vielmehr, warum er die Nähe zu deinen Großeltern suchte. Denn eigentlich verband ihn doch nichts mit deinem Großvater und ich verstehe auch nicht, wie er weiterhin von ihm profitieren konnte?" Sabine schüttelt den Kopf. „Nein, Otto war nicht im Gemeinderat und auch nicht im Kirchenvorstand. Da gab es keine Schnittmengen. Er war kein Winzer, sie hatten also noch nicht mal denselben Beruf und es verband sie auch keine besonders enge persönliche Freundschaft, da bin ich mir sicher. Aber er kam trotzdem ständig vorbei, hing in unserer Küche herum und jeden Sonntagnachmittag machten sie mit unserer Familie zusammen einen Ausflug." Sabine zögert, innerlich schaut sie in ihre Kindheit zurück. „Dabei gingen ihm Oma und Opa, wenn ich es recht überlege, sogar gerne aus dem Weg. Wäre Elisabeth nicht gewesen, dann hätte es die lauschigen Sonntagnachmittage so nicht gegeben. Denn Elisabeth, die war immer gern gesehen bei uns und im Grund war sie ja auch über meinen Vater meine Großmutter. Denn der Mann meiner Mutter war der jüngste von Elisabeths Söhnen. Otto war da eher so ein Anhängsel, das alle mit in Kauf nahmen." Ludwig nickt nachdenklich. Irgendetwas im Weingut Becker hat Otto Weihrich angezogen, fragt sich nur, was das war und ob die Beckers das gewusst hatten. „An eines erinnere ich mich noch, weil es mir damals so komisch vorkam." Sabine runzelt die Stirn und blickt in sich zurück. „Meine Mutter nahm mich einmal zur Seite und sagte zu mir, wenn der Onkel Otto da ist, dann bleibst du schön bei der Oma oder bei mir. Der Onkel Otto kann nicht so gut mit kleinen Mädchen spielen. Ich habe damals echt nicht verstanden, was sie gemeint hat, vor allem, weil er immer so tolle Kirschlutscher aus dem Laden mitbrachte. Weißt du, die mit dem grünen Stängel." Ludwig lacht und nickt, doch dann wird er wieder ernst. „Meinst du, er hat sich an Kindern vergriffen?" Sabine ist sich nicht sicher. „Vielleicht hatte Anni einen Verdacht. Schließlich organisierte er damals die Nibelungenspiele und war an den Festen nach den Spielen beteiligt. Die Mädchen waren alle gerade mal fünfzehn. Denk an das, was Pfarrer Niebergall darübergeschrieben hat." Langsam glaubt Ludwig erste Verbindungen zu sehen. „Aber Anni durfte bei den Nibelungenspielen nicht mitmachen!" „Das ist richtig. Aber das heißt ja nicht, dass die in der Schule nicht miteinander darüber geredet haben. Selbst wenn Otto an Anni nicht herankam, so wusste Anni vielleicht mehr über Otto als ihren Eltern lieb war. Außerdem spricht sich so etwas auch schnell im Dorf herum." Sabine nickt. „Ich war damals wirklich neidisch. Der Andreas kam nämlich mit dem Onkel Otto super klar. Der saß oft bei ihm, auch im Laden und spielte da mit neuen Spielsachen. Ich weiß noch, wie ich mal richtig sauer war. Ständig gab es da neue kleine Autos und Süßigkeiten und für mich gab es da gar nichts, weil ich nicht allein hingehen durfte." Ludwig wiegt den Kopf hin und her.

„Ich glaube, Anni mochte ihn und Elisabeth nicht besonders, deshalb ging sie den beiden auch aus dem Weg. Irgendwann ist er dann auch plötzlich gestorben. Würde mich nicht wundern, wenn ihn der Schlag getroffen hätte. Ein Schlaganfallkandidat war er auf jeden Fall." „Das war dann wohl für viele eine Erlösung, so viele Geheimnisse, wie der mit sich ins Grab nahm." Ludwig spielt mit der Kette des Medaillons. „Ich habe mich gefragt, ob Otto auch über die Herkunft von Berti Bescheid wusste. Oder ob er etwas geahnt hat. Entgegen so mancher Behauptung war er nicht dumm und konnte zwei und zwei zusammenzählen. Außerdem war er überzeugt, dass die Rosensteins bei den Beckers gelebt hatten. Schließlich wusste er, dass der Horst schwul war. Ihm konnte man also nicht einfach so ein neues Kind unter die Nase halten und behaupten, es sei der neue Hoferbe." Sabine schaut auf Ludwigs Finger und dann in sein Gesicht. „Du bist also auch davon überzeugt, dass Onkel Berti Benjamin ist?" Ludwig nickt. „Letzte Gewissheit würden wir natürlich nur durch einen DNA-Test erlangen, aber die Informationen, die wir bisher haben, sind schon ziemlich eindeutig." „Könnte es nicht auch das Kind einer Geflüchteten sein oder einer jungen Mutter, die die Geburt nicht überlebt hat. Diese Liselotte Hannemann zum Beispiel. Nehmen wir an, sie hat nicht überlebt, aber ihr Kind schon. Was ist, wenn meine Oma beschloss, das Kind als ihr Kind anzunehmen, und verhindern wollte, dass später irgendwann der Vater des Kindes Ansprüche stellt?" Ludwig lässt sich auf die Diskussion ein. „Und warum hätte sie das verbergen müssen? Sie hätte doch nur eine gute Tat getan, wenn sie in Kriegszeiten ein Kind als ihr eigenes großzieht. Und der eventuelle Vater hätte niemals öffentlich Ansprüche geltend gemacht, weil er dann hätte zugeben müssen, in den Skandal verwickelt zu sein. Und vergiss nicht die Beschneidung! Das ist kein Zufall. In der Pfarrchronik erzählt Pfarrer Grün von dem Ausflug mit dem kleinen Berti. Der kleine wurde bei seiner Geburt beschnitten." Sabine hebt beide Arme in die Höhe. „Okay, okay, du hast mich überzeugt! Berti ist Benjamin. Also müssen wir jetzt als nächstes mit Sophie und Berti darüber reden."

Ludwig seufzt erleichtert. „Das ist einmal eine gute Idee.

Ich war schon unten und habe alles für einen schönen Abend organisiert. Lass uns Sophie bei Hanna abholen, Jackie und Naime wollen heute Abend bei Fatima auf Tobia aufpassen und eine gemeinsame Hunde-Mädchen-Powernacht veranstalten. Ich soll dich fragen, ob du Tobia erlaubst, dabei zu sein. Ich habe mal für Dich zugesagt."

Ludwig zwinkert ihr zu. „Was hältst du davon, wenn du dich ein bisschen aufhübschst und wir dann eine Erwachsenen-Powernacht machen! Das wäre doch genau das Richtige für Sophie, oder? Ich komme dann in einer Viertelstunde vorbei und hole dich ab." Sabine bekommt ihn gerade noch so an einem Hemdzipfel zu packen. „Und wo gehen wir hin? Du alter Chauvi?" „Ach, habe ich das nicht gesagt?" Ludwig lächelt sie mit seinem charmantesten Lächeln an. „Wir machen einen Bar Crawl, durch die schicksten Bars von Frankfurt, das beste und spannendste, was wir hier zu bieten haben." „Mmmh und wer ist wir. Immerhin will ich wissen, für wen ich mich „aufhübschen" soll, außer natürlich Sophie?" fragt Sabine zurück. „Ich dachte an ein Kleeblatt: Du, ich, Martin und Sophie!" antwortet Ludwig und zählt vier Finger ab. „Was hältst du davon?" „Wenn unter den Bars auch ein Restaurant ist, bin ich dabei!" Lacht Sabine und schiebt ihn dann zur Tür hinaus, schließlich ist eine Viertelstunde nicht viel Vorbereitungszeit für einen richtigen Bar Crawl.

Kurze Zeit später klopft sie an Ludwigs Appartementtür, bereit sich ins Frankfurter Nachtleben zu stürzen. Vernünftige Schuhe an den Füßen, in der Handtasche die Pumps zum Angeben und auf den Lippen der Lippenstift in ihrer Lieblingsfarbe. Ludwig öffnet ihr, auch er ist fertig. In der Hand die Jacke, das Handy hat er gerade in die Hosentasche gesteckt. „Sophie wartet schon unten. Hanna hat gerade angerufen!" Draußen auf der Treppe begegnen sie einer begeisterten Sophie. „Stell Dir vor, Hanna hat eine kleine Einliegerwohnung für mich, hier im Haus. Ihre Augen blitzen. „Nicht besonders groß. 50 Quadratmeter vielleicht. Aber es gibt sogar ein kleines Extrazimmer für Jacky. Es ist einfach phantastisch. Direkt hier hinter ihrer Wohnung, mit Ausgang zum Garten. Ich weiß echt gar nicht, was ich sagen soll. Sie hat versprochen, dass sie mich mit ihrem Leben verteidigen wird, falls mein Mann es wagt, vorbeizukommen." Jetzt stehen Tränen in ihren Augen. „Noch nie hat sich jemand so um mich gekümmert." Sie dreht sich zu Hanna um und umarmt die kleine alte Dame spontan. „Noch nie habe ich mich irgendwo so zuhause gefühlt!" Hanna drückt sie ganz fest an sich und lacht. „Na dann hast Du vielleicht gar keine Lust, mit uns auszugehen!" entgegnet nun Sabine fröhlich, die ahnt, dass Sophie im Laufe des Nachmittags mehr Champagner als Tee bei Hanna getrunken hat. „Wir wollten nämlich mit Martin zusammen die Stadt unsicher machen." „Martin? Martin Crusius? Martin vom Samstag?" In Sophie Augen blitzt es. Normalerweise hätte sie jetzt abgelehnt oder erst einmal um Zeit zum Umziehen gebeten. Die alte Sophie, die immer allen alles recht machen wollte und bei der jede Falte und jedes Haar an seinem Platz liegen musste, die hat der Champagner oder aber dieses Haus vertrieben. Was auch immer es ist, die neue spontane Sophie gefällt Sabine deutlich besser. Sie ist ein bisschen unsicher, aber bereit die Welt für sich zu erobern, so wie die Sophie, die Sabine aus Kindertagen kennt. „Genieß den Abend und lass Dir zeigen, was deine neue Heimat dir zu bieten hat." Mit diesen Worten hängt sich Sabine bei ihrer Cousine ein.

Beim Italiener

Martin Crusius wartet schon ungeduldig am Stammtisch seines Lieblingsitalieners. Er strahlt über das ganze Gesicht, als die drei zur Tür hereinkommen. Niemand muss ihm von Sophies Mann erzählen, er ist schon längst im Bilde. Über Sophies Anwesenheit wird kein Wort verloren. Wie selbstverständlich fügt sie sich in das Quartett ein. Nachdem alle ihre Bestellungen aufgegeben haben, sekundiert von Martins Empfehlungen, der sich deutlich schon mehrfach durch die Speisekarte gegessen hat, kann sich das Gespräch wieder den Fundstücken vom vergangenen Samstag zuwenden. Martin schwärmt. Ein ganzer jüdischer Haushalt mehr oder weniger vollständig erhalten. „Man erkennt, dass die Rosensteins jüdische Traditionen mit liberaler Haltung verbunden haben. Wirklich bewundernswert“ Martin gießt begeistert Wein nach! „Dabei scheint bei den Rosensteins Bildung eine wichtige Rolle gespielt zu haben. Allein die vielen Erstausgaben, die waren schon damals ein Vermögen wert. Und dann habe ich eine alte handbemalte Haggada gefunden.“ Martin geht völlig in seiner Erzählung auf. Niemand muss hier jemandem erklären, dass solch eine Haggada eine Leseordnung zum Pessachfest ist. Wie angenehm, denkt Ludwig, wenn man mal nicht alles erklären muss. „Ja“ Martin ist so leicht nicht zu unterbrechen „Jedes einzelne Fundstück erzählt uns so viel über diese Familie. Harald Rosenstein muss ein liebevoller Vater gewesen sein und außerdem ein bisschen autoverrückt. Denn er hat seinem Sohn kleine Blechautos geschenkt und das schon Anfang der 30er. Er setzte sehr auf den technischen Fortschritt. Ich habe mehrere kleine technische Maschinen gefunden, die damals ganz neu auf dem Markt waren. Die Familie ging auch deutlich über die klassischen Rollenbilder bei der Erziehung hinaus, denn in der Kiste war ein Kindermikroskop und eine botanische Sammelbüchse, die beide mit einem Mädchennamen gekennzeichnet waren. Ich hätte diese Familie gerne kennengelernt." Martin spielt einen Moment mit den Brotkrümeln auf dem Tisch. „Wie die Rosensteins ihr Jüdisch Sein gelebt haben. Mir schien das sehr offen und modern, so habe ich das weder bei meiner Mutter noch bei irgendwelchen jüdischen Freunden erlebt. Es ist so viel verloren gegangen." „Ludwig und ich haben uns am Samstag diese Goethe-Bronze im Wohnzimmer angeguckt!" unterbricht Sabine die folgende Stille. Leise zieht sich der weiße Elefant des Holocausts wieder einmal sang- und klanglos aus einem Gespräch zurück. „Ach ja, die! Das war ein ganz schöner Brummer!" bemerkt Martin nun mit einem Grinsen, als wäre gerade eben nichts gewesen. Sabine nickt. „So schwer war die gar nicht! Das war nur die Marmorplinte. Der Rest ist ein Hohlguss! Wir haben sie nämlich hochgehoben und da steckte ein Brief im Inneren." Sie nickt Ludwig zu. Dein Stichwort! Doch statt einfach nur zu berichten, holt Ludwig wie ein Zauberer das Papier aus seiner Jackentasche. Hinter Sabines Rücken hat er es tatsächlich eingepackt. Nach einer kleinen szenischen Pause beginnt er zu lesen: „Mein geliebter Sohn ...."

Es folgt eine erneute Stille, diese ist jedoch nur die Ruhe vor dem Sturm. Martin hat es als erster verstanden. „Wow!" Ludwig nickt. Sophie braucht ein bisschen länger. Sabine gibt ihr schließlich einen Tipp. „Sophie, Benjamin ist Berti. Wir haben die Eltern deines Papas gefunden und deine Großeltern." Sophie schüttelt den Kopf. Das geht zu schnell. Ludwig nickt bestätigend. „Doch, doch. Sabine und ich haben uns durch die Aufzeichnungen von Pfarrer Grün, dem damaligen Pfarrer gearbeitet. Es besteht kein Zweifel. Er muss damals in einer Winternacht im Februar 44 geboren worden sein. Die Rosensteins hätten ihn mitgenommen, wenn er nicht ein Frühchen gewesen wäre, und sie eine Denunziation gefürchtet hätten. So haben sie ihn bei den Beckers zurückgelassen. Die haben sie mehr als ein Jahr versteckt und deshalb haben sie ihnen vertraut." Sophie schluckt und schüttelt dann energisch den Kopf. Das geht alles zu schnell für sie. „Und warum sind sie danach dem Krieg nicht zurückgekommen? Ich meine, eine Mutter, die so einen Brief schreibt, setzt doch Land und Leute in Bewegung, um ihr Baby zurückzubekommen. Nein, ich glaube, dieses Mal irrt ihr euch!" Sabine schüttelt den Kopf. „Alles spricht dafür!" „Dann sind die Rosensteins sind auf der Flucht gestorben. Eine andere Erklärung gibt es nicht. Vielleicht sind sie doch noch erwischt worden, irgendwo auf dem Weg nach Frankreich oder bei der Überfahrt oder so …" Sophies Stimme klingt düster. Doch Ludwig weiß inzwischen mehr, wie ein Bücherwurm hat er sich heute Nachmittag nochmal durch ein Paar Archivakten gefressen. Beim Lesen der Engelstaler Pfarrchronik war ihm eingefallen, dass es damals in Bingen diesen beispielhaften Nachkriegsprozess gegeben hatte. Er grinst in die Runde: „Ein Geschichtsprofessor muss nicht intelligent sein, solange er nur ein gutes Gedächtnis hat! In Bingen gab es diesen Bürgermeister, der die Ereignisse der sogenannten Reichskristallnacht gleich nach dem Krieg vor Gericht brachte. Das war so außergewöhnlich, dass es von den Historikern vielfach analysiert wurde. Er scheiterte damals natürlich an den Zeugen. Die Binger hielten wie überall zusammen. Die Zeuginnen und Zeugen waren Nachbarn, einige Polizisten und auch Feuerwehrleute wurden damals angehört. Am Ende konnten keine Täter gefunden werden. Es hieß es seien Studenten aus der Fachhochschule gewesen. Das war ziemlich praktisch, weil die ja von auswärts kamen. Außerdem waren viele im Krieg gefallen. Dort wo tatsächlich Täter benannt wurden, gaben Nachbarn oder Familienmitglieder ihnen Alibis. Echt widerlich! Der Bürgermeister legte damals Wert darauf, dass auch die geschädigten jüdischen Gemeindeglieder als Zeugen angehört wurden, soweit sie überlebt hatten. Dies war ein äußerst ungewöhnliches Verfahren, weshalb ich mich auch noch so gut daran erinnern konnte. Was so dachte ich heute Morgen, wenn die Rosensteins zu diesen Zeugen gehörten? Er war immerhin Mitglied des Vorstandes und hat laut Niebergall den Schaden begutachtet." Ludwig grinst spitzbübisch. „Deshalb bin ich heute Morgen einem Freund in Speyer so lange auf die Nerven gegangen, bis der in die Niederungen des Landesarchivs in Speyer hinabgestiegen ist und für mich die passenden Gerichtsakten kopiert hat." Wie ein Zauberer präsentiert Ludwig eine zweite Kopie begleitet von einer kleinen imitierten Trompetenfanfare: „Die liberale jüdische Gemeinde in Bingen wurde damals vertreten durch eines ihrer ehemaligen Vorstandsmitglieder: Dr. Aaron Rosenstein, den man zu diesem Zweck aus Chicago eingeflogen hatte." In die Stille hinein, ergänzt Ludwig unnötigerweise „Aaron war der jüdische Name von Harald Rosenstein." Martins wegwerfende Handbewegung macht deutlich, dass Ludwig es jetzt genug geredet hat. Doch Sabine ist damit noch lange nicht jede Frage beantwortet: „Warum hast du das nicht schon früher gesagt?" Ludwig zuckt mit den Schultern. „Ich weiß es doch erst seit heute Nachmittag." Und dann wieder mit einem verschmitzten Lächeln, das nur ihr gilt: „Ich wollte dich überraschen!" Wer kann diesem Lächeln schon widerstehen. Sabines Empörung verwandelt sich ebenfalls in ein Lächeln. Martin verdreht die Augen. Könnt ihr Turteltäubchen mal wieder zum Thema zurückkommen. Wenn der Mann wirklich zurückkam, dann steht für mich alles in Frage. Warum sollte er seinen Sohn nicht mitgenommen haben? Warum nicht den edlen Kelch, der doch ein wichtiges Stück Familientradition symbolisiert? Da stimmt doch irgendetwas nicht! „Sophie nickt. „Es ist wie ein Puzzle, bei dem die Teile nicht richtig zusammenpassen. Das entscheidende Einzelteil fehlt, damit sich alles zu einem stimmigen Bild zusammenfügen kann. Sabine schüttelt den Kopf „Das ist ja das sonderbare. Es gibt ein Kind, Im richtigen Alter, das sogar beschnitten ist. Also kann das Kind nicht einfach so gestorben sein. Und doch hat der Vater dieses Kind nicht mit nach Amerika genommen."

„Und was wäre, wenn deine Großeltern das Kind einfach behalten hätten." fragt nun Ludwig. „Wie meinst du das? Man kann doch nicht einfach ein Kind gegen den Willen der Eltern behalten!" Sabine runzelt die Stirn. Martin nickt. „Wer sagt denn, dass die Eltern über das Kind Bescheid wissen müssen?" Sophie sieht ihn fragend an. „Was meinst du damit?" Sabine hat verstanden: „Du meinst, dass Oma und Opa den Vater Rosenstein einfach belogen haben." Schockiert schaut sie zu Ludwig hinüber: „Nun es wäre doch möglich gewesen, so was kommt bei Frühchen häufig vor. Damals gab es noch kein Penizillin. Ein kalter Winter, eine Mittelohrentzündung, eine Grippe, ein Unfall und der Säugling ist tot. Für einen Arzt muss das realistisch klingen. Das Weingut brauchte einen Erben. Dies war der einfachste Weg. Und es ist ja nicht so, als wäre Benjamin das einzige Judenkind, das in einer christlichen Familie versteckt und später zwangsadoptiert wurde."

Geschockt wendet sich Sophie Sabine zu. „Das hätten sie niemals getan! Einer Mutter ihr Kind zu nehmen, dazu wäre unsere Oma nie fähig gewesen." Doch nachdem was Sabine in den letzten Tagen über ihre Oma erfahren hat, ist sie sich da nicht mehr so sicher. Ihr ist anzusehen, wie schwer es ihr fällt, das auszusprechen. „Ich habe immer geglaubt, dass ich Oma Luise in- und auswendig kenne. Doch alles, was ich jetzt über sie höre und lese, diese Geheimnisse und Manipulationen, irgendwie weiß ich nicht mehr, was ich ihr zutrauen kann. Vielleicht ist ihr das Kind so sehr ans Herz gewachsen, dass sie nicht mehr zwischen dein und mein unterscheiden konnte, vielleicht hielt sie es für das Beste, wie sie so oft für andere mitentschied." Nun schaltet sich Sophie wieder ein: „Und was ist, wenn das Kind wirklich 1945 von seinem Vater abgeholt wurde oder es sich bei meinem Vater um das Kind einer Flüchtlingsfamilien handelt?" Ludwig schüttelt den Kopf. „Dann hätte Pfarrer Grün in seiner Pfarrchronik darüber berichtet. Gerade in der Nachkriegszeit hat er sich sehr um die Flüchtlingsfamilien gekümmert. Sophie will sich das trotzdem nicht vorstellen, sie ist Mutter durch und durch. Allein die Vorstellung ihr Mann könne ihr Jacky wegnehmen macht sie schon wütend und ängstlich, wie muss es dann einer Mutter gehen, die nicht weiß, was aus ihrem Kind geworden ist. „In den Wirren des Krieges ist viel passiert! Viel viel Schlimmeres." versucht Ludwig sie zu beruhigen, das war eine andere Zeit, da lebten die Menschen unter anderen Bedingungen, deshalb glaubten sie auch andere Kriterien für Gut und Böse einsetzen zu können. „Für mich ist das das schrecklichste Verbrechen, dass ich mir vorstellen kann." Aber war es für das Kind nicht vielleicht tatsächlich das Beste? Sabine versucht beide Seiten zu verstehen. Vielleicht hatte ihr Oma Luise nicht ganz Unrecht. „Das Baby kannte nur eine Mutter nämlich Oma Luise? In schweren Zeiten war sie für dieses Kind da gewesen. Es dann einem Vater mitzugeben, den es nicht kannte, über den Ozean, in eine andere Welt, die ihr nicht vertraut war. Ich will sie nicht verteidigen, aber Oma Luise hat Berti ihr Herz geschenkt, weitaus mehr als der eigenen Tochter. Das war von Anfang an so. Sie hat Berti gegenüber eine besondere Verpflichtung gefühlt und sie hat sich immer vor ihn gestellt, ihn immer bevorzugt, ihn gefördert, wo es nur ging. Zwischen ihr und ihm gab es immer ein ganz besonderes Band." Die anderen schauen sie zweifelnd an, Martin Crusius sogar wütend. „Und was ist mit seiner jüdischen Identität? In Wahrheit ist er nicht Berti, sondern Benjamin. Ich weiß, was es bedeutet, sich damit zu arrangieren, Teil dieses besonderen Volkes zu sein. Er hatte keine Möglichkeit, sich darauf vorbereiten. Ihn wird man eines Tages einfach damit konfrontieren. Wenn du mich fragst, wurde ihm von Anfang an, Unrecht getan." Sabine seufzt. „Lass uns nicht darüber streiten. Nicht heute Abend. Ich versuche ja nur beide Seiten zu verstehen, weil ich wie Ludwig glaube, dass in dieser schwierigen Zeit damals keine einfachen Antworten und Entscheidungen gab." Nun lächelt Martin, wie immer folgt auch jetzt auf den Sturm sogleich wieder Sonnenschein.

„Selbst wenn wir davon ausgehen, dass man Harald Rosenstein in Bezug auf seinen Sohn belogen hat, bleiben immer noch die Gegenstände. Ich verstehe ja, wenn einer ein Mokkageschirr und eine Jardiniere nicht nach Amerika mitschleppen möchte, aber diese alten Kultgegenstände. Das lässt man doch nicht einfach so zurück. Dahinter steckt mehr. Eine familiäre Krise vielleicht?" Stille! „Die Ehe könnte auseinander gegangen sein." tippt er dann. „Man sagt doch, dass es für Eltern nichts Schlimmeres gibt, als ein Kind zu verlieren!" „Oder" nun ist Sabine an der Reihe „Selma war doch krank, vielleicht hatte sie wirklich Krebs und ist auf der Überfahrt gestorben. Und dann noch das Kind, das war vielleicht zu viel für Harald." Ludwig räuspert sich. „Der Holocaust hat so vielen die ganze Familie geraubt, dass sie sich vollständig von ihrer Tradition abgewandt haben. In einem solchen Fall spielten dann eine Haggada oder ein

Pessachkelch keine Rolle mehr. Wozu auch, man wollte nicht mehr jüdisch sein.

„Aber dann hätten Oma und Opa die Sachen nach dem Krieg verkaufen können? So gut ging es ihnen nun auch nicht." Ludwig nickt. „Martin zuckt lässig mit den Schultern. „Ihr denkt, dass das mit dem Verkauf dieser Sachen so einfach war!" Er schüttelt den Kopf! „In den ersten Jahren waren Lebensmittel viel mehr wert als diese Wertgegenstände. Später brauchte man Kontakte, um so etwas gewinnbringend zu verkaufen. In den Städten ging das vielleicht noch, aber auf dem Land? Und dann waren da ja die amerikanischen Besatzer, denen fiel doch auf, wenn da solche Sachen verkauft wurden und auffallen wollte keiner. Priorität hatten da die Persilscheine." Auch Ludwig erwärmt sich nun sichtlich für dieses Thema „In Engelstal kennt jeder eure Familie und jeder weiß, woher das Weingut kommt und dass es da keinen reichen Erbonkel gibt. Da lassen sich solche Wertgegenstände nicht einfach versilbern. Hinzukommt, dass vieles ganz offensichtlich jüdisch ist. Mit Gegenständen jüdischer Provenienz wollte niemand etwas zu tun haben. Schließlich hatte man offiziell nie etwas darüber gewusst. Und dann hatte eure Großmutter Angst um Berti. Ich glaube, für sie war das der entscheidende Faktor. Selbst in der Familie sollte das ein Geheimnis bleiben." Sabine nickt. „Wenn man es so sieht, klingt das logisch. Oma war immer sehr vorsichtig. Im Haus herrschte sie, vom Keller bis zum Speicher. Wie hielten das immer für einen Tick." Sophie lacht: „Ja, genauso war unsere Großmutter. Die ging immer auf leisen Sohlen, von unnötigem Staubaufwirbeln hielt sie nicht viel. Und warum mehr Geld ausgeben, als man zum Leben braucht? Das war ihr Standardsatz!"

Martin schaut sinnend auf seinen Rotwein. „Vielleicht sollten wir den kleinen Berti erst einmal zur Seite legen.

Auch ich habe Euch heute Abend etwas Besonderes mitgebracht.“ Dann holt er ein kleines Büchlein aus seiner Tasche.

„Als wir uns über Engelstal unterhalten haben, habe ich mich an dieses Bonbon aus meinem Antiquariat erinnert. Es ist nicht besonders wertvoll, obwohl es nur aus einer kleinen Auflage kommt, aber ich habe es einmal für vielen Jahren aus Interesse gekauft und dann wieder vergessen. Gedruckt wurde es Anfang der 60er Jahre und der Titel brachte mich dazu, es mir nach unserer Sitzung am letzten Samstag nochmal genauer anzuschauen. „Der Titel lautet ´Ein Zeitzeugenbericht aus der Nachkriegszeit in Rheinhessen´. Geschrieben wurde es von einem Lehrer Friedrich Schneider. Ein alter Nazi-Lehrer, der nach dem 2.Weltkrieg das ganze Ausmaß dieser schrecklichen Ideologie erkennt und daran verzweifelt. Er hat das Büchlein nicht veröffentlicht, das hat wohl ein Neffe von ihm posthum gemacht und damit einen mittleren Skandal ausgelöst. In dem Büchlein liegt ein Zeitungsartikel aus der Binger Allgemeinen Zeitung als Lesezeichen drin. Das scheint jemand aufgehoben zu haben und so bin ich auch erst auf Engelstal gekommen. Denn Namen und Orte werden im Buch nicht genannt.“ Ludwig greift nach dem Buch. „Darf ich mal!“ Martin grinst. „Ich wollte es eigentlich Sophie schenken!“ Sophie nickt großzügig: „Ich kann es ja nach Dir lesen, Ludwig!“ Ludwig hält das Buch auch dann noch fest, als Sabine ihre Hand ausstreckt. „Friedrich Schneider, das kann doch nicht der Dorflehrer gewesen sein!“ sagt sie. „Derjenige, der alle Schüler so schön mit Naziideologie vollgestopfte und den Sohn von Hans Döndorf am liebsten nach Alzey geschickt hätte. Reden wir über diesen Friedrich Schneider? Und der soll nach dem Krieg plötzlich eine 180 Grad Wende gemacht haben? Das erscheint mir doch ziemlich zweifelhaft. Das würde ich auch gerne lesen! Müsste da nicht der Titel eher heißen: Der Teufel, der aus dem Himmel kam?" Ludwig lacht und verspricht ihr „Wir könnten das Buch zusammenlesen. Was hältst Du davon? Du, ich, Tobia und zwei Gläser vom leckeren Grauburgunder deines Bruders auf meinem Balkon?" Er wiegt das Buch verführerisch hin und her. „Morgen Abend?" Sabine seufzt: „Eigentlich kann doch nur scheinheiliges Gesülze drinstehen. Ein Mann, der im Nachhinein von seinen Sünden reingewaschen werden möchte." Sie schüttelt sich.

Sophie spielt mit ihrem leeren Weinglas, was Martin sofort als Aufforderung begreift, um nachzugießen. „Als Kind habe ich mich vor dem Schneider und seinem Schäferhund gefürchtet. Echt ein ekelhafter alter Kerl. Aber damals war er auch schon ziemlich alt. Anni konnte ihn nie leiden. Sie hat behauptet, dass er den blauäugigen und blonden Mädchen immer bessere Noten gegeben hat, weil die angeblich germanischer und intelligenter seien." Das Lachen bleibt Sabine im Hals stecken, als sie die Tränen in Sophies Augen sieht, der dicke Kloß in ihrer Stimme ist unüberhörbar. „Wenn ich daran denke, dass es so etwas heute wieder gibt. Menschen, die sich heimlich treffen und davon träumen, ein Volk aus blonden und blauäugigen großgewachsenen Germanen zu züchten. Und mein dicker kleiner Ehemann meint, dass er unbedingt dazugehören muss." Martin nimmt ihre Hand in seine. „Merde! Geh nicht zurück zu diesem aufgeblasenen Scheißkerl! Du siehst ja, wohin so etwas führen kann. Direkt in den Untergang, dahin musst du ihm nicht folgen. Dazu bist du viel zu klug." Sophie lächelt verlegen, sie streicht vorsichtig über Martins Hand und entzieht sie ihm dann. „Ist dir eigentlich klar, Sabine, dass wir gar nicht verwandt sind? Wenn mein Papa nicht dein Onkel ist, sondern das Kind dieser Familie Rosenstein, dann bin ich deren Enkelkind!" „Und dann" ergänzt nun Martin „gehört eigentlich das, was wir am Samstag auf dem Speicher gefunden haben, deinem Papa und dir. Vorausgesetzt natürlich, dass es sonst keine Rosensteins mehr gibt." Einen Moment herrscht Stille am Tisch. Ist es wirklich so einfach! Sabine ist verblüfft. Hatten sie durch ihre intensive Recherche tatsächlich die Rosensteins gefunden. In der eigenen Familie? Die uneigennützige Sophie ist begeistert. Die Tränen sind vergessen. „Mensch, wenn das so wäre, hätten wir ja die Lösung für unser Problem gefunden Schließlich kann Tante Anni keinen Anspruch auf die vielen wertvollen Fundstücke erheben und Papa hat sicher kein Problem damit, wenn wir das eine oder andere dem Weingut zuliebe verkaufen. Dann kann Andreas sie ausbezahlen." Sabine schweigt einen Moment. Sie ist gerührt von der Bereitschaft ihrer Cousine, die wahrscheinlich gar nicht ihre Cousine ist. „Ich fürchte, dass das alles komplizierter wird, als wir uns das hier vorstellen. Denn wenn dein Vater wirklich Benjamin Rosenstein ist, haben meine Großeltern an deinen Großeltern großes Unrecht begangen. Darüber muss er erst einmal informiert werden. Es kann sein, dass er dann ganz anders über das Weingut denkt."

Glücklicherweise bringt der Nachtisch alle nun erst einmal auf andere Gedanken. Doch Sabine geht schon seit einiger Zeit eine Frage durch den Kopf, die sie nicht loslassen will. „Warum hat Anni nie etwas gesagt? Sie muss doch gewusst haben, dass Berti nicht ihr leiblicher Bruder war. Wenn ich Niebergall richtig verstanden habe, war sie sogar beim Umzug dabei. Bei der Taufe hat sie Grün auf Benjamins Bruder Max angesprochen. Doch danach hat sie niemandem mehr davon erzählt. Warum? Warum hat Anni Omas Geheimnis über so viele Jahre mitgetragen? Sie hatte keinen Grund ihre Mutter zu schützen. Im Gegenteil normalerweise hat sie nichts ausgelassen, um sie zu kränken und zu verletzen. Warum hat sie bei dem Thema „Berti" dichtgehalten? Fühlte sie sich da nicht besonders im Stich gelassen? Geheimnisse und noch mehr Geheimnisse! Sabine ist der Geheimnisse überdrüssig. „Ich brauche jetzt einen Cappuccino und einen Themenwechsel! Wir haben in den letzten Tagen über nichts anderes gesprochen. Inzwischen bekomme ich schon Alpträume, wenn ich nur an meinen anderen Großvater Fritz Heintz denke. Lasst uns das Thema wechseln!"

„Ja!" Stimmt Martin, der Spezialist in Themenwechseln in ihren Vorschlag ein. „Habe ich das richtig verstanden, dass Du nun auch nach Frankfurt ziehst, Sophie?" Sophie lacht. Ein befreites Lachen. „Hanna hat mir ihre Einliegerwohnung angeboten. Da hat bis vor kurzem eine Studentin gewohnt, doch jetzt ist die Bude wieder frei. Gerade rechtzeitig für Naime und mich. Das ist jetzt genau das Richtige! Ich werde nochmal ganz von vorne anfangen." So fröhlich und so voller Neugierde, eine Frau, die Lust auf das Leben hat. Da blitzt die echte Sophie hervor. Wie konnte ich diese Veränderung nur übersehen? Fragt sich Sabine. Wie konnte ich es zulassen, dass man ihr das angetan hat. Warum habe ich sie alleingelassen? Ludwig scheint ihre Gedanken zu lesen. Während Sophie fröhlich über ihre Pläne plaudert, greift er nach Sabines Hand und flüstert leise. „Du hättest es nicht verhindern können." Sabine nickt, auch wenn sie ihm nicht zustimmen kann. Es ist nett, jemand an ihrer Seite zu wissen, dem sie nicht egal ist.

Rechtsaußen

Ein bisschen angetrunken schlendern die vier nach dem Essen in die Jugendstil-Villa zurück. Den Bar-Crawl haben sie auf ein anderes Mal verschoben. Nach dieser ausführlichen Mahlzeit hat keiner mehr die nötige Energie. Vor der Tür parkt ein großer schnittiger Angeber-Sportwagen. Ihm entsteigt Sophies Ehemann. Wütend und selbstgerecht ruft er: „Sophie, wie kannst du es wagen einfach wegzulaufen? Du bist wohl nicht mehr bei Sinnen! Wie kannst du mir mein Kind wegzunehmen! Was hast du dir nur dabei gedacht, ohne mir eine Adresse zu hinterlassen! Und hier stehst Du betrunken mit anderen Männern! Du ziehst einfach so durchs Frankfurter Nachtleben, ohne dich um mein Kind zu kümmern. Ich werde dir das Sorgerecht entzieht. Ich habe Beziehungen, jawohl, glaube ja nicht, dass du eine Chance hast." Endlich geht dem kleinen dicken Mann die Luft aus. Das gibt Ludwig die Gelegenheit zu antworten, während seine Handbewegung gleichzeitig Sophie bedeutet, ihn reden zu lassen. „Ich rate Ihnen sich zurückzuziehen, sonst rufen wir die Polizei, denn egal wie weit ihre Beziehungen reichen, heute Nacht werden Sie erst einmal niemanden erreichen." Ein gefährliches Lächeln gleitet über seine Züge. „Und hier im Westend mag man es nicht, wenn Krachmacher den Schlaf der Gerechten stören." Sabine will nicht zurückstehen, zu lange hat sie nichts gesagt. „Du hast deine Frau lange genug geschlagen. Glaubst Du, ich habe keine Augen im Kopf? Ich kann jeden blauen Fleck und jeden gebrochenen Knochen bezeugen. An deiner Stelle würde ich schnell nachhause fahren und den Kopf einziehen. Bei gewalttätigen Übergriffen helfen dir selbst Beziehungen nicht mehr. Sophie ist nicht mehr allein. Auch sie hat Beziehungen Und zwar Beziehungen, die zählen, mein Lieber.“

Norbert Hagen platzt fast vor Wut. Sein Kopf ist knallrot, die Spucke sprüht aus seinem Mund, seine Stimme überschlägt sich. Er konzentriert sich ganz auf Sophie, die er für das schwächste Glied in der Gruppe hält. „Du dumme Kuh. Wie stellst du dir das denn vor! Du bist doch von mir abhängig. Ohne mich bist du ein nichts. Du kannst nichts und du bist nichts. Wo willst du denn wohnen? Wie willst du denn dich und unsere Tochter ernähren? Du Planschkuh?“ Weiter kommt er nicht, denn ein dumpfer Schlag hat seiner Schimpfkanonade ein jähes Ende bereitet. Martin hat einmal weit ausgeholt und ihm einen richtig festen rechten Haken verpasst. Norbert, der damit nicht gerechnet hat, taumelt zurück und landet auf seinem Hosenboden in einer Pfütze. Sein Mund steht vor Verblüffung offen. Blut läuft ihm aus der Nase. Martin schnauft atemlos. „Das wird dich lehren, wehrlose Frauen zu schlagen. Wage es nicht, damit vor Gericht zu gehen. Du machst dich lächerlich, wenn du das tust. Dann erzähle ich allen, dass du ein Schwächling und Feigling bist und wie du vor Gnade gejammert hast und dich nicht getraut hast, einem Belgier die Stirn zu bieten. Glaube mir, deine rechten Freunde werden dir nie wieder mit Respekt begegnen, wenn du dich bei ihnen beklagst. Ein echter deutscher Mann heult schließlich nicht, wenn ein Belgier zuschlägt.“ Zufrieden grinsend tritt er neben Sophie und legt den Arm um sie. „Nicht wahr, mein Schatz?“ Er drückt Sophies Schulter bestätigend und gibt ihr dann einen dicken Kuss auf den Mund. Sie versteht und lächelt ihm zu. Dann dreht sie sich zu ihrem Mann um. „Fahr zurück zu deinen Freunden, Norbert. Hier kannst du keinen Blumentopf mehr gewinnen und wenn es dir dann besser geht, heule dich ruhig bei deiner neuen Freundin aus.“ Sie zwinkert Martin zu. „Du hast ja recht, ich bin deiner nicht würdig und deshalb werde ich auch nicht mehr zurückkommen und Jacky auch nicht, denn als meine Tochter trägt sie ja meine Gene in sich. Ich werde das Sorgerecht für sie beantragen und keine Angst, wir kommen hier zurecht. Geh zu deinem Freund, geh dahin, wo du jetzt hingehörst. Dir ist sowieso nicht mehr zu helfen.“ Sabine beobachtet den im Rinnstein sitzenden Norbert. Dieser erhebt sich langsam, klopft sich den Dreck von seiner 200 Euro Hose und richtet dann seine bösartig blitzenden Augen auf Sophie: „Bei deinem Geliebten fühlst du dich stark, nicht wahr! Du, Hure! Mir machst Du Vorwürfe, dabei gehst Du selbst fremd mit einem Froschesser. Glaubst Du etwa, der meint es ernst mit Dir, mit einer, die so langweilig und frigide ist, dass man im Bett fast erfriert? Du wirst schon sehen, was Du an ihm hast. Am Ende wirst du zu mir zurückgekrochen kommen.“ Ludwig schiebt sich nun zwischen Sophie, Martin und Norbert. „Schauen sie Herr Hagen,“ sagt er in ruhigem und vernünftigem Ton. „Hier in Frankfurt, haben sie keine Chance. Das können sie mir ruhig glauben. Hier wird ihr nettes kleines Grüppchen schon seit Jahren vom Verfassungsschutz beobachtet. Hier bewegt man sich gerne unter dem Radar. Spektakuläre Sorgerechtsprozesse wird man hier vermeiden, besonders dann, wenn die Presse Wind davon bekommt. Ich würde an ihrer Stelle, mal ein bisschen Zeit ins Land gehen lassen. Vielleicht kann man sich dann auf ein Besuchsrecht einigen. Und bis dahin,“ Ludwig zieht den widerstrebenden Norbert aus der Pfütze, legt den Arm um ihn und bringt ihn zum Auto. „Fahren sie einfach mal schön nach Düsseldorf zurück und krabbeln zu ihrer Geliebten ins warme Bett. Solange sie sich gut benehmen, nimmt die sie sicher gerne zurück.“ Ludwig öffnet die Fahrertür schiebt den sprachlosen Norbert auf den Fahrersitz und schließt entschlossen die Tür hinter ihm.

Norbert starrt ihn an. Der Mund steht dem erstaunten und zugleich wütenden Mann offen. Sabine ahnt, dass er in einer Zwickmühle steckt. Immerhin kennt sie Norbert schon ein bisschen länger. Sie hatte schon immer den Verdacht, dass dieser seine Wut durchaus kontrollieren kann und sie vielmehr als Machtmittel benutzt, um Sophie zu beherrschen. Doch Sophie lässt sich nicht mehr beherrschen, die Souveränität, mit der sie ihn gerade hat abblitzen lassen, zeigt ihm, dass sich die Machtverhältnisse verschoben haben. Eigentlich hat Ludwig ihm sogar einen Gefallen getan, indem er ihn zu seinem Wagen begleitet hat, so kann er nun wütend abbrausen, ohne erst den Rückzug antreten zu müssen.

Nachdem Norberts Wagen um die Ecke verschwunden ist und Sophie an Martins Seite kichernd durch das Straßentor zur Haustür vorgegangen ist, wendet sich Sabine Ludwig zu. „Ich glaube nicht, dass seine Freunde ihn einfach so zurücknehmen. Wenn du mich fragst, so haben sie ihn geschickt, damit er Sophie zurückholt.“ Ludwig schaut sie überrascht an. „Ja, ich glaube da geht es um diesen alten Ehrencodex. Außerdem fürchte ich, dass Sophie mehr gesehen hat, als gut für sie ist.“ „Willst du damit sagen, sie muss in ein Zeugenschutzprogramm?“ Sabine zuckt mit den Schultern. „Naja, vielleicht reicht es ja schon, wenn sie eine Aussage macht. Ich kenne mich da nicht so aus. Wir sollten auf jeden Fall mal beim Verfassungsschutz in Nordrhein-Westfalen nachfragen.“ Ludwig schluckt. Der Gedanke ist ihm unangenehm und doch, was ist, wenn Sophie wirklich in Gefahr ist. „Ich werde morgen mal dort anrufen!“ verspricht er dann.

An der Haustür warten Sophie und Martin „Jetzt ist es offiziell! Ich lebe in Scheidung!“ ruft Sophie übermütig. „Aber das wolltest du doch!“ Lächelt Sabine und drückt ihre Schulter. Sophie nickt. „Ja, aber irgendwie habe ich mir das Ganze anders vorgestellt. Nicht so dramatisch und ohne Publikum." Martin grinst: „Im Gegenteil ich habe es genossen, die Rolle des Drachentöters zu übernehmen. So etwas kommt selten vor. Die Zeiten sind leider inzwischen vorbei." Ludwig lacht. „Meine Güte, Martin. Das war echt filmreif!" Der nickt. „Hast du noch eine Flasche Champagner? Dieser Abend schreit nach einem Champagner!" sagt er. „Ich hätte noch einen Winzersekt aus unserem Weingut!" schlägt Sabine stattdessen vor. Worauf Martin augenzwinkernd antwortet: „Da tausche ich doch gerne mit ein paar Brüsseler Pralinen."

Am Ende wird die Nacht lang, die vier köpfen nicht nur den Sekt, sondern auch noch einen Chardonnay, den Ludwig aus seinem Vorrat hervorzaubert und einen Grau-Burgunder, den Andreas ihm am Samstag in die Hand gedrückt hat und den sie unbedingt noch zum Vergleich probieren müssen. Die Pralinen müssen auch noch dran glauben, genauso wie die Trüffel, die Martin noch in seinem Auto gefunden hat. Und während der Alkoholspiegel steigt, entwickeln sie immer wildere Pläne für Sophies Zukunft. Es ist Martin, der ihr vorschlägt, in seinem Frankfurter Antiquitätengeschäft zu arbeiten. Dort könne sie erst einmal die katalogisierten Gegenstände auf ihren Wert hin überprüfen und falls ihr das Spaß mache, auch gerne längerfristig bei ihm einsteigen. Sophie gefällt der Gedanke an ein eigenes Gehalt. Sabine ist die Einzige, die sich mit dem Alkohol zurückgehalten hat. Ihre Leidenschaft gilt eher der Schokolade als dem Wein und so verfolgt sie interessiert Sophies neue Interessen. Warum nicht, denkt sie, selbst wenn das mit Martin keine Romanze wird. Sophie liebt Kultur und Geschichte und ihr Wissen über Buchhaltung sind für Martin sicherlich ein Gewinn.

Als sich alle voneinander verabschieden, zieht schon die Morgenröte über den Himmel. Sophie schaut verträumt zur Balkontür hinaus. „Ich war noch nie so glücklich!“ strahlt sie Sabine an „noch nie so glücklich!“ dann legt sie die Arme um Sabine und den Kopf auf ihre Schulter: „Ich liebe dich, auch wenn du nicht meine echte Cousine bist.!“ Mit einem kleinen Rülpser sinkt sie auf das Sofa, ihr Kopf fällt zur Seite und sie beginnt leise zu schnarchen. Sabine lächelt. Sie hebt die Beine ihrer richtig falschen Herzenscousine hoch und legt die Karo-Wolldecke, die sie vor vielen Jahren in Schottland gekauft hat, vorsichtig über Sophie. Dann schleicht sie auf Zehenspitzen ins Bad.

Der Anrufbeantworter

Es wird ein spätes und karges Frühstück. Sophie hält sich an ihrem Kaffee fest, die Augen blinzeln, so als könnten sie sich nicht entscheiden, ob sie sich öffnen oder doch lieber schließen sollten. „Habe ich den Besuch von Norbert geträumt oder war er wirklich da?" fragt sie. Sabine schaut prüfend zu ihr hinüber. „Ja, er stand gestern vor der Haustür als wir aus dem Restaurant zurückkamen. Erinnerst Du Dich nicht mehr?" Sophie stöhnt: „Doch, doch ich hatte nur gehofft, ich hätte es geträumt." „Bereust Du denn ausgezogen zu sein? Willst Du wieder zurück?" Sabine weiß, Diesen Weg muss Sophie allein gehen. Diese schüttelt den Kopf. „Bist du verrückt. Nein, ich bereue es nicht. Aber ich habe die ganze Zeit gehofft, dass er nicht so schnell herausfindet, wo ich bin. Er macht mir Angst. Wenn er mit seinen mächtigen Freunden droht und dass er mir das Sorgerecht entziehen will. Was ist, wenn er Dich oder Ludwig oder Martin bedroht? Wenn plötzlich irgendwelche Schlägertypen hier vor der Tür stehen." Sophies Stimme nimmt langsam einen hysterischen Ton an. „Halt, halt, halt!" Sabine geht um den Tisch herum und legt ihr den Arm um die Schulter. „Ich habe mit Ludwig darüber gesprochen. Er wird heute beim Verfassungsschutz anrufen, um herauszubekommen, wie gefährlich Norberts Verein wirklich ist. Wenn sie bisher nicht auffällig geworden sind, kann das gut für dich sein, weil sie Norbert zurückpfeifen werden. Wenn sie aber schon beobachtet werden, dann kann es sein, dass du Polizeischutz bekommst, weil du ihre Mitglieder kennst. Ludwig wird das klären. Mach Dir keine Sorgen. Norbert ist jetzt auf jeden Fall in einer schwierigeren Situation als du." Sophie nickt. „Ich weiß nicht, ob ich wirklich, so viel sagen kann. Ein paar

Namen sicherlich, aber was die Organisationsstrukturen betrifft, da weiß ich nichts." Ihre Hände zittern. „Ich will ja nur, dass Jacky keine Angst haben muss." Sabine nickt. „Ich glaube, dass du dir keine Sorgen machen musst. Wenn du mich fragst, ist Norbert vor allem ein Wichtigtuer. Das gilt hier genauso wie überall. Der hat bestimmt nicht bei einer echten rechten Untergrundvereinigung mitgemacht. Dazu fehlt ihm doch der Mut." Jetzt lächelt auch Sophie. „Ja, das mag wohl sein. Das sind ein paar alte Herren, die noch nicht mitgekriegt haben, dass das Kaiserreich vorbei ist. Ich meine, wer lässt sich schon mit Reichskanzler anreden und behauptet, dass die Bundesrepublik eine GmbH ist? Da muss man doch schon ein bisschen irre sein, oder?" Sabine nickt. So etwas abstruses hat sie in ihrem Leben noch nicht gehört. Während Sabine und Sophie sich über die seltsamen Theorien von Norberts neuen Freunden unterhalten, klingelt das Telefon. Sophie will sofort aufstehen, doch Sabine hält sie zurück. „Lass nur! Wem es wichtig ist, der ruft noch mal an oder spricht mir auf den Anrufbeantworter."

Prompt setzt der Anrufbeantworter ein. „Hallo Sabine, hier ist Julia. Julia Niebergall-Lichter. Ich wollte mich mal bei Dir melden, um zu hören, ob Du inzwischen die Briefe gelesen hast. Ich bin morgen in Frankfurt - vielleicht hast du ja Zeit, Dich mit mir zu treffen. Es gibt immer noch so viel, was ich Dir von Deiner Großmutter Luise erzählen möchte. Ich würde mich freuen, wenn Du mich zurückrufen könntest. Nachher gehe ich noch zu einem Geburtstagsbesuch, aber so um 12:00 Uhr bin ich wieder unter der Nummer von unserem Pfarrbüro zu erreichen."

Sophie schaut hoch: „Julia Niebergall-Lichter? Ist das nicht die Pfarrerin von Engelstal? Sabine nickt. „Diejenige, die dir die Liebesbriefe von Pierre Kirchner gegeben hat." Wieder ein Nicken. „Und was will sie jetzt?" Sabine seufzt und entscheidet sich dann für die Wahrheit. „Sie behauptet, dass Oma mich zur Hüterin der Familiengeheimnisse erkoren hat und nun gibt sie diese Stückchen für Stückchen gegen eine Tasse Cappuccino und ein paar gute Beziehungen zu „Professor Dr. Fromme“ Sabine malt Anführungszeichen in die Luft „preis.“ Sophie fährt mit dem kleinen Finger das Karomuster der Tischdecke nach. „Glaubst du, dass es noch mehr Geheimnisse gibt?“ Sabine zuckt mit den Achseln. „Es könnte sein, dass sie tatsächlich etwas über die Abstammung deines Vaters weiß. Vielleicht hat Oma ihr am Sterbebett doch noch alles gebeichtet. Ich werde mich auf jeden Fall nochmal mit ihr treffen, um das herauszubekommen. Allerdings sollte ich wohl zuerst einmal die restlichen Briefe lesen. Das habe ich nämlich bisher vor mir hergeschoben.

„Was!“ Sophie starrt sie fassungslos an. „Da liegen die Liebesbriefe deiner Oma seit Tagen herum und du hast sie noch nicht gelesen!“ Sabine ist das Ganze ein bisschen peinlich. „Naja, es ist immerhin Oma Luise und irgendwie ist das ziemlich intim. Es kommt mir so vor, als würde ich sie ohne Unterwäsche ertappen. Irgendwie voyeuristisch!“ Sophie schüttelt den Kopf „Ach papperlapapp! Wenn du willst, lese ich dir die Briefe laut vor, dann ist es nicht mehr ganz so schlimm. Schließlich ist sie auch meine Oma, bis das Gegenteil bewiesen ist. Also!“ Sophie streckt die Hand aus. Sabine zögert einen Moment, dann steht sie auf und geht zu einem Bücherregal, um nach den feinsäuberlich mit einem vergilbten Band zusammengebundenen Stapel alter Briefe zu greifen. Um das Lesen noch etwas herauszuschieben, sagt sie, „Ich mache uns noch einen Cappuccino!“ und eilt in die Küche. „Super!“ ruft Sophie ihr hinterher. Dann sortiere ich die Briefe schon mal nach ihrem Datum. Sabine hört Rascheln und Murmeln. Als sie mit neuen Cappuccino-Tassen aus der Küche zurückkommt, hält Sophie schon ein vergilbtes Blatt Papier in der Hand. Ihre Augen blitzen unternehmungslustig.

„Hier!" Sie hält den Brief hoch, „den hat er 44 geschrieben, noch während des Krieges. Wahnsinn!"

Ma chère Luise,
Wie schön ist es, wieder einmal von Dir und unserer kleinen Anni zu hören. Mir geht es gut, auch wenn es kein schöner Anblick ist, mein geliebtes Frankreich so zerstört zu sehen. Gestern Abend habe ich in der Abenddämmerung die Kathedrale von Rouen gemalt. Jeder Strich, den ich aufs Papier gebracht habe, tat mir im Herzen weh. Die Wunden, die deine Volksgenossen ihr zugefügt haben, röten meinen Pinsel. Meine Liebste, wie können wir Menschen uns gegenseitig nur so verletzten, wie können wir ein Kunstwerk, das über Jahrhunderte in mühevoller Arbeit erschaffen wurde, in einer einzigen Nacht zerstören. Ich weiß, dass Du mich verstehen kannst. Anders als die Boch, die da stolz über unsere Straßen marschieren. Du weißt, dass ich keine Freude am Töten habe und dass mir beim Anblick von vergossenem Blut übel wird. Aber das Elend muss aufhören. Die Zeiten müssen sich wieder ändern. Und wenn das bedeutet, dass der Friede nur durch Gewehrsalven erzwungen werden kann, dann muss ich mittun, selbst wenn mir bei jedem Schuss die Hand zittert.

Ich wünschte, ich wäre bei Dir und unserem Kind. Ich wünschte, wir könnten gemeinsam am Rhein entlang spazieren oder aber im Garten der Burg Klopp sitzen und die Aussicht genießen. Alles wünschte ich mir, nur nicht schießen zu müssen, um der Freiheit Frankreichs Willen.

Du hast mir eine Nachricht geschickt. Eine jüdische Familie sucht einen Transport nach Amerika. Ich habe Doktor Rosenstein und seine Frau wiedererkannt und mich an manch inter-

essantes Gespräch damals im grünen Baum erinnert. Pablo hat mir geholfen, die Karten zu organisieren. Letzte Woche konnte die Familie nach Calais fahren und vor zwei Tagen konnten sie mit einem Boot über den Kanal übersetzen. Heute habe ich von einem Freund aus England die Nachricht erhalten, dass sie wohlbehalten dort angekommen sind. Rosenstein will zu Verwandten nach Amerika. Sobald er seinen Sohn nachgeholt hat, wird die Familie in Amerika neu anfangen. Doch ich musste ihn enttäuschen. Wir können keinen Sondertransport für einen Säugling organisieren. Es gibt niemanden, der das Kind nach England zu ihm bringen kann und ein Ende des Krieges ist so schnell nicht absehbar. Er bat mich, Dir Bescheid zu sagen und für Eure Hilfe zu danken. Du sollst sein Kind von seinen Eltern küssen und herzen und es wohl bewahren. Seine Ehefrau Selma konnte ich nicht trösten. Sie wäre am liebsten in Paris geblieben. Sie wollte ihr Kind nicht verlassen. Erst als Harald ihr versprach persönlich zurückzufahren, um es zu holen, fuhr sie mit. Es war ein herzzerreißender Abschied.

Ich bin so dankbar, dass die kleine Anni bei dir so gut aufgehoben ist. Grüße mein Herzenskind von ihrem Papa, umarme und küsse sie tausendmal.

Ich weiß, dass Du ihr nicht verraten darfst, wer ich bin, aber ich hoffe darauf, dass irgendwann einmal alles anders wird. Und dann werde ich auch mein Annimädchen in meine Arme schließen.

In diesen furchtbaren Zeiten bleiben mir nur meine Träume und da seid ihr immer bei mir. Ich habe angefangen, mein Annimädchen in meine Bilder hineinzumalen. Überall ist sie mittendrin. Es ist ein Geheimnis. Nur ich weiß es und jetzt auch du. So ist mein Annimädchen immer bei mir. Sobald dieser schreckliche Krieg vorbei ist, werde ich kommen und euch holen. Das verspreche ich Dir, mon Amour.
Dein liebster Pierre

Nach kurzem Schweigen flüstert Sophie. „Wie wunderwunderschön. Er hat sie wirklich geliebt!“ Sabine nickt. „Ja und die Rosensteins haben die Flucht geschafft! Oma hat zusammen mit Pierre alles organisiert und sie haben überlebt. Zumindest bis London.“ Sophie ergänzt „... und sind nach Amerika ausgewandert. Heißt das jetzt, dass ich einen Onkel in Amerika habe?“ Jetzt hält es sie nicht mehr auf dem Sofa, „das ist nicht zu fassen!“ Sabine dämmert langsam das Ausmaß des Gelesenen: „Das heißt vor allem, dass ich ein Faultier bin. Hätte ich den Brief früher gelesen, dann hätten wir bei unserem Fund gleich gewusst, worum es geht, und der arme Ludwig hätte sich eine ganze Menge Arbeit sparen können. Ich hätte nur die Briefe zu Ende lesen müssen.“ Sophie legt ihr die Hand auf den Arm. „Das macht doch nichts. Irgendwie ist das doch so auch sehr spannend. Ich komme mir vor wie bei einer Schnitzeljagd. Von einem Zettelchen zum nächsten. Bis wir am Ende bei der Lösung ankommen.

Sie seufzt „Als nächstes ist jetzt Papa dran. Der muss jetzt einfach Bescheid wissen. Außerdem kann es sein, dass Oma ihm etwas erzählt hat. Habt ihr das schon mal bedacht? Die zwei hatten ein sehr enges Verhältnis. Vielleicht weiß er ja, wessen Kind er ist, und wir machen uns ganz umsonst Gedanken.“ „Und was ist, wenn nicht?“ Sabine schaut zweifelnd zu der Cousine hoch. „Na dann wird das seine ach so geordnete Welt ganz schön ins Wanken bringen. Deshalb müssen wir ihn auch direkt treffen.“

Während Sophie und Sabine nun gemeinsam darüber nachdenken, wie sie Onkel Berti die Wahrheit am besten so schonend wie möglich erzählen können, klingelt es an der Tür. Draußen hört man Kinderlachen und ein helles Hundegebell. Tobia voran stürmen die Mädchen herein. Sie haben so viel von den gestrigen Abenteuern mit Tobia zu erzählen, dass keine Zeit bleibt über irgendetwas anderes zu reden. Hanna war mit den dreien in Kronberg im Opelzoo. „Wir haben sogar das Nilpferd gesehen! Und Tobia hat gar keine Angst gehabt!“ berichtet Jaqueline. „Und dann haben wir die Affen und die Papageien angeschaut! Fatimas Tante hat auch einen Papagei, der ist schon 50 Jahre alt. Kannst Du Dir das vorstellen?“ Nun ist Naime an der Reihe, sie hat sich schon vor zwei Wochen mit Freundinnen zu einem Besuch im Senckenberg-Museum verabredet und möchte fragen, ob Jacky mitgehen darf. Natürlich darf sie. Sophie beschließt, mal bei Hanna vorbeizuschauen. Sie möchte eine Liste für die neue Wohnung erstellen. „Vielleicht mag Hanna ja mit mir Shoppen gehen.“ Sie greift nach ihrer Handtasche und zwinkert. Zum Glück kann Norbert nicht an mein Konto, das hat Papa mir mal vor Jahren eingerichtet. Getrennte Kassen, haben mir das Leben gerettet. Hat er mal dramatisch bei meiner Hochzeit gesagt. Ich fand das damals furchtbar. Jetzt bin ich froh darüber.“ Sophie lacht und verschwindet. Sabine dreht sich der Schädel bei so viel Trubel, erleichtert schließt sie die Tür.

Ein kurzer Toilettenausflug mit Tobia zum Balkon und endlich kehrt Ruhe ein. Selbst der kleine Welpe holt erleichtert Luft, bevor er sich an seine Hundemama kuschelt und die Augen schließt. Sabine greift nach dem Telefonhörer. „Hallo Julia, danke für deinen Anruf.“ Julia freut sich. Sabine fährt gutgelaunt fort! „Wir sind inzwischen schon viel weiter! Wenn du nicht angerufen hättest, hätte ich mich in den nächsten Tagen bei dir gemeldet.“ Julia fragt zurück: „Hast Du denn alle seine Briefe gelesen?“ Sabine schüttelt den Kopf. Dann fällt ihr ein, dass Julia das durch das Telefon ja gar nicht sehen. „Ich muss ehrlich gestehen, ich bin immer noch dran.“ sagt sie. „Es fällt mir schwer, mir meine Großmutter als Heldin eines romantischen Dramas vorzustellen. Sie war immer so praktisch veranlagt, sie mochte lieber Schürzen als Kostüme, lieber praktische Hausschuhe als Pumps. Wie oft hat sie den Kopf geschüttelt, wenn ich auf meinen pseudoeleganten Diskoschuhen in die Schule gestöckelt bin „Hunsrücker Füß in Pariser Schückelscher" hat sie gesagt. Da passt das Bild von der Künstler-Geliebten nicht." Wieder schüttelt sie den Kopf. „Nein, da fehlt mir die Phantasie. Ich denke, ich muss zuerst Deine Geschichte hören und dann die Briefe lesen. Vielleicht geht es dann leichter!" Julia seufzt. „Ich muss morgen zu einer Fortbildung ins Religionspädagogische Institut in Schönberg. Das ist bei Kronberg im Taunus. Wir könnten uns danach treffen. Ich weiß allerdings noch nicht, wann ich mich da verdrücken kann. Im schlimmsten Fall muss ich bis zur Auswertung bleiben, dann komme ich erst gegen halb fünf nach Frankfurt, wenn ich Glück habe, kann ich mich schon nach dem Mittagessen verdrücken." „Ach in Kronberg!" Sabine zögert einen Moment, dann überlegt sie, dass Ludwig sicherlich gerne dabei sein will. „Ludwig Fromme kommt aus Kronberg und so wie ich ihn kenne, will er bestimmt gerne dabei sein. Da könnten wir uns auch in Kronberg treffen." Julia ist begeistert. „Prima, dann kann ich bei der Gelegenheit gleich auch mal meine Fühler ausstrecken wegen meiner Doktorarbeit. Schick mir eine SMS, wenn du weißt, wo wir uns treffen! Ja?"

Teatime

Am Ende sitzen Ludwig und Sabine im Kronberger Schlosshotel vor dem Kamin und warten auf Julia Niebergall—Lichter. Das Schlosshotel ist Martins Idee. Es sei die beste Location, um über eine Liebesaffäre zu reden, und wenn da nicht diese wichtige Auktion in Antwerpen wäre, würde er natürlich mitkommen. Auch Sophie entschuldigte sich tausendmal, dass sie ausgerechnet an diesem Nachmittag in das neue Appartement umzuziehen müsse. Sabine und Ludwig konnten nur erleichtert durchatmen und sich einen Lachanfall verbeißen, keiner hatte die beiden eingeladen, doch mit der Zweisamkeit war es deutlich vorbei.

„Ich war schon lange nicht mehr hier! Wenn wir früher mitmussten, dann waren das immer schrecklich steife Angelegenheiten." brummt Ludwig nun. „Entweder Museum oder Restaurant, aber als Mischung? Ich mag meine Geschichte nicht auf meinem Teller, zu staubig." Sabine lacht und räkelt sich im Sofa. „Aber hier vor dem Kamin lässt es sich an einem Nachmittag wie heute gut aushalten." widerspricht sie. „Da lasse ich mir Geschichte zum Tee gefallen, besonders eine Liebesgeschichte." Draußen regnet es, Aprilwetter. Im großen Kamin brennt ein Feuer und die nasse Tobia hat sich an Ludwigs Füßen auf ihre neue Hundedecke mit den kleinen bunten Hundeknochen gekuschelt. Ludwig nickt ergeben, er winkt nach einer jungen Bedienung und bestellt einen High-Tea mit allem Drum und Dran und einen echten Earl Grey mit Milch natürlich. „Irgendwie muss man sich ja aufheitern!"

Als Julia Niebergall-Lichter hereinrauscht, zieht Ludwig die Augenbrauen hoch und Sabine flüstert. „Ich habe Dir doch gesagt, dass sie nicht wie eine typische Pfarrerin aussieht." Ludwig lacht, dann steht er auf ganz Gentleman und begrüßt Julia. Sabine mustert sie fast ein bisschen eifersüchtig und denkt „Ich muss mal wieder einkaufen gehen." Die engen Jeans, die rosa Seidenbluse, der passende Blazer und dazu eine Kette aus bunten Perlen, die genau die richtige modische Lände hat. Die Turnschuhe tragen die richtigen Streifen. Die Tasche in dunkelblau ist elegant und sportlich zugleich. Julia lacht kokett. „Na einen Geschichts-Professor habe ich mir aber anders vorgestellt!" er grinst „Dasselbe könnte ich auch über eine Pfarrerin sagen, kann ich Dich auf einen Pink Panther einladen." Das „Du" scheint beiden ganz selbstverständlich über die Lippen zu kommen. „Warum nicht!" sie wirft die Handtasche zur Seite und lässt sich seufzend in einen Sessel gleiten. „Nach dieser Fortbildung kann ich einen gebrauchen. Die Pfarrherren der Schöpfung, die ein Koreferat nach dem anderen halten mussten und nur sich selbst reden hören wollten, waren nur schwer zu ertragen. Wir hätten nur die Hälfte der Zeit gebraucht, wenn wir nicht so viele Wichtigtuer unter unseren Kollegen hätten. Na ja, ich will euch nicht mit meinem Frust nerven, reden wir über etwas Interessanteres. Reden wir über Deine Oma Luise!"

„Ja, sprechen wir über Sabines Großmutter! Wenn ich das richtig verstanden habe, hast Du sie regelmäßig besucht, als sie bettlägerig war." Ludwig beugt sich aufmerksam nach vorne.

Julia Niebergall-Lichter nickt und dann erzählt sie für Ludwig noch mal vorne und dieses Mal ein bisschen ausführlicher. Luises alte Freundin, Elisabeth Weihrich, die selbst schon mehr als 90 Jahre alt ist, hatte sie auf einem Seniorennachmittag angesprochen. Sie habe eine alte Freundin, die wünsche sich, dass ein Pfarrer sie besuchen komme. „Ich bin dann dorthin gefahren in der Erwartung, einen typischen Krankenbesuch zu machen. Doch die Frau im Bett hat mich überrascht. Nach fünf Minuten Small-Talk hat sie Tacheles geredet: „Frau Pfarrer, ich weiß, dass ich bald gehen muss. Doch vorher muss ich noch ein bisschen was loswerden." Ich war ziemlich verblüfft, dass mir Leute etwas beichten, das ist nichts Neues, aber das wollte sie gar nicht. Nein, sie wollte etwas erzählen, damit es nicht vergessen wird. Und ich habe es ja beim letzten Mal schon Sabine berichtet, später dann hat sie mir genaue Anweisungen gegeben, wie ich diese Geheimnisse weiterzugeben habe. Ich war also zuerst Zuhörerin und später Botin. Sie wollte weder beichten noch bereuen, sondern tatsächlich einfach nur etwas weitergeben. Und weil es um eine Liebesaffäre ging, war es ihr sogar ganz recht, dass ich eine Frau war und kein Mann, denn Frauen ihrer Generation sprechen darüber lieber mit Frauen als mit Männern. „Julia erzählt, wie diese wunderschöne Liebesgeschichte von dem welterfahrenen Künstler und der jungen praktischen Bauersfrau sie berührt hat. „Sie wurde noch mit über 90 Jahren rot, als sie mir gestand, dass er sie nackt gemalt hat!" Das Bild hängt im MoMA. Es ist Millionen wert und die Kunstwelt wundert sich, wer diese unbekannte Frau ist, die er da gemalt hat." Ludwig lacht auf. „Ich kenne das Bild. Es ist echt nicht zu glauben! Da sitze ich neben der Enkelin der „Frau in Blau!" Julia nickt und streicht sich die Haare aus dem Gesicht. Sie berichtet, wie fassungslos sie selbst gewesen war. Wie sie immer wieder versucht hatte, zu verstehen warum Luise trotz ihrer Liebe zur Pierre nicht mit ihm gegangen sei. „Ich habe dann die Tagebücher meines Großvaters gelesen und inzwischen muss ich ihr recht geben, als Partnerin von Pierre Kirchner wäre sie nicht glücklich geworden und er ebenfalls nicht. Es war eine Phantasie, die nur deshalb so lange lebendig blieb, weil sie nie ausgelebt wurde."

Sabine fragt sich, ob diese Interpretation ihrer Oma wirklich gerecht wird. Es stimmt, die Oma, die sie kannte, wäre im Leben nicht mit einem Pierre Kirchner mitgegangen, schon allein, weil ihr die große weite Welt zu groß gewesen wäre. Aber hat sie tatsächlich ein Leben lang einer Phantasie hinterhergetrauert, ohne dass irgendjemand davon wusste? Sabine konzentriert sich auf das, was jetzt wichtig ist: „Was weißt du über die Rosensteins?“ Julia nickt zustimmend. „Ja, ich habe gelesen, dass Luise und Horst die Familie versteckt haben und Pierre der Familie dann auf der Flucht half.

Es gab da wohl enge freundschaftliche Beziehungen besonders über die Kinder. Ich habe meine Mutter danach gefragt. Sie hat damals zusammen mit Anni und der Tochter der Rosensteins Klavierunterricht bei Selma Rosenstein bekommen. Die Kinder waren gut befreundet und haben viel zusammengespielt. Besonders Max und Anni. Sie meint, dass diese Freundschaft bestimmt noch enger geworden sei, später als die Rosensteins sich dann bei den Beckers im Weinkeller verstecken mussten.“ Ludwig nickt konzentriert: „Und nach dem Krieg?“ Julia trinkt einen Schluck von ihrem Pink Panther. „Pierre kam nach dem Krieg zurück nach Bingen. Er ging fest davon aus, dass Luise und Anni nun mit ihm gehen würden.“ „Doch das taten sie nicht“ führte Sabine den Satz weiter „, weil Luise inzwischen eine neue Liebe hatte, die ihr wichtiger war als Pierre.“ Sabine schaut Ludwig an, der nickt unmerklich und blickt dann hinüber zu Julia, die gerade genussvoll ihren Pink Panther schlürft. „Ach ja, und wer soll diese neue Liebe gewesen sein?“ fragt sie dann herausfordernd. Sabine schüttelt kurz den Kopf. „Ich glaube, dass wir inzwischen auch dieses Geheimnis gelüftet haben. Von dir brauchen wir nur eine Bestätigung. Ist der Sohn von Oma Luise Berti Becker ursprünglich Benjamin Rosenstein. Julia seufzt und holt Luft. „Nun, du hast den Brief gelesen, in dem Pierre Kirchner von der Familie Rosenstein schreibt." Sabine nickt!

Was ich Euch nun erzähle, ist ein Ergebnis meiner Recherchen. Einen Teil hat deine Oma mir erzählt und dann habe ich einfach meine Mutter gefragt. Sie hatte viele Jahre Briefkontakt mit Irmgard, der Tochter der Rosensteins. In der Zeit, in der die Rosensteins sich bei den Beckers verstecken musste, bekam Selma Rosenstein einen Sohn, leider eine Frühgeburt. Ein Nachbar hat ausgerechnet in der Geburtsnacht mitbekommen, dass die Beckers Leute versteckt hatten. Die Rosensteins verdanken es dem kalten Wetter, dass sie nicht noch in derselben Nacht von der Gestapo abgeholt wurden." während Julia nun über die Umstände der Flucht berichtet, fühlen sich Sabine und Ludwig an die Pfarrchronik erinnert. Otto hatte also tatsächlich die Rosensteins verraten. „Sie wurden in Kreuznach in den Zug gesetzt und hatten wirklich Glück, dass der noch fuhr. Schon am nächsten Tag waren die Gleise so eingeschneit, dass der ganze Zugverkehr eingestellt werden musste. Die Rosensteins schafften es jedoch in dieser Nacht noch bis nach Saarbrücken. Dort hat sie dann einen Freund von Pierre Kirchner mit dem Auto abgeholt." „Und dann waren sie einige Zeit in Paris." ergänzt Sabine. Julia nickt. „Was den Säugling betraf. Den haben sie in der Obhut deiner Großeltern zurückgelassen. Es war eine Frühgeburt. Deine Oma legte sich dann offiziell mit Schwangerschaftsproblemen ins Bett und brachte 6 Wochen später einen gesunden Jungen zur Welt. In diesen Zeiten fragte niemand nach. Ein Kind mehr oder weniger, das war 44 nicht wichtig. Sie hat mir allerdings gestanden, dass sie vor zwei Personen besondere Angst hatte." Julia trinkt einen Schluck, um die Spannung zu steigern. „Der eine war dieser Nachbar Otto Weihrich. Der hat wohl überall seine Nase hineingesteckt so ein wörtliches Zitat und der andere, das könnt ihr nun glauben oder nicht - war ihr Geliebter Pierre Kirchner. Denn der kannte die Geschichte der Rosensteins, hatte sich ja sogar angeboten, beim Transport des Kindes behilflich zu sein." Ein erneuter Schluck. Ludwig unterbricht die Kunstpause. „Horst und Luise haben also das Kind einfach behalten." „Ja, sie haben den Sohn der Rosensteins mehr oder weniger adoptiert." Sabine muss sich nochmal vergewissern: „Mein Onkel Berti ist also eigentlich der jüngste Sohn der Rosensteins." Julia nickt. „Ich denke schon." Sabine kann sich nicht zurückhalten. „Aber Harald Rosenstein kam doch zurück, um seinen Sohn zu holen!" Julia nickt. „Ja, dass sie den Rosensteins ihr Kind vorenthalten haben, lag Luise auch ziemlich schwer auf der Seele. Ich erinnere mich wie sie mir bei einem meiner ersten Besuche sagte. Frau Pfarrer, ich habe zu viel geliebt. Das kann doch keine Sünde sein, oder? Und ich habe zu ihr gesagt. Zuviel lieben kann man nicht. Heute denke ich, das war ein Trick, denn diese Liebe, die sie da beschrieben hat, war eine sehr eigensüchtige Liebe auf Kosten anderer. Naja, aber sie war da nicht sehr einsichtig." Einen Moment schweigt Julia. Ludwig unterbricht sie. „Hat sie dir von der Begegnung mit den Rosensteins nach dem Krieg erzählt?" Julia nickt. „Das Schuldbewusstsein war ihr wirklich anzusehen. Vor allem weil Harald scheinbar so dankbar gewesen war. Er kam nach dem Krieg wegen einem Gerichtsprozess nach Bingen und besuchte die Beckers in Engelstal. So wie sie es beschrieb, war es, als wäre es erst gestern passiert. Er hatte sich mit einem Brief angemeldet und beide damit in totale Panik versetzt. Horst, der Feigling wollte den Berti unter diesen Bedingungen lieber wieder hergeben. Er hatte Angst sich strafbar zu machen. Immerhin war er Parteimitglied gewesen. Doch sie hat ihn unter Druck gesetzt, wenn sie Berti hergeben muss, wird sie ihn verlassen." Sabine und

Ludwig wagen kaum zu atmen, sie wollen Julia auf keinen Fall unterbrechen, nicht jetzt, wo endlich die Wahrheit an Licht kommt. „Es war ihr wichtig, mir klarzumachen, dass der Horst unschuldig ist. Irgendwie fand ich das süß, wie sie sich auch nach diesen vielen Jahren noch vor diesen Mann gestellt hat, mit dem sie doch nur eine rein platonische Beziehung geführt hatte." Julia genießt deutlich ihre Rolle als Scheherazade. Nach einer weiteren kleinen Pause fährt sie fort. „Sie hatten wohl mehrere Ideen. In ihrer Verzweiflung hätten sie Harald beinahe ermordet, doch Horst hatte dann die zündende Idee. Er tauschte eine kurze Zeitlang ihr Kind mit dem eines Freundes aus einer Flüchtlingsfamilien in der Nachbarschaft. Das Kind war jünger als Berti und unterernährt. Der offizielle Grund war, dass Harald und Luise dieses Flüchtlingskind aus der Güte ihres Herzens ein bisschen aufpäppeln wollten. Als Harald dann kam, berichtete Luise in gespielter Trauer, dass Benjamin als Frühgeburt den harten Wintereinbruch nicht überlebt habe. Horst hatte sogar eines der medizinischen Bücher vom Dachboden geholt und sich eingelesen, um Harald überzeugend die Krankheitssymptome des Säuglings schildern zu können." Eine weitere Pause. Sabine verrollt die Augen, langsam nervt es. „Doch als Luise dem Harald dann vom Tod des kleinen Benjamin erzählte, da wollte der gar keine Details wissen. Sie hat es mir gegenüber mehrfach wiederholt. „Wir hatten uns so gut vorbereitet, aber als er das jüngere Kind sah und ihm klar wurde, dass es sich hier nicht um Benjamin handelt, da wollte er nichts mehr hören. Starr vor Trauer saß er da, als sähe und hörte er nichts." Der arme Mann muss einen Schock gehabt haben. Auf jeden Fall hat er nicht weiter nachgefragt. Er hat sich nur umgedreht und ist gegangen. Er wollte auch all die Dinge, die ja immer noch da waren, nicht mitnehmen. Luise hat ihn extra gefragt, wo sie die hinschicken soll. Da sie wissen wollte, wo die Rosensteins wohnten. Doch er habe nicht geantwortet. Sogar seinen Hut und seine Jacke habe er vergessen. Er sei aus dem Haus gegangen und nie wieder zurückgekehrt. Luise hat wohl noch wochenlang die Luft angehalten. Bei jedem Brief befürchtete sie, die Rosensteins könnten sich nochmal melden oder jemanden vorbeischicken. Unbekannte Autos und fremde Besucher bedeuteten für sie erst einmal Gefahr. Sie sorgte dafür, dass dicke Vorhänge an die Fenster kamen und nachts die Rollläden immer unten waren. Es hätte sein können, dass mit dem Kindertausch etwas durchgesickert war. Und dann Otto Weihrich. Dessen ganzes Leben habe aus zweideutigen Bemerkungen bestanden. Mit dem Berti sei die Liebe in ihr Leben gekommen, aber auch die Angst und diese Angst habe sie nie ganz losgelassen." Julia seufzt. „Stellt euch so ein Leben vor. Das muss doch furchtbar gewesen sein." Die Stille, die sich nun breit macht, ist keine Kunstpause. Sabine schaut ins Feuer. Ihre Gedanken wandern zurück in ihre Kindheit. Sie sieht die Oma am Fenster stehen und durch die Gardinen starren. „Kennst du den, der da die Straße herunterkommt?" und dann Opas Antwort. „Du kannst doch nicht jeden kennen. Es gibt inzwischen so viele neue Gesichter in Engelstal!" Und dann wieder die Oma: „Aber der da, warum kommt der hier herunter. Was will der ausgerechnet hier?" Solche und ähnliche Gespräche hatte es bei ihnen oft gegeben und sie hatte das immer für eine verrückte Macke ihrer Oma gehalten.

„Was ich an dieser Geschichte so schrecklich fand, war ihr Starrsinn." begann Julia nun erneut. „Ich kann es nicht bereuen!" Sagte sie immer wieder. Selbst im Angesicht von Harald Rosensteins Trauer, konnte sie das nicht, damals nicht und im Angesicht des eigenen Todes auch nicht. Berti war ihr Kind, von dem Moment an als er das Licht der Welt erblickte. An die biologische Mutter wollte sie nicht denken. Im Gegenteil als ich sie nach der leiblichen Mutter fragte, wurde sie regelrecht zornig. „Was ist das denn für eine Mutter, die ihr Kind im Stich lässt." Nun schaut Julia den beiden direkt ins Gesicht. „Ich weiß noch, wie wütend ich war. Ich schleuderte ihr entgegen: Gott vergibt nur denen, die bereuen. Da behauptete sie doch tatsächlich, sie habe mit Gott einen Vertrag abgeschlossen. Der wisse schon Bescheid. Ich muss ehrlich sagen, ich habe schon viel gehört, aber das war echt mal etwas Neues. Ihr Deal war, dass sie Berti so aufzieht, wie er von seinen richtigen Eltern aufgezogen worden wäre. Berti bekam die Möglichkeit zu lernen und zu studieren. Er musste nicht mit aufs Feld und nicht in die Kirche, sie sorgte dafür, dass er aufs Gymnasium gehen konnte und lenkte ihn in Richtung Medizin. Ohne es selbst zu wissen, trat er so in die Fußstapfen seines Vaters. Aus ihrer Sicht hielt sie ihren Vertrag ein. Ein wichtiger Teil und das größte persönliche Opfer, war ihr Verzicht auf Pierre. Denn das war ihr von Anfang an klar, den würde sie nicht so einfach täuschen können. Auch ihm tischte sie die Geschichte vom Flüchtlingskind auf, doch sie wusste, spätestens wenn Pierre sieht, Berti genauer ansieht, fliegt das Ganze auf. Dazu weiß der einfach zu viel. Es gab nur ein entweder - oder und so entschied sie sich für Berti und Engelstal und gegen Pierre Kirchner!"

Das bedauernde Schweigen brechend sagt Sabine: „Oma Luise hätte sich auch ohne Berti für Engelstal entschieden." Erstaunt wenden sich Ludwig und Julia ihr zu. „Sie mochte die große weite Welt nicht. Sie fuhr nicht besonders gern in Urlaub. Opa Horst ja, der liebte die Reisen nach Italien oder ins Elsass, aber sie war immer froh, wenn es wieder nachhause ging. Einmal war ich mit ihr in Paris. Aber das war ein Ausreißer. Am liebsten war sie zuhause, sie brauchte ihren

Rhythmus und die kleine Welt, die sie selbst kontrollieren konnte. Mit dem Pierre Kirchner, das wäre nichts geworden. Onkel Berti dagegen war wirklich die Liebe ihres Lebens. Wenn ich mich an seinen Besuch in meiner Kindheit erinnere, ihr seliges Lächeln, wenn er sie lobte, sie in den Arm nahm und drückte und Mama nannte.

Julia wiegt zweifelnd den Kopf hin und her. „Was mich gewundert hat, war, dass der Berti zwar ihre große Liebe war, ihre erste Sorge aber ihrer Tochter Anni galt. Bei Anni, da habe ich einfach alles falsch gemacht, Frau Pfarrer! Das hat sie mehrfach zu mir gesagt und dann hat sie tatsächlich geweint. Sie hat nicht oft geweint. Ihre Oma Luise war eine stolze und starke Frau. Aber ihre Mutter war deutlich die Achillesverse ihrer Großmutter. Um so mehr schmerzte es sie, dass Anni sie nicht besuchen wollte. Ich sollte Kontakt mit ihr aufnehmen, sie wolle mit ihr reden. Aber ihre Mutter hat auf meine Anrufe leider nicht reagiert.“ Sabine zuckt mit den Achseln. „Meine Mutter reagiert selten so, wie man das möchte. Und das Verhältnis zwischen ihr und Oma Luise ist schon seit vielen Jahren so verfahren, dass das mit einem Gespräch am Krankenbett nicht mehr zu reparieren gewesen wäre. Es hätte nur eine unschöne Szene gegeben.“ Julia schüttelt den Kopf. „Das glaube ich nicht. Es gab da vieles, was mir Luise nicht erzählen wollte, sie sagte nur immer wieder. Das ist Annis Geheimnis. Das kann ich nicht mit ihnen teilen. Und später hat sie einfach nur immer wiederholt: Ich hätte besser hingucken sollen, ich hätte mein Kind früher schützen müssen. Ich habe ihr dann geholfen eine Kassette aufzunehmen, Weil ich nicht weiter bohren wollte. Am Ende bleibt es eine Botschaft einer Mutter an ihre Tochter und das muss man akzeptieren. Hast du ihr die Kassette schon gegeben?“ Sabine schüttelt den Kopf. „Nein, aber wenn wir uns das nächste Mal treffen, werde ich es auf jeden Fall tun.“

Ludwig räuspert sich. Nach diesem Übermaß an Informationen, muss er das erst einmal alles verdauen. „Ich glaube, wichtiger alles andere ist jetzt ein Gespräch mit deinem Onkel Berti, Sabine. Ich könnte mir vorstellen, dass er ahnt, dass da etwas nicht stimmt. Als Mediziner müsste er das mit den Blutgruppen schon vor langem bemerkt haben. „Ach der," Sabine macht eine wegwerfende Handbewegung, „Der bemerkt nur, wenn sich die Welt nicht mehr um ihn dreht." Ludwig lächelt. „Du magst deinen Onkel Berti nicht besonders." Sabine schüttelt den Kopf. „Ein eingebildeter Snob, der alles besser weiß und der sich selbst für die Sonne hält." Ludwig lächelt, „so ist er wahrscheinlich auch aufgewachsen. Das kann man es dem Mann doch nicht verdenken, wenn keiner ihm jemals die Wahrheit gesagt hat." „Ach ja!" fragt Sabine misstrauisch. „Und was ist die Wahrheit?" Ludwig lehnt sich zurück, legt Sabine den Arm um die Schultern und lacht: Dass es im Universum viele Sonnen gibt."

Julia stimmt in das Lachen ein. „Da würde ich gerne Mäuschen spielen. Aber auf mich wartet nach den Osterferien noch eine Menge Arbeit. Außerdem gibt es auch noch die da." Sie zwinkert Ludwig verschmitzt zu und winkt mit ihrer Doktorarbeit, bevor sie sie bedeutungsschwer neben ihm auf den Sessel ablegt. Er schaut kurz auf das Titelblatt und zwinkert dann zurück. Julia lacht, greift nach ihrer schicken Tasche, dreht sich um, winkt noch kurz, um dann mit ausgreifenden und bestimmten Schritten auf den Ausgang zuzugehen, wo ihr der Portier elegant die Eingangstüren öffnet.

Onkel Berti

„Jetzt können wir es echt nicht mehr verschieben! Wir müssen mit Onkel Berti sprechen!“ sagt Sabine auf dem Rückweg nach Frankfurt zu Ludwig. Die beiden sitzen in Ludwigs altem Jaguar und gondelnd langsam durch den Taunus. Ludwig hat beschlossen einen Abstecher über Marmolshain zu machen. Die Sonne scheint. Das Wetter ist wieder schön, Aprilwetter eben. „Ich weiß nicht! Am besten ist es, wenn Sophie mit ihm spricht. Schließlich kennt sie ihn am besten. Ich konnte noch nie viel mit ihm anfangen. Als Kind hatte ich Angst vor ihm, weil er ständig kontrollieren wollte, ob man auch die Hände richtig gewaschen hatte, und als Erwachsene fand ich ihn einfach nur besserwisserisch und eingebildet. Die Art, wie der bei uns ins Haus hereingerauscht kam und dann alles sich nur noch um ihn drehte. Puhhhh! Das Beste an ihm war Sophie.“

Sabine blickt sinnend zum Autofenster hinaus auf die an ihnen vorüberziehenden Kastanienbäume. „Lass uns aussteigen, und ein bisschen Spazierengehen, schlägt sie vor, dort hinten scheint die Frühlingssonne durch die blühenden Bäume!“ „Okay!“ Ludwig setzt den Blinker und biegt auf einen kleinen Weg ein, der zur Kronthaler Quelle führt. Tobia freut sich, sie hüpft hin und her. Nachdem sich ihre Pfoten an die nassen Wiesen gewöhnt haben, hängt sie ihre Schnauze mit Begeisterung in jede Pfütze und jedes matschige Mauseloch. Von Spazierengehen kann da eigentlich kaum die Rede sein.

„Wenn Onkel Berti zu Besuch kam, war unsere Oma wie ausgewechselt. Dann wurde schon im Voraus geputzt und gekocht. Für ihn konnte nichts gut genug sein, Sophies Leistungen schienen immer mehr wert als unsere und meine

Mutter war vor und während seines Besuches noch unerträglicher als sonst. Ich habe nie verstanden, warum sie nicht einfach während seiner Besuche das Haus verlassen hat, aber sie konnte irgendwie nicht anders. Sie musste immer dabei sein. Wie eine Märtyrerin setzte sie sich ständig den Verletzungen aus, die unweigerlich kommen mussten. Aber sie konnte nicht wegbleiben." „Solche Revierkämpfe zwischen Geschwistern sind nicht selten." Ludwig räuspert sich: „Es kann nicht einfach gewesen sein für deine Mutter, die ja lange Zeit ein Einzelkind war. Plötzlich kommt dann da ein kleiner Bruder daher und dreht die ganzen Verhältnisse um.

Nicht nur ein bisschen, so wie in anderen Familien, sondern im Fall deiner Großmutter hat sich da aus einem Beschützerinstinkt eine ungesunde Fixierung entwickelt. Von einem auf den anderen Tag war für die kleine Anni kein Platz mehr da. Und ich vermute mal, dass dein Großvater auch nicht unbedingt der ideale Papa war." Sabine nickt nachdenklich: „Da könntest du recht haben. Eine echte Beziehung hat er, glaube ich, erst zu Andreas entwickelt. Anni und Berti waren Luises Kinder. Deshalb hatte er auch nichts dagegen, dass Berti Arzt wurde. Wir haben das immer alle hingenommen, aber eigentlich war das in einer Welt, in der der Sohn das Weingut des Vaters übernimmt, gar nicht natürlich. Heute mag das vielleicht gehen, damals nicht. Offiziell war er der Erbe. Ich meine, die Leute hielten ihn doch für einen echten Becker und doch akzeptierte Opa Horst, dass Oma Luise über sein Schicksal entschied." Sabine versucht mit Ludwig Schritt zu halten. „Während Anni einen Winzer heiraten und den Erben gebären musste, durfte Berti studieren und ein erfolgreicher Chirurg werden. Oma Luise hatte vor Stolz Tränen in den Augen, wenn von seinen Erfolgen die Rede war. Zwischen Anni und ihr dagegen herrschte nur Streit und Unzufriedenheit." Eine Zeit lang gehen beide schweigend nebeneinanderher, dann sagt Sabine. „Um fair zu sehen, muss ich gestehen, dass Onkel Berti das eigentlich gar nicht mochte, wenn Oma so um ihn herumscharwenzelte. Er war zwar ein Besserwisser, aber er bemühte sich immer sehr um Anni. Wenn sie wieder mal unter Depressionen litt oder in Alzey in der Psychiatrie lag, dann war er es, der mit den Ärzten sprach. Als damals Siggis Vater Gunter mit diesem schrecklichen psychiatrischen Gutachten bei der Scheidung meiner Eltern Geld erpressen wollte, da setzte er wirklich Himmel und Hölle in Bewegung, um uns zu helfen. Aber Anni musste ihn nur sehen, schon ging es los und jeder Streit endete mit den Worten „Du hast mir alles genommen!" Ludwig schüttelt den Kopf. „Deine Oma hätte nicht ein Kind so deutlich dem anderen vorziehen dürfen, selbst dann nicht, wenn das schlechte Gewissen sie dazu zwang." Für Sabine hat das Problem schon viel früher begonnen: „Sie hätte das Kind an die Rosensteins übergeben müssen. Berti war nicht ihr Kind. Unrecht Gut gedeiht nicht. Das hat sie selbst oft zu mir gesagt."

Ludwig lacht plötzlich trocken auf: „Meine Güte, wenn ich daran denke, wie ich mich über meinen Vater aufgeregt habe! Aber der steht wenigstens zu dem, was er tut, oder nicht tut. Das mit Berti, das war doch der totale Ego-Trip. Sich das Kind einer anderen unter den Nagel zu reißen und dann das eigene deswegen zu vernachlässigen." Sabine zögert. „Mit Abstand gesehen, sieht das vielleicht so aus, aber du hast selbst gestern Abend gesagt, aus der Nähe betrachtet, sind die Situationen immer komplizierter als sie auf den ersten Blick erscheinen. Ich denke, dass das auch auf meine Oma zutrifft. Sie glaube, sie wollte dieses Kind nach einem Jahr einfach nicht mehr hergegeben, weil es ihr ans Herz gewachsen war. Aber deshalb war sie noch lange kein egoistischer Mensch. Sie hat viel für ihren Mann Horst getan und sich und ihre Bedürfnisse sehr oft hintenangestellt." Ludwig brummt widerstrebend. Dass ihn jemand an seine eigenen Worte erinnert, ist neu für ihn. „Für mich war Oma Luise immer der Ruhepol in unserer Familie. Ich weiß nicht, wie wir es ohne sie geschafft hätten. Sie hat alles geregelt und hatte alles im Griff, war morgens die erste und abends die letzte. Sie fühlte sich für alle verantwortlich und war deshalb immer und überall und für alle und alles da. Was glaubst du, warum es ihr gelang, diese Geheimnisse so lange zu bewahren? All das tat sie nicht nur, weil sie uns alle beherrschen und kontrollieren wollte, sondern auch weil sie uns liebte. Sie konnte ihre Liebe nur nicht anders zeigen. Berti wurde ein Teil ihres Universums und nachdem sie ihn liebgewonnen hatte, konnte sie ihn einfach nicht mehr aus ihrem Verantwortungsbereich entlassen." Sabine holt tief Luft. Sie möchte das Ludwig sie versteht, weil ihr das wichtig ist, was sie da über ihre Oma erzählt. „Ich habe das immer wieder erlebt. Meine Oma war eine starke Frau. Keine Kuscheloma, sondern eine Matriarchin. Wenn sie einen Menschen schätzen und lieben lernte, begann sie sein Leben zu managen, das war ihr Weg Liebe zu zeigen. Patty zum Beispiel hatte oft ihre liebe Not mit ihr. Ich bin auch der festen Überzeugung, dass sie ihre Tochter Anni geliebt hat, auch wenn meine Mutter das nie verstehen wollte. Aber Anni ist einfach so ganz anders. „Ludwig schaut sie verblüfft an. „Willst du rechtfertigen, was sie getan hat?" Sabine schüttelt den Kopf. Ihre Augen bitten um Verständnis. „Nein, nicht rechtfertigen nur verstehen." Doch Ludwig will nicht verstehen, dazu ist die Empörung über das Unrecht zu groß mit ausgreifenden Schritten geht er vor ihr her. Sabine hat Schwierigkeiten, ihm mit ihren viel kürzeren Beinen zu folgen. Sie greift nach seinem Arm und zwingt ihn stehen zu bleiben. „Verurteilen ist leicht, das geht auch nicht so unter die Haut. Da kannst du so prima darüberstehen und dich besser fühlen!“ Ludwig zögert, sie kann sie spüren, dass er ihr zuhört. „Aber wenn du zu verstehen versucht, und dich auf die Ebene der Täter begibst, wenn du begreifst, warum sie es getan haben. Wenn du zugibst, das hätte auch mir passieren können, dann kannst du verhindern, dass es wieder geschieht. Verstehst du?“ Die Flamme der Wut wird kleiner und kleiner. „Es hilft nichts, anderen zu erzählen, wie sie es hätten besser machen können. Das weißt du doch selbst! Wer Entscheidungen übernimmt, egal ob richtige und falsche, geht Verantwortung ein und mit jeder Entscheidung ist Herzblut verbunden und, wenn du ehrlich bist, auch Eitelkeit und so mancher Egotrip, den du selten selbst als solchen erkennt. Ist es da nicht ein bisschen zu einfach, so von oben herab zu verurteilen?“ Jetzt ist das Feuer der Wut endgültig gelöscht. Ludwig nickt. „Ja, ich fürchte du hast recht.“ Ein zaghaftes Lächeln zupft an seinen Mundwinkeln. Er verbeugt sich vor ihr. „Ich bedanke mich für eine wichtige Lektion! Vielleicht sollte ich meinem Vater auch weniger Empörung und mehr Verständnis entgegenbringen.“ Ludwig greift nach ihrer Hand und zieht sie für einen kurzen Moment an seine Lippen, dabei schaut er ihr in die Augen. Sabine wird knallrot. Die Geste wirkt seltsam intim. Bevor sie etwas sagen kann, dreht er ihr Handgelenkt und blickt auf ihre Uhr. „Oh, Ich fürchte wir müssen uns auf den Rückweg machen. „Ich will nochmal im Krankenhaus vorbei.“ Sabine nickt verlegen und bückt sich Tobia, die es gar nicht mag, wenn sie an die Leine muss und erst einmal mit den beiden das „Wer ist schneller“-Spiel veranstaltet. Doch irgendwann ist auch sie sauber abgerubbelt und im Auto eingepackt.

Zuhause wird es dann erst einmal nichts mit Ludwigs Krankenhausbesuch, denn dort warten schon Sophie und Jacky mit Ungeduld. Sie wollen unbedingt alle zu einer kleinen Einweihungsparty einladen. Am Eingang zu dem kleinen Appartement, dass einfach aber mit kleinen antiken Details eingerichtet ist, erhalten alle einen von Jacky und Naime gemischten Empfangscocktail. Sehr fruchtig! Als die beiden nicht hingucken, gießt Ludwig für die Erwachsenen noch etwas Gin dazu. Das kleine Appartement hat alles, was man zum Wohnen braucht, erklärt Sophie strahlend. Nach einer ersten Hausführung, verabschiedet sich Ludwig ans Krankenbett seines Vaters. Naime und Jacky ziehen sich mit Tobia in das kleine Kinderzimmer zurück und Sophie greift nach ihrem Handy.

Onkel Berti ist tatsächlich zuhause und er geht auch ans Telefon. Natürlich hat er Zeit und nein, sie müssen nicht zu ihm nach Düsseldorf kommen. Er ist schon lange nicht mehr in Frankfurt gewesen. Und wenn sein Kind ihn braucht, kommt er selbstverständlich. Schließlich ist er froh, dass sie sich von ihrem schrecklichen Ehemann getrennt hat. Heute Nachmittag geht es leider nicht mehr. Aber morgen Vormittag zum Frühstück, das wäre doch etwas. Großspurig lädt er alle in den Frankfurter Hof ein. Am Ende kann er es dann doch nicht lassen. Sophie und Sabine verdrehen die Augen, bedanken sich dann aber höflich und sagen zu. Um 10:00 Uhr im Frankfurter Hof, Ludwig werden sie einfach mitnehmen. Von Sophie erfährt Sabine auch, dass Martin heute Nachmittag schon da war, um ihr bei der Dekoration des Appartements zu helfen. „Das sind natürlich nur Leihstücke. Aber weil ich doch bald für ihn arbeiten werde, kann ich unmöglich in einem Appartement ohne Antiquitäten leben." Sophie grinst, Sabine ebenfalls. Danach berichtet letztere kurz von der Teatime mit Julia. „Es stimmt also wirklich!". Sabine nickt. „Wir sollten den Hochzeitskelch mitzunehmen. Das wird ihn auf jeden Fall beeindrucken." Sabine nickt. Das ist eine gute Idee, wir gehen morgen früh kurz bei unserer Bank vorbei. Als Sabine sich erheben will, um endlich in ihrer Wohnung die Füße hochzulegen, merkt sie, dass Sophie noch etwas auf dem Herzen hat. „Na, da ist doch noch was?“ „Ich würde so gerne die Briefe von Pierre Kirchner an Oma Luise lesen.“ sagt sie dann. „Ich weiß, ich weiß. Eigentlich gehören wir nicht wirklich zur Familie und Pierre Kirchner ist nur Annis Papa. Aber ich liebe Pierre Kirchners Arbeiten und ich habe Bilder von der Unbekannten Frau im MoMA gesehen. Es würde mir viel bedeuten.“ Sabine betrachtet die Cousine erstaunt. Dann nimmt sie sie in den Arm. „Natürlich kannst du die Briefe lesen und egal was andere sagen, ihr gehört noch immer zur Familie. Es zählen nicht die Gene, sondern das Herz! Komm mit hoch, dann gebe ich sie dir!“ Sophie lacht: „Irgendwann fahren wir zwei mal auf Museumstour und dann zeige ich dir Pierre Kirchners Bilder. Sie sind wunderschön. Allerdings frage ich mich, wo er Anni hineingemalt hat. Da rätsele ich nun schon den ganzen Nachmittag.“ Sabine schmunzelt: „Im Moment bin ich mir nicht sicher, ob ich das als Drohung oder als Belohnung auffassen soll.“ Beide Cousinen kichern.

Ein Zeitzeugenbericht

Ludwig öffnet die Tür. Man hat seinen Vater aus der Intensivstation in ein normales Krankenzimmer verlegt. „Na endlich, ich dachte schon: Du kommst nicht mehr," beschwert sich sein Vater, der halb aufrecht im Bett sitzt, die goldumrandete Lesebrille auf der Nase, ein Buch auf dem Schoß. „Dir scheint es ja schon wieder besser zu gehen, wenn du so brummen kannst," antwortet sein Sohn gut gelaunt. Ludwig hat beschlossen, die Zeiten der Provokationen hinter sich zu lassen. Sein Vater scheint sich ebenfalls an seine guten Vorsätze zu erinnern und lächelt zerknirscht. „Dieses nutzlose Herumliegen ist nichts für mich! Und deine Mutter macht es mit ihrer Tüttelei nur noch schlimmer. Zum Glück ist sie gerade gegangen." Ludwig schmunzelt „Lass sie das nur nicht hören." Nach ein bisschen Anfangsgeplänkel ist der Gesprächsstoff erst einmal versiegt. „Ich habe weiter über diese Stiftung nachgedacht." fängt Georg nach einer Weile wieder an. Ludwig schaut ihn erstaunt an. Er hätte nicht gedacht, dass sein Vater diese Idee weiterverfolgen würde. „Ja, ich habe das mit der Stiftung wirklich ernst gemeint. Um die Firma kann sich auch dein Schwager kümmern. Aber das mit der Stiftung, das ist echt mal etwas Neues." Er hebt das Buch in die Höhe. „Ich lese gerade über Polens wechselhafte Geschichte. Äußerst spannend. Also ..." Georg setzt sich ein Stück aufrechter hin. „Ich stelle mir das so vor. Eine Stiftung die Forschungsprojekte fördert, die sich mit der deutsch-polnischen Geschichte beschäftigen. Was hältst du davon, Ludwig? Du bist doch Historiker, du weißt doch, wie wichtig es ist, so etwas aufzuarbeiten? Hmmm! Ich könnte dann auch mit deiner Mutter an alle diese Orte in Polen fahren und wir gucken uns das ganze an." Ludwig ist sprachlos. Hat er sich da gerade verhört. Sein eigener Vater fragt nach seiner Kompetenz? Das ist ein Novum. Ein väterliches Kompliment, so unerwartet. In Ludwigs Hals macht sich ein dicker Kloß breit, der erst einmal losgehustet werden muss. „Nun sag schon, was hältst du von der Idee. Einmalig, oder? Ich bin doch gut, auf meine alten Tage? Sogar im Krankenbett!" „Ganz der Alte" ergänzt Ludwig nun. „Mal im Ernst. Die Idee ist gut. Wer die Geschichte versteht, kann die Zukunft gestalten. Das war schon immer mein Motto. Und bei der Gelegenheit kannst Du dann auch den polnischen Zwangsarbeitern und ihren Familien das notwendige Geld bezahlen. Denn aus der Verantwortung lass ich nicht gehen. Hast du Mama schon von deinen Plänen erzählt." Georg zuckt mit den Schultern. „Ich weiß nicht, ob sie so begeistert sein wird. Du weißt, sie fliegt lieber auf die Bahamas als nach Polen, aber ..." „Aber am Ende wird sie dorthin gehen, wo du hinwillst." beendet Ludwig den Satz. Georg nickt „Und sie wird es genießen, da bin ich sicher!" Dem kann Ludwig nur zustimmen. Georg zeigt mit dem Finger auf das Buch, das Ludwig in seiner Hand hält, seit er zur Tür hereingekommen ist. „Hast du mir Lesestoff mitgebracht." Ludwig schaut auf das Buch, das jetzt aus seiner Jackentasche herauslugt. „Ach das! Nein. Darin wollte ich in der U-Bahn lesen. Ein interessantes Buch, dass mir ein Freund gegeben hat." Einen Moment hält er inne, doch dann beschließt er dem Vater davon zu erzählen. „Ich unterstütze gerade meine Nachbarin Sabine bei der Aufklärung ihrer Familiengeschichte und dabei bin ich auf dieses Buch hier gestoßen. Darin hat ein alter Nazi auf seine Weise die Niederlage verarbeitet. Er dreht das kleine Büchlein hin und her. Aus anderen Tagebüchern wissen wir, dass er Lehrer an der Volksschule im Heimatort meiner Nachbarin war, ein echter Miesepeter ohne Mitleid, ich bin gespannt, wie er sich selbst sieht. Ich bekomme selten die Gelegenheit, Menschen aus unterschiedlichen Perspektiven kennenzulernen.

Der gut alte Lehrer Schneider hat vor allem von der Nachkriegszeit berichtet. Ein Renner wurde das Buch nie. Es gab wohl nur eine Auflage und die war ein Ladenhüter." Ludwig streich nachdenklich mit dem Finger über den Buchdeckel. „Ich vermute mal, dass es niemand so recht lesen wollte. Keiner wollte gern an die schlechten Zeiten erinnert werden. Du warst auch nicht viel anders!" Georg nickt versonnen. „Der gefühlte Fall war einfach zu tief: vom erträumten Endsieg zur totalen Zerstörung. Die Psychologen würden wohl von einer kollektiven narzisstischen Kränkung sprechen." Ludwig schaut ihn verblüfft an. „Ja, glaubst du dein Vater hat nur Aktien und Gewinnmaximierung im Kopf? Die Psyche des Menschen hat mich schon immer interessiert. Was lässt sie wie ticken, das finde ich spannend." Natürlich, denkt Ludwig, wie könnte es auch anders sein, bei einem Menschen, der so viel Freude an der Manipulation anderer Menschen hat. Innerlich zuckt er mit den Schultern. „Du meinst, ein ganzes Volk war beleidigt?" Georg nickt. „Irgendwie könnte man das wohl so sagen." Die eigenen Taten wurden erst einmal verdrängt, beziehungsweise einer kleinen Gruppe, den Nazis, zugeschoben und von denen distanzierten sich die meisten innerlich. Die Nürnberger Prozesse trugen unfreiwillig noch dazu bei, weil sie einzelne hervorhoben und anderen damit die Gelegenheit gaben, ihnen die Schuld zuzuschieben. Hinzu kamen die Opfergeschichten der Geflüchteten, in denen sich viele wiederfanden. Deine Mutter und ihr Bruder waren so ein Beispiel. Sie hatten in Ostpreußen alles verloren, dein Bruder kam traumatisiert aus der Gefangenschaft zurück." Georg erwärmt sich zusehends für das Thema. Ludwig kann erkennen, dass er viel über diese Dinge nachgedacht hat. „Solche

Schicksale gab es viele, auch wenn ich nicht glaube, dass jeder dort in Ostpreußen so viel zurückgelassen hat, wie deine Mutter. So viel Gutshöfe, wie da plötzlich in den Erinnerungen der Geflüchteten auftauchten, kann es unmöglich gegeben haben. Ich frage mich außerdem bis heute, was wirklich den posttraumatischen Stress bei deinem Onkel ausgelöst hat. Möglich, dass es die Zustände in Russland waren, aber wir saßen mal abends zusammen, als er so richtig getankt hatte und da hat er mir erzählt, wie er zufällig in einem Waldstück beobachtet hat, wie eine Gruppe russischer Dorfbewohner von deutschen Soldaten erschossen wurde. Sie hatten ihr Dorf verbrannt und sich im Wald versteckt. Er war aus Feigheit nicht eingeschritten, obwohl er als Offizier einen hohen Rang besaß, hatte einfach feige zugesehen. Damals habe er gewusst, dass sie den Krieg verlieren würden, hat er mir volltrunken erzählt und dass er das Bild der toten Kinder und Frauen nie vergessen werde. Naja, er hat sich ja dann auch irgendwann zu Tode gesoffen." Wieder tritt eine Stille zwischen Vater und Sohn ein „Mit den ganzen Geschichten über die Kriegsheimkehrer konnte er übrigens nichts anfangen, genauso wie er das Gejammere deiner Großmutter nicht ertragen konnte." Ludwig lächelt. „Du meinst die Geschichten von Weihnachten zuhause, wie sie mit dem Schlitten in die Kirche fuhr, nachdem sie die Bescherung der Dienstboten hinter sich gebracht hatte." Wie seltsam, denkt er, dass wir erst jetzt darüber sprechen. Die kleine vertrocknete Frau, mit Schmuck behängt wie ein Weihnachtsbaum, die mit kerzengeradem Rücken auf dem Sofa saß, beide Beine seitlich angewinkelt. Nie hatte sie ein gutes Wort für die eigene Tochter gefunden, nichts war gut genug gewesen. Da war ihre Tochter mit einem der reichsten Industriellen Deutschlands verheiratet, gezählt hatte nur die Vergangenheit und auch wenn Ludwigs Mutter immer so getan hatte, als mache ihr das nichts aus, so war er sich inzwischen doch sicher, dass das Gegenteil der Fall gewesen war. „Deine Großmutter konnte einem mit ihrem großherzoglichen Getue schon manchmal ganz schön auf die Nerven gehen." sagt sein Vater, als hätte er Ludwigs Gedanken gehört. Er schaut auf die Uhr und drückt seinem Jungen die Hand. „Na komm mein Junge, du hast bestimmt noch einiges zu tun. Bring mir das Büchlein mal vorbei, wenn du damit fertig bist, bei der Gelegenheit kannst du mir ja dann auch mehr über die Nachbarin erzählen, der du da gerade so bereitwillig hilfst." Ludwig versucht es mit einem unschuldigen „Ach die!" Sein Vater grinst! „Besteht da vielleicht Hoffnung!" Ludwig dreht sich um und strebt der Tür entgegen. „Dir geht es schon wieder viel zu gut! Wenn du solchen Unsinn reden kannst." brummt er dann, doch das Lächeln lässt sich nicht unterdrücken.

In der U-Bahn schlägt er das kleine Büchlein mit dem anspruchsvollen Titel von Friedrich Schneider auf und beginnt zu lesen.

Er hebt das kleine Büchlein hoch und blättert die erste Seite um.

Bingen 1972. Ludwig erinnert sich die Daten vom Grabstein Schneiders aufgeschrieben zu haben. Dieser 1971 gestorben. Das Buch wurde also posthum veröffentlicht. Er schaut sich die nächste Seite, da gibt es ein kurzes Vorwort.

„*Vor kurzem ist mein Onkel Friedrich Schneider kinderlos gestorben. Als Lehrer und späterer Schulleiter der Grund - und Hauptschule in Engelstal, war er vierzig Jahre lang der Vater vieler Schülerinnen und Schüler. Eine Aufgabe, der er sein Leben gewidmet hat. Dieses Büchlein ist sein Werk. Als ein Sohn seiner Zeit hat er die Gedanken und Erfahrungen der Nachkriegsjahre festgehalten. Ursprünglich war es nicht zur Veröffentlichung vorgesehen, doch weil er auf seine Weise repräsentativ ist für viele Deutsche seines Jahrgangs und weil nur wenige die Nachkriegsjahre so reflektiert und offen beschrieben, entschied ich als sein Lieblingsneffe seine Notizen zu veröffentlichen. In dieser schwierigen Zeit, in der so viel über die Aufarbeitung des Nationalsozialismus diskutiert wird, ist es wichtig, Originalstimmen, die unsere Geschichte erzählen, zu Wort kommen zu lassen. Seine Reflektionen sind auch ein pädagogisches Dokument der ersten Stunde, schließlich war er einer der Lehrer, der unser Schulsystem nach 1945 mitaufgebaut hat." Johann Schneider, Bingen 28.2.1972*

Na, auf die Reflektionen bin ich ja mal gespannt, denkt Ludwig und schlägt die nächste Seite auf.

Wir haben verloren!

„Wir waren bereit, unser Dorf mit unserem Blut zu verteidigen, als sie mit ihren Panzern und Automobilen auf uns zurollten. Doch einer, von dem es keiner von uns erwartet hätte, hielt uns zurück. Der größte Raufbold, ein Parteimitglied der ersten Stunde, bestand darauf die weiße Fahne zu hissen. „Es ist vorbei!" sagte er. „Wir werden unser Blut nur unnütz vergießen. Der Krieg ist verloren. Es gibt andere Wege, unseren Feinden das Leben schwer zu machen!" Unser Ortsparteileiter wollte das nicht akzeptieren. Er rang um die Fahne, wollte uns mit der Pistole zum Kämpfen zwingen. Doch am Ende war es zu spät, niemand unterstützte dieses letzte Aufflackern falschverstandenen Patriotismus. Und so übergaben wir kaum eine halbe Stunde nachdem wir die letzten Widerständler überwältigt hatten, die weiße Fahne dem amerikanischen Offizier. Erst da begriff ich, wie schlau doch unser Lebensmittelhändler in letzter Sekunde gehandelt und so nicht nur sich selbst, sondern uns alle gerettet hatte. Ich sollte mich in den nächsten Tagen und Jahren noch des Öfteren über seine Schläue wundern.

Natürlich suchten die Amis in den nächsten Tagen nach allen Parteimitgliedern, die sich besonders hervorgetan hatten. Es hieß, dass diese in das neue Lager nach Bretzenheim gebracht würden. Wir hielten alle die Luft an. Die Dorfbewohner, die nicht zur Partei gehört hatten, denunzierten nun die, die bisher das Sagen gehabt hatten. Ich vermutete, dass es den Bürgermeister, Ortsparteileiter, den Bahnhofsvorsteher und vielleicht auch den Lebensmittelhändler und mich treffen würde, weil wir in wichtigen Positionen gewesen waren oder wie im Falle des Lebensmittelhändlers wirtschaftlich profitiert hatten. Doch zu meinem Erstaunen ließ man den Bürgermeister und den Lebensmittelhändler in Ruhe und so wiegte ich mich eine ganze Woche in Sicherheit. Ich hoffte, dass auch mich die weiße Fahne gerettet haben könnte. Doch das war leider nicht der Fall. Sie kamen am Abend, klopften an meine Tür und brachten mich ins Rathaus. Dort wurde ich befragt, ob ich jüdische Kinder und Zigeunerkinder aussortiert habe und an deren Deportation beteiligt gewesen sei. Auch wollten sie wissen, ob es wirklich stimmte, dass ich polnischen Kriegsgefangenen, Juden und Zigeunern den Zugang zum Bunker verweigert habe. Ich wusste nicht, wer mich verraten hatte. Ich war mir auch nicht sicher, wie ich antworten sollte. Schließlich hatte ich nur auf offizielle Anordnung gehandelt, konnte man mir das zum Vorwurf machen? Ich schwankte einen Moment, doch dann entschied ich mich für die Wahrheit. Ich hatte bis dahin immer die Wahrheit gesagt. Darauf war ich stolz gewesen und das wollte ich auch in dieser schweren Stunde nicht ändern.

Ich glaube, dass ich der erste war, der sich ehrlich zu seinen Taten bekannte. Sie erklärten mir, dass meine Entschuldigungen nichts als faule Ausreden seien. Unsere Regierung sei ein Unrechtsregime gewesen, Ungehorsam das einzig richtige Verhalten, das man akzeptiere. Für mich machte das keinen Sinn. Unser Bahnhofsvorsteher, mit dem ich so manchen Abend im

Grünen Baum verbracht hatte, stand neben mir. Zehn Jahre jünger als ich, stand ihm die nackte Angst ins Gesicht geschrieben. Immer wieder wiederholte er, man habe ihn dazu gezwungen, den Abtransport zu organisieren und dass er nur in die Partei eingetreten sei, weil er sonst seine Arbeitsstelle verloren hätte. Ausgerechnet er, der einer der ersten war, der hier unseren Führer hatte hochleben lassen, machte sich nun aus Angst vor den amerikanischen Soldaten die Hosen voll. Wäre es hier nicht um Leben oder Tod gegangen, ich hätte laut gelacht. Die Situation war einfach nur absurd. An diesem Abend im Engelstaler Rathaus. Nach mehreren Stunden, die wir abwechselnd verhört wurden, unterrichtete man uns darüber, dass wir nun in das Bretzenheimer Strafgefangenenlager verbracht würden und man dort entscheiden werde, ob wir im Ausland als Kriegsgefangene arbeiten müssten oder im Lager bleiben könnten. Ich fragte nach, ob auch andere aus Engelstal in das Lager müssten, doch man wollte uns keine Namen nennen und ich wollte niemanden denunzieren.

Am Ende kamen wir ins Lager. Dort begegnete ich anderen aus unserem Engelstal mit denen ich gemeinsam ums Überleben kämpfte. Einige, die ich erwartet hatte, waren dort, andere nicht.“

Versunken schaut Ludwig aus dem Fenster und erkennt erschreckt, dass er beinahe eine Station zu weit gefahren wäre. Schnell springt er zur Tür hinaus und rennt fast nach Hause, um weiterlesen zu können.

„Ich kann die Erlebnisse in Bretzenheim nur schwer beschreiben, ohne dass die Todesangst, der Hunger, die Nässe und der Ekel wieder hochkommt. Dort im Lager vergaßen wir unser Menschsein und wurden zu Tieren. Wir aßen, was uns unter die Finger kam, weil die Amerikaner uns kaum etwas zu Essen gaben. Das tägliche Brot wurde zu unserem Traum und zu

unserem Gebet. Ich habe später nie wieder Brot weggeworfen, selbst wenn es noch so trocken oder verschimmelt war. Einmal hörte ich, hier hat keiner was zu essen, in ganz Deutschland nicht. Die Menschen hungern überall, wie könnt ihr Verbrecher da erwarten, dass ihr etwas bekommt! Doch unsere ehemaligen Nachbarn ließen uns nicht im Stich, immer wieder warfen sie uns etwas über den Zaun. Ein Stück Brot, ein bisschen Hausmacher Wurst. Was die Bauern auf den Feldern geerntet und in den Ställen gefüttert hatten. Doch genug war es nie. Wir standen unter dem Zaun und stritten uns um jedes Stück. In den ersten Wochen hatten wir nicht einmal Zeltplanen, um uns vor Regen und Wind zu schützen. Oft war sogar das Wasser knapp. Unsere Notdurft mussten wir in Löchern in den Ecken des Lagers verrichten. Das schlimmste war jedoch der Fall vom Sieger zum Verlierer, der Abschied von den großen Idealen. Manch einer starb einfach, weil mit dem Ende seiner Träume von der Herrenrasse und dem Endsieg auch sein Leben seinen Sinn verloren hatte. Unser Ortsparteileiter war so einer. Seine Welt brach zusammen. Als wir den Amerikanern die weiße Fahne überreichten, unterschrieben wir sein Todesurteil. Die Lungenentzündung war nicht nur eine Folge des Regens, sondern auch seiner inneren Verfassung. Er starb schon im ersten Monat.

Im Lager hatten wir schnell eine gewisse Ordnung entwickelt, alle, die aus unserem Ort kamen, sammelten sich in derselben Ecke. Ich nahm mich unseres Bahnhofsvorstehers an, jünger als ich, geriet er schnell mit anderen in Streit und war beständig in der Gefahr von den amerikanischen Soldaten aufgrund seines aufbrausenden Temperamentes bestraft zu werden. Aus Dankbarkeit beschützte der junge körperlich stärkere Mann mich vor anderen Lagerinsassen, die schon kurz nach der Inhaftierung um eine interne Rangordnung kämpften. Gemeinsam hielten wir uns am Leben und bei Verstand, indem wir nachts miteinander redeten und uns umeinander kümmerten. Wir wollten überleben und neu beginnen. Unser Bahnhofsvorsteher betrachtete unsere Situation anders als ich. Unsere Niederlage sei etwas Vorläufiges, so glaubte er, und dass wir nur Geduld haben müssten. Wir seien zwar jetzt gescheitert, aber das hieße nicht, dass es nicht eine zweite Chance geben könne. Irgendwie hatte er diese Idee vom Endsieg noch immer nicht aufgegeben, nach dem ersten habe es einen zweiten Krieg gegeben und den hätten wir fast gewonnen. Möglich, dass wir mit einem wirklich guten Führer, der etwas von seiner Sache verstehe, einen dritten Krieg endlich gewinnen könnten. Ich dagegen wollte einfach nur eine neue Chance auf ein normales Leben, Lehrer sein in unserem Dorf, dort weitermachen, wo ich vor dem Krieg aufgehört hatte. Ein geordnetes Leben, wo alles seinen Platz hatte. Was hatte ich denn verbrochen? Ich hatte doch nur gemacht, was man mir gesagt hatte. Alles sollte doch nur zum Besten unseres Vaterlandes und meiner Schüler sein. Eine Herrenrasse hatten wir gewollt. Schüler, die ihr Vaterland wirklich lieben und ehren sollten, Mütter die Helden gebären und großziehen. Was war denn so falsch an diesen Idealen? Hatten denn die Franzosen und Amerikaner andere Ideale? Nun saß ich da auf nacktem Erdboden, gedemütigt und verbüßte eine Strafe, die ich nicht wirklich verstand. Nur eines war mir klar. Wenn ich mein Leben zurückwollte, dann musste ich durchhalten, die Gegenwart ignorieren, die Zukunft fest im Blick behalten sowie unser Bahnhofsvorsteher. Nach einigen Wochen verbesserte sich unsere Lage. Wir bekamen regelmäßig Essen und ein Dach über dem Kopf. Wer es geschafft hatte, bis dahin durchzuhalten, konnte nun damit rechnen zu überleben. Wer Familien in der Nachbarschaft hatte, konnte sogar Botschaften nach draußen weitergeben. Jetzt erst fiel mir auf, wie allein ich war. Auf mich wartete da draußen niemand. Wer hätte gedacht, dass die Franzosen besser organisiert waren als die Amerikaner und dass sie sich trotz der jahrhundertealten Erbfeindschaft besser um uns kümmern würden. Wir erfuhren, dass die Nachbarn da draußen, die Lebensmittel für uns stellen mussten. Die Franzosen machten es sich einfach, sie zwangen sie dazu, uns zu versorgen. Für uns war das gut, für sie nicht. Nun kehrte ein täglicher Rhythmus in unseren Alltag ein. Sonntagsgottesdienste gaben uns fast ein Gefühl von Normalität. Wir organisierten sogar einen Chor. Als Lehrer war ich da natürlich von Anfang an gefragt. Dabei lernte ich in meinem Unglück mein Glück kennen. Elvira, eine junge Witwe, die wie ich als Lehrerin und als Parteimitglied tätig gewesen war, besuchte ebenfalls den Lagerchor. Wir verliebten uns und wurden noch im Lager von einem Pfarrer getraut. Auch unser Bahnhofsvorsteher hatte auf seine Weise ein neues Lebensziel gefunden, er ließ sich von der französischen Fremdenlegion anwerben, die ein Büro im Bretzenheimer Lager besaß. Schon im Herbst erkaufte er sich so seine Freiheit und ein neues Leben im Ausland. Was aus ihm wurde, weiß ich nicht. Doch ein solcher Lebenslauf entsprach seinem abenteuerlustigen Charakter. So prägte das Bretzenheimer Lager unser aller Schicksal auf die eine oder andere Weise."

Ludwig schüttelt den Kopf und grinst in sich hinein. „So, so die Fremdenlegion. Wer hätte das gedacht!" Er setzt sich in seinem Lieblingssessel zurecht und schlägt das nächste Kapitel des kleinen Büchleins auf.

„Als wir endlich in unser rheinhessisches Dorf zurückkehren konnten, wusste ich nicht, was mich erwarten würde. Noch unterlagen sowohl Elvira als auch ich einem Berufsverbot. Da mein Haus aber zur Schule gehörte, hatten wir nicht einmal ein Dach über dem Kopf. Unser Bürgermeister empfing uns mit dem Angebot, er werde sich um einen Persilschein kümmern, wenn wir bereit wären, die Volksschule zu übernehmen.

Wie er es machte, weiß ich nicht. Doch schon zum nächsten Schuljahr standen wieder Schulklassen auf dem Schulhof. Wir zogen in meine alte Wohnung ein und machten dort weiter, wo ich aufgehört hatte, nur den Lehrplan passten wir an. Angesichts dessen, was wir im Bretzenheimer Lager erlebt hatten, schien Elvira und mir die Situation im ersten Jahr noch seltsam unwirklich. Aber nach einiger Zeit war es so, als hätte es das Lager nie gegeben. Von montags bis samstags von halb acht bis zwölf saßen Schülerinnen und Schüler im Alter von sechs bis fünfzehn Jahren bei uns in der Schule. Schon bald bekamen wir zusätzliche Lehrer und ich wurde zum Direktor der kleinen Schule ernannt. Als erste kam ein alleinstehendes Fräulein aus dem Dorf. Sie hatte noch vor dem Krieg eine Ausbildung zur Lehrerin gemacht, jedoch nie in einer Schule gearbeitet. Unser Bürgermeister und der Landtagsabgeordnete setzten sich für die Einstellung der alleinstehenden Mutter ein, die, wollte man den Gerüchten im Dorf Glauben schenken, lange Jahre die Geliebte eines angesehenen Nazifunktionärs gewesen war. Ihr Sohn war kein Schüler unserer Schule. Für seinesgleichen gab es das Gymnasium in Bingen. Das Fräulein lehrte Rechnen, Deutsch und Musik und hätte als ledige Mutter eigentlich keinen Grund gehabt, auf uns herabzuschauen, aber ihre Herkunft aus einem der größten Weingüter des Ortes und ihre Verbindungen auf höchster Ebene machten sie unerträglich arrogant. Es schien, als kenne sie Geheimnisse, an denen wir keinen Anteil hatten. Anders war das mit unserem Sportlehrer, jovial, immer zum Scherzen aufgelegt, ein Mann in der Tradition unseres Turnvaters Jahn. Man merkte ihm die Kriegserfahrungen kaum an. Selbst die Kriegsgefangenschaft lachte er einfach weg. Besonders unsere jungen Burschen verstanden sich gut mit ihm. Sie liebten die Ausflüge in den Binger Wald und auf die Loreley. Wenn ich ihnen nachschaute, wurde ich manchmal richtig wehmütig. Nicht alles war damals schlecht gewesen. Unsere Ausflüge, unsere Auftritte bei den Mittsommerfeiern und Nibelungenspielen, daran konnte doch nichts Schlimmes gewesen sein. Manchmal sprach ich mit Elvira darüber. Sie verstand mich, auch sie dachte gerne an ihre Zeit als BdM-Führerin zurück. Noch Jahre später schrieb ihr das eine oder andere Mädchen, um ihr von einer Vermählung oder der Geburt ihres Kindes zu berichten. Das war immer eine besondere Freude für sie. Dann spürte ich, wie sehr sie eigene Kinder vermisste.

Diese ersten Jahre nach dem Krieg waren besondere Jahre. Wir hatten alle nicht besonders viel, empfanden uns jedoch nicht als arm. Das Leben war unser größtes Geschenk. Dabei waren wir Lehrer gerade in den ersten Jahren auf die Geschenke der Bauern angewiesen. Elvira pflanzte Gemüse im Schulgarten an, aber die eine oder andere Dose Hausmacher Wurst oder Flasche Wein nahmen wir an Weihnachten gerne entgegen.

Es gab allerdings auch Ausnahmen unter den Dorfbewohnern. Manche profitierten besonders vom Schwarzmarkt. Dazu gehörten natürlich diejenigen, die gute Kontakte zu unseren Besatzungsmächten hatten, wie unser Bürgermeister oder auch unser Lebensmittelhändler. Elvira, die viel im Ort herumkam, berichtete mir von den Gerüchten, die man sich über die beiden erzählte. Da beim Bürgermeister die Kommandantur untergebracht war, verkaufte er den Offizieren oft Wein zu guten Preisen. Viele amerikanische und später auch französische Waren konnte er ohne große Kosten bekommen und gegen anderes tauschen. Die Leute redeten darüber, dass in den ersten Jahren nach dem Krieg ausgerechnet sein Besitz beträchtlich anwuchs. Bei unserem Lebensmittelhändler konnte man alles bekommen, auch das, was man offiziell nicht kaufen konnte. Elvira beschwerte sich regelmäßig bei mir darüber, dass seine Frau die neueste Mode aus dem Quelle-Katalog trug. Es gehöre sich nicht, so mit seinem Geld zu prahlen, wenn andere ihre Kleidung dreimal umdrehen müssten. Besonders dann nicht, wenn das Geld unrecht erworben sei. Außerdem habe sie diesen zweiten Mann viel zu schnell nach dem Tod ihres Ersten ge-

heiratet. Auch so etwas tue man nicht. Meine Elvira legte viel Wert auf Konvention. Ihre Meinung über die Ehefrauen des Lebensmittelhändlers, und des Bürgermeisters waren von Anfang an kritisch und wurden im Laufe der Zeit immer schlechter. Doch Elvira hatte hohe Ansprüche, denen nur wenige Stand halten konnten. Dafür schätze ich sie um so mehr. Sie war in der Stadt aufgewachsen und hatte als Lehrerin schon immer ein gutes Gefühl dafür, was richtig und was falsch war. Das hatte sie zu einer guten Lehrerin und Sittenwächterin gemacht. Hier im Ort sah sie es als ihre Aufgabe an, diese Funktion weiterfortzuführen, selbst als sie dann im fortgeschrittenen Alter nicht mehr als Lehrerin tätig war.

Elvira hörte ab und zu von Verwandten und Kolleginnen aus Hamburg, die entsetzliche Geschichten über kriminelle Elemente erzählten, die mit den Flüchtlingen aus den Osten zu uns kämen. Doch in dieser Hinsicht hatten wir in den ersten Jahren Glück. Wer bei uns während des Krieges Zuflucht gesucht hatte, kehrte nach dem Krieg nachhause zurück, um dort beim Wiederaufbau zu helfen. Ab und zu zogen einzelne Heimkehrer oder Flüchtlingsfamilien durch das Dorf, die bei den Bauern anhielten, um Besitztümer gegen Lebensmittel zu tauschen oder einige Tage im Stall zu übernachten. Ab und an kam es auch vor, dass sie dabei Lebensmittel stahlen und die Polizei eingreifen musste, weswegen die Flüchtlinge nie gerne gesehen wurden. Unser Bürgermeister war jedoch immer sehr großzügig. Bei ihm war jeder willkommen. Das erstaunte mich immer wieder. Manchmal fragte ich mich, ob er sich seine Gastfreundschaft vielleicht auch mit goldener Münze bezahlen ließ. Es heißt, dass er das eine oder andere Schmuckstück und Gemälde hinterher mit viel Gewinn verkaufte. Aber auch das sind nur Gerüchte, die Elvira nach Hause brachte.

Selten sprachen wir über das, was vor dem Krieg gewesen war, über die Partei und den Führer. Ab und zu taten wir das untereinander, mit dritten nie. Über den Krieg mussten wir mit unseren Schülern sprechen, denn zu viele Kinder hatten ihren Vater verloren, zu viele Frauen ihre Männer. Doch nachdem auch der letzte aus der Kriegsgefangenschaft nach Hause zurückgekehrt war und wir die Namen der Verstorbenen auf der Gedenktafel im Vorraum der Kirche eingehämmert hatten, schien auch dieses Thema in immer weitere Ferne zu rücken. Nur am Volkstrauertag da rückten wir noch zum eingeübten Ritual zusammen.

Leider sahen nicht alle die Vergangenheit so wie wir. Ab und zu gab es Ausbrüche, Situationen, in denen es unangenehm wurde, in denen sich einer nicht an das verabredete Schweigen hielt. So wurde ich bei der Beerdigung eines Winzers von den heftigen Vorwürfen seines Sohnes, eines ehemaligen Schülers, überrascht. Der Vater war eine wichtige Stütze unseres Dorfes gewesen. In vielen Vereinen hatte er im Vorstand gesessen, seine ehrliche und ruhige Art hatte ihn zum idealen Vermittler bei Nachbarschaftsstreitigkeiten gemacht. Ich hatte ihn immer gemacht, weil er sich Respekt verschaffen konnte, ohne mit der Faust drohen zu müssen. Während der Nazizeit hatte er zu den Wenigen gehörte, die kein Parteimitglied gewesen waren, ohne dabei negativ aufzufallen. Ich erinnere mich, dass er seinen ersten Sohn im Krieg verloren hatte und er und seine Frau lange unter dem Verlust gelitten hatten. Umso hatten sich alle darüber gefreut, dass sein zweiter Sohn ein schlauer und fleißiger Junge gewesen war. Mir hatte er immer viel Freude bereitet. Nach dem Krieg kam dem Vater die Zurückhaltung zugute. Kein Lager für ihn, stattdessen zogen die Amis ihn oft zurate. Sie kauften ihren Wein mit Vorliebe bei ihm. Sein Sohn baute diese Beziehungen weiter aus, der kluge Schüler lernte englisch und reiste nach Amerika. Das Weingut wuchs und wurde sehr erfolgreich. Als ich nun meinem ehemaligen Schüler bei der Beerdigung begegnete, war ich nicht auf den Hass gefasst, der mir aus seinen Augen entgegen blitzte. Beim Beerdigungskaffee warf er mir vor der versammelten Beerdigungsgesellschaft vor, dass ich seinem Vater das Leben schwer gemacht und sein eigenes bedroht hätte. Ich sei ein alter Nazi, der nie wirklich bereut habe. Es war eine schreckliche Szene, die mich bis in den Schlaf verfolgte. Ein wahrer Alptraum, den ich nie mehr vergaß. Da stand er, einer meiner besten Schüler, und zeigte mit dem Finger auf mich und nannte mich, seinen Lehrer, der doch immer nur das Beste gewollt hatte, einen Mörder. Die Juden und Zigeuner seien nur wegen mir ins Konzentrationslager abtransportiert worden und wenn sein Vater ihn nicht geschützt hätte, dann hätte man ihn in Alzey als unwertes Leben verbrannt. Elvira erzählte mir später, dass den meisten die Szene sehr peinlich gewesen sei. Er hatte das Schweigen gebrochen. Keiner wollte an die Vergangenheit erinnert werden, schon gar nicht bei einer Beerdigung. Ich selbst war wahnsinnig wütend, beinahe hätte ich herausgeschrien, dass ich nicht der Einzige war, der an der Deportation und der Vertreibung der Juden und Zigeuner hier beteiligt gewesen war. Gerne hätte ich auf die ängstlichen Gesichter gezeigt, gesagt, dass auch andere Probleme mit Behinderten gehabt hatten. Schließlich gab es da Dorfbewohner, die sich nicht aus Pflichtgefühl, sondern aus Profitgier hervorgetan hatten. Sie blieben an diesem Nachmittag passenderweise stumm. Niemand stand auf, um mich zu verteidigen, niemand wollte mit den Untaten von einst in Verbindung gebracht werden. Und ich wollte weiterhin in diesem Dorf leben, wollte hier weiter Lehrer dieser kleinen Schule sein, die mir alles bedeutete. Am Ende seiner Rede setzte mein ehemaliger Schüler mich vor die Tür, meine treue Elvira folgte mir. Ich konnte damit leben, wusste ich doch, dass viele so dachten, wie ich. Um Elvira tat es mir leid. Doch mein Weib nahm es mit Fassung. Verglichen mit Bretzenheim sei das nichts, sagte sie zu mir und sie hatte natürlich recht. Wir hatten um den großen Sieg gekämpft und verloren. Wir hatten uns locken lassen und waren einem unfähigen Führer gefolgt und zahlten nun die Zeche für unsere Dummheit.

Irgendwie kamen sie dann doch, die Heimatvertriebenen und die Flüchtlinge, und unser Dorf begann zu wachsen. Natürlich brachten sie auch ihre Kinder mit und ihre katholische Religion und ihre ostpreußische Kultur. Unsere Schule bekam ein neues Gebäude, die Klassen wurden aufgeteilt und ein Priester aus Bingen unterrichtete katholischen Religionsunterricht. Das Niveau des Unterrichts stieg, nachdem die Klassen einzeln unterrichtet wurden. Vier weitere Lehrer erweiterten unser Kollegium. Als Ältester mit der längsten Diensterfahrung wurde ich zum Direktor ernannt. Das war eine große Verantwortung in meinen späten Dienstjahren, denn mit der steigenden Schülerzahl nahmen auch die Konflikte zu. Es fehlten die Väter. Zu viele waren im Krieg geblieben, die Erziehung der Jungen und Mädchen war in der Nachkriegszeit vernachlässigt worden. Die Mütter hatten zu viel anderes zu tun. Da kam ich mit modernen Erziehungsmethoden oft nicht weiter. Auch trugen die Schüler die Spannungen, die sich zwischen Vertriebenen und Einheimischen bemerkbar machten, auf dem Schulhof aus. Fast täglich gab es Prügeleien. Oft wurden wir Lehrer Zeugen wie die Schüler, die Vorurteile der Eltern wiederholten. Es hieß, alle Flüchtlinge seien Diebe. Es halfen auch die staatlichen Unterstützungen für die Vertriebenen nicht. Mehr und mehr Häuser vergrößerten unseren kleinen Ort, finanziert durch zinslose Darlehen, für die unsere Landesregierung als Bürge eintrat. Der Filialleiter der Raiffeisenbank konnte es sich nicht verkneifen, es jedem zu erzählen, der es wissen wollte. Das schürte bei den Alteingesessenen den Neid. Besonders bei denen, die durch den Krieg viel verloren hatten. Einmal nahm ich unseren Landtagsabgeordneten zur Seite, um mit ihm über die ungerechten Darlehn zu sprechen und ob es nicht Möglichkeiten für eine gerechtere Verteilung des Geldes gäbe. Schließlich müsse doch auch seiner Partei an der Wahrung des gesellschaftlichen Friedens gelegen sein. Doch der behauptete, dass ihm da die Hände gebunden seien. Diesen Beschluss habe seine Partei nicht gefasst. Die Heimatvertriebenen hätten eine starke Lobby, die man in der aktuellen Situation nicht unterschätzen dürfe. Außerdem wo sollten denn die Menschen hin, die da alle aus dem Osten vertrieben worden seien? Die Zeit der Lager sei ja wohl vorbei. Das müsse doch auch ich verstehen, schließlich sei die Vertreibung eine der Folgen des Naziregimes, die ich mit verursacht habe. Da könne ich die Suppe auch mitauslöffeln und mich selbst um den Frieden in meiner Schule kümmern.

Mit Interesse und Sorge zugleich beobachtete ich, wie die beiden Gruppen immer weiter auseinanderdrifteten. Dazu trug auch der wachsende Bildungsunterschied bei. Viele Vertriebene waren mit nichts als dem Hemd auf dem Leib und ein paar Erinnerungsstücken gekommen. Doch was ihnen geblieben war, war der Ehrgeiz und das Wissen um den Wert der Bildung. In den ersten Jahren kämpften sie noch ums Überleben, doch schon da trichterten sie ihren Kindern ein, wie wichtig der Schulbesuch sei, die Hausaufgaben und das fleißige Lernen. Anders war das mit unseren einheimischen Jungen im Dorf, die wurden zu Hause gebraucht, sie sollten den Hof übernehmen, die Bäckerei oder Metzgerei oder eine Gaststätte. Höchstes Ziel der Bildung war die Weinbauschule, ein Jahr Haushaltsschule oder eine gute Lehrstelle. Wie oft musste ich mit Schülern schimpfen, weil sie Hausaufgaben nicht gemacht hatten und stattdessen mit auf dem Feld oder in den Weinbergen geholfen hatten. Das schlimmste war, dass ich die Eltern sogar verstehen konnte, und trotzdem taten mir besonders die begabten Kinder leid. Ich besuchte Eltern zuhause, nur um zu hören, die Kinder würden für anderes gebraucht. Das Gymnasium in Bingen koste zu viel Zeit. Außerdem setze man ihnen dort nur unnötig Flausen in den Kopf. Doch für viele Höfe gab es schon jetzt keine Zukunft mehr, was würde also aus den Kindern werden?

Nach und nach begann das Trauma des Hungers und der Armut von uns allen zu weichen. Das große Wirtschaftswunder machte sich auch auf dem Lande bemerkbar. Mehr und mehr Dorfbewohner arbeiteten nun zusätzlich zu ihren Weingütern und Bauernhöfen bei Schott, Bretz oder Michelin. Die Ehefrauen boten wieder Gästezimmer für Feriengäste an. Auch bei uns zu Hause war Schmalhans nicht mehr Küchenmeister. Elvira wurde zu einer wahren Meisterköchin. Ihre Gerichte erinnerten mich an früher. Sie konnte sich mit jedem Mitglied der Frauenhilfe und der Landfrauen messen. Auch wenn sie als Ehefrau des Schulleiters einen besonderen Status besaß, so gehörte sie zu ihrem Leidwesen nie zum engsten Kreis. Dieser wurde bestimmt von den Ehefrauen des Bürgermeisters und des Besitzers des Lebensmittelladens. Am meisten Leid verursachte ihr wohl, dass auch eine unserer Lehrerinnen dazugehörte. Immer wieder behauptete sie, dass diese sich über ihren Stand erhebe. Ich versuchte sie zu trösten, indem ich ihr erklärte, dass die drei Frauen schon während der Schulzeit Freundinnen gewesen seien. Sie wisse doch selbst am besten, wie gerade Erfahrungen aus der Kriegszeit Menschen zusammenschweißten. Doch ließen ihr die drei keine Ruhe. An unserem Abendbrottisch gab es oft kein anderes Thema als diese drei. So hatte angeblich die Tochter des Bürgermeisters ein Verhältnis mit dem Bruder unserer Lehrerin, unserem Landtagsabgeordneten, mit dem sie sich heimlich in Mainz treffe. Elvira konnte sich stundenlang über das liederliche Leben dieser Tochter auslassen. Ich glaube ja, dass die Spannungen zwischen Elvira und den drei Frauen etwas mit unserer konservativeren Haltung zu tun hatte. Von den neuen Moden hielten wir beide nicht viel. Als mein Gehalt uns beide wieder ernähren konnte, blieb Elvira zuhause. Sie schälte pünktlich um elf die Kartoffeln, jeden Mittag stand eine Suppe auf dem Tisch, unsere Gerichte waren klassisch deutsch wie unsere gesamte Lebens- und Anschauungsweise. Am Sonntag ein Rollbraten, am Montag die Reste. Von diesen neumodischen Nudeln hielten wir beide nicht viel. Wenn wir in eine Gaststätte gingen, aßen wir immer dasselbe, Schnitzel und Hähnchen. Auch die Kultur kehrte in unser Leben zurück. Ab und zu fuhren Elvira und ich mit dem Bus nach Mainz ins Landestheater und sonntags gönnten wir uns eine Schifffahrt auf dem Rhein oder wir setzten über nach Rüdesheim, um mit der Gondel zur Germania hochzufahren. Am liebsten war uns aber ein Spaziergang im Kurpark von Bad Kreuznach. Dort wandelten wir auf den Pfaden unseres Bundeskanzlers Konrad Adenauer. Elvira und ich liebten es, wenn wir uns anschließend ein Stück Schwarzwälder Kirsch im Café Türmchen gönnen konnten. Dabei den Tretboten der Jugend zuzuschauen, wie sie die Nahe hinauf und herunterfuhren, machte uns großes Vergnügen.

Doch die Zeiten änderten sich und wir konnten das nicht aufhalten. Mit Entsetzen sahen wir, wie an der Stelle, wo vor dem Krieg einmal eine wunderschöne Altstadt gestanden hatte, moderne mehrstöckige Häuser und große Straßen entstanden. Weder Elvira noch mir gefiel die zunehmende Zahl an Automobilen. Auf meine warnende Stimme hörten die wenigsten. Ich konnte sehen, wie die jungen Lehrer hinter meinem Rücken über mich lachten. Mit den Automobilen fuhren die Menschen nun immer größere Strecken. Urlaub in Deutschland reichte ihnen nicht mehr. Meine Schüler berichteten mir von Urlauben in Italien am Meer. In Kreuznach, Mainz und Bingen begannen Italiener und Griechen zu arbeiten. Mit ihren dunklen Locken und ihren blitzenden Augen unterschieden sie sich deutlich von unseren Germanen. Manchmal sahen wir kleine Gruppen sonntags am Rhein Spazierengehen. Elvira und ich machten uns Gedanken um unsere deutschen Mädchen. Es wäre nicht das erste Mal, dass sie sich von anderen Rassen verführen ließen. Gegensätze ziehen sich bekanntlich an. Manchmal fühlten wir uns wie in einem Hottentottenland.

Sorgen machten uns auch die amerikanischen GIs. Immer wieder liefen sie unseren hübschen deutschen Mädchen hinterher und die rannten nach Kreuznach in die amerikanischen Bars, um sich dort mit ihnen zu treffen. So erzählte mir der Sohn des Bürgermeisters, seine Schwester hätte einen amerikanischen Freund, der sie mit Schokolade und Zigaretten beschenke. Er hätte ihr auch versprochen, sie nach Amerika mitzunehmen. Ich konnte es nicht fassen, dass unsere Mädchen so dumm sein könnten, und schon wieder die Tochter des Bürgermeisters. Als meine Schülerin war sie ein kluges, unauffälliges und sehr musikalisches Mädchen gewesen, sie hatte Klavier und Orgel beherrscht. Ihre Eltern waren stolz auf sie. Wie konnte sie sich nur so verändert haben? Wie konnte ausgerechnet sie sich mit einem schwarzen Soldaten abgeben? Was glaubte sie denn in diesem Traumland Amerika zu finden? Dass im Land der unbegrenzten Möglichkeiten die große Freiheit winke? Erhoffte sich die Bürgermeistertochter etwa eine Karriere in Hollywood? Dieses schreckliche Kino und dieser teuflische Rock'n'Roll vernebelten unserer Jugend das Gehirn. Ich konnte in der Schule erkennen, wie sie mehr und mehr gegen ihre Eltern rebellierten und glaubten, dass sie alles besser wüssten, dabei wussten sie gar nichts. Damals vor dem Krieg, da war das alles anders gewesen, da hatte es diese Ideen von Revolution und Freiheit und Rock'n'Roll noch nicht gegeben, damals sangen wir andere Lieder. Doch diese Jugend hatte keine Erinnerung an den Krieg. Sie wussten nichts vom Lager, erinnerten sich kaum noch an die Trümmer. Die Stunde Null, als wir wieder ganz von vorne anfangen mussten, war für sie nur eine unter vielen in ihrem noch jungen Leben. Sie träumten von Luxus, Freiheit und von Nylonstrümpfen, und allem, was sie im Kino zu sehen beka-

men. Sie wollten einfach nicht begreifen, worauf es wirklich ankam. Ich besuchte den Bürgermeister und erzählte ihm von der Beziehung seiner Tochter mit dem Neger. Das hielt ich für meine Pflicht. Er schob dem Ganzen einen Riegel vor, bevor seine Tochter schwanger mit einem Mulattenbaby nach Hause kommen konnte und sich damit ihr Leben ruinierte. Leider passierte das zu vielen unserer Mädchen. Die amerikanischen Soldaten ließen überall ihre kleinen Bastarde zurück, oft genug kaffeebraune Mischlinge. Das war wohl ihre ganz besondere Rache an uns.“

Ludwig schluckt und klappt das Buch zu. „Du alter Nazi!“ brummt er. Er steht auf, um sich in der Küche ein Glas Wein einzugießen, dann greift er stattdessen nach dem Mineralwasser und begibt sich wieder ins Wohnzimmer. Er schlägt das Buch seufzend wieder auf, mit den Augen überfliegt er einige Seiten, bis er wieder richtig zu lesen beginnt.

„1965 verabschiedeten sie mich mit großem Brimborium in den Ruhestand. Der Schulchor sang und der Posaunenchor der Kirchengemeinde spielte. Nach dem Fest in der Schule lud Elvira das Kollegium, den Bürgermeister, das Frauentrio, das ihr über die Jahre das Leben schwer gemacht hatte, den Landrat und unseren ehemaligen Landtagsabgeordneten, der inzwischen zum Bundestagsabgeordneten aufgestiegen war, zu uns nach Hause ein und glänzte dabei mit ihrer Koch- und Backkunst. Sie litt inzwischen immer mehr an gesundheitlichen Schwierigkeiten und das war ihr leider auch anzusehen. Ich war froh, nun in den Ruhestand gehen zu können. Denn die Welt, die wir gekannt hatten, veränderte sich rasant. Die Schüler waren mir in den letzten Jahren immer fremder geworden. Revolution hatte in anderen Schulen Einzug gehalten und an den Ausbildungsstätten wurde jetzt eine andere Pädagogik gelehrt. Sollte mein Nachfolger sich mit diesen Fragen herumschlagen. Die äl-

teren Schüler im Ort begegneten mir noch immer mit Respekt, die jüngeren kannten mich nicht mehr.

Nach meinem Ruhestand zog ich mich immer mehr zurück. In Vereinen hatte ich mich noch nie engagiert. Das war nichts für mich, ich mochte mich nicht anpassen. Außerdem ging es Elvira immer schlechter, sodass ich mich immer mehr um sie kümmern musste. Ihr Herz machte ihr Schwierigkeiten. Außerdem litt sie unter Diabetes. Da wir das zu spät entdeckten, hatte sie bald auch Schwierigkeiten mit den Augen und mit den Füßen. Immer und immer wieder mahnte der Arzt, dass sie eine Diät machen müsse. Doch Elvira lachte seine Ermahnungen weg. Wir wussten beide, dass wir ein paar Kilo zu viel auf den Rippen hatten, aber wer noch niemals hungern musste, weiß nicht wie das ist. Keiner von uns konnte sich vorstellen, nun im Herbst unseres Lebens mit Margarine und Knäckebrot anfangen zu müssen. Doch dann kam Elviras erster Herzinfarkt. Eine Pflegerin besuchte uns nun täglich, um ihr die Diabetesspritze zu geben. Der Arzt organisierte eine Dorfhelferin, die für uns ab und zu kochte und putzte. Es war wie ein Alptraum. Elvira bekam kaum noch Luft und saß im Rollstuhl. Ich konnte deutlich sehen, wie sie von Tag zu Tag mehr an Lebensmut verlor. Oft wollte sie morgens nicht mehr aufstehen und einfach nur sterben. Einmal bat ich unseren Arzt ihr etwas zu geben, damit sie für immer einschlafen könne, doch der sah mich nur an und sagte, dass seien Nazimethoden und diese Zeiten seien ja wohl endlich vorbei. Nachdem er gegangen war, schämte ich mich wegen meiner Bitte, aber dann dachte ich, dass diese junge Generation uns viel zu schnell verurteilte. Hätte er damals an meiner statt gelebt, er hätte sich nicht anders entschieden, da war ich mir sicher. Am Ende schloss Elvira dann nach einem zweiten Infarkt doch ganz ruhig die Augen, nachdem man sie nach Bad Kreuznach in die Diakonie gebracht und dort auf der Intensivstation mit starken Medikamenten vollgepumpt hatte. Ich saß an ihrer Seite und sah zu, wie das Herz immer langsamer schlug und am Ende einfach stehen blieb. So ging meine Elvira von mir nach 25 schönen Jahren. Wir teilten Leid miteinander und Freude und wir stritten nie, das war das besondere an unserer Beziehung. Wir hatten zu viele äußere Feinde, gegen die wir uns in all diesen Jahren verteidigen mussten. Elvira starb nicht leicht. In den letzten Monaten bekam sie nachts kaum noch Luft und dann kamen auch immer diese Alpträume, aus denen ich sie wecken musste. Im Dunkel der letzten Nächte redeten wir viel, auch über die Auschwitzprozesse in Frankfurt. Bisher hatte keiner von uns das Thema berührt, auch wenn wir damals eine Freundin von Elvira in Frankfurt besucht hatten, die von nichts anderem zu sprechen gewusst hatte. Nun redeten wir darüber. Waren wir beide uns einer Schuld bewusst? Ich hätte die Kinder nicht dorthin geschickt, hätte ich gewusst, was sie dort erwartet, sagte ich zu ihr. Doch Elvira war klüger als ich. Ich weiß noch genau, was sie antwortete. „Wir haben es nicht bis zum Ende durchgedacht. Wir haben die Menschen nicht gesehen, sondern nur die Rasse. Doch was ist am Ende schon eine Rasse? Auf dem Schulhof mischt sich alles. Wir hätten es sehen müssen, gerade wir hätten es wissen müssen." Ich wollte einwenden, dass wir in Bretzenheim unsere Schuld abgeleistet hatten. Wir waren nicht wie die Großen, die erst jetzt gefasst und verurteilt wurden, wir hatten schon gleich nach dem Krieg gehungert und gefroren. Doch Elvira wollte das nicht gelten lassen. Wir hätten keine echte Buße getan und eigentlich sei doch alles nur eine große dicke Lüge gewesen. Noch nie hatte ich sie so reden hören, gerade in diesem entscheidenden Augenblick waren wir nicht einer Meinung, dass machte mir Angst. An ihrem Sterbebett zwang sie mich, nachzudenken. Im Angesicht des Todes, sieht alles anders aus, sagte sie noch. Nach ihrer Beerdigung tat ich, worum sie mich gebeten hatte. Ich überdachte meine Vergangenheit. Dazu holte ich mir Hit-

lers Schriften vom Dachboden, sein Fundamentalwerk „Mein Kampf", das ich immer und immer wieder gelesen hatte, leicht erkennbar an den vielen Stellen, die ich unterstrichen hatte, den kleinen Zetteln, mit denen ich Seiten markiert hatte. Ich fand auch andere Literatur. Ausgaben des Stürmers, Heimat-Gedichte und Lieder. Ich ging die Wege meiner Gedanken zurück und konnte oder wollte sie nicht mehr verstehen. Es war als sei eine Tür zugefallen und als hätte ich keinen Zugriff mehr zu dem Mann, der ich einmal gewesen war. Warum hatte mir das gefallen? Warum hatte ich das Ende nicht vorausgesehen? So wie ich es jetzt sehen konnte? Ja, da war der verlorene Krieg gewesen, aber hatte der wirklich einen neuen gerechtfertigt? Die Trümmer, das Chaos? Warum war ich so blind gewesen? Ich war doch nicht verantwortungslos, warum hatte ich meine Schüler in die Schlachten geschickt, die ich selbst schon einmal verloren hatte?

Ich wollte mich damit trösten, dass ich nicht der einzige war. Es war wie eine Massenhypnose gewesen. Wir waren alle demselben Zauberer verfallen und hatten uns verführen lassen von einem, der die Kunst der Verführung beherrschte wie kein anderer, weil er unsere Schwächen kannte.

Und weil Elvira mich um Ehrlichkeit gebeten hatte: so versuchte ich diese Schwächen wenigstens mir und ihr zu bekennen, unsere falsche Eitelkeit, die so viele Opfer gekostet hatte und unsere Sehnsucht nach einer Welt, in der alles seine Ordnung hatte. Uns hatte dieser Teufel Hitler auf das beste geschmeichelt und dabei ohne, dass wir es merkten unser wunderschönes Deutschland in den Dreck gezogen und unseren Verstand, auf den wir, das Volk, der Dichter und Denker so stolz waren, benebelt. Er hatte uns für dumm verkauft und wir hatten es mit uns machen lassen. Wir glaubten an ein System, das er erschaffen hatte, weil es uns einen Platz gab, an dem wir uns wohlfühlen konnten, weil es allem einen Platz gab, ohne dass wir nachdenken mussten. Zur rechten Zeit als die Welt aus den Fugen zu geraten, drohte und aus dummem Stolz und blindem Gehorsam, folgte wir ihm und ließen uns auf seine Ordnung ein. Am Ende hatte Elvira recht gehabt. Es waren so viele Menschen getötet worden, so viele unserer Schüler und wir hätten es sehen müssen, und wir waren zu verbohrt gewesen, um es zu erkennen. Im Gegenteil wir hatten dazu beigetragen, weil wir glaubten, an etwas Größerem mit bauen zu können. Wir waren sogar stolz darauf gewesen. Ich spürte, wie auch zu mir nachts die Alpträume kamen. Als suchten sie nun, da Elvira nicht mehr da war, nach einer neuen Brust, legten sie sich nun auf die meinige, um mir den Atem zu nehmen. Ich beschloss, aufzuschreiben, was mich zu erdrücken drohte, meinem Herzen Luft zu machen. Nun bin ich am Ende meines Bekenntnisses angelangt. Ich weiß nicht, ob einer es lesen wird und wenn, wer es sein wird, aber es tat mir gut, meine Erlebnisse aufzuschreiben, meine Gedanken und Träume zu Papier zu bringen. Ich bin sicher, dass auch mir nicht mehr viel Zeit bleibt. Auch mein Herz schlägt nur noch unregelmäßig. Unser Hausarzt hat mich vor einem Herzinfarkt gewarnt. Ich werde den Tod mit offenen Armen empfangen, denn ich warte auf ein Wiedersehen mit meiner Elvira. Ob man auch das Höllendasein teilen kann? Oder ob das nur für den Himmel gilt? Ich wünsche mir so, Elvira wieder zu sehen. Wir haben schon einmal die Hölle miteinander geteilt, damals in Bretzenheim. Sie ist die Einzige, die mich wirklich versteht. Oft bete ich um Vergebung für uns beide, in der Hoffnung, dass uns Gott in seiner Barmherzigkeit am Ende doch erhören wird.“

Ludwig brummelt angewidert. „Na was glaubst du wohl. Dass die Hölle eine abgemilderte Himmelsform ist. Strafe muss ja wohl sein.“ Seufzend steht er auf, um in der Küche den Kühlschrank zu plündern.

Im Frankfurter Hof

Einst war der Frankfurter Hof Frankfurts erste Adresse. Hier stiegen die Stars und Sternchen ab, die Creme de la Creme. Heute lädt Onkel Berti Sophie und Sabine zum Frühstück ein. Ludwig und Tobia begleiten die beiden zur moralischen Unterstützung. Altmodischer Charme und unaufdringlicher Luxus verbinden sich. Der Teppich scheint jeden Ton zu verschlucken. Auf leisen Sohlen nähert sich die Gruppe dem zierlichen, schlanken Mann mit dem vollen dunklen Haar, man seine sechzig Jahre kaum ansieht. Sein gebräunter Teint verrät den begeisterten Golfspieler, sein elegantes Erscheinungsbild den gut gefüllten Geldbeutel. Onkel Berti erhebt sich aus seinem Stuhl und nimmt seine Tochter spontan in die Arme und drückt die überraschte Sophie ganz fest an sich, bevor er schließlich dem Rest der Gruppe zulächelt. Wie erwartet, öffnet der Professorentitel die Tür zu Onkel Bertis Herz. Der schüttelt ihm kurz die Hand, dann gleitet sein Blick begeistert zu dem kleinen Hund, der vorwitzig den Kopf aus der Tasche steckt. „Ein Hund! Wie süß! Hast du dir einen Hund angeschafft? Sophie? Ist das die Neuigkeit? Der ist ja niedlich!" Vorsichtig streckt er der kleinen Tobia die Hand entgegen, die begeistert zu lecken und zu knabbern beginnt. Onkel Bertis Blick wandert wieder zu Sophie zurück: „Ich bin so froh, dass Du den Kerl endlich los bist." Sophie schaut ihn überrascht an, damit hat sie nicht gerechnet. „Der war nicht gut für dich! Das habe ich immer gewusst. Aber du und deine Mutter, ihr wolltet ja nicht auf mich hören." Sophies Verwunderung quittiert er mit einem Schulterzucken. Er streicht Tobia über das Köpfchen. „Wahrscheinlich hätte ich schon viel früher mal etwas sagen sollen. Aber du schienst zu sicher zu sein und deine

Mutter … Naja, jetzt bin ich geschieden und du bist es hoffentlich auch bald!“

Sich zufrieden die Hände reibend lädt er dann alle mit einer großzügigen Geste ein, sich an dem runden Tisch niederzulassen. „Ihr seid natürlich meine Gäste. Wenn ich Euch schon in das beste Haus am Platz einlade, bezahle ich auch die Zeche. Greift zu, Würstchen und Rührei für alle.“ Mit einer lässigen Handbewegung gibt er dem Kellner zu verstehen, er möge die Bestellungen aufnehmen und ihm noch eine Tasse Kaffee nachgießen. Danach erhebt sich alle, um neugierig dem Buffet entgegenzustreben. Nur die kleine Tobia muss leider in ihrer Tasche bleiben, was ihr so gar nicht passen will. Doch Onkel Berti weiß Rat. Bis der Rest zurück ist, sind Tobia und Onkel Berti mit Hilfe eines Würstchens beste Freunde geworden.

Noch während die anderen essen, drängelt Onkel Berti. Er will wissen, warum er so eilig nach Frankfurt kommen musste. Sophie wirft einen kurzen hilfesuchenden Blick zu Sabine hinüber und beginnt dann zögernd. „Wir haben die letzten beiden Wochenenden Omas Haushalt aufgelöst. Andreas, Sophie und ich.“ Sie zögert einen Moment. Dann seufzt sie und fährt fort. „Dabei sind wir auf einiges gestoßen, das Fragen aufwirft!“ Über den Tisch schiebt sie ihm den in Sütterlin geschrieben Brief zu. Als er den etwas hilflos betrachtet, holt Sabine aus ihrer Tasche die von Ludwig auf dem Computer erstellte Transkription heraus und legt sie daneben. Sophie versucht nun zu erklären, was es mit diesem Brief auf sich hat. Sabine kann sehen, wie schwer ihr das fällt. „Wir glauben, dass Oma und Opa während des Krieges eine jüdische Familie versteckt haben und“ - nun zögert sie kurz - „es gibt eine Menge Beweise, die dafür sprechen …“ während Sophie noch nach den richtigen Worten sucht, nimmt das Gespräch eine unerwartete Wendung.

„Erzählt mir nicht, ihr habt euch von Anni auch diesen Bären aufbinden lassen!" Verblüfft betrachten Sophie, Sabine und Ludwig den feixenden Onkel Berti. Er freut sich, den anderen zuvor gekommen zu sein. Anni und ihr neuer Freund seien vor kurzem bei ihm gewesen. „Es ist etwa einen Monat her, vielleicht auch ein bisschen länger, auf jeden Fall war es noch vor dem Tod von Mutter. Anni war damals total aufgelöst. Sie wollte dringend mit mir reden. Ihr kennt sie ja, wenn sie so ist. Es ginge um ein großes Unrecht, das Luise an ihr und mir begangen habe und das nun unbedingt ins Reine gebracht werden müsse. Und dann ließ sie ihre sogenannte Bombe platzen: Luise sei nicht meine Mutter und Horst nicht mein Vater. Die beiden hätten mich ein Leben lang belogen. Ganz ehrlich, ich habe mich gefühlt wie in einem anderen Film und wäre es nicht Anni gewesen, die mir das erzählt hat, hätte ich sicher einen Riesenschreck bekommen. Aber so, dachte ich nur, dass sie mal wieder ihre Tabletten abgesetzt hat. Und ich vermute, dass ihr neuer Freund nichts über ihre Krankheit weiß und sie deshalb sogar in ihrer Psychose unterstützt." Die anderen schauen Berti verblüfft an. Ihr Freund war auch dabei? „Ja, er saß die ganze Zeit neben ihr und hielt ihre Hand. Mich hat er nur immer wieder seltsam angeguckt. So als wollte er sagen, mit dir stimmt was nicht. Dabei war es doch Anni die ausgetrickst ist. Vor allem als sie immer hysterischer wurde. Ihr wisst ja, wie sie ist, wenn sie sich auf etwas versteift. Ich habe nur zu ihr gesagt, unsere Mutter liegt im Sterben und kann deinen Zirkus nun wirklich nicht gebrauchen. Reiß dich mal zusammen! Wenigstens einmal in deinem Leben, denk auch an andere und nicht nur an dich selbst. Lass Mutter in Frieden gehen und nimm deine Medikamente. Das war vielleicht ein bisschen hart, aber" er zuckt mit den Achseln „wenn ich überlege, was Luise alles für sie getan hat über die

Jahre ..." Eine Handbewegung wischt das Gesagte weg. „Auf jeden Fall war das war wohl genau das Falsche. Denn sie hat nicht aufgehört, sondern sich im Gegenteil noch weiter hineingesteigert. Am Ende schrie und schluchzte sie, so wie immer. Ihr Begleiter, der Mann, der da neben ihr saß, sei mein Bruder! Sie war total irre!" Die anderen schauen ihn an. Dann fragt Sophie: „Dein Bruder?" Wieder folgte eine wegwerfende Handbewegung. „Ach was! Das war typisch Anni. Die muss immer noch einen draufsetzen. Deshalb habe ich ihr dann auch die Wahrheit gesagt, obwohl ich Luise eigentlich versprochen hatte, es niemandem zu erzählen." Sophie unterbricht den Vater erstaunt. „Die Wahrheit? Du kennst die Wahrheit?" Ludwig lächelt. „Die Blutgruppen!" Onkel Berti nickt und lächelt zurück. „Ich habe Mutter mal im Krankenhaus besucht. Das war als sie diese Totaloperation hatte. Zu der Zeit war ich Assistenzarzt und da guckt man natürlich noch auf alles. Mir fiel ihre Blutgruppe auf. So aus Spaß habe ich sie geneckt und gesagt, dass sie mich wohl im Krankenhaus vertauscht haben müssten. Da rückte sie dann mit der Sprache heraus. Es war wohl noch die Narkose, sonst hätte sie es mir nie erzählt."

Alle beugen sich gespannt nach vorne. „Das war eine ziemlich traurige Geschichte. Von einem jungen Mädchen, das vergewaltigt worden war und dann schnell mit einem Soldaten im Feld verheiratet wurde. Der ist dann aber gefallen und die alte Schwiegermutter aus Kummer gestorben. Dem Mädchen blieb niemand außer ein paar Nachbarn. Die eigenen Eltern haben die werdende Mutter im Stich gelassen. Kein Wunder, dass die keine Kraft hatte, die schwere Hausgeburt durchzustehen. Sie verblutete bei Eis und Schnee, weil weder ein Arzt noch eine Hebamme zu ihr gelangen konnte. Unsere Eltern retteten das Baby und weil sie mich als ihr eigenes Kind ausgeben wollten, erfand

Luise die Geschichte mit zu frühen Wehen und einer langen Liegezeit und einer Hausgeburt. Sie ist später sogar mal mit mir auf den Friedhof gegangen und hat mir das Grab meiner Mutter und deren Schwiegerfamilie gezeigt. Die Gräber jahrelang pflegte sie jahrelang, ich habe sie oft begleitet. Deshalb war ich auch so sauer auf Anni, die Luise noch nicht mal in Ruhe sterben lassen konnte. Vor die Tür habe ich sie gesetzt, weil ich mir das einfach nicht mehr anhören wollte. Ich weiß, dass Anni krank ist und ich deshalb Geduld mit ihr haben sollte und meistens gelingt mir das auch. Aber da war für mich das Ende der Fahnenstange erreicht. Deshalb hatte ich auf der Beerdigung auch echt keine Lust mit ihr zu reden. Ich wollte nicht, dass sie wieder damit anfängt. Doch zu meinem Erstaunen, Entschuldigte sie sich bei mir. Na, da habe ich ihr dann wie immer wieder verziehen. Ich kenne doch Anni, die meint es eigentlich nie so." Er lächelt in die Runde. Seine Welt ist ganz deutlich wieder in Ordnung. Sabine seufzt, sie wird diese geordnete Welt nun gehörig durcheinander rütteln.

„Leider fürchte ich," Sabine schiebt die zwei Blätter ein Stückchen mehr in seine Richtung. „, dass Anni dieses Mal im Recht war." Dieser Brief und noch einiges andere, dass wir gefunden haben, weisen darauf hin." Onkel Berti wehrt ab, er mag das nicht glauben. Er hat sich zu gut, in seinem Leben eingerichtet. Doch Sabine besteht darauf. Erneut tippt sie mit ihren Fingern auf den zerknitterten Brief. Zögernd greift er danach. Lange betrachtet er das in Sütterlin geschriebene Schriftstück, dann legt er es zurück und liest die Transkription. Eine Zeitlang herrscht Stille, schließlich fragt er. „Wer ist Selma Rosenstein?" Nun antwortet Ludwig. Der Professor beginnt zu erzählen. Von Harald und Selma Rosenstein, die in den 30er und Anfang der 40er Jahre in Engelstal lebten, von dem ortsansässigen Pfarrer, der die liberale jüdische Familie schützte, bis es zu spät war, vom Versteck im Weingut der Beckers und der Flucht über eine Künstler-Kolonie in Paris, nach London und von dort nach Amerika. „Als ihre Eltern sie zurücklassen mussten, war das für Luise ein Himmelsgeschenk. Sie war bei ihrer Geburt dabei und hat ihnen all ihre Liebe gegeben, sie fühlte sich, wie ihre Mutter und brachte es einfach nicht übers Herz, sie wieder zurückzugeben, als ihr echter Vater kam, um sie zu holen. Ihm sagte sie, sie seien als Frühgeburt zu schwach gewesen und gestorben. Für den Fall, dass sie selbst einmal nachfragen sollten, gab es immer noch die Geschichte, die sie ihnen erzählt hat. Von dem Mädchen, das bei der Geburt gestorben war. Und das hat ja auch bis heute gut funktioniert. Niemand außer denen, die damals bei der Geburt dabei waren wussten Bescheid." Ludwig zählt auf. „Und das waren Luise, Horst und Philipp, der damals schon bei ihren Eltern wohnte, und natürlich ihre Schwester, aber die war ja noch ein Kind und als solches zählte sie nicht."

Onkel Berti ist während Ludwigs Erzählung immer stiller und stiller geworden. Sein Blick ist nach unten gesenkt, die Hände halten die Transkription krampfhaft umklammert. „Ich kann nicht glauben, dass sie mich ein Leben lang belogen hat." Die Stimme von Onkel Berti klingt heiser. „Sie hat sich um mich gekümmert, wie sich nur eine Mutter um ihr Kind kümmern kann. Eifersüchtig hat sie über mich gewacht." Nun verdrängt Ärger die Trauer. „Sogar meine Ehe ist kaputtgegangen, weil sie sich ständig eingemischt hat. Seid ihr sicher?" Sein Blick richtet sich auf Sabine und blickt dann einen nach dem anderen prüfend an: „Ich hätte das doch merken müssen! Anni, ja Anni, die hat sich immer so gefühlt, als wäre sie ein Kuckuckskind, aber ich doch nicht!" Onkel Berti schüttelt den Kopf. „Hier geht es eindeutig um einen Jungen! Und wir wären nicht zu dir gekommen, wenn wir nicht alles sorgfältig geprüft hätten." Dann deutet Sabine nochmal auf das Blatt. „Ich will sie nicht entschuldigen, aber Oma hat viel auf sich genommen. Sie hat auf viel verzichtet, nur um Dich behalten zu können, Onkel Berti. Für sie warst du kein Kuckuckskind, sondern die Liebe ihres Lebens." Sophie nickt bestätigend und auf den fragenden Blick ihres Vaters hin, erzählt sie ihm dann doch noch von Pierre Kirchner, dem französischen Geliebten und dem Verhältnis zwischen Horst und Philipp, obwohl sie sich das eigentlich für einen späteren Zeitpunkt aufbewahren wollte. Ihr Vater kann und will es nicht fassen. „Warum habe ich das nie gemerkt? Ich habe Onkel Philipp doch auch gekannt und so hinter dem Mond lebe ich ja nun wirklich nicht." „Weil sie nicht wussten, dass es ein Geheimnis gab!" antwortet Ludwig. Onkel Berti schaut ihn verwirrt an. „Weil sie nur sahen, was sie sehen wollten." Sabine ergänzt: „Du warst das Nesthäkchen, Onkel Berti. Anni war halt einfach nur eifersüchtig. Das war die Erklärung, die man dir gegeben hat. Dabei war sie die Einzige, die in diesem Netz aus Geheimnissen nicht funktionierte. Und Eifersucht war eine ganz logische Erklärung, schließlich kommt das in vielen Familien vor." Sabine nickt. „Das war bei Andreas und mir auch nicht viel anders!"

„Aber ich hätte trotzdem irgendetwas merken müssen! Ich habe doch mit dieser Familie unter einem Dach gewohnt." wiederholt Onkel Berti. „Wie denn?" fragt Sophie zurück. Als du geboren wurdest, waren doch schon alle weg." „Ja, aber das Eigentum des Rosensteins war immer noch da!" unterbricht nun Ludwig. „Du hättest etwas merken können, wenn ihr als Kinder auf dem Dachboden gespielt hättet?" Onkel Berti schüttelt den Kopf. Auf den Dachboden ist keiner von uns gerne gegangen. Da hatte sich ein Mader-pärchen einquartiert. Vater, oder vielleicht sollte ihn nicht mehr so nennen, erzählte abends am Tisch immer furchtbare Geschichte davon, wie gefährlich Mader sind, Und wie sie weit größeren Tieren das Blut aussagen. Ich habe mich da nie hochgetraut." Nun nickt Sabine bestätigend. „Diese Geschichten von dem Mader auf dem Dachboden, die hat er uns auch immer erzählt. Geglaubt habe ich sie nie. Aber warum sollten wir auf dem Dachboden spielen, wenn wir eine riesige Scheune und einen großen Garten hatten? Mir war der Dachboden einfach zu staubig und zu kalt, deshalb war ich nicht gerne da oben."

Ludwig nickt. „So eine Madergeschichte ist genau das richtige, um Kinder zu erschrecken und mehr brauchte es ja auch nicht, um dieses Geheimnis zu bewahren."

Onkel Berti schnauft. „Na, mir hat es gereicht. Ich habe jahrzehntelang geglaubt, dass Mader die tierische Version von Dracula seien." Onkel Bertis letztes Bemerkung löst ein allgemeines Kichern aus. Da erinnert Onkel Berti sich plötzlich:

„Als ich mein Examen gemacht habe, hat mir Mutter eine Arzttasche geschenkt. Sie war gebraucht, aber sehr edel. Aus echtem schönem weichem Leder. Ich habe sie lange benutzt. Meine Kollegen haben mich immer darum beneidet. Innen war ein Monogramm ein verschlungenes H und ein R. Ich dachte damals, dass sie sie gegen einige Flaschen Wein eingetauscht hat." Ludwig fällt ihm ins Wort: „Dabei war es die Arzttasche ihres richtigen Vaters: Harald Rosenstein." Berti räuspert sich und nickt. „Ich weiß es noch genau wie heute. Sie war ein bisschen verlegen, als sie sie mir gab. Aber sie hat mehrfach betont, wie wertvoll sie sei. „Gib sie nicht weg, hat sie gesagt. Sie hat mal einem Verwandten von dir gehört!" und dabei strich sie immer wieder über das Leder, so als wollte sie es streicheln. „Halt sie in Ehren!" Ich habe das nicht so ernst genommen und gedacht, dass sie damit nur rechtfertigen wollte, dass die Tasche aus zweiter Hand kam. Ich war ein eitler und arroganter junger angehender Arzt, der glaubte, ihm stehe die Welt offen." Verlegen zuckt er mit den Schultern. Einen Moment ist es still.

Sabine greift nach ihrer Cappuccinotasse und alle widmen sich ihren Frühstückstellern, bis Ludwig erneut das Gespräch beginnt.

„Gestern Abend habe ich noch dieses Büchlein von Friedrich Schneider gelesen. Ihr wisst schon, „das Bekenntnis eines Zeitzeugen" von dem Lehrer Schneider aus Engelstal, das mir Martin geschenkt hat." Sophie und Sabine nicken. „Da stand einiges über Anni und die Beckers drin, auch sie sind einmal erwähnt!" wendet er sich an Onkel Berti. Der zieht erstaunt die Brauen hoch. „Echt der Schneider hat Memoiren geschrieben?" Er lacht. Ludwig nickt. „Nach dem, was hier steht, war Anni in den 50er und 60er Jahren nicht nur ein ziemlich heißer Feger, sondern hat auch für eine Menge Klatsch und Tratsch im Dorf gesorgt." Ludwig schaut zu Onkel Berti hinüber. „Er schreibt, sie hätten ihm von einer Beziehung zwischen ihr und einem schwarzen GI erzählt." Onkel Berti lächelt verlegen. „Da hat der Mann aber tatsächlich ziemlich viele Details verraten. Das tat mir hinterher richtig leid, weil ich es damals wirklich nicht böse gemeint habe. Es war außerdem keine Absicht. Ich wollte einfach auch mal vor den Klassenkameraden angeben, weil meine Schwester bald ein Filmstar sein würde und da gab es halt eine Prügelei. Das Ende vom Lied war, dass der Schneider uns in Büro zitierte und den Grund wissen wollte. Der war damals ein ekelhafter Typ, vor dem alle Angst hatten. Abends stand er bei meinem Vater vor der Tür, nicht wegen mir, sondern wegen Anni. Dem Horst warf er damals vor, er würde nicht gut genug auf sie aufpassen und dass sie sich mit Negern rumtreibe. Anni hat mir hinterher in ihrer dramatischen Art vorgeworfen, ich hätte ihr Leben und ihre Karriere zerstört. Aber so war Anni eben, sie träumte von der großen Freiheit in Amerika. Überall in ihrem Zimmer hingen Poster und Karten. Es dauerte dann nicht mehr lange, bis sie nach Mainz ging, um für Kurt Heinrich als Sekretärin zu arbeiten. Naja, das ist Schnee von gestern!" Onkel Berti räuspert sich. „Schade, dass man damals so wenig Fotos machte. Man denkt das heute nicht mehr. Aber sie sah echt gut aus, hatte eine großartige Figur und ein superhübsches Gesicht. Anni hatte die Figur von Brigitte Bardot, das Gesicht von Liz Taylor und die Stimme von Zara Leander. Hinter ihr waren damals wirklich alle her. Und sie war auch nicht immer so verrückt. Leider haben die Krankheit und die vielen Medikamente sie verändert." Versunken rührt er in seiner Kaffeetasse, bis ihm auffällt, dass sie leer ist. Es scheint, als blicke er in die Vergangenheit zurück.

Dann spricht er weiter. „Um Anni tut es mir leid. Ihr mögt mir das nicht glauben, aber als ich klein war, da war sie wirklich nett zu mir. Sie hat oft an meinem Bett gesessen, wenn ich nicht einschlafen konnte und hat mir Geschichten erzählt. Geschichten von einem mutigen Prinzen Max, der viele aufregende Abenteuer bestehen muss. Anni hatte eine wunderbare Phantasie. Die vielen Medikamente und Therapien haben das alles kaputt gemacht. Genauso wie ihre Liebe zur Musik." Sabine und Ludwig schauen sich verständnisinnig an. „Ja," fährt Berti fort. „Anni konnte früher wunderbar Klavier spielen und singen. Sie hat mir auch von ihrer Klavierlehrerin erzählt. Die war wohl während des Krieges bei uns einquartiert." Sabine nickt nun. „Das muss Selma Rosenstein gewesen sein. Die war schließlich vor dem Krieg eine anerkannte Pianistin und soweit wir wissen, hat sie Anni schon vor der Zeit im Weinkeller unterrichtet." Sophie runzelt die Stirn. „Irgendwie kann ich mir Tante Anni gar nicht am Klavier vorstellen. Ich kenne sie nur entweder ärgerlich und missmutig oder depressiv.“ Das will Onkel Berti nicht gelten lassen, er schwelgt nun in Erinnerungen. „Anni lebte zeitweise nur für ihr Klavierspiel und am Sonntag hat sie bei uns in der Kirche sogar die Orgel gespielt. Wir hatten ein Klavier im Wohnzimmer, bis irgendein Arzt behauptete, dass das Spiel sie zu sehr aufrege. Da wurde das Klavier verkauft. Eine furchtbare Tragödie damals. Lange Jahre hat ein Weinkunde aus Bingen Anni im Austausch gegen Naturalien Unterricht gegeben, damals war ich noch klein. Das hat Mutter durchgesetzt. Vater hatte keinen Sinn für Kultur. Er wollte, dass Anni einen Winzer heiratet und Schluss. Schließlich brauchte das Weingut einen Erben. Das hätte mir echt zu denken geben sollen!“ Er schüttelt den Kopf. Ludwig schaltet sich nun in diesen Erinnerungsschwall ein. „In den Memoiren von Lehrer Schneider habe ich gestern Abend gelesen, dass Anni ein Verhältnis mit Kurt Heinrich, dem Politiker, hatte. Stimmt das?“ Onkel Berti schüttelt entschieden den Kopf. „Nein, nein. Ich weiß, dass es da Gerüchte gab. Damals kurz nach dessen Scheidung. Doch das Verhältnis zwischen den beiden war nicht so, die waren nur gut befreundet. Der Kurt hätte schließlich ihr Vater sein können und irgendwie war er das auch, mehr jedenfalls als unser Vater. Denn er hörte ihr einfach zu, während unser Vater immer gleich zumachte und weil Kurt oft aus beruflichen Gründen bei Papa vorbeikam, trafen sich die beiden auch häufig. Außerdem war seine Schwester eine gute Freundin meiner Mutter. Aber ihn und Anni verband vor allem die Liebe zum Jazz. Er sah in Anni so eine Art Protegé. Nachdem wir unser Klavier weggeben mussten, ist Anni oft zu Heinrichs gegangen. Die hatten einen wunderbaren Flügel und dort saßen die beiden dann stundenlang, während Anni für Kurt sang und spielte. Er war es dann auch, der sich um einen Sekretärinnen Job bei der Landesregierung für Anni kümmerte, als es in Engelstal gar nicht mehr ging. Das war nach dem Skandal mit dem GI. Da war dann auch Papa bereit, sie für eine Weile ziehen zu lassen. Ich weiß noch, wie er damals sagte, im Moment wolle sie sowieso kein Winzer haben. Wer wolle denn schon ein Negerflittchen heiraten. Der Kurt Heinrich hat sich dann in Mainz darum gekümmert, dass sie sich mit einer anderen Sekretärin die Wohnung teilen konnte. Aber in Engelstal war daraufhin natürlich die Hölle los. Es hieß, sie sei seine Geliebte und er bezahle ihr die Wohnung in Mainz, damit er sie ganz für sich haben könne." Sabine schüttelt den Kopf. „Arme Mama, das habe ich nie gewusst. Warum konnte sie nicht einfach Musik studieren?" „Naja, so war das eben damals." „Wäre Anni nicht krank geworden, hätten Mama und Papa das Klavier nicht weggegeben, hätte Papa nicht so verbohrt auf einem Erben für das Weingut bestanden ..., wer weiß, vielleicht wäre aus ihr eine zweite Inge Brandenburg geworden. Sie hatte sowohl das Aussehen als auch die Musikalität!"

„Ihr nehmt Annis Krankheit als unvermeidlich hin. Warum hast du nichts getan?" unterbrach Sophie ihn nun vorwurfsvoll „Du warst ihr Bruder? Warum hast du ihr nicht geholfen?" Onkel Berti wehrt mit beiden Händen ab. „Wir waren alle hilflos. Damals war das nicht so einfach mit psychischen Krankheiten. Du konntest nicht einfach so zum Psychologen gehen. Annis Krankheit schien einfach so zu kommen, aus heiterem Himmel. Sie war immer schon ein bisschen anders als die anderen. Aber dies hysterischen Anfälle. Dieses Zurückzucken, wenn man sie berühren wollen, dieses Irre in den Augen, oder dass sie sich Tage lang in ihr Zimmer zurückzog und nicht aufstehen wollte. Dafür hatten weder Papa noch Mama Verständnis, dafür gab es bei uns im Gut einfach zu viel zu tun.

Und auch ich hatte viel mit mir selbst zu tun, das gebe ich zu. Damals war es gar nicht so einfach, als Winzers Sohn den Sprung auf das Gymnasium zu schaffen. Der Sohn des Pfarrers und ich, wir waren die einzigen aus meinem Jahrgang in Engelstal. Mutter wollte, dass ich zum Klassenprimus wurde. Sie machte Druck. Zeitweise bekam ich extra Unterricht durch den Pfarrer. Es war ihr besonderer Ehrgeiz, dass ich das Schuljahr als Klassenbester abschloss. Zum Abitur erhielt ich dann ein Buch und durfte die Abschlussrede halten, sie glühte förmlich vor Stolz. Es war als wollte sie mit meinen Erfolgen die Gerüchte um Anni ausgleichen. Wenn ich es heute bedenke, muss das für Anni furchtbar gewesen sein. Trotzdem hat sie mir in dieser Zeit das Fahrrad geschenkt." Die anderen schauen ihn fragend an. „Naja für euch mag das etwas Selbstverständliches sein. Für uns war es das nicht. Nur die wenigsten hatten ein Fahrrad. Das war Luxus. Der Weg ins Gymnasium war weit und der Zug kostete Geld. Mit einem Fahrrad war man da unabhängig. Aber Vater hat alles Bargeld in den Betrieb gesteckt. Ausgerechnet Otto Weihrich hat dann der Anni eines Tages ein Fahrrad geschenkt. Ich war völlig fassungslos, weil die es gar nicht haben wollte. Sie hat es mir gegeben und es war lange Jahre mein stolzester Besitz. Anni hat mich oft damit aufgezogen." Berti lächelt. „Aber was hat sie dann so krank gemacht, dass sie die Arbeit aufgeben musste?" Die Mutter, die Sabine in Erinnerung hat und die, die Berti beschreibt, passen nicht zusammen. Bertis Blick wandert nach innen, er versucht sich zu erinnern. „Ich würde mal behaupten, dass es bei Anni etwas mit den Hormonen zu tun hatte. Es begann bei ihr als Jugendlicher und ich erinnere mich, dass Andreas Geburt die Krankheit verschlimmert hat. In Mainz ging es ihr zum Beispiel eine Zeitlang recht gut. Aber als sie mit deinem Vater verheiratet war, und ihr beide so klein wart, musste sie mehrfach nach Alzey. Heute kann man solche Schwangerschaftspsychosen erkennen und behandeln, damals wussten wir noch nicht damit umzugehen. Hysterische Anfälle wechselten sich mit Depressionen ab. Ich weiß noch, wie Mutter mich zum ersten Mal anrief und um Hilfe bat. Wir saßen um den großen Esstisch, während Anni vollgepumpt mit Beruhigungspillen im abgedunkelten Schlafzimmer lag. Mutter und Vater waren hilflos und Hermann wählte sowieso immer den Weg des geringsten Widerstands und der Hausarzt war ein Wichtigtuer, der keine Ahnung hatte, es aber nicht zugeben wollte und Medikamente verschrieb, die alles nur schlimmer machten.

Wenn gar nichts mehr half, hat er sie eine Weile nach Alzey in die geschlossene Psychiatrie überwiesen. Da blieb sie, bis es wieder einigermaßen ging. Zuhause hörte sie jedes Mal irgendwann auf, ihre Medikamente zu nehmen, weil sie nicht süchtig werden wollte, und nach einer Weile ging es dann wieder los. Als dann Psychotherapien selbstverständlicher wurden, hat man sie auch mal zu einer Therapie geschickt, doch da war dann dieser Selbstmordversuch und da hat sie das ganze abgebrochen." Er schaut traurig hoch. „Ich hätte ihr ja so gerne geholfen. Aber sie hat sich von mir nicht helfen lassen. Ich war für sie Teil des feindlichen Systems."

Sabine würde ihn jetzt gerne entlasten. Ihm ein gutes Gefühl geben, sagen „Du hättest ja doch nichts tun können". Doch das stimmte nicht. Er hätte etwas tun können. Statt sich nach Düsseldorf in seine feine heile Welt zurückzuziehen, hätte er sich mehr um seine kranke Schwester kümmern können. Echte Geschwisterliebe sieht anders aus. Sie spürt, wie der Ärger in ihr hochkriecht. Überrascht registriert sie, dass Sophie diesen Ärger teilt. „Warum hast du dich nicht mehr bemüht? Warum sind wir nicht öfter ins Weingut gefahren? Das hätte uns nicht viel gekostet. Ich war gerne dort. Ich mochte es, mit Sabine hinten im großen Garten zu spielen und in der Scheune die jungen Kätzchen zu streicheln. Ich habe mich jedes Mal schon auf den nächsten Besuch gefreut." Onkel Berti schaut die eigene Tochter entschuldigend an. „Deine Mutter wollte das nicht. Das Weingut war ihr nicht fein genug. Geheiratet hat sie mich nur, weil ihr Vater damals in mir als einem angehenden Arzt viel finanzielles Potential sah." Er grinst kurz. „Ungelogen! Der hat es bei der Hochzeit, die meine Eltern bezahlen mussten, tatsächlich so ausgedrückt. Übrigens ist er damals Anni, betrunken wie er war, an die Wäsche gegangen. Ich habe ihn nie gemocht." Sophie brummelt: „Ich auch nicht. Großvater Urban war nur schrecklich."

„Leider habe ich mich lange für meine Herkunft geschämt, die Familie deiner Mutter hat das noch verstärkt. Jahrelang habe ich versucht etwas anderes zu sein als das, was ich war: ein Winzerssohn." „Beziehungsweise, was sie nicht waren!" ergänzt nun Ludwig. Onkel Berti lächelt schwach und nickt. „Ja, aber ich bezweifele, dass das meinem Schwiegervater mehr imponiert hätte. Trotz aller Beteuerungen war und blieb er ein Leben lang ein eingefleischter Nazi." „Wie gut, dass sie ihn losgeworden sind!" brummt Ludwig und bringt damit alle zum Lachen.

Sophie dreht den Löffel in ihrem Tee um, sie hat sich tatsächlich Kandis geleistet. Dann legt sie los. „Wir sind auch noch wegen einer anderen Sache gekommen! Es geht um das alte Haus im Weingut! Anni möchte es schnell wie möglich verkaufen und das geht auch dich an, jedenfalls solange deine Herkunft nicht offiziell bewiesen ist. Sie will ihren neuen Freund unbedingt heiraten und dann mit ihm um die Welt reisen. Das kostet Geld, das sie nicht hat. Das Einzige, was ihr Geld bringen kann, ist das alte Haus, die Weinberge und der Keller sind ja schon vor langer Zeit an Andreas übertragen worden. Jetzt steht sie mit einem Schätzer und Makler vor der Tür. Uns hat sie den Auftrag gegeben, das Haus auszuräumen. Über den Inhalt können wir frei verfügen, damit will sie nichts zu tun haben." Berti unterbricht sie verblüfft. „Aber das geht doch nicht, das alte Haus gehört doch zum Weingut." Sabine nickt: „Aber nach allem, was ich jetzt weiß, glaube ich, dass es ihr gar nicht um das Geld geht. Sie will das Weingut ruinieren, weil es ihr Leben zerstört hat. Es ist eine Art posthume Rache an Opa und Oma." Sophie schaut dem Vater ruhig in die Augen: „So etwas macht man nur, wenn der Leidensdruck sehr groß ist. Was ist in diesem Haus passiert. Kannst du dich denn an gar nichts erinnern? Habt ihr sie vielleicht eingesperrt? Hat ihr Mann sie geschlagen und alle haben weggesehen?" Ihr Vater schüttelt den Kopf. Einen Moment nimmt er die Tochter in den Arm. Er drückt sie fest. „Sophie, wenn ich es gewusst hätte, ich hätte dich nicht bei ihm gelassen ..." In Sophies Augen schimmern Tränen, sie wischt sie zornig aus den Augen. „Ich kann sie verstehen! Man ist so hilflos und wütend. Und wenn es dann keine Freunde gibt ..." Sabine legt einen Moment ihre Hand auf die ihrer Kusine. „Ich glaube nicht, dass mein Vater ein gewalttätiger Typ war! Oder? Onkel Berti?" Der Angesprochene schüttelt den Kopf. „Nein, das war er nicht. Der war eher so ein bisschen verschusselt und verträumt. Nie so richtig bei der Sache. Ich habe mich sowieso gewundert, dass er es so lange bei uns im Weingut ausgehalten hat. Eigentlich wollte er immer auswandern nach Amerika oder Australien oder Kanada. Das war das Einzige, was die beiden verbunden hat. Anni und ihn. Beide wären gerne aus Engelstal weggelaufen. Aber das haben Mama und Papa nicht zugelassen, vor allem Papa nicht. Andreas war das Faustpfand. Hermann ist irgendwann gegangen, dem war die Freiheit wichtiger als das Kind, aber Anni hat Andreas geliebt, sie hätte ihn nie im Stich gelassen."

Ludwig, der die ganze Zeit nichts gesagt hat, meldet sich nun zu Wort. „Ich gehöre zwar nicht zur Familie, aber vielleicht fällt es mir gerade deshalb besonders auf. Habt ihr euch mal gefragt, warum Anni das Haus unbedingt jetzt gleich verkaufen will? Warum dieser Zeitpunkt? Wir sind die ganze Zeit davon ausgegangen, dass Luises Tod und die anstehende Hochzeit die Auslöser sind. Was ist, wenn das gar nicht stimmt?" Er wendet sich Onkel Berti zu „Hat Anni nicht von ihrem Bruder gesprochen?" Onkel Berti versucht sich zu konzentrieren. „Ja, da war dieser Freund, der die ganze Zeit ruhig dabeisaß, während Anni ständig von der Wahrheit sprach. Wir müssten Luise nach der Wahrheit fragen. Wir müssten sie zwingen, die Wahrheit einzugestehen! Es ging unheimlich viel um Wahrheit. Um meine wahre Herkunft und mein Erbe." Er räuspert sich. „Ich weiß noch, wie ich mich an dieser Formulierung gestoßen habe. Weil ich das irgendwie unheimlich aufgeblasen fand."

Ludwig nickt nachdenklich. „Aber zeitlich könnte es passen." Dann greift er zu einer Tasche neben Tobias Hunderucksack. Vorsichtig holt er die Hochzeitskiste hervor und öffnet sie unter dem Tisch. Halb verdeckt durch die Tischdecke schimmert der Kelch im Licht der Deckenleuchter. „Das hier, ist ihr Erbe!" Wieder einmal herrscht Stille um den Tisch herum. Dann reden alle gleichzeitig. „Ich weiß nicht, ob das jetzt der richtige Moment ..." „Vorsichtig, vorsichtig, dass keiner etwas sieht ..." „Was ist denn das?" Wieder übernimmt der Herr Professor die Gesprächsleitung. „Das ist ihr Erbe, ein jüdischer Hochzeitskelch. Und hier unter dieser Schublade." Er drückt auf den Knopf. „eine Besamimdose und ein Hochzeitsring." Vorsichtig schiebt er den kleinen Geheimgriff herunter und öffnet das zweite

Fach. Onkel Berti fällt vor Staunen die Kinnlade herunter. Unwillkürlich streckt er die Hand nach dem Kelch aus und fährt über die ziselierten Ränder. Ludwig beginnt nun, Berti die Geschichte von der Hochzeitskiste zu erzählen. Von dem Versteck unter Luises Bett und wie Sabine und er nach dem Besitzer gesucht haben. Wie wertvoll der Becher ist und von dem Freund, dem belgischen Antiquitätenhändler, der ihnen über Gerüchte aus der Sammlerszene berichtet hat. „Da sind noch viele andere wertvolle Gegenstände der Rosensteins auf dem Dachboden." schaltet sich nun Sophie ein. Sabine freut sich, dass unter der über Jahre zur farblosen Maus verkümmerten Frau endlich die intelligente am Leben interessierte vor Energie sprudelnde Sophie wieder zum Vorschein kommt. Am Ende des verwirrenden Berichtes zieht Sabine das Fazit, „so lange kein anderer Rosenstein gefunden wird, bist du der einzige Erbe sehr wertvoller ritueller antiker jüdischer Gebrauchsgegenstände, an denen viele Menschen interessiert sind." Doch da unterbricht Ludwig. „Ich fürchte, dass Anni und Berti selbst schon mindestens einen zweiten Rosenstein gefunden haben." Sabine schaut ihn erstaunt an. Onkel Berti nickt. „Wenn Anni Recht hat. Dann habe ich einen Bruder, aber das muss sie erst einmal beweisen, so ganz glaube ich da noch nicht dran. Anni konnte schon immer ganz gut flunkern, wenn es ihr in den Kram passte." Ludwig schaltet sich ein. „Ich bin mir da nicht so sicher. Er könnte der eigentliche Auslöser von Annis Aktion sein." „Du meinst, dass er wirklich ein Rosenstein ist?" fragt nun Sabine zurück, der dieser Gedanke so gar nicht gefallen will. Ludwig schüttelt den Kopf. „Das muss gar nicht der Fall sein. Er kann auch einfach nur in Amerika vom Schicksal der Rosensteins gehört haben oder sich mit Ritualgegenständen auskennen und bei Recherchen auf diesen wertvollen Kelch gestoßen sein, oder jemand aus der weiteren Familie hat ihm davon erzählt. Es gibt viele Möglichkeiten." Sophie unterbricht. „Oder aber ich habe tatsächlich einen Onkel in Amerika!" lacht sie verschmitzt. Sabine kann sich das nicht vorstellen. „Aber wer soll das denn gewesen sein? Wer könnte den Kontakt zwischen einem kalifornischen Weingut und Anni hergestellt haben? Harald und Selma waren älter als unsere Großeltern. Die sind bestimmt schon lange tot."

Vorsichtig packt Ludwig nun den wertvollen Fund wieder in die unauffällige Stofftasche. Er schlägt vor, die Hochzeitskiste erst einmal wieder im Bankschließfach unterzubringen. Onkel Berti, dem bei dem Gedanken an ein solch wertvolles Besitzstück sichtbar unwohl ist, nickt zustimmend.

„Meint ihr dieser Freund, den Anni damals zu mir mitgebracht hat, war wirklich mein Bruder?" Onkel Berti schaut unglücklich in die Runde. Ihm werden erst nach und nach die Konsequenzen des Besprochenen bewusst. Ludwig nickt. „Möglich wäre es schon, aber auch ein extrem großer Zufall!" Sabine ist mit ihren Gedanken schon ein Stück weiter, sie erinnert sich an den Besuch von Anni und Ben in Frankfurt. „Ich denke, wir sollten Hanna fragen, unsere Vermieterin hier in Frankfurt und Sophies neueste Freundin." ergänzt sie in Onkel Bertis Richtung. „Sie ist die Einzige, die Dan Ewen in Amerika getroffen hat." „Ihr müsst mir sofort Bescheid sagen, wenn es mein Bruder ist!" sagt Onkel Berti. Sabine nickt, dass hier klingt nicht nach dem typischen Onkel Berti, sondern nach einem Mann, dessen ganze Welt gerade zusammengebrochen ist. Spontan steht sie auf und nimmt den älteren Herrn in die Arme. „Es wird schon alles gut werden!" sagt sie und dann mit Blick auf ihren Welpen. „Ich fürchte wir müssen uns unbedingt auf den Weg machen, bevor sich unsere kleine Tobia hier unbeliebt macht." Sie hebt den Welpen hoch, der sich dehnt und reckt und dessen Blase ebenfalls im Aufwachen begriffen ist. „Was hältst Du davon, wenn wir uns alle mit Anni und Dan im Weingut treffen. Ein Gespräch mit allen, ich glaube das ist der einfachste Weg." Sophie nickt begeistert. „Ja, da hat schließlich alles angefangen. Dann können wir in Ruhe die ganze Geschichte aussortieren und Anni und Dan können uns erzählen, was sie wirklich wollen. Du musst nur dafür sorgen, dass Andreas euren schrecklichen Cousin Siggi nicht wieder einlädt." „Nur wenn Tobia und ich auch dabei sein dürfen!" brummt Ludwig hinter ihr. Er packt Tobia in ihren Hundesack und hängt sich diesen vor den Bauch und die Tasche mit dem Hochzeitskelch wiederum schwingt er über der Schulter. Er sieht ziemlich missmutig aus. Sabine lacht und hängt sich bei ihm ein. „Aber Ludwig, du gehörst doch zur Familie. Natürlich darfst du dabei sein. Schließlich brauchen wir doch deine Expertise und ohne Tobia, die Friedensstifterin geht sowieso nichts mehr." Als sich nun alle voneinander verabschieden, zögert er noch ein bisschen. „Ich wüsste gerne, wie es dir geht, Sophie, können wir noch ein bisschen reden." Sabine schaut zu Sophie hinüber und dann zu Ludwig. Mit dem Kinn macht sie eine Bewegung, er runzelt die Stirn, dann nickt er. „Dr. Becker, ich fürchte, wie müssen uns verabschieden. Onkel Berti nickt, ein Lächeln, ein fester Händedruck und ein angedeuteter Diener in Ludwigs Richtung. Er ist selbst in den schwierigsten Situationen ein Kavalier alter Schule. Sabine dagegen wird festgedrückt. Onkel Berti stehen Tränen in den Augen.

Ein letztes Winken! Dann drehen sich Sabine und Ludwig dem Ausgang zu, vorbei an dem Empfangstresen und dem uniformierten Wachmann. Auf der Straße kann die kleine Tobia dann endlich ihr Geschäft erledigen.

„Und jetzt?" fragt sie. „Jetzt sind wir nicht schlauer als vorher, wir haben nur dem armen Onkel Berti das Leben schwer gemacht!“ Ludwig schüttelt den Kopf. „Nein, wir wissen, dass deine Mutter Bescheid weiß und ihr neuer Freund wahrscheinlich auch.“

Sabine schaut ihn erstaunt an. „Wenn es um die nächsten Verwandten geht, ist jeder blind!“ sagt nun Ludwig. „Ist dir nicht aufgefallen, welch großes Unrecht deine Mutter in all diesen Jahren erlebt hat. Und ihr sogenannter Bruder hat die ganze Zeit zugeschaut und nichts dagegen unternommen. Wenn er tatsächlich schon als Jugendlicher erkannt hat, dass seine Mutter ihn der Schwester vorgezogen hat und wenn ihm das damals schon unangenehm war, warum hat er sich nicht dagegen gewehrt? Überhaupt, was er von Deiner Großmutter erzählt hat, hat mir das gute Frühstück im Frankfurter Hof verleidet. Verblüfft sieht Sabine, wie Ludwig immer aufgeregter wird. „Deine Großmutter nimmt ihrer Tochter, das, was ihr am meisten bedeutet. Gerade sie, die weiß, wo ihr musisches Talent herkommt. Immerhin ist Anni das Fleisch und Blut eines berühmten Künstlers. Dann zwingt sie sie zur Ehe mit dem Sohn ihrer besten Freundin, weil ein Winzer und Erbe gebraucht wird, und zum Schluss benutzt sie den Erben, um sie an sich zu binden. Anni wird einfach eingepasst, sie ist eine Schachfigur auf ihrem Spielfeld. Ich kann verstehen, dass sie auf Rache sinnt.“ Sabine schluckt betroffen, so hat sie ihre Oma nie gesehen. Oma Luise war doch immer für alle da, die Matriarchin, die alles am Laufen hielt, die Verlässliche, ohne die nichts funktionierte. Während Mutter Anni nur sich selbst und ihre Gefühle kannte, von einer Migräne zum nächsten hysterischen Anfall, von einem verrückten Plan zum nächsten Selbstverwirklichungstrip, immer unzuverlässig und nie da, wenn man sie brauchte. „Ich weiß nicht! Ich habe keinen klaren Blick, wenn ich zurückschaue. Das passt alles nicht zusammen.“ Sabine fühlt sich desorientiert. Ludwig greift nach ihrer Hand. „Ich kenne das. Mir geht es ähnlich. Ich war gestern wieder bei meinem Vater im Krankenhaus." Sabine schaut ihn verwundert an. Ludwig erzählt zum ersten Mal von allein. „Es ist nur" hilflos sucht er nach Worten „er hat sich so verändert. Nichts passt mehr. Früher konnte ich wütend sein. Ihm alle Schuld zuschieben. Jetzt will er alles besser machen und ich muss ihm doch eine Chance geben, auch wenn der Ärger immer noch da ist, verstehst du?" Sabine nickt. Es ist nicht so einfach, den alten Groll zu begraben. „Ja, Du hast recht, ich muss selbst mit Anni sprechen! Aber heute nicht mehr. Für heute habe ich echt genug! Jetzt brauche eine Auszeit von meiner Familie." Sie atmet tief durch und schaut an den Hochhäusern vorbei in den blauen Himmel. „Hast du Lust auf einen schönen Frühlings-Spaziergang!" Ludwig hängt sich bei ihr ein. „Da weiß ich genau das richtige. Was hältst Du davon, wenn wir zur Gerbermühle gehen. Ein bisschen den Main entlang. Wir steigen einfach in die U-Bahn und fahren rüber, dorthin wo die Sachsen hausen." Sabine schaut lachend zu ihm auf und bevor sie sich versieht, hat er ihr einen Kuss auf den Mund gedrückt. Dann packt der Casanova die kleine Tobia wieder in ihren Rucksack, hängt sich bei ihr ein und steuert sie zum U-Bahn-Eingang am Willi-Brandt-Platz.

Als die beiden am späten Nachmittag zurückkommen, ist Sabine durch und durch müde. Ludwigs Einladung zum Spargelessen kann sie nicht verlocken, trotz Martins verheißungsvoller Spezialsoße. Vorsichtig holt sie die schlafende Tobia aus dem Rucksack, die natürlich sofort wach wird und auf den Balkon muss. Erst auf dem Rückweg fällt ihr Blick auf den blinkenden Anrufbeantworter. Mehrere Anrufe von Andreas. Seufzend drückt sie auf den Knopf. „Sabine! Hier ist Andreas, bitte ruf mich mal zurück!" ... Sabine! Bitte, es ist wirklich wichtig, könntest Du mich schnell zurückrufen!" ... Sabine! Anni war heute mit ihrem neuen Freund und einem Typ von der Bank hier. Sie haben das alte Haus und das Weingut schätzen lassen. Sie behauptet, ... Naja, melde dich gleich, bitte... Sabine, ruf mich bitte an! Ich weiß nicht, was ich mit Anni ..." Die Stimme bricht ab. Sabine schaut verblüfft auf den Anrufbeantworter. Damit hat sie nicht gerechnet. Andreas muss in der letzten Stunde mindestens fünf Mal angerufen haben. Erschöpft und genervt nimmt sie das kabellose Telefon mit in die Küche und drückt die Schnellwahltaste. „Patty hier ist Sabine! Ja, ich habe Andreas Anrufe gesehen. Nein, ich war nicht da. Was denkst du denn von mir! War es so schlimm, kannst du mir sagen, was passiert ist?" Kurz und sachlich berichtet Patty, bevor sie das Gespräch an Andreas weiterleitet, der unten im Keller bei den Fässern beschäftigt ist. Anni, ihr neuer Freund Dan und ein Schätzer von der Bank waren da. Zuerst sind sie nur vorne durch das alte Haus gegangen. Doch dann kamen sie plötzlich zu ihr ins Büro und wollten eine Aufstellung der Weinberge sehen, wieviel Weinflaschen aktuell im Keller liegen, wieviel Wein noch in den Fässern ist, wieviel dieses Jahr verkauft wurde, die Steuererklärung des letzten Jahres, die Ausgaben, Lohnkosten usw. Als dann Andreas aus dem Weinkeller hochkam, wollten sie den Weinkeller besichtigen, und die Maschinen und wissen, wieviel die Straußwirtschaft einbringt. „Man konnte richtig sehen, wie bei Andreas der Blutdruck anstieg. Zum Schluss haben er und Anni sich nur noch angeschrien. Und die ganze Zeit hatte ich das Gefühl, dass das bei Anni nicht wirklich echt war. Ich meine, was will Anni mit diesem Weingut anfangen. Ihre Idee von einer Aktiengesellschaft ist lächerlich. Ich bin sicher, dass sie Andreas Angst machen will." Da kann Sabine ihr nur zustimmen, wenn auch nicht laut. Anni ist ganz deutlich auf Rache aus. Pattys Stimme klingt besorgt.

„So habe ich Andreas noch nie gesehen. Sabine! Ich habe wirklich Angst um ihn! Zum ersten Mal habe ich Annis Erbe in ihm erkannt, dieses hysterische Geschrei, die Unfähigkeit den Konflikt in Ruhe lösen zu können, er wäre beinahe auf sie losgegangen und Anni sah aus, wie eine Katze, die gerade einen Topf Sahne ausgeschleckt hat!" Sabine kann sich trotz der schwierigen Situation das Grinsen nicht verkneifen. Pattys Vergleiche sind oft plastisch und treffen meistens den Kern der Sache. Bisher war Anni ihnen immer einen Schritt voraus. Doch vielleicht können wir sie doch noch einholen. „Würdest Du mich jetzt mit ihm verbinden, Patty!" „Sabine!" Andreas ist erleichtert. Er hat sich schon immer auf die Frauen in der Familie verlassen, so wie sein Großvater, fährt es Sabine durch den Kopf. „Patty hat mir von Anni erzählt!" sie bemüht sich um eine bewusst ruhige Stimme. Auch ihr wird zum ersten Mal diese Ähnlichkeit zwischen Sohn und Mutter bewusst. Doch bei Andreas käme niemand auf die Idee, ihn mit Beruhigungsmitteln vollzupumpen oder in die Psychiatrie zu schicken. Der regte sich halt schnell auf und das wars.

„Sie stand da mit ihrem neuen Freund und diesem sogenannten Spezialisten für Weingüter und wollte, dass wir unsere Unterlagen offenlegen. Heute könne man nicht einfach so Dinge an den eigentlichen Erben vorbei übertragen. Das sei nicht legal. Oma und Opa hätten das einfach ohne Anwalt geregelt, aber so könne man das heute nicht mehr machen. Und dann hat sie mit ihrem Freund Dan und seinen großartigen Kontakten angegeben. Nur die besten Anwälte, die die ganz großen Firmen vertreten, die würde sie engagieren und die würden uns dann in Grund und Boden prozessieren. Am Ende würde alles ihr gehören. Dann könnten wir hier einpacken. Du hättest sie mal hören sollen. Bis zum Bundesverwaltungsgericht würde sie gehen. So viel

Atem und Geld müsste ich erst einmal haben." Andreas war völlig fassungslos. „Und dieser Gutachter," jetzt kippt seine Stimme vor Wut. Sabine kann hören, dass er getrunken hat. „Dieser Gutachter war echt eine Niete. Der hatte von nichts eine Ahnung, aber der Wert für unser Weingut war einfach indiskutabel. Ja, sogar meine Weine hat er schlecht gemacht." Andreas äfft das näselnde Hochdeutsch des Gutachters nach „Sie seien von niedriger Qualität. Ich gewinne jedes Jahr Gold- und Silberkammerpreismünzen und der behauptet meine Weine seien von niedriger Qualität. Das war dann der Moment, wo ich sie regelrecht vom Hof gejagt habe. Ja, noch ist es mein Hof und das lasse ich mir nicht bieten." Andreas schnauft durchs Telefon. „Aber weißt du, sie muss ja immer das letzte Wort haben und so hatte sie doch glatt die Frechheit mir hinterherzurufen. Sie wolle ihren Pflichtteil. Welchen Pflichtteil frage ich dich? Wozu sind wir ihr gegenüber verpflichtet? Sie hat nie etwas für dieses Weingut getan. Ich habe sie noch nie im Weinberg gesehen. Noch kein einziges Mal. Sie hat Patty noch nie in der Straußwirtschaft geholfen. Auf die Idee ist sie noch nicht einmal gekommen. Im Gegenteil bisher musste Patty sie immer bedienen. Die weiß doch gar nicht, was Pflicht ist!" Sabine könnte jetzt sagen: Das Weingut hat ihr Leben zerstört. Wegen dir musste sie in Engelstal bleiben und konnte ihre Träume abschreiben. Aber das sagt sie nicht, er würde es nicht verstehen. Sie denkt vielmehr an das, was sie am Vormittag von Onkel Berti gehört hat, und es macht sie traurig.

„Was sollen wir denn jetzt tun, Sabine!" holt Andreas sie in die Gegenwart zurück und erinnert sie daran, dass auch sie mit einem kleinen Teil an diesem Weingut beteiligt ist. Ihre Oma Luise wollte das damals so. Du sollst nicht leer ausgehen! „Es gibt nur einen Weg!" sagt sie jetzt zu Andreas „Wie müssen in Ruhe mit Anni reden! Ich glaube nicht, dass es wirklich um Geld geht. Sie will etwas anderes und wir müssen herausbekommen, was das ist." Ihre Worte haben leider nicht den gewünschten beruhigenden Effekt auf Andreas. Der lacht nun schallend los. „Du glaubst doch wohl nicht, dass der Kelch etwas damit zu tun hat. So wertvoll ist der nicht. Da hast du dich echt von deinem Professor Wichtig übers Ohr hauen lassen!" noch immer kichernd fährt der fort, „hast dich wohl verliebt, was? Da sieht man gerne mal rosarote Sternchen." „Siggi hat mit einem Profi gesprochen und der sagt, der ist zehntausend wert, wenn es hochkommt." Sabine schüttelt den Kopf, eigentlich will sie sich mit Andreas nicht streiten, aber das mag sie nicht auf sich sitzen lassen. „Ob Anni den Kelch haben mag, weiß ich nicht. Aber unser Kelch ist deutlich mehr wert als zehntausend. Hier in meiner Frankfurter Wohnung haben sie schon eingebrochen deswegen. Und ich weiß zwar nicht mit welchem Profi Siggi geredet hat, aber im Jüdischen Museum wissen sie wirklich Bescheid und kalkulieren nach unten und danach kannst du dir fast ein neues Weingut von dem Wert kaufen. Vielleicht solltest du Siggi mal fragen, wie hoch seine Provision sein wird, wenn er deinen Kelch an den sogenannten Profi verkauft. Ich bin sicher, dass das mehr als 10.000 Euro sind." Auf der anderen Seite der Leitung herrscht einen Moment Schweigen. „Naja Siggi hatte ja nicht das Original dabei, sondern nur ein Foto. Da kann man sich schon mal vertun." Andreas räuspert sich, den Glauben an die Überlegenheit seines Cousins mag er nicht so einfach aufgeben. „Trotzdem glaube ich nicht, dass Anni wegen dem Kelch einen solchen Zirkus aufführt, sie weiß ja noch nicht mal, dass es ihn gibt." Sabine schweigt. „Aber was ist mit Annis Freund?" Einen Moment schwankt sie, doch dann berichtet sie kurz von dem Treffen im Frankfurter Hof. Nicht alles, aber über die gemeinsame Mutter möchte sie ihm schon etwas erzählen, denn sie hofft einfach auf mehr Verständnis. Dass Onkel Berti das Kind jüdischer Eltern ist, soll er lieber selbst sagen. Als Grund für ihr Treffen gibt sie Sophies Trennung an. „Wir kamen ins Gespräch über seine und Annis Kindheit. Ich wusste nicht, dass sie eine tolle Jazz-Musikerin war. Sie wäre gerne nach Amerika gegangen. Davon hat sie immer geträumt. Stattdessen musste sie dableiben, den Erben für das Weingut gebären und großziehen." „Und warum ist sie nach meiner Geburt nicht gegangen?" fragt er nun. „Eigentlich hat sie keiner gebraucht." „Wegen dir! Sie wollte dich nicht allein lassen!" Auf der anderen Seite der Leitung herrscht Schweigen. Dann antwortet Andreas: „Rufst du sie an? Nach diesem Streit schaffe ich das nicht." Nun kann Sabine sich ein Grinsen nicht verkneifen. „Ja, das mache ich. Ich melde mich dann. Grüß Patty von mir und sag ihr, dass sie nicht an dir verzweifeln soll."

Am Ende wird es dann doch ein langer Tag, denn nach einer halben Stunde, die Sabine und Tobia gemeinsam auf ihrem Lieblingssessel bei einem Spätnachmittagsschläfchen kuscheln, muss sie nun doch endlich mal wieder was für die Schule tun. Nach 14 Tagen lebendiger Historischer Recherche scheint das Schulfach Geschichte fast ein bisschen trocken. Mit einer Tasse schwarzen Tee bewaffnet sitzt sie an ihrem Schreibtisch. Tobia ist an ihren Füßen mit einem neuen Spielzeug beschäftigt. Während sie Tests korrigiert, gehen ihre Gedanken auf Wanderschaft. Sie könnte mit der 9.Klasse über das Tagebuch der Anne Frank sprechen. Das Tagebuch von Pfarrer Niebergall war superspannend und viele Jugendliche schreiben Tagebuch, das verbindet doch irgendwie. Da kann Geschichte lebendig werden. Sie nimmt einen Stift in die Hand, um sich einige Notizen zu machen. Schade, dass sie selbst nie das Durchhaltevermögen hatte, mehr als 14 Tage lang ein Tagebuch zu schreiben. Sie vertraute alle Geheimnisse ihren besten Freundinnen an, da war ein Tagebuch nie nötig gewesen. Aber ihre Mutter, fährt es ihr plötzlich durch den Sinn, Anni schrieb eine Zeitlang Tagebuch. Nicht nur als Jugendliche, sondern auch später noch als erwachsene Frau. In ihrer Erinnerung sieht sie Anni über ein Schulheft gebeugt und sie hört sich selbst fragen: Mami, was schreibst du da? Anni hatte ihr damals geantwortet: „Ich schreibe auf, was ich heute gedacht habe. Sabine erinnert sich deshalb an die Antwort, weil sie ihr so seltsam erschienen war. Lohnt es sich denn die eigenen Gedanken aufzuschreiben, hatte sie Anni damals gefragt, ist es nicht viel wichtiger festzuhalten, was man gemacht hat. Aber Anni hatte den Kopf geschüttelt. Das, was ich mache, kann jeder sehen, aber was ich denke, das weiß nur ich, und wenn ich es nicht mehr weiß, ist es weg. Ich will aber nicht, dass es weg ist, weil ich dann auch weg bin. Verstehst Du das? Damals hatte sie es nicht verstanden. Heute ahnte sie, was Anni damit gemeint hatte. Anni fürchtete sich davor, sich selbst zu verlieren, zwischen all den Psychopharmaka und Therapien. Sabine trauert einen Moment um Anni, die ihre Mutter einmal gewesen war.

Doch dann wird ihr klar, dass die Tagebücher der Schlüssel sein könnten. Sie könnten Annis Verhalten erklären. Die Frage ist nur, wo sind diese Tagebücher. Hat Anni sie mitgenommen, oder liegen sie vielleicht noch im alten Haus. Sie könnte morgen nach Engelstal zu Julia in den Gottesdienst gehen und anschließend Mutters ehemaliges Zimmer durchsuchen. Vielleicht hat Anni ihre Tagebücher in ihrem alten Zimmer zurückgelassen.

Seufzend räumt sie das Schulzeug zur Seite und öffnet die Balkontür, um frische Luft reinzulassen. Draußen ist es schon dunkel auf dem anderen Balkon brennt eine Kerze und eine tiefe Stimme brummt: „Ich dachte, Du kommst überhaupt nicht mehr raus." Eingemummelt in eine dicke Strickjacke sitzt dort Ludwig. Er hat einen Espresso in der einen Hand und ein Stück Schokolade in der anderen. Sie setzt sich noch einen Moment auf ihre Seite des Balkons. „Naja, irgendwie muss ich ja die Miete für meine Wohnung und das Hundefutter für Tobia bezahlen." antwortet sie. Er grinst breit. „Jetzt bist du ja da, um mit mir die Sterne zu genießen." Nur kurz betrachten die beiden die Sterne, denn Sabine kann es dann doch nicht abwarten, von Andreas Telefonanruf zu berichten und am Ende erzählt sie auch noch von den Plänen für den kommenden Tag. „Da habe ich aber eine bessere Idee." meint Ludwig. „Wir könnten in der Engelstaler Kirche die Besucherzahlen gemeinsam in die Höhe treiben. Dann kannst Du danach im alten Haus nach den Tagebüchern gucken und ich kann nochmal durch die Pfarrchronik stöbern."

Sabine lächelt im Dunkeln. So ganz ohne Hintergedanken hat sie ihm nicht von den aktuellen Entwicklungen erzählt. Ludwig ist inzwischen so sehr Teil dieses ganzen Abenteuers, dass Sabine ihn auf ihrem morgigen Ausflug tatsächlich vermisst hätte. Beide verabreden einen frühen Start am kommenden Morgen mit Tobia und glücklicherweise einmal ohne den inzwischen gewohnten Anhang.

„Es ist schon fast ein Luxus zu zweit zu sein!" Ludwig atmet tief durch, während er über die Autobahn fährt. Sabine nickt zustimmend und zugleich entschuldigend. „Sophie ist es noch nicht gewöhnt, allein zu sein." „Naja, und Martin ist im Moment auch eine Nervensäge. Wenn der erst mal Feuer gefangen hat und das ist bei dieser Geschichte der Fall, dann kriegt man ihn so schnell nicht mehr los. Sophie hat wenigstens noch einen guten Grund. Bei Martin ist es die reine Neugierde und außerdem die Hoffnung, die vielen schönen Dinge, die er auf dem Dachboden ausgepackt hat, verkaufen zu können." Nun muss Ludwig doch lachen. Als Sabine von Siggis Profi-Schätzung erzählt, vergeht ihm das Lachen jedoch. „Dieser Siggi ist mir nicht ganz geheuer." Sabine kann dem nur zustimmen.

Später sitzen sie dann gemeinsam in der alten Gemeindekirche und Ludwig versucht herauszufinden, wo wohl der Bunker gewesen sein mag. Ob es auch von Innen einen Zugang gab? Während Julias Mann predigt, versucht sich Sabine in Erinnerung zu rufen, was sie während des Konfirmandenunterrichts über diese Kirche gelernt hat. Zu Beginn der 60er Jahre gab es eine große Renovierung, bei der die Eingangstür verlegt wurde. Damals wurde die Orgel von hinten nach vorne geholt, und diese Kirchenvorsteherbänke an der Seite weggemacht, hatte man nicht damals auch die Eingangstür von der Seite nach hinten verlegt, sie versucht sich an das alte Foto zu erinnern. Warum man das wohlgetan hatte? Sie schaut sich um. Die meisten Gottesdienstbesucher sind im Alter ihrer Mutter und älter. Wer damals in Engelstal wohnte, müsste eigentlich noch Bescheid wissen über die Nibelungenspiele und den Lehrer Schneider. Vielleicht sind einige dieser älteren Damen, die hier sitzen, selbst mal Kriemhild oder Brunhild gewesen oder sind sie dafür noch zu jung? Sabine versucht sich wieder auf Julias Mann zu konzentrieren, ist aber froh als der Gottesdienst endlich zu Ende ist. Ludwig wartet schon. Er hat sich tatsächlich auf der Suche nach dem Bunker die Außenwände der Kirche angeschaut. Julia war leider nicht da, sie hat heute einen Gottesdienst im Altersheim. So werden Tobia und er einen Spaziergang durch die Weinberge machen und den schönen Sonntagmorgen im Freien genießen, während sie nach den Tagebüchern ihrer Mutter sucht.

Sabine möchte nach dem gestrigen nervenaufreibenden

Telefonanruf einen Umweg um Andreas machen, deshalb hat sie sich zu einem „heimlichen“ Besuch im alten Haus entschieden. Sie betritt das alte Haus durch die Vordertür. Die ist von Andreas Bungalow aus nicht einsehbar. Dann schleicht sie mit schlechtem Gewissen durch das abgedunkelte Haus in den ersten Stock. Vorsichtig tastet sie sich durch die dunkle Diele die Treppe hinauf. Eigentlich ist das ziemlich albern. Sie hätte Andreas auch Bescheid sagen können, denkt sie. Die Rollläden sind zwar unten, trotzdem möchte sie das Licht nicht anmachen, um keine unnötige Aufmerksamkeit auf sich zu ziehen. Wie ein Dieb in der Nacht! Also wirklich. Dabei habe ich gar nichts zu verbergen! Annis altes Zimmer geht nach Süden raus. Der Bungalow von Andreas liegt im Westen Anni hat ihr mal erzählt, dass sie früher mit der Leiter rausgeklettert ist, wenn sie länger ausgehen wollte, das Schlafzimmer ihrer Großeltern lag auf der anderen Seite. Hier in Annis Zimmer kann Sabine deshalb den Lichtschalter ohne Gefahr anknipsen. Sie beginnt ihre Suche im Bücherregal, von da aus geht es zum Kleiderschrank. So ganz genau erinnert sie sich nun doch nicht mehr, wo Anni ihr Geheimfach hatte. Sie tastet sogar die verschiedenen Wandseiten ab auf der Suche nach Geheimfächern und erklärt sich dabei selbst für verrückt. Warum sollte Anni ihre Tagebücher verstecken und vor wem? Sie hatte kein Problem damit, ihre Geschichten immer lauthals zu verkünden. Anni war für Transparenz, ihr Problem war nie die Heimlichtuerei, sondern dass ihr keiner zuhörte, wenn sie ihre Geschichten erzählte. Also gab es eigentlich keinen Grund das Tagebuch zu verstecken. Und doch … langsam setzt sich Sabine auf Annis Bett und versucht sich an diesen einen Abend vor vielen Jahren zu erinnern. Vor ihrem inneren Auge sieht Sabine ihre Mutter vor sich, wie sie etwas hinter dem Fensterladen einschließt. Sie war damals noch klein, konnte noch nicht lesen, da ist sie sich sicher, sonst hätte sie selbst versucht, in die Tagebücher hineinzuschauen. Sie hatte in Annis großem Bett gelegen und verwundert zugesehen, wie ihre Mutter ein Bild zur Seite schob. Hinter dem Bild war ein kleines Regal in der Mauer gewesen, dort hatte sie das Heft hingestellt und dann das Bild wieder darüber gehängt. „Was tust du da, Mami?" hatte sie gefragt. Und ihre Mutter hatte den Finger auf den Mund gelegt: Pst! Ich hüte ein Geheimnis. Und dann hatte sie, Sabine, ihr schwören müssen, dass sie dieses Geheimnis niemandem verraten werde. Es war einer der wenigen Momente, wo Mutter und Tochter sich wirklich nahe gewesen waren. Später hatte sie das, was Anni ihr erzählt hatte, als eine ihrer übersteigerten Phantasien abgetan. Es war ein Märchen von einem bösen Drachen, der eine wunderschöne Prinzessin gefangen hielt und von einer bösen Hexe, die dem Drachen dabei half. Sie bewachte den Schlüssel zum Gefängnis der Prinzessin. Aber irgendwann, so sagte Anni damals, werde ein Prinz kommen, der die schöne Prinzessin befreien werde und dann würden sie für immer glücklich zusammenleben. Und der böse Drache und die Hexe? Hatte Sabine damals gefragt, weil ihr das Märchen wirklich Angst gemacht hatte. Die würden dann bestraft, hatte Anni ihr versprochen, deshalb sei es auch so wichtig, dass sie das Geheimnis nicht verrate. Noch tagelang hatte sie Alpträume gehabt und bis heute kann sie sich nicht für diese niedlichen Drachengeschichten erwärmen. Langsam geht sie zu den Fensterläden hinüber. Der Lichtschein der Deckenlampe reicht nicht ganz bis in die Ecke. Sie tastet die Wand ab und richtig, da gibt es eine Stelle, an der man den ehemaligen Rahmen eines Bildes erkennen kann. Hier muss wohl einer von den anderen bei ihrer Entrümpelungsaktion gewütet haben. Vorsichtig untersucht sie die Tapete und tatsächlich, bei genauerem Hinsehen, kann sie eine Tür erkennen. Hier muss das kleine Regal sein. Doch die Tür ist verschlossen. Fragt sich nur, wo ihre Mutter den Schlüssel gelassen hat. Ihr Blick gleitet über das Bett und den Kleiderschrank und von da aus zur Kommode. Alles ist abgeräumt. Langsam geht sie zum Schrank. Oma hat hier nach Annis Auszug die alten Kleider untergebracht. Der Schrank ist noch nicht geleert. Sie öffnet die Tür und tatsächlich dort hängen nicht nur Kleider ihrer Großeltern, sondern auch einiges das klar den 60er und 70er Jahren zuzuordnen ist. Ganz hinten findet sie ein Kleid, das nicht zu den anderen zu passen scheint. Ein mädchenhaftes Alltagskleid. An einer Stelle ist es eingerissen, an einer anderen hat es Blutflecken. In einer Tasche steckt ein kleiner Schlüssel. Sie holt ihn heraus. Der sieht so aus, als könnte er passen und tatsächlich, das tut er auch. Sabine öffnet das Kästchen und dort stehen sie, fein säuberlich aufgereiht, die alten Schulhefte, die ihre Mutter als Tagebücher verwendet hat. Sabine greift nach dem ersten Heft. Es ist von 1944. Sie beginnt zu lesen und hat bald alles um sich herum vergessen.

30.*März 1944*
Ich vermisse meinen Freund Max Rosenstein. Warum konnte er nicht bei mir bleiben? Mama sagt, dass er in Gefahr war und dass ich froh sein kann, dass er nicht gestorben ist und dass ich das noch nicht verstehe. Sie hat mir verboten zu lügen, aber wenn es um den kleinen Berti geht, dann muss ich lügen, sagt sie. Mir tut der kleine Berti leid. Er ist jetzt ohne Mama und ohne seinen Bruder Max und seine Schwester Irmgard. Papa und Mama haben gesagt, dass sie sich jetzt um ihn kümmern werden, weil er keine Mama und keinen Papa hat und dass wir jetzt sagen müssen, dass sie Bertis Mama und Papa sind. Ich will Mama nicht weh tun, deshalb werde ich tun, was sie sagt. Papa hat mir versprochen, dass Max und seine Eltern wie-

derkommen, wenn alles vorbei ist. Ich freue mich schon darauf und zähle die Tage. Als ich ihn danach gefragt habe, wann sie wiederkommen, hat er gesagt, dass er das nicht weiß und dass ich auf gar keinen Fall mit irgendjemandem darüber sprechen darf, weil sie sonst nie wiederkommen und ich dann schuld daran bin.

Auch die nächsten Einträge handeln davon, wie sehr Anni ihren Freund Max vermisst. Sie berichtet davon, dass sie wegen der Bombenangriffe nicht mehr nach Bingen in die Schule gehen darf und die Mädchen in Engelstal sie nicht mögen. Sie spielt nicht gerne Völkerball und ist nicht an Sticken und Stricken interessiert. Klavierspielen und Musik wiederum finden die anderen in der Volksschule blöd. Alle ärgern sie, dass sie so tut, als sei sie etwas Besseres und so ist sie ziemlich allein. Sie flüchtet sich mehr und mehr in ihre Musik und die Bücher, die sie auf dem Dachboden in den Kisten der Rosensteins findet. Ihr Vater und ihre Mutter sind nicht begeistert. Besonders Luise bürdet ihr immer neue Hausarbeiten auf. Anni lebt in ihrer eigenen Welt, sie sieht sich selbst als Aschenputtel, das auf den Prinzen wartet, der sie aus diesem furchtbaren Leben befreien wird. Dieser Prinz aber ist Max. Ihr Freund aus Kindheitstagen. Ihr Ritter und Retter.

Erschreckt schaut Sabine auf die Uhr. Die Zeit ist wie im Flug vergangen. Sie hat sich an den alten Tagebüchern festgesaugt und es gar nicht gemerkt. Sie schaut auf ihr Handy. Ludwig hat schon mehrfach angerufen. Dummerweise hat sie ihr Handy in der Kirche auf lautlos gestellt. Sie muss ihn zurückrufen. Schnell packt sie die Tagebücher in ihre Tasche, schließt das Fach ab und steckt den Schlüssel wieder in die Jackentasche. Dann schließt sie die Tür zu dem Geheimfach, knipst das Licht aus und schleicht die Treppe hinunter. Ihr Herz klopft ihr bis zum Hals. Albern, denkt sie. Sie öffnet die Tür und schaut nach allen Seiten, bevor sie sich auf die Straße begibt. Auf dem Handy findet sie eine SMS. Ludwig ist nochmal zum Pfarrhaus zurückgefahren. Also macht sie sich auf den Weg. Nur mit Mühe kann sie der größten Klatschbase im Dorf aus dem Weg gehen. Dankbar schickt sie ein Stoßgebet gen Himmel. Ihr wird bewusst, wie tief Andreas gekränkt wäre, wüsste er von ihrer Aktion im Alten Haus.

Ludwig hat sie wohl gesehen, denn er winkt ihr aus dem Pfarrhaus zu. Er strahlt über das ganze Gesicht. „Wir hatten ein paar echt schöne Stunden. Tobia und ich. Du glaubst gar nicht, was ich alles über Engelstal erfahren habe. Das Lächeln wird von einem Augenzwinkern begleitet. Und einen schönen Grauburgunder haben wir auch probiert." Sabine lächelt nun auch. Ludwig ist angenehm unkompliziert. „Heißt das, dass Du auf ein Mittagessen verzichten kannst?" „Absolut nicht! Das war doch erst der Aperitif. Unser Herr Pfarrer hier konnte mir eine sehr gute Straußwirtschaft empfehlen. Die können wir allerdings nur besuchen, wenn Du bereit bist, zurückzufahren." Sabine, die bei ihren vorherigen Partnern immer um den Schlüssel kämpfen musste, schaut ihn verblüfft an. Doch Ludwig drückt ihr selbigen in die Hand und macht es sich mit Tobia auf dem Schoß auf dem Beifahrersitz gemütlich. In der Hand hält er eine selbstgezeichnete Karte mit der Wegbeschreibung für die Straußwirtschaft. An der ersten Biegung bricht es aus ihm heraus: „Und hast du sie gefunden?" Sabine grinst und nickt! Dann erzählt sie, wie sie sich durch ihre Kindheitserinnerungen gewühlt und schließlich an den kleinen Schrank hinter dem Fensterladen erinnert hat. „Sogar den Schlüssel habe ich entdeckt und die ersten Hefte habe ich auch schon gelesen. Irgendwie ist es fast noch intimer als die Liebesbriefe an Oma Luise. Immerhin hatte sie die nicht selbst geschrieben und Oma Luise lebt auch nicht mehr. Aber bei Anni ist das anders.“ Sabine zuckt mit den Achseln und macht eine hilflose Geste. „Eigentlich will ich sie nicht lesen und gleichzeitig habe ich die ganze Zeit das seltsame Gefühl, dass in diesen Tagebüchern der Schlüssel zu allem steckt.“

Einen Moment starrt Ludwig nachdenklich geradeaus, vorsichtig krault er Tobia hinter den seidigen kleinen Ohren. „Ich könnte die Tagebücher für dich lesen und dir dann erzählen, was drinsteht! Ich bin nicht so nah dran, kenne mich aber inzwischen gut genug aus, um zu wissen, was wichtig ist.“ Sabine ist versucht, diesem Angebot nachzugeben. „Das ist ein wirklich nettes Angebot, Ludwig! Aber ich glaube, dieses Mal komme ich nicht drumherum, es selbst zu lesen.“ Einen Moment herrscht Schweigen. Der alte Jaguar schnurrt über die Landstraße. „Wie war es denn im Pfarrhaus? Gab es da mehr Ergebnisse als nur eine Weinprobe?“ Ludwig schüttelt den Kopf. „Nein, eigentlich hat sich der Zeitzeugenbericht von unserem Lehrer Schneider nur bestätigt. Fritz Heintz ist tatsächlich schon in den ersten Wochen in Bretzenheim gestorben. Otto Weihrich hat zur rechten Zeit die weiße Fahne geschwenkt und sich durch Denunziationen bei den Amerikanern beliebt gemacht. Dasselbe gilt auch für deinen Großvater. Beide waren die Verhandlungspartner zwischen der Engelstaler Bevölkerung und den amerikanischen Soldaten. Später waren es dann die Franzosen. Bei euch war zeitweilig die Kommandantur untergebracht, aber das wissen wir ja auch schon von Schneider. Im Prinzip hat dein Opa Horst nach dem Krieg gemacht, was er schon während des Krieges gemacht hat, nur unter anderer Herrschaft. Er musste dafür sorgen, dass das Dorf die Lebensmittelversorgung aufrechterhielt. Scheinbar hat er sich dabei auch im Schwarzhandel betätigt, zusammen mit seinem Kumpan Otto Weihrich. Laut Pfarrer Grün haben sich beide daran eine goldene Nase verdient, was sich ebenfalls mit den Notizen von Schneider deckt. Ich glaube allerdings nicht, dass die beiden wirklich befreundet waren. Auch wenn Pfarrer Grün das dachte. Meine Theorie ist, dass Otto Weihrich deinen Großvater unter Druck gesetzt hat. Du darfst nicht vergessen, dass Philipp Höchster, die ganze Zeit bei euch wohnte. Pfarrer Grün unterschied ganz deutlich zwischen Horst Becker, den er trotz seiner Schwarzmarktaktivitäten mochte, weil er viel Geld für die Glocken spendete und bald nach dem Krieg auch wieder Kirchenvorstandsvorsitzender wurde und Otto Weihrich, dessen Heirat mit der Witwe Elisabeth Heintz 1946 ein halbes Jahr nach dem Tod ihres ersten Mannes viel Staub aufwirbelte. Er kritisierte diese Verbindung aufs Schärfste. Nach seiner Einschätzung war es keine Liebe. Ich persönlich denke, dass es für Elisabeth Heintz mit vier Kindern um das nackte Überleben ging und der Otto, den früher keiner wollte, einfach eine gute Partie war. Otto muss sogar mal versucht haben in den Kirchenvorstand zu kommen, aber das ist ihm nicht gelungen. Das wusste unser Pfarrer doch zu verhindern, wie er voller Empörung schreibt. Der älteste von Elisabeths Söhnen, der noch im Krieg war, musste ebenfalls nach Bretzenheim, überlebte aber. Das war dann wohl der Gunter Heintz, der sich hinterher in die Scheidung deiner Eltern eingemischt hat. Die Frauenhilfe und die Landfrauen sind für unseren Pfarrer übrigens mehr oder weniger deckungsgleich. Den Ton geben drei Frauen an und auch da stimmt er mit unserem Lehrer Schneider überein. Deine beiden Großmütter müssen hier in Engelstal das Szepter geschwungen haben, flankiert wurden sie von Helene Heinrich, die allerdings mit dem unehelichen Kind, immer in der zweiten Reihe stand. Zwischen das Trio passten kein Blatt und keine andere Frau. Das machte die anderen neidisch. Besonders die Frau des Schulleiters, die er als ein furchtbares Klatschweib beschreibt. Und wenn ich richtig zwischen den Zeilen gelesen habe, war seine eigene Frau auch nicht viel besser. Er zeichnet ein sehr positives Bild von der jugendlichen Anni. Sie kam wohl oft zu ihm in die Kirche, um auf der Orgel zu üben und er hat ihr gerne zugehört. Entweder war sie damals noch nicht krank oder die Musik war einfach ihre beste Medizin, denn er steht bei allem Klatsch und Tratsch erstaunlicherweise auf ihrer Seite. Das würde man einem Mann solchen Kleingeists gar nicht zutrauen."

Sabine biegt auf den Parkplatz vor der Straußwirtschaft ein und sucht nach einer geeigneten Parklücke. Hier ist deutlich einiges los. „Das klingt so, als wäre Anni nicht immer ganz allein gewesen. Bei allen Bedenken bin ich doch neugierig auf ihre Tagebücher!" Ludwig lacht, dann steigt er mit der zappeligen Tobia aus. „Für deine erste Tour, hast du dich im Jaguar ganz gut geschlagen!" nickt er anerkennend zu Sabine hinüber, dann marschiert er zielstrebig auf die Straußwirtschaft zu. Sabine schließt das Auto und folgt den beiden Kopf schüttelnd. Na, unter dem Kavalier steckt doch ein Chauvi, denkt sie. Ein hungriger Chauvi. Sie grinst und beeilt sich den beiden zu folgen. Auf der Speisekarte steht Spundekäs mit Brezeln, das will Ludwig unbedingt vorneweg und danach die Spezialität des Hauses. Schaukelbraten mit Curry-Mayonnaise und selbstgemachter Kartoffelsalat. Sabine lädt ein und Ludwig genießt. Auf dem Rückweg schlafen Tobia und er den seligen Verdauungsschlaf der Unschuld. Sabines kleine Verkehrssünden bekommt er so gar nicht mit. Erst an der Messe schlägt er gestärkt die Augen auf und lädt sie zu einer gemeinsamen Lesestunde auf seinen Balkon ein.

Und so kommt es, dass sich Sabine, Tobia und Ludwig, kaum eine halbe Stunde später in der Nachmittagssonne auf seinen Balkonstühlen aalen. Ludwig arbeitet sich durch eine Seminararbeit eines Studenten, Sabine hat die Tagebücher ihrer Mutter mitgebracht und Tobia knabbert voll Begeisterung an ihrem inzwischen zur Hälfte zerstörten neuesten Spielzeug. Bis auf ein kleines Quietschen des Spielzeugmaulwurfes und ab und zu das Motorengeräusch eines Autos unten auf der Straße ist es an diesem sonnigen Sonntagspätnachmittag friedlich und ungewöhnlich ruhig.

Das zerrissene Kleid

15. Mai 1948

Als Max gegangen ist, haben wir uns versprochen, dass wir uns regelmäßig schreiben werden, doch ich weiß nicht, wo er ist, und er kann mir nicht schreiben. Es gibt sicher einen wichtigen Grund, weshalb er sein Versprechen mir gegenüber gebrochen hat, und es würde mich nicht wundern, wenn es etwas mit Berti zu tun hätte. Eines Tages jedoch wird Max zu mir zurückkommen oder ich werde ihn finden und dann werden wir dieses dumme Missverständnis aus dem Weg räumen. Dann wird er auch verstehen, dass ich nichts damit zu tun habe. Bis dahin werde ich mein Versprechen halten und in meinem Tagebuch aufschreiben, was ich ihm geschrieben hätte. Tausend Briefe, die er lesen kann, wenn wir uns wiedersehen. Er war mein bester Freund, ihm konnte ich alles erzählen. Er kannte meine Gedanken und ich die seinen, noch bevor wir die ausgesprochen hatten. Niemals hat er mir den Mund verboten. Darum will ich ihm alles so erzählen, wie es wirklich war.

Ich hasse meine Mutter, sie ist eine Hexe! Fast noch mehr als den Drachen. Ich werde nie vergessen, was sie mir heute angetan haben. Nie. Sein fauliger Atem ist eklig. Er hat mich damit verbrannt, innen und außen. Über meine Haut und meinen ganzen Körper bis hinein in mein Gehirn, mein Herz und meinen Bauch ist er gekrochen. Heute Nachmittag habe ich überlegt, ob ich mich umbringen soll. Aber selbst, wenn ich mich umbringe, und wenn mein Körper verwest, dieser eklige faulige Geruch, der wird immer bleiben. Als ich Mutter erzählt habe, was der Drache mit mir gemacht hat, da wollte sie mir nicht glauben. Sie hält mich für irre und wenn ich es anderen sage, dann halten die mich auch für irre. Ich weiß nicht, was ich machen soll. Ich bin so allein. Max, wo bist du? Ich weiß, du würdest mir glauben."

Er hat mich schon wieder angefasst. Heute schickte mich Mutter einkaufen, obwohl ich nicht hingehen wollte. Die Hexe hat mich gezwungen zu gehen.

Von hinten hat er sich an mich herangeschlichen und mir den Rock hochgeschoben. Er hat mir seinen ekligen heißen Drachenatem in den Nacken geblasen und mich festgehalten. Hinterher hat er mir mit seinen klebrigen Händen Himbeerbonbons in die Hand gedrückt. Zur Belohnung hat er gesagt, weil ich leise war. Dabei konnte ich gar nichts sagen. Er hat mir ja den Mund zugehalten, bis ich nicht mehr atmen konnte. Ich hasse Himbeerbonbons. Was soll das für eine Belohnung sein. Ich habe sie alle ins Klo geworfen und dann habe ich gekotzt, bis nichts mehr in mir drin war, außer diesem ekligen Drachenatem, der mich überall hin verfolgt. Tante Elisabeth hat mich heute angeschaut, als wüsste sie etwas, als sie in den Laden kam, aber warum hat sie dann nichts gesagt? Niemand sagt etwas. Warum hilft mir denn keiner?

Papa hat mich heute gefragt, warum mein Kleid schon wieder zerrissen ist. Da habe ich ihm gesagt, dass der Drache mir ständig die Kleider kaputt macht. Papa ist im Gesicht weiß geworden und hat mit mir geschimpft, weil ich Lügen verbreite. Gestern Abend hat er dann mit Mutter darüber gesprochen. Die haben gedacht, ich höre sie nicht, weil ich schon im Bett war, aber ich saß noch am offenen Fenster und habe die Zigaretten geraucht, die der französische Soldat in Bingen mir heute Morgen nach der Schule geschenkt hat. Mutter will nicht, dass Papa mit dem Drachen spricht, weil er sonst den Leuten von Berti erzählt. Sie glaubt, ich hätte eine zu lebhafte Phantasie und wollte mich wichtig machen. Papa hat ihr nicht widersprochen. Er macht immer, was sie sagt. Mutter ist eine Hexe. Ich bin ihr egal. Für sie zählt nur Berti. Mich mag sie noch nicht einmal.

Der Drache wird immer ekliger. Heute Nachmittag stand er mit seinem Auto in Bingen an der Schule. Ich wollte nicht mitfahren, aber er hat gesagt, wenn ich nicht mitfahre, sagt er es der Hexe und dann muss ich später zu ihm in den Laden kommen. Er ist dann mit mir in einen Feldweg gefahren und dort hat er mich fast erwürgt. Mit seinem dicken ekligen alten Drachenkörper hat er sich auf mich gelegt, sodass ich mich nicht mehr bewegen konnte. Ich habe nicht nach Hilfe geschrien. Es hat ja doch keinen Sinn. Es hört mich ja keiner. Ich denke einfach an etwas Schönes. Dann spüre und sehe ich nichts mehr. Irgendwann hören das Schnaufen und Keuchen immer auf. Am liebsten denke ich an Musik. Oben auf dem Speicher habe ich die Noten Selma gefunden. Auf schönen kleinen goldenen Zetteln steht ihr Name in verschnörkelten Buchstaben. Tante Selma war mal eine berühmte Konzertpianistin. Sie hat mir gezeigt, wie man Klavier spielt, wie man knickst und sich bei Applaus bedankt und sie hat gesagt, dass ich Talent habe. Eines Tages werde auch ich eine berühmte Pianistin so wie sie. Dann gehe ich von hier weg, dann lasse ich den Drachen mit seinem ekligen Atem und die furchtbare Hexe einfach hinter mir und suche Dich, Max und Selma. Manchmal träume ich von großen Konzertauftritten vor Publikum in Paris und London und New York, dann drücke ich Selmas Noten ganz fest an mich.

Heute habe ich die Schule geschwänzt. Es interessiert sich sowieso keiner dafür, wo ich bin. Stattdessen war ich in Bingen in der Johanneskirche. Der Pfarrer hat mir erlaubt, auf der Orgel zu üben und dabei habe ich ganz die Zeit vergessen. Die Orgel ist ein wundervolles Instrument. So laut und mächtig und stark. Hier kann man sich gut verstecken. Ich könnte mein Leben lang auf der Orgelempore bleiben und mich zwischen den Orgelpfeifen verstecken. Leider musste ich zu Fuß nachhause laufen, weil der letzte Zug schon weg war. Die Hexe hat mich verhauen. Sie glaubt, dass ich mit den französischen Soldaten herumgehangen habe. Ich habe gelogen, weil ich wusste, dass sie das ärgert. Mit Berti spreche ich nicht mehr. Warum auch, wenn ich schon Opfer für ihn bringen muss, heißt das noch lange nicht, dass ich deswegen nett zu ihm sein muss. Ich hasse Berti, den niedlichen und von allen geliebten kleinen Berti.

Lehrer Reuter war heute bei meinen Eltern. Ich bin nicht gut in Rechnen, aber das ist keine Neuigkeit. Lehrer Reuter möchte das meine Eltern wieder einen Klavierlehrer für mich organisieren. Er hat einen Freund, der würde das übernehmen. Der Freund sei Professor am Konservatorium und suche ein Zimmer, wenn wir ihm ein Zimmer zur Verfügung stellen würden, würde er mich unterrichten. Die Hexe will nicht, dass man mir Flausen in den Kopf setzt. Der alte Klavierlehrer täte es auch. Außerdem soll ich mal einen Winzer heiraten und viele kleine Winzerkinder kriegen. Lehrer Reuter hat einen ganzen Abend damit verbracht, ihnen zu erzählen, wie talentiert ich bin. Ich habe hinter der Tür gestanden und gehorcht. Am Ende haben sie ihn mit netten Worten und einem Paket Hausmacher Wurst und zwei Flaschen Wein nachhause geschickt. Ich werde trotzdem Pianistin, daran ändert auch der Widerstand der Hexe nichts.

Ich liebe Mozart. Seine Musik kämpft in meinem Kopf gegen den Drachen und jedes Mal, wenn ich aus seinem Laden zurückkomme, spiele ich Mozart. Das macht mich von innen wieder sauber. Es vertreibt den fauligen Atem und das Gefühl der ledrigen Hände und der ekligen Zunge. Dann stelle ich mir vor, wie ich den Drachen bekämpfe und er plötzlich klein und wimmernd vor mir auf den Knien liegt und um Verzeihung bettelt. Eines Tages, wenn du, Max, zurückkommst, dann wird es so weit sein, dann wird der Drache kriechen müssen und ich werde kein Erbarmen kennen. Und ich werde ihn zerstört und nackt zurücklassen genauso wie die böse Hexe mit ihren Geheimnissen. Wenn ich am Klavier sitze, dann stelle ich mir all das vor. Meine Rache an denen, die mich quälen und das Leben, das ich einmal fern von Engelstal mit dir führen werde.

Der Kurt bringt mir manchmal Jazznoten mit. Ich mag Jazz, er gibt einem die Möglichkeit, seine Gefühle auszudrücken. Auch den Kurt mag ich. Ich wünschte er wäre mein Vater und nicht der Horst. Der Kurt kann so schön zuhören und außerdem erzählt er gerne lustige Geschichten. Wenn er seine Geschäfte mit dem Papa abgehakt hat, kommt er immer noch ein bisschen zu uns ins Wohnzimmer rüber und dann spielen wir zusammen auf dem Klavier. Er kennt sich richtig gut aus mit Jazz und er sagt, dass es in Amerika viel mehr Jazz gibt als bei uns. In Amerika ist überhaupt alles anders. Da gibt es keine Drachen und keine Hexen und außerdem wohnt Max in Amerika. Kurt meint, dass ich mit meinem Aussehen dort sogar richtig berühmt werden könnte. Das mag die Hexe nicht gerne hören und der Drache natürlich auch nicht. Der kann den Kurt und seine Musik nicht leiden. Kein Wunder, Jazz ist die Musik der Freiheit. Das ist nichts für Drachen und Hexen und Gefängniswärter.

Ich kann es nicht glauben! Sie wollen, dass ich Sekretärin werde. Ausgerechnet ich! Weil ich so gut tippen kann und dass das doch fast wie Klavierspielen ist. Lehrer Reuter sagt, dass das ein Verbrechen gegen die Menschlichkeit ist, aber helfen, kann auch er mir nicht. Die Hexe hat mir gedroht, ich kann ja bei den Amis singen gehen, wenn ich will, aber dann brauche ich auch nicht wiederkommen. Wo soll ich denn hingehen, ich habe doch kein Geld! Der Kurt ist seit kurzem in Mainz. Er ist jetzt Landtagsabgeordneter. Papa sagt das ist eine ganz wichtige Position und dass er niemals gedacht hätte, dass die Sozis mal so weit kommen. Egal ob Sozi oder nicht, ich finde, der Kurt ist an der richtigen Stelle, ich wünschte nur, er käme öfter zu Besuch. Ich könnte seine Unterstützung gebrauchen. Ich sitze hier fest, wie in einem Gefängnis. Zum nächsten Schuljahr muss ich auf die Handelsschule. Dort soll ich Steno und Schreibmaschine lernen. Sekretärinnen werden gesucht, sagen alle und du heiratest ja sowieso bald. Ich will aber nicht heiraten, ich will nach Amerika.

Letzte Woche hat sich der Drache verletzt, als er mich hinter dem Laden gegen die Kartons gedrückt hat. Dabei sind mehrere schwere Persiltonnen auf uns gefallen. Hätte es nicht so wehgetan, hätte ich schallend gelacht. Sein Bein ist gebrochen. Es war wohl eine alte Wunde. Nun liegt er für einige Wochen im Krankenhaus und kann sich nicht bewegen. Ich habe mir zwar auch die Hand gebrochen, habe am ganzen Rücken blaue Flecke und eine Gehirnerschütterung, aber das ist es mir wert. Schließlich habe ich jetzt sechs Wochen Drachenurlaub. So lange darf er sein Bein nicht bewegen und wer weiß, ob er danach jemals wieder richtig laufen kann. Einen Moment war es mir richtig peinlich, als sie uns gefunden haben. Aber Tante Elisabeth war die erste und sie hat alles organisiert. Sie hat mich unter den Kisten herausgezogen und auf eine Liege gelegt und den Rock hinuntergezogen. Als der Krankenwagen kam, merkte keiner, was eigentlich passiert war und jeder glaubte ihre Geschichte vom Unfall. Tante Elisabeth tut mir leid. Sie muss den Drachen jeden Tag erdulden und kann sich nicht gegen ihn wehren. Seit es passiert ist, kommt sie jeden Tag vorbei, um mich zu besuchen. Sie bringt jedes Mal Geschenke mit, nie spricht sie ein Wort über das, was geschehen ist. Aber wir verstehen uns auch ohne Worte. Wir sind beide Opfer des Drachens. Sein böser Atem hat auch sie verbrannt. Wir erkennen uns an unseren Wunden.

Seit kurzem habe ich ein kleines Engagement in der amerikanischen Bar in Kreuznach. Ich spiele dort Jazz am Klavier und singe auch ein bisschen. Es ist eine Art Probe für später. Bobby, ein schwarze GI aus Bingen, hat mir diese Chance besorgt. Er will mich nach Amerika mitnehmen, wenn es hier gut klappt. Jeden Freitagabend. Ich zähle die Stunden, bis ich wieder dort spielen darf. Es ist zwar ein komisches Gefühl, wenn alle diese

Augen mich anschauen und mir die ganzen Soldaten begeistert applaudieren, aber die Anerkennung tut gut. Am besten funktioniert es, wenn wir gemeinsam spielen. Ich fürchte allerdings, dass wir uns beeilen müssen, gestern Abend waren einige Mädchen aus Engelstal da und ich konnte sehen, dass sie neidisch waren. Ich bin mir sicher, dass sie tratschen werden. Leider hat Bobby seine Dienstzeit noch nicht völlig abgeleistet, er muss noch ein ganzes Jahr hier in Deutschland bleiben und heiraten kann er mich nicht, weil er in Amerika schon verheiratet ist. Jeden Abend bete ich, dass mein Geheimnis geheim bleiben möge. Aber weil in Engelstal alles irgendwann ans Tageslicht kommt, fürchte ich, dass ich keine Chance habe. Es wird herauskommen, und dann schaffe ich es doch nicht nach Amerika.

Ich gehe weg nach Mainz. Es ist genug. Vorgestern kam der alte Schuldirektor Schneider zu uns nach Hause und hat sich bei Vater als Sittenwächter aufgespielt. Ich sei eine Negerhure. Vater blieb nichts anderes übrig als mich, seine erwachsene Tochter mit Hausarrest zu bestrafen. Da habe ich mich rausgeschlichen, ans Telefonhäuschen, und den Kurt angerufen. Ich werde ihm ewig dankbar sein, denn er hat mir eine Stelle als Sekretärin im Ministerium in Mainz organisiert. Er versteht, dass ich aus Engelstal wegmuss. Ich habe ihm von der Hexe erzählt. Nicht von dem Drachen, dafür schäme ich mich zu sehr. Aber die Hexe hat gereicht. Das hat ihn so wütend gemacht, dass er sogar ein Zimmer für mich in Mainz gesucht hat. „Diese alten Nazis sollten keine Macht über dich haben!“ Hat er gesagt. Und ohne, dass er es weiß, hat er so auch den Drachen entmachtet. Nie wieder werde ich zurückkehren. Heute Abend habe ich meine Sachen gepackt. Vor allem meine Lieblingsnoten auch ein paar von Selma, sie erinnern mich an Dich, Max. Mein Tagebuch werde ich an einem sicheren Ort einsperren, damit die Hexe es nicht finden kann. Jetzt beginnt für mich das richtige Leben! Da brauche ich keine Tagebücher mehr. Nun werde ich endlich vom Pestatem des Drachens befreit sein. Mainz ist nur der erste Schritt. Amerika, ich komme!"

Sabine schaut auf das Schulheft. Noch einmal blättert sie durch die unregelmäßigen Eintragungen. Dann schließt sie das Heft und blinzelt in die Sonne. Ludwig schaut hoch zu ihr. „Und?" Sie räuspert sich. „Missbrauch! Anni ist über Jahre hinweg körperlich missbraucht worden." „Von wem?" Ludwig ist nicht so geschockt, wie es zu erwarten gewesen wäre. Sabine dagegen schon und das ist ihr anzusehen. „Sie spricht immer wieder von einem Drachen und einer Hexe. Die Hexe ist Oma Luise. Der Drache aber nicht ihr Vater, das würde auch nicht zu ihm passen. Ich tippe da auf Otto Weihrich. Die Andeutungen weisen deutlich auf ihn und seinen Lebensmittelladen hin." Ludwig nickt! „Ja, zu dem passt so etwas! Aber ich glaube nicht, dass deine Oma wirklich Mitwisserin dieses Missbrauchs war." Sabine schluckt, dann wiegt sie zweifelnd den Kopf. „Sie nennt sie die Hexe. Sie schreibt, dass sie ihr von der Vergewaltigung erzählt hat. Aber Oma hat ihr nicht geglaubt." Ludwig nickt. „Otto hatte diese Familie im Griff, alle hatten Angst vor ihm und haben sich deshalb blind und taub gestellt. Aus dem einfachen Grund, dass nicht wahr sein kann, was wahr sein darf. und so hat Luise das einfach ausgeblendet, und ihr strenges Regiment hat unbewusst dazu beigetragen, dass Anni in Ottos Reichweite bleiben musste." „Das muss furchtbar für eine sensible junge Frau gewesen sein. Kein Wunder, dass sie das nicht ausgehalten hat. Es gab keinen anderen Ausweg als die innere Emigration." Sie seufzt traurig. „Ich verstehe jetzt auch, warum das erst nach Andreas Geburt so stark ausgebrochen ist. Kurt Heinrich hat ihr diese Verschnaufpause in Mainz ermöglicht. Ich bin jetzt gerade an dieser Stelle." Sie streichelt Tobia, die ihr Spielzeug müde geworden ist und sich zu ihren Füßen eingekringelt hat. Dann greift sie nach dem nächsten Heft.

10. Oktober 1964
Lieber Max,
ich habe mein Talent für einzigartig gehalten und geglaubt, in Mainz die große Freiheit zu finden. Doch Mainz ist nur eine halbe Stunde von Engelstal entfernt und recht provinziell. Tagsüber arbeite ich als Sekretärin auf dem Amt und abends habe ich ein Engagement in einer rauchigen Piano Bar in einem Hotel. Kurt meinte, das könnte ein Start sein. Doch dabei ist es auch geblieben. Die große Entdeckung kam nicht. Weil ich nicht mit irgendwelchen Pseudoproduzenten ins Bett steigen wollte, blieb ich in der Hotelbar sitzen. Ab und zu bringt Kurt mal jemanden vom Fernsehen mit in die Bar, aber es läuft immer auf das gleiche hinaus. Ich lasse mich nicht verkuppeln. Wenn Männer mich anfassen, ist mir das zuwider.

Es ist nicht zu fassen, dass ich den Drachen dieser Welt nicht entkommen kann.

Immerhin ist es ein Leben in Freiheit. Ich habe unter den Sekretärinnen einige Freundinnen gewonnen und gehe ab und zu gerne ins Kino, das meiste Geld spare ich für eine Reise nach Amerika, vielleicht kann ich dich ja doch noch irgendwo finden. Neulich habe ich Kurt gefragt, ob es eine Stelle im Ministerium gibt, wo man solche Adressen herausfinden kann, da hat er gelacht und gesagt, dass ich mir diese Idee aus dem Kopf schlagen soll. Kurt glaubt, dass du mich schon längst vergessen hast. Er meint, dass ich mir lieber einen von diesen netten Männern hier in Mainz suchen soll, als einem Hirngespinst hinterherzulaufen. Aber der Kurt hat auch noch nie richtig geliebt, dessen große Liebe ist die Politik.

Seit der letzten Wahl ist Kurt in Bonn und nun habe ich niemanden mehr, der für mich eintritt. Und es ist als hätte der Drache nur darauf gewartet. Eines Abends erschien er nach einem meiner Auftritte in der Hotelbar und bedrohte mich. Sie warfen ihn zwar aus dem Haus, aber draußen überwältigte er mich. Er warf mir vor, ihm untreu geworden zu sein. Ich sei sein Eigentum, hat er behauptet und mich fast totgeschlagen, dann hat er mich in seinen Kombi gepackt und bei meinen Eltern abgesetzt. Ihnen gegenüber hat er behauptet, dass er mich so in den Straßen von Mainz gefunden hat und dass sich jemand um mich kümmern müsse. Ich war halb irre, halb tot und konnte nicht mehr sprechen vor Angst. Die Hexe hat mich in Empfang genommen und nun komme ich nicht mehr heraus aus meinem Gefängnis. Sie sagen, Mainz hätte mich krank gemacht, dass ich Drogen- und alkoholabhängig sei. Dabei habe ich gar keine Drogen genommen und ich trinke auch nicht. Im Amt haben sie mich krankgemeldet, wenn ich dort nicht bald erscheine, verliere ich meine Stelle.

Die Hexe behauptet, es gäbe Gerede, weil ich in Mainz betrunken in den Bars herumziehe und wilde Musik mache. Ich könne mir selbst nicht vorstehen und sie müssten nun überlegen, wie mein Leben weitergehen soll. Obwohl ich sie angebettelt habe, dass sie mich wieder zu meiner Arbeit und in meine Wohnung gehen lassen müssten, behaupten sie einfach, ich sei hysterisch und dass das zu gefährlich für mich sei. Alle glauben dem Drachen, der behauptet, ich sei in Mainz auf den Strich gegangen und habe von fremden Männern Geld genommen. Niemand glaubt mir, dass der Drache mich halb totgeschlagen hat. Ich habe die Tante Elisabeth angefleht, ihnen die Wahrheit zu sagen, doch die mag mir nicht in die Augen schauen. Dann haben sie mich in meinem Zimmer eingesperrt und als ich durch das Fenster klettern wollte, hat mich der Drache abgefangen und wieder zurückgebracht. Am Ende haben sie den Doktor geholt. Der hat mir dann ein Schlafmittel gegeben. Ich kann mich nicht mehr wehren. Heute wollte ich den Kurt an-

rufen, doch sie haben mich nicht gelassen. Niemand darf Bescheid wissen, damit im Dorf nicht geredet wird.

Ich bin schwanger und ich weiß nicht, was ich tun soll. Ich will kein Drachenkind. Gestern Abend habe ich heiß gebadet und dabei versucht mir das Kind aus dem Leib zu schneiden. Alles war voller Blut. Sie haben mich in letzter Sekunde gerettet und ins Krankenhaus gebracht. Jetzt liege ich hier. Meine Hände sind am Bett festgeschnallt, damit ich mir und dem Kind nichts antue. Sie haben Papa vorgeschickt, damit er mit mir redet, aber er spricht nur von sich selbst, von seiner Angst entdeckt zu werden und davon, dass ich Geduld haben muss. So wie er, ein Leben lang. Ich habe versprochen, dass ich dem Kind nichts tun werde, wenn er den Drachen von mir fernhält. Er hat gesagt, dass er das tun will. Ich glaube nicht, dass er das schaffen kann. Mein Papa ist ein Weichling, gegen die Hexe und den Drachen hat er keine Chance. Außerdem ist er ein Egoist, auch wenn er mich mag, kommt er immer zuerst. Ich bin das alles so müde. Wenn Max da wäre, dann wäre das alles nicht passiert.

Es ist nicht zu fassen, aber Papa hat eine Lösung gefunden. Ich werde heiraten. Elisabeths Sohn Hermann. Der hat den Drachen genauso satt wie ich. Wir sind uns ziemlich ähnlich. Er träumt auch von der Freiheit. Er will eines Tages nach Amerika oder Australien auswandern und ich werde mit ihm gehen. Warum auch nicht. Wir können uns dort ja wieder scheiden lassen. Erst einmal aber sind wir beide hier gebunden. Morgen ist Verlobungsfest und in zwei Monaten dann Hochzeit, weil man es dann noch nicht so sieht. Der Drache läuft rum und kräht wie ein Hahn auf dem Mist. Als kein anderer uns hören konnte, hat er mir gedroht, dass er mich umbringen wird, wenn ich noch einmal versuche, seinem Kind zu schaden. Wie einer nur so unlogisch daherreden kann … Ich habe beschlossen, mein Kind trotzdem zu lieben. An seinem Vater aber werde ich mich rächen, vielleicht bringe ich ihn eines Tages sogar um. Ich würde damit der Menschheit einen Gefallen tun.

Das Verlobungsfest war eine Farce. Sie hatten unsere Wohnstube ausgeräumt und überall Tische hingestellt. Alles bog sich nur so vor fettem Essen. Als wären nicht alle schon fett genug. ich musste mehrfach raus, um mich zu übergeben. Kurt kam sogar vorbei, um mir zu gratulieren. Er sah sofort, dass mit mir was nicht stimmte. Der gute Kurt wollte mir helfen, aber dafür ist es nun zu spät. Wie soll er mir auch helfen, er in Bonn, ich hier in Engelstal? Er ist dann ziemlich schnell wieder gegangen. Sie mögen hier keine Sozialdemokraten und auch keine Widerständler aus dem dritten Reich, das macht ihnen nur ein schlechtes Gewissen. Das vermiest die Partystimmung. Ob ich dich wirklich noch einmal treffen werde, mein lieber Max. Heute scheint mir alles unmöglich. Am liebsten würde mich verkriechen und weinen, weinen, weinen.

Nun sitze ich hier im Hochzeitskleid in meinem alten Zimmer. Das Kleid spannt über meinem Bauch, heute Morgen hat mich das Baby das erste Mal getreten, als wollte es mich daran erinnern, wie es zu all dem hier gekommen ist. Wenn Hermann und ich uns heute das Ja-Wort geben werden, dann werden wir wissen, warum wir das tun. Der Drache wird in der zweiten Reihe sitzen, weil die Eltern des Bräutigams immer in der zweiten Reihe sitzen und ich werde an ihm vorbeischauen, damit er nicht sieht, wie weh er mir getan hat. Er wird mein Baby niemals unter seine Kontrolle bekommen, darauf werde ich achten. Ob Junge oder Mädchen. Dieses Kind wird mein Kind sein. Ich bin gestern Abend zu ihm gegangen, und habe ihm gedroht. Eine Mutter kann man einem Kind nicht ersetzen, habe ich gesagt, und wenn du mich noch einmal anfasst, wird dein Kind es bereuen. Aus irgendeinem Grund glaubt er inzwischen selbst die Geschichten, die er in die Welt gesetzt hat. Dass ich eine Irre bin, macht ihm Angst. Vielleicht hat er auch einfach nur ein schlechtes Gewissen? Wer weiß? Ab heute habe ich außerdem einen Verbündeten. Hermann hat seine eigenen Pläne mit dem Drachen. Er hat auch unter dem Drachen gelitten und noch eine Rechnung offen.

Die Hochzeit ist vorüber und meine Illusionen sind es auch. Hermann ist ein Schwächling. Er hat Angst vor meinen Eltern, besonders vor der Hexe. Am liebsten sitzt er in irgendeiner Ecke raucht einen Joint oder trinkt ein Gläschen Wein und wenn die Kunden den Wein bei ihm direkt bezahlen, gibt er das Geld nicht weiter, sondern legt es in seine kleine Metallkiste. Mich grinst er nur blöde an. Natürlich weiß ich, wofür er sein Geld sammelt, und ich hindere ihn nicht daran, warum auch. Ich hoffe, dass er mich mitnimmt, wenn er nach Amerika geht. Warum sollte ich ihn daran hindern? Sie haben es nicht anders verdient. Ich bin inzwischen groß wie ein Walfisch und Hermann muss sich mit mir das Bett teilen. Manchmal verschwindet er am Abend nach Mainz. Wenn er dann nachts nach Parfum stinkend zurückkommt, weiß ich, wo er herkommt. Schließlich kenne ich die Lokale. Auch da sage ich nichts. Warum auch? Es war ja keine Liebesheirat.

Das Kind ist da und ich habe es Andreas genannt. Der Drache stand mit einem Riesengeschenk vor der Tür und ich habe ihn weggeschickt. Dieses Mal hat Papa mich unterstützt. Ich habe sie auf dem Flur des Krankenhauses streiten hören. Es sei vorbei und wenn er sich nicht zusammenreiße, dann hole Papa die Polizei. Ich habe ihn noch nie so erlebt. Als er ins Zimmer kam, hatte er Tränen in den Augen. Jetzt wird alles gut, hat er gesagt. Ich glaube ihm nicht, aber ich habe seinen Mut bewundert. Er hat die Hexe vergessen. Noch ist mein kleiner Andreas nicht sicher.

Andreas ist ein wunderbares Kind. Er schreit fast nie. Kaum zu glauben, dass er von einem Drachen gezeugt wurde. In ihm steckt so viel Liebe. Selbst Hermann ist begeistert. Wir wechseln uns Tag und Nacht ab, um ihn vor dem Drachen und der Hexe zu schützen. Aber das ist schwer, denn die Hexe droht ständig über uns. Immer weiß sie alles besser. Als ob ihr die Kindererziehung besonders gut gelungen wäre. Man muss sich nur mal den verwöhnten Berti ansehen, das sagt doch alles. Unser Andreas wird ganz anders werden. Frei von Konventionen soll er aufwachsen, alle Türen sollen ihm offenstehen. Was die Engelstaler denken, das soll ihn nicht stören. Und der böse Atem des Drachen soll ihn nicht berühren.“

2. Mai 1968
Ich weiß nicht, was sie mit Hermann gemacht haben, aber heute war er richtig böse zu mir. Er sagt, dass er das Schreien des Kindes nicht mehr ertragen kann und dass ich übertreibe, wenn ich meine Mutter eine Hexe nenne. Er meint, ich solle mal zu einem Psychiater gehen, statt ständig irgendwelche Geschichten zu erzählen. Es kommt mir so vor, als hätte ihn irgendjemand einer Gehirnwäsche unterzogen.

Hermann ist nicht mehr wiederzuerkennen. Er wird immer aggressiver, man kann sich mit ihm nicht mehr unterhalten. Er sitzt nur noch am offenen Fenster und raucht und trinkt. Wenn ich ihn bitte wegen des Kindes mit dem Rauchen aufzuhören, dann schreit er mich an. Er kann die Enge nicht mehr aushalten. Er will nicht länger mit einer Irren verheiratet sein und dieses Kind geht ihm auf die Nerven. Seine Nachtfahrten nach Mainz häufen sich. Ob er eine Freundin in Mainz hat? Ich habe ihn mal gefragt, schließlich ist ja nichts dabei. Doch er hat mich angeschrien und mir verboten, den anderen etwas zu verraten. Ich bin sicher, dass er nicht mehr lange bei uns sein wird.

Heute Nacht haben Hermann und ich miteinander geschlafen. Eigentlich wollte ich das gar nicht, aber er kam mal wieder betrunken nachhause. Als er plötzlich zu weinen anfing, tat er mir leid und so habe ich ihn in den Arm genommen. Sei-

ne Mainzer Freundin hat ihn rausgeschmissen. Sie fordert von ihm, dass er sich für sie entscheidet, und er traut sich nicht, sich scheiden zu lassen. Ich habe kein Problem mit einer Scheidung. Soll er doch nach der Freiheit greifen, ich werde ihn nicht daran hindern. Andreas braucht mich, ich kann nicht mit Hermann gehen, so wie ich es mir immer erträumt habe, also wird er allein gehen müssen. Wir haben hinterher noch lange zusammengesessen und geredet. Danach hat er seine Koffer und seine Blechkiste gepackt und ist gegangen. Ich bin mal gespannt, ob er mutig genug ist, die Scheidung einzureichen oder ob er schon bald wieder bei mir zuhause auf der Bettkante sitzt.

8. September 1969
Ich bin schon wieder schwanger. Dieses Mal ist das Kind von meinem Mann, der mich verlassen hat und von dem es tatsächlich keine Spur mehr gibt. Dieses Mal habe ich beschlossen, nicht gegen die Schwangerschaft anzukämpfen, warum auch. Auf eine etwas seltsame Weise habe ich Hermann gemocht. Wir waren uns ähnlich und er hat mir leidgetan. Vielleicht wird es dieses Mal ein Mädchen. Auf jeden Fall wird es ein Spielkamerad für Andreas. Ein Plus ist, dass die Hexe sich total aufregt. Papa freut sich tatsächlich. Wir kommen in letzter Zeit immer besser miteinander klar, deshalb tut es mir leid, dass Hermann nicht mehr da ist. Aber Papa meint, er war ihm sowieso keine große Hilfe. Er hat mehr getrunken als gearbeitet.

Gestern stand Gunter, Hermanns Bruder, vor unserer Tür. Hermann ist wieder aufgetaucht, er wohnt bei Gunter und will die Scheidung. Das war keine große Überraschung. Schließlich hatten Hermann und ich darüber gesprochen. Doch nun fordert Gunter, dass Hermann wegen der großen Zumutung, die er durch seine verrückte Ehefrau habe ertragen müssen, einen finanziellen Ausgleich bekommen müsse. Das hat mich doch ziemlich überrascht. Das kann eigentlich nicht Hermanns Idee gewesen sein. So etwas schräges ist typisch Gunter. Der versucht aus allem Geld rauszuholen und ist sich für keine Peinlichkeit zu fein. Ich vermute mal, dass er sogar einen stattlichen Anteil des Geldes für sich selbst einfordern wird. Hinterher war Tante Elisabeth da, um sich für ihren Sohn zu entschuldigen. Aber mal ganz ehrlich, die Tante Elisabeth hat wirklich kein Glück mit ihren Männern. Ich habe dem Papa gesagt, dass er den Gunter doch klagen lassen soll. Ist doch mir egal, was die Leute sagen. Es weiß doch jeder, dass der Hermann eine Schlafmütze ist und dass der Gunter schon immer hinter dem Geld anderer Leute her war. Aber der Papa und die Hexe haben sich trotzdem wahnsinnig aufgeregt und ausgerechnet das jetzt plötzlich persönlich genommen.

12. November 1969

Es ist eine Freude das Kind in meinem Bauch wachsen zu fühlen. Ich habe Andreas erklärt, wo die Babys herkommen. Die Hexe hat sich total darüber aufgeregt, kleine Kinder dürfen das noch nicht wissen. Das verdirbt ihre Moral. Wie kann den ein Kind von vier Jahren schon eine Moral haben. Mein kleiner Mann soll von Anfang an wissen, worauf es ankommt. Er freut sich mit mir auf das, was da kommt. Wir haben sogar schon einen Namen ausgesucht. Wenn es ein Junge wird, soll er Max heißen, wenn es ein Mädchen wird Sabine. Den Namen hat Andreas ausgesucht. Weiß der Himmel, woher er den herhat.

Es geht mir nicht gut, ich kann morgens nicht aufstehen, weil mir der Mut für den Tag fehlt. Nachts werde ich von bösen Träumen gequält, dann wache ich schreiend auf, weil ich Angst habe, dass der Drache zurückkommt und morgens schaffe ich es nicht aus dem Bett. Ich kann nicht einmal Andreas wecken und anziehen. Heute stand die Hexe zum dritten Mal an meiner Tür, um mir mitzuteilen, dass ich wieder einmal verschlafen habe und sie Andreas zum Kindergarten bringen musste. Ich weiß, dass ist das Einfallstor ins Gefängnis, aber ich habe einfach keine Kraft. Es ist das Kind in mir, es wird immer schwerer und schwerer. Ich kann es kaum noch tragen.

10. Juni 1970
Sie mussten das Kind aus mir herausholen. Eine Schwangerschaftsvergiftung, sagen sie. Ich wäre beinahe gestorben. Sie haben sie mir nur kurz in die Arme gelegt, weil ich so schwach war. Wegen der Medikamente darf ich sie nicht stillen. Ich habe ihr den Namen Sabine gegeben. Leider weiß ich nicht, wo Hermann ist, sonst hätte ich ihn über die Geburt seiner Tochter benachrichtigt. Andreas hat sich gefreut. Er ist kein bisschen eifersüchtig. Mein Andreas ist ein richtiger Sonnenschein. Mit einem solchen Bruder braucht mein Mädchen keinen Vater.

Sabine schaut auf. Tränen laufen über ihr Gesicht. „Sie hat uns geliebt." Flüstert sie leise. „Da war so viel Liebe!" Ludwig greift nach ihrer Hand und hält sie fest. Er sagt nichts. Was soll er auch sagen, sie muss es ihm von sich aus erzählen. Sabine wiederum ist ganz gefangen von den Worten ihrer Mutter. „Sie hat mich geliebt, damals als ich geboren wurde. Und Andreas auch, obwohl er das Ergebnis einer Vergewaltigung war. Ludwig!" Sie schaut zu ihm hinüber. „Warum nur konnte sich die zärtliche Mutterliebe so ins Gegenteil verkehren? Was haben sie ihr angetan?" Ludwig drückt noch einmal ihre Hand. „Es hilft nichts. Du musst weiterlesen! Nur so kannst du es herausfinden. Ich bleibe hier sitzen und lasse dich nicht allein." Sabine lacht zwischen den Tränen hindurch. Sie entzieht ihm die Hand und streichelt ihm über den Handrücken. Ludwig sieht mit Erleichterung, sie ist schon fast wieder die Alte. „Danke, aber dass du da bist!" Wieder beugt sie sich über das Schulheft ihrer Mutter.

Die Medikamente bringen nichts, die Angst ist immer noch da. Sie greift jede Nacht und jeden Morgen nach mir, der Drache will nicht von meiner Seite weichen. Ich kann ihn überall riechen. Sie sagen ich hätte hysterische Anfälle, deshalb haben sie mich nach Alzey ins Irrenhaus gebracht. Das ist das Werk der Hexe. Als wir aus dem Krankenhaus nach Hause kamen, konnte ich sehen, dass sie ihre langen Greifarme nach meinen Kindern ausgestreckt hat. Endlich hat sie ihren Willen. Wie die böse Hexe aus dem Märchen stiehlt sie die Kinder anderer Mütter und was sie einmal in ihren Krallen hat, das lässt sie nicht mehr los. Mein armer Andreas. Ich habe ihn zur Freiheit erzogen, doch sie wird ihn in einen Käfig stecken, da bin ich sicher und Papa wird mir nicht helfen. Mein armes kleines Mädchen hat von Anfang an keine Chance gehabt. Ich muss gesund und stark werden und das so schnell wie möglich, sonst ist es um meine Kinder geschehen.

Sie haben mich mit Medikamenten vollgedröhnt. Die Hexe passt auf, dass ich die Medikamente auch jeden Morgen wirklich herunterschlucke. Hinterher bin ich völlig benommen und müde. Sabine und Andreas schlafen in einem eigenen Zimmer, das ich nur ab und zu betreten darf. Mein Mädchen darf ich kaum berühren, damit ich es in meinem Zustand nicht fallen lasse und so sitze ich am Küchentisch und starre ins Leere. Manchmal kommt mein kleiner Junge zu mir, weil er mit mir spielen will, aber Mami kann nicht spielen. Ihre Glieder sind so schwer, dass sie sie nicht bewegen kann. Die Hexe hat sie verzaubert, sie muss auf ihrem Platz sitzen bleiben. Irgendwann wenn sie nicht guckt, werde ich mich dieser Medikamente entledigen und dann werde ich meine Kinder nehmen und meine Koffer packen und gehen.

Sie haben mir meine Kinder genommen. Heute Morgen war jemand vom Sozialamt da. Die Hexe hat mich gezwungen, die Adoptionspapiere zu unterschreiben. Papa stand daneben und hat kein einziges Wort gesagt. Die Hexe hat mir gedroht, mich zu entmündigen. Dass ich krank sei und sie für die Kinder nur das Beste wolle. Ich bin nicht krank, sie macht mich krank. Das ist ein himmelweiter Unterschied. Sie nimmt mir alles, was mir wichtig ist und wundert sich, dass ich keinen Lebensmut mehr habe. Sie ist eine Hexe und mit dem Drachen im Bunde. Das Einzige, was mich jetzt noch am Leben hält, ist der Gedanke an Rache. Irgendwann werde ich mich an ihr rächen, wenn sie es nicht mehr erwartet, werde ich zuschlagen. Dann wird sie so leiden, wie ich jetzt leide.

Sabine fährt betroffen mit der Hand über die beschriebene Seite. Ludwig schaut zu ihr hinüber. Dann erhebt er sich aus seinem Stuhl und kniet sich neben sie und nimmt sie in die Arme. „So schlimm?“ brummt er. Sabine nickt. Sie räuspert, um den Kloß im Hals herum sagt sie leise in Ludwigs Haare hinein: „Wieviel kann ein Mensch ertragen, bis er zerbricht? Sie war wie ein zarter Vogel, der immer und immer wieder gegen die Käfigwände fliegt.“ Ludwig hebt Sabine hoch und setzt sich in ihren Stuhl, dann nimmt der große Mann sie auf seinen Schoß. „Manchmal, in Zeiten großen Chaos braucht man eine stabile Unterlage.“ grinst er. Schließlich nickt er auffordernd und sie beginnt stockend zu erzählen. „Ich konnte meine eigene Mutter nie richtig leiden. Da waren diese hysterischen Anfälle. Das dunkle Zimmer und die leidende Stimme. In meinem Kopf ist so ein wildes Durcheinander an Erinnerungen? Nun weiß ich gar nicht mehr genau, was ist Erinnerung und was ist Erzählung. Wir sind alle immer davon ausgegangen, dass Anni krank war. Was es war, wusste keiner von uns so genau. Waren es Depressionen, Schizophrenie, eine Psychose? Berti sprach zum Beispiel von Schüben. Ich erinnere mich, dass sie manchmal in der Küche herumschrie und dass dann Oma sagte, jetzt hat sie wieder einen ihrer hysterischen Anfälle. In Wirklichkeit war es nicht Hysterie, sondern Verzweiflung. Keiner hörte ihr zu, keiner nahm ihre Sorgen ernst. Sie stieß immer nur an Wände, und wenn es gar nicht mehr ging, kam der Doktor gab ihr eine Spritze und stellte sie ruhig.

Was Anni hier im Tagebuch beschreibt, das kann man heute gut behandeln, ohne einen Menschen zerstören zu müssen: eine Traumatisierung aufgrund eines schweren sexuellen Missbrauches und eventuell auch eine Schwangerschaftsdepression. Doch sie haben einfach, egoistisch wie sie waren, alles unter dem Tisch gehalten. Damit die liebe Onkel Otto weiter sein Spiel treiben konnte, wurde Anni mit Medikamenten vollgepumpt und in die“ Sabine fuhr mit den Fingern durch die Luft „Irrenanstalt“ in Alzey eingewiesen. Ist es da nicht verständlich, dass sie auf Rache sinnt?“ Nun rinnen bei der starken Sabine die Tränen. Es sind Tränen der Wut, der Trauer und der Hilflosigkeit. Ludwig drückt sie fest und Sabine hält sich an ihm fest. Ein Fels in einer Brandung, die sie umzuwerfen droht.

„Arme Mama, ob sie jemals verstand, wie sehr Otto Weihrich unsere ganze Familie in seinem Würgegriff hielt? Als man ihr die Kinder wegnahm, war das wie ein Todesstoß. Das hat ihr allen Mut genommen.“ Ludwig schaut sie interessiert an. „Man hat ihr die Kinder weggenommen?“ Sabine nickt. „Wir wurden offiziell in Anwesenheit eines Mitarbeiters des Sozialamtes von unseren Großeltern adoptiert. So beschreibt sie das in ihrem Tagebuch.“

Ludwig betrachtet sie einen Moment, dann sagt er nachdenklich. „Ich frage mich, ob Anni sich noch daran erinnert.“ Sabine schaut ihn fragend an. „Nun es kann sein, dass die Medikamente manches ausgelöscht haben.“ antwortet er entschuldigend. „Durch die Adoption ändert sich Annis Anspruch auf das Erbe. Damit seid auch ihr direkt erbberechtigt. Ihr habt ebenfalls einen Erbteil am Haus."

Sabine nickt abwesend. Sie ist noch immer mit anderen Gedanken beschäftigt, die ihr viel wichtiger erscheinen: „Was mir nicht in den Kopf will, ist warum sie Andreas für die Handlungen von Oma und Opa bestrafen möchte. Diese Tagebücher sprudeln über vor Mutterliebe."

Ludwig schüttelt den Kopf: „Es ist nicht Andreas, es ist das, wofür Andreas jetzt steht. Das Weingut! Für deine Mutter hat Andreas irgendwann die Seiten gewechselt. Er geriet unter den Einfluss deines Großvaters und wurde immer weniger ihr Sohn und immer mehr sein Enkel und Erbe des Weingutes. Ihre Ideale von Freiheit, sind heute bei ihm nicht mehr zu finden. Sie erkennt sich in ihm nicht mehr wieder.

Deine Mutter mag am Anfang nur traumatisiert gewesen sein, aber die vielen Medikamente, die unsachgemäße Behandlung und das Leiden haben dafür gesorgt, dass sich ihre Persönlichkeit über die Jahre verändert hat und ich weiß nicht, ob man das wieder rückgängig machen kann. Allerdings begreife ich nun, warum ihr Freund so mit ihr umgeht, wie er das tut und ich glaube, dass Dan sie tatsächlich liebt.

Auch bin ich mir fast sicher, dass es Max ist, mit dem wir es da zu tun haben. Während du so ins Lesen vertieft warst, habe ich mal nachgeguckt, was Ewen auf Hebräisch heißt. Es war nur ein Schuss ins Blaue. Aber Ewen ist tatsächlich ein hebräisches Wort. Es heißt Stein." Sabine beginnt nun zu lächeln. „Du bist echt raffiniert. Herr Professor!" „Ein Weingut nach einem Stein zu benennen, finde ich nicht sehr geschickt, außer wenn das dein Name ist. Vielleicht hieß Dan Ewen früher Max Rosenstein und vielleicht wollte er diesen Namen in den USA nicht mehr tragen, weil er sich nicht mehr an Deutschland erinnern wollte, zugleich aber wollte er sich nicht ganz von seiner Identität lösen. Was denkst du?" Ludwigs Augen glitzern. Langsam ergänzt Sabine: „Das würde irgendwie passen. Es würde ihr gemeinsames Interesse an der Wahrheit erklären, aber nicht an der Zerstörung des Weingutes. Immerhin haben meine Großeltern ihm und seiner Familie das Leben gerettet!" „Und ihm den Bruder genommen!" ergänzt Ludwig. „Ein weiterer Grund, um mit Anni und Dan zu reden!"

Sabine seufzt und erhebt sich langsam aus ihrer gemütlichen Sitzlage, nicht jedoch ohne Ludwig vorher einen Kuss auf die Nasenspitze zu drücken. „Danke, du hast mir eine schwierige Stunde leichter gemacht!" Auch Ludwig schält sich aus seinem Balkonstuhl. „Gern geschehen! Irgendwie gehöre ich schon fast dazu!" Er greift nach seinem Handy und reicht es ihr. Doch sie schüttelt den Kopf. „Ich nehme lieber mein eigenes, da sieht sie die bekannte Telefonnummer." Schnell steigt sie über das Balkongeländer, um in ihrer Wohnung zu verschwinden. Dann schaut sie kurz zu ihm hinüber, bevor sie auf die Schnellwahltaste drückt. „Also dann: Showdown! Lass uns mal endlich alle Geheimnisse ans Licht bringen und die Hochzeitskiste ihrem rechtmäßigen Besitzer zurückgeben." Ludwig nickt. „Ich gehe mal so lange mit der kleinen Maus vor die Tür!" Er klemmt Tobia unter den Arm. „So weit ist es mit mir schon gekommen." seufzt er gut gelaunt. „Zum Hundesitter degradiert!" und verschwindet.

Anni geht sofort ran. Dieses Mal hört Sabine Annis Stimme anders, in ihrem Hinterkopf klingen die Worte aus dem Tagebuch nach. „Hallo Mama, ich bin es, Sabine." Seltsamerweise hat sie den Eindruck, dass Anni sich über ihren Anruf freut. Es ist so, als habe sie darauf gewartet. Sabine erzählt ihr, dass sie einiges im alten Haus gefunden haben und dass sie mit Andreas, Sophie, Berti und ihr darüber sprechen möchte. „Ach der Berti kommt auch!“ sagt Anni gedehnt. Sie scheint nicht besonders begeistert. „Berti hat uns von eurem Besuch berichtet, Mama!“ „Ach so, naja!“ Anni brummelt. „Wir müssen endlich die Wahrheit ans Licht bringen!“ Ködert Sabine. „Sag mir doch Bescheid, welcher Termin euch am besten passt. Ich habe ab Montag wieder Schule, da gehen bei mir nur die Abende. Anni verspricht mit Dan darüber zu reden und sich dann zu melden. Der nächste Anruf gilt Andreas und danach ist Onkel Berti dran. Beide stimmen nur zögernd zu. Bei Sophie wird sie morgen früh klopfen.

Als Ludwig zurückkommt, ist alles klar. Jetzt geht es also nur noch darum alle unter einen Hut zu bringen. Sabine schläft so gut wie schon lange nicht mehr.

Schulalltag

Montagmorgen, der Wecker klingelt um halb sieben und Sabine tastet nach Tobia. Die ist in der Nacht wieder einmal klammheimlich auf ihr Bett gekrabbelt. Vorsichtig hebt sie den kleinen Hund mit einer Hand auf, während sie mit der anderen nach dem Bademantel tastet. Ab in die Hausschuhe und dann die Treppe runter, gerade noch so geschafft, braver Hund und jetzt ab zur Kaffeemaschine. Als Sabine endlich mit ihrem Cappuccino auf dem Balkon erscheint, lehnt da ein verschlafener Ludwig mit einem Espresso gutgelaunt am Geländer. „Heute Morgen geht es wieder los, was?“ fragt er. Sie nickt und gähnt! „Soll ich dir ein Brötchen für die Pause schmieren,“ als sie ablehnt, sieht Ludwig fast verletzt aus. „Ich wollte doch nur behilflich sein.“ Sie seufzt: „Du bist ein echtes Goldstück unter den Männern Ludwig und ja du darfst mir ein Brötchen schmieren und ich hole es mir ab, wenn ich dir Tobia bringe.“ Als sie eine halbe Stunde später frisch geduscht und gut duftend bei ihm vorbeikommt, bekommt sie nicht nur ein Brötchen, sondern auch einen guten-Morgen-Kuss. Das eine für die Pause, das andere für auf den Weg. Sabine spürt, wie die Laune steigt. Sie weiß zwar nicht, wie sie von einem auf den anderen Tag zu einem Freund gekommen ist. Aber es gefällt ihr. Jetzt kann sie auch so kleinen rechten Lausejungen, wie denen aus der 1.Stunde, mal wieder sagen, wo es lang gehen soll ohne, dass es sie zu sehr deprimiert. Vor dem Haus warten Jacky und Naime, die sie heute in die Schule mitnehmen wird. Beide Mädchen sind schon ganz aufgeregt. Klar ist, seit den Ferien sind die beiden BFF. Und als Sabine fragt, was das ist, rollen sie die Augen, wie das nur Jugendliche können, wenn die

Erwachsenen mal wieder was nicht richtig kapiert haben: best friends forever!

Na also! Besser kann es doch gar nicht laufen! Denkt Sabine, während sie mit ihrem kleinen Mini in die Parklücke vor der Schule einbiegt.

Jetzt wird es eng

Als Ludwig zufrieden mit sich die Frankfurter Rundschau durchblättert, klingelt das Telefon. Sein Blick fällt auf das Display und er drückt mit einem Seufzer die grüne Taste. „Kannst du mich nicht mal am Morgen mit deiner Neugier zufriedenlassen? Sie ist gerade erst aufgestanden, Mann! Jetzt lass ihr doch erst mal Zeit, um anzukommen, bevor du sie mit deinem belgischen Charme überrennst." brummt er in den Hörer. Martin Crusius lacht. „Meine Güte, wie bist du denn drauf? Ich wollte mich doch nur mal melden, weil zur Abwechslung ich einmal Neuigkeiten für dich habe." Ludwig horcht auf. „Neuigkeiten?" Und dann berichtet Martin etwas sehr Erstaunliches. Sein Bekannter hat sich gemeldet. Ob er Interesse am Kauf des von ihnen besprochenen Hochzeitskelches habe? Martin glaubte sich zuerst verhört zu haben. Aber laut diesem dubiosen Bekannten ist damit zu rechnen, dass der Kelch in Kürze auf den Markt kommt. Der Besitzer will ihn veräußern, so habe ihm das auf jeden Fall sein Kontaktmann gesagt und dass da deutlich noch ein Gewinn zu machen sei, weil der Besitzer dringend Geld brauche. Martin hat sich dumm gestellt. „Das ist immer am besten, wenn man etwas herausbekommen möchte. Niemand kann der Versuchung widerstehen, mit seinem Wissen anzugeben." Der andere ist auch prompt auf den Leim gegangen. Es scheint, dass der Besitzer ziemlich unter Druck steht, weil er sich an der Börse verkalkuliert hat und hohe Schulden bei den falschen Leuten gemacht hat. „Du verstehst, was ich meine." Ludwig begreift. „Ja, ja! Es geht nicht um Andreas Becker." „Nein, hier gibt sich ein dritter als Besitzer aus und preist den Beckerschen Kelch als den seinigen an und das so, als gehörte er ihm schon! Ganz ehrlich, das macht mir Sorgen!" Aus Martins Stimme ist das Lachen verschwunden. „Mein Tipp ist Siggi Heintz. Ist der nicht Filialleiter bei einer Bank?" „Ja, mit einer Vorliebe für teure Frauen und schnelle Autos." „Es gäbe natürlich immer noch die Möglichkeit, dass Dan Ewen Gerüchte streut oder ein unbeteiligter Dieb über unsere Esther Mendel sich Hoffnung macht, aber ganz ehrlich, letzteres halte ich für sehr weit hergeholt und für ersteres gibt es eigentlich keinen Anhaltspunkt. Keiner hat Sabines Mutter von dem Kelch erzählt. Oder?" „Nein!" Ludwig ist ebenfalls überzeugt, dass es sich hier nur um den unerträglichen Cousin Siggi handeln kann.

„Aber Sabine plant ein Treffen mit der Familie, ihrer Mutter und dem neuen Freund. Nach allem, was wir bisher wissen, gibt es eine reelle Chance, dass es sich bei ihm um den ältesten Sohn der Familie Rosenstein handelt." „Uhuhhh!" „Ja! Das kann schwierig werden!" Bestätigt Ludwig den alarmierten Martin Crusius. „Er weiß über Berti Bescheid. Zusammen mit Anni hat er ihm schon vor einigen Wochen einen Besuch abgestattet." „Und warum hat der sich nicht bei seiner Tochter gemeldet!" „Weil er das für eines der typischen Märchen seiner Schwester hielt. Anni gilt in dieser Familie als verrückt. Deshalb glaubt ihr keiner. Nicht mal ihr eigener Bruder!" „Meinst du, dass dieser Dan über den Kelch Bescheid weiß und deshalb hier ist?" Martin klingt nun sehr besorgt. Ludwig ist sich nicht sicher. „Rein theoretisch müsste er wissen, dass es den Kelch und all die anderen Gegenstände gibt. Aber wenn du mich fragst, so ist das nicht der Grund, weshalb er hier ist. Ich glaube es geht ihm um Anni und um seinen verloren geglaubten Bruder. Aber egal, wenn er wirklich Max Rosenstein ist, dann gehört ihm als Erstgeborenen auch der Kelch. Dann haben wir keine Wahl, wir müssen ihn zurückgeben." Ludwig seufzt tief.

„Irgendwie habe ich mir die Übergabe nicht so vorgestellt. Ich dachte, Sabine und ich machen eine schöne Reise nach Israel oder Amerika und dann übergeben wir den Kelch in einem feierlichen Akt und irgendwie freuen sich alle und fallen sich in die Arme. So was in der Art." Martin lacht: „Du alter Romantiker. Die Sabine, die hat es dir angetan, une grande amour?" Er zwinkert. Jetzt lacht auch Ludwig. „Mal abwarten!"

„Ich würde ja so gern mitkommen!" seufzt Martin herzerweichend. „Sind wirklich nur Familienangehörige erlaubt? Ich meine, du bist doch auch kein Familienmitglied!" Ludwig kennt Martin gut genug und kann ihn verstehen. Schließlich hat der ja auch das eine oder andere recherchiert und außerdem ist er von Natur aus neugierig. „Es schadet bestimmt nicht, wenn ihr eine jüdische Person an eurer Seite zu habt, für den Fall, dass es kritisch wird. Ich könnte ein bisschen vermitteln." Ludwig lacht. „Ausgerechnet du, der sich nie zwischen beiden Seiten entscheiden kann." Martin ist nicht beleidigt. „Gerade deswegen könnte ich eine Hilfe sein. Ich habe meine eigene zwiespältige Geschichte. Außerdem bin ich charmant und geradezu spezialisiert auf Konflikte." Ludwig zögert. „Meine Entscheidung ist es nicht. Vielleicht nimmt Sophie dich mit, wenn du sie nett darum bittest. Wer weiß, wie dieser Cousin Siggi reagiert, wenn er merkt, dass sein Plan nicht aufgeht."

Showdown

Am Ende wird es dann noch einmal wirklich knifflig, weil jeder etwas anderes will. Onkel Berti will sich endlich mit Anni und Dan aussprechen. Ob das allerdings vor versammelter Familie sein muss? Sabine hält den Ort für nicht besonders gut gewählt. Andreas will wiederum Ludwig nicht dabeihaben. Er hat sich in den Kopf gesetzt, dass der „Herr Professor" ihn als einfachen Winzer nicht ernst nimmt. Schließlich akzeptiert er dessen Anwesenheit nur, wenn er Siggi mitbringen darf, was Sophie wiederum nicht will, die grundsätzlich immer mit Sabine solidarisch ist. Als Andreas Siggis Anwesenheit erzwingt, entschließt sie sich Martin einzuladen. Wenn Siggi kommt, dann kann auch Martin … und natürlich Tobia. Schließlich darf die kleine Friedensstifterin nicht fehlen. So wird es dann an diesem Freitagabend eine erweiterte Runde, die sich da im alten Haus zum Show-Down trifft.

Patty hat wie immer ein kleines Buffet bereitgestellt. Satte Raubtiere zerfleischen sich nicht, ist ihre Devise. Deshalb stehen auf dem Couchtisch Platten mit Schinken- und Käsebroten, Spundekäse mit frischgebackenen Brezeln und ein frischer Streuselkuchen vom Engelstaler Bäcker. Andreas hat den neuen Riesling vom Engelshügel geöffnet, der letzte Woche erst abgefüllt worden ist. Um alle bei Laune zu halten, stehen da noch ein paar Flaschen Traubensaft und Mineralwasser, Thermoskannen mit Kaffee und Tee, Milchkännchen, natürlich auch lactosefrei, Zucker und Süßstoff. Zum Schluss stellt Sabine noch die koscheren Kekse dazu, die sie von Hanna bekommen hat. Sophie zählt nochmal nach, ob auch für jeden ein Platz da ist. Da klingelt es auch schon an der Vordertür, doch das Klingeln ist eigentlich unnötig, denn Siggis Stimme klingt so laut durch die Tür, dass er nicht überhört werden kann. Andreas öffnet, während Sabine Anni an der Hintertür in Empfang nimmt, gefolgt von Dan, der Patty und den anderen höflich wie immer die Hand reicht. Sabine lächelt. Dan lächelt zurück und folgt Anni. Wieder klingelt es, dieses Mal taucht Onkel Berti auf. Sabine verschwindet in die Küche, um dort nach dem Kassettenrecorder zu suchen, den sie sich zusammen mit den Keksen bei Hanna ausgeliehen hat. Ludwig folgt ihr. „Hast du dir Kassette?“ fragt er. Sie nickt. Beinahe hätten sie die Kassette von Julia Niebergall-Lichter vergessen. Es war Ludwig, dem es gestern Abend noch siedend heiß eingefallen ist, dass Julia ihnen diese Kassette anvertraut hatte mit der Bitte, sie ungehört an Anni weiterzugeben. Keiner von ihnen hatte einen Kassettenrecorder. Bei Hanna waren sie dann fündig geworden. „Vielleicht will sie es ja auch gar nicht hier hören. Jedenfalls nicht mit uns zusammen. Ich könnte es verstehen. Überleg doch mal! Mit Siggi am Tisch! “ Ludwig macht eine wegwerfende Handbewegung. „Das müssen wir ihr überlassen. Kommst Du? Martin ist auch gerade eingetrudelt. Er hat die Kiste in der Bank abgeholt und mitgebracht.“ Sabine nickt, greift nach der kleinen Tobia, die an ihren Füßen spielt, dann gibt sie Patty und Sophie ein Zeichen. Es kann losgehen.

Als alle das Wohnzimmer betreten, hat Anni dort schon die Tassen und Teller von Omas teurem Porzellan auf das Sofatischchen gestellt. Sie trägt eines ihrer weiten Hippiekleider. Doch man kann dem Kleid ansehen, dass es nicht billig ist, genauso wenig wie die Schuhe. Ihre Haare sind frisch gefärbt und geschnitten, ein bisschen wild und frei und trotzdem gepflegt. Sie sieht teuer aus und erstmals erahnt Sabine die ehemalige Schönheit in dem Gesicht ihrer Mutter. Neben ihr sitzt Dan in seinen Unterstatement

Hosen, seinem Seidenkaschmirpullover und seinen handgenähten Schuhen. “Wie nett euch wiederzusehen”, sagt Anni und lächelt wie eine zufriedene Katze, die die Maus schon in greifbarer Nähe weiß. Ludwig, der hinter Sabine ins Wohnzimmer eingetreten ist, reicht Anni zum Gruß die Hand. Wie seltsam, dass sie nie zuvor gemerkt hat, wie Anni dem Körperkontakt mit Männern ausweicht. Andreas folgt Ludwig misstrauisch mit den Augen und schaut dann unschlüssig zu seinem Freund Siggi hinüber, der es sich in Opa Horsts Lieblingssessel bequem gemacht hat. Es ist der schwarze Ledersessel, der immer geschont werden musste, selbst nach seinem Tod noch, weshalb er auch etwas abseits direkt neben der Tür steht. Nach kurzem Zögern setzt sich Andreas schließlich auf die Couch, ein Dreisitzer, ganz am äußersten Rand. Diese Couch wiederum war Omas Heiligtum und mit einer Menge selbstbestickter Kissen bedeckt. Sophie wiederum setzt sich auf einen Zweisitzer neben ihren Vater Berti und Martin, der sich als ihr Begleiter versteht, nimmt den Stuhl direkt neben ihr. Anni kann sich eine süffisante Bemerkung nicht verkneifen: „Schau an, schau an, der Berti. Konntest Du Dich von deinem Golfplatz loseisen? Ich wusste gar nicht, dass dir das Weingut so am Herzen liegt.“ Berti schaut von Anni zu Dan und dann wieder zu Anni zurück. „Es war nie das Weingut. Das weißt du doch!“ antwortet er „Leider habe ich die Menschen zu lange vernachlässigt.“ Anni zieht die Augenbrauen angesichts dieser geschwollenen Ausdrucksweise hoch. Auch sie und Dan sitzen auf einem Sofa. Direkt neben dem Zweisitzer. Es ist ein altes in die Jahre gekommenes blaues Ikea-Stoffsofa. Irgendwann stand es in einem der Kinderzimmer, bis es dann hier runter ins Wohnzimmer gewandert ist, als nur noch die beiden Alten im Haus wohnten und das Wohnzimmer zum Lebensmittelpunkt wurde. Patty, sitzt auf einem Esszimmerstuhl, den sie vorhin herübergeholt hat, direkt an der Küchentür, neben dem Dreiersofa, auf dem ihr Mann sitzt und auf dem nun auch Sabine Platz nimmt und wie könnte es anders sein, trotz Andreas Stirnrunzeln lässt sich nun auch Ludwig auf ihrer anderen Seite in das Sofa fallen und steckt seine langen Beine aus. Tobia macht es sich zwischen Sabine und Ludwig bequem. Den Kopf auf ihrem Schoß, das Hinterteil auf seinem. Nun sitzen sich die streitenden Parteien gegenüber, getrennt oder vereint, je nachdem, wie man es sieht durch Berti und seine Familie. Den besten Beobachtungsposten hat Siggi, der auch am schnellsten abhauen kann, sollte es hart auf hart kommen. Anni lässt einen Blick über die Runde schweifen: Sie legt den Kopf schief wie ein Vögelchen, ihr Blick bleibt an Siggi hängen. „Naja," sagt sie, „irgendwie gehört Ihr Heintzens ja auch dazu, Siggi. Und wenn Andreas unbedingt jemand zum Händchen halten braucht, dann bleib halt da. Ändern kannst du doch nichts." Siggi schickt ein spöttisch überhebliches Lächeln zu Anni hinüber und verschränkt die Arme über der Brust „Wenn du meinst, Anni!" Er bläst sich auf wie ein Pfau, allerdings achtet keiner auf sein gespreiztes Gefieder. Denn alle Augen sind auf Anni gerichtet. Doch die macht es spannend und lässt die Stille laut werden. Endlich platzt Andreas heraus. „Können wir jetzt anfangen, ich habe nicht ewig Zeit. Die Arbeit im Weingut macht sich nicht von allein." Sabine holt tief Luft. Dann mal los! Sie greift nach dem Kassettenrecorder und einem Stapel mit Briefen und wendet sich ihrer Mutter zu. „Vor zwei Wochen hat sich die Engelstaler Pfarrerin bei mir gemeldet. Sie hat unsere Oma vor ihrem Tod des Öfteren besucht und ihr dabei ihre Lebensbeichte abgenommen." Einen Moment hält sie inne. Ihr Blick schweift in die Runde und bleibt an Siggi hängen. Der ist hier so überflüssig, wie ein Stein im Schuh. Warum hatte Andreas nicht auf ihn verzichten können? Gerade heute Abend, wo ein paar unangenehme Wahrheiten auf den Tisch kommen würden. Sie holt tief Luft. „Dabei sind eine Menge Geheimnisse ans Licht gekommen. Unsere Oma hat sie über viele Jahrzehnte gehortet und niemandem anvertraut. Erst kurz vor ihrem Tod hat sie dann diese Pfarrerin gebeten, mir davon zu erzählen, und mich damit zur Testamentsvollstreckerin gemacht. Eine einzige Sache gibt es jedoch, die hat sie niemandem verraten. Es ist eine Botschaft, die gilt nur dir, ihrer Tochter. Nur du sollst sie hören. Eigentlich wollte sie dir das selbst sagen, aber weil du vor ihrem Tod nicht mehr zu ihr kamst, hat sie es auf eine Kassette gesprochen. Ein Brief war ihr nicht genug!" In die Stille hinein hebt sie mit der einen Hand die Kassette hoch und mit der anderen Hand den Kassettenrekorder. „Ich habe dir sogar einen Kassettenrecorder mitgebracht, damit du die Kassette auch hören kannst. Für den Fall, dass du keinen zuhause hast." Annis Stimme klingt hart und laut in der nachfolgenden Stille, sie greift nach Dans Hand. „So, so, so. Nach so vielen Jahren will sie endlich mit der Wahrheit heraus. Sie hat wohl Angst gehabt, dass sie in die Hölle kommt, die alte Hexe!" Der Rest der Runde schweigt betroffen angesichts der harten unversöhnlichen Worte. „Und überhaupt" fängt Anni dann wieder an. „Warum hat sie dich zu ihrer Testamentsvollstreckerin gemacht und nicht mich? Ich bin ihre Tochter. Ich bin ihre Erbin." Sabine nickt. „Aber du bist nicht gekommen, als sie nach dir gerufen hat, deshalb wusste sie nicht, ob du überhaupt noch die Wahrheit hören willst!" Anni unterbricht „Und da hat sie ihre kleine Lieblingsenkelin Sabine zur Erbin bestimmt. Die, die schon immer gemacht hat, was die Oma wollte. Mensch, selbst nach ihrem Tod greift diese Hexe aus dem Grab nach uns."

„Mama," bittet Sabine zögernd „Lass mich doch einfach erzählen, was ich weiß, glaub mir, ich verstehe dich." Andreas Stirn legt sich in Falten, er durchbohrt Sabine mit bösen Blicken. „Mensch, mach es doch nicht so spannend." Brummt er wütend. Während Sabine noch nach Worten sucht „Unsere Oma Luise war in ihren jungen Jahren eine sehr attraktive Frau und unser Opa war Frauen gegenüber nicht besonders ..." dröhnt Siggi aus dem schwarzen Sessel! „Jetzt mach doch nicht so ein Zirkus! Der Horst war schwul, Mann! Peinlich, aber wahr. Da hat sie sich halt einen anderen gesucht!" Sabine wirft dem Siggi vernichtende Blicke zu und nimmt einen zweiten Anlauf. „Also Opa liebte Männer, heute kein Problem mehr. Aber in den 30er Jahren war Homosexualität strafbar, unter den Nazis sogar lebensgefährlich. Oma und Opa führten eine Art Scheinehe." Anni unterbricht. „Mein Vater war schwul?" Sie kichert. „Der große Bürgermeister Horst Becker war schwul? Echt? Der arme Kerl! Das erklärt eine ganze Menge! Bestimmt hatte sie da den Daumen drauf! So wie ich sie kenne, hat sie es ihn ein Leben lang spüren lassen, dass er kein richtiger Mann war." Verblüfft starrt Sabine sie an. Doch Anni ist in Fahrt. „Ja, glaubst du denn, deine Oma hat irgendetwas getan, ohne dass sie davon einen Mehrwert hatte? Du hast ihre manipulative Art nie durchschaut? Ihre Machtgier! Ihr Versuch alles unter Kontrolle zu halten! Ich möchte wetten, dem Horst hat sie wahrscheinlich noch erzählt, dass er dankbar sein muss, wenn sie bei ihm bleibt, dabei war es wahrscheinlich eher andersherum." Nackter Hass spricht aus diesen Worten. Sabine versucht ein zweites Mal zu ihrer Mutter durchzudringen. „Naja, irgendwann hatte sie selbst eine stürmische Liebesaffäre mit einem französischen Künstler. Der als Tourist ein Fremdenzimmer im Weingut gemietet hatte. Nach 45 kam er als Besatzungssoldat sogar nochmal zurück." Als Sabine von dieser Liebesbeziehung und deren Ergebnis erzählt, ist sogar Anni sprachlos. Sabine zeigt auf die Briefe und berichtet von dem Künstler Pierre Kirchner, der so ganz besonders war und niemals heiratete. „Du Anni, bist seine einzige Tochter und wir sind seine einzigen Enkel!“ Anni sitzt da, wie erstarrt. Sie hat deutlich auf ein anderes Geheimnis gewartet. „Ich habe nie hierhergehört!“ sagt sie dann leise. Dan drückt ihre Hand. Ihre Augen sind feucht. Ihre Tochter nickt bestätigend. „Du hattest schon immer seine Künstlerseele.“ Das waren deutlich die falschen Worte. Annis feuchte Augen sprühen Funken. „Du hast ja keine Ahnung, wie sehr sie das alles in mir unterdrückt hat. Von wegen Künstlerin. Ich hatte nicht die geringste Chance. Es galt immer nur das Weingut, das Weingut kam zuerst.“ Hektisch sucht sie nach der Kassette. „Was ist das für eine Botschaft, die sie mir da hinterlassen hat? Du hast sie doch bestimmt gehört. Ich kenne dich doch, du mit deiner Neugier. Du kannst doch von so etwas nicht deine Finger lassen. Also, was hat sie da gesagt.“ Sabine schüttelt den Kopf. „Ich habe die Kassette wirklich nicht gehört. Ich weiß es nicht. Das wollte ich dir nicht nehmen. Das bleibt zwischen Oma und dir.“

Anni ist wütend. „Im Gegensatz zu meiner Mutter muss ich nichts verstecken. Diese vielen Geheimnisse. Ich habe sie satt, so satt.“ Annis Wut ist nicht zu zügeln. „Los, lass uns hören, was Luise zu sagen hat.“ hastig drückt sie den Stecker des Kassettenrecorders in die Steckdose, beim Einstecken der Kassette hätte sie diese fast zerstört. Dan nimmt sie ihr ab, schiebt sie mit ruhigen Fingern in das Fach, schließt dieses und drückt Damm die Abspieltaste, bevor er ihre Hand wieder in die seine nimmt.

„Liebe Anni,

wenn du diese Worte hörst, bin ich vermutlich schon gestorben. Ich mache mir keine Illusionen, du wirst nicht um mich trauern. Im Gegenteil du wirst aufatmen und sicherlich sagen „endlich ist die alte Hexe tot." Ja, ich weiß, dass du mich im Stillen so genannt hast, denn ich habe dein Tagebuch gelesen. Anni, du bist das Kind meiner Liebe und meiner Scham. Meiner Liebe, weil ich deinen Vater aufrichtig geliebt habe. Pierre Kirchner, dein richtiger Vater, war die Liebe meines Lebens. Doch ich habe dir das nie gesagt, weil ich viel zu viel Angst um Dich hatte und Dir nicht zugetraut habe, dass du mit diesem Wissen richtig umgehen kannst. Dafür schäme ich mich jetzt, Anni. Ich weiß, dass Du mir nie vergeben wirst, dass ich dein Leben ruiniert habe. Aber Anni, am Ende da habe ich versucht, wenigstens ein bisschen von dem Schlimmen wieder gut zu machen. Meine Anni, du warst immer so anders als ich und ich wusste nicht, wie ich mit dir umgehen sollte. Du warst deinem Vater zu ähnlich. Zu viel Gefühl, zu viel Kraft und zu viel Kreativität. Du warst begabt und spontan und voller Leben. Aber hier in Engelstal zählt Ordnung und da muss man sich anpassen, um zu überleben. Für dein kreatives Chaos, wie du es nanntest, gab es da keinen Platz. Ich habe gesehen, wie das Leben hier deinen Lebensmut brach und konnte doch nichts dagegen tun. Es hat mir weggetan, wie du nicht mehr aus dem Bett gekommen bist. Es hat mich an deinen richtigen Vater erinnert, der an schlechten Tagen auch den ganzen Tag in seinem Bett liegen blieb, bei uns im Fremdenzimmer. Auch er litt unter Depressionen, auch wenn man sich damals mit dieser Krankheit noch nicht so auskannte. Es war eine Familienkrankheit. Seine Lieblingstante hat sich sogar umgebracht. Pierre und ich hatten immer die Sorge, dass es dir einmal genauso geht und so habe ich alles getan, um das zu verhindern und vieles alles auf diese Krankheit geschoben, weil das am einfachsten war. Dabei habe ich dein Talent nicht gesehen. Für die Musikerin in dir, habe ich kein Auge gehabt, für mich waren das Phantastereien. Horst hat es gesehen, aber für ihn kam das Weingut an ers-

ter Stelle. Das war immer unsere Verabredung gewesen. Dabei blieb dein Leben auf der Strecke. Du wurdest zu einem Opfer der Umstände. Es tut mir so wahnsinnig leid. Du Kind meiner Liebe." Einen Moment herrscht Stille, dann beginnt Luise wieder zu erzählen. „Ich habe mich meiner Liebe zu Pierre nie geschämt. Für andere war er ein berühmter Künstler, für mich der interessanteste Mensch, der mir je in meinem Leben begegnet ist. Wenn wir zusammen waren, verstanden wir uns, ohne dass wir miteinander reden mussten und wenn wir miteinander redeten, dann konnten wir oft nicht aufhören. Ich habe mich ein Leben lang nach ihm gesehnt und seinen Tod jahrelang betrauert.

Aber Pierre war auch ein berühmter Künstler. Ständig wurde in den Klatschspalten von ihm berichtet. Immer wieder tauchten an seiner Seite neue Frauen auf. Aber nie gab es eine Hochzeit, nie Kinder. Ich wusste, was passieren würde, wenn sie herausfanden, dass du seine einzige Tochter bist. Die Zeitungen hätten uns nicht in Ruhe gelassen, dich nicht und auch mich nicht. Davor aber hatte ich Angst, Anni. Große Angst. Denn hätten sie genauer hingeguckt dann wären vielleicht auch andere Dinge ans Tageslicht gezerrt worden und unser aller Leben hätte sich für immer verändert. Anni. Und für meinen Horst war das doch alles viel zu gefährlich. Unsere ganze Familie wäre zusammengebrochen, wenn unser Geheimnis ans Tageslicht gezerrt worden wäre. Was wäre aus der Beziehung zwischen Horst und deinem Onkel Phillip geworden. Die Menschen hätten kein Verständnis gehabt. Sie hätten aus etwas Schönem, etwas sehr Hässliches gemacht. Auch ging es mir um deinen Bruder Berti, ihn der meinem Herzen so nahestand, wollte ich besonders schützen."

Wieder herrschte einen Moment Stille. Luises Atem klingt schwer. „Nur Horst und ich wissen über seine wahre Herkunft Bescheid. Und im Laufe der Jahre habe ich mich gefragt, ob nicht auch du dich an das eine oder andere erinnern kannst. Schließlich warst du alt genug und hast oft mit Max Rosenstein gespielt. Damals im Krieg, als die Rosensteins sich eine Zeitlang bei uns im Keller verstecken mussten, bis sie flüchten konnten. Du warst zwar bei der Geburt nicht dabei, aber du warst alt genug, um zu wissen, dass die Kinder nicht vom Storch gebracht werden. Du hast die hochschwangere Selma Rosenstein gesehen und erlebt, wie sie bei der Abfahrt das Baby zurücklassen musste. Du wusstest, wer Berti war und auch dass wir ihn einfach behalten haben, obwohl er eigentlich zu einer anderen Familie gehörte. Du warst dabei, als wir seinen Vater belogen haben. Aber du hast nie etwas gesagt, wenn ich mich um Berti gekümmert habe oder ihn dir vorgezogen habe, selbst Berti hast du nie etwas über seine wahre Herkunft erzählt. Eine Zeitlang glaubte ich, du habest das alles vergessen. Aber irgendwann las ich den Vorwurf deutlich in deinen Augen und von da ab wurdest du zu meinem schlechten Gewissen. „Er gehört dir nicht!" Wegen dir, achteten Horst und ich darauf, dass Berti zur Schule gehen und Medizin studieren konnte. Wenigstens den Beruf seines Vaters sollte er erlernen können. Du kannst es nicht wissen, denn du warst noch zu jung, aber du warst uns Mahnung und unser Opfer zugleich, denn du hast den Preis dafür bezahlt, dass wir anderen Menschen ihr Kind gestohlen haben. Statt seiner musstest du zuhause bleiben."

Einen weiteren Moment ist nur ihr Atem zu hören, dann räuspert sich Luise erneut und holt tief Luft. Es scheint, als wollte sie Anlauf nehmen. „Horst und ich, vor allem aber ich, habe große Schuld auf mich geladen, weil ich dieses Kind, das mir nicht gehört hat, nicht hergeben wollte. Immer habe ich mich damit beruhigt, dass ich mir gesagt habe, Selma kann ihr Kind nicht wirklich geliebt haben, sonst hätte sie es nicht zurückgelassen. Ich habe mich immer mehr um Berti gekümmert und immer weniger um dich. Berti war so einfach zu lieben, du so kompliziert und schwierig. Jahrelang habe ich mir vorgemacht, dass es ja gar nicht so schlimm ist. Dass du eben krank bist und ich alles dafür tue, damit du trotz deiner Krankheit bei uns leben kannst, dass ich mich um deine Kinder kümmere und dafür Sorge, dass du deine Medikamente nimmst.

Deine Krankheit war die Rechtfertigung für alles. Bis zu dem Tag, an dem ich dich halb tot in der Badewanne fand. Anni, diesen Anblick werde ich nie vergessen. Alles war voller Blut und das Leben war schon fast vollständig aus dir gewichen. Als der Krankenwagen dich abgeholte, wussten wir nicht, ob du es schaffen würdest. Auf dem Flur im Krankenhaus haben wir eine Nacht lang um dich gebangt und weder Horst noch ich konnten verstehen, was dich zu diesem Schritt bewegt hatte. Erst als man uns sagte, du seist gerettet und brauchtest Ruhe, fuhren wir nachhause. Du glaubst, ich sei am Tag danach nach Paris in Urlaub gefahren, und hätte dich im Krankenhaus zurückgelassen. Doch so ist es nicht gewesen. Als du wach wurdest, wolltest du mich nicht sehen und ich wusste nicht mehr weiter. Da rief Pierre nach mir, er lag im Sterben und so bin ich zu ihm gefahren und habe ihn um Rat gefragt. Ich weiß, wie wütend ich auf dich war, weil du nicht an deine Kinder gedacht hattest und zugleich geschockt, darüber wie du da im Bad ausgesehen hattest, mitten in einem Schlachtfeld aus Blut mit deiner wachsweißen Haut. Er bat mich nach Hause zu gehen und in Ruhe über dich nachzudenken. Bis dahin hatte ich mir nie die Zeit dafür genommen. Dieses Mal war es anders. In deinem Zimmer zu Hause sitzend habe ich mich gefragt, warum ich ausgerechnet bei dir, Pierres Tochter, dem Kind unserer Liebe, so versagt hatte. Da blieb mein Blick an seinem Bild hängen. Du kannst es nicht wissen, aber dieses Bild habe ich nach deiner Geburt in deinem Zimmer aufgehängt, damit du immer etwas von deinem Vater bei dir haben konntest. Es war ein seltsamer Zufall, dass du ausgerechnet hinter diesem Bild deine Tagebü-

cher versteckt hattest und dass diese Tagebücher mir die Augen geöffnet haben. Ja, Annie, ich habe sie gelesen und danach habe ich mich fürchterlich geschämt, ich wusste, dass ich dir nie wieder in die Augen gucken kann, wenn ich nicht für Gerechtigkeit sorge. Es mag sein, dass du in mir eine Hexe siehst. Ich kann nicht wieder gut machen, was ich dir angetan habe. Aber, du musst mir glauben, hätte ich wirklich gewusst, was Otto dir angetan hat, ich hätte ihn nicht damit durchkommen lassen. Du schriebst, dass du mir davon erzählt hast und ich dir nicht geglaubt hätte. Doch ich fürchte, dass ich mich nicht daran erinnern kann. Es gab eine Zeit, da kamst du oft mit Geschichten und ich war es müde, dir zuzuhören. Ich weiß, dass das Es Unrecht war und ich bin entsetzt, dass wir alle das so lange geduldet haben, deshalb habe ich dich gerächt. Das macht es nicht ungeschehen, aber vielleicht hilft es ein wenig, die Wunden zu heilen. Ich habe dich gerächt, mein Mädchen. Ein einziges Mal habe ich dir meine Liebe bewiesen und dabei war mir zum ersten Mal in meinem Leben jedes Risiko egal. Doch ich hatte Glück und eine gute Freundin. Eine Freundin, die selbst ein schlechtes Gewissen hatte,- Elisabeth hat mir geholfen. Zusammen sind wir zu Drachentöterinnen geworden und wir haben dafür gesorgt, dass dieser ekelhafte alte Drache, der schon viel zu oft andere verletzt, getreten und bedroht hat, endlich jämmerlich gestorben ist. Jeden Schmerz, den er dir zugefügt, den hat er tausendmal selbst zu spüren bekommen. Elisabeth hat dich immer gemocht, gerade weil du so ganz anders warst als sie. Als ich zu ihr kam und ihr erzählte, was Otto dir angetan hat, da wusste sie schon Bescheid. Sie fühlte sich genauso wie ich verantwortlich. Er, der so viel Freude daran hatte, andere zu quälen, sollte qualvoll sterben." Wieder einige Atemzüge" „Ich habe das Gift besorgt und sie hat es ihm ins Essen gemischt. Er wurde immer bleicher und bleicher, bekam Magenschmerzen und konnte nichts mehr bei sich behalten." Jetzt lacht Luise

spöttisch krächzend nach Luft schnappend. „Aber wie die Männer so sind. Er war zu stolz, um zum Arzt zu gehen, als er noch gehen konnte. Je mehr das Gift jedoch in seinen Körper kroch, desto schlimmer wurden seine Schmerzen und desto mehr verließen ihn die Kräfte. Ich wünschte, du hättest ihn gesehen, wie er krampfhaft versuchte, aus seinem Bett herauszukommen, als ich ihm sein nahes Ende voraussagte. Er versuchte tatsächlich zu fliehen, als ich ihn mit deinem Tagebuch konfrontierte. Doch Elisabeth ließ ihn nicht entkommen, täglich servierte sie ihm seine Giftportion, zeitweise hat sie ihn sogar ans Bett fixiert und ihm den Mund mit einem Knebel verschlossen, damit er nicht um Hilfe rufen konnte. Vier Wochen hat er gelitten, bis er dann gestorben ist und das war noch viel zu kurz. Ich bin jeden Tag zu ihm gegangen und habe ihm aus deinem Tagebuch vorgelesen, jeden Tag. Als Du aus Alzey zurückkamst war alles vorbei. Wir hatten ihn gerade zu Grabe getragen. Elisabeth, als trauernde Witwe hat es sogar fertig gebracht ein paar Krokodilstränen zu verdrücken. Ich war fast ein wenig stolz auf mich, dass ich dir wenigstens diese Freiheit schenken konnte. Auch wenn es für so viel anderes zu spät war. Auch ich werde nun meine Strafe für die vielen Geheimnisse und Vergehen erhalten, doch das muss dich nicht kümmern. Genieße dein Leben, so viel dir davon noch bleibt, und vergib mir, dass ich dir so viel genommen habe.
Gott segne dich, Anni."

„Im Zimmer herrscht Schweigen. Anni weint leise, Tränen laufen über ihr Gesicht. Sie hat den Kopf an Dans Schulter gelegt. Mit einer Hand streichelt er ihr über das Haar, die andere aber ist zur Faust geballt. Berti greift nach ihrer anderen Hand. „Es tut mir leid, Anni! Ich habe auch erst vor ein paar Tagen davon erfahren!" Er zuckt hilflos mit den Schultern. „Sonst ..." Anni wischt sich hastig die Tränen aus dem Gesicht und entzieht ihm die Hand. „Es tut dir leid!" Imitiert sie seinen mitleidigen Tonfall. „Du egoistischer kleiner Bastard nichts hättest du getan, gar nichts. Du hast doch immer nur an dich selbst gedacht, an dein Leben, an deine schöne heile Welt. Was haben dich die emotionalen Untiefen in Engelstal interessiert. Null! Nichts!" Ihre Finger formen eine Null. Ihre Stimme ist wütend und laut. „Für mich bist du nicht mehr als eine Luftnummer. Wenn Max nicht wäre ..., wenn du nicht sein Bruder wärst ...! Doch nicht einmal das willst du anerkennen!" Erschreckt fährt die kleine Tobia aus dem Schlaf hoch und blinzelt in die Runde. Ihre Augen konzentrieren sich auf Anni. Onkel Berti schweigt. Seine Hilflosigkeit ist ihm anzusehen. Annis Vorwürfe treffen ihn schwer. Noch bevor Sabine ihm eine Brücke bauen kann, stürzt sich ausgerechnet Siggi in die Diskussion. „Na, wer hätte das gedacht. Da hat doch eure Oma zusammen mit meiner Oma den Otto umgebracht. Vergiftet! Einfach so! Aus die Maus! Ich meine," seine für einen Mann ungewöhnliche hohe Stimme kratzt an Sabines Nerven „ich habe ihn ja auch nie gemocht, den Opa Otto, aber ihn deswegen umbringen und dann auch noch so! Was ein Glück kommt das jetzt erst raus. Schließlich! Er hebt seinen Finger warnend hoch: Mord verjährt nicht ... außerdem wäre das ein Riesenskandal." Er holt zum nächsten Schlag aus. Seine Augen glitzern boshaft. „Und wenn ich mir dann noch überlege, dass der gute alte Ortsbürgermeister Becker schwul war und der berühmte Chirurg Dr. Becker, auf den alle hier immer so stolz sind, ein Juddebub, ..." er schüttelt sich so sehr, dass Opas Lieblingssessel wackelt. „Was für Verhältnisse! Was werden die Leute sagen!"

Sabine blitzt ihn wütend an, doch bevor sie etwas sagen kann, meldet sich Patty zu Wort. Eine Premiere, denn die stille Patty spricht nur selten im großen Kreis. Doch dieses

Mal ist ihr der Ärger anzusehen. „Wenn die Leute reden, dann werde ich wissen, woher sie es haben. Siggi! Geheimnisse gegen Geheimnisse! Bisher habe ich den Mund gehalten. Aber was deine Ex-Frau erzählt, wenn sie sich wieder einmal über deine Kleinlichkeit ärgert. Natürlich unter dem Siegel der Verschwiegenheit, das willst du bestimmt nicht in der Öffentlichkeit ausgebreitet sehen!" Pattys Drohung hat deutlich gewirkt. Auch im Hause Heintz gibt es Geheimnisse.

Sabine nutzt die Pause. Sie wendet sich Dan zu. „Du bist Max, nicht wahr? Max Rosenstein?" Dan nickt. Nun ist es Anni, die seine Hand drückt. „Wie hast du uns gefunden? Wir haben nach deiner Familie gesucht. Warum hast du dich nicht zu erkennen gegeben, warum die Geheimnistuerei?" „Rosenstein?" Andreas guckt alarmiert zu Dan hinüber. Ihm gefällt nicht, in welche Richtung sich dieses Gespräch entwickelt. „Du kommst also aus der Familie, der die Sachen auf dem Dachboden gehören? Das glaube ich nicht. Das ist doch wieder so ein Trick!" Er schnauft protestierend. „Zuerst das Weingut und jetzt auch noch die Schatzkiste und die wertvollen Sachen oben auf dem Speicher. Aber nicht mit mir." Wütend hebt er den rechten Zeigefinger und fuchtelt damit in der Luft herum. „Da könnte ja jeder kommen und Mama ist einfach nur zu naiv, um zu sehen, was du im Schilde führst."

Dan beziehungsweise Max sitzt angespannt auf der Couch, die lässige Höflichkeit ist völlig von ihm abgefallen. Andreas Reaktion ist der Tropfen, der das Fass zum Überlaufen gebracht hat. „Habt ihr wirklich geglaubt, dass ich aus Sentimentalität an den Ort meiner Kindheit zurückgekommen bin. Dass ich in Erinnerungen schwelgen möchte? Dass es mir um ein paar alte Sachen geht, die meine Eltern vor 60 Jahren hiergelassen haben?" Er atmet tief ein!

„Ja, ich bin Max Rosenstein oder auch Dan Ewen. Als wir nach Amerika kamen, haben wir unsere jüdischen Namen angenommen und unseren Nachnamen hebraisiert. Wir wollten alle einen Neuanfang. Habt ihr eine Ahnung, was eure Großeltern meiner Familie angetan haben? Eure Oma und euer Opa haben sich wahrscheinlich sogar noch als Retter einer jüdischen Familie aufgespielt, dabei haben sie unsere Familie nicht gerettet, sondern zerstört." Wütend starrt er die Runde an. „Von wegen zu wenig Mutterliebe. Wie konnte diese Hexe so etwas behaupten." Er schaut zu Anni hinüber! „Anni hat Recht, ihre Mutter war eine Hexe, egal ob sie hinterher den Otto ermordet hat oder nicht. Meine Mutter hat den Verlust ihres Kindes nie überwunden. Bis an ihr Lebensende machte sie sich und unserem Vater Vorwürfe.

Als er aus Deutschland zurückkam und gezwungen war, ihr zu erzählen, dass der kleine Benjamin an einer Hirnhautentzündung gestorben sei, da war das wie ein Todesurteil für unsere ganze Familie. Von wegen nicht genug geliebt. Für meine Mutter war in diesem Moment ihr Leben vorbei.

Es zählte nicht mehr, dass er eine Frühgeburt gewesen war oder dass er damals in dieser Nacht unserer Flucht keine Überlebenschance gehabt hätte. Unsere Mutter war sich sicher, hätten wir ihn mitgenommen, wäre er nicht gestorben." Dan schaute sich um. „Diese Hirnhautentzündung wurde für sie zu einer fixen Idee. „In Amerika hätte man das heilen können," sagte sie immer und immer wieder. Sie las jedes Buch über eine Krankheit, die mein Bruder nie hatte. Denn hier sitzt er lebendig und gesund!" Wütende Augen blitzen Onkel Berti an. Seine Stimme, zuerst leise, ist nun schmerzhaft laut. „Jedes Mal, wenn wir zu einem Beschneidungsfest eingeladen wurden, behauptete sie, unser Bruder sei zu früh beschnitten worden, nur deshalb sei er an der

Hirnhautentzündung erkrankt. Der Ewige habe sie bestraft, weil sie ihr Kind im Stich gelassen habe. Jedes Mal, wenn sie jemanden traf, oder von jemandem hörte, der die Krankheit überlebt hatte, dann war das wie die Verstärkung eines unendlichen Schuldkomplexes.

Und die ganze Zeit hast du hier ein gesundes Leben gelebt, während unsere Familie an deinem Tod zerbrochen ist."

Seine Hände sind zu Fäusten geballt. Jetzt ist es Anni, die ihm tröstend den Arm um die Schultern legt. Die kleine Tobia spürt, dass hier etwas nicht stimmt und kriecht mit dem Kopf unter Sabines Arm. „Wisst ihr, wie das ist, wenn zwei Menschen leiden und sich im Leid gegenseitig zerfleischen? Und du stehst daneben und kannst ihnen nicht helfen. Von wegen geteiltes Leid ist halbes Leid, bei uns war es doppeltes Leid. Ständig gab es Streit. Mutter schob Vater alle Schuld zu, schließlich war es seine Entscheidung gewesen, das neugeborene Kind bei Fremden zu lassen. Sie warf ihm vor, das eigene Kind ungebildeten Bauern überlassen zu haben. Das sei sein Todesurteil gewesen. Er habe das vorhersehen müssen. Er sei der Mörder seines Sohnes. Er wiederum warf ihr vor, sie habe sich damals im Keller zu sehr gehen lassen, nicht genug auf ihre Gesundheit geachtet, sonst wäre es gar nicht zur Frühgeburt gekommen. Hier in Deutschland hatten meine Eltern eine gute Ehe geführt. Aber nachdem unser Bruder angeblich" und wieder sendet er einen bösen Blick in die Runde „durch eine Hirnhautentzündung in der Fremde umgekommen war, veränderte sich unser Leben." Er hält Annis Hand so fest, dass seine Fingernägel sich in ihre Haut schneiden.

„Eigentlich hätte es uns gut gehen können. Im Vergleich zu anderen jüdischen Familien hatten wir nur wenige Verwandte verloren. Ein großer Teil unserer Familie konnte rechtzeitig nach England und Amerika fliehen. Aber für

Mutter galt das alles nicht und sie isolierte sich mehr und mehr und damit auch uns. Keiner konnte nachvollziehen, dass der Tod unseres kleinen Bruders für sie so viel schlimmer war, als das Schicksal meiner Tante, die um ihren Ehemann trauerte, oder als die vielen, die nicht wussten, ob ihre Angehörigen die Konzentrationslager überlebt hatten. Alles konzentrierte sich für sie, wie in einem Brennglas auf den kleinen Benjamin, der in Engelstal an einer Hirnhautentzündung gestorben war. Und da meint diese Hexe, sie habe ihn mehr geliebt als meine Mutter." Betroffenes Schweigen antwortet seinem Ausbruch. Selbst Siggi, der sonst um keine Antwort verlegen ist, hält den Mund.

„Es ließ ihr keine Ruhe, dass Du in fremder Erde gestorben warst. Ein jüdisches Kind auf einem christlichen Friedhof. Schließlich warst du doch einer von uns, Benjamin. Ein Jude! Meine Mutter zog sich immer mehr zurück, suchte Zuflucht in Alkohol und Tabletten. Wir Kinder sahen sie kaum noch. Sie hatte sich vom Leben abgeschnitten. Mein Vater fing in Kalifornien ganz neu an. Zuerst war es nur eine neue Praxis, dann eine neue Frau. Es folgte die Scheidung. Neue Kinder, seine Religion vergaß er ganz. An das Alte wollte er nicht mehr erinnert werden. Die schönen Erstausgaben, das wertvolle Porzellan, die alten rituellen Gegenstände, die meine Eltern einst so geschätzt hatten. Sie blieben genauso zurück wie die Erinnerungen an dieses unsägliche Deutschland, das uns unseren Bruder genommen hatte. Mutter starb kurze Zeit nach der Scheidung, ob es Selbstmord war oder ein Unfall, konnte hinterher keiner mehr sagen. Ich glaube, ihr Herz ist vor Sehnsucht einfach ausgetrocknet, wie eine Pflanze, der der Regen fehlt!" Dan holt Luft, der gepflegte Mann hat sich verwandelt. Er ist nicht mehr wiederzuerkennen. Von Freundlichkeit keine Spur.

„Von wegen zu viel geliebt! Was ist das denn für eine Liebe, die sich einfach etwas nimmt, was ihr nicht gehört? Nur weil ihr Mann, unfähig ist, selbst Kinder zu zeugen! Das ist Diebstahl und nicht Liebe!" „Na hör mal!" Das mag Andreas nun nicht einfach so auf den Großeltern sitzen lassen. Sabine kennt den Bruder und weiß, der hat lange genug stillgesessen. „Das konnten meine Großeltern nicht wissen. Nicht jede Mutter reagiert so und unsere Oma hat viel riskiert, als sie Onkel Berti während des Krieges großgezogen hat. Ihr seid echt ganz schön undankbar. Was wäre denn gewesen, wenn mein Opa euch nicht versteckt hätte?" Sabine versucht einzugreifen. „Aber Andreas ..." Doch sie wird von Dan unterbrochen. „Selbst wenn deine Oma das Kind seit der Geburt großgezogen hat, selbst wenn sie ihr Leben riskiert hat. Mein Vater hat es gezeugt und meine Mutter hat es acht Monate in ihrem Leib getragen und genährt. Es ist ein jüdisches Kind. Es gehört dem jüdischen Volk an. Aber eure Großeltern haben Benjamin als Christen erzogen. Er weiß nichts über seine Herkunft." Nun dreht er sich wieder um zu seinem Bruder: „Guck dich doch an, Benjamin! Sie haben dich den Beruf deines Vaters erlernen lassen, aber haben sie dir etwas über deine Religion erzählt? So großzügig waren sie nicht. Du bist getauft und konfirmiert und wahrscheinlich auch kirchlich getraut. Ein angepasstes Christenkind. Hat man dir gesagt, dass dein Kind nicht jüdisch sein wird, wenn du dir keine jüdische Ehefrau suchst? Hat man dir erzählt, welche Bürde es bedeutet, dem auserwählten Volk anzugehören? Was soll das für eine Liebe sein, die nur lügt und betrügt? Ihr seid alle Lügner und werft mir vor, dass ich mich hier unter falscher Identität eingeschlichen habe?" Nun überschlägt sich seine Stimme fast. Er beugt sich nach vorne. „Das habe ich nicht. Wir haben alle unsere deutschen Namen abgelegt, als wir nach Amerika kamen.

Deutschland hatte uns verraten, warum sollten wir weiter deutsche Namen tragen. Ich heiße Dan von Daniel. Max gibt es schon lange nicht mehr." Und nun dreht er sich zu Andreas um. „Und was du da auf dem Dachboden hast, das ist mir egal. Aber euer Weingut, das werde ich zerstören. Es hat unsere Familie auseinandergerissen. Es hat meine Mutter umgebracht und meinem Vater den Glauben genommen und Anni" zärtlich wendet er sich seiner Nachbarin zu und drückt sie an sich. „Meine wunderschöne Anni hat es kaputt gemacht. Warum sollte man so etwas Hässliches nicht zerstören?"

Andreas Mund öffnet und schließt sich, wie der eines Fisches. Damit hat er nicht gerechnet. Damit hat keiner der Anwesenden gerechnet, außer Anni natürlich. Sie lächelt Dan liebevoll zu und Sabine fühlt sich an Annis Tagebuch erinnert. Annis Prinz ist endlich gekommen. Andreas wiederum kann es immer noch nicht verstehen. „Aber dafür kann ich doch nichts! Ich bin doch nicht für die Taten von Oma und Opa verantwortlich. Das Weingut ist unser Leben. Du kannst doch nicht einfach wegen irgendeiner Geschichte, die vor 60 Jahren passiert ist, hierherkommen und alles kaputt machen. Das geht doch nicht!" Dan zuckt mit den Schultern. „Ich konnte auch nichts dafür. Keiner von uns konnte etwas dafür. Meine Mutter hätte ihr Kind auch gerne an einem anderen Ort geboren. Weißt du, wie dunkel und feucht es in diesem elendigen Weinkeller war? Da half auch der Perserteppich auf dem Boden nicht. Mutter wollte zeitweise nicht mehr aus dem Bett aufstehen. Kein Wunder, dass Benjamin zu früh geboren wurde. Konnten wir etwas dafür? Nein. Konnten deine Großeltern etwas dafür? Ja. Schließlich war dein Großvater freiwillig Bürgermeister! Er hat dieses Ungeheuer Hitler und sein Unrechtssystem mit unterstützt.

Schon wieder wird seine Stimme laut und wütend. „Du bist mir echt egal. Wenn du nicht Annis Sohn wärst, gäbe es dieses Weingut schon lange nicht mehr. Ein paar Worte in die richtigen Ohren. Du glaubst gar nicht, was man mit Geld alles kaufen kann. Ich könnte Dich aufkaufen, so schnell guckst du gar nicht und dein ach so netter Freund Siggi, wäre mir vielleicht sogar noch behilflich. So dringend, wie der Geld braucht." Siggis Ohren leuchten dunkelrot, während er abwehrt: „Also jetzt halt aber mal die Luft an, das ist aber nun auch wieder nicht wahr ..." Andreas Blick gleitet verunsichert zu ihm hinüber. „Siggi, was genau meint er damit." Nun unterbricht Ludwig. „Dass der liebe Siggi zu viel Schulden hat, die du für ihn bezahlen sollst, haben auch Martin und ich herausbekommen, Andreas." Das kann Siggi nicht so auf sich sitzen lassen. „Hej, das ist nur ein kleiner Engpass. Meine Aktien sind aktuell im Keller, aber ich habe da interne Informationen, dass sie schon bald wieder hochgehen, und dann wartet ein echter Goldregen auf mich, Mann!" Auf seinem Gesicht breitet sich das zuversichtliche Grinsen aus, das ihn normalerweise immer rettet. Doch Andreas kann er damit deutlich nicht überzeugen. „Also wirklich!" nun wirft er die Hände in die Luft! „Jeder weiß doch, dass die Aktien mal hoch und runter geht! Verloren hat nur, wer verkauft!" Bevor Andreas sein Donnerwetter entladen kann, antwortet Ludwig, „Mmmh ich glaube wir können uns darauf einigen, dass dir im Moment gerade das Wasser bis zum Hals steht! Die Schuldeneintreiber stehen schon vor deiner Tür und eine Kündigung hältst du auch bald in der Hand. Da ist es dir egal, aus welcher Ecke der Geldregen kommt, oder Siggi?" Tobia hat Ludwigs Worte gehört, sie kriecht aus Sabines Armbeuge und krabbelt auf Ludwigs Schoß. Von dort aus lässt sie Siggi nicht aus den Augen. Der kleine Hund hat den Bösewicht klar erkannt. Siggi kann es nicht fassen: „Das sind Lügen! Andreas!“ sprudelt es wütend aus ihm heraus. „Die lügen doch alle miteinander! Du weißt doch, dass ich dir nicht in den Rücken fallen würde, nicht gegen den da!“ Er weist auf Dan. Doch während Andreas sich nicht mehr um Siggi kümmert, ihn beschäftigt die Zukunft seines Weingutes viel mehr, hat die kleine Tobia beschlossen, Siggi ihre Antipathie auch zu zeigen. Blitzschnell springt sie über den Tisch und knurrt den großen Mann in dem schwarzen Ledersessel wütend an. „Hej, was soll denn das! Halt mal deinen Hund im Zaum!“ Siggi ist sauer. Sabine lacht leise und fängt die kleine Tobia wieder ein. „Ich verstehe das gar nicht.“ Mit Mühe unterdrückt sie ein Kichern. „Das hat sie bisher noch nie gemacht.“

Andreas hat Tobias kleines Abenteuer nicht mitbekommen, er hat sich wieder Dan zugewendet. „Was meinst du damit, dass du mein Weingut zerstören willst?“ fragt er nun noch einmal. Hilfesuchend blickt er zu Sabine und Ludwig hinüber, „Das kann er doch nicht tun. Er kann es doch nicht einfach zerstören!“ Ludwig schüttelt den Kopf. Er zeigt auf Martin und sich. Martin nickt ihm zu. „Wir können Dans Bedürfnis nach Rache gut verstehen und wenn ich könnte, dann würde ich deinen Schmerz gerne mit dir tragen, dass musst du mir wirklich glauben. Aber mal ganz ehrlich deine Drohgebärde ist ein Bluff und du weißt das auch. Das World Wide Web ist eine wunderbare Erfindung und ich lieben es, darin zu surfen.“ Ludwig betrachtet den älteren Mann ruhig. „Stell dir vor, Dan, was ich da gefunden habe.“ Langsam sinken Dans Schultern herab.

„Ich hatte gehofft, dass es funktioniert, jedenfalls wenigstens ein bisschen!“ Die Drohgebärde ist verpufft, wie ein Ballon, aus dem man die Luft herausgelassen hat. „Hätte es auch beinahe. Verdient habt ihr es! Es sollte eine ganz besondere Rache sein und war dazu gedacht, euch unter

Druck zu setzen!“ Andreas ist noch immer irritiert. Sabine verwundert, Ludwig und Martin schmunzeln und Siggi empört. „Naja, eigentlich war es sogar Annis Idee. Euch mit euren eigenen Vorurteilen zu schlagen!“ Nun gucken alle ein bisschen verwundert. Siggi hat es immer noch nicht ganz verstanden, was aber auch kein Wunder ist, da er zwischen Vorurteil und Realität nicht unterscheiden kann! „Naja ihr wisst schon, die Verschwörung des Finanzjudentums und so.“ Anni unterbricht. „Wir haben euch ganz schön aufgescheucht. Immerhin hat es einen Professor gebraucht, um Dan zu überprüfen. So schlecht waren wir also gar nicht.“ Jetzt ist in ihren Augen ein belustigtes Glitzern zu erkennen. „Dabei haben wir nichts anderes gemacht, als Dans Image ein bisschen aufzupolieren.“ Martin lacht. Dan nickt. „Weder Andreas noch Sabine haben meine Behauptung in Frage gestellt, ich hätte ein riesiges Imperium mit Weingütern überall auf der Welt und wollte mir dieses kleine Weingut Becker in Rheinhessen einverleiben.“ Er drückt Annis Hand. „Da sieht man doch, wie kreativ du bist, Darling!“ Auch Ludwig kann sein Lachen nur schwer unterdrücken angesichts der Ernsthaftigkeit, mit der die beiden ihre Pläne enthüllen. „Naja, ich bin in so einem Verein koscherer Weingüter. Wir sind tatsächlich international vernetzt. Einigen Freunden habe ich von meinem Plan erzählt, hättet ihr da angerufen, so wären sie für mich in die Bresche gesprungen. Aber noch nicht einmal das habt ihr getan. Ihr seid einfach davon ausgegangen, dass das stimmt, mit dem internationalen Weinimperium!“ Er schüttelt den Kopf. „Dabei hat das Weingut in Kalifornien mir noch nie gehört. Das war immer im Besitz meiner ersten Frau und ist jetzt auf meinen Sohn übergegangen. Ich bin zwar mit einem kleinen Anteil beteiligt, aber schon seit längerem im Ruhestand.“

Ludwig führt den Satz zu Ende „der reiche Shylock, der

alles durch sein Geld beherrscht und zur Vergeltung ein Pfund Fleisch einfordert. Dass wir noch immer nicht weitergekommen sind." Er schüttelt vehement den Kopf. „Wir müssen uns bei Euch entschuldigen, dass wir darauf reingefallen sind." „Ein Pfund Fleisch!" Siggi hat deutlich keine klassische Bildung genossen. „Das ist Shakespeare, Mann!" brummt Martin und dann grinsend in Dans Richtung. „Gut gegeben, Bro!" „Irgendwann, wäre es sowieso rausgekommen," antwortet Ludwig, „denn die juristische Lage ist ziemlich eindeutig. Sabine und Andreas wurden von Luise und Horst adoptiert, damals nur um sie vor den Mühlen des Sozialamtes zu retten. Aus heutiger Sicht jedoch ist das für Andreas der beste Schutz, den er bekommen kann."

Dan ist still geworden, erschöpft hält er Annis Hand und weiß nicht so recht, wie es jetzt weitergehen soll. Dafür hat Andreas jetzt Oberwasser.

„Wenn Oma und Opa uns adoptiert haben, sind wir gleichberechtigte Erben an dem alten Haus." Er lacht befreit. „Heißt das, dass ich ihr nichts zahlen muss!" Boshaft schaut er zu seiner Mutter hinüber. Ludwig schüttelt den Kopf. „Nein, das heißt es nicht. Es bedeutet nur, dass die Ausgangsbedingungen für eine Einigung sich gebessert haben." Das Triumpflächeln ist prompt wieder aus Andreas Gesicht verschwunden.

Sabine ist es leid, so werden sie heute nicht weiterkommen. „Können wir uns nicht mal von diesem Weingut und dem Haus lösen. Eigentlich sind wir doch heute wegen etwas anderem hier." Verwundert wenden sich nun alle ihr zu. Anni hebt die Augenbrauen „Noch ein Geheimnis?" Sabine nickt. „Du selbst hast uns darauf gebracht!" und dann erzählt sie, von dem Tag der Beerdigung und sie erinnert nochmals daran, wie sie alle damals zusammensaßen und beschlossen, das Haus auszuräumen. Eine richtige Haushaltsauflösung. „Du sagtest, dass wir behalten können, was wir finden." Schaltet Andreas sich ein, Anni nickt. „Da hast du wahrscheinlich nicht geahnt, was wir finden würden." unterbricht Sabine wiederum.

Dan schaut Sabine aufmerksam an, sie kann erkennen, dass er auf etwas wartet. „Dieses Haus ist wie eine riesige Schatztruhe und je weiter wir uns durchgewühlt haben, desto mehr Gegenstände haben wir gefunden, die deutlich nicht unseren Großeltern gehörten. Das hat uns auf eure Spur gebracht. Dan." Sie nickt zu ihm hinüber. „Oma und Opa konnten oder wollten, soweit wir das feststellten, nichts von dem verkaufen, was ihr zurückgelassen habt. Sie hatten Angst, dass sonst die ganze Geschichte mit Berti an das Tageslicht kommt. Alles war fein eingepackt und auf dem Dachboden versteckt. Angefangen hat jedoch alles mit dem hier."

Sie streckt ihre Hände in Ludwigs Richtung aus, der ihr die Tasche reicht. Vorsichtig nimmt sie die Kiste heraus. Dan entweicht ein Seufzer. „Du kennst sie! Nicht wahr!" er nickt. Sie reicht ihm die Kiste. Er öffnet sie geschickt und drückt dann geübt auf den Hebel. „Unser Kiddushkelch!" Sie nickt. Er lacht selbstvergessen auf. „Ich habe gedacht, dass er für immer verloren ist." Sabine schüttelt den Kopf. „Wir haben ihn schon gleich am ersten Samstag gefunden, unter Omas Bett. Sie hütete ihn wie einen Schatz. Niemand wusste davon, als wir ihn fanden, konnten wir uns den Fund nicht erklären! Erst mit Hilfe von Ludwig und Martin," Sie lächelt die beiden an, „haben wir dann alles herausbekommen." „Na, noch ist nicht so ganz klar, wem er gehört!" lässt sich Andreas biestig vernehmen. „Immerhin haben wir ihn gefunden und Anni hat gesagt ..." Doch Sabine lässt ihn nicht ausreden, ihre Stimme hat diesen besonderen Lehrerinnenton bekommen. „Wir wissen sehr genau, wem er gehört!“ Als Siggi den Mund aufmachen möchte, trifft ihn ihr Blick begleitet von einem leisen Knurren Tobias. Auch er knickt ein.

„Ich habe mir bei meiner Hochzeit damals so sehr gewünscht, diesen Kelch benutzen zu können.“ Dans Stimme, die vor kurzem noch so laut und wütend war, ist nun kaum zu verstehen. „Wir mussten einen modernen Silberkelch nehmen, angeblich direkt aus Israel mit Weintrauben eingraviert und der Hochzeitring war ein Design meiner Frau, aber das hier, das war doch der Becher, den der Erstgeborene seit Generationen an den Erstgeborenen weitergibt. Es tat mir so weh. Mein Vater war immer so stolz auf diesen Kelch gewesen und an diesem Tag hat es alles nach oben gespült. Irgendwie hörte es nie auf, wehzutun.“ Zärtlich nimmt er den alten Hochzeitsring heraus, er schiebt den unförmigen Ring mit dem kleinen Tempelchen auf der goldenen Ringschiene über Annis Finger.

Jetzt kann Siggi nicht mehr an sich halten, er sieht alle seine Felle davon schwimmen. „Bisher hast du noch immer keinen richtigen Beweis erbracht, dass du Max Rosenstein bist. Da könnte jeder daherkommen und behaupten, dass ihm das alles gehört. Nur ein bisschen Show und schon kriechen alle zu Kreuze?“ Als alle ihn anfunkeln, Andreas inbegriffen, breitet er in gekonnter Siggi-Manier die Arme aus. Tobia bellt! „Das ist doch wahr. Wer sagt euch denn, dass er wirklich der ist, der er zu sein behauptet? Hat er noch einen alten Ausweis? Oder einen DNA-Test? Erst einmal gehört die Kiste doch dem, der sie findet? Und das ist Andreas, denn der hat ihn unter dem Bett gefunden. Jawohl! Ihr lasst euch alle von diesen alten Nazigeschichten blenden, das ist echt typisch und was ist eigentlich mit deinem Hund los, Sabine?“ Ludwig wackelt mit den Augenbrauen in Siggis Richtung und brummt „Tobia ist ein Antisemiten-

Spürhund. Die riecht sie 10 Meter gegen den Wind!" „Naja Siggi," dem Andreas ist Siggis aufgeblasenes Getue inzwischen deutlich peinlich. „Du musst schon zugeben, dass das alles zusammenpasst und wenn Mama ihn wiedererkannt hat." „Ach deine Mutter!" Siggi schaut gar nicht zu ihr hinüber. Er konzentriert sich jetzt ganz auf Andreas, seinen Rettungsanker. „Deine Mutter, die war doch schon immer ein bisschen, du weißt schon was. Denk nur an das Gutachten bei der Scheidung. Glaubst du, dass die jemanden wirklich wiedererkennen kann, den sie vor 60 Jahren das letzte Mal gesehen hat. Wahrscheinlich hat er ihr einfach ein paar schöne Komplimente gemacht und die ewige Liebe versprochen. Naja, du weißt doch, wie die Weiber sind." Er lacht ein hässliches Lachen. Doch Andreas lacht nicht mit. Aber Siggi ist nicht aufzuhalten. Er kämpft um den Kelch und gegen seine Schulden und vermutlich auch gegen die Kredithaie, die ihm an den Fersen kleben. „Glaubst du wirklich, dass dein Opa schwul war? Willst du wirklich zulassen, dass sie ihm diese bösen Gerüchte anhängen. Du und ich wir wissen das doch besser. Die wollen dich übers Ohren hauen. Mensch Andreas, jetzt wach doch mal auf!" Siggi sieht die Verunsicherung in Andreas Augen und bekommt Oberwasser „Ich gebe ja selbst zu, dass Otto ein schlimmer Finger war. Aber das ganze hier, was der Herr Professor dir erzählen will, das ist doch Fake. Das stimmt doch hinten und vorne nicht. Das ist doch wieder so eine typische Verschwörung. Guck dir an, wie sie dasitzen, da ein Jude und hier ein Jude und dein Onkel Berti soll auch einer sein. Das glaubst du doch, wohl selbst nicht! Und bevor du dich versiehst, haben sie dich um ein Sammlerstück bestohlen, das mindestens eine halbe Million wert ist?"

Andreas starrt seinen Cousin und Freund an, als seien ihm Hörner gewachsen. „Aber du hast doch selbst gesagt, das

Ding ist höchstens Zehntausend wert." Siggi windet sich verlegen. „Naja das habe ich zuerst auch gedacht, aber inzwischen weiß ich es besser und ich sag dir, lass dich von denen nicht betrügen." Ein hasserfüllter Blick wandert hinüber zu Dan. Sofort beginnt Tobia wieder zu Knurren. „Juden kann man nicht trauen. Die halten doch alle zusammen. Erzählen uns irgendwelche Mitleidsgeschichten, während sie uns hinter unserem Rücken ruinieren. Das hast du doch gerade gehört. Der würde nicht mit der Wimper zucken, um dein Weingut kaputtzumachen." Tobia ist nun vom Knurren in ein furchterregendes Bellen übergegangen, der kleine Welpe steht auf Sabines Knien. Sein Schwanz ragt steil in die Luft und zittert vor Wut. „Und ich glaube nicht, dass der Jude blufft. Egal, was er dir erzählt. Die halten alle zusammen."

Andreas dreht sich zu Dan, um ihm die Hand zu reichen. Das fällt ihm nicht leicht. Aber er möchte sich sichtbar von Siggi distanzieren. „Es tut mir leid, was damals geschehen ist. Hör nicht, auf das, was Siggi sagt." Dan blickt überrascht auf die ausgestreckte Hand. Sprachlos stellt er den Kelch auf den Couchtisch, dann nimmt er die Hand entgegen, zögernd, so als müsse er überlegen, ob er sie auch wirklich drücken soll. Während alle Augen sich auf diese beiden Hände richten, ist Siggis Blick auf den Kelch fixiert. Blitzschnell beugt er sich nach vorne, um danach zu greifen. Der kleine Hund springt auf den Couchtisch, kleine Welpenzähne schlagen sich in die Siggis eifrige Hand, die den Kelch schon umfasst hat. Bevor der jedoch den Welpen abschütteln kann, erhält der Unterstützung von einem muskulösen Arm.

Eine Stimme mit französischem Akzent durchbricht die Stille. „Denk nicht mal daran!" Im Eifer der Diskussion hat keiner gemerkt, wie Martin sich vom Sofa erhoben und neben Siggis lässig Stellung bezogen hat. Nun ist es für ihn leicht, Siggi den Kelch aus der Hand zu nehmen, und den untersetzten Menn festzuhalten. Sabine greift nach der kleinen Tobia, die zwischen Hochzeitskelch, Käse-, Wurstbroten und Weinflaschen bellt und knurrt. Eine kleine Heldin. „Ich würde mal sagen, du bist hier überflüssig, mon ami. De trop! Verstehst du!“ Er blinzelt Ludwig kurz zu, dann schaut er Andreas an. Der nickt. Siggi wehrt sich und faucht. „Ihr habt mir gar nichts zu sagen. Eure Familie war schon immer verrückt. Was glaubt denn ihr, meint ihr vielleicht, wir hätten nicht über eure Geheimnisse Bescheid gewusst? Gelacht haben wir über euch! Jawohl! Ihr seid nur lächerlich! Kleingeistig und lächerlich!“ Mehr ist nicht mehr zu verstehen, denn Martin hat die Tür hinter sich zugezogen. Siggis Proteste sind kurz noch gedämpft, und schließlich, nachdem die schwere Haustüre ins Schloss gefallen ist, gar nicht mehr zu hören.

Erst bei Martins Rückkehr kommt der Rest der Gesellschaft wieder in Bewegung. Andreas kann gar nicht aufhören, sich zu entschuldigen. Patty lächelt zufrieden. „Der kann sich auf was gefasst machen!“ und als alle sich zu ihr umdrehen, meint sie nur. „Unser Siggi hat nicht nur finanzielle Schwierigkeiten, sondern auch sexuelle Probleme. Seine Exfrau freut sich bestimmt jetzt schon.“ Sabine ist sprachlos. Martin grinst und sein Grinsen ist ansteckend. Auch Dan beginnt jetzt wider Willen zu lächeln.

Vorsichtig streichelt er den Kelch. Er malt mit den Fingern die Ziselierungen nach. Seine Hände begrüßen ihn wie einen alten Bekannten. „Ich habe mal mit dem Gedanken gespielt, den Kelch nachmachen zu lassen, aber es ist mir nie gelungen, einen einigermaßen passablen Entwurf zu erschaffen, den man dann als Vorlage benutzen konnte.“ Er hält den Kelch ins Licht und dreht ihn nach allen Seiten. „Aber das ist auch kein Wunder, denn er ist so wunderschön, das lässt sich nur schwer aus der Erinnerung aufs Papier bringen." Dann dreht er sich zu seinem Bruder um. „Dieser Kelch, Benjamin, mein verlorener Bruder, ist Kunst gewordene Tradition. Es ist Religion in ihrer reinsten und schönsten Form. Durch das hier" er weist auf den Kelch „materialisiert sich das, was uns verbindet, von Generation zu Generation von Schabbat zu Schabbat von Glied zu Glied. Und du, der es nie wusste, gehörst dazu." Onkel Berti schluckt. Sabine kann sehen, dass er sich unwohl fühlt. Ihm kommt das alles so nahe. Er ist kein religiöser Mensch und dass er Jude sein soll, weiß er auch noch nicht so lange. Sabine versucht das Gespräch in sicherere Gewässer zu steuern. „Wie bist du eigentlich hierhergekommen und warum gerade jetzt? Ich meine, du bist ja schon vor Omas Tod bei Mama aufgetaucht. Dan lacht spöttisch. „Naja eigentlich bist du schuld!" „Sabine?" Andreas ist entsetzt. „Ich?" Sabine klingt verblüfft, bis Dan von der jüdischen Gemeindegruppe aus Frankfurt erzählt, die sie letztes Jahr zum Wine Tasting besucht hat. Da war eben auch Sabines Vermieterin Hanna dabei. Und weil er die deutschen Gemeindegruppen betreut, kam er mit ihr ins Gespräch. „Zuerst fand ich, dass sie ein bisschen viel redete und habe nur mit halbem Ohr zugehört, aber dann schnappte ich Worte auf, die mich aufhorchen ließen. Sie erzählte von einem Weingut Becker in Rheinhessen. Natürlich ist Becker ein Name, der oft vorkommt. Aber je mehr ich nachgefragte, desto interessanter wurde es. Das Weingut lag in Engelstal. Engelstal kannte ich gut. Selbst zu diesem Zeitpunkt wäre es nicht mehr gewesen als eine Erinnerung, wenn sie nicht in einem Nebensatz von einem Onkel Berti berichtet hätte, einem Orthopäden, der auf diesem Weingut groß geworden war und tatsächlich an demselben Tag geboren war wie sie und dass der ihr mal wahnsinnig geholfen hatte bei irgendeinem Leiden. Ich saß da wie erstarrt. Ich war mir sicher, dass Luise Becker während unserer Zeit im Versteck nicht schwanger gewesen war. Die Beckers konnten kein Kind bekommen haben, das im Alter meines Bruders war, außer es war mein Bruder. Ich begann dann nach diesem Kind zu forschen. Wenn man den Nachnamen, das Spezialgebiet und das Geburtsdatum eines Arztes hat, kommt man in Deutschland ziemlich weit und das Internet bietet da inzwischen tolle Möglichkeiten. Ich hatte schnell heraus, dass Berti eigentlich Benjamin sein musste. Luise und Horst Becker hatten meinen Eltern den Sohn gestohlen. Ich habe meinen Vater, der mit über neunzig noch immer lebt, mit diesem Wissen konfrontiert. Er wollte nichts davon wissen. „Dein Bruder ist tot, du musst dich irren." Sagte er. Da habe ich Kontakt mit Anni aufgenommen. Sie war damals vor vielen Jahren meine Freundin und Vertraute gewesen. Als wir uns im Weinkeller verstecken mussten, kam sie immer zu mir, um mit mir zu spielen und mir von draußen zu erzählen und nachts, wenn alle schliefen, hat sie mich mit nach draußen genommen. Als ich mich nun bei ihr meldete, da war es, als hätte sie seit damals auf meine Rückkehr gewartet." Er lächelt Anni zärtlich an. „Wir haben gemailt und telefoniert und dann bin ich hierher geflogen. Ehrlich gesagt, wusste ich nicht wirklich, was ich wollte. Aber dann sah ich Anni und Anni erzählte mir, wie lange sie auf mich gewartet hatte und ich begriff, was die Hexe Anni angetan hatte und all das Unrecht, was geschehen war, das brach über mir zusammen und ich wollte nur eines, ich wollte meine Mutter und Anni rächen und meinen Bruder nachhause holen."

„Und nun?" Martin, der bisher nur wenig gesagt hat, wendet sich ihm zu. „Was wirst du nun tun?" Dan wendet sich ebenfalls fragend zu ihm um. „Du hast es gerade gehört, auch ich bin Jude. Und ich weiß, um diese besondere Bürde, die man nie abschütteln kann, egal ob man möchte oder nicht. Meine Mutter hat mir die Achtung vor unserer Geschichte und unseren Bräuchen beigebracht, das besondere Gefühl, Teil einer auserwählten Gemeinschaft im Guten wie im Schlechten zu sein, zugleich aber hatte ich einen Vater, der nicht dazugehörte und ich frage mich bis heute, wer ich bin. Nur eines weiß ich, um weitergehen zu können, brauchte ich Frieden.

Dan lacht spöttisch. „So, so da rät also ein Jude dem anderen zum Frieden. Ich habe Andreas doch schon die Hand gereicht, du hast es selbst gesehen. Aber hier geht es nicht nur um mich. Da ist auch noch Anni. Meine Mutter ist tot. Mein Vater hat unseren Benjamin begraben. Mein Bruder wird vielleicht irgendwann zu uns zurückkehren oder auch nicht. Aber Annis Träume und ihr Leben wurden ihr genommen. Man hat ihr die Gesundheit ruiniert und ihre Psyche mit widerlichen Medikamenten kaputt gemacht. Ihre Liebe zur Musik. Sie konnte singen wie ein Engel. Jetzt ist ihre Stimme geborsten, wie die einer falsch gegossenen Glocke, weil sie zu lange geschrien und geweint hat. Jemand muss doch dieses Unrecht wieder gutmachen."

Jetzt ist es an Anni, sich einzumischen. „Du machst das Unrecht gut, weil du zu mir gekommen bist. Immer war ich allein, immer eingesperrt in diesem Gefängnis aus Unglauben, Lüge und Kleinkariertheit. Aber dann bist du zurückgekommen und hast mich befreit. Jetzt bin endlich wieder ein richtiger Mensch." Zwischen den Tränen scheint ein Lächeln durch, als sie sich ihrem Sohn zuwendet. „Ich habe damals sehr um dich gekämpft Andreas. Du warst zwar das Kind von Otto Weihrich und ihn habe ich gehasst. Aber ich habe in den neun Monaten, in denen ich dich ausgetragen habe, eine ganz besondere Beziehung zu dir aufgebaut. Du solltest alles das tun dürfen, was mir verwehrt war. Ich wollte für dich ein völlig anderes Leben. Eine Zeit lang habe ich das sogar versucht. Du musst dich doch an diese wunderbare Zeit erinnern, in der wir beide zusammen waren! Du und ich gegen den Rest der Welt! Aber gegen Otto kam ich nicht an, und gegen meine Mutter und die Medikamente, die sie mir gegeben haben, auch nicht. Die anderen waren so stark und ich war allein. Sie haben dich mir weggenommen. Dabei habe ich dich so geliebt. Der Rest ist Geschichte." Sie zuckt mit den Achseln und schluckt. Andreas ist still geworden, er sucht nach Worten. Schließlich erhebt er sich aus seiner Sofaecke und kommt um den Sofatisch herum, dann kniet er sich neben seine Mutter und nimmt die Hand mit dem Hochzeitsring in seine Hand.

„Es ist wirklich ein schöner Ring." sagt er dann unvermittelt. „Viel schöner als die normalen Eheringe," und dann „Ich erinnere mich noch an deine Gute-Nacht-Geschichten des bösen Drachen und dem starken Ritter Max." Nun wendet er sich Dan zu: „Damals habe ich davon geträumt, auch mal so ein Ritter zu werden." Sein Blick wandert zu seiner Mutter zurück. „Ich habe wohl ziemlich versagt! Es tut mir leid, Mama." Anni streichelt ihm über die Haare. Sabines Blick begegnet Pattys. Diese lächelt erleichtert. Dans Augen ruhen auf Mutter und Sohn. „Na ja, Ritter Max hat ziemlich lange auf sich warten lassen und rostig ist er auch geworden. Aber seine Prinzessin wird er trotzdem noch bekommen. Auch wenn den Drachen eine andere erschlagen hat."

Sabine wirft einen Blick in die Runde. Ist die Geschichte jetzt ausgestanden? Wir haben den Besitzer des Kelches gefunden und die Geheimnisse aufgedeckt. Siggi ist ausgeschaltet. Sogar die beiden Streithähne scheinen sich versöhnt zu haben. War es das? Doch da meldet sich Onkel Berti zu Wort. Der zierliche Mann, der bisher kein Wort gesprochen hat, zittert vor Zorn. „So geht das nicht. Du kannst hier nicht einfach hereinspazieren, mir und meinen Eltern vorwerfen, wir hätten deine Familie zerstört und ich hätte nicht die richtige Erziehung genossen und dich dann aufs hohe Ross setzen. Es ist nicht so, als hätte ich kein eigenes Ich. Als wäre ich ein niemand. Ich bin Dr. Berthold Becker und meine Freunde nennen mich Berti. Ich bin vor kurzem 60 Jahre alt geworden und Luise und Horst Becker mögen zwar nicht meine biologischen Eltern sein, in jeder anderen Hinsicht waren sie es aber. Sie haben mich geliebt und mich nach ihren Idealen erzogen. Ja ich bin getauft, konfirmiert und kirchlich getraut und ich verstehe mich als Christ, auch wenn Luise sich immer bemüht hat, mich nicht zu nahe an die Kirche heranzuführen. Vor einigen Jahren nach meiner Scheidung habe ich Zuflucht in einer Kirchengemeinde gefunden. Dort fühle ich mich zuhause und bin gerade erst in den Kirchenvorstand gewählt worden. Mein Glaube ist ein Teil von mir. Ich bin meinen Eltern dankbar, dass sie mir ein Gefühl für Gut und Böse beigebracht haben und dass ich studieren und den Beruf des Arztes erlernen durfte. Ich habe ein schlechtes Gewissen, weil ich mich meiner bäuerlichen Herkunft geschämt habe, und in der Hektik nicht oft genug zu Hause vorbeigekommen bin. Aber meine Eltern habe ich immer geliebt, auch wenn Anni es nicht glauben mag. Du warst mir ebenfalls immer wichtig, auch wenn ich wusste, dass du mich nicht mochtest. Wenn du nun daherkommst, Dan, nur um mir zu sagen, dass das alles falsch ist und dann von mir erwartest, dass ich dich jetzt mit offenen Armen aufnehme und um deinetwillen alles hinwerfe, was zu mir als Person gehört, dann bist du zu schief gewickelt. Das kann ich nicht und das will ich auch nicht. Entweder du nimmst deinen Bruder Benjamin als Berti oder du drehst dich um und fährst nach Hause und vergisst ganz schnell, dass es ihn noch gibt." Jetzt herrscht betroffenes Schweigen.

In der Versöhnungsfreude haben alle Onkel Berti ganz vergessen. Was es für ihn bedeuten könnte, ein ganz anderer zu sein, hat auch Sabine nicht bedacht. Dan muss erkennen, dass er den Bruder überfahren hat. Er nickt langsam. „Wir brauchen alle Zeit!“ sagt er dann. Sabine seufzt erleichtert und Patty leistet Schützenhilfe. „Wie wäre es mit etwas zu essen und einem Gläschen Wein. Und für Tobia finde ich bestimmt auch noch etwas, so tapfer, wie sie heute Abend gekämpft hat!“ Patty setzt auf die versöhnende Kraft der Mahlzeit und erhebt sich. „Ich habe mir von Hanna auch etwas Koscheres mitgeben lassen.“ ergänzt Sabine. „Ach, solange es vegetarisch ist, geht das.“ antwortet Dan. Patty hat mal wieder recht gehabt.

Danach schlägt Martin vor, mal die Kisten vom Dachboden zu öffnen, vielleicht findet Dan ja ein paar Sachen, die ihn an früher erinnern und die er gerne mitnehmen möchte. Der Kelch wird wieder sorgfältig zusammen mit dem Ring in der Kiste verstaut und die wiederum in der Tasche. Zögernd übergibt Sabine sie dann an Dan, der sie im Fond seines neuen SUV verstaut. „Da kommt keiner dran. Der ist mit einer Alarmanlage gesichert,“ versichert er dem zweifelnd dreinschauenden Ludwig. „Wir werden den Kelch zu unserer Hochzeit benutzen,“ setzt er dann noch erklärend hinzu. „Bis dahin müsst ihr euch nun von ihm trennen, auch wenn es euch noch zu schwerfällt.“ Ludwig nickt. Zusammen mit Sabine schaut er Dan und Anni hinterher, dann legt er Sabine, die ihm nach draußen gefolgt ist, den rechten Arm um die Taille, die kleine Tobia nimmt er auf den linken Arm. „Eigentlich ist es doch ganz gut gelaufen. Und ehrlich gestanden: So schwer fällt es mir gar nicht, den Hochzeitskelch loszuwerden. Jetzt haben wir endlich einmal Zeit für uns, Lebling!“ Schwungvoll beugt er sich über die überraschte Sabine und küsst sie. Sabine legt ihm die

Arme um den Hals und unterbricht den Kuss lachend. „Du meinst wohl Liebling!“ Ludwig schüttelt den Kopf. „Pah, lieben kann jeder, aber lieben und zusammenleben, das ist etwas ganz anderes.“ Er drückt ihr einen weiteren Kuss mit Nachdruck auf die kleine Nase, bevor er zum Mund zurückwandert und mit Nachdruck flüstert. „Mein Lebling!“

Die Hochzeit mit dem Hochzeitskelch

Wenn eine Engelstaler Winzerstochter einen kalifornischen jüdischen Winzer heiraten will, ist das nicht so einfach, den richtigen Ort zu finden. Das Weingut in Engelstal fällt aus, auch wenn Andreas das gerne gehabt hätte, die Burg Klopp hätte Anni gefallen, wegen der schönen Aussicht, aber da gibt es keine Synagoge in der Nähe. Die in Mainz ist zwar schön, aber ein bisschen weit weg. Am Ende landen sie dann in Frankfurt. Schließlich ist Dan in Frankfurt geboren. Hanna will jedoch nicht akzeptieren, dass das Paar anschließend im koscheren Restaurant der jüdischen Gemeinde feiert. Bei dem Wetter sei es doch in ihrem Garten viel schöner, und so lädt Hanna zu den Goldsteins nach Hause ein. Sie fühlt sich als Ehestifterin des jungalten Glücks. „Wenn ich nicht gewesen wäre, dann hätten sie sich nie gefunden!" sagt sie während der Vorbereitungen mindestens zehnmal am Tag. Das ganze Haus arbeitet wochenlang auf das Ereignis hin. „Schließlich wird man nicht so oft Brautjungfer der eigenen Mutter" pflegt Sabine jedem zu sagen, der es hören will oder auch nicht. Am Tag vor der Hochzeit baut ein Zeltverleih ein schönes weißes Hochzeitszelt im Garten der Jugendstilvilla auf. Tische und Stühle werden mit Damast-Tischdecken und Hussen überzogen und mit kleinen bunten Rosensträußen geschmückt. Gläserne Windlichter auf den Tischen und metallene marokkanische Windlichter im Garten sollen am Abend für romantische Stimmung sorgen. Selbst Berti, der sich in den letzten Wochen mehrmals mit dem neuen Bruder getroffen hat, beteiligt sich an der Trauung. Er hat einen Jazzpianisten gemietet und kümmert sich nun persönlich darum, dass der Flügel der Goldsteins aus dem Salon auf die Terrasse gebracht wird. Für diese Hochzeit soll an nichts gespart werden. Was bei Annis erster Hochzeit an Romantik fehlte, wollen alle dieses Mal wettmachen. Das gilt auch für das kulinarische Programm, das eine erstaunliche Spannbreite aufweist. Wie nicht anders zu erwarten, gehören natürlich die besten Weine aus dem Beckerschen Weingut genauso dazu, wie die aus dem Kalifornischen und die Mitbringsel der Verwandten aus Israel. Denn auch sie bringen natürlich Wein mit, der von der Sonne Israels verwöhnt ist und so stehen die Flaschen am Ende nebeneinander, eisgekühlt die weißen und wohltemperiert die roten, mit und ohne koscher Stempel und weil daneben auch noch Gäste erwartet werden, die keinen Wein trinken, gibt es auch noch den passenden Traubensaft und das Mineralwasser.

Wer dann die Stufen der Terrasse hinunterschreitet, kann im Zelt noch eine Menge anderes entdecken. Martin hat nicht nur Schokolade aus Brüssel mitgebracht und das kistenweise, sondern auch Bretter mit französischem Käse, weil er sowieso ins Elsass musste. Naimes Mama hat mehrere Bleche Baklava nach dem Spezialrezept ihrer Heimat gebacken. Das ist halal, sagt sie und was halal ist, ist auch koscher. Sabine lädt das ganze Haus im Namen der Braut zur Hochzeit ein. Schließlich ist Naime Jackies beste Freundin. Julia und ihr Mann kommen natürlich aus Engelstal, sie hat ja mit den Briefen einiges ins Rollen gebracht, sie bringen Julias Mama mit, die sich wahnsinnig darauf freut, ihre alte Freundin Irmgard Rosenstein wiederzutreffen.

Sabine weiß, dass Anni Angst hat, in der Masse von Dans Verwandtschaft unterzugehen und so hat sie sich darum gekümmert, dass auch Anni eine lange Gästeliste aufweisen kann. Selbst Ludwigs Eltern sind eingeladen. Die haben zwar zuerst ein bisschen gezögert, aber nachdem Ludwig Sabine inzwischen mehrfach mit nach Hause genommen hat, war die Zusage dann nur noch eine Formalität. So spricht

Sabine nun Einladung um Einladung aus. Martin kommt natürlich. Er hat es endlich geschafft. Unermüdlich hat er sich um Sophie gekümmert, und so sind sie in den letzten Monaten nicht nur beruflich, sondern auch privat zu einem Team geworden. Das freut nicht nur Jacky, sondern auch die neue jüdische Stief-Großmutter, die nun endlich ein Enkelkind hat.

Ludwig wiederum hat in den letzten Wochen viel Zeit mit Anni verbracht. Sabine, die wieder in der Schule ist, hat sich ein Herz genommen und sich als Rektorin beworben, zu ihrer eigenen Überraschung und Ludwigs Genugtuung hat sie die Stelle bekommen und nun viel zu tun, wie sie ihm regelmäßig versichert, wenn er bei ihr vor der Tür steht. Und weil Dan zwischendrin mehrfach nach Kalifornien zurückmusste, nutzten Anni und Ludwig die Zeit, um Pierre Kirchners Familie im Elsass kennenzulernen.

Anders als Anni das erwartete, empfing dieser Teil der Familie sie mit offenen Armen. Man wusste dort um ihre Existenz und hat auf sie gewartet. Für Anni ist das eine Offenbarung. So vieles hat sich für sie und in ihr verändert, seit sie begonnen hat, ihre Wurzeln zu erforschen. Mit 70 lernt sie endlich die andere Seite ihrer selbst kennen. Dass Anni mit Ludwig eine ganz besondere Beziehung hat, begreift Sabine erst, als Anni ihn bittet, sie bei ihrer Hochzeit ihrem Bräutigam zuzuführen. Es ist diese besondere Verehrung für Annis Vater, diesen klugen und talentierten Mann Pierre Kirchner, die beide miteinander verbindet und so wird er ihren Vater an Annis wichtigstem Tag vertreten.

Einen Tag vor der Hochzeit begleiten Sabine und Ludwig Anni auf den Frankfurter Flughafen, um Dan am Terminal II abzuholen. Anni traut sich das Autofahren am Flughafen nicht allein zu, die vielen Zu- und Abfahrten überfordern sie. „Max, ruft Anni, „du solltest sehen, wie schön alles geworden ist.“ Sabine spürt, wie ihre Augen feucht werden, als sie die beiden alten Menschen betrachtet, die sich da in den Arm nehmen. Ludwig lächelt. Er greift nach Sabines Hand. Etwas, das inzwischen schon zur Gewohnheit geworden ist. „Da geht einem doch echt das Herz auf. Vor allem, wenn man überlegt, was die beiden hinter sich haben. Diese lange Reise durch ein Leben voller Irrungen. Hättest Du gedacht, dass das nochmal gut werden könnte?" Sabine schüttelt den Kopf. Sie kann in der Anni, die da strahlend ihren Max umarmt, die mit Psychopharmaka zugedröhnte Mutter von einst nicht wiedererkennen. "Was wohl Oma dazu sagen würde?" Ludwig betrachtet die beiden: "Ich glaube, dass sie es sich so gewünscht hätte. Denk nur an ihr Geständnis." Ludwig lacht und drückt Sabine an sich. „Wenn du mich fragst, dann hat sie sich in dir die richtige Testamentsvollstreckerin ausgesucht. Du hast das gut gemacht!“

Die Hochzeit wird wunderschön. So wie es einem Jahrhunderte alten Hochzeitskelch gebührt. Anni trägt tatsächlich ein weißes Spitzenkleid. Es war sündhaft teuer. Sie hat es sich in Frankfurt bei einer angesagten Boutique geleistet, nachdem Martin eine Zeichnung von Pierre Kirchner für sie versteigert hatte. „Es ist eine alte Tradition, dass der Brautvater das Brautkleid bezahlt.“ hatte Ludwig gesagt. So sieht sie mit ihren 70 Jahren wunderschön aus. Man erahnt das Mädchen von damals. Sie strahlt über das ganze Gesicht als ihr Dan den Hochzeitsring mit dem Tempelchen überstreift und beide aus dem jahrhundertealten Kelch trinken. Ludwig hat sich tatsächlich, genauso wie sein Freund Martin und der amerikanische Teil der Verwandtschaft in einen Frack geschmissen und Anni an Dan übergeben. Alle Männer tragen eine Kippa und die Damen Hüte. "Du siehst echt beeindruckend aus, Lebling!" Flüstert Ludwig nun schon zum zehnten Mal in Sabines Ohr, die sich nach langem Zögern für ihr mit Blumen besticktes Seidenkleid entschieden hat, das sie schon vor einigen Jahren in einem Secondhandladen entdeckt hat. Es stammt aus den 50er Jahren und hat ihr auf Anhieb gefallen. Sie lacht leise. "Behalt deine Finger bei dir, sonst petze ich bei meiner Mama und dann hast du dein Plus wieder eingebüßt." "Ach das glaube ich nicht," raunt Ludwig "im Gegenteil." Jetzt grinst er frech. "Für so eine Hochzeit könnte ich glatt konvertieren. Was hältst Du davon? Wir werden jüdisch und heiraten? Dan leiht uns bestimmt den Hochzeitskelch und den Ring?" Sabine schaut verblüfft zu ihm hinüber. "Bist du von allen guten Geistern verlassen?" "Also gut!" sagt Ludwig und seufzt schicksalsergeben. "Damit du siehst, dass man mit mir reden kann, ändere ich mein Angebot. Wir konvertieren nicht, und heiraten stattdessen in der Nikolaikirche." Sabine schluckt und stottert. "Okay, ich gebe Dir ein bisschen Bedenkzeit. Aber denk nicht zu lange nach, es gibt auch andere Interessentinnen." Sein Blick schweift zu Naime und Jacky hinüber. Aus Sabine blubbert ein Lachen. Schnell legt sie sich die Hand auf den Mund. Die andere Seite der Hochzeitsgesellschaft guckt strafend zu ihr herüber. „Ich weiß, warum du mich heiraten willst." Flüstert sie ihm zu. „Da sind zum einen die „Kirchner-Gene", dann das Weingut und natürlich meine Mutter." Zutiefst gekränkt schaut Ludwig zu ihr hinüber. „Als ob du es nicht wert wärst, um deiner selbst Willen geheiratet zu werden." Sie lächelt bestätigend, so als wollte sie sagen, wusste ich es doch. „Aber Anni ist ein echter Bonus. Das gibst du doch zu, oder?" Er grinst. „Außerdem finde ich, dass Tobia ein richtiges Zuhause braucht, immer dieses hin und her. Die kleine Maus ist ganz verwirrt." Sabine zuckt die Achseln. „Du bist unverbesserlich." „Genau!" brummt er. „Und dieser Lehrerinnenton, der macht mich total an!"

Es wird ein wunderschönes Fest, dort in der Jugendstilvilla im Westend. Ein echtes Multikulti-Fest bis tief in die Nacht. Einmal steht die Polizei vor der Tür, weil die Nachbarn sie gerufen haben. Die Polizisten können nicht fassen, dass der Trubel sich um ein 70jähriges Brautpaar dreht und so sitzt man kurz bei einem Stück koscherer Hochzeitstorte zusammen, bevor die Beamten wieder abziehen müssen. Schließlich sind sie im Dienst.

Bis in die Morgenstunden wird getanzt, gelacht und auch ein bisschen geweint und irgendwann sogar eine Verlobung gefeiert. Erst als alle in ihren Betten liegen, dämmert Sabine und Ludwig, dass sie ihr Ziel erreicht haben. Der Hochzeitskelch ist aus der Heimlichkeit seines Versteckes ans Licht zurückkehrt. Die schwere Decke der Geheimnisse, die alles erdrückt und zerstört hat, ist weggezogen. Neues hat begonnen. "Kaum zu glauben, dass noch nicht einmal ein Vierteljahr seit Omas Tod vergangen ist und doch hat sich die Welt völlig verändert."

Ende

Liebe Leserin, lieber Leser,

Es ist mir ein großes Anliegen, mich bei allen Frauen und Männern zu bedanken, die ihre Erinnerungen mit mir geteilt haben. Das gilt besonders für die Frauen, die unsere Kriegs- und Nachkriegszeit mehr bestimmt haben, als sie ihre Familien wissen ließen. In diesem Buch habe ich ihre Geschichten zu Papier gebracht.

Darüber hinaus gilt mein Dank den folgenden Personen, die ich gerne namentlich nennen möchte. Ohne sie, liebe Leserin und lieber Leser, hätten Sie dieses Buch niemals in die Hände bekommen. Denn wie viele Debütautorinnen benötigte auch ich eine Menge Zureden und konstruktive Kritik, um diesen Roman in der Ihnen vorliegenden Form zu veröffentlichen.

An vorderster Front stand dabei mein Mann Professor Dr. Kjell Kallenberg, ohne dessen unermüdliche Kraft, die manchmal für uns beide reichen musste, dieses Buch niemals den Weg zu einem Verlag gefunden hätte.

Danke auch denen, die meinen Text als erste lasen und sich dabei nicht von der schlechten Qualität des Word-Dokuments abschrecken ließen, wie meine Mutter Roswitha Faust. Sie war die Erste, die mir das Gefühl vermittelte, dass ich tatsächlich ein Buch geschrieben hatte. Danke auch an meine Freundin Petra Kunik. Ihr Wissen über jüdisches Leben und ihre Erfahrung als Schriftstellerin waren unverzichtbar für mich. Dass mein Cousin Thomas Emmerich sich, trotz der vielen Arbeit im Weingut, die Mühe machte, mein Buch mit dem Rotstift zu lesen, hat mir sehr weitergeholfen. Seine Expertise als Winzer hebt die Qualität des Romans. Ein weiteres herzliches Dankeschön gilt einem langjährigen Freund meines Vaters Professor Dr. Horst Willi Jung. Ich habe mich sehr geehrt gefühlt, dass er als Germanistikprofessor im Ruhestand und Binger Wahlbürger bereit war, mein Erstlingswerk Probe zu lesen und mir eine sorgfältige Rückmeldung zu geben. Dass meine Schwester Dr. Christiane Faust-Bettermann Fachärztin für Psychiatrie und Psychosomatik ist, war für mich ein Glücksfall. Ihre Ratschläge halfen mir nicht nur fachlich, sondern auch literaturkritisch weiter. Erstmals durfte ich auch am eigenen Leib erfahren, wie Erhard Brunn, Journalist, Historiker und multikultureller Dialogiker, das Beste aus Menschen herausholt und sie selbstlos so lange begleitet, bis sie ihr Ziel erreicht haben. Das ist eine Gabe, die nur besonderen Menschen geschenkt wird.

Ein letztes Dankeschön gilt meinem Lektor Gerhard Keller und dem Ehepaar Kump vom TZ-Verlag. Sie haben meine Idee, Erinnerungskultur durch Geschichten lebendig werden zu lassen, mit Begeisterung aufgegriffen und mich auf jede erdenkliche Weise unterstützt.

Susanna Faust Kallenberg wurde am 18. März 1965 in Bad Kreuznach geboren. Ihre Kindheit verbrachte sie zu gleichen Teilen in der Kleinstadt Eschborn im Vordertaunus und im großelterlichen Weingut in Rüdesheim an der Nahe. Ihre Berufung führte sie zum Studium der Evangelischen Theologie nach Heidelberg, Basel und Marburg, ihre Gemeindepraxis erwarb sie sich in Dorfgemeinden in Oberhessen, am Rande des Odenwaldes und in Rheinhessen. Das besondere Interesse an anderen Konfessionen und Religionen begleitete sie schon im Studium. Während des Spezialvikariates im Konfessionskundlichen Institut des Evangelischen Bundes in Bensheim erhielt sie erstmals die Möglichkeit über den nationalen Tellerrand hinauszuschauen. Diese besondere Form der Begegnung mit Menschen aus anderen Kirchen, Kulturen und Religionen wurde ab 2004 zu einem Schwerpunkt ihrer Pfarrarbeit, zuerst als Referentin für Interreligiöse Fragen im Zentrum Oekumene der Evangelischen Kirche in Hessen und Nassau und ab 2016 als Pfarrerin für interreligiösen Dialog der Evangelischen Kirche Frankfurt und Offenbach.

In ihrem Debütroman fließen die Erfahrungen der Autorin als Gemeindepfarrerin in Rheinhessen genauso ein, wie die als Dialogpartnerin von jüdischen und muslimischen Menschen, ohne dass dabei wahre Geschichten enthüllt und konkrete Personen dargestellt werden.